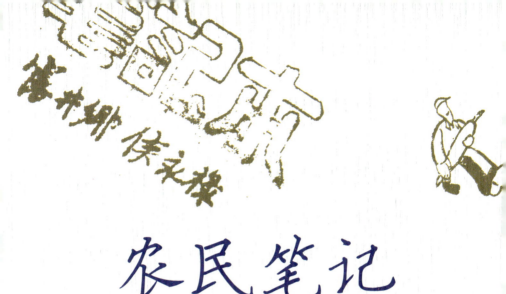

农民笔记

侯永禄 "农民三部曲" ——《农民日记》《农民家书》之后的第三部

侯永禄 著

侯胜天 批注

（京）新登字083号

图书在版编目（CIP）数据

农民笔记/侯永禄著；侯胜天批注. —北京：中国青年出版社，2012.8

ISBN 978-7-5153-0894-4

Ⅰ.①农…　Ⅱ.①侯…②侯…　Ⅲ.①随笔–作品集–中国–当代　Ⅳ.①I267.1

中国版本图书馆CIP数据核字（2012）第143387号

责任编辑：顾　申

*

中国青年出版社 出版 发行

社址：北京东四12条21号　邮政编码：100708

网址：www.cyp.com.cn

编辑部电话:(010)57350505　门市部电话:(010)57350370

保定市新华印刷厂印刷　新华书店经销

*

880×1230　1/32　19.375印张　400千字

2012年8月北京第1版　2012年8月河北第1次印刷

印数：1-5000册　定价：39.80元

本图书如有印装质量问题,请凭购书发票与质检部联系调换

联系电话：(010)57350337

作者心语

　　上学的时候有作文、周记、日记，回乡后还间断地写过"思想改造"。平时虽然工作忙，每天一篇的日记还能坚持不断，持之以恒。可日记只是短短的几十个上百个最多数百个字，属流水账似的简单叙述，不免有些细碎繁琐、单调之味，看不出内心的思想活动情况。现不定期地把亲身的经历、家庭的变迁、社会的发展，尤其是自己的进步、碰钉、退步等等，用随笔的形式记录下来并加以分析，以吸取教训，运用经验，改进工作，提高自己。

　　至今，已写完几本随笔。翻阅起来，颇觉有趣。全属亲身经历，既能帮助自己回忆，又能增加生活乐趣。只是有些繁琐、乏味。但时间准确，事情真实，因而有继续写下去的兴致。至于别人看了有何评论，咱就管不下了它了。只顾写吧！

——侯永禄

侯永禄家族关系表

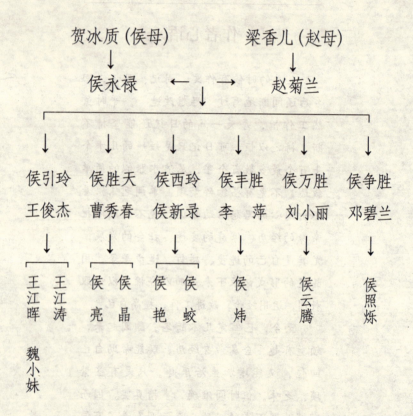

贺冰质（侯母）　　　　梁香儿（赵母）
↓　　　　　　　　　↓
侯永禄　←　→　赵菊兰
↓

| 侯引玲 | 侯胜天 | 侯西玲 | 侯丰胜 | 侯万胜 | 侯争胜 |
| 王俊杰 | 曹秀春 | 侯新录 | 李　萍 | 刘小丽 | 邓碧兰 |

| 王江晖　王江涛 | 侯亮　侯晶 | 侯艳　侯蛟 | 侯炜 | 侯云腾 | 侯照烁 |

魏小妹

前　言

　　父亲侯永禄，是陕西合阳路井镇路一村五组一位普普通通的农民。1931年农历9月4日出生，早年上过合阳简师，解放后担任大队干部。1940年以来，他利用学习工作劳动生活之余，写日记，做随笔，记账目，撰家史，存家书，剪贴报刊，60多年如一日。

　　2005年3月父亲因病去世。兄弟姐妹6人满含热泪整理父亲留下的日记、账本、随笔、家史、信件、报刊剪贴等，心灵受到极大的震撼：父亲从1940年12月13日开始写日记，到2004年12月24日，每天一篇，整整写了64年。父亲从1948年开始建立家用账，每笔收支，从不遗漏，到2004年12月21日，整整记了57年。父亲的"随笔"共9本，文章757篇，计62万余字。父亲的章回体"家史"157回，计66万余字。父亲和子孙们的往来信件，共1000余封。父亲的"报刊剪贴"100多本，装了满满的一大箱子……

　　面对浸透父亲毕生心血的数百万文字资料，多么希望它早一天付梓出版，以慰他弥留之际的遗憾。感谢中国青年出版社慧眼识珠。2006年12月，《农民日记》一书与读者见面，好评如潮。2007年，荣获共青团中央"五个一工程"优秀文化作品奖；同年，中国电影集团公司购买了《农民日记》的电影改编权，并聘请著名编剧芦苇（编剧作品有《活着》、《霸王别姬》、《白鹿原》等）以父亲为原型创作了电影剧本《岁月》。2009年，该书被国家新闻出版总署推荐为"农家书屋"的重点出版物。随后，2011年7月，《农民家书》一书由人民文学出版社出版，再获赞誉。2012年1月，被新闻出版总署评为"2011年度大众喜爱的50种图书"和"2011年度十大畅销图书"，并被推荐为"农家书屋"的重点出版物。而今，中国青年出版社又将父亲生前的随笔选编为《农民笔记》一书出版。假若父亲在天有灵，一定会含笑九泉！

《农民笔记》从父亲9本随笔的757篇62万余字中，精选了400篇，约38万字。由于篇幅有限，许多很有价值的篇目无法收录，只好忍痛割爱。同已出版的《农民日记》、《农民家书》相比，《农民笔记》有其别开生面的独到之处：

在体例上，《农民日记》属日记体，流淌着生活中原汁原味的酸甜苦辣；《农民家书》属书信体，洋溢着亲情间割舍不断的依恋温馨；《农民笔记》则属笔记体，彰显着亲历者淳朴耿介的独特人格。每篇文章，或一事一记，或一事一议，或一事一评。各篇之间，互不连接，相对独立，没有必然的内在联系，似撒落在一条小路上的点点脚印。但若将其串联起来，就可看到，那一个一个的脚印，在历史的沧桑中组成了一条长达60多年的曲折道路。

在内容上，《农民日记》侧重于1980年以前的平凡琐事；《农民家书》侧重于1970年以后的书信往来。而《农民笔记》涉及的内容更丰富，视野更广阔，年代更久远。从1940年左右的军阀混战开始，抗日战争、解放战争、新中国成立、土地改革、互助组、合作化、人民公社、三年自然灾害、文化大革命，一直到改革开放后近30年的巨大变迁，历史烟云尽在其中。

应该指出的是，《农民笔记》在每篇随笔之后，都有简短的批注点评。这是《农民日记》、《农民家书》所没有的。这些批注点评，由胜天执笔，简洁明快，富有意蕴，表达了全家人的共同心声。它或引用史料，诠释说明；或表明看法，抒发感情；或点明题旨，升华主题；或蕴含哲理，富有诗意……起到了画龙点睛的作用，增加了文章的可读性和趣味性，也为读者打开了一扇领略户外美景的心灵之窗。此外，一些对联、诗歌、儿歌、快板、相声、顺口溜等丰富多彩的文学样式的入选，也为全书增添了不少艺术魅力。

往事如烟，往事并不如烟。一部《农民笔记》，真实地反映了一个普通农民以及他的家庭从贫穷走向富裕的点点滴滴，客观地再现了上世纪40年代以来关中农村所经历的风风雨雨，深刻地表现了渭北高原60多年来发展变化的方方面面。字里行间，讲述着柴米油盐、家长里短，洋溢着亲情割舍、团聚欢乐，弥漫着政治风云、时代变迁，撒落着民众疾苦、百姓呼声，记录着地方习俗、民间风情…… 也许，它是中国现代史上这一波澜壮阔的历史阶段的缩影。

有人说，时间可以抚平记忆的棱角；然而，岁月风化不了我们对往事的怀念。2011年12月9日，和顾申编辑在电话里商谈了《农民笔记》的出版事宜，至今已3个多月了，紧张的选稿工作即将划上句号。100多天里，坐在电脑桌前，眼望荧屏，敲击键盘，脑海浮现的是父亲慈祥的笑容、儿孙如梦的年华。那里面的人和事，那里面的山和水，那里面的苦与乐，都是我们亲眼所见、亲耳所闻、亲身所历的啊！

选编《农民笔记》的过程，是我们回顾苦难叠加、体味幸福多艰的过程，是我们重走已逝岁月、再聆亲切教诲的过程，是我们品尝拳拳父爱、咀嚼悠悠思念的过程，是我们静观社会百态、感悟人生真谛的过程……一个个熟悉鲜活的面容，一幅幅难以忘怀的画面，一件件埋藏心底的往事，让我们禁不住热泪盈眶、无语凝噎。抬身踱步阳台外，夜色正浓，月如钩！

愿《农民笔记》成为广大读者了解中国农村的一个窗口。

引玲 胜天 西玲 丰胜 万胜 争胜
2012年3月18日

目　录

核算单位转移——好春雨——谢雨——种秋农谚拾零——续谱——种红薯——今年的秋庄稼——卖羊——买工分——二世感——拉炭路上雷锋少——差点喂了牛——弹花——生娃也应有计划——计划生育——移风易俗——感恩寄意——在杨谈学到些什么？——谷雨前不种棉

1966年～1976年

阶级敌人"和平演变"的手段——西安学生"拉练"——学习焦裕录——死坚持——工分王——打开了——胜天赴京——任教——自制毛主席像章——早请示 晚汇报 忠字舞——西安看病——二上副支书——要准备打仗——带子检讨——挨冻、钻水洞都要学——招工——带炭——引玲停学——第一名高中生——一双旧鞋——卖猪难——当厂长——农建兵团——捏花馍——盖新厦房——丰胜参军

1977年～1984年

怀念我的母亲——治丧文——毛主席逝世一周年——抽黄工程与三上副支书——卖社主义——娶媳嫁女——差半分——艰苦奋斗精神——兄弟二人上大学——延安咋的了？——丰胜高考——平反"三案"——重点转移——改变命运的一年——春节大团圆——争胜转学——买收音机——岳母逝世——喜添孙孙——挽联——大队买电视机和拖拉机——幡的改革——四个大学生——追悼诗——给胜天的一封信——屈主任去世——抄书——罚款——分家——可笑丢车子——分不分——万胜该不该留校？——王建民之死——第一个月工资——啊！上水了！——最好的一年——靳主任追悼会悼词——枪毙杀人犯——改安房门——政策对了头，样样都丰收——喜事多多——一条床单——三改大门——令人寒心——值

得回味的六年半——愉快的"送报员"上了任——万胜进修——四张大学文凭——广前哥去世——二级会计证书——重游姚庄——重游司马祠——大包干责任制——先代会——西玲盖房——也戴上手表——垫大坡——连雨垫路——丰胜的婚事——土地调整——扶麦——"八分支"挖渠——恢复乡政权——紧张的夏收

1940年～1949年

1940年（中华民国二十九年）至1949年（中华民国三十八年），是中国现代史上抗击日寇入侵、推翻蒋家王朝的波澜壮阔、摧枯拉朽的10年。

1940年：抗日战争正处于战略相持阶段。借助于黄河这条母亲河的庇护，陕西免遭日寇铁蹄的践踏。然而，国民党政府的兵差粮款、苛捐杂税，却使八百里秦川的贫苦农民陷入了水深火热之中。年仅9岁的懵懂少年侯永禄，则经历了彻骨的丧父之痛。

1944年：10月，国民党政府发动"十万知识青年从军运动"，陕西省合阳县举行了童子军大检阅。侯永禄初小毕业后进入路井镇高级中心小学读书。

1945年：日寇投降，中国人民取得了抗日战争的伟大胜利。与陕北延安相毗邻的渭北高原处于共产党和国民党的"红白交界地"。年幼的侯永禄继续在"四月八庙"里上高小。

1946年：蒋介石反动军队在美国支持下向解放区发动进

攻，内战全面爆发。因家境贫寒，已成为中学"免试生"的侯永禄不得不进入"合阳简师"上学。校庆时，年轻的他，拿起手中的画笔，向黑暗的旧世界呐喊宣战。

1947年：西北野战军在彭德怀指挥下，粉碎了胡宗南对延安的大举进攻。合阳县县长周鸿大肆逮捕屠杀共产党人，并强迫"合阳简师"学生集体加入三民主义青年团。时局动荡，民不聊生，侯永禄与同是寡母孤儿的赵菊兰成亲。

1948年：解放军和蒋匪军在合阳地区展开了"拉锯战"。学校转移韩城途中，侯永禄不断接受革命思想的熏陶。岱堡塔血战，合阳再次解放，他加入了新民主主义青年团。

1949年：夏收前，东北野战军进了关；西安即将解放，同学们随军南下。因母亲妻子无人照管，侯永禄无奈留在家乡。10月1日，中华人民共和国成立，废止了民国纪年，中国人民从此站起来了。

路井城，可爱的家乡

陕西省合阳县西南部的乳罗山下有座路井城。相传因当地水井里的水，甘甜清澈如露水一般，故名露井。城内有十多条巷，住着数百户人家，大多以务农为生。城墙修筑于1869年，由后新庄巷的侯风偕负责修建。形状如扇子，西北角为扇柄，共开东西南北四个大城门。城门用砖砌成，城门洞上外边各有四个大字。东门为"金带东绕"，南门为"铁岭南横"，西门为"卤川西临"，北门为"罗云北锁"。内边各有二字，依此为"春耕"、"夏耘"、"秋收"、"冬藏"。城墙东南角上有个转角楼，离老远便能望见，是路井城最明显的标记。城外南边有一条东西向的小街。中间有座坐北向南的九郎庙。南面有条南街，南端有个城门，上有石刻的"露井镇"三个大字。每逢农历一日七日，方圆十几里的人都来赶集上会。由于地平井浅，人们大都安居乐业。这儿，就是我可爱的家乡。

据说侯风偕为了以后让本巷人出城下地方便，修城时于后新庄巷的东头城墙中暗中修了个小城门洞，外面用土挡住，人们看不见。后挖开，称为"小东门"。后新庄巷有两口水井，东头路北一口，中间路南一口。巷里的人家大多住在路北边，路南边只住三几户人家。东头一户，西头一户，中间井西边一户。井西边是个十多口人的大家庭。户主侯迁善，勤劳俭朴，善良忠厚。他，就是我的爷爷。

爷爷迁善上有婶娘。婶娘一生无儿无女，早年丧夫，守寡多年，经常烧香敬佛，居住在城南的佛庙"四圣宫"内，孙儿和孙媳们称她为"烧香婆"。奶奶李氏，路井李家坡人，生有两个儿子。

大儿子连科，生于1887年，成年后学做木匠活；娶妻张氏，路井南街村人。二儿子润科，生于1895年，成年后学做铁匠活；娶妻贺氏，名冰质。润科和冰质，就是我的父亲和母亲。

爷爷和两个儿子种着六、七十亩地，除秋麦两料大忙季节全家总动员、投入紧张的收麦种秋和收秋种麦外，其余农闲时节，伯父的斧头锯锯声，父亲的风箱铁锤声，便都叮当叮当、呼啦呼啦响开了。爷爷自己也推着车车卖开粳糕了。

（"露井"实行简化字后改为"路井"。虽然书写简便了，却有些字不达意。听父亲说，曾祖父迁善1929年（民国十八年）腊月初八晚去世，享年七十三岁，人称没害病"好回首"。第二年正月十二晚，土匪洗劫了"四圣宫"，残忍地将"烧香婆"捆绑，垂着砖头，推入佛庙水井中活活淹死。）

我的父亲

我的父亲名叫润科，是祖父迁善和祖母的二儿子。生于1895年5月16日，自小跟着祖父务农劳动。因家贫没有文化，以后学成了铁匠，农忙做庄稼农闲便打铁。由于长年劳累，经常有病，身上黄胖烂肿。1939年夏季，父亲午饭后赤身休息，未穿上衣，未盖被子，着凉感冒，医治无效，变成寒结胸，竟卧床不起。于阴历4月10日下午与世长辞，终年45岁。

父亲37岁上，只有3个女儿，没有一个男娃。1931年母亲添下了我。（在老家，"添"是"生"的意思。一个"添"字，爷爷

奶奶的喜悦之情跃然纸上。重男轻女，乃中国几千年之传统观念也。）父亲非常喜爱，好东西先叫我吃，好玩具就给我玩，我的一切享受比姐姐们优越得多。引着我，走亲戚，上会，看戏。看戏时，抱着看不见，便驾起高高让我骑在他的脖子上看。引我学会了背《三字经》，学会了唱《铡美案》中的"包公"。有了来人，父亲常把我叫到人前让我背一背，唱一唱。他病重时，将我叫到床前说："永娃，大死了，你的福气就来了。"我憨着说："嗷，我的福气就来了。"

父亲年轻时，特别勤苦，给人家干活，腊月23日以后才回家。每年正月初五便担上笨重的铁匠担子出外了。出村干活，不论离家十里八里，每日天黑以后，夜深了，才步行回家。到家还要担水喂牲口。不等天明又要步行赶到主人家门前，要等着主人赶来开门。

父亲40岁的时候盖起了门房。那时他身体多病，已经不能出外干活了，只能在家打些零碎铁器。临终前的先一年，实想把东边厦子翻修好，怎奈力不从心，只好将厦房亮椽了一下，就那已经费尽了心力。为了给我留一份家当，使我生活得幸福，他劳累了一生，没黑没明地干活。父亲去世的那年，我家有两座大房计4间半，厦房14间，牛一头，耕地33亩多，存粮食六七石，院子一院半，场面一块6分大：可算个中农了。

父亲去世时，正值夏收之前，先一天埋葬了父亲，第二天便叫来了割匠，开始了紧张的夏收。父亲辛勤了一世，就这样草率地安葬了，算一世到头了。那时我才9岁，母亲还不足40岁。她将泪水咽在肚里，忙着料理家务，里里外外的全部重担压在了母亲一个人身上。

兄弟姐妹

据母亲谈，我们前后共姐妹10个，但成年的只有3个姐姐和我4人。大姐菊芳，生于公元1917年，嫁于乾字村邓西斋。二姐贞芳，生于1923年正月，1939年3月嫁于东吴庄张新万。因长期患肝血痨，医治无效，不幸于1946年腊月初五去世，终年24岁。三姐京芳，生于1925年9月22日。因父亲去世，家境困难，1939年腊月15岁时，便出嫁于东明村梁志敏。

因为伯母也有两个女儿，所以称呼上将大姐称二姐，二姐称三姐，三姐称五姐。因为在上的四个姐姐或哥哥，很小就夭亡了，所以我不但不知名字，也不知是男是女。

记得父亲在世的时候，我有个妹妹叫京叶，不知患啥病。大夫看后，让我去抓药，等药抓回来，已经断了气，真叫人难受。她生于1935年，死于1939年2月。父亲去世后没半年时间，母亲7月添了个男孩，起名叫永安，我十分喜爱。但一年多后，又因病医治不济，竟然死去，使我十分伤心。

　　（想不到父亲兄弟姐妹10人，竟有6人夭折？！令人心痛，让人心酸！据有关资料介绍，解放前，我国人民的平均寿命为35岁；1978年人口普查统计，我国人民的平均寿命为68岁。目前，中国人的平均寿命已超过73岁，步入世界先进水平之列。）

兵粮差款

　　父亲去世后，家里就剩下母亲和我，孤儿寡妇实难过活。当时正值日本侵略我国，兵、粮、差、款，一天比一天紧，一天比一天重。我是个十来岁的独子小孩，仍要按门、按地出壮丁钱。公粮、麦封、牲口料、军队面，更是层出不穷。记得有一年腊月，甲长和保丁来逼粮。他们声言，一家挨一家"齐为"，家家都得交清。最后把母亲淘下的二斗准备过年的湿麦也装上走了，母亲好话说了一大堆也不顶事。但到巷里一看，也只收了五六家没人没钱没势的穷寒家，有的户连门都没进去过。

　　记得又有一次，我从学校放学回家，门锁着，不见母亲，听人说押在保里了。我到保里一看，只见母亲和不少的人锁在一个大房里。县里来的委员正在用大板子打一个男人，我吓坏了，在门外哭喊起来了。母亲把家里门上的钥匙从门槛底下给了我，叫我到家里给她取了个米面馍，算把饭吃了，我也只好拿了个冷馍去学校。下午他们还不放人，我一个娃怎敢独自个睡在家里。我找到了保长，要求换母亲回去，替母亲坐牢。他们要母亲回去立即借钱，先给

《兵粮差款》手稿

委员交够跑腿的鞋袜钱。（第一次听说"鞋袜钱"，真是暗无天日！）最后留下我，母亲才去借钱；把钱交了，才把我放回来。还说："明天再不把粮交清，把人就要带到县上去。"母亲又连夜东奔西跑地借款子。

还有一次，我去上学，母亲去街上卖被子，留下姐姐在家看门。为了怕贼，姐姐把门在外面锁着。谁知甲长竟越墙而过，东张西望，发现屋里有人，才走了。后来姐姐将此事告到保上，保长竟蛮不讲理，还威胁姐姐说："你再往前走一步，看我用杠子不敢打你才怪咧！"

有一年的夏天，马上就要收麦了，但差事派来了。我家既没有牲口，又没有人。家家都忙着要收麦，谁愿意去支差呢？甲长说："就轮到你家，你出钱雇人，只要钱多，有的是挣钱人。"偏偏就在这个节骨眼上就轮到了我家，哪里去讲理呢？

由于父亲去世，牲口卖了，喂牲口的房子也拆了。为了抗日修碉堡，要木料。甲长要了一根椽还不行，还再要一根。母亲问："为啥还向我家要？"甲长说："你有哩！"这是什么理性啊！

没有劳力做地，把地租出去吧。租出去的地，租子收不回来。

收下的租子，根本不够交公粮，更不够交草粮差款。和别人分种上吧，地没粪上，打不下多少粮食，比出租的收入还少。真没办法，只好把19亩地典当给保队副靳怀彬，这样可以不交公粮和差款，和卖了一样。但有一个好处，只要你将当的地价如数交还人家，地仍可以由自己耕种。卖了就再也不能回来了。

变卖家产没法子变卖。先是没买主，后是廉价卖了，价都收不回来。例如当了地，麦子人家不送。母亲央人扛回。但事后，扛的人要借麦子，借给了一石麦，后来多次要要不回来。因此只能用省吃俭用、从牙齿上刮的办法来过日子。灶火没炭烧，买不起炭，就长年烧柴；没有柴，母亲就拿镢锄砍臭蒿、枣刺、菠老叶、扎娃苞等柴禾。我长大了，上学遇星期放假，也扛个镢锄拿条绳，去砍柴，烧灶火烧炕洞都能行。家里买不起火柴，每天做饭烧火时，便到邻家去点火。或者用火链在火石上打火；有时不会打，半天打不着火，真急人！旧社会的孤儿寡妇，加上繁重苛刻的兵粮差款，日子真是没法过呀！

上学

父亲在世时，我也曾在"六世祠"里认字，那不过是今天去明天不去，不经常。父亲去世后，我一天天长大了，便常在"东岳庙"上学。校长是侯子钦，班主任有范梦其、姚得育等。班级是三二级。同班同学有侯永泉、侯炎垚、侯专录、侯同勋等。

1944年（即民国三十三年）进入高小，地址在西明村东的"四

侯永禄上合阳县立简易师范时的国文课本

月八庙"。校长是侯丙钧，教导主任是赵湛一，班主任有杨克敏、邓钟其、赵崇九、赵为希等。班级是三五级。同班同学有侯俊峰、靳文杰、侯顺涛、侯炎垚、张进其、张有淼等。每星期背冷馍，烫小盒辣子当菜吃。别的同学搭灶，我没钱搭不起灶，只喝点开水。有时连书本也买不起，借同学的书看。

这年秋天，国民党政府发动"十万知识青年从军运动"，县上要举行全合阳童子军大检阅，高小的学生都是童子军。体育教员王马民集合起大家宣布，每人缝一身草绿色制服，一条童子军棍，一条捆行装的绳。我回家给母亲一说，母亲慌了，赶紧叫来姐姐菊芳剪布缝衣服。哪里来的绿色布呢！要染布得买颜料花钱，没钱咋办！用槐胶子熬水染布。童子军棍，用根锄把吧！绳咋办？没钱买，想来想去，用织布剩下的线头"机间"来一条条续起来吧！总算赶大会前做成了。九月十五日，王马民带领全体同学步行赶天黑到达合阳县城，住在指定的住宿地点。九月十六日在大操场进行检阅。各个学校的童子军，都穿着一色的制服，有黄的绿的灰的，一校一种颜色；有唱歌的跳舞的打棍劈刀的，各具特色。同学们大开了眼界。我算第一次进了县城。

由于学习条件差，学习机会难得，学习的自觉性逐渐提高，所以成绩还算不差。1946年毕业时由于考试成绩好，升学时可以不再考试，即为"免试生"。

升中学可免于考试，是个好事情。但到底上不上呢？家里距县城40多里，还要翻个金水沟。再远我也不怕，愿意去上学。但我一去学校，家里就留母亲一个人孤零零地，谁绞水呀！困难重重。为了改门换户，母亲和我反复合计，最后决定再苦再累也要让我上学去！县上有两所学校，一所是合阳中学，设备好，条件好，但要交学费，伙食要自理。另一所是简易师范，是新办不久的，条件较差，毕业后只能教书，但伙食由国家供应面粉。因为家境困难，只要负担轻，条件再差也不要紧。所以我拿上免试证报进了合阳简师，地址在县城内西北角洞之巷，即原来的民生工厂旧址。校长是李齐夷，班级是秋三八级乙班，班主任是范敬民，同学有雷满堂、侯顺涛、侯甲祥、侯俊峰、侯甲荫、李步云、康保成、康更坤、相润学、张润良、陈碧莹、雷永坤、安康、安希茂、王述生、谢学安、贺永会等。学校宿舍借住民房，衣物、文具、被褥是背往学校的，连床板也是自己背到学校去的。每遇星期天要回家，必须在星期六午饭后赶快走，赶天黑到家。第二天早饭后出发，赶上自习要到校。

记得有一次星期六和顺涛回家，第二天回校却下起了大雨。怎么办？和顺涛连雨同行。到金水沟，坡陡路滑，无法下沟，只好坐下向下溜，向上爬。到校时已淋成小鸡，两人都乏得精疲力尽了。

（宋濂《送东阳马生序》中写到："当余之从师也，负箧曳屣，行深山巨谷中。穷冬烈风，大雪深数尺……"父亲艰苦的求学历程，与其何等相似！）

那时的四月四日是儿童节，学校组织同学野外踏青。长年累月关在学校学习，多么想去野外游游，但是因为自己缝不起统一颜色的制服，学校便不许参加，只好留在校内，心里多么难受啊！有时和合中校一起开会，那边有的同学讽刺我们是"军麦袋子"，意思是我们每月吃着国家供给的面粉，不光彩，太贫气。我心里十分气愤，但有什么办法，只有暗下决心，发愤学习。

有一年过"校庆"，学校号召出壁报画报。我自小爱画画，便也画出了一张画报。内容主要有：一、一个青年手挥大刀，向周围的狼虫虎豹拼搏，题名《青年要向环境作斗争》；二、一个浑身流汗的人，用力拉着东洋车，上边坐着个肥头大耳的富翁，题名《要吃饭多流汗》；三、几个资本家，手中放着氢气球向天空飞，题名《物价飞涨》；四、一只公鸡站在火热的鏊上实在难熬，题名《兵差粮款》。还有一些记不清了。这张画报，校庆后校长代表学校还发了奖品，有红蓝铅笔等。（新颖大胆的构思设计，社会现实的真实写照。）

结婚

父亲去世后，一个大屋里就有母亲和我两个人。我去了学校，家里就母亲孤零零的一个人，一到夜晚黑糊糊、静悄悄地更怕人。母亲为了使家里早一日人多点，便在我11岁上就给我订了吴庄一门亲，连面也没见过，还不知名姓，13岁上就病死了。母亲很难过，而我就没叫心晓得。只是也不知花了多少钱的彩礼，就这样白白地丢了。

当我15岁，五姐的公公，我称"梁伯"的，给我说下赤城西庄的一个媳妇，和我同岁，家里就她和母亲两个人，既无兄弟又无姐妹。当她出生不到40天的时候，她的父亲便病故了。她和我同样命苦，甚至比我更苦。没父亲的女子娃和年龄不老的寡妇妈怎样过日子啊！作的那难，受的那症，我是可想而知的。母亲征求我的意见时，我说"愿意"。

当我17岁正在"简师"上学的时候，母亲提出要给我成亲，我不同意。但怎奈双方的母亲和媒人多次解说督促，便定于五月十六日成亲。她进了门，坐席的时候才看了一眼，算是见了面。那天天气很热，亲戚邻里还来的不少，算了却了母亲心上的一件大事。

她的小名叫银焕，意思大概是值钱得要用银子来换的一样。但要了多少彩礼呢？据说是六万元（注："六万元"应为解放前国民党执政时的旧币）。六万元是多少价值呢？那时一聚（一百张）十两纸，价值二千陆佰元，能有二十三聚十两纸的价值啊！就这行礼时带够没带够我也不知道。她妈会想，她只有一个女，女的也是她的，她的也是女的。女婿也是独子，没有兄弟分家。反正有苦同受，有福同享。彩礼的多和少一样，要不要也一样。

自从结婚后，母亲渐渐地不孤独了。我去上学，她和母亲，白天黑夜纺线织布，缝衣做饭，样样能行，母亲非常高兴。但她妈嫁了女，家中留她一个人，怎能不孤单呢？所以常来常往，几天女不来，便心神不安，天天等，晌晌盼，时间一长，就常来看。

久而久之，年复一年，我的家也就是她的家，她的家也就是我的家。正所谓"不做亲是两家，做了亲是一家啊"。因结婚时我正在"简师"上学，同学们还给我行了一个镜子，一张美人画，一幅对联。对联是范敬民老师写的："画眉学仿初三月，麟趾新朝第一凤。"结婚那天，她妈还扯了九百条手巾的活，真算尽心竭力鼓穷劲了。

（同是天涯沦落人，相逢何必曾相识。父亲和母亲各自的家庭，均为孤儿寡母，可谓"两颗苦瓜一根藤"。从此之后两人相濡以沫，甘苦与共，走过了将近60年的风风雨雨。）

放荒假

1947年收了暑假后，上了没有几天课，同学们乱言纷纷，县北的同学说得更多："八路军已经到了甘井"，"游击队神出鬼没"，"时田均闹得很凶"……在上时事政治课时，徐老师给我们讲军事形势，说"刘邓大军，挺进大别山区，行兵神速，一昼夜便可走二百里路……"在这种情况下，学校宣布了放荒假，让同学们都回去，放假时间没有期限，等时局稳定后再开学。8月24日同学们背上行李离开了学校。

我在家做些家务，砍砍柴，画些画，写写日记。还要守城，挖壕，做城工。记得和九叔侯保安等人扛着锹背着馍，到合阳县城挖城壕，晚上住在中原头。

两个月后学校开学了，我背着行李便去上学。进了县城，城门上挂着两颗人头，血淋淋的，真吓人。据说是县长周鸿捉下的共产党。记得有一个很冷的早上，同学们传说街上要枪毙人。许多同学都争着去看，我怕得不敢去看。有的人回来说已经枪毙了，在西门外，我才和几个同学去看。有五六个人倒在血泊中，还有一个女人。我想他们犯了啥罪啦！特别为啥要杀那女人呢？听人说那是共产党时田均的女人。真是目不忍睹，赶快回校吧！

到校后学习情绪并不安心，课后同学们都在谈论着时局。五福乡雷永坤同学常说："八路军在我们的北边，他们为穷人办事。等他们来了，我一定要入共产党。"

这年冬天放寒假前，学校给各班每人发了一份表，要大家填写。这是加入三民主义青年团的表，人人都得填，不填便是嫌疑分子，便有被戴上"红帽子"的危险。所以全班几十个同学都在教室里填了表。

放了寒假就是年关，穷人过年是过难。我家不但没有沽酒割肉，连菜也买不起。但还得请张灶神，买张红纸，写副春联。大门上第一次贴上了对联，上联是："哈，莫笑咱家贫，贫而有志广施仁德"；下联是："唉，休夸他人富，为富不仁损人利己"；横额是"年年过年"。年年过年的意思是，我过一个年长大一岁，年年在成长，你那些欺压弱小的人都不要忘乎所以了。谁知对联一贴出，便引起一场轩然大波，巷里的人议论纷纷，好心人对母亲说："你快叫娃把对子揭了吧！惹下了财东家是不得了的。"我给妈说："不揭，管他呢！咱不能永远怕人，我一年比一年大了，他谁不服，谁揭吧！"（十六七岁的父亲，竟能写出这样掷地有声的春联，其浩然正气让人敬佩，让人叹服，乃"威武不能屈"也！）

上韩城

1948年春，因时局紧张，学校未收假，我便在家里跟着伯叔哥哥张苟做庄稼。经常有军队来往，不时有枪炮声、飞机声，下地干活也有被拉差、抓壮丁的危险。有时我们在地里，便跑到西庄子上岳母家去躲避。还在地窖里藏过，成天惶惶不安。

四月初九日晚上听见几声枪响，解放军真的来了。路井城没要攻打，保警队闻风早已逃走了。城门贴上了《解放军宣言》，墙上看到了标语："人人有饭吃，人人有衣穿。"战士们穿着灰色制服，戴着八角帽子，腿上缠着裹腿，腰间挎着挎包和水壶。他们待人和气，说话亲热，没有一点吓人的地方。而且我在巷里还见了一个同学，也是解放军打扮。这下子我才放心了，不怕了。但他们不久又走了。（今天国民党来了，明天共产党走了，这就是小时候奶奶给我讲的"拉锯"。）

7月7日，解放军又来了，有时还住在我们家里，乡亲们盼他们不要走了。村里还拉来大炮。乡亲们说："这下子不会走了。"9月7日，"简师"甲班的同学、西庄子上的赵宗汉到他姐家来看望，顺便来我家，使我喜出望外，和他亲热地谈论起来。他是2月间上学去的，还去过洛川一带。现在学校在合中校，校长还是原来的校长李齐夷。同学都是原来的同学，还有原来的几位老师。他还谈了许多解放区的情况、军队的情况、学校的情况以及上课的情况……总之，一下子解决了我心中许多疑虑，产生了再去上学的念头。

　　经过和母亲反复商议，认为国民党如果再来，小伙子呆在家，总有一天会被抓去当兵的，倒不如现在就去合阳上学。母亲同意了我去上学。9月12日，我提了几个馍，独自一人便去合阳上学了。翻过了金水沟，天已经快黑了，碰见同学蒋宏民和他父亲正往回走，给我说："胡宗南的军队已经上来了，打到金水沟边了，你还不快回去，跑上来干啥。"我说："上学么！"头也没回地奔往学校。

　　同学们久别重逢格外亲热。9月14日晚上正睡得香甜，忽听哨音，同学们紧急集合。学校领导说："上级指示，胡匪进犯，要我们学校立即转移。"同学们马上打点行李，我连被子也没有，便背着蒋宏民的被子，和同学们连夜一起出发。月明如昼。大家出了县城往北走，赶到一个叫白米的村子，天已经快亮了。到家户里自己动手，同学们自做自吃。白天休息晚上行走，赶天明走到芝川。第一次见到了黄河，就在芝川住下了。借机会和几位同学还去司马坡，游了司马迁祠，看到了司马迁墓。（韩城乃司马迁之故乡。）

　　上午，又到叫龙泉寺的地方休息了；晚上，到了韩城县北边的姚庄——这便是我们的临时学校。在这儿学习了40来天，上课，开会，看戏，唱歌，大家生活得愉快欢乐。天气一天天地冷了，但同学们不怕冷，每天早上同学们到冰冷的涝池去洗脸。我和不少同学阴历十月的天气还穿着单衣服，但谁也没有怨言。大家在闲谈的时候说胡匪再要上来，咱们过黄河去山西更好，广广见识。（1984年10月，父亲担任韩城矿务局一中门卫，曾携母亲专程去姚庄旧地重游，寻觅当年洗脸的涝池，住宿的旧居，学习的陈迹，青春的背影。)

形势发展得很快，长春解放了，沈阳解放了，号外捷报不断传来，同学们欢腾了！又听说岱堡塔战役胜利了，合阳再次解放了，回合阳的希望马上要实现了。

10月底回到了合中校。我在会议上在黑板报上公开声明退出"三青团"，由学生会主席、原三八级甲班的同学萧俊亭介绍，加入了"新民主主义青年团"。

11月4日便回家看望母亲。在东明村五姐家，母子重逢，悲喜交集热泪盈眶。

务农

淮海战役后，国共两党和平谈判破裂，解放军百万雄师横渡长江，一举解放了南京城，国民党残部逃往了台湾。1949年夏收前，东北野战军进了关。西安眼看就要解放了。学校毕业班的同学马上要分配工作，随军南下，开展减租减息，合理负担，进行夏季征粮工作。

回家和母亲商议，我要随军南下，参加革命工作。但母亲不让走，千说万说不顶用。我说："念了十多年书现在毕业了，正是发挥作用的时候。不让出去，咋能老守在家里？"母亲说："上学念书没错，但你一走家里没人我靠谁呀，几十亩地靠谁来做。你一定要走，先要把我埋了。"（母命难违啊！一个"埋"

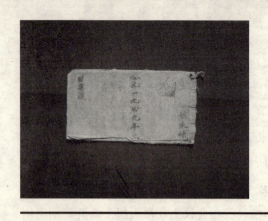

侯永禄1949年家庭日用账

字，写出了奶奶不让父亲随军南下决心之坚定。）岳母也帮着母亲说话，劝我不要走。

真没办法。眼看着同学们一个个高高兴兴，欢欢乐乐，昂首阔步走上了革命的大道。而我孤零零一个人，心中说不出有多难受。乡亲们一个个兴高采烈热情地接待着西进大军，而我呆在家里也羞得见人，干起活来也没精打采。

紧张的夏收干得我腰酸腿疼，一天到晚，简直没有休息的功夫，一躺到炕上便精疲力尽动弹不得。夜太短了，没等醒来，天就大亮。不等天明，就得起身干活。夏收的一天，早饭后和母亲来到麦场里，准备下地拉麦。我和母亲坐在麦车后边阴凉处休息。一会儿堂哥来了，上车起麦。谁知麦车辕里装得稍轻，他刚上车，人没等站稳，辕便扬起来了，一下子将我和母亲压在了车挑尾低下，立即呼喊。多亏几个人来将辕压下，才将我俩救出。痛疼了数日，母亲不能干活，我还算好，没有影响劳动。

夏收后，将当出的19亩地也赎回来了，和以前分种的14亩地总共33亩地，堂哥一个驴怎能做过呢？我便去东明村给梁哥家干活，让将我家的麦种上。秋季阴雨连绵，前后40多天，麦急忙种不上。

　　（没能随军南下，参加革命工作，成了父亲心中一生的痛。到了晚年，看到当年那些"南下"的同学，给子女留下了不少遗产，自己却面朝黄土背朝天，靠儿女们给的生活费度日，时常和母亲感叹不已。）

1950年~1959年

1950年至1959年10年，是一个激情燃烧的岁月。中国共产党人面对饱经战火的烂摊子，面对经济建设的新课题，在意气风发中探索，在迂回曲折中前进。

1950年：中共中央发出了《关于镇压反革命活动的指示》，路井镇于小东门外麦场内处决了伪镇长刘振海，大快人心。6月，陕西省政府公布《土地改革法》，合阳县开展了轰轰烈烈的土改运动，侯永禄担任团支书。7月，大女儿引玲出生。

1951年：土改运动如火如荼。当时的口号是"依靠贫雇农，团结中农，中立富农，孤立地主"，"保护民族工商业"，"实现耕者有其田"。

1952年：和全国一样，合阳县普遍建立了互助组。侯永禄担任乡人民代表、互助组组长。这年冬季，开展"查田定产"运动。12月，大儿子胜天出生。

1953年：10月16日，中共中央发出了《关于实行粮食的计划收购与计划供应的决议》，简称"统购统销"。路井地区出现强迫命令，有农民自杀。

1954年：合阳县举行"普选"，侯永禄为赴县宣传员。9月15日，路井乡颁发布票。17日，路井乡第一初级农业生产合作社正式成立，侯永禄担任初级社会计。

1955年：侯永禄任区团委委员，乡政府委员。这年秋季，出席陕西省首届建设社会主义青年积极分子大会。11月，二女儿西玲出生。

1956年：毛主席发表《关于农业合作化的报告》一文，全国各地纷纷转为高级农业合作社。 4月19日，路井高级农业生产合作社正式成立，侯永禄担任会计。

1957年：4月27日，中共中央发出《关于整风运动的指示》。6月8日，中共中央发出《关于组织力量准备反击右派分子进攻的指示》，整风运动转向反右派斗争。这年元月，侯永禄加入了中国共产党。

1958年："公社化运动"出现高潮，各行各业大跃进。农村大办食堂，"共产风"、"浮夸风"甚嚣尘上。侯永禄调往路井公社。11月28日～12月10日，中国共产党八届六中全会在武昌举行，会议通过《关于人民公社若干问题的决议》。2月，二儿子丰胜出生。

1959年：8月2日～8月16日，中共八届八中全会在庐山召开，通过《为保卫党的总路线、反对右倾机会主义而斗争》的决议、《关于开展增产节约运动的决议》和对彭德怀等人的决议，继续盲目"跃进"。侯永禄回到路井管理区工作。

镇压反革命

1950年开春，经人介绍，我在路井乡政府担任乡文书，写写算算，统计数字，填写报表。乡政府驻在楼房院大巷侯平臣家，工作的重点是生产救灾渡春荒、反霸清匪肃特。不久，敌伪镇长刘振海被逮捕。4月30日晚由几个背枪民兵押在了乡政府，戴着手铐，狼狈不堪。他曾骑在人民头上作威作福，无恶不作，解放前杀害了我地下共产党员高克明。

记得1947年7月中旬的一天傍晚，保丁来到我家，要我和靳文杰去镇公所帮助户籍员抄写户口册。上级有令谁敢不去？我急忙喝了汤赶往镇公所。汽灯已经点着，搭着一排排桌子。来的人有几十，各保有各保的位置，距汽灯远的桌上还点着洋蜡。我和文杰在四保的位置上坐下来。究竟为什么抄写，谁也没问一声，只是低着头用着心工工整整地抄写着。

镇长刘振海和几个绅士在另一处桌子旁围了一圈，喝酒呀、划拳呀，"四季发财呀，两相好呀"地喊个不停，扰得人心烦意乱，常常写错，但又有谁敢说半个不字呢？酒足饭饱后，他们又去附近真枪实弹练瞄准。你"叭！叭！"两声，他"叭！叭！"三下，却吓坏了附近的老百姓，不知发生了什么事。有的老人钻进被窝不敢动，有的小伙躲在后墙下准备跑；有人怕是抓丁的来了，有人怕是八路军来了，个个慌慌不安，而镇长们却逍遥自在地转游着。转到抄写人员跟前下命令似的说："赶快写，赶天明一定要写成！"大家只好头也不抬地写，写，写。不大一会，附近的几个保公所专门派人来镇公所打探消息。镇长们哈哈一笑，说："你们的胆子也太小了！"我一直写到天色大亮才写毕，算是交了差。

五一国际劳动节。一早，我把乡政府收拾了一下，赶快回家吃了早饭，便和群众们急急忙忙跑到本巷小东门外的大场里去看热闹。全西南区各个乡的群众都来参加公审大会。头挽白毛巾的青年男女民兵们扛着红旗，列着队形，挺胸昂首真威武。拥拥挤挤的群众，老老少少、男男女女，人山人海，足有成万人。会议开始，王县长宣布了罪大恶极的敌伪镇长刘振海残杀我地下共产党员高克明的罪行，判处执行枪决！刘振海跪在场北边的坟边，一声枪响，头顶开花，身躯趴地，一命呜呼！真乃大快人心！从此夜不闭户，路不拾遗，小偷也销声匿迹。

夏收将到，干部整编，我申请回家务农，要收几十亩庄稼。

（1950年3月，中共中央发出了《关于剿灭土匪建立革命新秩序的指示》和《关于镇压反革命活动的指示》，开始了在全国范围内进行清查和镇压反革命分子的政治运动。它是新中国成立初期同抗美援朝、土地改革并称的三大运动之一。席卷三秦大地的"镇反运动"，肃清了国民党残留的反革命势力，保证了社会秩序的安定，有力地支持、配合了土改运动和抗美援朝战争。）

土改

1950年夏收，要收回几十亩庄稼，没有牲口怎能行呢？便买了一个小毛驴，挣扎着闯过了紧张的夏收。六月间省政府公布了土地改革法。我是路井城内唯一的"新青团"团员，区属的团委书记是乔凯。我便开始发展吸收新团员，最先的团员有侯天义、侯根全、侯金锁、侯荫槐、侯俊元、侯居敬、侯雷七等，我便担任这团支书。乡上的党支书是侯湛江。开始了定成份，我家定为中农。各村普遍成立农民协会，东北村的农会主任是屈金山，东南村是侯东仓，西南村是侯根命。侯广才是本巷的农会小组长。农会设在崔子玉家的上房里。定成份的大会是在侯见光家的大院子里。全村共订了一户地主两户富农。地主是前巷的侯克之。富农有本巷的侯存虎、侯荣仓。外村的地主有侯五合、侯茂康、侯西有、侯升平、侯绍才。1950年冬到1951年春，开展了轰轰烈烈的土改运动。当时的口号是"依靠贫雇农，团结中农，中立富农，孤立地主"，"保护民族工商业"，"实现耕者有其田"。

（土改运动是新中国建立初期在新解放区开展的土地制度改革斗争。没收封建地主阶级的土地归农民所有，是中国民主革命的一项基本任务。土地改革的胜利，彻底消灭了封建土地所有制，解放了农业生产力，进一步巩固了工农联盟，为国民经济的恢复和发展，为国家社会主义工业化和对农业社会主义改造创造了条件。）

互助组

经过了土地改革，农民的生产积极性空前提高，做庄稼的人都有了自己的土地，使用上了自己的牲口农具，没黑没明地干活。1952年，母亲在家引娃做饭，我和女人下地干活。棉种是一颗一颗粒选的。春上捎早点火防霜，白天除草、植树、铲坟、积

侯永禄保存的1952年合
阳县互助组长会议笔记本

肥，又给麦田上化肥。3月初时发现了麦蚜，危害非常厉害，大
家用板来拖，12日一早上巷里人扑的蚜虫足有一斗。四五天功夫
麦苗变黄，严重的地方已枯死，黄豆一片一片成了空地。16日下
了一场大暴雨，虫情才减轻了。这年的麦和黄豆还都锄了二遍，
壮地的麦产量仍然超过往年。

　　由于单家独户的经营经不起天灾人祸的袭击，有的贫农家底
薄，缺资金，仍不能大翻身，困难不少，出现了个别卖地卖牲口、
出卖劳动力的现象。政府号召组织起来，在搭工帮工的基础上成
立互助组。我是青年团员，还是乡上的人民代表，我能落后吗？
不能！必须带头搞互助组。但搞个互助组也不容易，各种各样的
问题不断发生，解决一个又出现一个，急忙解决不完。要组织互
助组，庄稼多了，没大车不行；有了车就得有驾辕的牲口。都没
有就得买，谁能买得起？谁该买？没有人愿意买，怕吃亏，我只
好卖了毛驴买大牛。4月13日岱堡塔有集，将过麦收，牲口价正
大。不买不行。用145万元买了头大黄牛，上税72500元，出捎
1000元，折合小麦5.44石（每斗2800元计）。将驴卖了78万元。
忙后闰5月22日将东西畛6亩地卖了2石6斗麦，卖给崔子玉。互助
组才得以巩固。（公而忘私，助人为乐，不计个人得失，父亲为

我们做子女的树立了榜样。)

截止4月9日，本巷已有3个互助组：志农、永禄、俊山；二个搭工组：保全、兴运。只剩仓囤一个单干户。全区好的著名的互助组有王天义、靳自荣、杨海云、李顺绪、党彩云等，4月6日区上开互助组组长会上提出的。6月27日我去合阳县参加互助组组长代表会议。28日正式开幕（即阳历8月18日），地址在人民堂。王县长做了《关于互助合作运动的报告》。全县已有互助组7204个，常年的有3618个，季节的有3586个。会议开了六天，7月4日（即阳历8月23日）胜利闭幕。

互助组确实也解决了不少困难。农民之间劳力、畜力、农具能互相补充、调剂。大家都很乐意。当然也发生过一些不公平的矛盾，那是难免的，主流是好的，发展了生产力。

（土地改革后农村组织起来的互助组，是新中国成立后的一大新生事物，也是社会发展的一种必然趋势。父亲在肯定它"主流是好的"的同时，也指出了它的一些不足，具有一定的前瞻性。）

肠胃炎

1952年的九月初六日上午，我正在地里种豌豆，忽然口发恶心，呕吐数次，身体困倦，全身无力，挣扎着往回走。回去一口吞了十几粒"大圣丹"，才止住了恶心。下午休息了一晌，第二天清早便去地里，下午出圈。然后拉土、拔花秆、碾秋、晒秋粮，再没停过活。但到11日晚上原病复发，恶心呕吐，把一大包"大圣丹"喝完了。十二日休息，但傍晚大风，还去拾棉花。十三日去行门户。十四日大风，拾棉花，傍晚还开团员大会。十五日赶着盘了一天炕，身体不支竟"跑起了后"，半夜后拉肚子六七次。十六日走着去南街、赤城、南庄求医，身体十分乏困。十七日还去街上卖棉花。十八日还担水。以后又挣扎着担豆蔓、拉迷秆、出圈、拔花秆。直到二十六日病又重了，只好卧床不起。又是拔火罐、又是请先生。十月初二身体内外发烧，头昏眼花，夜不能眠。等鸡叫时托恒和请来李桃甫，扎针处方。一直到初八才能提起笔写字。十四日被群众选为查田定产工作中调解纠纷的代表。参加了清丈院子的工作。

前后四十多天的病，弄得人身弱体衰，未能去南蔡参加查田定产的训练。由于解放初医药卫生尚不十分发达。医生技术水平不高，小病也急忙看不强。请来先芝，说是"流行性感冒"。请来子勤，说是"神经衰弱"。请来桃甫，说是"伤寒引起奔豚"。我也弄不清是什么病。

总之这年劳累过度，抵抗力弱，不等病情好转便又急着干活，弄得旧病不愈新病又加。起初是饮食不慎，生冷不忌，消化不良，恶心呕吐，带起后跑拉痢。抓紧医治也不至于重病，直到卧床十日就不单是肠胃炎了。伤寒病多很难治疗，多亏了老中医李桃甫治好了我的病。

这年的劳动强度也太大，秋锄了三遍，花锄了五遍。正地耩了二次，犁了二次，耧了一次，耙了五次，耱了六次，还不说打墙修地打泥基等许多重活。加上开会经常熬到半夜，所以病不来也不行。病后编首顺口溜：

九月十月病染身，各样工作不前进。

查田定产工作紧，自己一字未过问。

思前想后错何处，防疫卫生没认真。

从今要把决心下，健康第一记在心。

忘不了的一针

1952年冬，我害了几十天的病，女人又要坐月子。这已是第三个月子了。1948年腊月生了第一个娃是女孩，正值国共交战、红白拉锯之时，先天不足，身体瘦弱，营养不良，1949年3月便死了。我起的名字叫玉素，但人还不知道娃叫啥就没命了。1950年5月23日又生了一个女娃，我给起名叫智玲，后来母亲改叫引玲。（奶奶改叫引玲，目的是想要"引"出一个男孩来——还真灵验。）1952年这年十一月十四日（即阳历12月30日）生下个男孩，我给起名叫胜天。母亲非常高兴。但第五天孩子和大人都有了病。请来王浩然给菊兰看病，叫来一婶婶给娃看病，用针"放四稍"。到1953年正月，娃右手的中指红肿，据说是中了针毒。请子勤看了十多次，盘尼西林打上也不顶用。后来动手术，取出扁豆大一块骨髓，伤口才渐渐好了。至阳历三月十一日算看最后一次。但中指却弯曲着伸不直。长大了既参不成军，又影响劳动，成了终生的遗恨。医药卫生事业的不发达，家庭经济的困难，给人身体造成的危害是多大啊！

（右手中指伸不直，成了我一生的遗憾。1971年报名参军，检查身体时惨遭淘汰，说是射击时影响扣扳机。其实，我当基干

第一张全家福：
母亲、永禄、菊兰、
引玲、胜天

民兵，实弹打靶3枪打了27环。）

查田定产

1952年冬季，开展了"查田定产"的工作。我因患病未能去南窑庄参加学习。直到九月二十五日，才参加了乡政府委员的会议，"查田定产"工作正式开始。下午开了支委会，第二天上午开了团员大会，会后便卧床十多天。十月十一日，下地开始插标牌；十二日，栽地畔监丈尺；十四日，被选为调解纠纷的代表。为了解决前后新庄的纠纷，十五日冒着大风雪去区上提供材料解决了问题。十七日开始丈前后巷的院子。二十一日晚开群众会，布置第二天的下灰定界与复丈工作。二十六日召开乡调评委员会，晚上画地图。二十七日开人民代表会。二十八日开群众大会评地等。晚上乡里统计各等土地亩数。二十九日在人民代表会上讨论通过了地等。随后几天写土地等级分界表，写本乡地等分布情况的材料。

阳历1952年的元月去南街、东南村、东北村、西北村、西南村，进行统查、统计，造册上填土地等级。元月十三日和党正仁、马兰英去县委开查定工作总结会三天。九日发来了土地证，人人高兴。

（查田定产是国家与农民关系的一次新建构，它不仅影响到土改中阶级的划分，而且还使新生的国家全面掌控了土地资源，确立了向农民征收农业税的依据，并为合作化运动中土地入社以及包工包产的推行奠定了基础。）

防霜与波水

1951年春实行了土地改革，1952年冬实行了"查田定产"，群众的生产积极性大大提高。在人民政府的倡导下纷纷成立互助组。由于推广优良品种，开始施用化学肥料，逐步采用推广新的生产技术，所以粮食棉花的产量逐年增加。

春季的防霜工作便是一项解放后的新技术。霜冻对小麦和初出土的棉苗，有时危害确实严重，所以政府对此很重视，及时组织群众进行预防。1953年5月12日晚上正在看戏，乡政府紧急通知"寒流北上，注意防霜"，戏马上停演，观众都回去防霜。天气突然变冷，穿着棉衣，脚还冻得发痛，身上想打冷战。防霜人数这晚最多。各家各户每段地头放一堆柴草，一看城上火起，到处便同时点火，只见烟雾弥漫大地，久久不熄。至少对霜冻的危害会减轻。当然和其他新的事物一样，难免有少数人思想不通，行动不积极，甚至有偷懒不起来防霜的人。（土法上马，人海战术，是上世纪50年代至80年代大力宣扬的精神图腾。）

1953年7月17日下午下起了暴雨，大雨一直下到天黑。老八沟堡子胡同下来了波水（路井方言，即"洪水"）。小东门外的波水有三尺高，水一直从城门涌进了巷里，吓得群众急忙堵水道。把下地回来的人隔在了路东边场里。不能回家，只怕被水冲走。

第二天下午到地里去看，尚家渠的地被泥水漫满了。圪垯地辛辛苦苦担壤推地修了一整，被波水一下子冲垮，并将原地也冲成了沟。比去年那一次暴雨更大，冲得更厉害。我长下二十多岁，还没见过那么大的波水。（此次暴雨之猛，洪水之大实属罕见。其实渭北高原属旱原地区，十年九旱。）

自耕单干，力量薄弱。真正无法抗击自然灾害的侵袭，所以只有听政府的号召，组织起来，走互助合作的道路，才能从经济上真正翻身。正是：

单干就像独木桥，只怕雨打和风摇。

水土流失难控制，天灾人祸当不了。

若要大家同富裕，小农经济要改造。

组织起来闹生产，齐心协力向前跑。

统购统销

1953年冬至1954年春，全国实行了粮食统购统销的政策。这样便从根本上制止了粮食商囤积居奇低买高卖、操纵国计民生的投机倒把活动，从而保证物价的稳定和人民生活的安定。

先是学习过渡时期的总路线，号召农民把余粮卖给国家。后来各乡各村分配卖粮的任务数字。由于农民的储粮备荒的老习惯，普遍存在惜售思想，所以工作很难做，分配的任务难完成。加之农村基层干部文化知识低，将政策的精神传达解释不清，只追求单纯地完成售粮任务，完不成时难免要采取简单的强迫命令方法。

大会批判、小会评议定任务，最后只好家家搜查。地下挖、暗处搜，藏粮搜粮，人心慌慌。直到四月十七日便开始了普遍的买返销粮。东明村梁兴运吓得跳井自杀了。

但总的成绩是肯定的。如果当时不坚决实行统购统销，物价便无法控制，人民生活便没有保障。1954年9月14日，乡长在干部会上传达实行棉花计划收购、棉布计划供应。15日开乡民大会颁发购布证票。

（统购统销是新中国成立初期的一项控制粮食资源的计划经济政策。1953年10月16日，中共中央发出了《关于实行粮食的计划收购与计划供应的决议》。后来，统购统销的范围扩大到棉花、纱布和食油。这一政策取消了原有的农业产品自由市场，初期有稳定粮价和保障供应的作用，后来变得僵化，严重地阻碍了农业经济的发展。改革开放之后，该项政策被逐渐取消。这篇笔记，客观地记录了陕西关中农村实行"统购统销"时的真实情景，实属珍贵的历史资料。）

普选

1954年3月19日，赴合阳县参加宣传员代表会议，晚上听取萧部长的报告：当前宣传工作的任务，以春季生产为中心大力作好普选。第一阶段：调查人口，登记选民。第二阶段：酝酿候选人，选好代表。第三阶段：召开乡人民代表大会，选好乡政府委员和赴县代表。会议开了三天，代表106人，22日总结。

当晚传达了群众会，23日晚乡政府开了干部会，24日下午乡上开人口登记人员学习会。晚上开了宣传会，选举委员会主席邓力行作报告。25日开了乡民大会。26日在南街村试办人口登记。27日在本村开始人口登记。我是人口登记小组的组长。30日晚开乡民大会公布候选人名单。4月4日统计本村人口，共有常住人口446人。

4月14日开了选举大会。选出4名正式人民代表，有侯湛江、王碧洽、邓子荣、侯生水。

（这次"普选"充分体现了人民群众当家作主的民主权利，标志着建国以来首次民主建政工作的正式启动，巩固和发展了基层人民民主政权。）

卖房打墙

父亲去世后，直到解放前，家中一天比一天破烂。生活眼看也无法维持，哪能顾得上重建家园。正如母亲说的："咱的光景已经过到沟边边，再不是解放的话，便要掉进深沟里不得活了。"（淳朴的话语，真情的流露，诚挚的感恩。）事实确实是这样，解放后把当出去的地赎回来了。1950年买了头小毛驴，1952年成立互助组，为了解决缺驾辕牲口的问题，将驴卖了78万元，6亩地卖了26斗麦，然后用145万元买下个大牛。

1954年3月11日将车房的四间厦子卖了160万。4月27日以140万元在郭家庄买下一付棺板，柏木厚二寸五，十根头。5月5日至8日将我记忆中就是倒掉的后墙才打了起来。用土百余车，高有一丈，厚下3尺，顶尺二，共四堵，每堵25大车土。这下子家里才严窝了。母亲多年的夙愿才实现了，父亲未竟之业才完成了，重建家园才步入正轨了。正是：

拆掉旧房打新墙，买下大牛把鞭扬。

赎回当地自己种，重整旗鼓干一场。

建初级社

1954年2月25日晚上，东北村第一个长年互助组组长靳自荣在群众会上讲了金家庄建社的情况。7月1日我去县参加团支书联席会，学习了互助合作的政策。会议开了4天，参加73人，5日会议结束。

7月中旬来了建社工作组，有县委的张健、农工部的刘永康和乡上的刘茂初。18日晚上互助组长会上通过了建社计划。8月2日群众大会上讲了入社的具体问题。12日下午开建社报名大会。晚上召开建社委员会。刘永康正式和我谈话，要我担任初级社会计。

全社共115户，土地2665亩，按肥力分为九等。等与等产量相差7斤，共折股1150多股；牲口75头，评价10800万元。我的牛评价了200万，驴评价了65万元。

22日晚召开建社委员会，研究社务管理委员会。24日召开社务管理委员会。社主任由靳自荣担任，副主任有侯志农、王碧洽、侯根全，出纳侯一鸣，粮食保管侯荣善，农具保管崔子玉。划分6个生产队。

9月17日召开建社庆祝大会。路井乡第一初级农业生产合作社

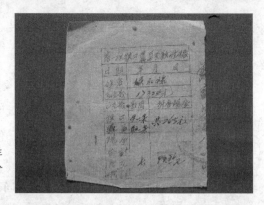

侯永禄加入初级社时的牲口农具缴款收据（265元折合旧币265万元）

正式成立了。

（初级农业生产合作社是在互助组的基础上，以个体农民自愿组织起来的半社会主义性质的集体经济组织。它的特点是土地入股，耕畜、农具作价入社，由社实行统一经营；社员参加集体劳动，劳动产品在扣除农业税、生产费、公积金、公益金和管理费用之后，按照社员的劳动数量和质量及入社的土地等生产资料的多少进行分配。）

初去西安

1954年建社初期，接县通知，组织社主任去长安一带进行参观。路一社有靳自荣主任、王碧洽和我3人。我听了非常高兴，因为自生世以来尚未去过西安省里。

我们10月30日便动身，赶天黑到了大荔。31日便先到杨家村去参观，开会后又参观了拖拉机，这是我第一次见到了拖拉机。11月1日、2日、3日连续听报告进行讨论。

3日晚上开了联欢会。因下雨未能启程。我便买了部《红楼梦》看。（对中国古典四大名著《红楼梦》、《水浒传》、《三国演义》、《西游记》，父亲情有独钟，喜爱有加。）6日雇车拉行李，代表们步行至下营，晚上搭火车，赶天明到西安。这也是我第一次坐上了火车，多舒服，脚不走腿不动，便很快地到了西安。天明坐上汽车到韦曲，步行到了王莽村。

11月8日，社主任蒲忠智作报告，益冀东上午也作了报告。9日讨论。10日益冀东对具体问题作了解答。晚上娱乐。11日坐汽车回到西安，听了省委的报告，晚上还看了戏。12日早上到街上转了一会儿。上午便搭火车回渭南。13日到华阴。14日雇车赶天黑到了纪鲁。15日回到了家。前后半月有余。既学到了办社的经验，又经了西安的大广，开阔了眼界。

会计训练

1954年冬，县委农工部对初级社会计进行了一次系统的培训。我于12月17日赴县参加学习。至1955年元月6日结束，前后共20来天。

先由董继昌县长做动员报告，后由农工部同志进行讲课，边讲课边讨论，以后进行举例实习，然后进行业务测验。元旦日进行民主评卷，3日刘永康报告经营管理。5日大会讨论，各社会计金鸿康、王世林、王敬甫等发言。6日早上路书记报告，上午回家。

区内各社会计成立会计互助组，我任组长，每月初二和二十日定期开会计会，互相交流工作经验，讨论研究业务，解决遇到的问题。会议一般由我主持召开，有时县委农工部吕鸿生也来主持。

虽然自建社后，10月22日团支书改选，支书由侯天义担任，

和路井农业社归队会计人员在一起。前排左一为侯永禄。

我只任团课教育委员。但在区团委中我仍是团委委员。1955年5月4日，区上在庆祝青年节会上还表彰了我，奖了个笔记本。5月5日乡上开互助合作代表会，成立乡互助合作委员会，我担任了委员。1955年冬的12月24日至30日在县开会计会6天，学习了结旧账建新账、订财务计划等，由县委吕鸿生等讲课。我被评为甲级模范。

（面对荣誉，自豪之情溢于言表。董继昌，陕西韩城人。1949年加入中国共产党。后历任合阳县副县长、县长，中共韩城、合阳、耀县、大荔县委书记，渭南地委副书记、渭南专署专员，中共陕西省委书记兼西安市委书记，中共陕西省委副书记、陕西省第六届政协副主席。中共第十二届中央候补委员、第十三届中央委员。）

转高级社

1956年春学习了毛主席《关于农业合作化的报告》，各地纷纷转为高级农业合作社，把原来土地参加分红的半社会主义性质的初级农业社，转为完全按劳分红的全社会主义性质的高级农业社。有

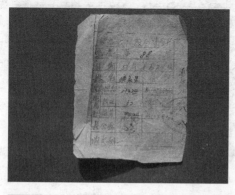

1956年8月20日侯永禄转高级社
时的股金清理单

的初级社还没有收获分配一料，也跟着加入了高级社。

1956年元月22日，我代表路一初级社写了转高级社的申请。30日另写，修改后由侯章甫用大纸写。3月5日召开联社委员扩大会，讨论了转高级社的事，26日便在永全家登记土地。27日便在印槐家划分棉花耕作区。

4月19日召开了高级社成立大会，由8个初级社合并组成。管委会21人，监委会7人，由靳自荣任社主任，我担任会计。共22个生产队，有耕地12700多亩，其中棉田2100亩，名称是路井高级农业生产合作社。

我于3月6日赴县参加县委农工部举办的会计训练班，做辅导工作，直到25日结束。为转高级社做好管理财务的准备，参加的人员共175人。

真可谓：

社会主义来高潮，走不动了就要跑。

八个小社并大社，城里城外心一条。

（高级农业生产合作社，是在初级社的基础上成立的以主要生产资料集体所有制为基础的农民合作的经济组织。其内部建立适应生产需要的劳动组织，基本单位是生产队。高级社对农民私有化的土地实行无偿转为集体所有。社员土地上附属的塘、井等水利设施，亦随土地转为集体所有。为了满足社员日常生活需要，高级社抽出一部分土地，即"自留地"分给社员个人种植蔬菜。入社的大牲畜、大农具和非农业工具有偿转归集体所有。）

入党

我自小丧父，跟着母亲苦度日月，受人欺侮。国民党的兵粮差款，逼得人家破人亡。解放后，由于共产党的好领导，打倒了剥削人的制度，安定了社会秩序，合理了负担，发展了生产。我一天天长大成人，日子一天天好起来了。经过学习，认识到要彻底翻身，使全人类走向幸福，只有靠党的领导。（只有经历严寒的人，才知春天的温暖。）

我1948年加入了新民主主义青年团，担任团支书；1955年又任区团委委员、乡政府委员……工作中兢兢业业，不分昼夜晴雨，从未得过什么报酬，只有一个心眼为革命工作，任劳任怨。1954年我便写了申请书要求入党。直到1955年秋季，出席省上召开的第一次建设社会主义青年积极分子大会的时候还没有批准。还说什么我入过"三青团"的问题未作结论，真气人。我在赴省开会回来后，还专门写信问了团省委一次，也未见答复。

1956年转高级社前，元月10日才填了入党志愿书，介绍人是侯勤江和屈金山。12月3日又补写入党申请书，6日早再填志愿书。20日区长孙明远代表党组织和我谈了话，同意了我入党。

1955年9月侯永禄出席陕西省
青年社会主义建设积极分子大会
时使用的文件袋

1957年元月24日晚参加党员支部大会，填志愿书，25日又填。晌午时，乡总支开党员大会举行入党仪式，我和赵玉兰被接收了，当时的乡支书是曹正邦。这是一生中不能忘的一天啊！

（"唱支山歌给党听，我把党来比母亲；母亲只生了我的身，党的光辉照我心。旧社会鞭子抽我身，母亲只会泪淋淋；共产党号召我闹革命，夺过鞭子揍敌人……"这是父亲生前最喜欢唱的歌曲之一。）

现身说法

1957年5月，我在县委农工部开完了财务工作座谈会，16日本应回去，但因为第二天要给合阳中学应届毕业的同学作报告，所以当晚便住在县委范兴兆处。

当时工业大发展，各项建设事业飞速发展，农村的知识青年一个个向往着到城市去，很多人不安心农业生产。县委为了让毕业的同学有回农村参加生产的思想准备，让我于5月17日到合中给同学们讲我能安心农业生产的体会。

只要抛掉个人的利害打算，不怕吃苦，一切从人民的需要出

发，那农村确实是需要人才的。只要刻苦努力，也一定会干出成绩的。我自担任农业社会计以来，一直参加集体生产劳动。1957年3月23日还拉来了队里3条牛犊进行喂养，既当会计又当饲养员。当然，牲口主要还是靠女人赵菊兰来喂养的。

（想起了邢燕子。邢燕子，女，河北宝坻人。1958年，17岁的邢燕子中学毕业后回乡参加农业生产，成为全国"发愤图强，扎根农村，大办农业"的青年典型。父亲1949年"合阳简师"毕业，便回乡务农，属新中国成立后最早回乡参加生产劳动的知识青年。）

怪哥还是怪妹子

（1957年7月28日）

1957年7月24日天将晚时，我从县里开毕会计互助组长会回到家里，和母亲、女人谈起村里这几天的情况。母亲说："仓娃嫌他妹子和大宝谈恋爱，在地里把他妹妹用镢锄把打了一顿，满头流血昏迷不醒，多亏地里有人挡，不然就会打死的。几个人扶回家，现在睡在家里不得动弹。"女人菊兰说:"仓娃真是咱们这儿的二杆子,心真狠毒。"我说:"仓娃也太不对了,莫说你妹子没错,即使做错了事,也应劝说劝说才对,谁叫你发狠心毒打呀!"母亲说:"他妈也为那事还气死过一回哩!"菊兰说:"他妹子桃花,给人说她妈嫌大宝家穷,出不起礼,还想把她再卖一次。"谈论了一会,都为桃花说不平。

但有的人埋怨大宝作风不正派,桃花也不该偷偷的到老八沟谈恋爱去。也有人说,桃花太傻了,人家给她介绍的对象真不少,她却都不同意,偏偏愿和不爱劳动的大宝谈恋爱。一人一种说法。以我之见,仓娃打妹子是犯法的。大宝找对象的作法也欠妥。而应该好好劳动,在群众中先树立威信。桃花向封建思想斗争的精神是好的,但对父母应该很好说服,最好不要硬性决裂。

为什么说二百六十斤不够吃

(1957年7月30日)

1957年7月29日上午,我到大巷9队找会计张虎算分配。门前坐着几个男女社员闲谈,新成妈很不满意地说:"一天算呀算呀的算啥呢?先说270斤,又成260斤,先说不移工现在又要移,这谁叫变的,可以照嘴打的。小伙子黑水汗流,以我看留上300斤也不算多。"她接着说:"去年分的还怕("怕",差不多之意)了。我说入了高级社还好,今年咋要叫人饿肚子呢?"我心中很激动而气愤,真想和她辩理一回。转念一想,这是个思想认识问题,不是三言两语所能解决的。有这种说法一定不止她一人。于是忍气带笑地问她说："呃，那今年咋不如去年呢？"旁边人若有所悟地说："永禄问的话中有话。"新成妈接着说："知道他一定说是减产。明明要减产，社地荒成啥了，给牲口再减料，今后更要减产。棉花做得好的人和瞎的人一样记工，说谁谁不爱，我气得连活也不做了。"我说："荒地当然减产，你看看人家3队、5队的地去吧！无论秋、棉花、正地都很好，唯你9队、16队荒的地多，人都生气不做了，不但减产还要挨饿。"从荒地一直谈到个人负责任，队长的计划和能力等。我忙着又要到8队去，但心中总在考虑，应该怎样说服这些人呢？

我想，今年吃主粮260斤是不够吃的，但秋季还会分秋粮的。今年吃430斤到450斤，一般大小人平均是能够吃的。这样吃主粮时间还比较长，只要不浪费，过年过节还能有主粮吃的。有人说："过去打下吃不了，现在打下不够吃。"说这话的人一定是旧社会没受过苦的。那时吃不了的是地主、富农和少数富裕人，仅占农村10%的人。而大多数农民是吃糠咽菜饿肚子。现在人人都有饭吃。

又有人说："生活改善了，吃主粮能吃起，留300斤并不算多。"当然吃300斤行，只要完成公购粮任务。去年余粮户每人六七百斤也吃到了。但去年每亩产量255斤，今年218斤。今年260斤，公购粮任务还完不成。更有人说："少交售些公购粮不行吗？"那怎能行呢！去年全国各地遭灾。少交售，灾民不吃能行吗？工人少吃能行吗？解放军不吃能行吗？这种只顾个人，不管国家和大家的想法是很不对的。假如咱们受了灾，国家不救不管，让咱饿死行吗？不行！新社会在共产党领导下是为大家谋利益，要人人有饭吃。因此我们要节约粮食，努力增产，以不断改善全国人民的生活。

（为维持热量解决温饱，为延续生命填饱肚皮，只是一个普通农民的基本要求：可以理解。为完成公粮提供依据，为顾全大局寻找注脚，也是一个共产党员应有的品质：并不为过。）

大力宣传，严格批判

（1957年8月4日）

夏收以来，歪风邪气出现。这是受了右派谬论的影响，地富乘机活动，利用部分人在粮食问题上的紧张心理和不习惯社会主义制度的情况，夸大农业社的缺点，制造混乱。利用富裕农民的自发思想散布不满情绪，企图把人引向资本主义的错路上去。省委电话会指示：在农村再进行一次社会主义思想教育是非常必要的。

面对右派分子向党的猖狂进攻，经两个多月的激烈斗争，我们已取得伟大胜利。这是一个在政治战线上和思想战线上的很大的社会主义革命。当前在农村中应着重批判以下几个方面的资本主义自发思想：

一、埋怨、反对合作化，夸大农业社缺点，把天灾减产归罪于合作化，想搞垮农业社。

二、埋怨、反对统购政策，只顾自己，不顾国家，压产瞒产，集体偷粮分粮，余粮卖给黑市。

三、不好好劳动生产，专搞投机生意。

四、认为农民生活一年不如一年，工人生活好，农民生活苦，挑拨工农关系。

又要坚决打击不法地富的反革命行为，该法办的法办，该扣帽子的扣上。对刑事罪犯也给以有力打击。

（"反右运动"是中国共产党在新中国建立后于1957年发起的第一场波及社会各阶层的群众性大型政治运动。1981年中共十一届六中全会《关于建国以来党的若干历史问题的决议》指出："这一年在全党开展整风运动，发动群众向党提出批评建议，是发扬社会主义民主的正常步骤。在整风过程中，极少数资产阶级右派分子乘机鼓吹所谓'大鸣大放'，向党和新生的社会主义制度放肆地发动进攻，妄图取代共产党的领导，对这种进攻进行坚决的反击是完全正确和必要的。但是反右派斗争被严重地扩大化了，把一批知识分子、爱国人士和党内干部错划为'右派分子'，造成了不幸的后果。"）

粮食啊粮食

（1957年8月6日）

这两天还在清理预分，二队数字差15斤。队会计正兴要求更正。但清理"三包"核实产量时为何不提出呢？经再三审查发现，有这样一个问题：6月1日，二队社员分了18000斤粮食，预分组说是干粮，但队里却硬要把留标准算做湿粮，结果10斤耗3两。因分粮超过了数字，将原粮退回，却当作干粮算。所余入库的也算干粮。同是一个粮食，"湿"和"干"的区别却是以给社里还是给社员来作标准，真可笑！（"湿"乎？"干"乎？私心乎？公心乎？）

分配清理结束，大部分社员要补分粮食，少数人却要退出粮食。退粮中有这样两件事：

1、前几天二队退粮，侯望财退的粮土多而脏，这是啥原因呢？社员并没分过这样的粮食。那么这土粮从何而来呢？拾的呢？偷的呢？

2、高家二十队高勤仁退的粮是出芽而带黑色的麦，社员不答应只好装回另退。原来这是去年的陈粮。人说农民没粮，请看看事实，便可明白大半。

哈哈！一样分的粮食，退出来却变成这样的坏，真奇怪！（不奇怪！乃损公肥私也。）

亲切的会见

（1957年8月29日）

8月29日早上将要吃早饭，到门前去送桶，望见巷西头一个穿黄衣的军人提着行李走来，仔细一看，原来是我经常想念的朋友——赵宗汉回来了。我喜出望外，急忙跑上前去接住行李。他喊我："永禄！"直到他姐家。忙着招呼来看的人。我俩心中真有千言万语，但不知从何说起。我问他到家停多久？他说"一个月"。真太短了。我问他都在哪儿住过，他说："延安、西北、西安，1951年到朝鲜，1954年回国到浙江，1955年到福建，到现在请假回来。"路上走了8天。

自从1948年合阳解放，正当永丰打仗的时候，我便和他在学校分别了。他到延安学习后便参军。抗美援朝时他到了朝鲜，胜利后又到了沿海前线，准备着解放台湾。他在这10年当中未曾回过家，为了大家的安全。他父亲、他母亲去世时他也未见面。他今年28岁了，尚未订婚。崇高的他为了人民的幸福不顾自己的利益，他真使我敬仰。

各队要领开支，我只好和他暂别，回家吃饭。祝他在假期内抽空来和我交谈。

（人生短暂，关键的就那么几步。虽"海内存知己，天涯若比邻"，只因父亲当年未能"随军南下，参加革命"，两人的人生道路迥异。一个是衣锦还乡的革命干部，一个是辛勤劳作的淳朴农民。）

口号

（1957年8月31日）

明天准备开社员大会，斗争不法地主侯世德，提前得拟出几个口号，以便临时用。

1、坚决打击不法地主，巩固农业社！

2、对不法地富要该办的办，该管的管！

3、谁要破坏合作化，我们就和他拼命！

4、谁要破坏统购，我们坚决不答应！

5、提高警惕，严防地富反革命的破坏活动！

6、多卖余粮，用实际行动反击右派！

7、多卖余粮，支援祖国建设，救济灾区农民！

8、反对粮食投机，制止黑市活动！

9、人人节约粮食，反对抛撒浪费！

10、社员们：团结起来，保卫合作化，保卫社会主义！

口粮怎样留？

（1957年10月8日晚）

"三定"留粮标准平均全年每人430斤。有些单身汉和全家都是成年人的都说不够吃，因之一部分人喊叫"标准低了"。但实际情况怎样呢？小孩多的户，粮食吃不了。若能互通余缺，430斤便足而够吃。因此"以人定量"的留粮法是合理的。如以下是本队的具体情况。

全队116人，每人430斤，共应留49880斤。其中3岁以下的9个，5岁以下的9个，10岁以下的14个。成年人，大饭量的9人，普通的75人。分别以150、240、330、450、520斤留口粮，共46560斤，每人平均只占400斤。若按5岁以下250斤，18人需4500斤；10岁以下330斤，14人需4620斤；成年普通人450斤，75人需33750斤；大饭量530斤，9人需4770斤；共留粮47640斤。每人平均410斤，足见430斤标准只高不底。

"按人定量"的办法，14岁以上的大人全劳470斤，半劳440斤，无劳410斤。当初摊股金负担义务工时，嫌底分评得高。现在

永禄、菊兰在麦场晾
晒粮食

却嫌评得低。要求增加底分的人很多，究竟是思想奇怪呢还是底分奇怪呢？（作为合阳县有名的会计，父亲的精打细算令人钦佩。但问题的关键是当时粮食短缺，经济落后，物质财富贫乏，这才出现了"口粮怎样留"的问题。）

另外按规定，凡在年龄的公民都应负担民工建勤，即男子18—50岁，女子20—45岁。但各社各队以及群众并不同意这种办法。因为年龄虽同，体质相差。年龄虽差，劳动不差。且年龄的调查，一步之差，便有舞弊。大多数人同意按底分，较为细致而合理，但并不尽善尽妥。（事物都有它的两面性。一项政策、规定的出台，都不会百分之百的让人满意。）

吓跑了年馑

（1957年10月29日晚）

自1957年7月的下旬下了雨，一直至10月的25日也未见雨，整整的百日干旱，造成棉秋田不能丰收。若不是政府提倡得紧，小麦也还不会下种。白天黑夜打胡巾，打的人个个腰酸臂膊痛。虽然出乎一些人意料之外，那麦苗一片片绿旺旺的出土了。但一点雨不见，大家动手挖池泥，看看过年馑是肯定了。

忙前一个猪娃13元，现在一两元还没人要。传说有些地方的人捋树叶准备荒年充饥。群众一个个唉声叹气，怨天怨地。

哈哈！一场透雨下得人喜笑颜开。常会听见："好雨，这下把年馑吓跑了。"但随之而来的怪话出来了。"人胜天呢！天胜人呢。""不该过荒年，总要天睁眼。""多亏×××祈雨，该谢神了。"破烂的佛庙里竟也响起自乐班。

好！能祈下雨何不早下上两个月呢？对，天能胜人，若不抓紧打土块种麦，赶立冬也是种不完的。老人谈民国十八年有人怕撩子（"撩子"，即白白地扔了麦种子）没种，结果一颗没收。看看！还是靠天对呢，凭人对呢？（虽然是选择问，但父亲的思想倾向性已很明显：人定胜天，事在人为）

美梦实现

（1957年12月16日）

合作化以来，农村自行车大量增加，上会看戏是个人都骑着车子。既比牲口省草省料，又快得多。尤其今年棉花丰收，各社分给社员的现金很多。农民既不盖房买地，又不添牲口置农具。除吃穿日用等开销外，还余很多钱，该作何使用？买个车子骑上，既便利，又攒家当。拿路井一个社来说，决算后新买的足有50多辆。"飞鸽"、"永久"到处脱销，真是供不应求。不知右派分子还凭啥说"农民生活没改善"？那敢和解放前比吗？甭说自行车，连饭也吃不到，连衣也穿不上的人是占大部分。

但农民只买生活资料、消费品，而不管社内的生产资料，也不是好现象。政府当此提出加大公共积累，以扩大再生产，为基本建设多投资是完全正确而适时的。这既可为巩固农业社打好基础，又可为社员今后生活的改善准备条件。与此大买车子的同时，也出现一些投机倒把分子，从中贩卖，牟取暴利。如张有粮的车子先一天买花了120元，后一天卖了170元。这种资本主义势力应加制止。

自小看到人家骑自行车子就很羡慕，不费力脚一踏就是好远。但自己上学搭不起灶，连买书的钱也没有，哪能骑车子，真是连想也不敢想。梦中却是梦到，"自己学着骑，在院子里腾了空"，但醒来只觉好笑。

哈哈！多亏解放，工业一天天发达，家中收入也一年比一年增加起来了。骑车子的幻想渐渐变为理想，居然在去年春也学会了骑车子。今年决算，一次分了145元。昨天便在高家买定一辆自行车，"白山牌"，今早推回。信用社取回存款付价145元。骑着自己的车子真高兴，多年的梦想在党领导下的合作化的道路上实现了。

有这种想法的人还很多。要使他们的梦想变成现实，只有努力生产，大家同心搞好合作社。那时不但能骑车子，还能使拖拉机，坐飞机呢！

（"'永久'结实'飞鸽'利，骑上'白山'太生气"，这是当时妇孺皆知的顺口溜。大多数人都争着买"飞鸽"牌的，供销社的

"飞鸽"车子供不应求，要买必须找熟人。高家村高正元托人买到一辆新"飞鸽"，原来的新"白山"不要了，原价卖给了父亲。）

体力劳动

（1957年12月27日）

今年整风以来，党强调干部要深入实际，参加体力劳动，以克服领导干部中的官僚主义和主观主义，密切干群关系，加强劳动战线，改变农村面貌。

近两个月来，大量下放干部，让其在劳动中锻炼。这既精简了机构，又充实了基层，不但有经济上的意义，又有政治上的意义。周总理说："知识是从劳动中得来的，知识分子不参加体力劳动便会忘本。"的确，长期不参加体力劳动，看不起体力劳动，自高自大，就不能真心为人民服务。到了共产主义社会，便没有了体力和脑力劳动的区别，那么现在的下放干部，毕业生参加农业生产，便是开始。

国务院通知，农业社干部必须参加生产，将干部误工的补贴，压缩到不超过总劳动日的1%，用意也在于此。这个措施是再好不过的了，我要从实际劳动中响应这一号召。

（马克思、恩格斯在设想未来的共产主义理想社会时，是以他们所处的资本主义实际情况作为参照系的。在他们看来，有剥削制度的存在，工农之间、城乡之间、脑体力劳动之间的差别和对立不能解决。无产阶级革命的目的就是要实现共产主义，实现共产主义的条件之一就是消灭"三大差别"。）

《转折的一年》、《检讨提纲》手稿

转折的一年

（1958年元月23日）

1957年已经过去了，这是东风压倒西风的一年，是和平力量胜过战争力量的一年。苏联连续发射了"史泼尼克"一号、二号两颗人造地球卫星，二号还装载了一只狗，一个多钟头就绕地球一周，高达1800公里。它开辟了人类探索宇宙、星际活动的新纪元。（苏联卫星的成功发射，导致了美国的极大恐慌，亦激起美苏两国之后持续20多年的太空竞赛，成为冷战两强的一个主要竞争点。）

莫斯科的各国共产党、工人党的"二大宣言"，表明了社会主义阵营力量的无比强大。亚非团结大会表明了世界和平力量的空前强大。民族独立运动，深刻地动摇了殖民主义的基础。苏联洲际弹道火箭的试验成功，美帝"先锋号"卫星的试验失败，使其实力地位的外交政策彻底破产。1957年是伟大的1957年，它表明了时代的新的转折点。

在国内，也是思想战线、政治战线、经济战线取得辉煌胜利的一年。5月份以来，经过反右派的两条道路的斗争，大鸣大放大辩论、大整大改的全民整风运动正在蓬勃开展。1957年是第一个5年计划的最后一年，工业、农业都胜利地超额完成了5年计划。

事在人为，让我们乘胜利之长风，破困难之大浪向前迈进，为第二个5年计划的良好开端，为1958年的和平之年而努力奋斗。

（"胸怀祖国，放眼世界"是当时的流行语。二战后，世界形成了以苏联为首的社会主义阵营和以美国为首的资本主义阵营的对峙、冷战局面。二十世纪末，随着苏联解体，东欧巨变，社会主义阵营瓦解，从而结束了多年来的两大阵营对峙、冷战的世界格局。）

检讨提纲

（1958年2月5日深夜下一点于家）

由于工作中的粗枝大叶，以致发生棉籽估产入账时多收二万元的错误。为了改正错误，消除社员疑心，必须作出详细检讨。

一、错误发生的实际情况。决算前11月4日，棉籽估产入账时，将全社十万皮棉估计棉籽198000斤。除已卖过59000斤入了账，其余138000斤应估产入账，但入账时错将已卖数当作库存数以此作价入了账。写账时发现2660元太少，考虑到可能是26600元（因已卖数已近3000元），因而以26600元估产于棉田收入了一笔，于暂付款虚付一笔。本应尚余库存138000斤棉籽，应折价6200元，这样便相差20400元，等于今年公积金的全部。

二、错误的影响及危害性。1、使社的分配工作迟缓而紊乱，更不合实际。2、打乱了所有社员的经济安排计划，如寿坤妈说："这下给我买的板又要卖了。"一部分余款户变为缺款户，真给人个先喜后忧。3、对农业社的巩固也有影响，使坏分子有了可乘之机，引起了社员不满情绪的高涨，使不坚定的分子发生动摇。4、给各队会计各干部增加了麻烦，浪费了人力，也影响了当前的生产。

三、错误产生的原因。由于自己的粗枝大叶的工作作风造成，也是自己的骄傲情绪所影响，自信过度。主任多次查问，终不虚心检查账目，直至主任寻出问题，才大吃一惊。

四、今后应抱的态度。1、下决心工作要细心，每种数字要复核，尤其对大数字要多查多对多审核，做到少出或不出差错。2、一定虚心采纳社干、社员的意见，克服自满情绪，争取群众监督，以便于及早发现错误与纠正错误。3、愿意诚恳接受大家对我的处分：（1）扣工罚款；（2）撤职；（3）法办。因为这是严重的失职行为，且造成了不良后果。

五、今后意见。1、先分办，后算账，适应社员需要。2、趁热打铁，将账面和单据全面核对一次，既能释疑使社员信任，更能使社员关心财务，加强监督，容易发现错误，改进工作。3、将各次初级社账开放一次，让有怀疑的人弄清是非。4、最后希望大家多多批评指导，少奉承，少说光面话。

蛇不知自夸，人不知己过。鸣放中，对我的意见虽不甚多，但还有几条，并且是我所未觉察到的。如"自高自大，看不起群众，给人要态度"。细想起来，真有此毛病。甭说社员，有时还给社干主任要态度。总认为自己完全正确，十足的骄傲情绪。今后应引以为戒，虚心听取别人意见，耐心解释自己的想法，全面地考虑问题。

（荀子《劝学》里说："君子博学而日参省乎己，则知明而行无过矣。"面对工作失误，夜不能寐，食不甘味。严于解剖自己，勇于自我批评，精神可嘉。）

旱地要变水浇田

（1958年3月29日）

渭北高原，常年干旱，既缺雨水，又少水源。要将旱地变成水地，过去人连想也不敢想，梦也难梦见。但去冬今春政府号召大兴水利以来，各地到处修池打坝，挖旱窖扎水井，弄得热火朝天，要把天上的水存下来，地上的水挡起来，地下的水挖出来。三原更出现了水上五丈原的奇迹。

本社也安起了水车，无水库的也担水灌麦，向干旱大举进军。千军万马，人人动手，提出3年全社灌溉化。

真是，人们的思想意识往往落后于客观实际，许多事实的发展都证明了这点。人们的思想常常是安于现状，习惯旧规的保守思想，对新事物不习惯，不易于接受。只有突破常规打破保守，天天感到不习惯，那才是在新的发展的事物中前进，那才能大胆创新，大大跃进。

（大跃进时期，父亲"旱地要变水浇田"的美好愿望并没有实现。直到1987年春天，"抽黄工程"才使路一村浇地受益。）

八分工

（1958年3月31日）

前天下午，靳主任对我说："唉，你知道吗？三队会计靳洪才把别人的工在他名下记了。"我吃了一惊说："不会吧！反映的不一定正确，要了解清楚。"主任说："你深入一下吧！反映的人很多。"

昨天上午和晚上，根据访问和了解，洪才建社以来一直记工，态度不好，群众非常怀疑，但无具体事实。这次浇麦他妻比做5天的妇女做的时间少一半，工分却都一样是20分。几个人在他手册上见过都是20分，但昨天上午却成了12分。

这是正月做的活，工已报了四五天了，但报工表上合计数并不多，和手册改后的247.5相符。此事令人难解?

据我推测，先多记8分属实，发觉在早，报工时早已更正，卡片手册都已换好。

但志成说直到前天清早他看手册时还是20分。这恐不属事实。一个可能，存心有成见，未曾去看工，附和社员说属实20分。另一个可能未看清楚马虎了事。但总的问题在于：1、洪才思想不纯。2、制度不认真贯彻。3、坏人乘机煽动。至于结果再看以后演变情况，但在今后工作中应引以为戒。

（为了"八分工"，社员们反映，社主任过问，社会计调查，容不得半点儿以权谋私的现象发生。联系当前的反腐倡廉，不得不承认那个时代的民风淳朴，社风清明，党风廉洁。）

大快人心

（1958年8月1日）

农历6月13日的大会上，法院宣判了几起案件。其中一起是侯振遥杀害婴儿结婚诈财案，对妇女的教育意义很大。尤其有一起诬陷干部烧账起哄之案，真乃大快人心。

原来自1957年春天，张济平（称伪镇长）等人勾结落后社员，造谣社干贪污，组织清查组查账，查不出问题，竟将未公开查的账本烧毁，查过的本账被投入井中。经社主任捞上，他竟诬陷是社主任投的。结果弄得乌烟瘴气，群众停止生产，开会要打干部，并出现要挟法院、公安人员等行为。真相大白后，广大群众才恍然大悟，愤恨坏分子入骨，纷纷要求政府从严惩办。这个事件对我们干部也是一个教训，要公开财务，联系群众，提高警惕，严防坏人破坏。

（有"伪镇长"的政治背景，就可能有不可告人的政治目的。看来那个时候阶级斗争还是很激烈的。）

比武台

（1958年8月10日）

1958年8月8日至9日，参观了渭南县的统计工作，各处普遍推行"三台五化"，真对生产起了促进作用。我连夜绘制出比武台，赶天明贴于会计室的大门外。

比武台上端写着"金子入炉辨虚实，好汉擂台见高低"。图上从上至下共分三层。从左到右共分22个小队。图内写着各队工业集资的完成数字和完成任务的百分比。图的上层为上游，中层为中游，底层为下游。每"游"又分三层，共九层，各层分别绘有图形和文字：

一层图为红旗，文字为：人人夺红旗，个个争第一。

二层图为卫星，文字为：遍地放卫星，到处立奇功。

三层图为火箭，文字为：速度赛火箭，干劲冲破天。

四层图为飞机，文字为：飞机不加油，落在人后头。

五层图为汽车，文字为：汽车居中间，松气落后面。

六层图为自行车，文字为：苦干加巧干，才能奔向前。

七层图为跑步，文字为：快跑来不及，插翅飞上去。

八层图为慢走，文字为：稳步慢腾腾，未闻跃进声。

九层图为睡觉，文字为：警钟当当响，他还在梦乡。

（"比武台"是大跃进的重要宣传阵地之一。父亲设计的"比武台"，虽为特殊历史时期的产物，但构思新颖，图文并茂，极具思想号召力和艺术感染力。）

大跃进

（1958年11月1日）

1958年什么都在跃进，飞速变化，快马加鞭，真是赶也赶不上步子，样样都在大办，都在大搞群众运动。（字里行间，似有不满情绪在升腾。）2月24日省上开生产大跃进誓师大会，直到傍晚才在区上听毕。3月25日拖拉机来耕地，看的人真多，要实现机械化先大搞技术革新，家家实现运输车子化，滚珠轴承化。大搞爱国卫生运动，4月19日用红土刷橡头，粉饰门面。20日捎早吃饭，天未明即到野外巡哨捉麻雀，上午回巷上房，晚上搜捕。（1958年2月12日，中共中央、国务院发出《关于除四害讲卫生的指示》。提出要在10年或更短一些的时间内，完成消灭苍蝇、蚊子、老鼠、麻雀的任务。"麻雀"被列为"四害"之一。渐渐的，"麻雀"被平反，由"臭虫"代替。）17日、18日给墙上画宣传画，又设桌备水接待卫生验收的代表。

7月8日赴县开会计会，讨论财会跃进规划。12日大搞铁锨翻地。8月7日赴渭南参观统计工作掀起"三台五化"。实行全民办统计，要使统计工作大跃进。8月19日晚上去本队扫盲班教学。8月21日向乡上报工业集资的喜报，既要大办农业，又要大办工业；既要大办粮食，又要大办钢铁。9月2日实现了三台（光荣台、评比台、批评台），向乡上报统计工作的喜报。10月31日突击种树育苗，全社男女都去上东阳种树。

（"大跃进"是指1958年至1960年间，在全国范围内开展的运动，是在中共八届三中全会及其以后不断地错误批判1956年"反冒进"的基础上发动起来的，是"左"倾冒进的产物。）

公社化

（1958年9月24日）

8月6日，毛主席视察河南七里营人民公社时说："人民公社好！"报纸上一发表，各地纷纷响应，立即成立人民公社。西安东风人民公社成立后，全省便有40多个县开始建社。

8月24日，我去县上参加会计会，28日到大郭乡春光社参观统计工作。董继昌县长讲了话，谈了办人民公社的事，说坊镇乡昨天成立了人民公社，要求大家今天立即回去大宣传大讨论。会议结束后，各乡各社纷纷连夜申请。（小时候上学，跟着老师背诵过一首歌谣："单干好比独木桥，走起路来摇三摇。互助好比石板桥，风吹雨打不坚牢。合作社铁桥虽然好，人多车稠走不了。人民公社是金桥，通向天堂路一条！"）

晚上回来，我立即起草建立公社方案，12点钟后连夜向乡里提出申请，并给靳自荣主任写发言提纲。第二天29日，区上便召开路井人民公社成立大会，全乡12个农业社合并为一个公社。社员兴高采烈，笑逐颜开；街上锣鼓喧天，红旗飘扬。"摇摇杆"高入云霄，"三眼铳"震耳欲聋。真如原子弹爆炸的威力一样。据广播，一天一夜的时间，全县20多个乡建成了公社。哈，一个晚上全县便实现了公社化。真快！快得出奇！

各队随即普遍办起了食堂，实现了食堂化。9月7日我和李仁生研究起草食堂建账的意见。8日便召开会计和管灶人员会，讨论食堂的建帐。10日便刻印食堂账簿。12日又刻印馍票菜票。要做到吃饭不要钱，做活不记工。9月24日区上开会计会布置全民武装，要全民皆兵，做到组织军事化，行动战斗化。群众的觉悟随着产量三千五千一万二万三万五万几十万……飞速地高涨着，令人惊喜。

（1958年8月23日，《人民日报》发表长篇报道《共产主义的乐园》，宣传河北徐水县正计划放几颗"高产卫星"：一亩山药120万斤！一颗山药500斤。"浮夸风"甚嚣尘上，给广大人民带来了深重灾难。）

二上韩城

（1958年12月30日）

今年12月下旬，县上召开财贸工作会，它是韩城和合阳两县合并后的第一次会，我以公社财粮干部的身份参加。

记得10年前1948年的9月间，我是第一次去韩城的。那时正是解放战争时期。由于胡宗南匪帮的进犯，学校只好暂时转移到韩城的姚庄。那是9月13日的晚上，月光亮朗，我们整队出发了。路上是步行又背行李。只能黑夜走，不能白天走。敌机不停地扫射。公路上常见无辜被伤亡的人畜，令人心惨。

而这次去韩城却是大白天坐着汽车。一路上见的是社员精心抚育的各种卫星田。新修的公路十分平坦，电线、广播线架在路旁，使人无限高兴。若无10年前解放军的英勇艰苦奋战，哪能有今天的幸福生活。同是一个韩城，那时的光景和今日之情况有天壤之别。

展望10年后的韩城，恐怕更是一层天了。那时不光有现在的电灯电话，而且火车、电车、机器、洋楼将到处皆是，想起来真令人兴奋。

（十年弹指一挥间，新旧社会两重天。"合阳县"原为"郃阳县"。1958年12月并入韩城县，隶属渭南专区。1964年9月国务院更改生僻地名，改"郃"为"合"，称合阳县。1961年8月22日恢复郃阳县制。）

评级和记工

（1959年2月17日）

自公社化后实行了工资制和供给制相结合的分配制度，它解决了纯粹按劳分配的不合理现象，使人口多、劳力少的社员解除了终年为口粮发愁的沉重负担。它是共产主义按需分配的萌芽，人人都满意而拥护。

由于社员思想觉悟的提高，工资制实行后，生产热情有了相当的提高。工资级别的评定改变了社员以往只抓工分不求质量的现象，也减少了记工的麻烦手续。

但是，由于一些思想觉悟不够高的社员，和评级中过分强调思想觉悟的一面的不合实际偏向，使部分社员有按等劳动的思想以及磨洋工的现象。

虽有政治思想挂帅、红旗竞赛等措施，但因考勤制度做的粗糙，因而生产效率普遍不高。例如一天能做完的活就得几天做，铡草、出圈、轧花等最显著。炊事员、饲养员等经常性劳动和重活、苦活、脏活无人愿干，这对生产任务的完成造成直接的影响。

要改变这种不良现象，除加强政治思想工作外，目前应实行评级和记工相结合的管理制度。

评级的条件应以劳动态度和技术高低为主，体力强弱和思想好坏为辅。记工的依据应以劳动的数量和质量为主。

发放工资可以工分的多少为主，等级的高低为辅，或者是基本工资按登记、奖励工资按工分，二者都可行。

总之，级要评，工也应记。因为在社会主义社会制度下仍是以按劳分配为主的分配制度，记工作用的消失，依我看应在货币价值消失的时候消失，那时已到共产主义社会了，已经按需分配了。

货币可以计算出产品和商品的价值。工分可以看出劳动的成绩和效率，当然劳动效率是能从数量和质量中看出，但不如工分容易。如说一个人一月中得了多少工分，比说这人一月做了多少啥活容易。又如说这人一月出勤30天，但不能看出这人实际完成的劳动日数，即工分多少。如一个人出勤30天轧花600斤，一个人出勤20天轧花800斤。按出勤天数看前者好，按劳动效果看后者多。要计算劳动效果，在农村目前还是以劳动日，即工分计算为适宜。

随着社会的发展，工分对作为分配的作用逐渐减少，但对作为考核劳动成果的作用将长时期存在。因为经济核算工作应愈做愈细致。

（农村人民公社，是在高级农业生产社的基础上联合起来组成的劳动群众集体所有制的经济组织。成立初期，生产资料实行过单一的公社所有制，在分配上实行过工资制和供给制相结合，并取消了自留地，压缩了社员家庭副业，挫伤了农民的生产积极性，影响了农村生产力的发展。这篇笔记，分析了实行工资制和供给制的弊端，提出了解决问题的办法，可谓难能可贵。）

两条腿走路

（1959年3月1日）

党的八届六中全会决议精神已逐渐地深入人心，为干部和群众所理解、领会，并贯彻到工作中去。我个人的体会是，它在当前提出了正确的经验总结。如：既要有革命的热情和冲天的干劲，又要有冷静的头脑和科学的精神；在战略上既要藐视任何困难，在战术上又要重视所有困难；在管理上既要有集中的领导，又要有群众的民主；既要有大集体，又要有小自由；既要统一领导，又要分级管理。另外，在生产建设上要工业农业并举，大型小型并举，中央地方并举，洋法土法并举，重工业轻工业并举。

总之，以上方针无论在思想上、工作上、生产上都应当遵照执行，依据实际情况灵活具体运用，既不能平均看待机械搬用，更不能只顾其一而有所偏废。应当按照不同情况，分清主次、轻重、缓急及先后来正确运用。如1958年大跃进初期，群众信心不高，干劲不足，应着重鼓足干劲和热情。1959年大家信心百倍，干劲冲天，就应该注重科学的分析、冷静的头脑。如1957年农业的发展赶不上工业的需要，就要重视农业，1958年农业大发展，今年又要注意工业等。

公社五个月

（1959年4月10日）

去年11月10日，我调往公社工作，在财务部担任辅导兼助会。今年4月4日，乔书记在公社全干会上宣布了干部配备：设路井、独店、孟庄、雷庄4个管理区，从农业社调来的干部都回农村。今天早上我正式回到路井管理区，负责财务工作、会计辅导和经营管理等。

短短的5个月中，总的感觉是忙忙乱乱，紧紧张张，没有头绪，没有目的。今天不知明天干啥，这一会儿不知那一会儿干啥。既没名堂又没成绩。机构不停地变动，人员不断地调整。今天突击这样，明天又突击那样，样样不彻底，样样没着落。我实在不愿干这样的工作。（真情流露，自我表白。）

短短的5个月中，国内形势发生了很大的变化。初去公社时，共产主义的风刮得正大，共产因素急剧增加。11月1日取消了评工记分，实行了吃饭不要钱，食堂取消了饭票。到处搞大协作，互相不计报酬。"三包制"也一风吹掉，真像共产主义社会的"各尽所能，按需分配"了。表面看，社员们解去了几千年来愁吃愁喝的束缚，大炼钢铁，修水利，思想大解放，粮棉大丰收。成绩之伟大，举世震惊，亘古未有。同时出现了平均主义过分集中的不良倾向，虽然这是大运动中难免的，是前进中的小缺点，但危害极大。如社员有"按级做活"、"干不干两顿饭"、

1959年4月2日路井公社财务部同志离别纪念,后排左一为侯永禄。

"做的再欢,超不过三元三"等说法。形成"做活磨洋工,吃饭放卫星"的现象。公社权力集中,成了"一平二调三收款",队内干部无权利,积极主动性差,遇事"一靠二顶三隐瞒"。副业收入大大减产,浪费现象到处出现。不计成本,不算报酬盈亏,打的糊涂账,做的忙乱事。(指摘弊端,一针见血。)

这一时期实事求是的作风不见了,浮夸风大兴。只要能吹牛说大话就能"吃得开"。不要按劳分配等价交换,而是乱平调的"共产风"。去年12月,党的八届六中全会提出了《关于人民公社若干问题的决议》,情况才有了一定的好转。更多亏毛主席1959年3月发出了纠正"共产风"的十四句话:"统一领导,队为基础,分级管理,权力下放,三级核算,各计盈亏。分配计划,由社确定,适当积累,合理调剂,物资劳动,等价交换,按劳分配,承认差别。"即建社整社的方针,才刹住这股风。目前各项工作都已开始步入正轨。公社权力下放生产队,实行三级核算各计盈亏。推行"三包一奖",恢复评工记分,协调按劳分配、等价交换。社员的生产积极性大大提高。

("更多亏"3字,出神入化,期盼之情跃然纸上。)

郭叔去世

（1959年10月13日）

　　郭世命，河南人，逃难到本地40余年，随他姐落户。一世辛勤不知乏，艰苦朴素人人夸。因病昨日去世，大家为之哀伤。全巷行了门户，题字曰：勤俭模范。

　　送挽联两副。一作纪念："辛勤榜样合巷男女相称颂，俭朴典型全家大小都哀恸；勤魂永存。"一作习俗之用："舅夫如家父勤劳作教训，外孙胜亲孙孝顺为报恩；爱能相助。"

　　（在我幼年的记忆里，"郭叔"秃顶，眉毛胡须皆白。平时手拿一个旱烟锅，没有火柴，抽烟时用火镰打火。）

1960年～1965年

1960年至1965年，在中国人的记忆里，有着挥之不去的历史阴影。尤其是三年自然灾害，给那个时代的人们留下了刻骨铭心的创伤。

1960年：由于"大跃进"和"反右倾"的错误，加上自然灾害和苏联政府撕毁合同，我国国民经济发生严重困难，地处"八百里秦川"的路井数十人被饿死。中共中央发出《关于对农村人民公社当前政策问题的紧急指示信》、《关于彻底纠正"五风"问题的指示》。侯永禄以他特有的方式同共产风、浮夸风、命令风、干部特殊风和对生产瞎指挥风的"五风"进行了坚决的斗争。12月，三儿万胜出生。

1961年：5月21日至6月12日，中共中央在北京召开工作会议，制定了《农村人民公社工作条例(修正草案)》，简称《六十条》。各地解散了食堂。路井大队分为路一、路二、路三3个大队，侯永禄担任路一大队会计。

1962年：年初，中共中央召开扩大的工作会议，即"七千人大会"，总结"大跃进"的经验教训。2月13日，中共中央发出《关于改变农村人民公社基本核算单位问题的指示》，国内形势逐步好转。9月，中共八届十中全会召开，强调阶级斗争必须年年讲、月月讲、天天讲，批判了所谓"黑暗风"、"单干风"和"翻案风"。

1963年：2月，中共中央工作会议在北京召开，决定以抓阶级斗争为中心，在农村开展以清理账目、清理仓库、清理财物、清理工分的"四清"为主要内容的社会主义教育运动。

1964年：2月10日，《人民日报》发表社论和通讯，介绍山西省昔阳县大寨大队艰苦奋斗、发展生产的事迹，"农业学大寨"运动在全国展开。10月16日，我国第一颗原子弹爆炸成功。这年元月，侯永禄担任大队党支部副书记，四儿争胜出生。

1965年：1月14日，中共中央工作会议在北京闭幕，制定《农村社会主义教育运动中目前提出的一些问题》（即"二十三条"）。文件把"四清"规定为清政治、清经济、清组织、清思想，强调运动的性质是"社会主义和资本主义的矛盾"，重点是整"党内那些走资本主义道路的当权派"。11月10日，上海《文化报》发表姚文元的《评新编历史剧〈海瑞罢官〉》一文，揭开了"文化大革命"的序幕。

拜年要不要推翻?

（1960年2月1日）

每年春节，家家户户都到亲戚家去拜年。解放后对这个旧的习俗，要不要废除，成为人们关心的一件事。解放10年来，一年人多，一年人少，有人媚俗，有人废止，但都不坚决。其原因很多：

1、提倡科学，破除迷信。不烧香不敬神，也不应拜年。凡思想进步的青年都想废止。

2、提倡新式，反对封建。拜年磕头作揖的旧礼性当然应该反掉，不要紧的老亲戚不去也好。

3、提倡节约，反对浪费。蒸白馍设宴席，浪费财物粮食，穷人过它不起，废了有益。

4、生产紧张，劳力缺乏。为了使生产劲头足，任务完成得好，还是少拜为佳。

为什么不禁止呢？不是赌盗烟妓，危害不严重，这个拜年的习俗，还有可留之处。

1、生产天天忙，无暇探亲，趁此春节，互相看望一番，也无不可。

2、磕头作揖，原是旧礼，入乡问俗，因人制宜，可有可无，一般由简到无。

3、趁此探亲之际，互相访问，交流经验，显示成绩。回乡工人、教员、学生还可了解群众思想情况，宣传党的政策。

由此看来，今后的拜年情况是由多渐少。它不是法律的规定，只是情意的表示。

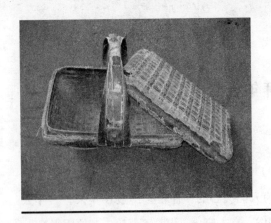

侯永禄春节拜年走亲戚
用的"马头笼"

（春节、清明节、端午节、中秋节并称为中国汉族的四大传统
节日，自2008年起被列为国家法定节假日。在上世纪那个特殊的年
代里，"破四旧，立四新"，不少中国传统文化和习俗受到了前所
未有的冲击。）

关不住的后门

（1960年2月3日）

1959年供销部的一些消费品，不能满足群众需要，经常有脱销
无货现象。有时一些人买不到烟、菜、糖、酒，便发牢骚讲怪话，
说什么："前门不卖后门卖"，"农民买不到的干部能买到"。更
有一些怪诞人说："只要五夫临门，就能买到东西。"（"五夫"
即丈夫、姑夫、姨夫、姐夫、妹夫。）

这种情况有吗？个别是有的。有些物资很难分配，便出现了这
种情况。我在公社工作期间，内部还开展了一次"反五夫，关后
门"的运动，情况大有好转，但仍未根除。

要根除这种情况是不容易的。因为人们的收入逐年增加，生活
大大改善，需要量不断上升。要满足需要那必须生产大量的消费

品。但只生产消费品不生产生产资料那是不利的。这需要个较长的时间，不是一二年能立即解决的。

拿目前的思想觉悟看，也是不容易的。旧的思想意识残存着，售货者讲情面，购货者凭面情。讲面情的有时送上门。回来一点东西先给书记亲朋优先一点。如春节前杜会长卖给我两块香皂，不要吧，情难推却，好心倒嫌。要下吧，特别享受于心不安，不免落在"五夫"之列，使人进退两难。凭情面的分明知道不多，但自己很需要硬要去买，给售货者出难题。如初四我去买酒，开酒铺的侯升财将要关门，不给吧，你来了需要一点，不给失了和气，又恐多嫌。给吧，不合乎制度。分配不合理，定要受人背后批评。

这种小资产阶级意识要逐渐克服，各自谅之。应从全局出发，替别人着想才对。

（"开后门"一词，首见于明人王一鹗的《总督四镇奏议十举劾四镇将令疏》："占公匠六十余名，各色营造私开后门，物议沸腾。"这里的"开后门"，是指"开方便之门"，即在房屋的两侧或后面开一些小门，以方便人的出入。现在所说的"开后门"或"走后门"，意思完全变了。它是指用不正当的手段，以达到某种政治的或经济的目的。）

群力移山

（1960年3月6日）

1960年3月2日，来到西侯铁路白家庄工地，只见千万民工，一个个精神振奋，干劲冲天。侯进喜一类的青年，驾车辕拉土方，毫不知乏；王阵有一些老汉，精身子抢镢头，永不示弱。忽听"轰轰"巨响，原来炸土开方；但见红旗飘扬，却是民兵会战。向上望，已离开挖线五六丈高；朝下看，还距离沟底几十米深；向前瞧，高山层层不断；朝后瞅，人群挤挤不散。高线运土"锵锵锵"，筐笼不断；车子下坡"呼呼呼"，喊声不停。（描写绘声绘色，生动形象，从视觉、听觉等方面描绘了一幅热火朝天的劳动场面。整句的运用，颇有骈体文的味道。）在"马口"初看起来，一筐一筐，一车一车，土堆增大不多，但第二天再瞧时却已前进了好几丈。高兴元高兴地说："初来时山是高山，沟是深沟，短短四个月，高山变矮了，深沟填平了。再过四个月，火车恐怕将会'呜呜'地跑开了。"我说："若叫一个人做，十八辈子也没戏。"群众的力量真伟大啊！真是"喝令高山低头，迫使河水让路"啊！

（大跃进时陕西安康有一首《我来了》的诗歌，在全国传诵，具有很大的震撼力："天上没有玉皇，地上没有龙王，我就是玉皇！我就是龙王！喝令三山五岳开道，我来了！"）

大修水利

虽然1959年纠正了浮夸风、共产风，大力推行经营管理上大队对小队的"包工包产包投资"的"三包"制度，克服了1958年评等工资制时的"病人多、孕妇多、产妇多"的"三多"现象，恢复了社员的劳动积极性。但样样大办之风仍在盛行。大炼钢铁，人山人海，炼出的生铁寥寥无几。大养其猪，买得多死得快。大搞密植，实产密植没有稀植高。9月4日公社传达八届八中全会关于《为保卫党的总路线、反对右倾机会主义而斗争》的决议，大批右倾社会主义，大搞铁锨深翻地，大修水利，大办食堂。

全公社决定在凤凰灵修一大水库。先用车拉，深处用担子担土。1958年12月26日、27日我还参加了两天劳动。1960年元月25日、26日又参加水利工地劳动，27日便是除夕了。2月3日即农历的正月初七，老八沟水库又开工上劳大干了。3月初又去县上大办的白家河水库区做工清账。全公社修的两个水库从来没有蓄过一次水，没有浇过一亩地。（不讲科学，狂热蛮干，必然碰得头破血流。长大后，曾到"凤凰灵"、"老八沟"转了转。从地形上看，两座水库地处平原，周围根本没有水源，是平地里挖出的两个巨型土坑。不禁要问，当年是哪些人设计出这样劳民伤财的方案？而今，水库已分给村民做了责任田，里面庄稼成行，果树飘香。）

靠天不靠天

（1960年3月13日）

自去年11月下了一场雪至现在125天未下过雨，有的麦田枯黄，地内干燥，只见刮风潮云但不见落雨，下了两次雨雪仅能洒湿地皮，旱象十分严重。党和政府领导着群众背水润田，抬水灌麦，打井取水，千方百计来抗旱。提出"无雨也要保丰收"的雄壮口号。

但有些有右倾情绪的干部认识不足，抗旱不力，应付号召，只讲形式。一些落后群众，悲观松气，认为不顶事，只能等天下雨，失却人定胜天的决心。昨晚陈书记鼓励大家要树立长期抗旱、积极打井战胜干旱的决心时说："我们不要有麻痹侥幸的心理。不要认为，东风抽哩，云潮哩，雨快啦！万一再不下雨咋办？即使下，下上二厘雨能咋？"

幸喜会后就下起雪来了，今早已有半尺厚，一下解除了大半旱象，人人高兴，个个解愁。但个别人在背后冷言冷语说："他不是说没雨吗？如果不是天下雨，人一百天也浇不下这些。"哼，这能证明就要靠天吗？能说抗旱不对吗？决不能，我们要从最坏的情况出发，向最好的方向努力。虽然下雪了，抗旱仍不应松劲，打井决不能停止。要树立长期抗旱的思想，力争一料超一年。

（合阳县地处陕西渭北旱原地区，属暖温带大陆季风气候。有关资料显示，年均日照时数为2528.3小时，日照率57%；年平均气温11.5℃；年平均降雨量550毫米，无霜期208天。在后来的"抽黄水利工程"没有付诸实施与发挥作用之前，一定程度上还是靠天吃饭。）

牌楼高了决心大

（1960年3月14日）

3月2日，我去白家河和白家庄工地进行清理工分时，一路上但见红旗招展。丰产田地头的标牌高耸，足有十多处。红红绿绿，光彩夺目。一进王村境内，牌楼质量更高，正在用砖来砌，好像牌楼和产量的高低有必然联系：牌楼越高，产量必然越高，难道真是"人有多大胆，地有多大产"吗？（反问句的运用，表现了对浮夸风的深恶痛绝。）

路井大队在第4队靳家灵"百亩丰产方"的地头修的那个高牌楼，光买材料和油漆的钱就花了300多元；而人家北党、西吴的气派更大，花的钱就更多了。路井街上竟然连油漆都买不到了。（"竟然"，表示出乎意料之外。）

试问：党的八届八中全会号召我们继续开展增产节约运动，我们这样做对增产有何益处？于节约有何好处？是否有些浮夸，略讲形式？有人说这就是"以虚代实"。这话正确吗？我不知道。（1959年召开的党的八届八中全会曾通过《关于开展增产节约运动的决议》。）

警告

（1960年4月24日）

1959年夏收，生产大队实有人口2823，我当时任会计。由于有人不断迁回，我估计（即虚报）了57人，按2880人留粮。由于牲口超吃了料，没处报销，便这样乱顶一起。

"五干"会上有"三反"内容。我做的这种违犯政策、欺骗上级的事，怎敢不交代呢？1960年4月22日晚陈书记宣布了给我党纪警告处分，使我才松了一口气。

宽大啊！党真会爱护干部。但党愈宽大，我愈觉惭愧。为什么要做这种欺骗上级、违犯政策的事呢？如果每个生产队都这样做那将是怎样的局面呢？如果人人都如此，那与资本主义有啥不同呢？3万斤牲口饲料既然多发放了，那牲口喂壮了吗？不见得。能否真正吃到牲口肚里，谁知道。我这是真正的本位主义啊，我这样做究竟有多大益处呢？谁承情谁沾光，谁说你好？要检讨又丢人这又活该！

我要宣誓：秉公正直莫自私，多为大公谋利益，本位主义克服掉，需知全国一盘棋。尚能思前后不悔，定叫问心知自慰。

我要让"警告"在我思想上时时存在，警惕着错误的复辟，保卫着我的纯洁。

（"三反"是指1951年底到1952年10月，在党政机关工作人员中开展的"反贪污、反浪费、反官僚主义"的运动。父亲把自己会计工作中的所谓"虚报"，上纲上线，提高到了"三反"的高度来认识。子贡曰："君子之过也，如日月之食焉。过也，人皆见之，更也，人皆仰之。"）

难以入耳的话

（1960年6月2日晚）

夏收正进入抢收的紧张阶段，四小队的社员听说6月2日，公社组织起来的各个大队的割麦标兵，要到路井大队第4队的靳家灵地支援收割"百亩方"小麦并进行比赛，人人高兴。昨天下午就行动起来，所有劳力齐出动，先割净地斜头，并借东西、担水作好各种准备。

今日一早，送水的、拉耙的、套车的、接待的，忙个不停。但直等到11点还不见人来，社员们就议论纷纷。有的说："'龙口夺食'的大忙天，半天不出工，让几十名劳力在这儿静等着，这是支援夏收吗？"有人说："这像争分夺秒抢收吗！"正说着，只见远处浩浩荡荡百多人来到了地头。英雄们一个个精神抖擞，各就各位，静等号令。

只听得一声发令枪响，一百单八将，一个个挥动镰刀，前后飞舞；只见得"呛呛呛"，麦子一行行倒地。好汉们弯腰弓背，抢镰割麦，头上冒汗，背上流水，谁也顾不得擦把汗，喘口气，喝口水，一鼓气要割到地头。真是手快如飞，赛过名将梁绪宗的确也不少。路井大队的女将习青梅争了上游，一下子也出了名。不到3个小时，100亩小麦平呼呼铺了一地。下午两点，决赛结束。英雄们才回去吃饭了。

但4队的社员好不知足。有的说："割麦不收份子，硬叫太阳往干的晒哩！硬叫麦颗籽到完的落哩！"有的说："这不叫割麦比赛，这是比赛看谁糟踏的多，麦茬有半尺高，一地乱踏，像是牲口打过滚一样。"有的说："梁县长亲自领着干的，就不看这质量，这叫'颗粒归仓'吗？这叫颗粒不要，光要麦秆秆。"也有人说："唉，一百多人，割了一天，光打杂的就有四五十人，也不知这是啥计划，为了啥？大概是图了个名气大。"

队长只好安排社员，专门收好份子，才能用车拉载。由于麦茬高，倒的麦多，有的地方，麦耙都拉不过去。麦颗子红刷刷落下一地。听人说："跛子老汉侯定娃，用条帚扫麦颗，就扫下三四百斤。"真可惜，把100亩丰产小麦硬糟蹋咧！

（文中"英雄们"、"好汉们"，褒乎？贬乎？社员们的话虽"难以入耳"，却是真实情况的客观反映，也是对形式主义的强烈谴责。那"红刷刷落下一地"的"麦颗子",不就是农民们从额头、从肩上、从脊背掉下来的一颗颗滚烫的汗珠子啊!)

大比武与骆驼组

1958年渭南统计工作现场会介绍的"三台五化",其中就有比武台。为了比高低争先进,什么都要比输赢,因为要军事化,组织都按营连排班编制,比赛都称比武。这个风气一直延续了多年。生产动员大会也变成了进军会。提措施提保证,口号越亮越好,才显得不右倾不保守。指标提的越高越好:粮食亩产你提一千斤,我提一万斤;深翻你一尺我五尺,他就敢一丈;密植下种量,你每亩种30斤我50斤,他就敢下100斤。(天疯狂了,地疯狂了,人更疯狂了。9月18日,《人民日报》刊登了广西环江县红旗人民公社放的一颗"中稻高产卫星"亩产13万斤!)

大跃进以来,什么都要求快,连务棉组、割麦组的名称都把原来按组长姓名命名变成了火箭组、卫星组,丰产田也叫卫星田。工作干出成绩就叫"放了卫星"。

1959年夏收、1960年夏收,我都是领着本小队社员割麦。青年们5～7人搭起一个组,你是火箭组他是卫星组。剩下年纪大些的人搭在一起,我任组长,起个名字叫它"骆驼组"。我想骆驼最有毅力,一步一个脚印,可以几天几夜不休息,不吃不喝不停步地走。果然骆驼组名副其实,割麦速度没有人家快,但质量却比外组好。槎低份整,不遗不踏。人家休息咱不歇,人家回家咱不停。最

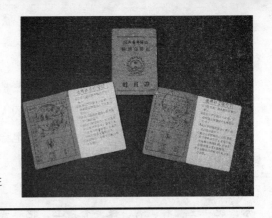

侯永禄和赵菊兰的社员证

后总的割麦角数亩数都不少，多次受到队长和群众的赞扬。

针对当时社会上吹大话的浮夸风，我还编了副对联贴在炕上的门箱子上，以作借鉴。

上联是："困难也是纸老虎，却能吓倒胆小鬼"，下联是："胜利属于真骆驼，并不让给吹牛人"，横额是："大胆实干"。

（"大跃进"时期，浮夸风遍及全国，危害巨大。它致使党和政府一系列重大决策失误，导致了随之而来的全国性的大饥荒，严重损害了党的形象，败坏了党风和社会风气，影响了我国的国际声誉，其遗毒影响至今，是必须深刻吸取的历史教训。父亲挺身而出反浮夸，确实有一定的政治风险。）

可笑的丰产地

（1960年6月28日）

15小队去年播种小麦，有一块地竟用7寸宽的耧播种，仅下种14斤。谁料去冬百日大旱，使稀麦长得不让于稠麦，今夏测产竟被选为丰产田。有人讽刺说："总结丰产经验时，下种量应写成28斤，却不敢写14斤，不然便是否认密植。"这些对合理密植曲解的人，与那些死搬硬套地贯彻密植的人同样令人可笑。密植要合理，要因地制宜，不是越密越好。但稀植决不是增产的可靠措施。

（为了"农业大跃进"，当年中央制定了《农业八字宪法》：水、肥、土、种、密、保、管、工。把"密"作为增产的重要措施，提到了相当的高度，并大力推广。）

收购鲜蛋

（1960年11月16日）

鲜蛋是一种重要的外贸物资。它能换回许多的钢材和机器。鲜蛋收购任务能否完成，直接关系着国家的信誉，关系到国家实现工业化的成败大局。原来的鲜蛋收购，只是供销和商业部门的正常业务。而1960年的跃进计划，单靠往年收购鲜蛋的办法是完成不了任务的，因此，这项工作便成了1960年的一项极为主要的工作。从夏收前后开始，一次比一次紧张。到目前为止，可以说已经达到高潮期了。在这一工作当中出现了许多新奇的事情和有关贯彻政策的一些问题，在人们思想上有些混乱，应该有所澄清。（明察秋毫，亡羊补牢。）

刚开始任务并不明确，并未落实到大队，更未落实到小队和户。后来将任务分配到大队和小队，小队又分配到养鸡户。全路井大队，鲜蛋收购任务是1300多斤。每人半斤多，每户2斤多。干部们认为根本完不成，只是说说而已。小队也只是按养鸡户的鸡数分配了任务，号召完成任务罢了。上边催得紧了抓一下，多卖些；催得慢了少卖些，不催就不卖了。

后来一次比一次紧，看来成了正经事，干部也就越逼越紧。原来一个鸡蛋5分钱，收购牌价每斤5角8分，也不相上下。但任务一紧，养鸡户有任务，赚不到钱还受不少气，不如没养鸡的农户清闲安然不受气。便出现了藏鸡、卖鸡甚至杀鸡的现象。养鸡户说："养个鸡真受气，干部天天要鸡蛋。不喂鸡多清闲，鲜蛋任务他不管。"4队勤才家的16只鸡、云亭家的8只鸡全卖光了。同雷家在国庆节把母鸡卖了，只剩下公鸡。（上有政策，下有对策。）

我为了响应号召多养鸡，便要花钱买鸡。母亲和菊兰都不同意。会场讲的再多，要社员大量养鸡，但养鸡数却继续减少，全大队减少了一半以上。我硬着头皮，以5角钱买了只鸡娃。由于自己日夜忙大队的事，顾不上管，结果竟被猫吃了。母亲借口怕猫又来吃鸡，便把一只母鸡没敢卖，却给了女家。

鲜蛋收购任务按养鸡数分不下去了。干部又给学校分任务，要老师给学生动员，要求学生交售爱国鲜蛋。有的学生便向他妈他婆要鸡蛋，有的要不下，便悄悄拿。没有办法，队里只好按人按户分鲜蛋任务。你若说"没有鸡"，干部便说："政府号召大量养鸡，只怪你不养鸡，不买鸡。不能怪别人，也不能怨干部。"

当压倒一切的"三秋"工作紧张时，鲜蛋的工作更紧了。鲜蛋按人按户一分，不管你如何找下的蛋，只要完成任务就好。这样，鲜蛋便出现了黑市买卖。再加上口粮标准一低，产妇、孕妇、病人、老人、婴儿都需要鲜蛋来作营养品，黑市的鸡蛋价便由每个5分涨到一角、二角、五角，最后涨到一元两元了。我为了完成任务，先后从高雨社那儿买了一个，四角钱；万林妈那儿一个，五角钱；侯子轩那儿一个，一元钱。另外，也有人拿馍换的，柿子换的，油换的，布票、粮票换的。形形色色，百古十样，五花八门。

干部收购的方法，也各式各样。有大会小会讲的，有登门说服动员的，也有让社员先交鲜蛋，后领饭吃饭的。也有由队里专门记工分，派人出外买鸡蛋的。有人回来买到百二八十的，也有买下十个八个的，也有买下一个两个的，也有一个也买不到的。甚至有把车子和人被当地人挡住的。路井大队就挡下了县北用来换鲜蛋的二三百斤柿子的人和车子。形形色色，啥事都有，东跑西窜，人心慌慌，直接影响了生产。

为了完成鲜蛋收购任务，大队小队开的会不知开了多少回，仅公社开的全体干部的鲜蛋收购评比大会就有三次。当时的鲜蛋收购比什么都重要。最后的一次是1960年11月14日晚上开的，规模和声势都很大。为了完成任务，大队小队的干部，想尽了各式各样的办法。派人在外买回的鸡蛋，有的按户按人摊钱。群众说："这和国民党的派差事、派款子一样。" 有的队为了避免社员的不满言论，干脆从队里的副业收入中开支了钱。为完成任务而额外花的钱，仅路井大队就花了4820元。其中社员约1000元，小队2618元，大队1202元。如果把小队派人出外买鸡蛋所记的工分再算上，那就更多了。此时，资本主义又抬头，党的威信受摧残。令人可笑，让我瞪眼。

公社也下了明令制止黑市活动，但很难有效果。依我看，首先要加强政治思想宣传工作。其次穷追是谁高价卖鸡蛋。再次是大力提倡养鸡，增加蛋源。要不然这混乱的局面真难办，今后的工作更难搞。

（据说，当时收购鲜蛋是为了归还抗美援朝时所欠苏联的外债。这篇笔记，生动而真实地记载了陕西关中农村收购鲜蛋时发生的可笑、可叹、可悲的奇闻异事，令人欲哭无泪，欲笑无声，欲说无言。）

编相声

（1960年11月28日下半夜）

11月初旬，中共中央发出了《关于对农村人民公社当前政策问题的紧急指示信》，主要为了反对公社化以来刮起的"共产风"，坚决纠正"一平二调"的错误，以巩固人民公社，发展社会生产力。为了扩大宣传，使政策深入人心，趁明天的物资交流大会，准备和侯天义演一段相声。现起草如下。题目为《看兑现》。

人物：刘开心——支部书记，张老汉的外甥。

张实干——老实农民，刘开心的舅父。

开场：张实干扛锄下地挖花杆，遇见刘开心上集。

刘：大舅，大舅，你拿锄做啥去？你人不合适吗？

张：噢，开心，你上会来啦？我这两天又凉（"凉"，即受寒感冒之意）啦。唉，就这队长还派我拔花杆哩！你不是到韩城开"五干会"去吗？几时回来？

刘：昨天回来。

张：开的啥会，来来来到这没人处也给我传达传达。

刘：开的学习会。学习政策，学习中央的《指示信》。今冬要在农村大张旗鼓的整风整社。

张：哈，又整风哩，快别整啦，快把我整死啦！

刘：不是整你是整顿干部作风哩，为了改进工作的。

张：唉娃呀！再别说啦。你现在是干部是支书，但你也是我外甥，不是外人，我才敢给你说。说实话，越整越瞎啦。

刘：舅！你咋胡说哩，你人老啦，学习的少吧！

张：哼，学的少，经的事可比你多的多哩。不在嘴说，事实作证。前年我住的新房大厦，现在成了牲口圈，我一家子眼看住到雨地了。前年我和你张哥要嫂子要分200多元，今年现在见了6块钱。自留地种下半亩红薯又收到食堂去了，唉，说啥哩。

刘：舅，要说哩。开会就学的这些政策，一定要按政策办事。《指示》的第五条规定，允许社员经营小量的自留地和小规模的家庭副业，自留地的产量不征不购，不算口粮，允许社员自行处理，或吃用或储备或卖给国家。

张：嘿。不征不购却到食堂收哩。还搞副业哩，我雨天拂下（方言，编成）的两把条帚卖了，队长说我搞自发哩，做投机哩。

刘：不能，今冬整风就要纠正哩。今天物资交流大会就为活跃农村市场的，你把条帚拿来卖吧！

张：早就不拂啦。深根哩把交走啦！（方言，意为"根子上已经出了问题了"）反正做着吃着，吃好都吃好，挨饿都挨饿。

刘：不对。现在仍是多劳多得、按劳分配为主。《指示》第六条规定少合多分，尽量使90%社员增加收入，把65%分给社员。供给和工资的比例三七开。总要使劳动多的人分的多。

张：分的再多都贴不住人家一座房价。侯发财前一向卖了一座大房，反正1000块，你妗子忙罢（夏忙结束）有病，我要卖分下地主那三间大房，队里不准，说饲养室没处挪，我看软处好起土，光瞅鳖。

刘：政策有规定，社员的生活资料永远归社员所有，占用社员房屋要取得本人同意，并付给适当租金。

张：对咧对咧，说的一味好听，做出来再看。

刘：你还不信。路井队今天在广场里开房租兑现大会，近2000元的现金哩！你这三间大房做的饲养室，算一等，每月每间3角钱，两年就是21.6元。

张：不信，不信，那拿这钱买成粮食就吃多半年。

刘：不信了咱就看去，保证占上你10年的房子就能骑个自行车。

张：如果真是那样，那就叫队里占着吧，旧厦子哩还能住几人，大房就不卖哩。

（文学作品来源于生活高于生活，是现实生活的反映。相声里"占用社员房屋"的素材，来源于父亲的亲身经历。我家东院的一间半门房，从1954年8月初级社建立到1969年8月18日，前后15年，一直被生产队无偿占用，作为喂养牲畜的饲养室。）

刘：不光这一样是真，样样都要落实，坚决要按政策办事。今冬就能见底。

张：要真能像你说的，那我就有了力气，病也没了，气也消了。走，把撅锄换成抬杆，把花杆连根拔起。

刘：啊，大舅，你才没病。哈哈哈！

张：哈哈哈！哪里来的病。

刘：走，咱上会去吧，也看看人家的兑现会。

张：唉，不去咧。街上碰上人家还说咱能上会不能做活。哪怕到地里坐着哩，他总算你出勤，他就给咱记工。

刘：咋，记工还是按响吗？

张：可不是。不管你做的快慢瞎好，只说你到过地里就准事。队里出的工分不少，不见做下的活路。

刘：政策说的清楚，一定要评工记分，坚决贯彻定额管理。做到：活路未到，定额先行。明码标价，人马共知。基本固定，个别调整，民主讨论，大家决定，检查验收，节节算清。大舅，你今年共挣下多少工？

张：工分挣多挣少谁也弄不清，反正得的再多，到底难见现成。因此上我就给他来个慢慢流流，消消停停，只见做活不见工行。花杆拔了半月，至今还没拔完。

刘：怪道（难怪说）你至今还去拔花杆。

张：不光花杆没拔完，白花还没拾净。队长有活，快了也不顶啥，人家不来协作，咱就得去支援。反正做快做慢，你总不得消闲。

刘：哈哈，原来如此。《指示》也有规定。小队互相协作，必须双方自愿，以工换工，决不能无偿支援。

（上世纪六七十年代，大队建有"毛泽东思想宣传队"。父亲经常写一些快板、相声、秧歌、独幕剧等群众喜闻乐见的艺术形式，提供给宣传队排练、演出。有时，他也亲自登场，参加演出。）

昔日的路一大队会
议室已破败不堪

真兴奋

（1961年4月14日）

今晚学习了中共中央提出的《农村人民公社工作条例（草案）》，真使人高兴，从内心感到真正的满意。它比《12条指示信》更具体更切合实际，彻底改变了四五年以来的虚夸不务实际的作风，纠正了不顾条件盲目冒进的思想情绪，反对了平均主义的"共产风"，对今后的农业生产发展极为有利，在社员群众中必然会掀起空前的劳动高潮。

《条例（草案）》使我自高级合作化以来，特别是公社化以来，内心感到遗憾不满而口头不敢反对的事实跟心（方言，称心）了。1956年转高级社时，将八个初级社合并为一个高级社。1958年大跃进机构变动更大，先合东阳，后并友好（友好社包括东明、西明、刘家、南庄）。1959年4月又将原高级社作为大队进行核算。高级社合并时路井大队680多户，我真担心太大难领导。一年年来的事实证明确实过大不利生产。现在要分队了，将路井大公社分为路井、独店、孟庄3个小公社，将路井大队也分为路一、路二、路三3个生产大队，真好，我想一定是人人满意。整整5年了，这才从规模上根本上纠正了盲目贪大的浮夸风。

食堂虽然好，但条件限制，人材、设备、觉悟等都赶不上要求，所以极难办好。这一下又是第二次坚持自愿参加了。供给制是最可靠的社会保险，"三七开"供给仍觉太大，"二八开"是切合实际的。认真评工评分，坚持定额管理，是按劳分配的基础。多劳多得，不劳动者不得食是社会主义的分配原则。

我仍担任路一大队会计。我的心劲更大了，劳动有了积极性，工作有了热情。

（1958年，大跃进和人民公社化运动在我国兴起，"共产风"呈兴风作浪之势，严重影响了农民的生产积极性与农村形势的稳定。中共中央、毛泽东曾在发现问题后加以制止，但效果并不十分明显。1961年3月15日至23日，中共中央在广州举行工作会议。会上，毛泽东亲自主持起草了《农村人民公社工作条例（草案）》，以条例的形式规范了人民公社，并采取多项措施遏制"共产风"。）

驳"偷产论"

（1961年6月1日）

古人有话："衣食足而后知礼义。"又说："饥饿生贼盗。"俗话是："没有吃穿了便不顾脸面。为了不饿死只有脸扔下偷吧！""谁也不会坐着等饿死。"

夏收即到，群众普遍存在"捞一把"的思想。侯章选挖透城墙打通偷产之路；妇女钉了许多缝衣包，准备下藏粮的地方。有人扬言："去冬低标准把人饿扎了。今麦就是要偷哩。"打击光荣户说："谁不偷是谁不饿，标准高，家中有粮食。"并认为："多偷一点，多活一天，少偷虽不如多偷，但总比不偷强的多。""捉住是他的，捉不住就是我的。工作组和干部再多，绝没有社员多，总不能一人后边跟上一个人。"又认为："靠提高标准靠不住，靠超产不保险，只有偷到自己家中最稳当。"等等。（西汉贾谊在《论积贮疏》里说，"管子曰：'仓廪实而知礼节。'民不足而可治者，自古及今，未之尝闻。"）

先说吃粮标准为什么会低呢？全年430斤，咋变成270斤？每月36斤，怎能降到每月15斤呢？（每人每天平均半斤粮食，怎么样维持生活啊？）连续两年的百日大旱，使全国粮食普遍减产，少产就不能多吃。那为什么不能战胜大旱呢？要知人力在目前是有条件限制的，虽尽了极大的努力仍未抗拒住灾害。加之公社化后干部"五风"严重蔓延，使人的积极能动性未能充分发挥，因之形成减产。

但按受灾的程度看，如果在旧社会，那一定是逃荒、饿死，十室九空，饿殍遍野，赤地千里。富翁们大发横财，穷人们死路一条。新社会就大大不同。干部群众同甘共苦，有福同享，有灾同抗。吃粮标准低都低，高都高。政府又领导群众大抓"瓜菜代"，使大家不至于饿死。同时组织医疗队，成立病人院，使患者提早恢复健康。这样，灾情最严重的路井大队共死了50人，其中因浮肿病而死亡的有新元、喜仓、妙定等6人，占死者总数的12%，占总人口2860人的不到千分之三，与旧社会真不能相比。因此，虽然标准低，人人却都能有吃的。（"三年自然灾害"时期农村的客观记录，珍贵翔实的历史资料。）

那么怎样才能使标准高呢？多产才能多吃粮，打得多了标准才能高。偷产只会降低产量，不会提高产量，标准只会降低不会提高。偷的人能多吃，不偷的人就要少吃，那必然形成"偷的急，吃的肥；吃死胆大的，饿死胆小的"那样的局面。

是不是干脆放开，让人人都偷好呢？那仍然是本事大的人手多的，偷的快偷的多；没人的不行的，偷不下。既然偷不公道，只有不偷才好，那就把制度订严，人人都不偷，谁偷大家监督，让集体统一收回晒干扬净大家一分省事。

国家今年实行粮食包购包销政策，大队在完成了公购粮任务之后，口粮标准可以多吃。不像以往无论产量多少，口粮标准都是一样的。这样大队不存在瞒产的必要，而能发挥核实产量的积极作用。同时，大队对小队又实行"三包一奖制"，超产队可以奖励粮食，多产就能多吃，小队也就没有瞒产私分的必要，可以调动小队大办粮食的积极性。偷粮，小队是大受损失的，浪费糟蹋的比偷去的更多，经济上减产少分，政治上又不光荣。

说来说去，不论大集体、小集体或社员个人，偷瞒都是不对的，也是不合理的。唯一的办法是抢收抢运，细收细碾，做到颗粒归仓，使粮食多收大家共同多吃。

（民以食为天。西汉晁错《论贵粟疏》记载："尧禹有九年之水，汤有七年之旱，而国无捐瘠者，以畜积多而备先具也。"那样的水旱之灾，竟然没有饿死人。）

再散食堂

（1961年7月1日）

1958年公社化后，各地普遍建立了食堂，彻底解放了妇女，不再在锅台上转，摆脱了家务劳动，走上了生产战线。但由于经验不足，管理不善，普遍浪费了粮食。每月大小人平均四五十斤，个别高达六十斤，出现了"做活磨洋工，吃饭放卫星"的现象。1959年夏收，为了调动社员的劳动积极性，省上一度强调口粮分到户、食堂采取自愿、实行多种形式的政策，对生产起到了一定的促进作用。

中共中央八届八中全会以后，开展了反右倾运动，对食堂实行积极办好、粮食到堂、指标到户、凭票吃饭、节余归己的政策，使食堂全部巩固。它的主要成绩是在低标准下替社员节约用粮，避免了一些无计划户的浪费，不至于几天绝粮而到饿死的地步。

食堂的优点本来很多，解放了妇女劳力，省劳省粮省钱省炭，便利生产，下地一致。特别对家中缺乏劳力，没人砸面做饭的，解决了许多问题。但由于目前社员思想觉悟不高，管理人员缺乏经验，结果把好事办成了坏事。（1）10个食堂，就有9个，社员对管灶的、做饭的有意见。（2）10个管灶的做饭的，就有9个以上的人有多吃多占的小问题。即使换人仍是一次不如一次。因此社员说"不怕标准低不够吃，就怕吃不够低标准"。又说："粮食在食堂要过'五关'，才能轮到社员。这五关是：保管、砸面、管灶、做饭、舀饭。""狼吃鬼掐，到社员只剩个瓜巴。"

（3）人人要吃饭，顿顿要吃饭。个别干部用不许吃饭的办法强制社员执行自己的决定。（4）月月发粮，旬旬发票，食堂不能主杂搭配，品种多样。社员不能忙闲调剂，干稀灵活，只能是给啥吃啥，舀面吃面。（5）排队打饭浪费时间，一顿饭就吃半天。社员们为了一点馍糊底子成晌成晌的等着匀饭。（6）食堂只管饭不管菜，只能到食堂喝水，不能打回家洗脸。因此做饭是食堂一半家中一半，两头起伙，费柴费炭。总之，拿一年来的情况看，食堂的优越性未能发挥出来，缺点却越来越多。（深入的调查，客观的评价，透彻的分析。）

《六十条》规定，食堂自愿。社员讨论后，人人都同意回家吃饭。干部们只管采取自愿又忘记了积极办好。4小队有28户人，有17户仍愿意在食堂，主要原因是在家吃有困难，没牲口要推碾，炭价大没啥烧。虽然如此，也没有人愿意来积极办好食堂，解决社员的困难。

（1961年5月21日至6月12日中共中央在北京举行工作会议。会议在中央和各地负责人调查研究的基础上，对《农村人民公社工作条例(草案)》进行修改，制定《农村人民公社工作条例(修正草案)》，简称《六十条》。修改后的条例取消了供给制，并规定："在生产队办不办食堂，完全由社员讨论决定。"随着这个文件的贯彻，全国农村勉强维持三年之久的公共食堂按照农民的意愿相继解散。）

永禄的孩子们拾瓜皮、捡煤
渣用的笼

拾瓜皮与推碓

（1961年8月8日）

去年小麦亩产200斤，人的口粮标准是270多斤。今年小麦亩产132斤，豌豆23斤，扁豆31斤，是入社以来产量最低的一年。今年仍是个低标准。

去年萝卜每亩几千斤，冬天1斤1块钱。今年伏里天更干旱，萝卜苗已枯黄，看来价钱不得贱。据说南瓜也是好副食，但1元8斤集上不见卖的，自留地的不等大就要摘：自己不摘人家便摘了——因此南瓜也指不住。

政府提倡大种瓜菜。今年瓜算不少，现在1斤两角钱。瓜皮做菜也不错，保证不会像野菜一样让人中毒。晒干储存，想来要比棉花壳淀粉好吃得多。

今天逢集，女人叫孩子去街上拾瓜皮，我也没制止。拾回两笼，孩子们像见了糖果，一个个抢着去啃，惹得我心中好悲伤。过去有句讽讥吝啬人的话："吹大话，使小钱，啃得瓜皮照着天！"现在啃薄后还得切碎晒干，妥为保管。你若不如此，今冬便有饿肚子的危险。

（"拾瓜皮"的艰苦日子记忆犹新。家里穷，没钱买西瓜。捡回瓜皮，奶奶先将瓜皮洗净，然后用菜刀削去上面薄薄的牙痕，兄弟姐妹们就会津津有味地啃起来。）

三年多的食堂化实在叫人吃不好。有些人暗地里在家另外做饭，干部还喊叫不许"两头起火"。直到1961年6月20日晚上，公社召开大小队干部会，才让大家下灶，口粮分到户。社员们喜笑颜开，人人心里说好。

但是"低标准"以来，牲口体质乏瘦，死亡严重，没有多少能使役的。耕地耙地都不够用，怎能让家家碨面呢？社员们户户只好推碨。我家8口人，一月要吃近200斤粮食，推碨确实是件大事。工作忙，生产忙，抽空还得抓紧推碨。碨沉磨重，一个人又推不动，所以趁下雨天星期天放假时和饭前及晚上人多的一会时间来推。起先还得借碨子来推，后来就在房里盘了个碨子才方便了。推碨时思想却没闲着，便编些诗句或顺口溜以消愁解闷。其一："千匝万匝转，浑身都流汗，须知口中食，全是汗水换。"其二："头遍轻，二遍重，推过三遍心轻松。麦干箩子啥，提起不害怕。"其三："星期假日人手增，下雨推碨不误工。今日把人耍，明日牲口拉。只盼大后天，碨面机械化。"

（"推碨"，即推磨。"箩子啥"，即箩子稀疏。1969年，大队办起了面粉厂，碨面实现了父亲10年前梦寐以求的"机械化"，各家才不推碨了，而我家一直"推"到1974年。那年，父亲担任大队面粉厂厂长。遗憾的是，因经济的原因，1979年11月1日下午，父亲将浸润着全家汗水的碨扇卖掉了。）

稳度难关

胡吹冒料不实事求是的严重浮夸风，"汇报汇报三分捏造，统计统计七分估计"的普遍现象，造成了统计上的假现象，任务上的高指标，交售上的高征购多提留，1960年社员分配上的低标准。全年口粮270斤，最低的一月大人15斤至18斤，小孩3～5斤。加之食堂化时部分干部、炊管员的多吃多沾，社员实际吃到口的就更少了。1960年冬全大队患浮肿病的人就有四五十，因营养不良而死亡的就有十几人。

社员们把红薯根也当成宝贝，干红薯叶食堂灶上也是用秤称的给人分。政府一再提倡"计划用粮、节约用粮"，实行"瓜菜代"，试制"人造肉精连宝霉"。附近村庄的榆树皮也揭光了。牲口死的死病的病，连拽碨的也没有了，家家户户推碨。黑市上每斤小麦3元，每斤萝卜5角到1元，一个蒸馍1元。1960年10月12日，家里揭不开锅，无奈之下，我到邓自荣主任的面粉厂买了25斤麸皮，回到家拌成菜疙瘩吃。公社组织社员去黄河滩挖马林根当粮吃。12月27日黄河滩失火，烧死了民工侯志民。1962年春节我在大门上写了一副春联，上联是"吃糠咽菜咬紧牙稳度难关"，下联是"推碨拉耙挣断绳誓夺丰收"，横联是"苦尽甜来"。（时间并不是抚平伤口的良药。那时刚刚10岁的我，经常和小伙伴们唱一首儿歌："你一我一，标准太低；你二我二，糊糊泡菜；你三我三，红薯杆杆；你四我四，家家闹事；你五我五，肚子敲鼓；你六我六……）

真自由

（1962年元月15日）

巧珍今天出嫁了，人人顺口传送是件好事。因为后天女婿要上门来，要算是这儿的上门女婿。但这个上门女婿和其他的不同，是要一子开两门。婚在男方家结，年在男方家过，双方不卖姓，都有继承权。

这是一件新闻，也真正体现了男女平等的政策。男的也和女的一样，可以跟随女方生活，女的也和男的一样，可以继承祖嗣。但是一些宗法观念浓厚的人却说："人家男方是巧娶媳妇，一个钱没花；女方是白嫁女，贴赔哩，肉还是人家的。"

后天过门，要贴对联，我照结婚方式拟了三副。大门上为："亦嫁亦娶两全其美，是儿是婿双喜临门；美满婚姻。" 小房上为："男女同行平等礼，夫妻合唱自由歌；并肩携手。"宴席上为："宴嘉宾席薄茶淡心意厚，请贵客饭少菜甜热情多；欢迎雪君。"

基本核算单位转移

经过农村人民公社工作条例"六十条"的学习宣传，社员的思想安定了，参加集体生产劳动的热情也逐渐起来了。1961年大力推行包工、包产、包投资的"三包"制度，扩大了生产队的自主权，推行了定额记工、基本劳动日制，扩大了口粮按劳分配的比例，调动了社员的积极性。

1961年11月22日，县上在金家庄召开了会计会，学习讨论了基本核算单位的转移。1962年元月10日大队召开了干部和社员代表会，学习讨论了基本核算单位的转移。14日又开会讨论了具体问题的处理。

中共中央《关于改变农村人民公社基本核算单位问题的指示》，提出把人民公社基本核算单位由生产大队改为生产队。即人民公社"三级所有，队为基础"。按照这一指示精神，根据现有人口耕地等级，计算出各生产队每年应交的公购粮任务。各项生产收入、各项支出、牲口财产的添置变卖、社员的钱物分配等，都由生产队设账进行核算。这样从根本上扩大了生产队的自主权，使社员与生产队的利益更直接了，关心的程度更紧密了。

但是队长的权限更大了，人选问题更重要了。队长的好坏直接影响着三四十户、一二百口人的吃饭穿衣甚至生命的问题。没有一个好的相对稳定的队长，这个队是难以搞好的，社员是会遭殃的。

（农村人民公社基本核算单位，是我国农村人民公社内部实行独立核算、自负盈亏。直接组织生产和收益分配的经营单位。从1958年至1984年，农村人民公社基本核算单位经历了由以公社为基本核算单位→以生产大队为基本核算单位→以生产小队为基本核算单位的变化，最终确立了"三级所有、队为基础"的以生产小队为基本核算单位的体制，前后实施了22年。）

好春雨

（1962年4月10日）

基本核算单位转移到小队，粮食征购任务实行了大包干，取消了供给制，解散了食堂，粮食也要按劳分配。总之，从各方面千方百计地加强农业战线，调动集体劳动积极性，纠正了1958年以来人为的平均主义错误，可以说在政策上做到了"随人心愿"。生活上又作了扎实细致的安排，生产积极性确实调动起来了，农活也实事求是地安排了。

但是自去冬至今春，庄稼未见过雨雪，加之天气很冷。清明时节，早上还有结的冰。麦苗连旱带冻不变向。由于生活安排得好，每头奶羊由200元下降到100元以下，黑市上每斤小麦也由三元降到一元五六，而因天气不好又上升到二元四五。人心由安定而转为不安。

前天清明，昨天和今天竟落了好雨，约有一锄深，这样久旱的麦苗逢了甘雨增产不止一二十斤，棉花等春播作物也可以下种了。这真是一场好雨。古人有话"清明前后一场雨，胜似秀才中个举"，的确如此。我可以说："清明前后把雨下，强出婆娘添个娃。下雨粮食能增产，添娃吃饭更熬煎。"

谢雨

（1962年7月25日）

古历六月十四到今天仅十天时间，就下了两场小雨和两场大雨。涝池的水已收满，地里的秋都已种上而且出了苗，红薯棉花都大变向（方言，大变样）。再没有人唉声叹气，一个个喜眉笑脸。有的说："真的天无绝人之路。"有的说："的确，人忙天不忙，终究有一场。"有人说："这是老婆婆们祈下的雨，这下要唱戏谢神哩！南庄子、西梁家、郭家坡都在唱戏。"

我和菊兰正在推碨，高辛妈来了向菊兰收钱，说："咱这儿也要唱戏，和公社说了，公社也不挡，一户两毛钱。"菊兰点头应允，我笑而不语。雨确实是好雨。应以实际行动，趁墒抢种紧锄深犁保墒以防再旱，莫失良机。但何必谢呢！神在哪里？如若有神，怎能遭旱？祈雨能下，岂有荒年？神虽没有，雨非神赐。但久旱逢雨，总是喜事，唱戏庆贺，乐哉可也！正是：好雨连连下，秋苗节节高。戏台处处唱，见面人人笑。

（当人们处于一种极端的迷茫与无奈之中，就有可能求助于一种外在的神秘力量。还是《国际歌》里说得好："从来就没有什么救世主也不靠神仙皇帝，要创造人类的幸福全靠我们自己。"）

种秋农谚拾零

（1962年8月5日）

中国过去识字人不做庄稼，做庄稼的人不识字。所以几千年来的农业生产经验很少有文字总结。只有口头传授的农谚，才是务农的格言。其中多数是正确的，为实践证明是科学的，少数是消极的或迷信的，或者是过时的而不适用的。有的是尚未为实践证明的，不能肯定其是否科学。今日有雨稍闲，收集几句，以作今后再从实践中效验的参考。（善于积累，不断总结，是父亲平日里养成的好习惯。）

"收秋不收秋，先看五月二十六。五月二十六滴一点，好到窑头买大碗，买下大碗吃米饭。"——这是个重要的雨旬头，关系到能不能安下秋的问题。可以说这天落了好雨，便安上了秋。秋粮基本保证。但今年这天的雨洒湿地皮便停了，未能安秋。直到六月十四日才落了雨，安了秋。二十天来，雨水及时，秋苗茁壮。有人说，二十三日已经应了点，秋收保险没问题。是否可信，奥妙未测。

"早保稳，迟打狠"——秋种的早了保稳有收成，但迟种的秋有时产量更高。是不是好雨下得迟了证明雨季来临，初秋雨多，秋能高产。

"秋差来回麦差响"——种秋要趁墒抢时，稍迟一刻便有少出苗的危险。

"得墒不等时"——只要有墒就应下种，时虽尚早，但不可再等，以防天旱。

"宁肯枉了，莫要误了"——抢时即种，即使种上没出苗，总

112

比能出苗却未种上要好。

"不种百亩难打百石"——要多收先得多种。

"种谷种糜子，枣儿塞鼻子"——枣儿长上酸枣儿大小正是种秋的好时刻。

"立秋一十八天，种糜子一十八亩，打糜子一十八石"——只要在立秋前18天下了雨，莫嫌迟，仍应抢种。

"麦种泥窝窝，秋种黄墒墒"——晚秋雨多，种麦莫等地干。夏季日毒，种秋莫嫌墒少。

"麦种深，秋种浅，糜子外面露半片"——麦是深根作物，种深可防冷冻。秋是须根作物，浅种容易发芽出土。

"宁叫掮锄，莫叫掮耧"——秋难捉苗，下种宜稠。宁肯出土后用锄锄掉稠苗，也莫叫因下种少而出苗稀需得另种。另种一则苗杂，二则误了农时。

"秋地卧下牛"——秋苗宜稀不宜稠。稀了可以抗旱，天涝也能长大。稠了雨多则可，天旱便大大减产。卧下牛有些夸张，但即使苗稀也莫轻易翻掉。

"立秋四指高，知迟都收了"——只要赶立秋时能长四指高，便证明秋不迟。

"锄成的秋，种成的麦"——秋田的好坏，主要决定于生长期的管理，麦田的好坏主要看下种前的整地。

"锄头有水，权头有火"——多锄可以除草保墒，多翻晒可以通风透光早干早碾。

"湿锄糜子干锄谷，露水地里锄绿豆"——谷根易活，湿锄难死，水点落心，易于白条。黑豆则不怕。

"天旱你莫懒，雨涝你莫赶"——天旱应抓紧抗旱保墒、水土保持及下雨的准备等。雨多的时候莫急着进地乱踏，对秋苗有损无益。

"旱锄田，涝浇园"——天旱要锄地保墒，天涝要防止地面板结。

"糜谷顶破砖"——未出土的秋苗晚上一潮，板结的地面仍能出苗，莫轻易翻掉。但不如轻耙或浅锄，以碎土保墒，促使全苗。

"糜子性假，两个叶叶就柞"——秋苗刚出土便要抓紧锄草间苗，不然荒了会发黄而不变。

"麦锄三遍没渠，谷锄三遍没皮"——多锄可以使颗粒饱满糠皮少，出粉出米率高。

"白露不出头，拔的喂了牛"——糜谷在白露时尚未吐穗，便没有希望了。但只要天气暖和，霜冻来迟，白露以后出头的仍有产量。

"干锄糜子湿锄谷，露水地里锄黑豆"——这和前一种说法相反，其理由是，谷根单薄易死，湿锄耐活，糜子须根多，不怕干锄倒伏。两个说法未认真伪。

"晾根糜子拥根谷"——锄谷应培土以防倒伏，糜子则不需，因它容易活根多。

"伏里锄秋如拔针"——伏里正是锄秋好时候，莫嫌苗小难锄，大则迟了。难锄例如捉针。

"火火火（荒也）一齐托（大也）"——莫怕伏里雨多，杂草青苗一齐长大。一种含义是懒人的借口，一种含义是对不抓紧锄秋的一个讽刺。

"好谷不见穗，好糜子不见叶"——地头一望谷穗下垂，光见杆叶定是粒大颗肥的好谷。满地糜子穗，不见叶杆是好糜子。

"糜子返打一石，谷子返不见面"——谷将成熟地墒过大，容易返青，谷颗变红变绿芽发了。因之要及时收割，糜子则不怕。

"麦熟积，谷熟垛"——麦谷代杆收后继续成熟，因而收割不宜过晚，以免受损失。

"秋分糜子寒露谷"——说的是糜子、谷的成熟期。

"麦打杆短，谷打穗长"——短杆麦积小产高，穗长谷数少产多。

"没啥穿打婆娘，没啥吃打谷瓢"——说明谷瓢难碾净，应该重视细碾细打。

"稀麦稠秋哄死人"——麦应该密植秋应稀。

（农谚是劳动人民长期生产实践中积累起来的经验结晶，对农业生产起着一定的指导作用。陕西关中的农谚多运用比喻、拟人、对偶、夸张、对比等修辞手法，内容丰富，生动形象，幽默风趣，琅琅上口，富于强烈的节奏感和悠扬韵律美，不失为一份宝贵的文化遗产。）

续谱

（1962年10月30日）

前天范家洼献谱很热闹，又唱家戏又有自乐班，杀猪宰羊，设席摆菜。外地来参观的人也很多。续谱是什么呢？是封建社会遗留下来的一种加强宗族观念的仪式。通过献谱的形式来明确班辈层次、族里族外等，分别出什么人能上谱，什么人不能上谱。据说侯家已经续过谱29年了，是我4岁时续了的。那时凡是要下外姓的人不能上谱，不许进祠堂，给了人的也不再上谱。范家洼现在是如何的续法，我尚未了解清，但据说也很细。对此，我和侯高林等作过讨论，认为按新社会便不可续，按风俗习惯便可续。

我的意见是：要从有利生产着眼，从有利团结出发，为最大多数人的利益着想。续谱的作用是可以显示本宗族的繁衍情况和人物势力，但加深了姓与姓之间的分裂，制造了上谱与不上谱的人之间的矛盾，浪费了人力、物力和财力，耽误生产，引起人们的怀旧复古思想。按这些道理，谱是不应该续了。再说解放以来经过土改合作化等，祠也拆了，地也分了，神也不敬了，有的坟也平了。为什么偏要续谱呢？（似有时代的局限性，认识的片面性。）

1958年大跃进以来，工作中犯了些冒进错误，加之连年旱灾造成农业减产。自去年和今年以来，政府作了纠正，认真调整，以恢复被破坏了的生产力。但在这些工作中，有些地方未免要犯些右的毛病，投机倒把制止不严，小偷小摸放的过宽，求神谢雨看着不管。

续谱也是先由一些封建思想浓厚的人和村子慢慢谈开了，做开了。别的地方也看起样子来了。假若普遍做开了，也不好制止；同意的人多了，也难以反对。

在大势所趋的情况下，续谱不可冒然禁止，可在旧形式中加入新内容。我想，将续谱的原则可改为：1、只续同姓的人，不续外姓的人。2、班辈层次仍按旧规。3、仍以男系男姓为主。4、从现在起凡是本姓的人都可以上谱，不分职业（唱戏、乐人）。5、从现在起男女平等都上谱。但凡出嫁的女子、招了外姓的男子、给了外姓的孩子，只续本人，不续后代。6、结婚娶的媳妇、招的女婿不续，但所生的后代都上谱。7、凡要下外姓的人应和本姓的人以黑红线加以区别，仍可以上谱。8、凡同姓结婚的可以男女同上谱，也可以由本人决定，只续或男或女一人。这样一方面迎合了群众续谱的愿望，密切了党群关系；另一方面扩大了续谱范围，团结了更多的人，又使婚姻法男女平等的新精神在续谱中有了更好的体现。

（也属一家之言。家谱又称族谱、宗谱等，家谱是记载族姓历史和世系沿革的重要文献，它以父系同姓血缘亲族为基本单位，集中、全面、真实地反映了家族发展的历史，并与正史、方志，共同构成中华民族历史体系的三大支柱，具有社会学、历史学、经济学乃至遗传学等方面的研究价值。近年来，陕西不少地方的续谱又逐渐兴起。）

种红薯

（1962年11月16日）

红薯是一种高产作物，可以当作粮食一样的吃用。合作化以来本地种的渐渐多了，特别是1960年低标准以来，种的人越来越多，今年可以说家家队队都种了。种红薯和种其它粮食作物不同，技术性很强。根据以往的经验教训，谈谈自己的体会。

一、种子的处理。红薯的颜色有红的白的黄的粉红的等。红的黄的好吃，产量低，果实不在一块难收获。白的产量高，水分多，不好吃。只有粉红的产量又高又好吃，也好收获。即有名的"胜利百号"。本地人不会秧红薯苗子，多从外地购买。今年我从寺前镇9元钱买了400个红薯苗子。因秧子不好，天气旱，一个也没活下，最后还是用了自己的红薯苗子。自己的苗子虽然出苗迟慢，但能够随拔随栽，成活率高。能栽多少就栽多少，由得人。也可以按天气能栽就栽，方便得多。秧苗子下种子的时间，有人说越早越好，有人说不怕迟，天气暖和了出苗快。今年我是3月14日、15日下的种子，5月26日才拔苗栽红薯，前后共70天时间，即古历的二月初九（惊蛰后一周春分前一周）至四月二十三（小满后5天）。苗子要想出得快，苗床要有一定的温度，粪应该是晒干后又拌湿。经常浇水，勤浇少潦。

二、整地。去冬整的地墒大，好活产高耐旱。忙后翻只怕缺雨。但若逢雨水好，产量也不差。

三、栽红薯。选的苗子不宜过长也不要太小，应是深绿色8寸左右。须根不剪易于成活，并不影响产量。根部黑斑应该剪除。拔出的苗子应放于水中，免见阳光。密植比稀植好。密度是行距二尺或一尺六，株距一尺至一尺二。每株可产二三斤，每亩可栽2400株至3000株，产量6000斤至7000斤。稀植了容易横蔓，或红薯块过大。雨后墒饱时先插苗子后浇水，再盖土。苗子在地面应露出2寸许，不应盖严。天旱栽红薯时应先饮好窝子，盖土保墒，等分墒后刨土插苗，栽后浇水，水渗完后埋土。傍晚栽最好。最早在谷雨后立夏前，最迟在夏至后小暑前。最好在立夏到忙种或夏至之间。

四、管理。苗小时应锄草铲土保墒，苗大后应少锄或浅锄，以防锄断须根。雨后应翻蔓子以防蔓上长芽。有人说，为了防止疯长，可将蔓子摔伤。有人说，这样对红薯生长有损，翻蔓只可轻轻提起。我今年在蔓子大的时候剪了一行，结果也未影响产量。

五、收获。收获不宜过早。去年和今年白露以后才下连阴雨，使红薯增产。收获迟了也不好，容易受冻。最迟立冬前，最好在霜降前后。收获尽量避免切伤磨损，以利保存。

六、保管。窖深一丈左右，宜大不宜小。窖里可用一半空间装红薯。红薯下窖前，要严格挑选无黑斑的无损伤的。入窖后常检查，发现坏的立即取出。天暖时窖口要开，结冰封冻时夜盖昼开。天气特冷时才可封严，时间10天半月，不宜过长。吃红薯时是先坏的后好的。遇到好天气也可以切成薄片或细丝，晒干保存。

七、吃用。烧上好吃浪费大，一次烧不熟，二次便发酸吃不成。煮上吃节省但不好吃。最好还是蒸熟吃。天热当天吃完，天冷连吃几天。可以泡在汤内，也可烧热再吃，也可拌在干面内搓匀擀面、蒸馍、烙馍。红薯还能切菜、油炸、淀粉、压饸饹、蒸菜疙瘩、捏煮角（包饺子）、包包子等。比粮食的花样多得多。

八、价值。牌价是4斤红薯折原粮1斤，今春黑市1斤红薯卖6角至8角，麦是2元到3元，约等于4斤红薯换1斤麦。现在每斤红薯7分钱，等于10斤红薯换1斤麦。

红薯的主要缺点是难保管。

（"红薯好吃我爱吃"，这是当时社会上流传着的毛主席语录。一时间，领袖的话成了最高指示，公社大力推广种植红薯。在一个相当长的时间里，红薯成了农民的主要口粮。吃着红薯长大的我，对红薯怀有一种爱恨交加的复杂感情。）

今年的秋庄稼

（1962年12月11日）

今年上半年百日大旱，秋田直到小暑后十天尚未下种。幸喜好雨连连。按节令虽然迟了，但各样秋庄稼人们都种下。若不是中秋节前的几十天大旱，秋田定要大大丰收。

棉花后来长得很好，但因整枝未做，加之偷摸严重，使产量仅达一二十斤。若管理好的话四五十斤没问题。红薯因干旱造成大量缺苗，使产量不高。一般缺苗少的亩产都在2000斤左右，只要保住苗的红薯还是高产而稳收的庄稼。

有人说，今年太岁在东北，主收角荚田。但黑豆因迟种，亩产约10斤；绿豆还不差，亩产60余斤。足见这种说法是迷信，不是经验。糜子和谷，集体的因地薄肥少，没锄好，亩产四五十斤。自留地的亩产在200斤上下。"锄成的秋"这话真有道理。"二十三应了点"只是那样说。"立秋十八天，有墒抢种莫嫌迟"的说法是正确的。"白露不出头，拔的喂了牛"这话不可信。特别是谷，种的虽迟产量仍然不低。谷的白穗不是由于露水，而是因为种子带病。返青也不是地壮墒饱，恐怕也是病虫危害。

荞麦种得适时，但亩产仅20斤。主要是受了风和霜的害，产量太不稳定。

（集体的亩产"四五十斤"，自留地的亩产"200斤上下"，说明了什么？说明了"大锅饭"的深层次弊端。中国改革开放的成功，首先就从打破"大锅饭"开始。）

卖羊

（1963年1月17日）

1961年，农民们说心爱之物是"自留地，娃他娘，'飞鸽'车子'生产羊'"。只要你辛勤劳动，自留地按人口不论大小一人几分都几分，产的粮食就能维持人多劳力少的家庭的一部分口粮，也就不会再出现1960年饿死人的现象。那"飞鸽"车子比驴快得多，难怪农村人它称为"洋马"。下地，走亲戚，上会，只用脚一蹬，"呼呼呼"不大一会功夫便到了目的地。至于娃他娘，那自古希望夫妻恩爱么。说起"生产羊"来，虽是农民四件心爱之物的最后一件，但确实也使一些会养羊的社员得利不少。一只好的"生产羊"价值高达五六百元之多。一年有生两次小羊的户获利可达成千元。所以有的人抱起小羊羔摸来摸去，真和爱小子娃一样的心疼。（把"小羊羔"和"小子娃"相提并论，足见"羊"之宝贵。）

母亲和菊兰听人说谁养羊得了不少利，谁嫁女时还把个"生产羊"当作嫁妆陪上了，就多次劝说我"给咱也买个羊养上"。我实在推辞不过，就只好答应。但是上街一问，价钱都在几百元，100元以下是买不到的。后来听说一个亲戚家有只羊，实在不愿养了，想卖掉，价给上50元算了。我见母亲和菊兰都同意就买下了。这羊不是"生产羊"不能剪毛，也不是奶羊不能挤羊奶。后来有人说叫"狗羊"。不管叫啥羊买下了就得喂。我黑明昼夜不是开会就是劳动，哪有功夫放羊喂羊。菊兰更是黑地白日地忙个不停，做了地里做屋里。不等饭吃毕下地的铃又响了，只好把馍掰开夹点菜，先看队长安排干啥活；不能等队长走了还不知干啥活，白白耽误一晌的工分。羊饿得"咩咩"地怪叫唤，母亲只有叫喝上点洗锅水。菊兰下地回来在地头路边拔上把野草给羊。西玲和丰胜遇星期放假就得去野外放羊。不是把牵羊的绳弄断了，就是把绳遗了。暑假时太阳热得像火炉，搭上伞不是羊跑了就是羊趁（方言，羊缰绳）丢了，一提起放羊就发热煎。

羊喂了多半年，全家谁都受够了。我只好拉到集上去卖，但就是没人问，因为不是"生产羊"，也不是奶羊。既不能挤奶又不能剪毛，加之养羊的人多了，羊也不值钱了。正是兴利的兴利，吃亏的吃亏。群众说的好，"兴羊利的兴羊利，挨羊挫的挨羊挫"。多亏寒假前学校老师准备会餐，赵主任听人说我有个肥羊在街上卖了几会，没卖掉，便到家里给了17元钱成交，我心里当下轻松了。编歌道：

谋羊利辛苦一年，受了害娃哭妻怨。

白下苦放在一边，赔了本三十三元。

却证明形势好转，投机者回头是岸。

资本路一片黑暗，走社会齐心向前！

（无巧不成书，父母亲都属羊，却难兴"羊利"。"生产羊"的兴衰，不排除投机倒把者的利欲熏心，操控物价，更可见三年自然灾害后的物质匮乏，经济落后。）

买工分

（1963年2月5日）

春节已过，社员们正式开始了春季生产。生产小队为了增加社员收入，在社员会上专门讨论了除农业而外又要抓副业收入的问题。土地不能扩大，人口不断增加，光靠农业不能解决社员的生活，因而趁此小忙之季，抽出些人出外搞些副业收入是很必要的。报酬如何解决？决定：出外人每月向生产队交30～40元，每交1.8元可以记工10分。这办法较为合理。

在讨论中多数人嫌高，说可以交1.5元，记10分工。理由是队内劳力多，这样可以使外出搞副业的人数多，多交钱。但我的意见不同。一、队内劳力多，可以多给农田加工，多积肥多修地。二、社员可以多搞家庭副业，增加个人实际收入。三、如果降低交值，会助长资本主义，使拿钱买劳动日的人日益增多，影响集体生产。四、交值低分值高，使农业劳动的人吃亏。比如去年劳动价值每劳净分1元3分，毛收入近2元。而今年估计净分可达1元5角，毛收入定在2元5角以上。如果交上1元5角，分上1元5角，白白地分走农业上的许多粮食，又不负担一分一文的各项费用，岂不是使拿钱买工的人讨了便宜吗？这话是否实际，决分时便见分晓。

（"抽出些人出外搞些副业收入"，这是灾后农村政策宽松的表现，也是农村经济趋于复苏的象征，表面上类似于改革开放后的"外出打工"，但其实有本质的区别，那就是需要向生产队"买工分"。）

二世感

（1963年3月5日）

1963年春为了养护公路，队里安排劳力往公路上拉砂子。因为是从堡子胡同往公路上拉，没有大坡，不进地，所以一个人拉一个车车。3月2日下午，我和几个社员拉上车车去了。砂子多在埝根部，上边有两三米厚的土层。这地方要拉砂，必须从埝根向下挖。拉了几车，我下到埝下的砂坑内，刚挖了两下，突然发现头顶的砂子"刷刷"地向下落。我一看不妙，急忙向外一闪，准备爬出坑去。说时迟那时快，"哗啦"一声，一人高的埝二尺厚的土，一下子整个塌了下来。旁边的人向外一闪，吓了一大跳，心惊胆战。仔细一看，我的头和肩尚露在外面，整个身子压在土中，两只脚和腿一点也不能动弹。同来拉砂的王苟、丙寅等急忙上前来刨土。我睁开眼还说："不要紧。" 王苟大声说："哎呀，二哥，你的命在骨头里哩！"用锨挖土，不敢过于用力，唯恐伤着了身体。慢慢地我的臂膀活动了，自己刨靠近身边的土，用力才将脚腿拔了出来。站起身来拍拍土，手脚腰腿都没事，只是脸上和手腕上有被柴草刮伤了的指甲盖大小的两片小伤，微微发痛。稍后，又和大家一人拉一个车车拉开了砂子。

回家走进巷里，人们见了都说："真危险啊！几乎弄下大烂子了。"我笑着说："是啊！多亏边里人救得紧，不然的话早就没命啦！我算是二世的人了。"到家后，母亲和菊兰把我浑身上下细细打量了一遍，都好好的，才放心了。母亲说："天神保佑，百没咋！（方言，没啥事。）"我进了屋门，菊兰说："算你命大，没

124

伤着身体。如果胳膊腿伤上一件，成了残废，那却要受一辈子难过哩！"我笑着说："如果真的塌死了，那你不守寡也得改嫁呀！"

后来赵妈知道了这事，也说："善有善报，多作好事，多行善，神仙自会暗中相助，逢凶化吉，遇难呈祥啊！"我暗笑："又是迷信说法，哪有神仙呀？"不过口里却还答应说："是呀是呀！今后拉土挖砂都得注意，细心观察地形，不能冒失，以免再出危险。"

如果我的头埋在土中，一定是没命的了；如果干块子塌在头上也是难活了；如果旁边没有人，也不知土把我要压到几时。如果真的死了，那一切便完了。有人会说："唉，为工分不小心送了命。"有人会说："生有时，死有地，该在那里死。"也有人会说："没行好，前世孽，怎能好死。把人亏了，现世现报呀！"

不管人们怎样议论，我是无法表明态度，不能赞同，不能辩解，默默无声由他们去吧！家庭幸福，不能享受；家庭困苦，不能分担。总之世界上的一切，既没有了我的义务，也没有了我的权利。幸运呀！我没有死。等于我死了又生。趁此生之时，总结以下前世，计划一下今生是有好处的。

一、一切物质财富都是世界上的，个人不能私有，更不能永远占有，连自己的生命也不能由自己决定占有多长时间。因此，自私自利是不应该的，大公无私是正确的。

二、人对世界的贡献越大，人们对他的爱戴愈深，纪念愈久。人对世界的贡献愈小，知道的人也少，忘记也最快。愈是自私自利的人，对世界的危害愈多、破坏愈大的人，人们对他痛恨愈大，唾骂的时间愈长。因此要争取多为世界贡献一份力量，多造一份财富，少做坏事，少自私自利危害集体，破坏世界财富。

三、幸福是人人爱享受的。生活富裕，心情舒畅，劳动轻松。但自私的享受是受唾弃的。为了大集体的幸福而个人忍受困苦的生活、繁重的劳动、沉重而紧张的心情是应该的，而内心享受着真正的幸福。

四、生命是最宝贵的，应该尽量保护。行事步步求生，争取多延长一会生命。健康第一，安全第一，莫作无谓的牺牲。失火、溺水、中毒、碾撞等等不安全的伤亡事故，应尽量避免，更不应因经济、政治、纠纷、生活等问题而自杀。

五、但保护生命，并不是要当怕死鬼。为了大多数人的利益，在必要时就要奋不顾身，视死如归。正是存心死时可死。这样的死是虽死犹生。

拉炭路上雷锋少

（1963年5月20日）

全民都在学雷锋，但我带了多回炭，路上碰到的大大小小的一些事，像雷锋那样思想的人真是太少了。现在把一些有意思的小事写在下面。

一、冤枉的八角钱

骑着车子正向前赶路，忽觉车子墩的"通通通"。原来是跑了气，恐怕是车子胎破了。赶到郑家店，问一个修车子的道："胎咋补呢？"他说："架子车四毛，自行车三毛。"随即卸开，原来气

《拉炭路上雷锋少》手稿

门桩边跑气了，骑了一节，将胎轧下三分长的一个口子。补了以后他却说："一个砂眼三毛，一个泡算两个砂眼，气门桩也算两个眼，共四个眼，三四一元二角，你给上一块钱。"我说："你不是说三毛吗？"他道："那要看活说价，一个眼三毛。"我再也不能说啥，只得说："现在先给三毛，下次来补足。"他说："行，要留个抵押的东西。"在我身上下下上上打量说："把你的水笔留下吧！"好说歹说，旁边人原成（方言，劝解）得给了八角钱。

二、打气一角钱

正修着车子，一个拉炭的来借用气管子，修车子的说："用一次一毛钱。"那人说："只打两下儿。""你就把气管子针针一拨拉也是一毛。"

三、争着买票

买票的人很多，长长地排了一行。但有些后来的却挤到前头去买了。一个老汉把一个要挤的青年向外拉，但青年大骂，几乎打了起来。

四、偷馍

正向前走，一个人扭着一个人打，被打的把手中拿的一条白馍

127

只好放下，不哼一声、不还一手地挣脱溜走了。旁边看的人也没人原辩。

五、拾袄

前边一个青年浑身冒汗地拉着车车正在赶路，车上的棉袄掉在了地下，我正想喊叫，话未出口，同行的一位伙伴已将棉袄拾起藏在口袋下，并使眼色打手势，意思是叫我莫声张。

奇怪事虽然很多，难道没有好事吗？当然好事也有。矿区设下一个雷锋开水站，不要花钱，口渴了便能去喝。正在翻沟上坡，一个拽坡的忽然喊着丢了两角钱，说因为热得卸帽子时丢的。正说着，后边同路的人说他拾下了，随即交还失主。

为了使雷锋更多，开展一个学雷锋的运动是十分必要的，应深入广泛地学习。

（这则《拉炭路上雷锋少》的笔记，在"文革"中成了父亲污蔑革命大好形势的罪证。50年过去了，我们是否可以扪心自问，当年的"拉炭路上"，雷锋现在有多少？）

差点喂了牛

（1963年9月10日）

多日以来，天气干旱，红薯叶子枯黄，糜谷苗苗青干，农民们盼雨盼得心慌，天天有乌云涌起，周围村子落雨不少，偏偏路井不见，真叫人发愁。

1963年的8月20日下午，西北上潮起了乌云。一会儿功夫，狂风大作，乌云翻滚，像飞一样地往南奔驰，地里的人们纷纷地直往回跑。哗，哗，哗，白色的冰雹夹杂在怒吼的西北风中砸将下来（"砸"字用得好，写出了冰雹力量之大，危害之烈），墙上的土"哗哗"落下，窗上的纸被打得稀烂。冰雹的先有玉米颗大小，后来有杏核大小，有的竟和枣一样的大小。白刷刷遍地都是。东墙下屋角处堆成几寸高，足足下了半个小时。窗外的响声慢慢地小了，房脚地冰块泥水流满了没处下脚，炕上也滴下了许多冰雹。

"轰轰"的闷雷声渐渐地远了听不见了，风也停息了，人们怀着不安的心情都到城外去看。棉花的叶子、花儿和花蕾都不见了——打光了，连小棉桃也不见了。棉花担子也被打断了，棉桃落下一地。红薯叶铺满了一地，光秃秃只剩些短杆。绿豆更是被打成了光杆。老人们说："唉呀！厉害！几十年都少见的坏东西！"

多日大旱，又遭冰雹。第二天早饭后，我和各队队长实地去查看灾情。烈日一照，惨不忍睹。绿豆受灾最惨，减产在九成以上；黑豆、棉花在五成以上；红薯、糜子在三成以上；唯有谷受害较轻。过了几天再看，糜谷稍稍扭筋完了，有的枯黄干萎了，出来的穗穗有一半是干黄的。没出穗的拔出一看，全腐烂在里边了，减产在五成以上了。（这是农民的血汗啊！作为大队的主要领导干部，父亲看在眼里，疼在胸口，急在心上。）

农谚道："白露不出头，拔的喂了牛。"我真想把自留地的一点糜子用锨翻掉，以便保存地力，种好冬麦。但地内没墒，干翻也是白费劲，等下了雨再翻吧！9月初好雨果然下了。连阴了几天，又舍不得翻了。没出穗的糜子慢慢出了穗，干了的谷穗最下边又有一点发绿成活。虽说减产已定，也不至绝收。只要风调雨顺，也许不太差哩！今天白露，糜子穗出齐了。真有意思，差点喂了牛。正是：

久旱长盼把雨下，谁料反遭冷子打。

何日人能将天胜，风雨阴晴都听话。

弹花

（1963年9月24日）

粮食好转，棉花显得更重要。为了制止棉花的偷盗倒贩，政府门扇大的告示禁止，大队也按指示封闭了私人弹花柜。

今早出门碰见金寿大（富农分子）正向队长侯锁柱询问："凤凤后天出嫁，有二斤棉花不知能弹不能？""柜都封了谁还敢弹，你哪里来的棉花？""沟东里亲戚说一斤五块钱，我在移民伙买下2斤黄花，每斤2元。没有柜自己拿弓能弹吗？""那没人管你。""那叫我借个弓弹弹吧！"

这算不算犯政策，这样做允许不允许？我的思想不太明确，但向移民高价买棉花是犯法的。我碍于情面，未于追查揭发，以后再看。

（窥一斑而知全豹。一篇《弹花》，足见当时政治气候之肃杀，经济形势之严峻，农民生活之艰辛。）

130

生娃也应有计划

（1963年11月20日）

解放以来，生活改善，卫生条件好，婴儿成活率高，人口大大增加，粮食增产的速度赶不上去。1957年提倡过一次计划生育，但1958年大跃进以后未再重视。1960年低标准时人口未曾大增，但1961年、1962年粮食情况好转，1963年人口急剧增加。光本巷近年来生小孩20多个，全大队60多个。国家经济压力大，家庭生活受影响。因此，宣传节制生育就具有重大的政治意义。我编《劝善调》一段，以作宣传材料。

解放后　合作化　生活改善，讲卫生　身体好　人口增添。

旧社会　受压迫　家破人亡，到现在　娃娃多　分外喜欢。

娃太多　有的人　却成负担，年轻轻　四五个　吊一串串。

想下地　丢不下　怕娃叫唤，想干净　浑身上　屎尿沾严。

人口多　劳力少　收入大减，收入少　费用大　年年困难。

气的人　发脾气　摔碟拌碗，骂大娃　打小孩　恶气冲天。

管不过　吃生冷　穿的稀烂，十来岁　也不许　去把书念。

要引娃　要劳动　娃受磨难，整的娃　多生病　身弱力软。

劝这些　娃多的　心回意转，多避孕　少生娃　才是正见。

生娃娃　有计划　不忙不乱，为家庭　为后代　幸福无边。

（1957年6月，北京大学校长马寅初写成《新人口论》一文，作为提案，他将之提交全国人大一届四次会议讨论，后又在《人民日报》公开发表。不久，马寅初遭到批判。）

计划生育

（1964年4月1日）

1964年元月5日早，她又添下一个男孩，算是个大喜，但全家人内心有多喜呢？一时也说不清：反正母亲是高兴的。这已是第四个男孩了，和他两个姐姐已是第六个孩子了。

大姐引玲是1950年7月7日生的，全家人都很喜爱，特别是她外婆格外爱叫她为"囊玲"。我看她聪明盼她伶俐，起名为"智玲"。但母亲希望再添个男孩，要叫她"引玲"。后来得知她外婆的法名叫"智义"（外婆信佛），为了避讳，也就不坚持叫"智玲"了。

大哥胜天是1952年12月30日生的，全家人非常高兴。特别是母亲。因为是个男孩，好像天赐一样顺心，要叫"顺天"。我破除迷信，反对宿命论，不能听天由命，一定要人定胜天，坚持叫"胜天"。母亲说叫"胜德"或"德胜"或"胜"什么都行，千万不要叫"胜天"，这样太欺天。大家只好叫"胜娃"、"胜胜"了。直到他长大上了学，觉得这名字有见地，有魄力，爱上了这个名字，才叫定了"胜天"。

二姐西玲是1955年11月17日生的，已是第二个女儿，显得有点儿多，全家人就不那么爱了，只好由我爱了。起初叫玉玲，后因她妗子叫玉洽，关个"玉"字，便改称"西玲"。

二哥丰胜是1958年2月1日生的，因又是男孩，母亲十分喜爱。

132

永禄、菊兰和六个儿女在老家大门口

1957年整风运动开始。大鸣大放中，右派言论放肆，甚至恶毒攻击，开展了反右斗争。冬季时局稳定，我意思是整风胜利了，就叫个"风胜"吧！后来学校老师只听音是"丰"且好写，就写成"丰胜"了。

三哥万胜是1960年12月19日生的。那正是低标准最困难的时期，我也正在病中，食堂每顿给全家8口人半脸盆馍糊就完事了。愁有万千，哪里还来半点喜气呢？还商议着把娃给人呢！侯郎轩来谈说："要增的妹子、王满囤的女人侯映梅没娃，想要一个小子娃。"母亲不同意："狗上世来头也顶三分糠，小子娃哪有多余的。况且毛主席给我娃还分下了自留地。俗话说'颗颗没颗颗，有你也有我'。各人吃各人的口粮，我娃饿不死。"加之一天一天奶头上吊大，感情一天深似一天。有一份奈何，也舍不得给人呀！因为是在万难之中挣扎过来的，也即是那"排除万难，去争取胜利"，所以就叫"万胜"。

现在添下的男孩的名字叫"争胜"，因党的八届十中全会强调了抓阶级斗争，且取得了胜利。又因低标准困难已过，也是争取来的胜利，所以就叫"争胜"。这时党的各项政策得到贯彻，纠正了不切实际的浮夸风和"一平二调"的共产风，国民经济好转，农业生产恢复，人民生活有所改善，全家人度过了死亡的边缘，再也不提把娃给人的话了。（名字，是个人的符号，无不打上时代的烙印。"文革"中为向毛主席表忠心，各地兴起了"改名热"。父亲将"永禄"改为"永学"，姐姐将"引玲"改为"向红"。"文革"结束，又改了回来。）

孩子多了拖累就大了，麻烦就多了。这个要吃，那个要喝；今天穿衣，明天生病。这个叫，那个喊，有事急忙出不了门，成天吃不好饭睡不好觉。下地走不到人前头，队长批评人受症（"受症"即受闷气）。千方百计不愿再生孩子，只苦于没有科学的方法。

1964年春，公社卫生院来了魏绍华医师，专做结扎绝育手术。我非常高兴，立即和家人商议。我谈了再添孩子往后日子无法过，上学、结婚、住房等问题无法解决，女人勉强答应，母亲则坚决反对。3月29日上午，我下了不怕成残废的决心，去医院做了绝育手术。

魏医师医术高明，手术顺利，前后不到半小时。手术后我独个走回家。为了瞒着母亲，还去打"秋千"，晚上参加社员会。第二天早上和引玲往自留地拉粪，中午街上赶集，下午锄自留地麦。第三天上午去医院检查，情况良好，下午到大队办公写账记工，晚上下棋编快板，宣传计划生育，解除人们的种种顾虑。4月5日去医院拆了线。因为以后不会再有孩子了，所以她特别爱争胜。年终公社还为我发了一张奖状。（有一种伟大叫勇气。父亲是路井镇第一个做绝育手术的人，是"第一个敢于吃螃蟹的人"。在渭北农村人们对绝育手术还抱有极大疑虑与恐惧的氛围里，"我下了不怕成残废的决心"，这需要多大的勇气！）

移风易俗

（1964年10月18日）

1964年10月17日，五保户侯云亭去世。为了破旧立新，移风易俗，大队决定开追悼会，现将仪式、对联、讣闻等草拟于下。

对联：解放前当巧匠盖房千间无住处，新社会无儿女幸入五保有归宿。党恩浩荡

五保户老人侯云亭生平事迹简介：

今有合阳县路井公社路一大队五保老人侯天良字云亭，生于19××年××月××日，因患×××病二月不治，卒于公元1964年10月17日9时，享寿××。

该老人解放前辛勤劳动，不得温饱，是有名的泥水匠，盖房修厦不计其数，但自己终无一间住所，经常租赁着人家的房住。所生一儿侯仁贵因患病无钱及时医治，不幸于18岁上死亡，又生一女侯香娃，在旧社会没有权继承父业，只好出嫁。老汉便成了无依无靠的老人，整日只能恨天无理了。

1948秋路井解放了，云亭老人和全体劳动人民重见了天日。在党和政府的教育领导下，觉悟到受苦受罪是由于旧社会地主恶霸剥削压迫造成的，要翻身必须打倒统治者。因而在反霸会上带头发

言，历数恶霸地主之罪状，带动了群众，斗倒了恶霸。

土改时老人分得了六世祠，入社后自动让给了社里作了会议室。自从入了"五保"不愁吃穿，度过了幸福的晚年。

为了破旧立新，移风易俗，决定不请阴阳先生，不敬神鬼，于10月18日12时开追悼大会，14时安葬于村北堡子。希各位亲朋社员届时出席参加是荷。

治丧委员会　　　主任　侯志农

　　　　　　　　委员　侯王才　侯勤江　屈金山

　　　　　　　　　　　赵玉兰　侯子荣　侯桂生

　　　　　　　　　　　　　　　1964年10月17日

追悼会仪式：

一、奏乐开会。

二、献花圈。

三、向老人遗体默哀致敬。

四、主席报告。

五、自由发言。

六、闭会。

（所谓"五保"，主要指保吃、保穿、保医、保住、保葬。人民公社时农村就实行了"五保户"制度，当时大队享受"五保"的老人有三四个。2006年3月1日起，我国施行的《农村五保户供养条例》第六条规定，老年、残疾或者未满16周岁的村民，无劳动能力、无生活来源又无法定赡养、抚养、扶养义务人，或者其法定赡养、抚养、扶养义务人无赡养、抚养、扶养能力的，享受农村五保供养待遇。）

感恩寄意

（1964年10月24日）

由于我不断地干些出大力的重体力劳动的活路，如拉粪、推壕、担水、打胡基、抹泥基等。做了队里又干家里，没完没了的大干，弄得痔疮常犯。特别是一到晚上，疼痛难忍，彻夜难眠。保健站的医生虽然多次治疗，仍不见效。后来只好请来医院的宋风仪医生。他系我在合阳师范的老同学。经检查后诊断为肛门周围臃肿，必须动手术割除。遂于10月15日来我家，作了切除手术。但手术后每天必须换药。人家工作忙，不能天天来你家，这一任务只好落在保健站医生侯民才的身上。民才便一天一次前来换药。自从动了手术的当天晚上，我就觉得一下子轻松了许多，能安然入睡了。经过民才十多天的精心敷药换药，刀口已经愈合，我便能下床行动了，便步行去医院，开付了药钱。但对民才的辛勤细心的换药护理，无以报答。想来想去将后院树上结的石榴拿了1个，并附了一张纸条，上面写道：

民才民才，随叫就来。天黑雨大，不怕路滑。

不尝饭菜，不扰烟茶。不顾污臭，不嫌麻达。

谨慎细心，万病回春。恩莫能报，石榴表心。

望期笑纳，红透专深。永禄之意，数语难尽。

（滴水之恩当涌泉相报。侯民才为路一大队医疗站赤脚医生，医术精湛，在路井地区享有很高声望。1970年5月，我进入大队医疗站工作，曾拜他为师。）

路一大队红五队现金收付账

在杨谈学到些什么?

(1965年3月27日)

我于1965年2月24日到了合阳,参加了赴山西省曲沃县杨谈大队参观学习的准备会。25日参观团出发,坐汽车经韩城县,到禹门口,过铁索桥,进入山西省。经河津、新绛、稷山,到了曲沃。又经侯马火车站,到了杨谈大队。

2月26、27日进行参观,我的思想深受感动,收获很大。主要有以下几点:

一、体会到人的思想工作是搞好一切工作的关键。有了思想的革命化,才能扫除一切工作的障碍。只要思想通了,就没有克服不了的困难,几天来,不见本位主义的队,不见害怕困难的社员,不见自私自利的个人。王主任自始至终陪同到底。妇女大队长引导上山,保管员责任心强,妇女们开山种树,干部们热情招待,团支书积极介绍,大队长赶来指引,书店里破例卖书,真是例子举也举不完。

二、做人的工作要积极热情具体生动。再好的制度也约束

138

不住捣蛋的人。这里青年的割麦、锄花、拾粪、放车都是教育人的活材料。多表扬少批评；批评看场合，有分寸，留余地，抓真实。事例有：老农带徒弟，社员圈猪崽，照相作奖励，施肥掉耧铧。

三、干部以身作则。所有制度必须干部带头执行，例如掐苜蓿，返工锄草，检讨伤苗。

四、加强经营管理，开展人人学技术，突破技术关。

（据有关资料介绍，杨谈大队1962年收获小麦7951亩，平均亩产220.8斤，比1961年平均亩产128.2斤，增产72.2%。1963年收获小麦7978亩，平均亩产291斤，总产2268900斤；和1962年比较，亩产提高了32.2%，总产提高了29.7%。1964年社员每人平均分配小麦和备小麦共334斤，比去年提高13.2%；共卖给国家小麦80万斤，比原定计划多卖28万斤。）

谷雨前不种棉

（1965年5月19日）

棉花下种期的迟早，对棉花的产量有很大影响。下种迟了，棉花生长期短，伏桃少，霜后花多，产量质量都会低。但下种早了，出苗慢，容易受冷冻，感染病虫快，难保全苗，棉花产量要减少。

究竟啥时种最合适呢？老农谚说："谷雨前不种棉，枣芽发，种棉花。""立了夏，不种花。"看来大约在阳历四月下旬和五月上旬之间了。但多年来，根据报纸和农技站介绍，应该是适时而稍早，应种在霜前出在霜后。今年提出4月10日至4月20日，再不能迟了。

到底哪种说法对呢？去年棉苗大量染病死亡，农民都想迟种；但我倾向于早种。我以为，去年冷的时间长是特殊情况，今年不一定。加之得墒不等时。我便在4月6日～7日试种棉花，20日便出土了。由于5月1日下了冰雹，加之雨多，病苗死苗很多。相反，4月20日种的到5月2日便出齐了。特别是生产队内的太平苗迟种6天，苗出得又快又壮。样板田里4月20日种的比4月11日种的，既出得早又出得全。去年和今年的事实使我的思想又倾向于农民的旧说法。

1966年～1976年

1966年至1976年，是中华大地经历"文化大革命"浩劫的10年。党、国家和人民遭受到新中国成立以来最严重的挫折和损失。

1966年：8月，中共八届十一中全会召开，作出《中国共产党中央委员会关于无产阶级文化大革命的决定》。18日，毛主席在天安门广场接见首都和来自全国各地的红卫兵及群众，红卫兵运动迅速遍及全国。这年3月，侯永禄任大队耕读学校教师；9月，任大队毛泽东思想大学校负责人。11月，侯永禄的大儿子胜天徒步串联去北京。

1967年：全国范围内武斗升级，合阳两派在金水沟大打出手，死伤惨重。6月17日，我国第一颗氢弹在西部地区上空爆炸成功。侯永禄任生产队政治队长，出席合阳县学习毛主席著作积极分子代表大会。

1968年：中国大陆29个省、市、自治区全部建立革命委员会，"文化大革命"运动进入"斗、批、改"阶段，全国掀起知识青年上山下乡运动。

1969年：3月，我边防部队进行珍宝岛自卫反击战。4月，中国共产党第九次全国代表大会在北京举行，提出无产阶级专政下继续革命的理论。侯永禄任路井小学民办教师。

1970年：全国高等院校开始招收"工农兵学员"。4月24日，我国成功发射第一颗人造地球卫星。侯永禄进入大队合作医疗站工作。5月，任大队党支部副书记兼革命委员会副主任。女儿引玲与王俊杰结婚。

1971年：9月，林彪反革命集团灭亡。12月，中共中央作出关于农村人民公社分配问题的指示，受到农村广大干部和群众的欢迎。引玲招为路井供销社合同工。9月，引玲、俊杰的大儿子王江晖出生。

1972年：全国开展批林整风运动。2月，美国总统尼克松访华。12月，中共中央传达毛泽东关于"深挖洞，广积粮，不称霸"的指示。大儿胜天招为韩城矿务局马沟渠矿轮换工。

1973年：8月，中国共产党第十次全国代表大会在北京举行。年底，侯永禄担任大队面粉厂厂长。这年引玲调往韩城矿务局电务厂，二儿丰胜考入路井高中。

1974年：我西沙军民胜利进行自卫还击战。全国掀起学习无产阶级专政理论热潮。10月，侯永禄担任路井公社农田基本建设兵团会计、工程组组长。

1975年：元月，第四届全国人民代表大会第一次会议在北京举行。年底，侯永禄任路井公社抽黄工程指挥部工程组组长。

1976年：周恩来总理、朱德委员长相继逝世。河北省唐山发生强烈地震。9月9日，毛泽东主席在北京逝世。10月6日，中央政治局执行党和人民的意志，粉碎"四人帮"，历时10年的"文化大革命"宣告结束。二儿丰胜参军。

阶级敌人"和平演变"的手段

（1966年1月8日）

一根纸烟拉关系，两杯酽茶把心迷，

三句好话顺了耳，四季随时送柴米，

五花八门施巧计，六神无主备厚礼，

七窍生烟把亲提，八拜之交称兄弟，

久怀和平演变计，十分恶毒搞复辟。

（正是"以阶级斗争为纲"、"阶级斗争，一抓就灵"、"千万不要忘记阶级斗争"、"阶级斗争要年年讲、月月讲、天天讲"的年代。）

西安学生"拉练"

1965年12月8日下午，西安音乐学院的沈老师带领一班同学下乡"拉练"来了，体验农村生活，向贫下中农学习，接受贫下中农的再教育。

在大队部，我代表大队党支部对师生们的到来表示欢迎。又和沈老师商议了一下，对"拉练"做了具体部署，并提出一些应注意的问题，最后安排了学生们的食宿。20多个大学生分到了各个生产队，学生们住在社员家里，吃饭由生产队派社员轮流管饭，今天在这家，明天到那家。但无论吃和住，都不能到地富反坏右的家里。

四队分了三个学生：党魏亚、田珍和陈湘晋。党魏亚就住在我

前排为侯引玲、陈湘晋，后排右
二为田珍，最后面一人为党魏亚。

家。他是一个文文静静的男娃，戴着一顶火车头棉帽，穿一件列宁
服棉衣，整天总是笑嘻嘻的，和胜天很和得来。引玲则很快和陈湘
晋、田珍她们交上了朋友。大家一起下地，一起学习。在门房里，
青年们办起了"学习室"。引玲买来了笔墨纸砚，和大家在学习室
的墙上办起了"青年园地"，贴上了各自的学习心得。利用劳动之
余，大家一起学习毛主席著作。到了晚上，音乐学院的学生还给年
轻人教唱歌，教拉手风琴，大家关系好得很。有时，还给社员表演
一些小节目，很受大家的喜欢。

冬天没有多少农活，主要是给田里拉粪送肥。四队的年轻
人，两个人一个架子车，装得满满的，早上就起来，往"北坡"
送。陈湘晋和引玲一个车车，田珍和王长竹一个车车，党魏亚和
兴财一个车车。"北坡"好几里路，其中有一里多长的大陡坡。
送粪的时候，两个人先将架子车拉到大坡下，然后，四个人拉一
个车子，送到坡顶，再回来拉另一辆粪车。一个上午，就要送好
几趟。有一次往"北坡"拉粪，他们还专门叫来照相馆的老杜，
给他们合影留念。

1966年元月11日，"拉练"结束了，音乐学院的师生们便回了
西安，引玲和陈湘晋、田珍她们流着眼泪，依依不舍握手告别。

（这儿的"拉练"，并不等同于后来全国大规模的知识青年上山下乡，它只是城市青年学生接受贫下中农再教育的一种形式。人生弯弯曲曲水，世事重重叠叠山。在这儿想和姐姐一起问问：党魏亚、陈湘晋、田珍，远方的朋友，你们还好吗？）

学习焦裕禄

（1966年元月26日）

焦裕禄　好样子，人人都向他学习。

不为名　不为利，专为人民谋利益。

不怕苦　不怕死，不向困难把头低。

不怕风　不怕雨，冰天雪地也不避。

又跑东　又跑西，调查研究求实际。

学毛著　最仔细，理论实际能联系。

过电影　记笔记，思考问题作分析。

有胆量　有志气，兰考三害要除去。

全体人　装心里，唯独没有他自己。

爱群众　爱同志，能给贫农当儿子。

或住房　或穿衣，样样生活记心里。

他自己　病危急，坚持工作不停息。

不吃药　不请医，省下钱来为集体。

叫同志　听仔细，光辉榜样要看齐。

（焦裕禄，山东淄博博山县北崮村人，1962年被调到河南省兰考县担任县委书记。时值该县遭受严重的内涝、风沙、盐碱三害，他忍着病痛，同全县干部和群众一起，与深重的自然灾害进行顽强斗争，努力改变兰考面貌。1964年5月14日，焦裕禄被肝癌夺去了生命，年仅42岁。1966年2月7日，《人民日报》发表长篇通讯《县委书记的榜样——焦裕禄》，全面介绍了焦裕禄的感人事迹。随后，全国掀起了一个学习焦裕禄的热潮。）

死坚持

1954年担任初级社会计以来，经在县上的多次训练，只知道按制度办事，对不合理的开支经常使用拒付权。1963年10月10日晚召开支委会。我伯叔哥、大队支书提出靳文俊（我伯叔哥的外甥，把我和他都叫舅）去安徽遣送盲流人口时，借款要在大队报销。我说："是公社派去的人，路费应由公社报销。"支书说："公社只按规定标准和单据作了报销，另外低标准路上买高价饭，规定标准内不够花，多花下的应由大队报销。"我死坚持说："这事咱已说过多次，不行就是不行，特别是咱的外甥，更不能违反财会制度。"结果把会开炸了。在此之前他还给我讲过一个故事：某厂某某人因不听厂长的意见，被领导开除回去了。我只听不语，心中暗想：我不当会计，就不坚持这些制度。当了会计，这就成了我的责任。

这年12月29日，公社党委书记李建斌在开罢社员会后同大队干部闲谈中提出："你们路一支部党员较多，应设副支书，将来可以让永禄把副支书当上。"我听了微微一笑，心中暗想："果然不出所料，这种明升暗撤拔钉子的手段我懂，不过亲身领略它的味道，这还是第一回。行么，做什么都是革命。"1964年元月3日召开支委会，要我担任副支书。2月4日上午参加了公社召开的副支书会。17日去县上参加学杨谈、徐阳的大会，共8天。28日将统计工作手续移交给统计员侯全成。但11月8日还参加公社召开的会计会，12月底还写账，直到1965年春才将会计手续移交了。

1965年12月29日面上的"社教"工作组开会，各队进行"四清"。1966年元月28日晚开社员大会，"社教"运动开始了。张步桥任工作队长进行"五讲"报告。学习"二十三条"。2月13日算了靳文俊的账，才彻底解决了问题。20日全社召开"三干会"进行"四清"，3月13日结束。2月29日晚路三高德贵投井自杀了。后来刘明亮又畏罪自杀了。

经过了"社教"、"四清"，原路井大队的支书李汉斌说："人对永禄的死坚持有意见，但现在才知道多亏永禄坚持，才使咱们大队干部少犯许多'四不清'的错误。"

（1963年至1966年，中共中央在全国城乡开展了一次大规模的的社会主义教育运动。"四清"开始指清账目、清仓库、清财物、清工分。后来，又将"四清"的内容规定为清政治、清经济、清组织、清思想。追求干干净净的人生，打造清清白白的形象，是父亲"死坚持"的真正内涵；李汉斌支书发自肺腑的话，是对父亲"死坚持"的最好评价。）

工分王

　　1960年"低标准"后，党的一系列农村经济政策，有效地调动了社员的积极性。上级一再强调干部参加集体劳动。我家人口多，劳力少，不能只靠那几个补贴工过日子，必须拼命多干活，多挣工，才能多分粮钱。因而不管多重多累多脏的活，我都争取多干些。

　　拉粪土。自从有了架子车，生产队用牲口拉大车的活很少了，大都被人拉架子车代替了。架子车轻快灵活又方便，且易于按定额记工，多拉就能多得工。生产队每天都有要拉的粪土，只要你爱拉，天天就有活干。1962年10月下旬，请绪兰做了个车箱。1963年5月10日以80元又买了副架子车，准备大干。1963年元旦全队无人干活，我和她还冒着寒冷往东岭上送粪。春季给饲养室拉土，一下午能拉25回；4月22日下午竟拉了30回。忙罢匀粪，一晌能匀十七八回。7月24日早上还匀了20回。25日捎早起身，天黑得伸手不见五指，赶天明已在靳家灵匀粪10回，半早上再匀了8回，才回来。

　　1961年分大队后，大队设下弹花柜，女人便于11月份给大队弹棉花。那时的弹花柜不是马达带，而是人力用脚踏。我有了工夫也去帮她绞轮子或踏一踏。那年冬天，因一时不慎，她将脚闪伤了，痛得几天做不成活。1962年冬，大队成立轧花组，每捆10市斤补助4角钱，我也抽空跟上轧花。轧花机也不是电动，而是人力。一脚不鼓劲轮子便转不动，要比弹花重得多。踏一捆花可不容易。踏开了冬天夜里穿上单衫子，满身满头还流汗，手巾擦的湿漉漉，水

148

也拧不干。为了多得补助就得拼命干。有时她也帮着来踏。12月2日捎早上车子，赶吃午饭时轧了40斤。1963年10月22日晚半夜上车子，赶天明轧了30斤。

1962年12月份中下旬，路中建校打围墙，我参加了十七八天打墙。有时土冻得打不成，便把硬盖揭开掏土打墙。1962年到1964年，生产队水土保持，修地拉壕。8月、9月趁暑假和学生胜天整天在北坡、东岭去拉壕。农村过去有句话是："打墙修地叫来不去，提起合泥不如死去，一样都是土活，高低不胜糖地。"形容了它的重与累。1964年8月14日下午正拉壕时，忽然狂风骤起，大雨倾盆，遍地汪洋，直下到天黑，只好将车脚子捐上回家。波水没膝深，到处响动。

1964年春修建棉绒厂，和引玲给拉胡基。又给打墙、拉土、供匠人。撒粪是紧任务高工分，只要有时间，任务来了，咱争着去。1964年7月12日一早上就撒了128堆粪。每年夏收，男人大多数不愿割麦，嫌弯腰难受。我每年领上割麦组参加割麦。

1965年实现水茅化。担水茅是个又脏又臭又累的活，我自报担水茅。无论炎热的三伏蛆虫满缸，还是寒冷的三九冰雪刺骨，我一直担了3年多，从未间断。我忙时引玲还担过。1966年6月27日担水茅灌葱，一个下午就担了26担。由于大干，这年年终决分，得工分8000多，分现金360元。除了同仓家，我家便是最多的了。简直成了"工分王"，马上到寺前镇买了一台"飞人牌"缝纫机。

1966年4月担水抗旱，挖坑田栽红薯，每响能担十来担，绞水能绞30多担。6月16日下午绞了10大桶子水，约60担百余桶。

（为了养家糊口，为了孝老携幼，父亲披星戴月，废寝忘食，脏活累活抢着干，重活苦活冲在前，成了名副其实的"工分王"。他用辛勤的双手，为我们撑起了一片栖身的蓝天；他用滚烫的汗水，给我们构建了一个温暖的家园。）

打开了

1966年8月22日，公社在范家洼开党员会，学习中共中央关于文化大革命的《16条》，并给党员书写大字报，开展大批判。29日下午进行参观回来的路上，碰见一伙人敲锣打鼓乱喊叫，拿着大字报，见了郭家坡的党员郭军民，不问青红皂白扭住就打，拳打脚踢，掀倒拉起，墨水抹了一脸，直打得头青脸肿，鲜血直流。却无一人敢挡，领导上也无一人过问。我吓得心跳肉颤。听人说这是郭家坡的红卫兵。

晚上正在开会，又听见呼喊声、打骂声、哭叫声。听说是范家洼支部因嫌范广清不老实交代问题，而把他交给了红卫兵处理。红卫兵的权力有多大，谁给它的，它比党委还大吗？我真不明白。第二天早上听说广清跳井死了。晚上还开大会批判，说他是叛徒，是畏罪自杀，是自绝于党，自绝于人民。还对广清妈进行大会批判。天啊！这是什么理啊！《16条》上明文规定，要用文斗，不要用武斗。这是贯彻《16条》吗？

晚上路一大队的红卫兵也来了，我真害怕！大会开了，要党员都坐在前头：原来是给侯民英送大字报的。叫民英先站到板凳上交代，不等站稳便掀下来。我一看打人的苗头出现，赶忙上前给贫协

"文革"中红卫兵破"四旧"
烧书时胜天偷偷藏起来的旧书

主席侯春田说，要用文斗，千万不要用武斗。你是贫协主席，只有你能拦住。春田连忙阻拦，边挡边喊："要用文斗，不用武斗。"这才没有发生打人的事。但范仁义还在门外喊："红卫兵里哪来的老汉，赶出去。"

第二天，党员会便结束了，草草收场。不多日传来××大队××跳井自杀了，×××上吊自杀了。真叫人害怕！范家洼出来个范明贵要造公社的反，要打倒李建斌，打倒马绪贵。各个大队都造起了反，支部书记都成了走资派。路井街上逢集，戴高帽子游行的人一绺一串。渐渐地我也习以为常不害怕了。

各式各样的战斗队成立了，合阳中学有"井岗山"、"鲁迅兵团"，路井公社有"浪淘沙"、"追穷寇"，路一大队有"翻江倒海战团"、"赤卫军"等。战斗队与战斗队之间闹矛盾，革呀！保呀！互相攻击，一直发展到动用刀枪棍棒。有的有了枪支弹药、机枪手榴弹。到处串联，叫来了蓝田的造反派。金水沟还打了一个战役，死了好多人不算，还烧毁了好多汽车。简直成了打内战。怎么能变成这样的世道，真不能让人相信。路一的战斗队给老支书勤江、支书志农、大队长林海、贫协主席更坤都戴了高帽子。真令人很不理解。

（标题一句"打开了"触目惊心。无产阶级文化大革命，指1966年5月至1976年10月在中国由毛泽东错误发动和领导、被林彪和江青两个反革命集团利用、给中华民族带来严重灾难的政治运动。1966年8月8日，毛泽东主持党的八届十一中全会，通过《关于无产阶级文化大革命的决定》，即《十六条》。）

胜天赴京

1966年，毛主席发动了"文化大革命"，各处的学校也向老师造起了反，批判什么"师道尊严"、"资产阶级学术权威"，弄得学校连课也上不成。8月18日从起，毛主席在天安门上8次接见红卫兵（8次共接见红卫兵1100多万人次），同学们也到处串联。周总理提出可以徒步串联。在雷存生的领导下，路井中学6名同学也组织起红卫兵长征队，14岁的胜天也参加了，要徒步行走去到北京，看看毛主席的接见。

在这轰轰烈烈的形势下，我和家里人商议，卖掉了一头猪（"一头猪"，这可是全家的一大笔经济收入。我一直有个疑问，家庭经济异常拮据，全家老少食不果腹，父亲怎么就会同意我徒步串联呢？），支持了娃的这一行动。11月8日在粮站换回了全国通用粮票。11月10日他们便出发了。他们按照地图上指示的道路，北上韩城，途经山西，参观了刘胡兰烈士的故乡，还去大寨劳动，同党支部书记、劳动模范陈永贵（后担任国务院副总理）合了影。又到石家庄，参观了华北烈士陵园，瞻仰了白求恩雕像。12月24日，

1966年侯胜天徒步串联去北京路过云周西村,和刘胡兰母亲胡文秀合影留念。后排左一为侯胜天。

1966年侯胜天徒步串联去北京路过大寨,和陈永贵合影留念。前排捧毛主席画像者为侯胜天。

他们胜利到达北京,但是毛主席已不接见了。6个人在丰台区东铁匠营小学红卫兵接待站住了将近一个月,去北京大学看了大字报,还观看了反映大地主刘文彩剥削压迫劳动人民的大型雕塑《收租院》。春节将近,人家劝他们快回去。6个人只好于1967年元月20日不买票坐火车回来了。胜天回到家,给家人带了许多毛主席像章和毛主席语录牌。为了纪念这一次艰苦奋斗、不怕困难、徒步长征的精神,在经济尚困难的情况下,全家戴着像章和语录牌,于元月27日还专门照了一张像。这也是对他们的安全转回来表示庆幸,全家人终于放下了一颗悬在空中的心。

　　(1966年10月21日,新华社发表了《大连海运学院红卫兵徒步赴京串联》一文。10月22日,《人民日报》发表社论《红卫兵不怕远征难》。从此,全国各地掀起了红卫兵徒步串联的热潮。各地均设有红卫兵接待站,参加徒步串联的红卫兵乘车、住宿一律免费。2009年,借到北京看望儿子侯亮、女儿侯晶之际,一家人专门去东铁匠营小学寻找当年的记忆。)

任教

1966年春"社教"后，支书说公社要咱支部培养女支书，所以想让赵玉兰担任副支书。3月16日支委会上我算"文下台"了，但还是个支委。3月31日便在大队办的耕读学校上课，算是发挥我上"简师"的特长，直到7月16日因文化大革命开始了再没有去。

1966年9月，大队让我担任毛泽东思想大学校教员，地址设在林场，分期培训各方面的人员。9月8日晚举行开学典礼。第一期办了15天，23日结束；25日开办第二期，10月9日结束；11月25日至12月10日办了第三期。1967年断断续续，1968年办到5月下旬。

1969年春，大队让我到路井小学正式担任民办教师，任二年级丙班的班主任，又给中学班代两节《农业常识》课，只教了一年。1970年元月20日，侯新民通知侯济康说："大队正式决定把永禄从学校调回大队，准备到保健室工作。"2月2日，老支书侯勤江正式通知我去保健室办合作医疗。我又教不成学了，真难言。

（有心栽花花不开，无意插柳柳成阴。走上讲台，一直是父亲埋藏心底的夙愿，可惜梦未圆，愿成空。倒是我，几年后却成为一名光荣的人民教师。）

自制毛主席像章

文化大革命开始后，各地时兴佩戴毛主席像章。1966年胜天从北京徒步串联回来，带了一些毛主席纪念章，分给了亲戚朋友。后来要的人多了，他和丰胜几个弟弟就"土法上马"，试验着自己制

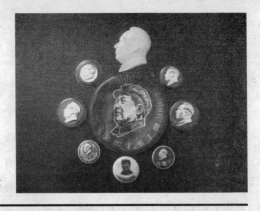

永禄收藏的毛主席像章

作毛主席像章。具体的制作方法分两步：（1）制作模子。先从家里的废料堆里找来一些"白铁"（即镀锌铁），拿上一小块放到他妈炒菜用的铁勺里用火熔化。熔化后等上一会儿，看到"白铁"快要凝固时，赶紧拿一个毛主席像章，反压到白铁上，一个毛主席像章的模子就做成了。（2）制作像章。用同样的方法熔化"白铁"，再把熔化了的"白铁"倒在模子里，等完全凝固时取出。这样，一个毛主席像章就完成了。只不过像章不是红色的背景、金色的头像罢了。为了佩戴方便，他们制作时还在像章的背面加了一个小别针。

大队要搞"红海洋"，把胜天抽去帮忙。几个人要给全大队各家各户的大门上用油漆喷印毛主席画像。怎么完成这项任务呢？他们先找来一张硬纸，把当时流行的毛主席戴着军帽的剪纸型侧面头像临摹在上面，然后用刮脸刀片雕刻出图形。这样，一张喷印画像的"模子"就制作成功了。头像高约40公分，宽约30公分。喷印画像时，把这张"模子"用手压平，钉在要印的大门上。再把黑色油漆放到一个小型手工喷雾器里，对准"模子""哧哧"几下，一个毛主席的头像就出现在眼前了。最后，用毛笔蘸点红漆，把头像上的帽徽和领章染成红色，这样一来画像就更加逼真了。

除了喷印毛主席的画像之外，他们用同样的方法给社员的大门上喷印大红的"忠"字。这个"忠"字30公分见方，中间的一点是一颗鲜红的心，表达了对毛主席的无限忠诚。

（我国最早的毛主席像章于1932年出自上海，是当时上海地下党组织为了祝贺毛主席在江西担任中华苏维埃共和国临时中央政府主席而制作的。抗日战争时期，又两次出现毛主席像章。新中国成立后的1950年，上海出现了一枚22K金质毛主席像章。"文化大革命"开始后，制作毛主席像章进入了鼎盛时期，全国各地革命群众组织纷纷自发地大量制作毛主席像章。1980年以来，毛泽东像章成了一种有价值的收藏品。）

早请示　晚汇报　忠字舞

这几年时兴"早请示、晚汇报"。家家户户、村村队队都有"忠字台"。四队的"忠字台"建在侯玉秀家的大门前的墙上。"忠字台"上面贴着毛主席的画像，还有"最高指示"，两边还有毛主席诗词："为有牺牲多壮志，敢叫日月换新天。"

每天清早下地前，社员们先要在这里集合，向毛主席"早请示"。"早请示"时，全体人员面向毛主席像站成一个方队，政治队长手握《毛主席语录》大声喊道："全体立正，向我们心中最红最红的红太阳毛主席三鞠躬！"鞠完躬，大家把红宝书举过头顶，高呼："敬祝我们伟大的领袖、伟大的导师、伟大的统帅、伟大的舵手，我们心中最红最红的红太阳毛主席万寿无疆，万寿无疆，万

侯永禄收藏的各类"红宝书"

寿无疆！敬祝毛主席的亲密战友、我们的林副统帅身体健康，永远健康，永远健康！"接着，政治队长代表全体社员报告今天的思想状况和生产任务，然后大家高唱《东方红》。唱完颂歌，由政治队长大声说道："让我们翻到《毛主席语录》第×页，第×段。伟大领袖毛主席教导我们说——"然后大家齐声朗读。至于读几段，并没有严格规定，往往是一到三段，所读内容尽可能多地结合当天的工作或当前形势。经过大约15分钟的时间，"早请示"结束。最后是生产队长侯同仓安排活路，社员下地干活。

到了晚上，社员们收工回来，又要到"忠字台"前站成方队进行"晚汇报"。首先由政治队长代表社员们向毛主席汇报一天的学习劳动情况，然后重复早上的程序，只不过最后合唱的歌曲是《大海航行靠舵手》。"晚汇报"结束后，大家才能各回各家，喝汤吃饭。

"早请示、晚汇报"把庄稼人给忙扎咧！就是每年春节的大年初一，也风雨无阻，雷打不动。谁敢不去，马上开你的批斗会！

那几年还盛行跳"忠字舞"。大队有"毛泽东思想宣传队"，平时除排演一些"革命样板戏"外，还给社员教跳"忠字舞"。引玲是宣传队的骨干，负责四队。回到家里就给胜天、西玲、丰胜、万胜还有争胜教。我和菊兰也跟着跳，却跳得七扭八裂，逗得人哈哈大笑。

跳"忠字舞"时，一般由红卫兵或红小兵站在第一排跳，其他人站在后排跟着跳，边跳边唱。唱的歌曲是《敬祝毛主席万寿无疆》："敬爱的毛主席，敬爱的毛主席，您是我们心中的红太阳，您是我们心中的红太阳。我们有多少贴心的话儿要对您讲，我们有多少热情的歌儿要对您唱。哎——千万颗红心向着北斗，千万张笑脸迎着红太阳，您是我们心中的红太阳，衷心祝您老人家万寿无疆，万寿无疆，万-寿-无-疆！"

到了1969年夏天，搞了几年的"早请示，晚汇报"、"忠字舞"终于停下来了。听说是中央发了个文件，不让搞了，还是毛主席批示的。

（"早请示"、"晚汇报"以及"忠字舞"，是文化大革命中人们对毛泽东"表忠心"的一种形式，是个人崇拜的产物，在历史中留下了滑稽而又苦涩的一页。）

西安看病

菊兰的神经官能症在保健室看了半年，还不能强（方言，痊愈之意），听民才说买了10多瓶安神补心丸，仍然无效。1969年刚过春节，听人劝，还是到西安大医院看一下。正月初八清早，和她到路井汽车站搭敞车去西安。到渭南下了汽车，天黑时才坐上了火车。到西安出了车站，夜已深了，举目无亲，不辨东西南北，旅社也找不到。幸好遇见路二的侯怀民，他在华山机械厂工作，带我们去他厂里。但公共汽车上人很多，我们又背个大被子，挤不上车。怀民两次上车，两次下来，急得真没办法。第三次都下了决心，他拉着我俩才挤上了车。到厂后在他宿舍的架子床上住了一夜。第二天清早背上被子去医院。

陆军医院看病的人太多了，连挂号都挤不到。挂上号要看病，还得几天等。走廊里到处睡的都是人，简直是活受罪，人没病也得折磨下病哩！只好另找医院。路过动物园进去游玩了一会，便和她步行去北关莲湖区卫红医院，寻找侯克栋，住在一个冷房子里。随后让这里的医生开了几片药。初十早上提上馍包去精神病院。那里的病人千奇百怪，哭的笑的骂的闹的，真有些吓人。又是给了几片巴比妥、鲁米那。出了医院望见大雁塔不远，便去那里转了转，又登上了大雁塔。极目瞭望，楼房林立，烟囱高耸，令人心情为之开阔。吃了几口冷馍，便下塔往回走。在街上想喝药没开水，只好放到嘴里干咽下。

下午到印刷厂把樊万水看了一下就回到克栋处。第二天清早买了直达合阳的汽车票，没等晌午便回到了家里。就这样算把西安逛了，把病看了。

1970年夏收她的右内踝发疼发红，请来赵医生说是骨结核，民才说是骨痛。我心发急，6月22日下午和她搭汽车去大荔。晚上住在文杰姑靳洁处，我就睡在医院。天明挂号，抽血化验。上午搭汽车到双泉，只好步行回家。她实在走不动。我到家骑了车子到寺前镇将她接回。26日骑车子又去大荔给她看病，说不是肝炎，赶天黑回到家。真是：

看病要去大医院，背上被子逛西安。

陆军医院人挤满，精神病院买药片。

饿了冷馍来充饥，喝药无水干下咽。

大荔看病骑车子，双泉无车走回还。

（"背着被子逛西安"，一首诗道尽了农民进城看病的迷茫、艰难与无奈。1965年6月26日，毛主席发出了"把医疗卫生工作的重点放到农村去"的伟大号召。40多年后的今天，有专家呼吁，中国应重提毛主席的这一重要指示，彻底解决农村缺医少药的问题。）

二上副支书

1970年，我于2月3日晚上正式进了保健室，第二天住了一天，第三天已是除夕，专案组便叫去开会。12日又去保健室工作，并起草成立合作医疗站的简章。到3月5日才二十来天，大队原支书侯志农又通知我参加清查组，贯彻中央《三、五、六号文件》。晚上开始整党建党，大队办起了学习班。13日参加公社的学习班，整整开了一个月的会。后来种了几天棉花，又去清查组查账。20日办了5天的合作医疗学习班后，大队又继续开办整党建党学习班。5月1日，召开社员大会庆祝合作医疗站的成立。此后再也没去医疗站工作过。

4月29日晚，公社整党建党工作组侯绪斌、党士楷找我个别谈话，要我担任大队副支书，我坚决不答应。5月4日整党建党学习班上，用暂缓恢复我的组织生活来压我，并当会重申我不能再去医疗站。晚上侯同志又和我个别谈话。在此形势下，我只好个人服从组织了。

5月18日上午，召开社员大会，庆祝新的党支部成立。支部由5人组成，王才任支书，我任副支书，志农、勤江任支委，一名待补。又宣布了革委会名单，王才为主任，我和侯益田为副主任。晚上还演了戏。这次担任副支书，口头上不答应，心情是舒畅的；上次不担任副支书，口头上没反对，心中是不乐意的。

（"上次"是指1966年3月不再担任副支书的"文下台"。4年后，父亲似对当年的不公正待遇还有点耿耿于怀。其实，人们喜欢梅花，是因为她经得起霜打雪摧；人们赞美青松，是因为她经得起电击雷劈。）

要准备打仗

1969年3月，我边防部队取得了珍宝岛自卫反击战的胜利，孙玉国成为英雄。但苏修亡我之心不死，在中苏、中蒙边界陈兵百万。毛主席提出了"深挖洞、广积粮、不称霸"的方针，全国很快进入了"要准备打仗"的紧急状态。

路井也和全国一样，各公社、大队、生产队都下达了储备粮食的任务。路一大队在医疗站后面的空地上修建了三个"土圆仓"，准备储藏"战备粮"。社员们把萝卜切成片，洗净晒干，贮藏起来，叫做"储备菜"。田间地头的堰上崖下都挖了不少"防空洞"。这种土窑洞，一般有1米5左右高，能蹲下几个人，据说能防原子弹的冲击波和光辐射。后新庄由丰胜、群祥、丙寿几个年轻娃负责，在东头饲养室的后面挖了一个"防空洞"。先向地下挖一两

161

←王干事正
给民兵作动员。
墙上挂的是胜天
画的"三防"知识
图片，远处有三个
"土圆仓"。

→民兵战
地演习：中排左
一对空射击者
为侯胜天。

丈深，再向四周平行挖几个土窑洞。

1970年初，各大队加强了武装基干民兵的训练，给每个民兵配发了枪枝弹药，进行防空、防化、防原子的"三防"知识教育，并抽时间进行实弹射击、野营拉练。路一连的民兵连长为侯新民。公社派了一个姓王的武装干事，协助进行军事训练。胜天也成了一个武装基干民兵，并配发了一枝步枪。其他民兵还有：张耀来、侯清泉、侯崇喜、侯哲欣、侯扣民、靳江才、侯福胜、侯积录、李去全、侯茂德、侯满仓、靳喜来、习光民、侯爱莲、侯巧歌……民兵们进行了几次队列训练、实弹打靶训练和战地救护演习。打靶的地点在大队林场。胜天的实弹打靶成绩不错，3枪打了26环。战地救护演习在通往北坡的路上进行。设想正在行军的民兵遭到敌机的轰炸，出现了伤亡。指挥部命令对空射击，并组织抢救伤员。演习搞得郑重其事，有声有色。进行"三防"知识教育时，根据王干事的安排，胜天画了几十张有关"三防"知识的图片，挂在墙上给民兵们讲解。教学直观，效果很好。为了赶时间，他连续熬了几个通宵，也不觉得累。

为了配合民兵训练，公社多次组织大家观看一些战争题材的影片，主要有《地道战》、《地雷战》、《南征北战》等。正片放映前便要放一些《新闻简报》。地点在公社的露天广场。广场上立着两根木竿，挂着一张银幕。各大队的民兵们雄纠纠气昂昂地开进场地。大家随着口令，枪靠右肩，席地而坐，十分威风。电影开演前，各民兵连便会展开拉歌比赛。唱得最多的是《我是一个兵》和"毛主席语录歌"了。

（40多年后回眸那个激情燃烧的岁月，是一种怀念，一种留恋？还是一种凝望，一种反思？好像都不是，又好像都是。它是一种经历，一种人生当中最值得珍惜的经历。）

带子检讨

1971年夏季，小学生放了暑假，经常出村，在田间损害庄稼。有一天，益田主任对我说："有人说，今下午一伙小学生在四队地里折玉米秆，其中有你的孩子。"我说："真有此事，那一定按制度办。"正好这天晚上开社员大会，我便在大会上郑重其事地作了检讨。

回家后，我将万胜、争胜叫到跟前问明情况。他俩下午去四队地头割草是事实，但却没有折玉米秆，也没损害庄稼。我想一伙学生同去地里，有的折秆，有的吃秆，群众见了也叫不上名字，总看见你们在一起，谁折谁吃也说不清。为了教育子女，爱护庄稼，我在四队开社员会时，让他俩去作检讨。并提前教给他们，要他们在会上说："折玉米秆吃是损害庄稼的不良行为，十分错误，保证今后不再折。"到了四队云生家门前，见了屈金山主任，说明来意，叫他俩站在大家面前敬了个礼，作了检讨，取得了群众的谅解与好评。

（严是爱，松是害。父亲对子女的严格要求是路井城出了名的。30多年后的一次团聚中，已在事业上小有成就的万胜、争胜才给父亲透露，那次真的把他们冤枉了。记得一次公社广场放电影，我和弟弟丰胜没有钱，买不起5分钱一张的票。看门的认识我俩，就让我们进去了。回家后，父亲问明原委，狠狠批评了两人一顿，拿出一角钱，让我们送到放映站。）

挨冻、钻水洞都要学

（1972年1月6日）

我的6个孩子引玲、胜天、西玲、丰胜、万胜、争胜，从小都爱学习，也都是班上的好学生。到1970年，引玲、胜天、西玲先后回生产队劳动，丰胜上初中，万胜、争胜上小学，3人的学习成绩在班上都名列前茅。

从1966年文化大革命开始，学校停课闹革命。到了1971年，上面通知升高中要恢复考试，按成绩高低进行录取，录取比例约40%。听到这个消息，丰胜很高兴，决心以优异的成绩考上高中。

我家经济困难，买不起闹钟，更买不起手表，把握不准去学校的时间。丰胜和他婆睡在一个舍里。他婆年龄大，瞌睡少，只能凭她的经验掌握起床时间的迟早。他婆每天不等鸡叫唤，就起来纺线，按鸡叫的次数推测天是否亮了。有时还按月亮的方向看时间，她常念的口歌有："十四十五连明月，十七十八落西舍，二十二三月落正南……"当然也有阴天、雨天，难以掌握的。不过那是极少有的情况。丰胜给他婆说："宁可早，不可迟。"所以每天早上到校总在前三名，从未迟到过一天。到了冬天，去得过早，校门不开，他只好一个人站在校门口硬等着开门，冷得发抖，冻得跺脚。离期末考试越来越近了，他想要拼搏一下，虽值严冬，但他每天都打啼起（鸡叫时）起床，在家点着小煤油灯学习。后来学校教室里安上了电灯，而家里还是小煤油灯，他觉得还是大电灯下学习效果好，就想打啼起到学校有电灯的教室里学习。但苦于进不了学校大门，他就留意看学校的围墙是否哪里有豁口能翻跳进去，但很失望。后来忽然瞧见涝池边，有学校围墙下排雨水的水洞，勉强可以钻进一个小孩，非常高兴。征得班主任的同意，每天就三四点摸黑钻过涝池旁的水洞进入学校，在教室电灯下学习。教室没有火炉，手冻得握不住笔，使劲搓一搓哈口气继续写。脚冻疼了，起来跑两步跺跺脚赶快再学。有一次他还带上弟弟万胜一起去，把万胜冻得直打哆嗦，再也不跟上去了。就这样坚持到学期底，丰胜考试得了全班第一，还拿回了奖状。

招工

1968年，胜天初中毕业，参加了农业生产，正赶上生产队实行大寨式评工记分。他虽然干的是拉架子车等重活，打胡基每天300多块，都和强壮劳力一样，但每天评工只是6分上下。只因你是刚从学校出来的娃娃，不管你干多干少，干轻干重，干好干坏。

1970年大队成立了合作医疗站。5月31日，他进医疗站工作，学习医学药学方面的知识，并负责药房的管理工作。

1971年商业系统招合同工，大队只有一个名额，胜天的同班同学银龙要去，只好让给他。（一让指标，心潮难平。）8月间，大女婿王俊杰代表韩城矿务局来路井招工，路一大队有一个名额。胜天心里非常高兴，认为上次合同工没去更好，这次是固定工。况且招工的人是我姐夫，父亲又是大队的主要领导，应该是十拿九稳的了。

事情并不那么简单顺当。一听说是固定工，想去的青年很多。在一次大队干部会上，大家研究这个问题。我说："把几个娃都报上，让人家验收，验上谁谁去！"就有人说："不行，招工的是你的女婿，你娃怎能验不上？你让谁去，谁就能去，你不让他去，他就去不成。"后来我和王才商议：为了不影响大队干部之间的团结，干脆就让别人去吧！胜天这次就算啦！这一下莫说胜天心里有多难受，全家人都怨我作事太没本事了。（二让指标，郁闷难当。）

这年冬天，侯恒德在合阳县面粉厂给胜天找下个合同工的工作。和厂方已填好合同，大小队都盖了章子，只因事先未和公社秘书说好，他硬不盖章，事情没有办成。（三次招工，空喜一场。）后来"41站"来人招工，胜天也报了名，目测时横挑鼻子竖挑眼，只验上了其他人。事后才知人家是事先办妥的，来大队目测验收只是个幌子而已。（四次招工，雾里看花。）这年征兵，体检时他却因右手中指伸不直而不能参军。（参军入伍，水中捞月。）

1972年春，韩城矿务局马沟渠煤矿招收井下轮换工，大队其他年轻人没有人报名去，所余名额才让胜天去了。他是3月24日和四五十位同公社的青年，坐汽车到韩城马沟渠煤矿报到的，被分在土建队当普工。

（好事多磨。外出工作走过的坎坎坷坷，使我懂得了父亲的宽厚，世事的艰难，人情的冷暖，世态的炎凉。记得和父亲去公社办理到煤矿报到的有关手续时，公社秘书问道："侯支书，你还忍心让娃当井下工吗？"父亲回答："怕啥？为了革命就要'一不怕苦二不怕死'么！好工作能轮得上他吗？"）

带炭

1946年由完小升入合阳简师，虚岁只有16岁，但已觉得自己长大了。那年寒假，巷里有牲口的人要去炭科（"炭科"，即煤矿）驮炭。听人说，过去有人从科里担炭，我便向母亲提出，要跟上巷里人去担炭。母亲说："你年龄小，路太远，炭是黑心石，越担越重，不要去。"我说："我已长大了，县里上学还背被子翻沟，不照样常走吗？快过年了，烧炭比烧柴好得多，又快又不烟。"说来说去，母亲无奈才让我去。

我扛了一条扁担，挑了两个口袋两节绳，半夜起来，精力充沛地跟上生水、顺锁等好几个人出发了。上了白草坡，翻过侯家河，过了振吉坡，天微明到了炭井边。几个大骡子拽个大绞车，一大筐一大筐把井下的炭吊上来，炭堆倒的就像山。大家你一百他百几地往驮子里装，我说给我装上两千元钱的。人家见是人担哩，便收下钱说："不过秤了，能担多少就装多少。"我一头装了两手能提动的分量，抖擞精神挑起担子上路了。

振吉坡上，见有的驴卧倒了，主人用鞭子抽；有的人怕驴卧倒，将驮子里的炭，往口袋倒一点，自己背上走。我上了振吉坡，就有点乏，把拿来的糜面馍吃了，继续担。担子越来越重，身体越来越乏，换肩与歇气的距离越来越短。口渴了，没处喝；肚子饥了，馍已吃完，而且口干得也吃不进去了。到了侯家河沟底，实实在在担不动了，驮炭的驴都从我后面赶到了前面。总不能将炭倒在路边，连口袋给那路上素不相识的人吧！正想着，迎面来了个卖菜的，买下个红萝卜，一吃真顶用，既解渴又止饥，一下子有了精神，一鼓气担上了沟。

下了白草坡又不行了，又乏又困。担过乳阳村，到了乾字村，担不下半畛地便要歇歇气。赶太阳将落山，挣扎着担进家门，叫了一声"妈"，放下担子，二话没说，一下躺倒在炕上，再也起不来了。母亲把做好的面，端到炕边。我吃了两碗，却喝了几碗面汤，口还是渴得很。

一觉睡到大天明，起来用秤一称，连皮才有47斤啊！妈说："不少！今后烧炭更要当事（方言，节约之意）哩。一点炭可来得真不容易呀！"从这以后，我再也没有提出要担炭去。

1961年分大队、散食堂以后，灶火的烧炭便成了问题。八九口人每月烧炭得二三百斤。要买炭，街上卖的人不多，况且也没有那么多现金。解放后自行车多起来了，一个小队就有十多辆。用自行车带炭，便成了普遍现象。1961年7月12日稍早，骑着车子，赶太阳出到了炭科。带炭的人非常多，要排队等两三个小时才能买上炭。每百斤5角8分。装好炭，买一碗开水将带来的冷馍泡上吃了，算一顿饭，花5分钱。到沟里要将100斤炭推上坡，很费劲。要挂坡得花两三角钱雇人。为了少花挂坡钱，可以走原畔那条路，但却比马村远二三十里。刚上到半坡，阴云密布，大雨骤至，紧走慢走，浑身淋透。到了醍醐，车子被泥糊得一步也推不动了。幸好一会儿雨过天晴，骑车子上路。这天就淋了三次雨，赶天黑到家。

7月18日和炳坤、育亭去带炭。原畔太远，回来走的袁家河，坡实在陡得推不上去，便花了两角钱雇人拉上坡，所以回到家很早，下午便去锄花。9月14日和子玉几个人去带炭，到袁家河却没有挂坡的。只好两个人一个车子，一节一节轮着往上转。虽然慢一点，却省两角钱。11月9日和子玉们又去带炭，回来走的马村。路比袁家河远，比原畔却近。坡比原畔陡，却比袁家河平。到坡上在炭袋后绑条绳，搭在肩膀上就能拽。这样一个人便能上沟了。此后带炭，往往是一个人独自就走了。为了不花开水钱，就在瓶子里装上开水，放在车子包里，上坡时渴了，喝上两口就行了。

车子带炭对人轻些，但数量太少。有时一个人怕带不动，就只买80斤。有了伴伙还是用架子车拉。8月30日，搭上了几个人，拉着架子车连夜出发，赶天明到炭科，赶天黑到家。每人分炭２２０斤。11月25日，全巷七八个人，又用架子车连夜拉炭。天明到炭科，天黑了才到马村，实在走不动了。冬前找了个熟人，借宿一夜，主人还给我们喝了一顿馍糊。稍早动身回家，每人分炭２１６斤。1962年12月5日和万寿两人用架子车去拉炭，人太多，排队等，赶天黑才装起。晚上借宿郑家洼，6日午饭时到家。

架子车拉炭，虽比车子带得多，但和别人一分也只有两百来斤；比车子只多一倍，时间却费近两天，而且对人重得多。所以还是经常用车子带，有时一连带两次。夏季天长夜短，到家时较早，吃过午饭便回来了，下午还能干活，如锄地拉粪等。1963年引玲停学务农在家，10月30日和她用架子车去科里拉炭。赶天黑到振吉坡上，连夜拉到马村沟底。四下黑洞洞空无一人，我和玲儿怎能拉上沟呢？半夜里不见挂坡的人，只好找个烂窑洞休息一会，让她一个人睡着，我去寻挂坡的人。付了二元的坡钱，赶天明到家，实在乏困极了。400斤炭只不过380斤重，再不愿用车车拉了。

1970年以后，金水沟的文革煤矿开始生产了，又和孩子们用车车拉了几回炭。过了金水沟就再也没有上坡路了，一个劲下坡就拉到了家门口，比澄县近得多又轻松得多。天明去，不等天黑到家，用车子带就更轻松省事了。

1972年夏季9月4日，我又用车子去文革煤矿带炭。回来到十八坎大坡底下时，便将脚蹬的闸放了。谁料车后炭重，向前猛冲，车头乱摆，加上路上正铺石子，"扑腾"一声摔倒了。面部鲜血直流，人却未昏。急忙爬起，手按血口走回家，直到医疗站。金虎急用架子车拉上送往路井医院。经党医生抢救缝合，手术后几乎休克。多日后民才拆线共43针，至今伤痕尤在，真算死里逃生了。1973年元月25日，大女婿王俊杰从韩城用汽车送回两吨煤，带炭拉炭的下苦日子才真正一去不复返了。

（本文详细地叙述了父亲担炭、带炭、拉炭的艰难历程。为了解决厨房生火、火炕烧柴等问题，小时候，兄弟姐妹们经常到沟里砍蒿草，去麦田拔麦茬，走村外捡煤渣，想的是给家里省点钱，为父母分点忧。）

第二张全家福。后排为引玲、胜天，其他人从左到右为：西玲、菊兰、争胜、母亲、万胜、永禄、丰胜。

引玲停学

1963年夏季，引玲考上了初中，但却未能上学。家里9口人，只有我和她妈能劳动。全年拼死拼活地干，挣下的工分不够口粮钱，拿什么来供几个学生呢？她婆和她外婆还说："女儿家，念那么多书有啥用，识上几个字，会写信，人哄不了就行了。"我虽然谈了让娃继续上学的好处，谭兴寿老师还接连叫了两次。但我却没有认真坚持让引玲上学，使她考上了的中学不能上，造成了一生中"最大的遗恨"。（让姐姐停学，是父母无奈的选择。）

引玲进入农村，便参加了妇女务棉组，和社员一起没黑没明的劳动。既务棉花，又拉车车；既做女社员的活，又干男社员的活；既干生产队的集体活，又做里里外外的家务活。我抗旱绞水她替我绞水，我担水茅她替我担水茅，我拉炭她一起拉炭。我能干的活，她也挣着干。她比一个男青年干得更好更多，挣的工分也多。

她很聪明能干，干啥会啥，真是一个多面手，文武双全。参加民兵训练实习打靶，她中了9环，成绩优秀。她参加文艺组演戏，扮演的是《红嫂》中的红嫂。1965年夏季，生产队选她当了会计。

她的珠算只学了加减而没有学过乘除，但她在场内给社员分粮的时候，用算盘再加上笔算的原理，创造出自出心裁的办法，当时就算到了各户。没有进过会计训练班，也学会了记账结账，造月结表，决算分配。1965年冬家里买下了缝纫机，她很快学会了剪裁，学会了缝制，并不断提高着技术水平。

1964年"五四青年节"，引玲加入了共产主义青年团。1970年元月20日下午，经王常竹介绍，和南庄村王俊杰相识。元月25日，和她妈"看屋里"，回来后很欢喜。31日上午两人同去公社领了结婚证。2月7日即农历正月初四，正式举行结婚仪式。送女的算上媒人只有9个大人两个小孩，嫁妆是一个镢头、一个锄头和一把镰刀，真可谓新式简朴了。

引玲结婚后，1971年元月10日，被商业系统招收为合同工，进了路井供销合作社。1972年转为正式工。1973年3月2日转往韩城矿务局电务厂工作。

（姐姐为这个大家庭付出的太多太多了。后来，她靠自己的勤奋努力，自学成才，担任韩城矿务局运销处会计，1998年内退。）

第一名高中生

1973年3月4日午饭时，樊海川老师送来一份通知书，是侯丰胜考入路井高中的录取通知书。全家人非常高兴，丰胜更是喜不自胜，激动得眼里几乎冒出了泪花。2月12日升学考试结束后，他天天盼望见到自己的考试成绩。虽然每天参加队里的劳动，但心神不安，近几日更是坐卧不宁，不时地打听消息。现在考上了，录取了，一下子放心了。这是凭勤奋学习刻苦努力得来的，不是借推荐而得来的呀！怎能不令人高兴呢！

大姐引玲，因家里贫人口多劳力少，考上了初中也没能上学。大哥胜天上了初中，因"文化大革命"没能好好学习，1968年毕业后回乡务农。二姐西玲，受了"读书无用论"的影响，1970年正在初中上学时，便无故停学不去了。只有丰胜从初中毕业后，顺利地考上了高中。这是我家祖孙三代第一名高中生，也是我家有史以来的第一个高中生。他是全家人的光荣，也是全家人的骄傲，更是全家人的希望所在啊！

（十年动乱，"读书无用论"流毒蔓延。在此期间，一家人却能认识到知识的重要，为"第一名高中生"欢呼雀跃。妹妹西玲中途辍学，让人扼腕叹息。几十年来，她在家辛勤劳作，侍奉父母，克勤克俭，任劳任怨。好在一对儿女侯艳侯蛟，已经大学和研究生毕业，跳出了"农门"，融入了城市。）

一双旧鞋

（1973年4月5日）

由于我家人口多，小孩多，经济非常困难，所以，勤俭节约、艰苦朴素就成了这个家庭的传统。能吃的东西一点都不糟蹋，能用的东西再烂也舍不得丢，穿的衣服、鞋帽是补了又补、穿了又穿，实在穿不成了也要将几件烂衣服弄成小布片纳鞋底用。为了纳一双鞋，他妈、引玲、西玲不知要费多少功夫一针一线才能纳成，每个娃的鞋都是穿得烂得不成样子才当破烂卖掉。

前几天早饭后，闲来无事，在东边屋里看见一堆穿烂的鞋，便想把其中烂得实在穿不成的拣出来，卖给收破烂的人。我在柜子底下拉出来一堆子，挑来拣去，见有一双花面旧小鞋，样子和鞋面花布好像女孩子穿的。虽然很烂了，但还能凑合穿几天。看了看，按照尺寸大小估计小儿子争胜还能穿上。如果再不穿，便再没有人能穿上了。于是便把争胜叫到跟前，把鞋上的尘土拍了拍，让他穿到脚上试试，看大小合适不合适。争胜走到近前，将鞋看来看去。穿吧，不大乐意，鞋上有花叶图案，好像是给女孩子穿的。不穿吧，又怕挨训斥。正在犹豫，西玲站在旁边低声一笑，争胜再也不肯穿了，转身想溜。我便大喝一声："穿！穿上试一试！"争胜一看我脸色发怒，急忙转身，撒腿朝大门外逃去。我大怒，立即追去，并大喊："站住！看我追上非打死你不可！"争胜一听越跑越快，一直跑到学校，也不敢进教室，只好躲进厕所里。巷东头党锁在巷中大声就喊："争胜大杀娃哩！"巷里不少人也跑出来看热闹。我一直追到西头巷，硬被人挡住拉回来，怒气久久不能平息，觉得家里人怎么不懂道理，不从小让娃娃知道一针针一线线来的不容易，这怎能养成勤俭节约的好习惯呢！

而赵妈心里却在想：这本来没有一个钱的事，却怎么闹得捂耳喊叫的不得了呢！是不是玲儿大嫌我在路井住的时间太长了，心里有意见？口里却不好说，所以便有意寻事闹事。于是，便把她的心意给菊兰说了。菊兰笑着说："不是！"我一听，不好！赵妈再因这事提出回西庄子去，那该咋办呀！所以争胜从学校回来后，也再没追问穿不穿旧鞋的事了。争胜也才放心了。

（旧鞋一双，祖孙三代，都是贫穷惹的祸。现在的孩子，很难理解父亲那一种近似粗暴的做法。几十年过去了，当一家人回忆起这件往事的时候，既没有对父亲过激行为的异议，更没有对争胜"落荒而逃"的指责。漫过大家心田的，则是难以言表的伤痛与感慨。）

卖猪难

农民养一个猪确实不容易，十几元买了个猪娃，天天养，顿顿喂，一年也长不到百十斤。分下红薯难保管，不等吃完就烂完。你若要卖，却成了投机倒把，黑市卖粮。只好养头猪。红薯让猪吃了，人却没啥吃。因此不等猪长大又想卖，卖猪只能交给收购站，但收购站没熟人却交不了。1973年5月8日，因为过磅只有95斤重，猪又没有卖出去。这已是卖第五次了，人家七八十斤重的都收下了。群众说："公章盖的大，不如熟人一句话。"咱没熟人又有啥办法，只得拉回去再喂。5月18日又去交，刚刚过下100斤重，算是卖出去啦，这才放宽了心。（不正之风的产物，计划经济的羁绊。）

因为开会，要换几斤粮票，大队介绍信拿上去，带着薯干去粮站。验粮人李万锁用手一摸说不行，没干。我说："上几次是晒的，验不上，这次晒不干，我是炕上烘干的。"他说："那更不行！"多亏民才从旁说："只有那几斤，你就把我支书的那点收下吧！"薯干算验上了，粮票才换下了。真难啊！难怪家里人说我像死人，啥事都办不了。我想："听诊器，方向盘，劳资干部营业员！"咱啥都不是，怎能办事不作难呢？

（在计划经济的时代，各种票证满天飞：粮票、布票、油票、肉票、糖票、水票、棉花票、茶叶票、肥皂票、火柴票、煤油票、香烟票、自行车票……五花八门，名目繁多。人们的衣食住行、生活消费，大部分得凭"票"去购买。只有你想不到的票，没有你看不到的票。而今，这些"票"已经成了珍贵的收藏品。它承载的是历史的记忆，折射的是物质的匮乏。）

当厂长

1973年冬进行路线教育，批修整风，党根全主任和杨永吉队长带领10名工作组进驻路一大队。12月6日，我向党主任提出不愿再当大队干部的申请。21日晚党员会上选举出新的支部班子：支书侯王才，副支书张耀来、侯仙桃，支委兴才、志农、根全、玉兰。24日上午召开社员大会，由我主持，批判了侯世魁等人。党根全主任宣布了"两委"成员的公社批复，我算正式下台了。

我要求去学校任教，不能如愿；医疗站的人也不能再多。大队却让我去面粉厂当厂长。去就去吧！服从组织分配。29日由志农监督，交接了侯耀增的移交手续。

因为前段实行的是大寨式的评工记分，所以面粉厂的粮食堆积如山，3天也取不到面，有时长达10天半月。有的社员实在等不到了，只好要回粮，去别处碴。我便和大家商议，改为按碴粮斤数，实行定额记工。这样一来，大大提高了工效。机子昼夜不停人换班，做到了随到随碴不积压，大忙时节还支援"三夏"割麦。

面粉厂碴面、轧花、弹花、压油、粉草、碾米等各项加工活路刚刚步入正轨，1974年10月，我却被公社贺文平主任调到公社"千人农田基建兵"当工程会计去了。

（心若阳光，无需悲伤。这已经是父亲第二次下台了。评工记分，是当时农业学大寨的核心内容。父亲"按硪粮斤数，实行定额记工"，虽然体现了按劳分配的原则，却与当时的政治导向背道而驰，格格不入，有走资本主义道路的嫌疑。）

农建兵团

1974年10月，我正在路一面粉加工厂把硪面、轧花、弹花、压油、粉草、碾米等搞得热火朝天，副支书张耀来通知我："公社贺主任叫你，调你去农建兵团当会计。"去公社见了贺主任，他说你大队已经同意，你可去雷庄报到，找郭俊成就行了。刚刚把加工厂弄下个眉眼，真有些丢不下。但和从学校到保健室一样，只好服从组织分配。

农建兵团由全公社23个大队抽出的1000名劳力组成，划分为10个连，一个连起一个灶。团部安在雷庄，贺文平、屈发成、郭俊成任团长，分政工、后勤、工程、保卫4个组。政工组王高田、王守才，后勤组王茂得，保卫组梁绪宗分别为组长。工程组郭俊成任组长，我任会计；到了年底我任组长，介璠任会计。年前在雷庄、卓里、郭庄、东明修地。1975年春季在北党、西王、徐家坡修地，又在公路边挖秋树、植杨树、栽桐树10多里，后来拉石头。夏收后去范家洼、高原寨、西尚、前进、车庄修地。9月16日开始修社队路，其中范家洼至西明一条，东明至赤西一条，西尚至北党一条，

路井公社农建兵团工程组欢送入伍青年。前排中间为侯永禄。

郭庄至苗圃一条，10月15日修成，后投入修地。1975年11月兵团转至杨坡、郭坡修地。

（是金子总会发光。"农建兵团"展示的是大兵团作战，体现的是毛主席的"人民战争"思想。1975年冬，"抽黄引水"工程上马，路井公社"农建兵团"全部人员转为"抽黄战士"。）

捏花馍

（1976年春节）

和"文革"开始把花馍当成"四旧"批判不同，这几年，捏花馍又兴起来了。今年过年，赵妈和菊兰她们就捏了不少花馍。花馍其实就是麦面做的花馒头。春节、正月十五、嫁女、过寿、娃满月、祭祖都少不了它。

捏花馍除了要有一双巧手，还要用到剪刀、梳子、筷子、勺子、细竹签等。主要原料为小麦面粉，辅料有各种豆类、核桃、鸡蛋、红枣等。

蒸花馍用的都是酵面，也就是一团发面，加上温水泡开了，和

菊兰捏的花馍

上面，重新发酵。这种酵面发的馒头是要加碱的，而且加碱水最为关键。因为碱放少了，馒头就会发酸；碱放多了，馒头就会发黄、发苦。蒸馍的好坏完全凭家里女人的经验。

花馍从外形来看，有的像娃娃头，有的像花鸟，有的像鱼兽，妙在似与不似之间。有的大馍上能插七八个甚至几十朵小面花，样子很是壮观。

什么时候送什么花馍，什么花馍插什么花，说起来也是很讲究的：献土地爷的花馍，叫系兜，像农村用的那个笼，就是希望土地爷把粮食、福气、钱财统统提回来，也饱含人们对来年风调雨顺、五谷丰登的祈盼；正月十五元宵节长辈给晚辈送的花馍就叫"拣拣娃"，看上去就像一个娃娃头，黑豆做眼，红豆做嘴，捏出耳朵、鼻子，胖嘟嘟地憨态可掬，逗人喜爱。最讲究的还要算女孩出嫁时娘家给闺女送的花馍。娘家要送人物、鸟兽、鱼虫和花卉等造型的插花馄饨花馍。按传统习俗，这种结婚大花馍要在新人房里摆放较长时间，以寄托婚姻美满幸福。孩子满月时，娘家人就要送"圈圈馍"，就是用面做的项圈，上面装饰着各种花草图案，意思是要套住这小宝贝的生命，让他健康成长，作用相当于"长命锁"。孩子满百日、周岁时，又要送"猫馍"、"虎馍"，意思是让猫、虎护卫着孩子，不让病魔近身。

学做花馍，是女娃必学的手艺之一，一般都是由当妈的手把手地教给女儿，一代一代传下去。女娃学习捏馍的过程，也是母女亲情交流的过程，其中的乐趣旁人无法体验。赵妈捏花馍的手艺远近闻名，菊兰从小就看他妈捏花馍，日子一长，就自然而然学会了。许多人家过红白喜事时，都要请她过去帮忙，女儿引玲、西玲在上学前都学会了捏花馍。

多年来农村粮食一直短缺，人们吃不饱饭，平时吃的都是红薯杂粮和黑面馍，白面馍只有逢年过节才能吃上几天。对于很多更穷的家庭来说，过年也吃不上白面馍。但过年亲戚总是要走的，花馍还是要送的。没有白面作花馍怎么办？人们就穷则思变地想了一个自欺欺人的"好办法"。就是花馍的里面用黑面做，外面用白面做，这样从外面看上去还是白面花馍。中国人爱面子是不是就是从这里来的？不得而知。其实，这种办法很多人家都用过，谁也不笑话谁。只是小孩子如果吃了这种白面包黑面的花馍就会很不高兴，觉得自己倒霉。有的家长就拿过来自己吃了，让小孩再换一个吃。如果这次是全白面的，小孩就会高兴得不得了！

（送花馍是关中农村人礼尚往来、寄托希望、抒发情感的一种方式，是村民走亲访友的必备礼品。如今关中农村人的生活水平提高了，烟、酒、饮料、糕点、保健品、红包等都加入了礼品的行列，但花馍还是绝不能少的。因为花馍就是"礼馍"，它已变成"礼"的承载物，充当了"礼"的使者。有道是：送花馍就是送祝福，有花馍就是有幸福。花馍寄托了如此多的美好愿望，凝注了丰富而深厚的文化内涵。）

180

侯永禄1976年在老屋东面盖
起的5间厦房，至今已近40年。

盖新厦房

1958年大跃进、公社化、食堂化，人们觉悟提高了，认为共
产主义不会太遥远了，这一代人可以实现了。私有观念淡薄了，
什么家当呀财产呀，根本不必考虑。经过文化大革命，大批资本
主义，家当越多越成了资产阶级。各村原来的门房，10家有9家都
拆了。

但是面对现实，生产队还是生产队，社员还是靠劳动吃饭，
欠下队里的口粮款还得自己还，自己家里的日子还得自己过。
等减免、等照顾那太难，那得你成了特别困难的"烂杆"。
我有4个儿子、两个女儿，年龄一天天长大，上学啊结婚啊，得马
上考虑呀！嫁女要送个好女婿，娶媳妇还要看人家愿意不愿意来，
光景怎么样，住房好不好。

我家10间厦房早已破烂不堪：东边的时间有几十年，西边的
历史有成百年。要给娃结婚就得有个差不多的住房啊！1968年就
开始准备盖厦房了。3月28日，把东院的大榆树挖了，30日开始在
西边厦子溜瓦了（"溜瓦"，将房顶上的瓦揭下来堆在地上）。

1969年春，请来木工侯更坤、靳灵虎、侯世昌，赶麦收前在东院盖了5间新厦房。隔了两大两小4处地方，算是给弟兄两个的房子。没请小工，全家老少齐动手，她外婆也帮着刮砖利瓦做饭。为了省钱，砖台自己学着锁的。与邻居李前家房屋合脊，给了20元作为打背墙的钱。

8月18日，开始和谭万寿打界墙，赶24日，11堵墙全部打成。上午饲养员崔子玉将门房里喂养的队里的牲口，牵往村东头新盖的饲养室里去了。从建初级社起，生产队整整占用了我家门房15年。

1975年秋，趁农建兵团放秋假出红薯之际，于10月26日和丰胜拉打墙的土，4天基本拉够。11月1日挑墙根，4日请假开始打墙。施工员范春生、高安民以及永平、去全等也来帮忙，整整打了5天。高墙8堵，低界墙5堵，8日下午完成了全部工程。

1976年春在太里修黄河时，3月5日请假回来。7日拆老屋东边房子。15日请来侯更坤、侯林海做木工活，20日早上"立木"。21日泥工顺士、顺锁开工了。25日林志上手了。31日开始瓦房。4月2日大功基本告成。8日顺安锁（方言，砌）砖台。共5间厦房、1间灶房。12日上了"抽黄工程"到太里。

（"娶媳妇盖舍，提起害怕"，这句俗语充分说明了农村盖房子的艰难。两次"盖新厦房"，是父母为我们兄弟四人娶媳妇作新房用的。其良苦用心，让子女涕零。）

182

路一大队欢送入伍青年留念，1976年2月24日摄于路一大队大队部门前。右二为丰胜，右一小孩为王江晖。

丰胜参军

1976年元旦后，我在抽黄工地太里黄河滩同1000名抽黄战士，共同庆祝拦洪大坝胜利完工。元月12日晚，路井营贺文平主任对我说："公社临时调你参加征兵的政审工作。"我非常高兴。第二天到合阳县人武部开政审会。会已开过了，韩科长给我传达了会议精神。

下午，在平政路一大队拉石头的地方，找见了丰胜，丰胜迫切要求去参军。14日和政审组负责人仵广才研究了工作。16日进行目测，晚上同贺主任研究参加体检的人。18日进行体检。152人有60人合格。

26日晚，路一支书侯王才见了老仵，定了路一的兵。27日老仵给我做工作，让靳春明去，丰胜不要去。言谈之中好像因为家庭成分是中农。后来听说公社要丰胜去基本路线教育宣传队，我才意识到大队的目的，便立即去找王才。晚上总算给丰胜填了一份政审表。丰胜和我又找见解放军接兵的王营长、朱连长和白排长，并谈了要参军的迫切心情。丰胜将他自己画的一幅电影《闪闪的红星》里潘冬子的画像赠送给王营长，以作留念。我又找了公社书记成占江、党委委员李汉斌、兵团团长屈发成等。2月10日，听说公社要开党委会研究定兵，我下午忙到前进村找到党委委员王天义、贫协委员王养田。晚上等王才开完大队会，同去公社叫他去给成书记谈。后来听说成书记在会上让将丰胜作为预备名额。

2月11日，我去合阳。因汽车满员，12点骑车子去，淋了一路雨。到金水沟时，更是大雨如注。到药材公司已下午3点，全身里外全湿透了。打电话给韩城，叫丰胜回来！又去粮食局找侯恒德，一起去人武部。12日丰胜从韩城回到合阳，和我又去旅社找见了王营长。上午，人武部开会定兵，丰胜心神不安，在周围转来转去。会上经过激烈争论，将丰胜定为预备名额，就专等体格复查了，心稍宽。15日丰胜去县复查身体。16日回来说是没问题。17日，老忤说我的军属当定了。全社38人，有5人体检不合格，全家人非常高兴。

回想起解放前，抓壮丁鞭打绳拴，像绑囚犯一样的送兵。解放后，干部们家家说服动员，许愿提保证，劝青年当兵。披红戴花骑大马，敲锣打鼓送新兵。而现在青年们争先恐后报名应征，找熟人说人情，只怕验不上。丰胜问他婆说："婆，我要去参军你同意吗？"婆说："同意么！我不能因为爱你把你箍在我身边，耽误你的前途啊！"

19日，我代表路井公社去合阳武装部领回了33人的入伍通知书，又连夜造出了新兵花名册。第二天清早送往公社！20日，大队召开入伍青年及家属会。全大队共5人，丰胜、赵欣、金才、选民、旭蒙，是历史上最多的一年。22日在县上换了黄

184

军装，真威武。23日大队照了相，全家也合了影。晚上乡亲邻里都来庆贺。

24日公社的新兵集中，我一直送到县上，并开了欢送会，晚上还看电影。25日县上送新兵，我随军车回路井。8点半在路井汽车站和丰胜挥手告别了。真是：

阶级界限过分严，中农当兵实在难。

身在征兵政审组，送子参军也作难。

东奔西跑费唇舌，预备名额才入选。

赠画"冬子"王营长，入伍永远作纪念。

（"依靠贫下中农，团结中农，打击地主富农"是党的一贯政策。但在"以阶级斗争为纲"的年代里，我家的中农也遭遇到歧视性条款。革命现代京剧《杜鹃山》里雷刚有句唱词"干革命为什么这样难"。我当时给父亲写信道："参个军为什么这样难！"）

1977年～1984年

1977年至1984年，是粉碎"四人帮"、结束"文化大革命"、中国走向改革开放并取得阶段性成果的重要时期。举国上下激情澎湃，拨乱反正，一派百废待兴的景象。

1977年：8月，中国共产党第十一次全国代表大会召开。10月，国务院批转教育部《关于一九七七年高等学校招生工作的意见》，决定高等学校招生采取自愿报名、统一考试、择优录取的办法，恢复"文化大革命"中被废弃的高考制度。侯永禄担任大队党支部副书记、革委会副主任。母亲与世长辞。引玲、俊杰的二儿王江涛出生。

1978年：9月，党中央批发《关于全部摘掉右派分子帽子决定的实施方案》。12月，中共中央十一届三中全会在北京召开，实现了伟大的历史性转折。12月，中共中央批转中共最高人民法院党组《关于抓紧复查纠正冤假错案认真落实党的政策的请示报告》。合阳县平反冤假错案的工作全面展开。丰胜、万胜分别考入张掖师专和延安大学。争胜考上合阳重点高中。侯胜天与曹秀春成婚。西玲与侯新录成婚。

1979年：1月，中共中央作出《关于地主、富农分子摘帽问题和地、富子女成份问题的决定》。8月，《安徽日报》发表《凤阳县在农村实行"大包干"》一文。9月，各省、市、自治区将"文革"中成立的革命委员会改为人民政府。路井公社召开"揭批查"大会。侯永禄岳母与世长辞。胜天被陕西教育学院"高师函授"录取。胜天、秀春的儿子侯亮出生。西玲、新录的女儿侯艳出生。

1980年：9月，中央印发《关于进一步加强和完善农业生产责任制问题》的会议纪要。11月，中共中央转发中共山西省委《关于农业学大寨运动中经验教训的检查报告》，农业学大寨落下帷幕。丰胜大学毕业，分配到兰州军区军医学校工作。争胜考入西北建筑工程学院。

1981年：6月，中共中央十一届六中全会在北京召开。会议审议和通过了《关于建国以来党的若干历史问题的决议》。侯永禄担任大队管理委员会主任。

1982年：1月，中共中央批转《全国农村工作会议纪要》，充分肯定了目前全国农村90%以上的生产队建立的不同形式的农业生产责任制。9月，中国共产党第十二次全国代表大会在北京召开。万胜延安大学毕业，留校任教。

1983年：1月，中共中央印发《当前农村经济政策的若干问题》。文件指出：联产承包责任制是在党的领导下我国农民的伟大创造。8月，中共中央发出《关于严厉打击刑事犯罪活动的决定》。10月，中共中央、国务院发出《关于实行政社分开、建立乡政府的通知》。丰胜、李萍成婚。

1984年：1月，中共中央发出《关于1984年农村工作的通知》，决定在稳定和完善生产责任制的基础上，提高生产水平，疏通流通渠道，发展商品生产。10月，首都隆重庆祝国庆35周年，邓小平检阅部队并发表讲话。路井公社改为路井乡政府。侯永禄因年龄原因辞去大队管委会主任职务，担任路一村义务邮递员。胜天"高师函授"毕业，调入韩城矿务局一中。李萍调入甘肃省机关党委。争胜大学毕业，分配到西安热工研究院工作。

侯永禄母亲贺冰质和长孙侯胜天,摄于1954年。

怀念我的母亲

母亲姓贺名冰质,西尚村人。亲姊妹4人。她是大姐,一个哥哥叫庚寅,一个弟弟叫庚午。17岁和父亲成亲,前后生了10个孩子。我记得的有3个姐姐,1个妹妹,1个弟弟。母亲跟着父亲,既管孩子,又操持家务,还要帮着做地里活:割麦、装车、铡草、绞水、喂牲口。个子本来就不高,加之生孩子多,劳累过度,脊背一年比一年驼,个子更低了。

母亲40岁上,父亲就和我们永别了,一切家务负担全压在了她一个人的身上。旧社会的寡妇,最受压迫和欺侮。为了将我养大成人,母亲立志不嫁人。父亲去世后的几年内,她以泪洗面,但也无用,父亲是不会活过来的。生活还得自己料理,日子再苦还得向前熬。

母亲的唯一的希望,便是盼我快快长大。家里的吃喝穿戴,亲戚的婚丧嫁娶、所行门户,全靠母亲料理。保里派来的兵粮差款,层出不穷,全靠母亲应付。几十亩地无法耕种,只有开支没有收入,只能靠省吃俭用一个法子。穿衣染不起布,用浆泥来蘸,寒冬腊月,冻得满手裂子。晚上点不起油灯,摸着黑纺线子。一年到头既吃不起瓜果，也买不起青菜。吃不起醋就调浆水，春天寻地菜，秋冬蔓青叶。常年四季也不见肉。就这样年复一年地过着。

1948年冬合阳解放了，横行霸道的人一下子乖了，再也不敢胡作非为了，受压迫受剥削的穷苦人扬眉吐气了。1950年颁布了新婚姻法，妇女也能站在人前说话了。实行了合理负担，废除了苛捐杂税，母亲再不为兵粮差款担惊受怕日夜发愁了，打心眼里说共产党好。

经过土地改革、互助合作运动，家里的生活好起来了，母亲的愁眉舒展开了。孩子多了，母亲做饭引娃的负担重了，但她心情舒畅。我为多子常发愁，母亲却为儿孙满堂而高兴。

大跃进导致了1960年的低标准，母亲一样吃着菜疙瘩，喝着稀糜糊，过着吃糠咽菜、忍饥受饿的日子，却毫无怨言。有房不敢卖，黑市不敢买，死凭生产队分的一点粮食维持生活。她教育孩子勤俭节约，一粒粮、一根草、一条线、一张纸都不要浪费。低标准过了，孩子艰苦朴素的习惯养成了。

低标准过后，农村一系列经济政策逐步得到落实，我家生活有所改善。1965年冬买了一台缝纫机，解决了用手一针一针缝衣服的老方法。1966年碰上了史无前例的"文化大革命"，母亲也吓坏了，替我担心：解放后我18年干部没离身，难免要挨批挨斗挨打戴高帽子。正好那时我不是当权派，总算得以幸免没受冲击，母亲这才放了心。

由于实行了大寨的评工记分，做活磨洋工，生产上不去，收入难增加，生活难改善。母亲也跟着过穷日子。推了十几年碾，每次碾面时母亲都要跟着罗面。1969年和1976年两次盖厦房共10间，母亲都跟着刮砖刮瓦给匠人做饭。

1976年母亲第一次住上了自己新盖的房子，心里十分高兴。第二年却染上了病，多次医治无效。7月12日，我在东雷二级站工地正安排挖机坑，接到家里来的电话说母亲病重。13日上午回到家里，亲戚邻里看望母亲病情的人很多。母亲浮肿得很厉害，医生民才注射"速尿"以缓解。24日上了抽黄工地，心中很是不安。8月4日请假回家，母亲身体更加虚弱，神志已不太清醒。我叫了声"妈"，她问："你是丰胜吗？"我说"是的"。她说："你咋的回来？"我说："请假回来看你的。"她问："领导准你回来吗？"我说："准我专门回来看你。"她笑了说："好！领导很开怀！"这段谈话，表明了母亲想念孙子的一片情意。

8月9日清早，我去东明村。母亲病重，不敢停留，连雨赶回。胜天因超假，10点钟去了韩城。11点钟母亲咽了气，与世长辞。立即打电话叫回胜天、引玲等。晚上请来纪合等文艺组，唱了半夜戏。第二天开了个追悼会，来了20多家客人，安葬于公坟。

母亲的一生是艰苦的一生，勤劳的一生，未曾享受好光景。虽然享寿78岁，但却未坐过一次汽车，没去过西安，连大荔、韩城都没去过。也未能看上电视，听上收音机。

治丧文

老母逝世，心情悲伤。追悼诗、对联、讣文，悼词草拟如下，以寄哀思。

（一）追悼诗

190

七十八年两重天，酸甜苦辣都尝遍。

抚养孤儿历尽苦，伶仃寡妇谁怜念。

春雷一声晴天见，幸福生活乐无边。

牢记教诲不忘本，继续革命永向前！

（二）对联

主前对联为：音容逝遗训在勤俭治家，旧俗破新风立抓纲治丧。不忘教诲

大门对联为：继承主席遗志永远革命，牢记慈母教诲经常勤俭。念念不忘

树儿成材历尽人间千般苦，今胜于昔引来万木增一春。丰功永存

（三）讣文

今有侯母贺氏讳冰质患病数月医治无效，不幸于1977年8月9日11时在家逝世。生于1900年农历3月3日7时，享寿78岁。一生勤俭持家，常用新旧社会对比教育儿孙，坚持走社会主义道路。为了纪念老人教诲，寄托我们的哀思，决定于1977年8月10日12时在家门口召开追悼大会，希生前亲友届时参加。并安葬于北坡公坟内。

儿	永禄	孙	胜天
女	菊芳		丰胜
	京芳		万胜
媳	赵菊兰		争胜
		孙女	引玲
			西玲

公元一九七七年八月十日

（四）悼词

众位乡亲及亲友们：

我母亲不幸于昨天1977年8月9日因病去世，享年78岁。她解放前于1939年便和我父亲永别了，她还没有40岁，我才9岁。孤儿寡母，受尽了苦，作尽了难，被国民党的兵粮差款逼得走投无路。听见"粮子"（国民党匪军）一进村，母亲就心惊胆颤。若甲长一叫门，母亲就提心吊胆。年关前为逼粮款被押进了保公所，硬装走淘下的年麦。为款子卖掉了被子。派公差，正赶到麦口，摊木料一定要双份。因为无人照管，家里有东西也变不成钱。买不起洋火，顿顿做饭，要去邻家点火。倒不起炭，天天砍柴草，烧臭蒿。一年到头，不和青菜瓜果打交道，逢年过节，不与烟茶酒肉见面。这些苦、这些难，向谁哭诉；这些仇、这些冤，向谁去伸。旧社会哪有孤儿寡母说话的地方。母亲累弯了腰，哭哑了嗓子，有谁怜念。

盼呀盼，盼来了毛主席共产党，驱散了乌云，看见了晴天，打倒了豺狼虎豹，被压迫的人民把身翻。母亲和我也直起了腰，走到了人前。经过了土改、合作化、公社化，好日子真像吃甘蔗，一节更比一节甜。母亲虚弱的身体也活了这么高的年纪。没有新社会那是万万办不到的。今天儿孙满堂、亲朋满座的幸福生活，是哪里来的呢？全靠共产党和毛主席。

为了将来过更加美满幸福的生活，一定要继承毛主席的遗志，牢记母亲的教诲，克勤克俭，节约一粒粮、一把柴，坚持社会主义方向。永远不忘旧社会的苦难，珍惜今天的幸福生活，在英明领袖华主席的领导下，抓纲治国奋勇前进。

192

最后让我以崇敬的心情，对参加追悼会的乡亲们，表示衷心的感谢！

祝愿母亲永远安息！

侯永禄

1977年8月10日

（奶奶弥留之际，我趴在耳边问她想吃什么，她艰难地吐出两个字："西瓜。"这时合阳旱地西瓜还没上市。为了满足奶奶最后的愿望，我骑上自行车，顶着烈日，跑遍了路井城周边十多里地的所有瓜地，好不容易在杨家坡的瓜地里找到了一个早熟的西瓜。付了一个高价钱，外加一大摊千恩万谢的话。父亲切开西瓜，分成许多"小芽"，放在奶奶没有牙齿的口中……世界上有许多事，当时你可能没有意识到那么重要；但若干年之后，你会为自己那不经意的行为感到庆幸与欣慰。）

毛主席逝世一周年

（1977年9月10日）

1976年确实是不平常的一年，元月8日敬爱的周总理逝世了，9月9日伟大的领袖毛泽东主席令人震惊地与世长辞了。10月12日于"抽黄"工地召开党员会，学习中央15号文件。华国锋任党中央主席和军委主席。10月19日去东王村指挥部参加全体党员大会，传达中央文件。政治局决定对王洪文、张春桥、江青、姚文元"四人帮"进行隔离审查。各地便召开大会游行，欢庆粉碎"四人帮"篡党夺权的伟大胜利。12月25日去公社听曹子元书记传达中央24号文件和省委37号文件，安排对"四人帮"的批判。

1977年4月8日"抽黄工程"路井营召开广播大会批判"四人帮"。6月8日收到了丰胜从部队寄回的新发行的《毛选》"五卷"。9月9日下午听广播里中央纪念会和毛主席纪念堂建成仪式的实况录音。10月4日在公社参加党委扩大会，学了邓小平讲话。一、不分17年11年。28年来毛主席对教育工作有多方面指示。二、调动积极性，"老九"是好人。三、体制要调整。四、教育统一秋季招生。五、后勤。六、学风要事实求是，百家争鸣等。

又召开了党的"十一大"，抓纲治国，拨乱反正，各项工作都步入正轨，工作重点转向了四化建设。1977年9月10日，写《毛主席逝世一周年》一首：

主席逝世一周年，永远活在万民间，

全国平定无四害，天下大治有五卷。

工业都学大庆样，农业普及大寨县。

人人争当活雷锋，处处学习硬六连。

三中全会发号召，四项决议得实现。

继往开来十一大，华主席是好接班。

治国八项大任务，要使四化早实现。

建成主席纪念堂，主席思想万代传。

(1980年8月21日，邓小平在《答意大利记者奥琳埃娜·法拉奇问》时说，应该说粉碎"四人帮"以后建毛主席纪念堂，那是违反毛主席的意愿的。五十年代，毛主席提议所有的人身后都火化，只留下骨灰，不留遗体，并且不建坟墓。毛主席是第一个签名的。我

194

们都签了名。中央的高级干部、全国的高级干部差不多都签了名。现在签名册还在。邓小平认为，粉碎"四人帮"以后做的这些事，都是从为了求得比较稳定这种思想考虑的。）

抽黄工程与三上副支书

陕西省关东灌区的"抽黄工程"，从1974年就开始了。1975年12月26日，农建兵团停止给郭坡和杨坡修地，全部上了"抽黄"工地，和那里的人员并肩战斗了，我仍任工程组组长。路井营的驻地由塬上移至沟下太里村北边的一个沟岔里。

27日开了动员大会，突击4天完成坝面工程，向元旦献礼。元月9日坝面工程胜利竣工，开始拉砂坝修防洪堤。4月17日召开了东雷二级站开工动员大会，由路井营挖土方。23日又召开了会战主干渠的动员大会，大打人民战争。公社王杰书记带领各大队支书和民工都来了，二女儿西玲也来了，住在太里。（西玲当时20岁，住在临时挖的土窑里，狭小而潮湿，父亲也没有给她安排个轻松活。）5月25日告一段落。10月3日人民战争又上来700人，11月7日又增加了500人，直到12月20日胜利竣工，召开庆祝大会。

1977年修建二级站管坡，开挖主干渠渠道与二级站机坑。9月底太里路井营的任务基本完成。24日下午，马兆祥营长说公社要我回去当干部。回到家，公社路线教育宣传队成员吕方田对我说："党委会已决定了，要你当路一的大队长，王掌绪主任连夜去贺主任家征求意见，贺已点了头。"29日晚，路线教育宣传队队长王兴才和吕方田正式和我谈话，要我再次担任副支书，我没有答应。我说："上次任职没干好，1971年春杨家坡会上批判我的'光先生'错误，既没有认识又未能改正，这次怎能再上，怎能胜任呢！"11月1日上午遇见公社曹子元书记，他说："永禄！上吧！邓小平三起三落，这次都上任哩，咱怎能不上呢？"晚上，王士楷主任和王兴才又给我谈话，并见了公社的批复，只好服从组织决定。

10月2日晚党员大会进行支委会选举，19个人选出了王才、志农、根全、建军和我5人。3日上午召开了新旧支委联席会，谈心表态。晚上召开各队及各厂、场会，选举革委会成员，有王才、录全、生水、去全、纪轩、建军和我共7人。5日召开社员大会，宣布整队后的新领导班子。王才任支书，我任副支书；革委会王才任主任，我和录全、俊德、去全任副主任。13日收拾行李，告别了黄河滩，开始了大队的繁忙工作。

卖社主义

当了大队干部，就得干大队的工作。10月13日晌午离开工地回到家，晚上就参加批判会。14日早上和上午召开"两委会"，研究小队班子。随后，公购粮入仓、委员分工、购买拖拉机、"一批两打"运动、农田基建、抽黄上劳、民主理财等，一件更比一件紧。但贺主任却多次打电话在"抽黄"工地叫我上来，11月11日便又去了黄河边。

到工地清工，又和"二级站"结工。因指挥所给的工分多次谈说无大的进展，贺主任说我是"卖社主义"。起初不理解，后来想这是爱社主义的反义词，我哪一点不爱社呢？大概是不能用送礼行情进贡等手法，活动一下指挥所的人员给路井营多结些工吧！但我确实没有那种本事。我每次吃饭，总是和民工一起排队从窗口打饭，从不愿到灶房里面去吃。

而一连经常请营干们大吃大喝，以致在结工时营里能多给工，这能叫"爱队主义"吗？指挥所不知无偿吃了多少营里种的瓜，这就是"爱社主义"吗？这种事，确实到处皆有。我也无法阻挡，却总是看不惯，只有早日离开才好。19日晚告辞，20日心情舒畅地回到了家里，因为大队多次打电话叫我回来。

娶媳嫁女

1977年8月9日母亲刚去世，胜天的婚事又需抓紧办了。供销社的曹淑贤14日上午来了，说秀春愿意和胜天再谈，因为8日街上谈崩了。（有句话说得好，幸福之神总是喜欢折腾人。）大家很高兴。如果迟来一步，我们便去了孟庄。两人基本谈妥。第二天，胜天和梁哥去了马村秀春家，商定了婚事的有关事宜。16日秀春来看屋里。20日订了婚，男女各来了6人。就算办了一件大事，遗憾的是母亲没有见到孙媳妇。

西玲和新录是1976年2月1日即春节第二天订婚的，也要在1978年春节结婚。两人2月6日即除夕日领了结婚证，于2月9日即正月初三日便举行了婚礼，男女共去了两席人。小房门上的对联还是胜天写的。上联是"红心放映银幕盛开万朵花",下联是"巧手剪裁纫机缝就千家衣"。

胜天和秀春是元月3日在公社领的结婚证。正月初三日刚出嫁了西玲,初六日即2月12日又娶来了秀春。真是男婚女嫁喜到一起了。新客人来了3席,吃了两顿饭,行情的有140人,也算很热闹的了。小房子门上的对联为:两个园丁合唱秀春曲,一对夫妻同绘胜天图。

(新录在公社电影队任职,西玲于大队缝纫厂工作。我为两人编写婚联主要着眼于各自的职业。相形之下,父亲写的嵌名联更妙,职业、名字、关系、期盼、祝福尽在其中。所谓嵌名联,就是把人名、地名或其他事物名称嵌入联内的有关部位,使上下联相互对应,以提高对联的趣味性和感染力。)

差半分

(1978年9月24日)

争胜今年16岁,刚从初中毕业,先考上了县重点高中合阳中学的重点班。国家规定初中应届毕业生,可以参加中等专业技术学校的考试。1978年8月18日,中专录取分数线和成绩通知单下来了:凡总分在280分以上的作为初录,可以参加体检。但争胜总分是279.5分,却差半分,真气人。

有人说:"虽然未被录取,但成绩却很不差,尤其数学竟得了97分,有几个娃能考这样的成绩。" 医生侯民才见了我却笑着说:"那咱小争胜是做檩的料,怎能当椽的用!人家故意弄那个玄乎劲，只差半分，就是不去上中专，将来好去上大学。" 我又好气又好笑，也弄不清他是在幽默还是在奉承。

两种说法，一种比一种更好听，真可聊以自慰。但作为争胜自己来说，决不能有那种想法。要知道差半分和差10分不相上下，反正都未被录取，都不能进中专，为国家快出人才作贡献。如果向后看，以为还有比自己分数少的，那就和"五十步笑百步"的笑话一样。而要看到自己的差距，刻苦学习，努力钻研，用攻关的精神攀登文化科学的高峰。

（让争胜跳出"农门"，是全家人最大的心愿。当时的人们并没有什么中专、大专、本科的概念，更没有什么一般大学、重点大学、一流大学的想法。因而"差半分"之后，父亲才发出了"真气人"的感叹。不过，世上有些事情也许是上帝冥冥之中的安排。三年之后，争胜果真以优异成绩考上了西北建筑工程学院。）

艰苦奋斗精神

"由俭入奢易，由奢入俭难"。为了不忘艰苦奋斗的精神，大队有了面粉厂，我还在家推了四五年的碾。孩子们都养成了吃苦耐劳、勤俭节约的习惯。弟兄四个，个个从小都学会了打胡基。放假后，队里没活干的时候，便拉土打胡基，既能自己基建用，又能卖钱作收入。

我于1959年、1960年多次去韩城县开会，因为汽车少，常常是骑着自行车翻两架沟去的，来回300多里地。1959年2月20日和仁生、天义、长兴等去韩城学会计，因雨路沾，还要捅车子，赶黑才到龙亭，夜宿村外窑内。1977年8月9日，母亲去世，胜天和俊杰也是骑自行车从韩城连夜赶回来。1978年"五一"劳动节前的4月29日，为了节省1元9角前的汽车票，俊杰、胜天、万胜弟兄3人又是骑自行车从韩城回家探望，5月1日下午又骑着车子返回韩城。

我解放前在合阳简师上学，逢星期和放假，来回100里路，都是步行回家。解放后50年代初去合阳开会仍是步行背铺盖去的。直到1978年，争胜在合阳高中上学时，10月14日也是步行走回来的。这种艰苦精神传了下来，确实是珍贵的。当然有人会讽讥为愚蠢，那只是不明其中的真谛而已。

（小时候，父母就为我们每人下发了一张艰苦奋斗的储蓄卡。上世纪60年代，家里没钱买煤，丰胜就领上万胜、争胜拾蓝炭，即常说的煤渣，基本上满足了厨房灶火的用煤。一次去外婆家，只有几岁大的争胜路过村头发现了几块蓝炭，赶紧捡到自己的小兜兜，让人动容。）

兄弟二人上大学

（1978年11月20日）

1978年10月2日下午，传来了大喜讯，万胜今年从高一年级跳级参加高考，已经接到了延安大学的入学通知书，全家人一个个喜笑颜开。今天又接到了丰胜在部队的来信，说他11月5日接到了被张掖师范专科学校录取的通知书，真叫人喜出望外。咱家一年内便考上了两个大学生，真是双喜临门，确该庆幸。这在家史上

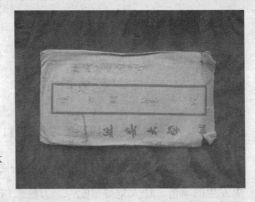

1978年侯万胜收到的延安大学录取通知书

是空前的，在全巷也是空前的，在路一大队也是空前的。这是教育战线招生制度改革的结果，是英明领袖华主席、敬爱的邓副主席的恩典。这在"文革"十年浩劫、"四人帮"摧残教育的年代是梦想不到的。

我是解放前旧社会的人，莫说大学，就是高中也是不敢想的，大学那就不必提了。即使解放后，由于孩子多、负担重、家庭困难，大女儿引玲考上了初中，也没有去上，只好停学，参加生产队的农业劳动。大儿子胜天虽然上了初中，1968年毕业后，仍无上高中的机会，也只好回家"修地球"，真可谓怀才不遇。二女儿西玲正在上初中，看学校乱哄哄，自动停学回家劳动。正是：

上大学，真正难，难如平地上青天。

说到容易也不难，兄弟二人同一年。

（据统计，恢复高考后的1977年冬季和1978年夏季，全国共有1160万人参加考试，这也是迄今为止世界考试史上人数最多、规模最大的一次考试。全国共招收40.1万多名大学生，录取比例为29：1。从复习备考到正式考试，全国掀起了一场学习科学文化知识的热潮。其间，也出现了前所未有的师生同考、叔侄同考、夫妻同考的景象，被誉为"向四个现代化进军的盛举"。）

延安咋的了？

（1978年12月21日）

昨天，也就是12月20日，接到万胜的来信，信中谈到了延安城里发生的事情，让人觉得很吃惊。万胜来信是这样说的：

"……先介绍介绍延安的形势。国内时局已经大转方向了，彭德怀平了反，这意味着什么？我们学校还传达了邓小平和外国访华团的谈话，说到了毛主席的许多事情。形势变了样，还是搞好自己的学习最当紧。

在延安插队的北京知识青年，12月8号在延安市贴出了许多大字报，坚决要求回北京，恢复他们的北京市市籍。我看了他们的大字报，大字报中流露出他们对上山下乡的强烈不满，有的大字报上说的使人不能相信，像'出发的火车一声惨叫，车站上哭喊声连成一片，我们下乡完全是出于被迫，根本不是自愿的'、'四人帮'一伙欺骗我们说延安有多好，楼上楼下，鱼米遍地，有吃有穿，……如果谁不愿去，就办学习班，连他们的父母亲也要停职办学习班，直到愿意下乡为止'等等。他们还贴出了许许多多大幅小幅标语、诗词等等，如'天下万物无他求，只望回家侍父母'、'人家过年畅喝团圆酒，咱孤身他乡受可怜'、'父母需要我，我需要父母'等等。10号，他们在延安市自发地举行了集会，延安地委指出他们的行动是错误的，和他们的6个领头人进行谈判并给其他各界人员发了4条意见。可是，立即遭到知青们的大字报的强烈回击。对这4条意见进行逐条揭露、批驳，还声言要清除延安地委中跟随'四人帮'的人。最后是延安附近的两千多名北京知青，搞了集会，和地委进行了谈话。街道民警也不管事，看热闹的人们也不少。延安的青年也贴出了大字报，要求地委赶快放走北京的知青，他们也就有工作岗位了，也可拿工资了。这几天再没有风声了，不知后来延安地委咋处理这事的……"

这延安咋的了？文化大革命已经结束了，怎么还是大字报，而且还是在革命圣地延安？上山下乡运动搞得轰轰烈烈，现在却闹着要回城，难道是这个运动搞错了？

知识青年上山下乡其实不是从"文革"开始，它从50年代便开始了，到了60年代而展开。那个时候便提倡向邢燕子、董家耕学习。1957年5月，我还被县上树立为典型，以一个回乡知识青年的名义给合阳中学应届毕业的同学作报告，谈自己安心农业生产的体会。

不过这些孩子也太可怜了。小小的年纪，远离父母亲人，告别了城市舒适的生活，跑到乡下受苦来了。他们在乡下，也给农村工作带来了许多不便，弄得鸡犬不宁。有的地方甚至还有侮辱、强奸女知青的事情出现，给法办了，枪毙了。真希望国家能妥善处理这个大事情。

(1968年12月，毛主席下达了"知识青年到农村去，接受贫下中农的再教育，很有必要"的指示，上山下乡运动大规模展开。当年在校的初中和高中生，俗称"老三届"，全部前往农村。"文革"中上山下乡的知识青年总人数达到1600多万人。这是人类现代史上罕见的从城市到乡村的人口大迁移。70年代以后，开始允许知识青年以招工、考试、病退、顶职、独生子女、身边无人、工农兵学员名义逐步返回城市。70年代后期，全国各地的知青们通过请愿、罢工、卧轨、甚至绝食等方式进行抗争，强烈要求回城。1978年10月，全国知识青年上山下乡工作会议决定停止上山下乡运动并妥善安置知青的回城和就业问题。1979年后，绝大部分知青陆续返回了城市，也有部分人在农村结婚落户，永远地留在了农村。）

丰胜高考

（1978年12月23日）

回想起来，丰胜高考能被录取真的是不容易！

去年10月30日收到丰胜10月25日的信，说他看了10月21日、22日等几天的报纸，文化大革命前的高等院校招生制度要恢复了。他也见到了中国人民解放军总政治部10月22日下发的《关于从部队招收部分高等院校学员的补充通知》，说部队的现役军人可以参加全国高考。他心情激动，写了首诗《高考制度恢复了》：

浩浩天空传喜讯，茫茫大地映春晖。

高考制度恢复了，教育战线煦风吹。

大学深造需知识，文化考察占重位。

正确决定得人心，万众欢欣笑声飞。

知道丰胜可以参加全国高考，全家人都很高兴。我11月26日给他寄去好多复习资料，光《代数》书就十几本。1977年12月20日寄去的书有：《初中物理》一、二、三、四册，《初中化学》一本，《初中数学用表一本》，《高中数学》一、二、三、四册，从侯孝斌那里借来的《高中物理》一年级全一册、二年级全一册，他原来在家买的知识青年自学丛书《物理》、《化学》（上册）、《代数》、《几何》。1978年4月16日又寄去《高中数理化复习提纲》。5月28日给他去信，谈了写议论文、记叙文的要点，说了《我的理想》、《难忘的×××》、《最有意义的×××》、《读叶帅×××有感》等文章的写作路子。

今年2月26日，胜天也给丰胜寄去初中《平面几何》、高中《解析几何》和万胜抄写的1977年陕西省高考试题。

部队首长对丰胜考大学完全支持。军务股陈玉如股长找来复习资料给他，学员二营教导员刘振声不时把丰胜叫到家里吃饭，改善伙食。

今年2月，丰胜当了代理收发员，5月当了营部代理书记，工作忙，任务重，白天他要干好本职工作，只能利用星期天晚上挤时间复习。部队晚上22点统一熄灯，他每天只能复习两三个小时。由于复习的教材是"文革"中陕西省编写的，内容少且简单。即使把课本上的内容全部学懂弄通，要考上大学也是很困难的。这一点从1977年的高考试题就可看出。为了加深难度和深度，他自学了几本《知识青年自学丛书》。

丰胜复习中遇到的问题没有老师可以请教，没有同学可以交谈，只能自己反复看书看例题动脑子去解决。他把所学的定理、定义、公式、方程、化学反应式全部在理解的基础上背诵、默写下来。对所有的习题，不论多复杂、多难理解，都要得到正确答案。他告诫自己：无论复习中遇到多大的困难，都不能打退堂鼓，一定要坚持，坚持到底就是胜利。

丰胜他们团报考的人有25名左右，但上面只给了2个参加考试的名额。团里于1978年6月21日对报考的人进行了选拔。丰胜顺利入选。出了10道数理化题，丰胜答对了九道半，没答上的那半道题是因为超出了复习提纲。

1978年7月20日到22日，丰胜在甘肃省武威师范学校参加了高考。20日上午政治，下午物理；21日上午数学，下午物理；22日上午语文。

7月26日丰胜来信谈了他的高考情况：物理共7道题，他做了6道。估计分数在40到50分之间。数学共出了7道题，要求做6道，1道求导数的题可不做，分数在60分到65分之间。化学题出的较简单，全做了，大部分是正确的，分数在70到75分之间。语文考试，主要是考考生掌握基础知识的程度如何，没有作文，是把一篇1700多字的文章《速度问题是一个政治问题》缩写成500字到600字的短文（占30分），其它都是标标点符号、添联合词、翻译古文、改错句等，分数可能在70分左右。政治题答得算最好，全部答完，有一位监考老师看了他的答卷后给另一个老师说："答得挺好。"分数可能在75分左右吧！从以上分析来看，总分可能在300分左右，能不能录取，难说。

到了8月，丰胜的高考成绩出来了，总分278分，甘肃省的录取线是250分，比录取线高了28分。我和引玲、胜天等分别去信向他表示祝贺。但到10月26日还不见录取的消息，丰胜认为是百分之百没希望了，就专心干自己的本职工作。营首长也找他谈了话，让他正确处理好上大学与干好本职工作的关系，考上了就愉快地去，考不上安心本职工作。

庆幸的是，11月5日下午，丰胜收到了去甘肃省张掖师范专科学校的录取通知书。他于11月13日乘火车到张掖，15日正式上课，开始了大学生活。

（有梦不觉书山高。丰胜高考要比其他人艰难几倍：他只能在搞好本职工作的前提下抽时间复习。大学毕业后，他分配到兰州军区军医学校计算机室工作，1988年12月晋升为讲师，1994年3月破格晋升为副教授。工作中，他勤奋努力，刻苦钻研，曾出专著4部，发表论文300多篇，荣立三等功3次，获省部级科技进步奖10项，先后3次提前晋级。）

平反"三案"

粉碎了"四人帮"，十一届三中全会前后，全国对"文革"中的冤假错案进行了彻底平反。合阳县对全县有名的造反组织"井岗山"的头头、原县革委会副主任习武华给予了免职。

1978年12月4日至6日，公社召开全体党员大会，给郭新贞平了反，恢复了党籍，党员和群众大大松了一口气。会上，受冲击遭毒打的同志王士楷、董寿荣等同志都发了言。

12月26日，公社又召开党员大会，学习三中全会公报。党委决定免去田成宽"抽黄工程"组长的职务，停了农机站刘金的职。1979年5月6日，公社召开"揭批查"大会。王全生做汇报：自去年9月以来，清查了打砸抢事件19起，抄家79户，打人38起，打人者63人，被打者76人。补划的71户，自杀8人，摘帽子34人，受冲击的110人。

随后，路一大队也成立了专案组，对1966年红卫兵查抄的物资进

1980年元月29日合阳县革命委员会计委为路一大队侯民权（化名）平反的文件

行了彻底的清退。1979年元月6日召开支委会，对侯念功"文革"期间补划为地主成分作了纠正，改为土改时的小土地经营。1957年反右时给他戴的右派分子帽子，也由原单位给予摘除，上级给他恢复了医务工作。另外，对地富子女的成分也一律改为公社社员。

（"文革"结束后，在胡耀邦主导下的平反冤假错案工作开始启动。据《中华人民共和国大事记》，至1982年底，全国共平反纠正了约300万名干部的冤假错案，数以千万计的无辜受株连的干部和群众得到解放。侯念功，外科医生，医术高明，素有"侯一刀"之称。）

重点转移

阶级斗争的观点，自解放以来一直抓得很紧。土改划分阶级，评定成分，斗争地主，穷人翻了身，扬了眉，吐了气。合作化后，地主没地了，富农不富了，还是抓阶级斗争。富裕中农的资本主义自发势力，也要批判。只有贫穷才光荣，才不担心受批判。文化大革命时，更是念念不忘阶级斗争，阶级斗争一抓就灵，无处不有处处有，无事不有事事有，无时不有时时有。要年年讲，月月讲，天天讲，永远不忘。弄得人心慌慌，夫妻反目，父子成仇，兄弟操戈，邻里结怨，亲戚断绝。弄得到处是敌人，也弄不清谁是最可依靠的真革命者。

国家主席刘少奇成了头号走资派，老领导董继昌县委书记、李建斌公社书记、侯志农支部书记都成了走资派。稍不注意，便是阶级界限不清，为阶级敌人效劳，会立即受到批判。补订成分时，侯云生报为富农，是我写的材料，纠正时对照政策予以纠正。1970年整党时却批判我替阶级敌人翻案。批判右派分子侯念功，历史反革命侯宗明，我都发言。侯济周的儿子侯援朝要上高中，我按照实际情况在政审表上写了"其父系历史反革命"，援朝未能上学。但在杨家坡干部会上还批判我阶级斗争观念薄弱，老好人思想严重。

1978年冬，召开了十一届三中全会，要把工作重点转移到四化建设上来，再不以阶级斗争为纲了。右派帽子摘掉了，地富帽子摘掉了，冤假错案平凡昭雪了，红卫兵抄家的物资退还了，地富子女的成分改变为公社社员了，人们从思想上大大解放了。大家心情舒畅、团结一致、一心一意搞生产，一切都拨乱反正步入了正确轨道。

以前因阶级斗争而结的冤逐渐消除了。舅家的贺哥耀南原先被补划为地主，他要我写申诉材料，我却不敢写，以后也纠正了。地富的儿子往往娶不下媳妇，便只好招人了。现在不敢和地富结亲的思想没有了，家庭和睦了，亲邻关系密切了，互相帮助的现象增多了。

（"文革"中，"唯成分论"甚嚣尘上。"龙生龙，凤生凤，老鼠生儿打地洞"是当时的流行语。后新庄富农分子侯耀宗的子孙中，有3人出村入赘，一到南庄村，一到紫光村，一到孟庄村。1979年1月11日中共中央制定《关于地主、富农分子摘帽问题和地富子女成分问题的决定》，并于1月29日由《人民日报》公布。从此，"阶级成分"走下了历史舞台。）

改变命运的一年

（1979年1月10日）

1977年到1978年，万胜在韩城上了一年学。这一年是他改变命运的一年。

1977年8月全国高等学校招生工作会议决定恢复高考。在韩城矿务局中学任教的胜天，听见恢复高考的消息后心情激动，并很快告诉了父母亲。胜天觉得，我们家姊妹多，要靠大人给两个弟弟找工作太困难了，光丰胜参军看似简单的事都那么难。西玲受"文革"影响耽误了学业，已在农村劳动了十来年，万胜、争胜正在上学，这是千载难逢的改变命运的好机会，上大学是万胜、争胜最好的出路。但是，万胜在路井中学上高中，学校有农场，整天劳动，静不下心来学习，加之学校离家又远，路上也要浪费很多时间，胜天便和他姐他王哥商量，让万胜转到矿务局中学来学习，引玲、俊杰同意了。

国庆期间，胜天专门回了一次家，将自己的想法告诉了父母亲和万胜，大家都很高兴。说办就办，10月2日去学校办了转学手续，13日兄弟两人连夜赶到韩城。4日上午办了报到手续，万胜分在高一（1）班，班主任为刘登科老师。

万胜在韩城上学，说起来容易，其实许多现实问题都要解决。首先是吃住，引玲和俊杰一家四口，他外婆还在韩城给引一岁的江涛，5个人挤在20多平米的两个房间里。做饭还是小锅，再若加上万胜，就更挤，饭更难做了。胜天想让万胜住到学校的集体宿舍，和他在学校灶上吃饭。而引玲和俊杰觉得在学校吃、住都不如在家里好，挤一点、累一点，还是在他们家里吧，真是难为他们了！其次是给胜天也增加了很多负担，他要负责万胜的学习，督促和辅导万胜的功课。万胜说他刚到韩城上学的第二周，语文课布置了一篇作文，他苦思冥想了一个下午，才写了不到一段，而第二天就要交。他哥为了不让他被同学看不起，代他写了这篇作文，成了作文课上的范文，令同学刮目相看。刚去不久，万胜就面临期中考试，数理化考得都很糟，是胜天严厉而谆谆入理的教诲使万胜痛下决心，刻苦学习。到了晚上，不管学校的熄灯铃打与不打，他都是在灯下看书做作业；实在乏困得不得了，便趴在桌子上打个盹就行了。每次从学校回电务厂吃饭，或者吃毕饭以后去学校，他把来回路上的时间也不放过，都要反复背诵一些英语单词和数理化的公式、定理，真可谓废寝忘食。终于在期末考试时总成绩位列全班第二，并得了奖状。

1978年7月，经学校推荐，万胜以高中一年级学生的身份参加了高考。果然，苍天不负苦心人，19日上午，邮电局习金海来家报信说："韩城打来电话说，万胜考上了大学，叫他马上来韩城检查身体。"全家人非常高兴。这是咱们家第一个大学生啊！万胜从此改变了命运。这都是他哥、他姐、他王哥的功劳。万胜上大学后一直说多亏在韩城一年的学习，不用干活吃得又好，还有他哥辅导，否则他根本考不上大学，说不定一辈子都要在农村下大苦，是他哥他姐他王哥救了他，他一辈子都感恩不尽。

（有句很经典的话："机会总偏爱那些有准备的头脑。"当年的高考和现在不可同日而语，录取率不到百分之四。在竞争非常激烈的情况下，万胜能够在高一年级就金榜题名，实属不易。毛泽东也有一句很经典的话："外因是变化的条件，内因是变化的根据，外因通过内因而起作用。鸡蛋因得适当的温度而变化为小鸡，但温度不能使石头变为鸡子，因为二者的根据是不同的。"）

春节大团圆

1978年是我家由穷到富、由愁转乐的一年，那么1979年的春节便是一个值得欢庆的大团圆的春节了。

1978年春节，胜天和秀春结了婚，西玲和新录结了婚，这是孩子们的终身大事，也是作父母的心中的大事。他们双方恩爱和睦，大人便喜之不尽。

1978年秋，万胜、丰胜都考上了大学，这是史无前例的大喜事。全家高兴，亲邻羡慕，我走到人前都好像长高了一节子。争胜虽未考上中技，却考上了重点高中，去合中上学。秀春在路小教书，又去合阳进行教师英语学习。这都是大喜事。

买回了第一台收音机，改宽了大门，丰富了精神食粮，方便了生产道路，都是从来没有过的事。这年冬天开展扫盲工作，我还得了5

1979年春节全家福

元奖金和一张奖状。这是"文革"以来的第一次受奖，也算难得。

丰胜1976年应征入伍，远至甘肃武威，又考上了张掖师范专科学校，至今整整3年未曾回家。1979年元月19日下午，丰胜回来了。久别重逢，喜不自胜。他回到家的一天，也正是我在公社开会颁奖的一天，全家人显得格外喜悦。元月20日，胜天、俊杰、江晖从韩城回来，争胜从合中回来。21日，万胜从延安大学回来。至此兄弟4人算回来齐了，真算是大团圆了。平时都不在，特别是去年冬，万胜去了延安，争胜、秀春去了合阳，家里孤零零就我和菊兰两个人，十分寂寞。这一下子回来全了，怎能不显得热闹非常呢？欣喜之余，不能不想起老母。她若在世该是何等的高兴啊！元月24日，兄弟4人一同去往北坡公坟他祖母的坟前祭奠了一番。

元月28日是传统春节，兄弟4人饮酒作乐，后和秀春5人同玩扑克。31日即正月初四早上，全家合了一个影。岳母居中，我和菊兰坐在两边，孩子们围了一圈。4个儿子，1个媳妇，两个女儿女婿和两个外孙子总共14人，热热闹闹，整个大家庭，呈现出欣欣向荣、无限欢乐的气氛。

争胜转学

（1979年2月20日）

1978年争胜因半分之差未被中专录取，却考上了县重点高中合阳中学的重点班，全家人也觉得挺满意了。8月30日上午，我用自行车捎上争胜去合中校报到，并在校园转了转，看到了自己母校的新面貌。

合阳中学离路井40多里路，要翻一个金水沟，坡长路险。9月1日下午，争胜却和同学侯汝林借了个车子一同骑着回来取面粉。9月2号是延期报到的最后一天，非去不可，但却下着雨，只好让他把车子放在家里，花钱买票搭上汽车带上面粉去合中校报到。第二天我骑上自己的车子，带上争胜们借的车子，又专门去合阳送车子。9日，又骑着车子给争胜去送馍。刚回到家，争胜下午却回来了，说是要办团的组织关系，真折腾人！

由于送的黑馍三四天左右就会变味长毛，加上我白天要干生产队的农活，晚上骑车翻沟也不太安全，最后还是放弃了这种送馍的方式，改为把家里的面粉交到学校食堂，换成饭票的做法。争胜为了节省，时常舍不得花钱在食堂买菜吃，就去菜市场买上几分钱的青辣椒，洗干净后也不用切，吃馍时青辣椒蘸盐，再喝点杂粮稀饭就凑合了。星期天偶尔在食堂买上一碗臊子面，改善改善伙食，就非常高兴了。10月14日，争胜从合阳中学回家既没有车子又舍不得花5毛钱的车票，决心翻沟驾岭，步行40多里走回家来。我还夸奖他节约，有红军长征的精神。以后他就经常星期六走回路井看家人，星期天又走回合阳去上学。

话虽然这样讲，但长期折腾下去，并不是回事，对情绪和成绩都会有影响。有一次，争胜私下里对他妈说："在合中上学，虽是重点中学重点班，但所花费用要比在路井多好几倍，咱家经济条件还不算好，需要花钱的地方还很多……"言语之中流露出想转学的意思。经多次商量，权衡利弊，决定干脆转回路井中学就近上学多零干，吃住都在家里。11月12日，我骑上车子去合中办理转学手续，见到党主任，却说争胜是全班第二名，优秀学生不能转，父子俩气得没办法。

今年2月17日下午，争胜突然回来了，说已经办好了转学手续。我一见非常惊奇，忙问："去年咱专门找党主任要转学，都没有转成，今年怎么很快地便转来了？"争胜说："我想转学，去找学校。领导却说：'不行！一定要转学的话，必须家长亲自来和学校谈。学校一般不会同意把好学生转走的。'我一想，叫你来，又要跑好多路，不如到县药材公司叫我波然叔近些，请他去见领导并说他就是家长。我波然叔听了，说他和学校的领导还比较熟悉，便去合中见了领导，说了家庭情况。学校便办了转学手续。"我高兴地说："争胜能行，比我强！"菊兰也笑着说："就是强，能灵活机动，随机应变，不像你死搬硬套，啥事都办不动！"争胜又接着说："办理转学手续时，班主任吕老师犹豫了很久，很不情愿地给我签了字，最后用惋惜的口吻鼓励我说'争胜，只要自己努力学，不管在哪儿，都能考上大学'。"

争胜转学后，真担心他的成绩下滑。过了一段时间，合阳县组织统考，争胜拿到了成绩单：数学67，物理88，化学89，语文78，政治77，英语45。不算英语总分381分，居全校第一名。听争胜讲，高考每门课满分是100分，英语只占30%。不几天，他便拿回了一张奖状。因为这次统考他获得了全优、质量和英语三项奖。奖了一本书、一个笔记本和6元钱的奖金。全家人喜得不知道该咋办！我拿着奖状东看西看，便贴在炕上的隔间墙上。

（时光流逝别样天。现在的家长为了孩子上重点进名牌，不惜花重金出高价，真有些让人不可思议：两种做法怎么差距就这么大呢？一年后，争胜以优异成绩考上西北建筑工程学院。大学毕业后，分配到西安热工研究院工作。他努力钻研业务，勇于实践创新，出书1部，撰写论文10多篇，多次荣获院科技进步一、二、三等奖。现为中国致公党党员、研究员、国家注册咨询工程师。）

买收音机

我是建初级社后，1955年见到第一台收音机的。那是县上发给路井乡第一初级农业生产合作社的。使用时必须架天线，本身有一尺高、二尺长、半尺厚，使用的是一斤重酒瓶那么大的两桶大电池。能收到中央领导在北京的讲话，西安电台的秦腔豫剧等，真叫人稀奇，比留声机更好，不用搭片子就能听戏。

60年代有些出外挣钱的人就有了私人买的收音机，70年代有收音机的人更多了，我非常羡慕。大队里就买过一台，总想有朝一日自己也能买一台。

1978年农村经济政策逐步落实，家庭收入有了增加，便于7月26日骑车子专门到孟庄供销社以28.6元买回了一台"蝴蝶牌"收音机，全家人非常高兴。从此天天便能收听到新闻报道、天气预报和戏曲文艺等节目了，给全家增加了不少欢乐与愉快。

1979年2月11日，也就是正月15日，为了体现家庭生活的富裕，取得新媳妇的安心，又给秀春另买了一台"钻石牌"收音机，让她放在学校里，更增添了家庭的和谐幸福。

（"蝴蝶牌"收音机是父亲平生购买的第一台收音机，其喜悦之情自不必说。从此，这台收音机就成为父亲的心爱之物，听新闻，听秦腔，听相声，听天气预报……成了他生活中不可或缺的一部分。）

岳母逝世

1979年春，岳母在韩城给引玲照管江涛，4月28日俊杰从韩城赶回，说他外婆有病，几天来尚未治好。5月2日引玲和她外婆及江晖、江涛都回来了，忙请医生民才看病抓药。

岳母梁香儿，生于1903年农历8月17日，东明村人，××岁嫁于赤城西庄赵坤博，1931年生了一女。孩子满月不久，丈夫不幸因病去世。她哭得死去活来：自己还不到30岁，今后日子可怎么过呀！同族人趁火打劫，欺寡灭门，想方设法，逼她改嫁，赶她出门。她几次抱着女儿在井边转来转去，真想投井自杀。看到丈夫的牌位，她下决心将女儿养大成人，一定要争口气，既不嫁也不死。她相信天神会保佑好人，从此烧香念佛拜敬观世音菩萨，求她大慈大悲救苦救难。她心地善良，助人为乐，多行善事，不伤生不害命，不吃葱韭蒜肉等。

侯永禄岳母梁香儿

她只有两间旧厦房，一间住宿，一间灶房。仅有4亩薄地，分下的织布机也被人破柴烧了。靠着一个纺线车，她日日夜夜年复一年，不知纺了多少线，织了多少布，买回了柴米盐醋，维持着贫寒的生活。女儿13岁那年春天，她一次就卖了7个布，买回了5斗麦子。

丈夫去世3周年的时候，同族有人讥笑她没儿子给丈夫烧纸，抱牌位，连骂带咒地说"长短叫把那女子死了"。她倔强地说，没人烧纸，我自己烧，没人抱牌位，我自己抱。女儿说："妈，我不是女子，我是小子。"妈说："吃，我娃不是女子，是小子。"在那女人最卑贱最受压迫欺侮的封建社会，一个年轻寡妇、一个女孩子是怎样活下来的呀！

巷里有一家没娃的老人死了，自家屋人为了争家产，大闹不休，弄得人埋不成。有人庆幸地高声叫喊："叫我家那婆娘也出来看一看，这就是没儿人的下场。我死时有我儿埋，看她死时谁埋哩！我总叫她死不到咱庄子上。"又骂道："不会添儿还算人吗？不如吃上堆狗屎，跳一跳羞死去。"让人气破肚子。有一年春天，腋窝溃烂，女儿幼小，只好去子光她姐家住，用麻雀屎、蜡烛泪来敷伤口，整整几个月。受的苦遭的罪是永远也说不完的呀！

她教女儿纺线、织布、做针线，教女儿养成勤劳节俭、行善积

218

德的好品质。她一生一世只有一个女儿，爱女儿胜过爱自己生命。女儿一天天长大了，做妈的心事更多了。男大当婚，女大当嫁。女儿出嫁后，留妈一个人咋样生活呢？她想到了脱离红尘，去华山拜佛出家。重托了娘家的侄儿梁金儿给女儿找下我这个女婿，算了却了她心中的一件大事。

为了不被人笑话，还硬鼓穷劲。女儿结婚那天，还进行了"扯活"：把几年来辛辛苦苦、费尽心血纺线织布，织下了又细又花的手巾五六百条，全都散给了执事的、行门户的和客人。婚后女儿回娘家，她大清早就到门前到村外等候。女儿独个回婆家时，她一直送过关道口，甚至送过路程总长的一半。女看妈，妈看女，妈看女的次数比女看妈的次数更多。

爱女之心，推而广之，也爱女婿。每次去庄子上，总要让我吃用心用意做的好饭：扯面、煮角、捻捻（方言，即麻食）等。不但帮女儿纺线做饭，干家务活，还帮我干地里活。盖房子时刮砖刮瓦供匠人做饭，手脚总不闲。

爱女更爱女的娃。给娃做鞋做帽做衣衫，管吃管喝又管穿，有时干脆引到庄子上去管。不但爱女的女，更爱女的女的娃。引玲在路井供销社时生下江晖，她便住到供销社去管。引玲去了韩城，她便跟到韩城去管。引玲生下江涛，她又去韩城引江涛。爱了一代又一代，管了一个又一个，永远爱不完，管不完。所以去华山出家的计划，永远也没有实现。

我有4个儿子，2个女，何不给上她一个，以便养老送终？但她不要："我受气一辈子，是无可奈何，为啥要让孩子们再受气呢？"是的，这些娃都是她的娃啊！给不给还不都是一样的吗？她又说："我是庄子上的人，我要死在庄子上，也要埋在庄子上。"她怕自己死后家族中有人会闹事，便要求入"五保"。但却不全入，因为她有娃。1976年8月15日，她和庄子上的生产队签订了协议书。岳母的房屋和所有家具财产全部交给生产队，老人所欠生产队190元口粮由队里报销。口粮由队里供应，价款由女儿负责。这样既使女儿尽了孝心，又保证他人不能插手闹事争财产。

5月16日下午，岳母病危。为了实现她的凤愿，忙在路井穿好老衣，连夜用架子车送回庄子上，全巷看望的人络绎不绝，但已叫不应声，只有一口气。17日，引玲全家回到了庄子上，谁也叫不答应。江晖叫了一声"姥姥"，却叫答应了。足见其爱重孙的心情了。

5月18日，农历4月23日下午7点，岳母咽了气，享年76岁。生产队负责办丧事，杀了一头猪，厨师做的席，请来自乐班唱戏。20日来了14家客人，70多人。上午开了追悼会，进行安葬，实现了老人"死在了庄子上，埋在了庄子上"的凤愿。平平安安入了土，升了天。31日晚烧"二七纸"时，我和菊兰还在坟前立了个小碑子，以作纪念。

生产队给大门及主前的挽联分别是：昔日艰难莫过寡养女，今朝安乐未尽君下世。母哺育女敬养情深似海，党挽救民扶助恩重如山。我又自拟一副挽联：女胜儿婿似子男女平等孙满堂，党恩厚神情薄幸福晚年胜西天。

岳母的老衣是女儿所做。棺材所用木料是用解放初卖了3亩地的地价，由她外甥王保拴在南边买的，入社后叫木匠侯林海做成，松木二五子（方言，二寸五）。我用黑油漆油了，并在小头档上写了"勤声不朽"4个大字。安葬前，我又在棺木的大头档写了几句追悼诗：

二十九岁守了寡，女儿满月没了大，

受尽欺侮历尽苦，万拜不动活菩萨。

多亏党恩救了命，女长成人孙孙大，

年近八十爱集体，晚年幸福人人夸。

（外婆窗扇背后贴有一张观世音画像。晚上睡觉前、清晨起床后，她都要跪对菩萨像，手拿佛珠，念几遍佛，诵几遍经，几十年顶礼膜拜如一日。其虔诚，其执着，其追求，其信仰，让人肃然起敬。她常给我们讲一些古代忠孝节义方面的故事，印象最深的当属"二十四孝"里的《王祥卧冰》了。）

喜添孙孙

1979年过了国庆节，10月21日晚上11点钟，大儿胜天的媳妇曹秀春在路井医院生下了一个男孩，全家高兴，他婆更高兴得合不拢嘴，忙前忙后，一夜不曾合眼。第二天下午便将他母子接回家中。早上我便给韩城打电话，上午便去马村报喜。25日秀春父母和干妈都来看娃。11月2日正式看娃，马村来了两席人，吃了两顿饭。晚上请庆贺送礼的人六七十位，真算热闹。这在我家还算是一次空前的盛况哩！

胜天给娃起个名字叫"亮"，自小聪明好动惹人爱。他婆侍候"月婆"，连自己的风疹病也不知几时痊愈了。25日还和我专门去马村看了一回侯亮。

11月22日早上，西玲也生下一个娃，是个女孩。全家人也很喜爱，因为家孙外孙共4个，唯这个是女的。她婆新录妈一生有4个儿

侯亮得了奖,爷爷奶奶好高兴

子,没有一个女的,所以特别爱。我从对人的生活关怀细致上看,一般女的比男的周到,所以我也喜爱。从破除男尊女卑旧观念上讲,我的爱就又增加了一层新意义,她起名叫艳,聪明伶俐文雅,称得上是个宝贝女了。

(侯亮出生时,作为父亲的我并不在妻子身边。27日,整整一个星期之后,我才向学校请假回家看望。每每想起此事,一股愧疚之情就会从心底幽幽升起。学校毕业班的工作再忙,也不至于如此?问过我的同事郭百让,他也有和我一样的经历。也许,这就是我们这一代人对待工作的独特态度吧!)

挽联

(1980年5月3日)

本队侯明广去世,四个儿子年幼,家境贫困。安葬时写对联两副如下:

尧文武舜同号啕,左邻右舍齐哭泣;无不伤感。

四子年幼怎忍抛死难瞑目,五内俱裂心欲碎泣不成声;邻里同哀。

（侯明广的4个儿子分别叫尧天、文天、武天、舜天，故曰"尧文武舜同号啕"。）

大队买电视机和拖拉机

1979年4月9日，大队会计侯纪轩和侯周祥，给大队买回一台电视机，是匈牙利造的20英寸，原价1100元。当即立杆架天线试放。13日晚，在大队门前首次放映，看的人很多，孩子们争先恐后地搭板凳，七八十岁的老人也来"经大广"。演的是秦腔《回荆州》，图像清晰，声音宏亮，效果很好，社员人人高兴。

电视不用银幕，不要片子，像个小电影。有人说："看电视不要花钱，今后电影没人看了，卖不下钱了。"但电视时间要求严格，电视台几点播放就得几点去开机，过期确实作废。不能像电影接着前面的放，或从头另放。另外电影大，容纳的人多。所以二者各有千秋，电影是不会淘汰的。只可惜母亲去世早两年，没有能看上电视一眼。不少人见我说："你家该买台电视了。"我说："是啊！党的政策好，这个愿望总有一天会实现的。"

1980年4月初大队决定买拖拉机，先由会计纪轩去看，我找银行贷款，多次贷不下。4月7日赶到安家堡找到银行安希茂主任，费尽口舌，才贷下8000元。10日给西安汇去13295元。13日副主任侯录全同司机井师一同去西安，两天后开回了一台铁牛55牌号的轮胎拖拉机，大家高兴。随后，又多次找农机管理站站长王新民联系司机，29日正式确定为雷韩发，下午和纪轩由路三接到大队，住在新

223

盖的食堂内。

　　大队成立农机站，我代任站长。为了给司机配助手，采用招考的办法录用人才。我拟出试题，27日在路小进行考试。参加考试的共12人，最后确定8队侯长锁学习开车并任会计。5月11日长锁进站，和我打扫收拾机房三四天。又和农具修造厂李汉斌书记订做车棚。6月初买回了犁和耙，8日和9日安耙。10日正式开始给各队碾场。拖拉机比牲口碾场又多又快，提高工效好几倍，社员们人人说好。

　　（上世纪七八十年代，电视机在农村还是稀罕物，拖拉机也只有到公社的农机站才能见到它的尊容。一个生产大队能买回电视机和拖拉机，也是一件了不起的大事。小时候唱过一首儿歌："田里添条小铁牛，不吃草来光喝油，嘟嘟歌声不离口，声声歌唱大丰收！"）

幡的改革

（1980年8月10日）

　　母亲去世，整整三年了。在这三年里，十一届三中全会以来党的政策顺了民心，各项工作步入正轨，邓小平上了台，给刘少奇、彭德怀等平了反，形势一天比一天好，再也不天天提心吊胆地怕阶级斗争整人了。大队盖起了食堂，买下了拖拉机、电视机。家里的变化更大。胜天娶下媳妇了，西玲出嫁了，侯亮、侯艳出世了，大门改宽了。4个儿子都成了大学生了，家里有了几台收音机，几只手表。我又当上了副支书兼大队长，艰难困苦的日子一去不复返了。母亲如果在世该有多么的高兴啊！

农历6月25日，即公历8月5日，是母亲逝世3周年纪念日。在节俭的原则下，买了一头110斤重的猪杀了，请来厨师做席，宴请亲戚朋友。白天有客人百名，坐了12席。晚上请人90位，收下3个灵条和20元的礼，烧了四五个花幡。老母虽不能再生，但她一生的勤俭精神，对我的养育恩情，对家务的辛勤操劳，对孙子的悉心照料，我是永世不能忘怀的。拟了两副对联。大门为："三年虽已过难忘教诲恩，四孙将成才聊慰平生愿；含笑九泉。"宴席为："亲朋满座怎酬厚情谊，杯盘空虚还望多谅解；略表寸心。"

农村老人三年烧纸，其女糊幡以作纪念，想来和送花圈、花篮的意义相同。上面贴满了花儿，我总觉得教育意义不大。用火一烧，全成灰烬；钱财心血，白白浪费。不如干脆废除，倒也干净。但习俗难破，过急了还会引起别人的非议。母亲三周年，引玲托她妈代她打了个幡，以表心意。我将幡格的花儿改为5幅图画，画出她婆的生平，并配上诗句。

第一幅为国民党保丁逼抢粮款的凶恶情景。其诗为：三十九岁守了寡，孤苦伶仃受欺压。兵差粮款出不完，母子受气又挨打。

第二幅为荒野砍柴灶火烧的情景。其诗为：烈日炎炎当头照，谁知灶火无炭烧。千辛万苦把柴砍，精疲力竭受煎熬。

第三幅为母亲纺线织布的情景。其诗为：心想改门把户换，日夜织布又纺线。平日省吃又俭用，决心供儿把书念。

第四幅为引娃做家务的情景。其诗为：春雷一声得解放，脱离苦海喜洋洋。操劳家务不辞苦，做饭引娃心欢畅。

第五幅为忆苦思甜讲述家史的情景，其诗为：昔日苦难经常讲，幸福不忘共产党。勤俭节约过光景，团结和睦万年长。

看了的人无不赞叹改得好，真有启发和教育的意义。

四个大学生

1978年万胜在韩城矿务局中学上高中一年级，听说大学招生，允许跳级高考，抱着试试看的想法，就报了名，权当练考场而已。8月16日，矿务局电务厂来大队林场买梨，王俊杰将录来的万胜高考分数拿到家里，居然得了334.5分，有了被录取的希望。19日韩城来电话，叫万胜明天检查身体，他便立即动身。下午俊杰亲自和龚师专门用汽车来接万胜，只是已经走了，真是一片好心。10月2日下午，邮局习金海来报喜讯，说是韩城打来电话，万胜已被延安大学数学系录取，全家人非常高兴。4日引玲和万胜从韩城回到路井，下午去街上照了相。16日动身去延安，我将万胜行李送至铜川。这是全家的第一名大学生。

丰胜1975年1月从路井高中毕了业在家劳动。1976年2月24日参加了中国人民解放军，在武威的部队当打字员。恢复高考后，他听说部队也允许报考，便决心复习功课，准备参加高考。在一无老师指导、二无参考书的情况下，他一面努力搞好本职工作，一面夜以继日地刻苦自学。9月1日接到丰胜的来信，说他高考总分虽然只有278分，却因甘肃分数线低，250分便可初录。但直至万胜入学时，他尚未被正式录取，恐怕无望。谁料到了11月20日，丰胜来信，说他11月5日接到张掖师范专科学校的录取通知书，13日报到，15日

兄弟四人。从左到右
依次为丰胜、万胜、胜天、
争胜

正式开课。一年考上了两个大学生，真令人喜出望外。这是我家的第二名大学生了。

胜天1966年在初中上学，正值"文革"。学校大批判，大串连，造反呀！批判呀！哪能学下多少文化知识。1968年算毕了业，也不考什么试，每人发了一套《毛选四卷》便"毕业回乡干革命，誓做一代新农民"了。（夏衍在《野草》一文中写道："如果不落在肥土中而落在瓦砾中，有生命力的种子决不会悲观、叹气，它相信有了阻力才有磨练。"）

1972年韩城煤矿招工，他于3月24日去马沟渠煤矿土建队当了轮换工，后来到政工组搞宣传工作。1977年调到矿务局职工子弟学校（后改称矿务局中学）。1978年两个弟弟考上了大学，前途远大，而自己却生不逢时，失去了宝贵的学习时间。知识越来越重要，越发受人尊敬。自己也报考大学吧！不行，初中未学好，高中也未进过，哪能考上大学呢？他坚信"自学可以成才"。一个只有初中一年级文化程度的他，居然教起高中的语文课了，而且成绩不错，所以信心更足了。1979年陕西教育学院招考函授生，他便报了名。6月7日引玲从韩城回来说，胜天考上了函授大学，全家人非常高兴。这是我家的第三名大学生了。

争胜秉性聪明，虽成绩忽高忽低，但总的还算优良。只要自觉努力，学习是不会落后的。1978年7月24日，争胜参加中专考试。8月18日考试成绩公布。人家初录线为280分，他考了279.5分，仅差半分。真气人，又好笑！民才却给我说："人家小争胜是不愿上中专的，那怎能比得上大学呢？做檩的材料不能当椽用啊！咱那娃是故意弄那玄乎劲哩！"这话既风趣幽默，又是戴高帽子啊！

争胜被录入重点高中合阳中学，后来为了生活方便，转回路井中学。三个哥哥都成了大学生，对他触动很大，学习自觉性不断提高。1980年春为了迎接高考，他连电影都不看了。7月6日，争胜去合阳参加又盼望又害怕的高考。8日，我前去考场看望。8月6日，接到学校的通知，争胜高考总分352分，已被初录，明天便要体检，全家人非常高兴。8月30日从邮局取回了录取通知书，争胜被西北建筑工程学院水暖系录取。至此，兄弟四人全成了大学生了。谁人不夸，哪个不羡啊！我心里又怎能不乐呢？9月1日，去公社给争胜办理了户口手续。第二天办理了粮油关系。6日和争胜同去七峰坐火车，下午到了西安。建院有专车接到学校，住在五层楼。7日办理了报到手续。8日我坐火车回家。

人们逢我总要称赞两句："那你是怎样教育娃娃的，一个个都很能行，都进了大学。"我笑着回答："这得感谢邓小平！不是我的教育好，是党的政策好，为青年人创造了上大学发挥才智的条件，加上孩子们努力学习，才会有这样的成绩。"

（"这得感谢邓小平！"这不仅是父亲，也是全家人的共同心声。1977年10月12日，国务院批转教育部《关于一九七七年高等学校招生工作的意见》。文件规定：废除推荐制度，恢复文化考试，择优录取。这标志着中断了11年的中国高考制度正式恢复。据说，当时印刷高考试卷的纸张严重短缺，邓小平当机立断，决定临时调用原本用于印刷《毛泽东选集》第五卷的纸张，先行印刷高考试卷。）

追悼诗

（1981年元月14日）

玉秀之父侯宝安，一生干炊事工作。近年退休，不幸患病，医治无效，于昨日去世，为棺木题诗如下：

一生辛勤为人民，菜香饭热花样新，

退休还乡志不减，艰苦精神传子孙。

（父亲在棺木上为逝者题诗，始于奶奶与外婆的棺木之上。其后，乡邻们见其形式新颖、内容简洁，既可颂扬死者的品节功德，又可填补棺材表面苍白单一的缺陷，便纷纷仿效。村里有老人去世，其子女多请父亲题诗书写。）

给胜天的一封信

（1981年1月6日）

前几天接到胜天的来信，提到他有关"困难补助申请"的事。和他妈想来想去，还是不要补助的好，便赶紧给他写了一封信。现抄录如下：

亲爱的胜天：

　　你好，来信收到。你在信中谈到姚书记让你写困难补助申请的事，并让大队开个证明，盖上公章，给你寄来。我和你妈考虑了好长时间，觉得还是不要困难补助金为好。你在信中提到了三点原因：

　　第一：母亲常年有病，前些日子病重住院，前后二十多天，药费、住院费花费甚多。

　　第二：家乡遭灾，粮食减产，自留地颗粒无收，不得不高价买粮，平日靠红薯充饥。

　　第三：生产队分配不能兑现，全家生活就靠自己的工资，现已借债甚多。

　　第四：几个弟弟在外上大学，花费甚多。

　　客观地讲，这些都是实情，也没有夸大事实。但我想，咱们家从来靠的是艰苦奋斗，自力更生。六十年代初"三年自然灾害"，吃草根，啃树皮，差一点儿把万胜给了人。那么大的困难咱家都挺过来了，也没有向任何人伸过手。我现在是大队干部，你是人民教师，绝不能吃"嗟来之食"，让人低眼下看。另外，家中也不是你想象的那么困难，整天吃红薯。下面，我简单说一下咱家今年的粮食分配情况：

　　咱家今年分的小麦确实不多。自留地打下的还不够种籽；队里夏季分了464斤，按4个人平均每人116斤，虽然少，但比一些社员要高。有的社员分了不到100斤，低的有七八十斤（以后国家返销粮补够120斤）。咱们还买了返销粮200斤（其中小麦83斤），秋季分红薯4000余斤。只是由于你婆烧纸、侯亮过岁、埋葬你姑、平常来客人等原因，而造成小麦缺乏而已。前几天，丰胜寄的30元钱刚好赶上用，买了155斤猪饲料（大麦）17元，买了"抽黄工程"返销粮98斤（小麦）17元。再有队里分了棉农奖励粮小麦192斤，年终决分可能还分100多斤小麦，所以欢欢乐乐过个春节是不成问题，你的粮票就不要倒回拿了。

今年分配已经算出，每个劳动日0.35元，咱家和给丰胜优待的劳动日2000分共10000分工，扣过粮食等实物作价和夏季分了的31元现金款，还可能分60多元，有可能兑现。队上棉花亩产6斤，棉籽仅能够种子，社员不可能分到食用油。议价清油粮站是1.90元，西安是1.80元，兰州丰胜买的是1.10元，他准备春节回家时带回来10斤。所以吃的油也不存在问题。12月初的暂时困难已经过去了，你应该放心才好。

听到你这学期带的班多次获得学校的流动红旗，受到领导的表扬，非常高兴。你们学校刘作团老师的生产队想买一汽车作籽种的红薯，我正在联系，有消息给你去信。

侯永学

1981年1月5日

（"绝不能吃'嗟来之食'，让人低眼下看"，是父亲一生坚持的做人原则。1966年我考上路井初级中学，但2.5元的学费却没有着落。王兴土校长给我批准了每学期3.5元钱的助学金。年终生产队分配，家里分到了10多元现金。一向清正廉洁出了名的父亲，又让我写申请，退掉了助学金。看到老师和同学一张张诧异而又探询的面孔，我一扫平时低人一等、矮人一截的自卑感，抬起了头，挺直了腰。）

屈主任去世

屈金山是土改时期的农会主任，东北村第一个互助组靳自荣组的骨干，初级社的监察主任，高级社第一点的点长，大队的调解主任，支部的生产委员，多年的劳动模范。因工作积极，责任心强，任务完成快，人称"铁腿老汉"，他通知会比骑车子的人还快。

屈主任解放前是靠一条扁担谋生的，能担百十斤能走百多里，翻沟架岭不歇气，经常给人打墙提础子。一生命苦，只知埋头苦干。

1981年元月28日，屈主任久病不愈与世长辞，年78岁。经大队会研究照顾了200元，于29日安葬，党员们参加开了个追悼会，我代表大队致了悼词，算尽了同志多年的一点情意。

他辛勤一生，却享受不到一点优惠，难以温饱。而出的苦力流的汗，是一般人所没有的。哀哉！

抄书

（1981年2月18日）

六七十年代，新华书店的书架上都是清一色的毛主席著作以及马恩列斯（指马克思、恩格斯、列宁、斯大林）的书，文化科学知识方面的书籍寥若晨星。儿女们的求知欲望却又非常强，于是，抄书成了他们获取知识、增长才干、汲取营养的重要途径，也成了他们的一个"嗜好"。但不知是怕别人"笑话"还是什么别的原因，在他们看来，"抄书"这样的事是绝不能让其他人知道的，只能关起门来自己偷偷地进行。

1977年，胜天在韩城矿务局中学担任美术教师，就抄写了不少有关美术方面的书籍和资料。暑假期间，在英山青年教师学习班上，又抄写了《素描头像讲义》等6份有关美术教学方面的资料。9月份开学后，利用课余时间，又抄写了《怎样画连环画》、《怎样画人像》、《怎样使用油画颜料》、《人物画的基本知识》、《透视基本知识》、《怎样着色》、《人体解剖》、《中国画人物技法资料》（杨之光 李震坚 吴山明作 上海书画社出版）等。

1978年上半年，胜天成了语文教员。一天他去语文组办公室，看到李淑敏老师的办公桌上放着一套《中国古典文学作品选》，共六本，拿来翻了翻，就有点爱不释手了。借个机会，红着脸对李老师说，这几本书不错，想借去看几天。李老师爽快地答应了。拿回宿舍仔细一看，觉得这套书对自己的文言文教学很有帮助，便跑到韩城新华书店去买。然而，"文革"刚刚结束，书店还是"马恩列斯毛"的一统天下，这类教学书哪里找得到！怎该咋办？这套书，对于既没有教学经验、又没有参考书籍的胜天来说，无疑是宝中之宝了。他皱皱眉，咬咬牙，攥攥拳，下了个决心，要把这套书全部抄写下来。

不过，这一次抄写《中国古典文学作品选》和以往有点不同。过去借了别人的书，没有说几时还，且每次仅限一本。这次说好两个多星期归还，且有六本之多。另外，《中国古典文学作品选》内容繁多，有作品简介、正文、注释等，抄起来比较麻烦。尤其是抄写注释时，要根据正文里标出的所解释的词语的序号，在本页的下面写出相应的内容。这样，就要根据正文和注释的字数多少，预先设计好各自在本页中可能占据的空间位置。否则，不是注释在本页中写不下，就是本页的注释已经写完了，但纸张的空间位置还留有不少。

开始抄书了。他白天要上课，要处理班务工作，要应付其他的事情，抄书的时间主要放在晚上。夜深人静，万籁俱寂。不过，刚抄时还可以，时间一长，腰酸了，背痛了，眼睛睁不开了，手指也不那么灵活了。尤其是到了凌晨一点多，一阵阵困意袭上眉梢，上下眼皮不住地打架。他就用凉水冲冲头，洗洗脸，清醒一下头脑，活动一下筋骨。为了赶进度，第一天晚上睡觉时天已经快亮了。他就这样没黑没明地抄了两天，第一册还没有抄完。可总共有六本书啊，哪年哪月才能抄完？该咋办？苦恼间，猛然脑子里灵光一闪，万胜正在局中学，何不让他一起来抄。通过抄书，也可以提高他阅读文言文的能力。想到这儿，沉重的心也轻松了不少。下午放学后，拿上一本书到了电务厂，给万胜谈了自己的想法，万胜一口答应。于是，兄弟两人白天用心上课，晚上埋头抄书，经常熬到透天亮，中途还给李老师打了个招呼，说还没看完。一直抄了20来天。终于，《中国古典文学作品选》(一)到（六）册全部抄完了。六本书中，第一册由胜天抄写，第二册、第三册由万胜抄写，第四册、第五册、第六册由胜天和万胜共同抄写。

后来，学校新调来一个张顺来老师。他是"文革"以前毕业的大学生，手头有一套甘肃教育学院1965年12月编的教学参考资料《中学文言文译注》，共上下两册。1979年3月5日到4月8日，胜天抄完了第一编，然后又用一个多月的时间抄完了第二编。

丰胜1973年2月考上了高中。那时是推荐上大学，家里是中农，上大学根本没有可能，高中毕业还得回乡"修地球"。但他并没有放松自己的学习，他知道知识是有用的，知识可以改变自己的人生。1974年暑假，他从别人那里借来一本约20万字的《1949—1965年全国高考数学试题》。看后觉得书很好，就挤时间在闷热难耐的舍里把这本书一字一句完整地抄了下来。1976年2月他参了军，在84515部队司令部当打字员，仍抓紧时间学习文化知识。1976年6月到8月，他利用业余时间，用隶书体工工整整抄写完《诗韵常识》一书。该书是李锡伦写的，约25万字，内蒙古人民出版社1975年9月出版。

争胜1978年考上高中，抄写的书籍、刻印的试卷、演算的试题，足足有一二尺厚，真不容易啊！

罚款

1980年元月18日，公社在路二召开"三干会"，对1979年工作进行总结评奖。19日颁奖，10个大队介绍了经验，并发了奖金，有获奖150元的大队。而唯独路一被罚款30元，并在大会上找差距。我在大会上发言，支书侯王才、生产主任侯录全也叫站到台上陪桩。

会后思想总不通。路一并不是最后一名，却偏偏受罚。小麦亩产268斤，棉花亩产31.5斤，只是因为少种了286亩红薯，比去年减产5万而罚款。

社员和生产队干部不愿多种红薯。红薯虽然高产，但难储存，吃不了又不能卖，损失太大。名义上人均口粮几百几，实际上吃不够。反正在种红薯的问题上我决不能强迫命令，必须尊重生产队的自主权。罚就罚吧！那有什么办法。好在第二年的"三干会"上说：路一干部今年作了努力，做出成绩，罚款原退回了。当然领导总是宽宏大量的，也不会罚错的。路一的干部也不会要求平反的。我们兢兢业业、辛辛苦苦，是为人民服务的。

分家

多年来看到社会上，不论远亲还是近邻，家家户户都有这样那样的矛盾。兄弟、妯娌、婆媳之间，数不清的意见，解不完的纠纷。家庭不和，吵嘴打架，闹得亲戚邻里也不安宁。如何避免矛盾，增进团结，建立一个良好的和睦家庭？我总结出三点：一是财务公开，收支记账，不存私房钱。二是加强思想教育，开展批评，有话当面讲，不背地埋怨。三是树大分枝，发挥独立自主、自力更生的精神，该分家时就分家。迟分不如早分，瞎分不如好分。

我有4个儿子，抚养教育的义务快要尽到头了。现在大一个，娶一个，分一个，以免等第二个娶下媳妇落"不是"。"文革"大破"四旧"，说不定孝敬赡养父母也成了旧思想。

1978年春节正月初六，胜天和秀春结了婚，感情融洽，1979年10月21日添下了侯亮，全家欢喜。1980年秋，争胜考上了西北建筑工程学院，4个儿子都成了大学生，以后的幸福生活指日可待了。人无远虑，必有近忧，应该居安思危，防患于未然。1981年忙后，便酝酿起分家之事。我想弟兄4人总有一天要分家的，吵吵闹闹不如商商量量，矛盾激化不如风平浪静。等儿子或媳妇提出不如我先提出，不让孩子们落"不是"。

7月12日晚上和胜天正式谈论分家，第二天和他妈去韩城和引玲商量分家，17日回到路井。8月6日引玲从韩城回来，晚上又讨论分家。说好说恼，直到天明。7日早上和西玲商议。8月16日将分家协议书写成，其内容提要如下：

自1981年7月1日至12月1日分家。大房三间、灶房两间及全部树木归父母。厦房十间兄弟四人均分，每人各两间半。院基一人半所，万胜是等批下的新院子。结婚费用：对象户口在农村者，由全家支付；户口在城市有固定收入者，各人自理。赡养费按总收入10%供给父母。父母年过六十后增加为15%。为了筹集结婚费用，就业后免交供养父母生活费三年。父母去世后，丧葬费四人均摊。

遗留财产由姐妹引玲、西玲，按父母生前嘱托及各人对待父母的态度进行分配处理。儿女、媳妇、家孙、外孙、孙女、外孙女等均有权享受。

也写信征求了丰胜对协议书的意见，他无异议。就着手准备灶房、灶具。只等分灶的日期一定，便分锅吃饭了。他妈给胜天说："你和秀春商量好，说分咱就分，你们不愿意分也行，决不勉强。"据分析这事难住了他俩。不分吧！不能独立自主，事事受约束。已由父母提出了，怎能不借枕头睡觉呢？以后再要分，父母不提该咋办。自己提出分，多不好意思。分了吧！侯亮刚离奶，还需要人引，分后母亲不引娃了咋办？秀春又在学校教书，每天吃饭谁来做？自做自吃太紧张，还吃不好。所以不敢说分，又不敢说不分，迟迟不能决定。

他妈的心也是七上八下经常转变。有两天秀春态度好，事情顺心，便不想分了。两天情绪不好，事不顺心，劳累过度，便想立即分零干（方言，彻底）。不分吧！事事操心，出力不讨好。分了吧！自己的亲孙子不引咋能行。好糖果、饭食，咋能狠心不让吃呢？如果真的不让引娃，那心里难受劲咋解决呢？每年暑假、春节，孩子们回来在一起吃饭多热闹。如果分了，饭咋吃呢？多别扭，很难处理。

1981年9月9日，我和她去寺前镇买回了一口新锅。11日，便在东院整修灶房，作好分灶的准备。19日，秀春和侯亮去韩城。20日带回来胜天的一封短信，说他不了解家里的情况："根据秀春的意思，她不愿意分。因而我表个态：第一，兄弟四人的家可以分，就按原来说的办了。第二，秀春、侯亮继续和父母一块过。"接到信

238

看后，心里高兴，一块过就一块过，做饭、引娃，心情舒畅。

这样家就算分了。虽然和秀春、侯亮一起吃喝、却省去其他一些纠缠了。等将来秀春成了公办教师，侯亮转成商品粮户口，那时的家不分自分了。

（《三国演义》第一回里说："话说天下大势，合久必分，分久必合。"但俗话也说："分字下面一把刀。"父亲的分析虽有一定道理，但却脱离了当时家里的具体情况。这次所谓"分家"之后的几十年里，我们这个大家庭和睦相处，其乐融融，再也没有人提起过分家。）

可笑丢车子

1979年8月2日下午，侯俊德主任的女儿淑勤，在东岭地里给棉花拔芽子，将骑的自行车锁住放在地里的菜籽旁。等她在北头过来时，车子不见踪影了，各处寻找也没找见。

1980年3月28日晚，合阳"抽黄"高北支渠指挥所的范主任住在我家东院里，他去看电影，做饭的张文轩还睡在第一个房子。等他们看电影回来时，第二个房子门撬开了，车子不见了，第一个房子门从外面叉住了。范主任立即报告派出所。第二天经工作人员四处寻找。后从侯长龙家中搜查出车子，将长龙逮捕法办了。

1981年11月26日下午，我去"抽黄"上坝工地检查。七队队长侯晋书说："大队长，挖土方把我队的地面子全揭了，我可不交公购粮。"我说："揭地面子不对，我可以制止。交粮多少会议研究。你这儿先不要让社员揭。"他和我争论不止，最后晋书说："我不和你争了。"走到地头问我："这谁的车子？"我说："我的。"他竟二话没说，推着车子就走。

3个车子都丢了，唯有我的丢得可笑。最后还是我女人直接找晋书要回来的。我真莫名其妙，为啥推车子？

（天下之大，无奇不有。"揭地面子"，是指挖土方时将地表能生长庄稼的肥土都挖走了。前两个丢车子，属小偷所为；侯晋书推走自行车，则是发泄他对"揭地面子"的不满。）

分不分

（1981年12月1日）

十一届三中全会以来，拨乱反正，社会主义建设步入正轨。中央75号文件发表以后，"包产到户"和"包干到户"等形式的家庭联产承包责任制遍地开花。农民们探亲访友见面先问，你们村分了没有，分不分？看来中央政策充分发扬民主，尊重群众意愿，既不强迫命令，也不搞"一刀切"。而是根据各队实际情况，由群众民主决定。由于人们的个人经历不同、家庭情况不同，所以认识不一、意见不一。就一个人来说，也今日这样想，明日那样想，往往拿不定主意。究竟该怎样，那就要看怎样能增产，怎样能增产得多、增产得快。

先说分。分开各干各，有心劲，能做好。这意味着分田单干。没有受过单干苦的人，是不知道单干难的。解放前单干，少数人变

240

成地主、富农，欺压大多数穷人。多数人经不起天灾人祸、破产贫困，受剥削受压迫。多亏土改后及时组织互助组，成立合作社，没有使两极分化过于悬殊。就那很短的时间，也有不少人很快变穷，分下的土地、房屋、牲口、农具，只好卖掉，靠借债过日子。因此分田单干弊多利少，不能实行，只有走集体化道路才好。

合作化时，生产一年比一年好，主要靠定额管理、"三包一奖"等经营管理办法的不断完善。1958年来了个大跃进，实现了"一大二公"的公社化，把"三包制度"一风吹。实行了吃饭不要钱，干活不记工的办法，造成了"做活磨洋工、吃饭放卫星"，生产立即下降。随后纠正了"一平二调"的共产风，恢复了定额记工等生产责任制，使生产很快恢复。"文化大革命"又批判了"工分挂帅"，实行了大寨评工的办法，又出现了"干多干少一个样，干好干坏一个样"的"大锅饭"，使生产又受到损失。

到底"分"好不好呢？不能一概而论。现就分与不分的利和弊谈一谈自己的认识。

一、不分的弊端：

1、集体管理。做活不讲质量，"下地一条龙，做活一窝虫；地头纳鞋底，地里磨洋工"，3天做不下一晌的活，只见挣工，不见活行。队里活做不完，违误农时，影响产量。

2、定额管理。只顾挣工，不讲质量；只图快，不图好。只要工分堆成山，不管减产不减产。锄地"锄一锄，盖一锄，你没到头我到头。不过三天草露头，你给工分我再锄"。"耩地隔山耩，犁地兔儿窝，耙地耱地遗绺绺"。产量咋能高？

3、只图挣工，不学技术。啥活工分大，抢着干啥活。只会拉车车，不会使牲口。老农老了，没人吆车、装车、摇耧。

4、谁不说谁，互不惹人。不合质量没人说，乱拾乱拿没人管。

5、干部磨天天。劳动少，谋私利，讲人情，只有集体受损失。

二、分开的好处

1、利害直接。个人处处关心，积极性高，一晌能干3天活。

2、讲质量。不怕费工，咋好咋干，质量第一，增产第一。

3、全家总动员，老少都能干。人人学技术，不挑轻拣重，挑肥拣瘦，啥活都会做。

4、事事负责，处处关心。牲口、农具都爱惜，浪费少。

5、干部不能钻空子，社员负担轻，开支少。

三、分了的难处

1、难以机耕。地块小，"花花"地，回不开拖拉机，锨翻太费工。一个牲口耩，难以及时耙糖保墒。

2、天灾难抗拒。风霜雨雪等旱涝灾害难抵抗；困难户的照顾难处理；牲口病死损失大。

3、养牲口费圈费草费地方，场面要扩大，样样农具要置办。

四、如何解决困难

1、评定好产量，尽量使一户的块数少些，面积大些。不要每片地里户户都有块。

2、每片地里的几户，可以统一倒槎，联合机耕。

3、牲口死亡，可以提前定出赔偿比例，分别按死因赔损失。

4、大型农具专人保管，专人使用。中型农具分组保管使用。小型农具折价归社员所有。

总之，就现有生产力水平、干部管理水平、社员觉悟水平，各队按各队的实际情况，民主讨论决定。就路一大队来说，分了利多弊少，不分弊多利少。分后再按发展情况，不断实行各种形式的互助联合。

（这篇笔记，从一个农村基层干部的角度，运用唯物辩证法的原理，从不分的弊端、分开的好处、分了的难处、如何解决问题等四个方面对农村实行家庭联产承包责任制进行了详细的剖析。论点鲜明，论据充分，论证透彻，条理清楚。结尾"分后再按发展情况，不断实行各种形式的互助联合"一句，前瞻性地指出了建设社会主义新农村、实行城镇化建设的必然趋势与发展方向，实属难能可贵。）

万胜该不该留校？

（1981年12月3日）

万胜是1978年10月去延安大学数学系学习的，明年7月份就要毕业，他的去向又成了家里一个大问题，万胜很担心把他分配到陕北的边远地区。他原来在家时说过，他分配的第一志愿就是路井中学。但是他们班关中学生多，陕北学生少。从往届分配情况看必然有一部分关中学生要留在陕北工作，万一他被留到陕北怎么办？我给他说我的意见是服从国家分配，分到哪里就在哪里好好干，要有留在陕北工作的思想准备。万一把你分到了陕北工作，也不是那么可怕的。毛主席在陕北都能呆十三年，你用不了十三年就可以调到路井中学来。

后来万胜说他们班可能有四个留校名额。他想留校，又想争取

万胜在延安大学

回渭南，心里很矛盾，还担心若两者都达不到又该怎么办？征求家里人的意见，我和他妈的意见当然是回路井中学最好。离家近，可以吃到可口的饭菜，再不用吃发糕吃杂粮受罪了，将来找对象成家也离的近好找，在延安人生地不熟干啥都作难。他姐和他王哥没有什么意见，看万胜自己愿意在哪就在哪。丰胜的信还没有收到，胜天和争胜的意见是留校工作。虽然也在陕北，但毕竟是在大学，比陕北的中学、甚至比路井中学都好多了。在大学工作轻松，发展前途广阔，最高可到正教授，能够大有作为。如果在中学不但辛苦而且上升空间有限，远不如大学。

胜天看问题一般看得比较远，有眼光，三个弟弟都很佩服、很崇拜他哥。若万胜愿意留校我也不能反对。但留校是要学习成绩非常好、表现非常突出的，这样你才能留下，不知万胜有没有这个把握？万胜说延大留校的条件有三个：① 学习成绩优异。② 留校后不准报考研究生。③ 留校后要安心本地工作，即要扎根工作。这又让人担心了，难道万胜一辈子就要在延安了，要吃一辈子杂粮受一辈子罪了？

他哥胜天倒是很乐观，他说社会在发展，人们的生活这几年都在不断地改善，延安以后肯定也会变得越来越好，不会永远吃杂粮的。只要万胜事业上有所作为，生活自然就会好的。最后看万胜也真想留校，全家人也就基本都同意万胜留校工作。

1982年7月，万胜由于表现突出终于如愿以偿地留在延安大学数学系搞教学工作，专搞中学数学教学与研究。

事实证明留校是对的，还是他哥和争胜有眼光。

（著名作家柳青有句名言："人生的道路虽然很漫长，但关键处往往只有几步。"万胜的人生道路关键的几步都走对了。这对万胜来说是一种幸运，对这个家庭来说又何尝不是幸运呢？万胜毕业后，努力学习，积极工作，1987年晋升为讲师，1999年晋升为副教授，发表论文数十篇，出书数本，现担任延安大学计算机学院代数教研室主任，副教授、硕士生导师。）

王建民之死

（1982年4月29日）

王建民，路井公社王庄大队人。60年代，是学"毛选"的积极分子，是先进团支部的团支书，多次出席县、地、省先进代表会，历任大队党支书、公社科研站负责人、公社党委委员，在群众中享有崇高的威信，是合阳县有名气的人。

谁料竟于1982年4月6日清早服毒身亡，真令人震惊。据传死于科研站，并写有遗书。说是由于使用剧毒农药后未曾注意，而随后吃馍以致中毒。但详情推理，不会是中毒而死的。建民懂科学，知道农药的危害性，怎会轻易中毒？再则，科研站住几个人，真的中毒了，应喊人抢救。有写遗书的力气，就有喊人的机会。但却无人发觉，可证明属于服毒。

好端端的一个人，赫赫有名的人，为什么要服毒自尽呢？有什么不能解决的问题而要走绝路呢？确也令人费解，叫人难过。是打击经济领域犯罪活动的斗争开始了，自己怕受牵连而寻短见吗？根本不是。他一生积极工作，公正廉洁，不吃请，不受贿，同歪风邪气不沾边。小小科研站，同大的经济财钱就不打交道。况且他是学政策、懂政策、宣传政策的人，即使有经济问题，也会走坦白从宽的道路，决不会自绝于人民。是别人和自己有生死矛盾、不解之冤而劫命吗？更不是。对同志对群众团结友爱，和睦相处，从未和人闹过大的意见。"文化大革命"的风暴也经历过了，都未见过有多大怨气，怎会给人劫命呢？是家庭意见分歧，家务纠纷难以处理吗？这个就难说清楚了。

明白人，聪明人，为了使家里人不惹是非，不受牵连，不受损失，而不死于家中，却死于科研站，并有目的有计划地写下遗书，这样便不会使人怨恨。总之不应该死，更不应该自己寻着死。但事实上人已死了，不可挽回，只能悲叹而已。现写悼诗几句以表心情。

昔日盛名全省闻，今朝长辞惊呆人。

泰山鸿毛何轻重，明白糊涂谁与分。

奉劝后人引为戒，胸怀宽广免伤身。

留得清身作益事，荣辱自有评论人。

第一个月工资

（1982年9月20日凌晨4点）

1982年9月19日早上，接到万胜14日的来信，其中有这样一段话：

"今天是一个值得纪念的日子。摆在面前的102元，是刚领来的八、九月的工资，心里那高兴劲就甭提了。拖累父母拖累家里的日子快到头了，也该为家里作点贡献了。新的生活将从这里开始。在死亡线上侥幸活下来的人，由一个玩泥巴捉蛐蛐的懵懂少年，成为一个高等学府的教员，这中间需要倾注多少辛勤的汗水，需要花费多少哺育的心血！而这些心血和汗水，都来自于父母，来自于已经去世的婆和外婆，也来自于兄弟姐妹们。父母亲为了我们兄弟姐妹，不知吃了多少苦，受了多少罪，经历了多少艰难。一生的勤俭，一生的劳累，都花在了我们的身上。因此，第一次的报酬，我要奉献给父母亲首先受用，并且是理所当然当之无愧的。今天我将第一个月的工资（基本工资46元，外加5元伙食补贴）如数寄回家里，父母亲可以随便去花。让大人们也享受一下辛劳付出所得到的快乐，尝一尝自己劳动的果实。只是我外婆我婆她们离开得太早，她们现在要活着，该有多好啊！让她们看看艰难之中过来的咱们家的兴旺景象，享受几天人生的幸福，那该使人多高兴啊！"

我念着念着，热泪夺眶而出。短短几句话，真感人肺腑，使人怀念起20多年前的景象。晚上翻来复去睡不着，干脆起床，时钟刚好是凌晨1点了，提笔写下这值得怀念的事吧！

万胜今年7月延安大学毕业，领到了学士学位证书，被组织上留到延安大学数学系当老师，带教学法课。这是20年前梦想不到的事。万胜出生于三年困难时期的1960年12月19日，那时正是食堂化。全家8口人，每天两顿饭，一顿从食堂领上半脸盆稀糜面"拉麦"（方言，稀饭），连肚皮也充不胀，怎能够吃呢？大人每月15斤标准，小孩3～5斤。再经大灶上的人一过手，究竟能吃多少呢？黑干的红薯叶给社员也是按人定量，用秤分的。浮肿病人一天比一天多，黑市上1个馍1块钱，1斤萝卜1块钱，咋能买得起呢？万胜一上世，家里便议论着要送给人。母亲说："狗上世也有三分糠，有命是饿不死的，咋能给人呢？"家里谁又舍得给人呢？活都活，死都死，大人少吃点，也要让娃活下来。排除万难也要争取胜利，因而起名万胜。咬紧牙关，度过了困难。人推碨，车子带炭，小孩们拾瓜皮、拣蓝炭、割青草，人人不闲。路井大队饿死了二三十人，而咱8个人都没饿死，这怎能不是幸运呢？

由于大干苦干拼命干，党的政策也好转，1965年丰收了，分配现金300多元。虽经"十年动乱"，生活仍慢慢改善。1978年万胜跳级考上了大学，真像是一步登天。若是仍靠推荐上大学，那比登天还难。咱这呆板性子，一辈子也沾不上边。多亏恢复了高考招生制度，才有了今天。党的"十二大"已经闭幕，党风民风将有一个大的转变。二十世纪末工农业年产值要翻两番，四个现代化一定会实现。家庭生活一定会改善，我将幸福地度过晚年。

幸福来之不易。最重要的一条经验：勤劳勤俭勤学，正派正道正直，幸福最长远。

（百善孝为先。万胜弟写给父母的这封信，我不知读了多少遍，

248

每次都心潮激荡、思绪万千。也曾多次拿给下一代的孩子们去阅读，让他们也从中受点教育和启发。孝敬父母是中华民族的传统美德，是一种和谐稳定的伦理关系。清代王永彬《围炉夜话》里说得好："常存仁孝心，则天下凡不可为者，皆不忍为。"）

啊！上水了！

（1982年10月23日）

上级通知马上就要上水了。昨天正在拉红薯蔓子，队长侯同仓领着几个社员在靳家灵地头，修通了七分支水渠。今上午，清清的水果然流到了城角土场大坑里，王杰书记正从渠边下来视察。我和王才支书又去高北支渠上和六、七分支去看水，六分支一斗也见水了。

水真的上来了，真叫人非常高兴，多年的愿望实现了，8年的苦干算有指望了。从此旱地要变水浇田，再不是空喊的口号，而已变成实际的行动。再也不怕遭年馑了。人定胜天在这一点上是战胜了大自然了。

我从1975年到太里干"抽黄"，在路井营任工程组组长，直到1977年10月。在总干渠上、东雷二级站上足足干了一千个日日夜夜，走了几千个上上下下。从1977年10月到今天任大队长整整5年了。洼底站上挖土方，路井站上垫渠道，西吴站上挖土方，开的会、跑的腿、费的话，真的不知多少。总算苦没白下，水真的流到了地头，眼看要浇地了，怎能不令人高兴呢？

自古黄河害为大，而今清水利竟多，

前人栽树后人凉，八年奋斗苦为乐。

（黄河全长约5464公里，流域面积约79.5万平方公里。河流中段流经黄土高原地区，夹带了大量的泥沙，所以也被称为世界上含沙量最高的河流。1952年10月，建国后毛泽东主席第一次出京视察，就来到了黄河边，在开封作出了"要把黄河的事情办好"的著名指示。曾多年担任"抽黄"工程路井营工程组组长的父亲，亲眼看到自己为之付出心血与汗水的"抽黄"工程"上水了"，怎能不激动万分？）

最好的一年

（1983年元月25日）

1982年，是具有伟大历史意义的一年。大干了8年的抽黄工程上水了，十年九旱的现象一去不复返。人定胜天成为现实。实行了"大包干责任制"，社员的劳动积极性大大提高。全年风调雨顺，没有旱、涝、虫等自然灾害。小麦亩产350斤，达到历史最高水平；红薯、棉花都是大丰收。生产队里的劳动价值达1元3角，决算给社员分现金1万多元。我家工分共8400多分，决分现金640多元。

大儿子胜天党员转了正，连续几年评为先进个人，再次出席了韩城矿务局的"先代会"。二儿子丰胜在兰州军区军医学校正式到文化基础教研室任教员。三儿子万胜在延安大学毕业留校，取得了学士学位，正式领上了工资，仅半年时间就给家里寄了200多元。四儿子争胜正在西北建筑工程学院上学，在越野比赛中还得了奖。大女儿引玲的大儿子江晖去西安参加了夏令营活动，二儿子江涛正式上了学。引玲也调到了电务厂政工组。二女儿西玲家的新院子划下来了，打起了新墙。大队缝纫厂虽然解散了，她却买回了"金箭牌"新缝纫机一台，红红火火地搞起了家庭副业缝纫。

家里买了一辆新架子车，箱箱23元，脚子80元。新院子批下来了，生活明显地改善了。常年吃白馍时菜。西瓜能吃2000斤，苹果能买160斤，羊肉买10多斤。平时的糕点、糖果、茶、罐头、花生、核桃，可以说是从不间断。侯亮的玩具简直是应有尽有。全家人个个穿上了料子衣服。3月间还和老伴引着孙子江涛、侯亮去兰州游玩了一回。

1982年是解放以来、我有生以来最好的一年，最幸福的一年。幸福来自何处？首先应归功于党的十一届三中全会以来拨乱反正政策的正确，其次才是人的刻苦学习、艰苦奋斗。当然自然条件和形势机会也有一定因素。幸福来之不易，必须十分珍惜。要取得更大幸福，还必须戒骄戒躁，勤奋努力，团结前进，尽量避免安排上的错误，以慎重稳妥为好。

（父亲童年、少年、青年、中年度过的时光中，大多充满了贫穷、饥饿、辛酸、劳苦与灾难。他无时无刻不在为维持一家大小的生计和温饱而艰难挣扎、奋力拼搏。到了晚年，当这一切一旦成为记忆时，他那淳朴率真的对现实幸福的满足感就自然而然地流露了出来。）

靳主任追悼会悼词

（1983年4月24日）

各位亲朋及社员群众：

我们尊敬的靳主任靳自荣同志，因病不幸于1983年4月22日逝世，令人十分悲痛。靳主任是路井地区合作化的先导，是路井城内外第一个互助组组长。1954年他带头成立了路井第一农业生产合作社，1956年将8个初级社合并而转成路井高级农业社，他便是第一任主任。他是全国第一次普选时路井赴县的人民代表，多次被评为县上的劳动模范。

他1950年便加入了中国共产党，要为共产主义事业奋斗终生。他是路井合作化的开路人，热爱集体，带头劳动，关心群众疾苦。他对工作积极负责，大公无私，一心为集体日夜操劳，从不谋私利，称得上两袖清风、一尘不染，在群众中享有崇高的威信。近几年来，他虽然年老多病，但热爱集体的思想毫不减退，夜以继日地学习，看书读报，把医疗站收拾得干干净净、整整齐齐。对各队的报刊、群众的书信，管理得井井有条。他一丝不苟，从未发生丢失与错拿的现象。靳主任因病回家，全大队看报取信一下子觉得很不方便。

我们今天开追悼会，就是要学习靳主任全心全意为人民服务的精神，学习他热爱集体、热爱社会主义的思想，学习他艰苦朴素、兢兢业业、一尘不染、两袖清风的好作风。把他的好传统继承下来，在社会主义四个现代化建设中发扬光大。

最后，让我们怀着十分悲痛的心情，向靳主任致敬，祝愿他永远安息。

（靳主任德高望重。他带头成立了路井地区第一个农业生产合作社，并担任主任。经他推荐，父亲担任了合作社会计。几十年工作中的相互理解，相互支持，相互帮助，使两人结下了深厚的感情。靳主任去世后，父亲应其子女的请求，写挽联一副："阿父德高留给我两袖清风，痴儿愚昧学习你一片丹心。"）

枪毙杀人犯

1983年7月30日公社召开公判大会，天下着雨。会后汽车拉着犯人很快出了公社，有人说在炭市沟，有人说在南门外。人们打着伞穿着雨衣，披着塑料薄膜，东奔西跑，争着去看枪毙人。我先跑到街西门外等，有人却说到了东门外。赶到东门外，听说已经毙了，在公路边"干四斗"开口处的坑里。赶到那里，只见人群里里外外围了个严。我挤进去看时，坑内尸体已用塑料单子盖了，外边只能看见一滩血。

据说犯人是孟庄公社路苏人，年纪20上下，前段时间在路苏沟下抢劫一个骑自行车卖调料的老汉。两人搏斗，将老人打成重伤后逃跑。老人送医院后抢救无效而死亡，公安局派人在乌鲁木齐将其捕获。年纪轻轻走上犯罪邪路，真令人惋惜。正值从严从快从重打击严重刑事犯罪分子之时，不杀怎行！杀后对安定社会秩序确实起了大作用。

这是解放以后在路井就地正法的第二人。第一个是1950年"镇反"时在小东门外枪毙的敌伪镇长，因他枪杀了地下共产党

253

员高克明。正是：

为人做事心莫残，血债要用血来还。

法网恢恢平民愤，杀人偿命理当然。

(1983年8月25日，中共中央发出《关于严厉打击刑事犯罪活动的决定》，指出：严厉打击刑事犯罪活动，是政治领域中一场严重的敌我斗争。为迅速扭转社会治安的不正常状况，中共中央决定，以三年为期，组织一次、两次、三次战役，按照依法"从重从快，一网打尽"的精神，对刑事犯罪分子予以坚决打击。)

改安房门

据说门房是父亲在我4岁时盖的，木匠有刚学手（方言，刚学习）的侯林海，至1983年已近50个年头了。六十年代我在门房西边隔的里间盘炕，居住了人。由于房门边破旧，顶窗被风吹跌，冬天住着很冷。常常钉了再钉，糊了再糊，仍解决不了冻的问题。另外，房门槛八九寸高，小孩、老人跨不过去，有时绊跤；存放东西要过门槛，很不方便。

由于经济情况好转，有了改安房门的条件。1983年8月，请来孟庄木工赵新兴老师傅和徒弟宗其将房门改装，去了死门槛，去了透风的板边，改成了活而低的门槛。8月9日正式安起，没叫泥水匠，由我和胜天用砖和胡基将门边泥好。一下子严实了、方便了，既不透风又能直接将架子车拉进去。真是：

房门改成不透风，清洁卫生少疾病，

门槛改低又活动，车车直接拉房中。

省事省力真方便，老幼出入多轻松。

工程虽小不足道，全家方便都高兴。

（1972年3月我招为马沟渠矿轮换工，曾在土建队干了几个月，有点泥瓦工的基础。父亲提倡自力更生，艰苦奋斗，因而改安房门的泥工活就由我们父子二人完成了。）

政策对了头，样样都丰收

（1983年10月4日）

去年7月实行了"大包干"，即"家庭联产承包责任制"，到现在才一年多的时间，就显示出这种政策的优越性。去年小麦大丰收，亩产350斤，社员们个个喜笑颜开。

若要说这完全是政策的伟大，那尚不确切。因为"大包干"的和未包干的队都丰收了，风调雨顺的因素很大。去年小麦播种偏早，麦苗发旺。农谚说"麦无二旺"，小麦难丰收了。也有人说："今年大丰收，明年再好也只能小丰收，历史上就没有连续大丰收，只能是一丰一欠。"但事实作了回答：今年小麦不但大丰收，而且超过了去年，亩产四五百斤的户很普遍。夏收期间是阴雨连绵，但社员抢收抢碾，拖拉机、手扶、脱粒机充分发挥了作用。连收带碾，短短的10天时间，便地净场光了，没有一点出芽麦。如果像往年生产队那种碾法，再10天也不得毕（方言，结束），一定要分些出芽麦。小麦丰收了，秋田怎么样。有人说："收麦不

255

收秋，收秋不收麦，每年只能丰收一料。"但事实又作了回答，不但是棉花、红薯长得好，而且谷子、糜子、黑豆、绿豆、小豆样样都丰收，长势可以说是历史上所没有的。真是政策对了头，样样都丰收。

（"家庭联产承包责任制"是广大农民在党的十一届三中全会精神指导下逐步探索创造出来的，它开辟了农村改革的道路，奠定了农村改革成功的基础。这一形式由凤阳农民首创，率先兴起于安徽东部的滁县地区，并在三四年之内席卷全国。它是中国农村土地制度的重要转折，也是现行中国农村的一项基本经济制度。）

喜事多多

（1983年12月2日）

1983年快结束了，这一年里喜信频传，好事不断。下午接到万胜在江南的第3封来信。又见到了胜天，他要去户县参加"陕西省优秀班主任表彰大会"。这该多么令人欢喜啊！

胜天是初中六八级毕业，1977年参加教育工作，1979年便担任了高二毕业班的班主任。他刻苦自学，忠诚教育事业，连续三年所任毕业班的语文分数都居韩城县的第一名，多次被评为学校和矿务局的优秀教师和先进工作者。

秀春出村去南庄村任教，将工分变为了现金补助。"六一"节被公社评为优秀辅导员。

丰胜今年27岁了，2月28日和李萍订了婚，10月31日领了结婚证，准备于12月20日举行结婚仪式。今年又提升为副连级职务了。

万胜去年在延安大学毕业留校任教，今年学校让他去上海师范学院进修。11月份又参加了在贵州安顺市召开的"全国中学数学教学法年会"。

引玲在3月间去东北出差外调，路经北京、哈尔滨，游览了一番。

西玲经过艰苦努力，辛勤劳动，于忙前盖起了五间新厦房，8月24日便住进了新屋。

争胜在西北建筑工程学院上学，被评为"三好学生"。在3000米长跑竞赛中荣获了第三名，得了奖，又被评为"精神文明运动员"。

闲暇之余，根据这些喜事，为侯亮编了一首儿歌《我家喜事一串串》：

放花炮，过新年，我家喜事一串串。

我爷当了好家长，公社开会多喜欢。

我婆肥猪卖两头，现金收入二百元。

我爸省上去开会，班主任里是模范。

我妈教书成绩大，当了优秀辅导员，

县上学习得三好，业务考核过了关。

二叔二娘结新婚，亲朋邻里齐称赞。

三叔进修到上海，贵州开会游江南。

桂林风景甲天下，重庆坐上大轮船。

长江三峡都游过，又过南京和武汉。

四叔建院得三好，精神文明运动员。

学习成绩列前茅，体育运动把奖颁。

大姑出差哈尔滨，路过北京游公园。

二姑打墙把苫下，新厦盖下五大间。

全家喜事说不完，只有我是福蛋蛋。

又做好事又识字，幼儿园要到学前班。

今年自5月至11月，整整半年，连阴雨接连不断，是历史上罕见的。由于实行了家庭联产承包责任制，大大调动了社员的生产积极性。小麦大丰收，亩产普遍四五百斤；秋粮也三四百斤；红薯七八千斤，不少的户实现了万斤薯；棉花在霉坏严重的情况下也三四十斤。我家在既无牲口又缺劳力的条件下，亩产小麦达300斤，绿豆100斤，谷子300斤，红薯5000斤，皮棉60斤，可谓达到了历史最高水平。这么多喜事，怎能不重庆呢？有诗为证：

二十年前啃瓜皮，夜盖破被溜精席！

带炭几乎送了命，推硙拽糖湿透衣。

而今子女皆成龙，京沪秦陇遍足迹。

白馍糖果天天有，腾云驾雾有日期。

（没钱买西瓜，弟弟们到街上捡来西瓜皮回家后洗净去“啃”；炕上没有褥子铺，只有一张光光的破席子，一家人晚上睡觉“溜精席”；父亲用自行车“带炭”，车翻“十八坎”，差点儿丧命；没有牲畜，只能靠人力“推硙拽糖”。诗歌前四句，几个有典型意义的场景生动形象地概括了20年前家里的苦难生活，让人唏嘘不止。）

一条床单

（1984年2月16日）

1984年元月23日是农历的腊月21日。菊兰和新媳妇李萍同二儿子丰胜、三儿子万胜去街上上会。丰胜和李萍1983年12月19日在兰州结婚时，家里一分钱也没花，寄去的100元，他俩回到老家的当天晚上便硬退给了他妈。他妈说："因为咱这儿没有好衣服，即使有也不会买，不能合身跟心，所以让你们在兰州买。"但李萍再说都不要。丰胜和李萍去渭南、华阴探家时，他妈硬叫拿的60元仍一分未花地退回来。他妈心里十分过意不去。这天好说歹说算是给李萍买了件袄和裤子。

万胜1978年去延安大学上学时铺的单子，中间烂下个窟窿，现在他已是大学的老师了，怎能再铺这个。他妈决心这天买条新床单。万胜坚持不要买，说补一下就行了。丰胜也说"不要买，把李萍的四个床单给上万胜一个"。4个人在食堂里边吃油糕边议论，好久争论不下个结果。后来我到场，发言说："来个民主集中制，少数服从多数。万胜、丰胜都说不买就不买吧。事物在进步，形势在发展，以后的床单会比现在的更好。就让万胜把他哥的借着铺吧，等以后还个好的新的吧。"事情就这样决定了。小小的一张床单，证明了兄弟之间的亲密关系。让这种精神常存，做父母的就放心了。

（我们兄弟姐妹6人，6个苦瓜一根藤。从小同甘共苦，相依为命；长大互相关心，互相帮助。床单虽小，尽显兄弟之间的深情厚谊。）

三改大门

（1984年4月9日）

路一大队第五生产队有位社员侯纪合，学名文昌，家系贫农。大门和以往群众家的大门一样，很窄，只能进去旧式土车，而现行的架子车却不能进去。粪土的进出，只能用担子担，很费劲。七十年代，他父亲去世时做棺木余下两绺板，他用来将大门扇续宽，架子车便能出来进去。拉土出粪再不用人肩膀担了，车车一下拉到跟前，真省劲。

1982年，农村实行了家庭联产承包责任制，粮食大丰收。交清公购粮后，家家有余粮，顿顿吃白馍。农民划院子盖新房成了高潮。纪合3个儿子都大了，为了好娶媳妇，一时盖不起门房，去年先把大门改成了新的，果然面目一新了。

今年买下个手扶拖拉机，大儿双荣开得呼噜噜，只得将大门再加宽一倍，让手扶通行无阻。虽然是单单的改个大门，但足见农民生活改善、富裕程度之快了，怎么不令人高兴呢？

（"三改大门"体现了农民生活水平的三次提高，三次飞跃，三次辉煌。）

令人寒心

（1984年4月11日）

前天下午，三生产队喜仓妈满面愁容地来找我，言说，1974年元月喜仓大（方言，父亲）侯占荣给队里修地时被塌死了，在大队用了70元，而现在清财组要叫还钱。

占荣当过多年队长，惹下了人。不少人说："他的死不能算因公死亡，他是为他挣工分。腊八那天，社员都回家吃饭，谁叫他不回去，要放土，多挣工。大队多次讲，不准搜根取土，而他违反操作规程，硬要搜根取土，没批判他都讲了情面了，还要啥照顾？"

这种说法太让人寒心了！怎能叫当干部的人再坚持原则、认真负责呢？怎能叫为集体干活的人勇往直前、拼命大干呢？当时为了仓促埋人，在大儿茂仓未从西安回来的情况下，生产队拿出粮食和30元买的衣服，大队借款买的棺板，急急忙忙把人埋了。乐仓回来多次找大、小队和公社仍无结果。决分时队里还要扣30元的衣服款，多次吵闹才未扣成。棺板当时买价140元，大队付了70元，邻居水宝垫了60元，所欠10元，以后由茂仓还清了。

粉碎"四人帮"后平反冤假错案，1979年3月公社来信作了处理，承认占荣为因公死亡，说：棺板、衣服、吃粮已由生产队负担，再解决60元买菜安葬等费用。但事已10年之久，这60元的照顾款只是还了水宝垫付的棺板钱，生产队连一分钱的棺板钱都没出。真是岂有此理？当此改革体制之际，乡政府、村民委员会即将建立之时，喜仓理应偿还欠大队的70元欠款，但当时的140元的棺板钱生产队至今还不出行吗？不行！我这个将退任而未下台的路一大队的大队长应如何对待呢？下决心承担责任。在靳喜仓打的埋葬父亲侯占荣所用棺板140元的领条上认真写上"确属事实，生产队应报销"10个字。

回想起1969年冬，靳双来给生产队打机井，暂停工时把工具放在井下没有拿上来。到了年终清点财产时，便和队长侯雨仓下井去取。雨仓井上拉绳，双来垂绳下井。将要上来时，双来手撑不住，掉下了井，摔断坐骨神经线，卧床不起，一病数年，媳妇离婚，终于死去。生产队讨论说是责任事故，不属工伤，不予照顾，每每想起，哀怨难平。1973年7月31日，大队正在修建5面砖窑，突然塌顶，压伤数人，有顺兴、光民、祖欣等。虽属包工，但大队立即抢救，报销药费，工分照记，人心欣慰。

可叹啊！生产队掌权人，没有群众观点，没有人道主义，怎能不令人寒心，怎能鼓励人为集体赴汤蹈火而献身呢？现在字已签了，但心情久久不能平静。吟诗如下，聊慰心情。

新荣和我是同年，大队小队都一般。

都为集体把业创，同甘共苦二十年。

你为小队将身献，我为大队把力添。

你我分别整十载，梦中相通话当年。

（一个人因工死亡，一副140元的棺材板竟拖了10年无法报销，更不用说赔偿金了。这是对生命的亵渎。37年后的2011年，温州"7·23"动车事故赔偿金每人91.5万元。社会在不断进步，生命在得到尊重。父亲能力排众议，承担责任，为民伸冤，实属不易。）

值得回味的六年半

（1984年4月15日）

1984年4月12日晚，大队召开了多年来没有在晚上开的社员大会。王阳振、贾占彪二位同志代表乡党委宣布路一大队领导班子的批复，任命侯纪轩为支部书记，侯中义为大队长。因年龄原因我不再担任大队长职务，从1977年10月到现在约六年半的工作算是结束了。

这一段工作是平淡的，也是很不平凡的，是值得回味的。1970年从保健站到大队担任副支书，1973年冬路线教育时改选。1977年10月在"抽黄工程"路井营任工程组长时，调回任大队长。那时粉碎"四人帮"一年了，邓小平已上台了。公社书记曹子元说："邓小平都要工作，你不上还行吗？"十一届三中全会后按照党的政策，平反了冤假错案，改变了地富子女的成份，退赔了"文革"中红卫兵抄家的财物。1979年给大队盖起了13间食堂，冬天修了路井站干渠。1980年买下了"铁牛55"大拖拉机。1982年实行了"大包干责任制"，冬季垫修大坡和干"四斗"。1983年修了"七分支"，给各队划院基，冬季进行了清财。从1980年起实行"一孩化"，连续几年大抓计划生育。工作是有阶段性的，也是在忙忙乱乱中穿插进行的。做的工作许许多多，但问题不少，矛盾纠纷错综复杂。

回想起来，我觉得自己的主观愿望不能适应客观实际，思想僵化，死而不活，教条主义思想难克服，各项工作创不开新局面，收不到好效果，得不到好成绩。

一、仅有的一点请客送礼也看不惯。

我把请客送礼当作禁令，好像佛教的忌口吃荤一样，不敢沾染一点。别人有一点，也认为这是极为错误的，这人便不够共产党员的资格，便对此人有反感。近几年来，农民的生活大改善，划院基、盖新房的事，像雨后春笋，到处破土而出。农民为划所院基，千方百计寻找各种门路费尽心机，想早日划所好院基。但总还是出现该早划的划不下，该缓划的早批了。我为此不但不吃群众一口烟，而且连他家里也不敢去一下。好像这样便显得自己清白高尚，而实际上却不近人情，脱离了群众，不利于密切党群关系。把正常的人情礼节上的来往，也当作请客送礼去反对。结果事与愿违，适得其反。损失是极大的，危害是严重的。

二、死坚持会议决议，结果把事情弄僵。

我认为，凡事一成决议便得执行。我是行不通也要硬执行，不灵活，不变通。把别人会场的话，当成心里的实话。不能按人家的心意办事，结果把事弄僵，把人惹扎（惹到头）。

例如，大队买下个拖拉机，还没有使，有人提出要卖。会上讨论时，多数反对，二人赞成。按多数人形成的决议，结果没卖成。而今年把这辆拖拉机卖了，2万多元的东西，只卖了9千元，亏损1万多。要求开拖拉机的人很多，会议讨论时，多数同意只进1人，少数同意进4人，结果未进的人有意见，惹下了很多人。

三、奖罚难兑现，工作推不动。

小队长是大队长的支柱，会上多次定过奖罚办法，但因种种原因不能兑现，造成干和不干差不多，干多干少都一样，干好干坏一拉平，样样工作推不动。"八支渠"的土方去冬到今春至今仍未完。口说干，腿跑烂，任务迟迟不能完。这样的班子，怎能不改换。

思前想后，我自己并未做过见不得人的事，可算问心无愧。但辛辛苦苦、忙忙乱乱又没干出个什么名堂来，怎能对得起党和人民对自己的期望呢？可谓是：

上上下下心情愿，辛辛苦苦无怨言。

清清白白心无愧，平平淡淡意可安。

勤勤恳恳尽了力，兢兢业业不偷闲。

瞎瞎好好有公论，愉愉快快到晚年。

（八个叠词八句诗，全面总结了父亲六年半来担任大队党支部副书记兼大队长的工作经历和自我评价。有取得成绩的喜悦，有直面问题的反省，有不合世俗的无奈，有问心无愧的坦然。）

愉快的"送报员"上了任

（1984年4月18日）

1984年4月13日晚上，新任党支部书记侯纪轩来到我家闲谈，要我对新班子多参谋多支持，我满口答应，并谈了自己这几年的经验教训：工作中要灵活不要死板，只有使主观愿望适应客观实际，才能使工作收到预期的效果。最后也谈了一点自己的要求，我说："我看咱大队的报刊信件递送不太及时，那就让我来送！"纪轩爽快地答应了。

我觉得送报适合我的实际情况。第一、我年龄一年比一年老，

要给村民送报送信去了

要健康长寿，就要常锻炼，常走动。俗话说："饭后百步走，活到九十九。"送报上门对我身体有利，对干部群众能及时看到报、收到信也有利。第二、我看报已成嗜好，成为生活中不可缺少的一部分，这样不要花钱，便先能看到新报。第三、我4个儿子都在外地，我每月至少要收到四五封信，这样我便能及时收到孩子们的信。4月15日晚，便接到了邮局捎来的第一批报刊，我高高兴兴地便到大队会计侯树卯那里抄录了订户的底子，立即把报和信送到各队各户。正是：

前天幸免大队长，今日欣上送报员。

同样都是为群众，现在更比原来欢。

经常走动身体好，书信报刊能早看。

心情舒畅发余热，高高兴兴度晚年。

（父亲从大队长的岗位上退下来之后，主动担任了村里的义务邮递员，给村民送信送报，一干就是近20年，直到他2005年去世。工作中，他认真负责，热心服务，长年累月，风雨无阻，深得广大村民的好评，曾多次被评为优秀党员，《合阳报》数次刊登了他的照片，报导了他的先进事迹。）

266

万胜进修

（1984年8月1日）

昨天一早，万胜要去避暑胜地青岛参加"数学教学法"讲习班，全家人都到公路上送行。

万胜1982年8月大学毕业，拿到了学士学位证书，留在延安大学任教。1983年2月10日放寒假回到家里，说系里准备让他去上海进修，家里人非常高兴。加上秀春要到南庄学校教书，我便拟了一副春联，春节时贴在大门上，上联："上海进修须知学无止境"，下联："出村任教方晓育英任重"，横额："皆大欢喜"。

3月5日收到延安大学的来信，内有上海师范学院让万胜进修一年的通知书。学费600元，已由学校汇给上海师范学院，并寄来路费80元，粮票60斤。万胜立即收拾行李，3月7日早动身起程，9日到沪，家里15日便收到他来自上海的第一封信。

暑假7月1日万胜回到老家路井，8月20日又去上海。11月，"全国高等师范院校中学数学教学研究协作组1983年年会"在贵州安顺市召开，系里决定让他去参加。他是全国27个省市区、91个单位、117位代表中年龄最小的一个。从上海去时路过广西，游览了"甲天下"的桂林山水。会后又去贵阳听了8天讲座，后至重庆，乘轮船畅游了长江，回到上海。1984年元月15日进修结束回到路井。回家时，给家里带回了27元的一台鼓风机，代替了拉风匣的繁重劳动，又旺又省炭。又给我买了个7元的剃须刀，用一节电池作动力，又快又干净。还以36元买了一台"红灯牌"两波段收音机和其他衣物。

学无止境。万胜真幸运，参加工作两年就有这么多的学习机会。

四张大学文凭

（1984年8月1日）

7月24日，我在合阳参加完会计招聘考试后回到家，看到胜天和争胜也在家。原来，胜天16日去西安参加桥牌比赛，恰好遇到争胜毕业分配。两人安排好争胜的工作，便一起回到路井。听胜天说，西北建筑工程学院今年毕业生分配注重学习成绩。争胜曾被评为"三好学生"，所以毕业分配时全班首先由他挑选工作单位。经考虑，他选择了水电部西安热工研究所，已经办理了学校的离校手续和单位的报到手续。真使人喜出望外。

丰胜1980年8月张掖师专毕业，后调到兰州军区军医学校，1985年又在兰州大学计算机科学系进修一年，领到了本科毕业证。万胜1982年8月延安大学本科毕业，留在学校数学系任教，1983年又去上海师范学院进修一年。胜天于1979年在韩城矿务局中学带职报考了陕西教育学院函授学院，经过5年的刻苦学习，今年6月份正式领到了毕业证书。争胜1980年秋考入西北建筑工程学院，现在也顺利完成了本科学业。至此，兄弟4人都有了大学毕业文凭，万胜和争胜还领到了学士学位证书。这可以说是远近闻名，人人羡慕。

胜天、丰胜、万胜、争胜的文凭影印件

全家高兴，个个欢喜。我抑制不住内心的喜悦，自豪地拟出一副对联，以备春节使用：

四张大学文凭四子宏愿得实现，两个学士证书二老辛苦没枉功。

（"四张大学文凭"让父亲分外自豪，他深信知识能改变命运。父亲的思想，深刻影响着我们下一代的一言一行。2000年，我任韩城矿务局一中校长之际，让工匠在学校大门花坛前树立起一块巨大的标语牌，上书"知识改变命运"6个大字，以提醒警示那些正在校园学习的莘莘学子。）

广前哥去世

（1984年8月7日）

广前哥是侯兴才的父亲，今年75岁。一生勤劳俭朴，在合作化后曾任多年生产队保管员。工作勤勤恳恳，任劳任怨，从不拿集体的一物一件，多次被评为劳动模范。为集体干活从不挑轻避重，不讲工分多工分少。省吃俭用，不乱花一分钱，获得群众信任。

8月4日早上，因寻找一件小家具，平时的高血压病发，一句话也说不出，手脚乱动，口内直喘。请来医生打针，说是脑溢血。医治无效，竟于8月5日早上5时半与世长辞，下午便寄埋了。8月6日杀猪1头，重130斤。请乐人11人，来宾客20席，正式安葬了，真令人可叹！让我写对联两副，拟文如下：

一生辛勤老模范人人称赞，百年病故众乡亲个个悲伤；全巷哀痛。

猛病染父身措手不及，杀猪请乐人孝心难尽；哀之何如。

二级会计证书

（1984年9月4日）

9月2日去街上上会（方言，赶集），遇见大队会计侯树卯。他把合阳县农工部发的一个"二级会计技术职称证"给了我。虽然是个只有手心大的红本本，但我心里很高兴。

1984年7月8日，得到招聘会计考试不受年龄限制的消息后，我便借来了教材，学习了几天。8月24日去县上参加会计招聘考试，考了一门业务、一门政治。全大队有6个人报考：侯亚荣、侯积德、侯广顺、侯民德、侯树卯和我。全路井乡考试的四五十个人中只有我一个是50岁以上的人。全县700多名考试的人中，也只发现有一个人比我的年龄大。听说路一大队录取了3个人：侯民德、侯树卯和我。但给他们两个发的是三级证书，给我发的是二级证书。这可以证明我在业务能力上，是一个合格的会计人员。我怎能不高兴呢？

考了多少分，至今也不知道，反正是有了个技术职称。我已经是54岁的人了。同年的同学们，退休的退休了（侯炎垚、侯甲祥等），病故的病故了（侯顺涛、侯林卿等），我还想怎么样呢？不想了！但总觉得上了十来年学，当了十多年会计，连个技术职称都没有，太乏味了。当了几十年大队干部，简直没名堂。所以决心尝试一下，也算如愿以偿了。正是：

十年寒窗苦读书，三十余载当干部，

不为争权谋私利，心地清白不糊涂。

重游姚庄

（1984年11月4日）

1948年秋，合阳中学因胡宗南进犯，学校临时转移。我随同学们来到了韩城县的姚庄，在这里住了40来天，受到了革命思想的教育。

这次胜天调到韩城矿务局第一中学任教。学校为了解决他的后顾之忧，同意让我来学校传达室任门卫，担任值夜班的工作。我10月31日离家来韩，11月1日便正式上班。昨天和菊兰游了一下烈士陵园。今日星期六，下午无事，便和菊兰步行至姚庄一游。

故地重游，心潮激荡，思绪万千。36年时间，好似就在昨天。姚庄小学校门依然是原来古老样式，当初东边作宿舍住的房子也没变。但其它已经焕然一新。学校后边安上了钢门，旁边盖起了新楼房，前面修下了新涝池。村里到处是新平房，村外变成水浇田，村南建起了火车站。柏油马路四通八达，远处四面新楼房林立。古老的韩城县已改成了韩城市。正是：

两次来到姚庄村，三十六年旧变新。

当年初学革命理，劳动人民大翻身。

今夕再走改革路，开发人才致富门，

面向未来育英才，老当益壮往前奔。

（往事如烟，往事并不如烟。姚庄的40来天，在历史的长河中都算不上是弹指一挥间的短暂一瞬。然而，那激情澎湃的革命思想，对父亲世界观的形成、价值观的影响却是无法估量的。）

重游司马祠

（1984年11月17日）

晚上看门打铃，早上7点半下班后，白天便没事干了。胜天要我们去看司马迁之墓，我欣然同意。11月11日早饭后，我骑车子捎上菊兰，胜天捎上江晖、江涛，从电厂出发，经过韩城街，向南直

1984年11月11日永禄、菊兰、胜天、江晖、
江涛在司马迁祠

去芝川。芝川街已迁往西边半塬上了。在街上吃了"糊卜"，便去
芝川桥南司马坡下，望见半山上的祠庙。下边已新建起了砖围墙，
大门口有人看门，每人5分钱买张游览票。走到第一个牌楼下，上
写"高山仰止"。第二个牌楼上写"河山之阳"，直到上边献殿，
上写"太史公祠"。正殿中央端坐着司马迁塑像，凛然正气，令人
肃然起敬。那种刚直不阿的精神油然浮现眼前。殿内有明、清历代
石碑十多座，有的已起明放光。游人拍照摄影，我也没细看碑文，
却有郭沫若的题词刻于石碑上。还有几副对联我也记不下。殿上还
挂着"君子××"4字的白匾。殿后便是司马迁之墓，墓上有几棵
古柏，据说距今已1700余年了。墓塚由砖箍成。墓前有一石碑，上
写"汉太史公司马迁之墓"。

登高望远，东看黄河，白茫茫一片。西见梁山郁郁葱葱，俯观
芝川，新的楼房林立，汽车、手扶来来往往，远非我36年前来时的
景象所比。那是1948年学校转移韩城时路过，约几位同学上来的。
那时破烂不堪，也未见一个游人。乱草丛生，荒凉一片。

恰好有胜天教过的一个学生也来此一游，还带有照相机，顺便
也照了两张。却怕未照好，胜天便去借摄影部的机子自己照，人家

却要租金两元五角。那就让人家照吧！却要等一会。等了一个钟头还不见来，打发江晖叫了两次，说是吃饭哩。最后胜天去看，还迟迟不见来。把江涛等得不耐烦，嚷着要回去。一会儿，胜天和一个女同志拿着照相机来了。原来当他交了现款后，问汇寄地址时，他说："局一中"，问"贵姓"，答"姓侯"。问"你认识我妹妹赵丽吗？"答"认识，她是我班的同学，我是她的班主任。"问"嗷，好！好！好！她经常提起你哩，说你还是出席省上的优秀班主任哩！我确实不认识，莫见怪"。答"没有什么，我叫侯胜天，今后咱们就认识了"。"好！好！好！照相去"！

照了一张，再照一张。她提出"干脆用一卷胶卷，全部照了吧"！因为没时间，好说歹说，硬给江晖和江涛再照了一张。还觉得不过意，未尽心。后来才热情地惜惜告别。12日晚上，赵丽同学将洗好的照片每片3张送到三楼20号房间来了。真快！

事后我回想起这事，久久不能忘怀。联想起幼小上学时读过的一篇文章《郑板桥的故事》。大意是：一天板桥到一寺院闲转，和尚见他衣着普通，让他坐下，叫小和尚看茶。经过闲谈，觉得板桥谈吐不凡，便请他坐下，给他泡茶。交谈中，得知他是远近闻名的学者郑板桥先生，立即热情地请他上坐，亲自给他泡好茶。最后拿出纸笔，请他写对联。板桥提笔写下：

坐，请坐，请上坐；茶，泡茶，泡好茶。

这个故事和这天的事真有些相似。我仿照板桥先生也写两句对联：

相，照相，多照相；你，是你，真是你。

大包干责任制

1952年组织互助组，我任组长，在解决劳力、畜力、农具不足、互相帮助方面起了很大作用，使生产力有一定的提高。但矛盾不断出现，有利则合，无利则散。春组织、秋散伙的现象居多，临时性、季节性的居多，常年巩固的很少，公道正直、有能力的组长很少，互利原则很难体现。

1954年，在靳自荣互助组的基础上成立了路井第一初级农业生产合作社，我担任着会计。1955年，毛主席发表了"关于农业合作化问题"的文章，合作化高潮来到了，土地折股分红。只分了一年，1956年就转成了路井高级农业生产合作社。群众热情很高，各项劳动管理制度初步形成，定额记工、"三包"制度逐步完善，生产力有了较大提高，抗击自然灾害的能力有所增强。由于打破了地界，兴修水利，水土保持能够在较大范围内进行。

1958年，毛主席提出"人民公社好"，一夜之间全县实现了公社化，各项工作大跃进。大搞深翻密植、大炼钢铁。"三包"制度一风吹，浮夸风、平调风越刮越大。实行食堂化，吃饭不要钱，干活不计工。农村出现了"病人多"、"孕妇多"、"产妇多"的"三多"现象。下地一窝蜂，干活大呼隆，忙忙乱乱没眉眼（方言，没条理）。表面上轰轰烈烈，实际上慢慢腾腾，干不下多少活路。粮食、棉花、柿子等许多农产品糟蹋浪费十分严重，生产力下降。1959年又批判右倾，出现了低标准和三年困难时期。1963年公布了《农村人民公社工作条例(修正草案)》，简称《六十条》，定额记工、按劳分配，生产力才得到了恢复。

1966年却发动了"文化大革命"，严重破坏了生产力。1967年学习大寨的评工记分。评工中由争争吵吵、嚷嚷闹闹，到以后的冷冷清清。干多干少一个样，干好干坏一个样，干和不干一个样，甚至干活的挣不下工分，挣大工分的却不干活，大大挫伤了社员的劳动积极性。1968年各地武斗现象严重，甚至动起了枪炮，真有不可收拾之势，1970年以后才逐步稳定了局面。1973年以后逐渐恢复了定额记工。但大寨式评工的后遗症和"文革"中乱批"走资派"的创伤，生产队长也不好当，定额记工很难认真贯彻，生产水平一直提不高。

直到1976年粉碎了"四人帮"，1978年十一届三中全会以后，党中央发布了一个接一个的文件，农业生产才逐步得到了恢复和提高。

"包产到户"自合作化以来是受到批判的，说它是资本主义的。"文革"中连"包工到户"都要批判，因而1980年以前无人敢提"包产到户"，因为那和拉牛退社、分田单干一样，是挖社会主义墙脚的。1980年9月，中央下发75号文件，才提出允许边远山区的穷队搞"包产到户"，以解决温饱问题。1981年5月县上举办大队长训练班时，还要把"包产到户"的队控制在20%以内，提倡专业承包联产计酬的多种形式的生产责任制。路一大队只有第一队最差，社员家家户户要求包干到户，负担公购粮任务。1981年夏收后按人劳比例将耕地分到户经营。七队由于申请写得迟了，公社没有批准，社员硬要分了，公社大队都不承认。

1982年一号文件提出稳定和完善责任制，让群众讨论，多种形式作选择，领导不要硬推，也不要强扭。公社才提出了关于生产责任制的16条决定，让群众讨论，绝大多数人都要求大包干。7月9日五队社员开会讨论，除我和公寿妈外，大家一致同意"大包干"。于是成立组织，进行编号评等分地，评价分牲口分农具。有人惋惜地说"辛辛苦苦三十年，一夜退到解放前"。侯三兴对我说："上边把咱这一代人做了试验田了。"事实也确实是这样。只有实行大包干的责任制，才极大地调动了人的劳动积极性。1983年、1984年加上雨水及时，旱象不严重，粮食、棉花都得到了大丰收，可以说超过了历史最高水平。家家吃的纯麦、白馍，再不为口粮发愁了。划院基打墙盖房的户一天比一天多。

但难免也出现了一些个别困难户。如主要劳力的患病，牲口的伤亡，其他自然灾害的侵袭，都会让某些户承包不起，而使生活发生困难，富与贫的差距又大起来了。不过这个问题，通过政府的扶贫帮困政策和亲邻互助互济，可以得到一些解决的。正是：

解放拨云见晴天，土改农民有了田。

互助合作闹生产，人民生活得改善。

公社吃了大锅饭，多年粮食难过关。

各种办法都试遍，最好还是大包干。

粮棉样样大丰收，多种经营都发展。

（1982年，中共中央批转《全国农村工作会议纪要》，充分肯定了不同形式的农业生产责任制，其中包括小段包工定额计酬，专业承包联产计酬，联产到劳，包产到户、到组，包干到户、到组等等。这篇笔记，较详细地叙述了解放以来中国农民走过的艰难历程，记录了农村土地使用权的历史变迁。一句淳朴而直白的"上边把咱这一代人做了试验田了"发人深省，引人深思。解决好"三农"问题，乃治国之要务。灾难深重的亿万农民，再也经不起任何折腾了。）

先代会

初级农业社成立后，我便担任了社会计，认真负责一丝不苟地搞好会计业务。日清月结，发现问题，立即查找。哪怕一分钱的差错，也要查它十遍八遍，千笔万笔，三天三夜，不查清决不罢休。坚持原则，毫不马虎，有问必答，不怕麻烦，深得群众好评。团县委书记周红军于1955年7月1日写了一份上报省上的材料《年轻的优秀会计——侯永禄》，县上评我为赴省代表。1955年9月9日，我出席了陕西省首届青年社会主义建设积极分子大会。

大会9月10日举行开幕式。全省527人参加，其中农村青年278人。每个代表发了一个纸文件袋，装满了大会文件和经验材料；又发了一个纪念章。大会听取了团省委白纪年的报告：《让全省每个青年的青春和智慧在祖国社会主义建设的伟大斗争中放射出更加灿烂的光辉》；听取了主席团成员王宝京的经验介绍。会期5天，9月15日闭幕。这是我一生中第一次参加的、也是唯一的一次省上的先代会。我第一次住上了楼房，第一次听到了高音喇叭，第一次吃到了好饭好菜，第二次看到了西安大街，第二次坐上了火车。

1956年4月19日，路井乡高级农业生产合作社成立了，会计仍由我担任。从此去县上开会成了家常便饭，每年都有几次。1956年7月7日参加了合阳县第三届团代会，由赵福秦作工作报告。1956年10月16日，出席了合阳县第一次先进统计工作者代表会。17日开幕，20日结束。共94人参加，我在评选颁奖时荣获二等奖。

由于解放以来干部没离身，团支书、互助组长、副支书、大队长等，在区上、乡上、公社参加的会，那就更多了。特别是公社的会，长会十几天，短会几十分钟。大会、小会，不分白天黑夜，会连会，会套会，真是数也数不清，记也记不下，真有些厌烦。

但较有意义的还数1983年元月5日参加的"路井公社精神文明先进代表会"。我是以"好家长"身份参加的。听了好媳妇、好儿子、好丈夫、好妯娌、好家长以及"五好家庭"的经验介绍，颇受启发。会上也给我发了一张奖状，确有点纪念意义。

西玲盖房

西玲1978年春节和新录结了婚。1979年11月22日便添下了个"宝贝女"叫侯艳。因为引玲两个娃，胜天一个娃都是男孩，孙女只有这一个，人人喜爱，真如掌上明珠。

新录家弟兄4个，除大哥天录在西安工作外，其余3人都在农村。二哥积录有两个孩子4口人。新录和双录是孪生兄弟，双录也是1978年春节结婚，第二年冬有个小孩。弟兄3人和老父母全家12口人，但只有半所院基，8间厦房，住房确实拥挤。

申请院基的批复1978年就下来了，但小队、大队没有决定划的地方。申请院基的人一年比一年多，寻的人跑的次数数不清，但总没法解决。大队新规划的巷划不成，公社一拖再拖。最后万不得已，小队才决定就在队里的场面内划，大队也就省事了。1982年8

月10日一下子就给六队划了六七户，其中包括西玲新录家，解决了四五年不能解决的问题。

刚划下院子，12日新录便叫下手扶拖拉机拉土。正好是暑假，丰胜万胜争胜都在家，和江晖一起去丢土卸土。用手扶拉土，人多车少，拉到16日还没拉够一半。干脆一人一个架子车，方便又快。17日叫来党锁、自强、发强，赶天黑才算拉毕了。21日开始挑墙根栽板打墙，兄弟们轮流帮忙。25日11堵墙全部打成，结束了一项大工程。

1983年春季，西玲家准备了多年的大事盖房子开始了。3月24日搬东西，25日新录的父母搬到了我家东院居住。26日拆他老屋门口的高背厦子。28日木工开工，由赵师新和徒弟宗奇来做。饭在我家管，活在我家做。我也给担水、搬砖、招呼匠人。4月2日11点立木上梁，我给写的对联是"父母多想王银匠，儿媳常学薛水莲"。4月6日泥工动工，我给拉水装砖。9日摸掺，叫来选民、栋仙给帮忙，我捎早绞水。13日瓦房。16日瓦成。17日全部竣工。胜利地盖成了5大间新瓦房。正是：

儿子女儿都一样，盖房下苦理应当。

今日咱把账放出，老来用女有指望。

（"今日咱把账放出，老来用女有指望"。羔羊有跪乳之恩，乌鸦有反哺之情。西玲盖房期间，父母出了大力，流了大汗；父母晚年在路井老家，西玲陪伴左右，悉心照管——这成为路井城里家喻户晓的一段佳话。）

也戴上手表

60年代戴手表的人很少。莫说农村，就是有固定收入的城市人戴表的也是少数。机关学校单位是按时作息，一个单位有上一个坐钟或闹钟、挂钟也就行了。农村上工下工，晴天按太阳，阴天按响估计。见上一个戴手表的人，就十分惊奇，一定是个大干部有钱人。

到了70年代，戴手表的渐渐多了。争胜上了高中，为了不误时间，于1977年10月8日到孟庄供销社以6元钱买了个闹钟，一下子方便了，蒸馍做饭再也不要看太阳估摸时间了。但我还认为花上一二百元戴手表那是有钱人耍阔哩，是资产阶级生活方式，一般偷盗抢劫的对象多是骑车子戴手表的，一二十元买个闹钟既省钱又实用，更安全呀！

胜天在局中学任教上课下课掌握不住时间，1977年买了块延安牌手表，价90元。秀春是个民办教师，结婚时给了她。1978年另给自己买了一块钻石牌手表，价110元。丰胜张掖师专上学时，于1979年7月也以90元买了个红旗牌手表。万胜在延安大学上学，人家都戴着表，他一人没有表也太寒酸，引玲和俊杰知道了，1981年暑假，以95元给他买了一块蝴蝶牌手表。至此兄弟4人就剩争胜一个没有戴表了。引玲就将她一个中山牌旧表给了他。

1982年12月24日下午绞水时，侯甲申的好友老张从西安来看甲申，人没在门锁着，便坐到我家等候。闲谈中说他们厂生产手表卖不了，职工工资发不了，厂里便让职工分头销售以作工资。他也带了不少表廉价出售，上海表每只30元。正说着新录来取红薯，细看细听，觉得价合宜，便买了两只。但经别人一看，说是走私表。隔了一段时间，老张来了，新录要退又退不了，想原价卖给别人，又没人买。1983年春节时听说争胜的中山表坏了，便把这表给了争胜。剩的一只叫西玲戴，她又不好意思戴。1983年冬便给了我，我硬着头皮也戴上了手表，人们暗暗惊讶！我都觉得掌握时间方便得多了。

（上世纪80年代初，社会上流行青年男女结婚时必须有"三转一响"即自行车、缝纫机、手表、收音机。这些现在看来微不足道的东西，当时可算是高档商品了。因此，西玲才有"不好意思戴"的羞怯，父亲才有"也带上手表"的感叹。）

垫大坡

到东岭去的一条大路，是路一大队4个生产队的重要生产路，1000多亩耕地，要通过这条路来拉庄稼送粪土。它也是路井去孟庄许多村庄的交通要道，重要性自不必说。

"抽黄工程"要修路井六级抽水站至习家庄七级站的干渠，渠高五六米，南北走向直接切断了这条要道。向南一畛地，也有一条小路，只是去西庄子的人行道，并不通行车辆，而设计上却是修个渡槽。而在这条通行汽车、拖拉机的要道上，却不修渡槽，也不修倒虹，硬要用土垫成大坡，上面只修个过路桥。这是为什么？我百思不解，问指挥部，问公社，也问不出个明白。想来想去，大概是要路一大队的干部先来"渗渠"（即送礼）吧！但路一的干部没有这个习惯。由于不会"渗渠"，不知使路一的人民吃了多少大亏。农建兵团，路一大队出了成百个劳力，平整了两三年土地，却未给路一大队动一锨土，修一分地，给一分钱的报酬。寻找公社多次，白费劲，不顶事。修干渠，在验收质量时，全公社23个大队都合格，唯独路一大队的要全部推倒，返工重来。成万方土，容易吗？有什么办法？这是你不会"渗渠"结的苦果，活该！这次不修渡槽，不做倒虹，硬垫大坡，使路一大队的农民天天晌晌，子子孙孙，世世代代，流汗拽坡，下大苦，出事故，真是后患无穷呀！

干渠修成了，要道切断了，指挥部却无人过问。因为这段工程干渠是孟庄营修，大坡也该孟庄营垫。但并不影响孟庄的生产，孟庄不怕它3年不修。只好寻公社，寻指挥部。眼看夏收到了，仍不修路，说什么没有起土地方。1982年5月19日我催逼着叫6队把将成熟的大麦绿收了，让大家起土垫坡。直到麦收了，秋收了，坡依然未修，真急得人没办法。办公室里的人不收庄稼，怕什么！逼得五、六队的社员只好走七、八队的地里过，七队干部又挡。真是有意制造矛盾。夏收大忙季节，只纠纷处理不完。

1982年冬，公社周有坤主任，要路一大队来修大坡边的"干四斗"，我说："不行！大坡修成，我们再修'干四斗'。"这一不怕得罪领导而硬顶的办法，才生了点效。周主任说："孟庄给路井拨了1100元，干脆由路井修。我看一方土一块钱，你们路一修坡吧！"

上边的问题解决了，下边的问题出来了。11月19日晚召开"两委"及队长会讨论，一方土一块钱，也没有一个队来承担修"干四斗"和修坡的任务。无奈之下，我在5队自行组织青年于20日开始动工，进行清基。营里来了王勤功和樊兴科进行丈量算方，共计1800方。除去孟庄已做的450方外，尚留1350方土。21日正式开始了拉土垫大坡。每拉5车算一方土。按每方5角钱付报酬。青年们干劲很大，每人每天能拉6方土。

支书开会回来了，晚上开队长会，决定各队轮流上"干四斗"垫土，每队一层，量板面土方。各队却乱起土，把坡上垫的土也起了，真看不住。垫坡共8个车车，十几个人不怕天寒地冻，捎早便起身动工，干得正起劲，却在营里领不下现钱。社员怕说话不兑现，只好停工了。垫的土被修"干四斗"的拉了许多。1983年夏收马上就要到了，营里才催叫着垫坡，迫于无奈给了200元。5月11日又召集劳力，开始垫坡。因"干四斗"已经垫成，要开挖渠道了，便将渠内挖的土垫在坡上，可说是一举两得的好事。但5月23日，营里的负责人赵军却前来阻挡，说渠中的土先不挖，要垫坡，必须从坑里另拉土。真是有意刁难。下苦的只得从大坑里出大力拉土垫坡，赶夏收垫成。

垫成后找营里赵军来验工，他说："你们自己走，你看能行就行了。"谈到要报酬时，却说："总部只批了930元。"1350元毫无道理地砍去420元。找周有坤主任、王勤功会计，都是这么说。有理无处讲。就按930元领吧！却没有现款，等有了再给。我只好算到各人名下，暂欠。后来讨要多次，总是没钱。1984年3月24日，我和赵长生去营部找赵军要钱，竟然大瞪眼说不能给，因坡垫的宽度高度都不够。真气人！只好愤愤而回。真是：

办事先得会"渗渠"，请吃请喝多送礼，

你要不会这一套，啥事别想办前去。

公事若不去"渗渠"，大伙跟着受委屈。

私事不来这一套，吃亏还是你自己。

思前想后心不变，甘愿吃亏受委屈，

任它邪风刮多大，莲出污水不沾泥。

（《垫大坡》一文让我们看到了农村党和政府中某些干部违背科学、办事拖拉、缺乏公信力的工作作风，看到了要为老百姓办点好事办点实事的艰难与无助。父亲早已不在了，然而每次回家，却能看到当年修筑的那座大坡，仍然默默地矗立在108国道旁，向人们昭示着官僚主义的"丰功伟绩"。）

连雨垫路

南埝地边修的社队路，近年来汽车和手扶拖拉机多了，路面坑坑洼洼很难行走。雨天行车泥坑一尺多深，天晴路不干，坑内水常存，行人吃苦，怨声载道。农忙时更难通行，翻车成为常事。公社大队多次提出整修，总难付诸实施。

1983年秋，联合国援助合阳路井地区平整土地工程，要求专家实地考察，公社才下了决心。9月10日召开全社大小队干部会，布置接待外宾，突击平地修路。10月14日又开会布置修路。15日小队开会讨论，上午便按户分段开始修南埝的路，晚上公社蒋红民副书记亲自来我家督促。16日竟下起雨，决定连雨拉炭渣垫路。我穿着雨衣，上午连着拉炭渣，下午在大队高音喇叭上讲修路情况。17日又连雨去公社拉砖头、去农具厂拉炭渣垫路。19日至21日继续大干，才算垫成。联合国的专家21日便来了，还去了路井粮站。

从此这条路才好走了。大家都说："多亏联合国来人，否则不知这条路哪年才能修好。"

（整修一条"社队路"，如果不是联合国专家组前来实地考察，不知又要拖到何年何月。戏剧《七品芝麻官》里清苑县知县唐成有句话："当官不为民做主，不如回家卖红薯。"假如用这句话作为衡量我们干部的标准，那应该"回家卖红薯"的人不知有多少呢？）

丰胜的婚事

丰胜1976年2月25日参了军，驻于甘肃武威。1978年参加了高考，上了张掖师专。1979年元月19日第一次回家，1980年2月1日第二次回家。春节期间民才提亲，说下李家坡李仙娥。初四在民才家见了面，互留通信地址。但再也没有联系过，不了了之而告吹了。

1980年8月15日，丰胜张掖师专毕业，回到了部队。10月3日接到团部的提干命令，提为正排23级。10月14日调到了兰州军区军医学校。1981年春节邓哥给丰胜提亲又没有成。回到学校后，好多同志给他介绍了不少对象，不是他不满意，就是对方不同意，总未成功。秀春和吴焕绒医生又给介绍下马村的张淑英，在他们军医学校上学，但丰胜却不热心。1982年春，我们去兰州，提起高士明介绍的高姓女孩，丰胜还是不同意。

1982年12月7日，赵宗汉老同学去北京开会，来路井看望他姐

丰胜、李萍和儿子侯炜

　　姐。我托他在兰州给丰胜找个对象，他满口答应。1983年2月19日，丰胜来信说他赵叔给他介绍下毛纺厂一女工李萍，经过一两个月的交往，已确定了关系。3月5日来信，说他俩2月28日举行了订婚仪式，互赠送了礼品，合拍了两张照片。李萍也来了信，称我俩为爸爸妈妈，说她跟了丰胜是世间最幸福的人，她愿意和我们全家人是一家人。又说让家里人放心，她会把丰胜照顾好的。丰胜说他找下了李萍，比他原来理想的更好。

　　10月31日，丰胜李萍领了结婚证，12月19日在兰州举行婚礼，12月26日回到了路井。1984年2月5日，即正月初四是我家传统的招待拜年客人之日，借此丰胜和李萍便同亲友见了面，也算酬了客。白天3席，晚上3席，算办了一件大事。夫妻二人感情融洽，十分恩爱。我们心里非常高兴。

　　丰胜李萍订婚那天还收到了延安大学让万胜去上海师范学院进修一年的通知书，真可谓双喜临门。当时遂拟诗一首，以表心情：

　　两封喜信同时到，乐得全家哈哈笑。

　　丰胜李萍定良缘，万胜进修通知到。

　　春风送暖花含苞，旭日东升阳光照。

幸福生活节节甜，似锦前程步步高。

（路井地区俗语说："不欠儿子的家当，却欠儿子的媳妇。"意思是说，作为父母，给儿子留不留遗产没什么关系，但给儿子娶不下媳妇，就意味着没尽到做父母的责任。丰胜李萍喜结连理，了却了父母心中的一件大事，也推开了他们幸福生活的大门。）

土地调整

1984年中共中央发布了一号文件，要求将家庭联产承包责任制的土地承包期延长至15年以上，以稳定农民怕变的心理，实行集约经营，调动其向土地大量投资的积极性。

合阳县委决定抽调干部来路井公社作试点工作，由杨永吉带队，蒋红民负责路一。3月9日进队，10日晚开队长会。原来的土地划分是按人劳比例，但人的年龄劳力年年有变动，很难稳定。这次全部按人口计算。原来片片地里户户分，面积零小块块多，不利于耕作。这次调整，并大块。但涉及到挪畔子、作物不同找槎子、土地质量不同变等级等许多具体而复杂的问题。大的原则是大稳定小调整，一包15年不变动。

4月12日晚，乡上对路一大队领导班子进行了调整。我因年龄偏大，不再担任大队长。随后又让我担任调整土地的组长，进行清丈登记调整、裁畔子。6队问题较多，我具体抓6队。5户选一个代表，讨论调整办法。16日晚上集中培训各队抽调的清丈人员，第二天全面开始清丈，26日召开调整土地总结会。5月6日，我以社员代表的名义在土地使用经营证上盖章。7日早上大队开群众大会，总结土地调整工作，并颁发了土地证。

土地调整使群众吃上了"定心丸"，有利于农业生产。当然，也出现一些不公平的现象。如有人多地变少，大地变小，块数变多，好地变坏，近地变远，肥地变瘦等。我家按人口每人2分4，应分9亩6分，比原来按人劳比例分9亩时多6分地，但却未补足。正是：

责任制，大包干，社员个个心喜欢，

承包期，十五年，农民吃了定心丸。

不再害怕政策变，一心一意搞生产。

粮棉瓜菜都丰收，多种经营大发展。

(2003年3月1日起施行的《中华人民共和国农村土地承包法》第二十条规定："耕地的承包期为三十年。草地的承包期为三十年至五十年。林地的承包期为三十年至七十年；特殊林木的林地承包期，经国务院林业行政主管部门批准可以延长。"更让农民吃了定心丸。)

扶麦

1983年秋下种的小麦，都是"陕合6号"，分叶多。国庆节种的老崖自留地，1.84亩用种20斤，每亩下种量11斤。10月9日种的龙王庙，每亩下种量15斤。由于地肥，特别是1984年春季雨多，5月10日晚下起了大雨，几天不晴。正值小麦灌浆期，很多麦子便卧倒了。卧倒的麦一整片一整片，是历史上少见的。由于地湿地软，不能通风透光，挨地麦秆发霉变黑，使小麦颗粒不能饱满，将造成大幅度减产，也会使收割无法搭镰，效率降低。

怎么办？5月25日下午，在老崖自留地试着捆扶，用两行挨着的麦，每行一撮，抓在一起，再用3根麦捆绑便能扶起。这样既能通风透光不使近地的麦子发霉变黑，又便于成熟后的收割，可提高速度一倍，等于闲时做了忙时的活，减轻了大忙时的劳动强度。于是我便和菊兰一齐动手，26日到31日共6天，每天干一晌，将卧倒的二三亩麦全部扶起。亩产仍达300余斤。颗粒较瘦，质量不差。总结起来还算成功的经验，当然不如不倒的产量高。

"八分支"挖渠

"抽黄工程"修成了习家庄站，便要开挖"八分支"渠道了，地址从"老八沟"开始。因为开口处最深最难，路井营决定让路一大队来开挖。1983年7月4日我和介璠及指挥部技术员去给"八分支"放线。11月20日和俊德去看工点。共长350米，渠上深2—6米。23日傍晚让耀斌去放边线。24日开队长会讨论工点，布置开工，并决定大队干部和民办教师不分土方任务。各队先按统一深度挖2米深。

由于速度不一，12月7日和俊德去检查，有的队许多户尚未动工。10日在"八分支"工地召开队长会，督催速度。5队有人提出幼儿教师和军属也应免去土方任务。情况较为复杂，问题难以处理。我家既是军属又是民办教师，我还是大队长，从来就未减少过土方任务，何必在"八分支"上要免呢？算啦！和社员一样分吧！5队就重新划分工点，把未分土方的户全分上。15日和耀斌去"八分支"给各队工点量出再下挖的深度，刻在埝壁上。

12月26日，丰胜和李萍从兰州于19日刚结了婚便回到路井。第二天，丰胜便帮西玲和新录到"八分支"去挖渠。29日我和扣民去认工点，丰胜、李萍也扛起钯子和锨硬来挖渠。渠边已堆满了土，再要挖必须先卷开土。地已冻有五六米深，用钯费大力才能挖开。丰胜用钯子挖，我向上丢土，李萍在上面卷。31日，胜天、秀春、丰胜、李萍都去"八分支"挖渠。1984年元旦我也去，2日引玲也去挖。元月7日，丰胜们从韩城回来，又和李萍去挖渠。天气很冷风很大，一连挖了3天。李萍的脚冻肿了，手磨破了，还不松气。9日上午终于将4米多深的渠全部挖成了。10日早上，丰胜、李萍这才搭车往李萍老家华阴县去了。"八分支"的整个工程是1984年冬经日夜奋战才全部完工的。真可谓：

新婚夫妇干劲大，天寒地冻全不怕，

脚肿手破不松气，体弱力小志气大。

为叫黄河浇良田，"八分支"里血汗洒。

儿女媳妇齐上阵，群众人人齐声夸。

（为了避嫌，虽然"我家既是军属又是民办教师，我还是大队长"，父亲甘愿和其他人一样，接受"八分支"挖渠的土方任务，令人感动。李萍新婚燕尔，第一次回家，抛却城里姑娘的"娇骄"二气，数九寒天挖土方，令人赞叹。）

恢复乡政权

1984年3月19日公社召开大队干部会，由新任副县长刘坤才代表县上宣布：路井公社改为路井乡政府；路井乡政府新的领导班子成员是：宁百川任党委书记，习有才任副书记，王金生任乡长，王普宗、雷安民任副乡长。

就这样，前后一两个钟头，新的乡政府便算成立了。也不用敲锣打鼓，打旗鸣炮，开万人大会，人民公社就悄然消去。虽然在一段时间内，群众、干部口头习惯未改，仍叫公社。但不久门前牌子上却写着路井乡人民政府。1985年初又变成路井镇人民政府。

自从1958年8月29日开了大会，路井区（记不清叫第四区或西南区）变成了路井公社，至此近26年了。回想起来，如梦一场。批右，反右，批修，反修，大跃进，社教，四清，文革，清队，学大寨……干部不离身，运动不断头，总是跟不上形势。粉碎"四人帮"，换去华国锋，平反冤案，改变成分，大包干责任制，对外开放，对内搞活……不管怎样，近几年生活大改善，心情大舒畅。50年纪的人，作了一辈子"试验田"，受尽了折腾，到头来要享晚年福了。

（不可否认，人类的历史应该是线性向前发展。然而，在某一个时期，也会曲线迂回，甚至出现圆周运动，风风雨雨、曲曲折折后又回到了它的起点。"作了一辈子'试验田'，受尽了折腾"，也许，这是亿万农民从内心深处发出的悲叹。几亿人的悲欢离合，几代人的酸甜苦辣，可谁能为它买单呢？！）

紧张的夏收

（1984年6月13日）

1984年的夏收，是土地承包到户的第二个夏收。春雨过多，小麦普遍倒伏，直到6月5日和6日还下着雨。8日早饭后和菊兰将棉花锄完，下午1点便和秀春去七峰火车站，把引玲和胜天接回来。吃饭后便去老崖自留地割麦，从下午5点割到晚上7点多点，仅割了三分之一约6分来麦，捆成80捆，拉了4车车。把人割得腰酸腿疼，浑身就像散了架一样。

9日清早先去龙王庙地看麦，也熟了。7点便吃了早饭，去靳家灵割麦，烈日当空，又热又渴，连割带捆，连装带拉，赶下午2点才割拉完毕，一个个精疲力竭。下午5点半又去老崖割了六七分。10日早上4点半便起床，去老崖点玉米。6点吃饭后便去龙王庙割麦。引玲和她妈割，我割一会捆一会，胜天和秀春用车车拉。直到下午6点才割完，还有一车未拉。她们4人一鼓作气，又去老崖割麦，我一个人将剩下的一车去龙王庙拉了。日头将落，潮气上来，镰又不快，麦更皮了，剩下的全是卧倒的，未倒的没处下镰，麦又连根随镰拔起。手和胳膊都没劲了。我又捆麦，胜天、秀春连装带拉。引玲和她妈割得实在连腰也直不起来，唾唾手，咬咬牙，坚持要割完。直到9点天黑得啥也看不见，才算全部收割拉运完了。

晚上喝过了汤，她妈却念叨："咱家收完了，不知西玲家收的怎么样了？"引玲说："听说叫的割匠刘完了，拉不完。"胜天说："咱们帮着拉去吧！"引玲说："行！我也去。"我说："算啦，人都乏死啦！管她呢！"他两个拉上车车硬去了。秀春哄

下侯亮后也要去。我说："对咧，太累咧！我明天给胜天说，侯亮不让他妈走。"

11日早上5点，我又去点玉米。走到巷口，碰见引玲胜天们拖着疲惫不堪的身子回来了，说："多亏去帮忙，麦铺下一地，顾不上拉钯，晚上不拉完，太阳一晒，颗子就打完了。"上午，用凡定的小型脱粒机，全家人齐动手，起麦的起麦，打份的打份，丢秸的丢秸，我在积上拨秸。半小时脱了二亩麦。脱毕后，一个个倒卧在麦积边。我说："算啦，明天再用大机子好脱。"大家才松了口气，露出了笑容。

下午将麦扬出后，用人拽耧（用人拉着耧）将自留地全种上了谷和绿豆。12日早上靳家灵用钯搂麦。上午用西明的大机子。只用了一个半小时，1500多斤净颗子小麦出来了。就是太紧张，用人更多，必须10来个人才能耍开。下午给西玲家脱，晚上又给积录家脱，真累坏了人。多亏第二天下起了雨，人才能休息。不然常坐办公室的人，咋撑得住这"火"啊！但紧张的"三夏"由于机械化，大干短短的4天半，便基本结束了。真是：

党的政策无限好，群众干劲分外高。

294

黑地白人连轴转，虽苦犹乐喜眉梢。

年年麦子大丰收，家家粮食没处倒。

四化建设快如飞，幸福生活乐陶陶。

（"咋撑得住这'火'"，是说咋受得了这高强度的体力劳动！没有亲手用镰刀割麦子的人是体会不到割麦子的辛苦程度的。夏收龙口夺食，紧张忙乱。在外工作的我们一般要回家帮父母收割麦子。这对我们这些"常坐办公室的人"无疑在体力上、心理上、忍耐力上都是一个严峻的考验。）

1985年～1989年

　　1985年至1989年，农村的联产承包责任制不断完善，国家体制改革委员会《深化经济体制改革的总体方案》出台，中国的改革开放不断向前深入发展。

　　1985年：1月，中共中央、国务院发布《关于进一步活跃农村经济的十项政策》、《关于国营企业工资改革问题的通知》。六届全国人大常委会第九次会议在北京举行，决定每年9月10日为教师节。西玲、新录的儿子侯蛟出生。

　　1986年：1月，中共中央、国务院发出《关于1986年农村工作的部署》，转发中央职称改革领导小组《关于改革职称评定、实行专业技术职务聘任制度的报告》。7月，国务院发布《国营企业实行劳动合同制暂行规定》、《国营企业辞退违纪职工暂行规定》、《国营企业职工待业保险暂行规定》和《国营企业招用工人暂行规定》。秀春被录取为渭南地区合同制教师。胜天、秀春的女儿侯晶出生。丰胜、李萍的儿子侯炜出生。万胜、刘小丽结婚。

　　1987年：1月，中共中央发出《把农村改革引向深入的通知》、《关于当前反对资产阶级自由化若干问题的通知》。10月，中国共产党第十三次全国代表大会在北京召开。引玲调入韩城矿务局运销处。俊杰调入行政处总务科。秀春调往韩城市苏东乡姚庄学校。万胜晋升为讲师。

1988年：1月，国务院召开第一次全国住房制度改革工作会议。2月，国务院批转国家体改委提出的《一九八八年深化经济体制改革的总体方案》。7月，《中国人民解放军文职干部暂行条例》、《中国人民解放军军官军衔条例》相继出台。8月，中共中央政治局第十次全体会议讨论并原则通过《关于价格、工资改革的初步方案》，各大中城市出现抢购风潮。10月，国务院作出《关于加强物价管理严格控制物价上涨的决定》。丰胜破格晋升为讲师。争胜、邓碧兰结婚。

1989年：1月，《中华人民共和国香港特别行政区基本法（草案）》公布。2月，中共中央办公厅、国务院办公厅发出《关于清理党和国家机关干部在公司（企业）兼职有关问题的通知》，中共中央发出《关于进一步繁荣文艺的若干意见》。8月，中共中央政治局讨论并通过了《关于加强党的建设的通知》。9月29日，庆祝中华人民共和国成立四十周年大会在北京隆重举行。永禄和老伴第一次坐上飞机。江晖考入陕西工学院。

体育运动得奖

（1985年元月14日）

今年元旦，路井镇教师开展一次3000米长跑比赛，秀春得了女子比赛第一名，奖了一条枕巾、一个笔记本和一张奖状。韩城矿务局电务厂也举行了一次长跑比赛，引玲得了女子二等奖，俊杰得了男子二等奖。每人各奖了一个小巧美观的保温杯。去年元旦，引玲还参加了爬山运动，登上了象山顶，奖了一斤水果糖。争胜1983年在西北建筑工程学院，在一次越野赛跑中夺得了第三名，奖了一个纪念册，并被班上评为精神文明运动员。

我在以前是看不起体育运动的，老认为经常辛勤劳动，就是有益的体育锻炼。学生时代连篮球场都不去，认为"心无二用"。参加体育活动的同学，把时间都浪费了，上文化课一定心不安，学习成绩一定不好。

自从八十年代以来，才改变了这种认识。体育活动能促进文化学习。既是体育锻炼，也是一种休息。劳动是不能代替体育锻炼的。参加体育活动，可以增强体质，提高劳动生产率，是健康长寿必不可少的方法。孩子们做得非常正确。

（在父亲的笔记中，这是唯一一篇专门谈论体育和健康关系的文章。1952年，毛泽东为全国体育总会题词"发展体育运动，增强人民体质"。数十年来，人们并没有完全领会它的精神实质，往往过于关注赛场竞技体育，而忽视了全民健身体育。尤其是怎样发展农村的体育健身运动，并没有提到议事日程之上。）

住韩百日福

1984年秋暑假后，韩城矿务局决定成立一所重点高中，即矿务局第一中学。要将胜天从矿务局中学调往局一中。胜天向领导提出要求解决夫妻两地分居的问题。学校和局领导批准了个过渡性办法：解决一个临时工名额，可让家属担任学校传达室门卫，每月工资42元，按二级工对待。至于农村户口转商品粮的事，等一段时间再说，胜天也只好答应。他既是一名共产党员，又是矿务局劳动模范，出席陕西省的优秀班主任，不能把个人利益放在党和人民利益之上啊！要服从组织分配。

秀春为了离家近些，从南庄村调回本村路井中心小学任教。聘书刚接到手一两个月，怎好辞职不干而去韩城当临时工呢？多年的教龄白白丢掉岂不可惜！在此情况下，胜天提出让我去代理一段时间，以免将这个来之不易的名额白白丢掉。况且冬季正是农闲季节，我又没有当干部那阵天天开会呀、学习呀那么忙了。而且要他母亲一同去，既能给父亲做饭，他也不要在集体灶上吃饭多花钱，还吃不好。经反复商议，老俩口便决定都去韩城过冬。

10月27日，胜天专程从韩城回来接我们。30日我送完报纸后，傍晚便将猪送往西玲家，收拾好行李，于10月31日来到了韩城矿务局一中。现在春节将到，为了全家欢聚，2月10日，我们坐上西韩火车，离开了局一中，回到了可爱的路井。在韩城整整住了100天。在这100天里的衣、食、住、行、吃、喝、玩乐的情况是怎样

韩城矿务局一中胜天家里。从左到右:胜天、秀春、侯晶、菊兰、侯亮、永禄

的呢?

我们住在第四幢家属楼二单元三层楼的20号。房间有两个各10平方米的卧室,一间灶房,一个厕所。我俩住在南边卧室里,大大的玻璃窗朝东开着,两个单人床合并在一起。晚上,明亮的电棒照得和白天一个样;关了灯,外边的灯光照进屋子有些光亮。天一亮,朝阳便先照进来。厕所就在隔壁,十分方便,不怕淋雨也不怕着凉。灶房有自来水龙头,洗衣、做饭方便极了,再不愁下雨天担水跌跤了。学校距煤矿很近,根本不愁没炭烧。因为是生炉子,更不用拉风箱烧火。门一开就是阳台,一眼就可以看到黄河的东边山西省了。空气新鲜,阳光充足,楼下就是柏油马路,车辆行人来来往往。每天卖豆腐、花生、蔬菜、烧红薯的小贩,一早就来叫卖。商店、缝纫部、食堂也先后开业,电影院就在斜对面。

天冷了,引玲送来了被子、褥子、单子,胜天买来了电热褥,被窝放上了暖水壶,床下又有电炉子,也就不怕冷,不怕刮风下雪。她妈可以不下楼不出门。三单元里,有学校的彩色电视机,每晚都可看到。引玲从西安给她妈买回棉鞋、线裤,给我买了个线裤、绦纶毕叽裤、两双尼龙袜,缝了件料子中山服。俊杰给我买了件黑毛衣，一顶的哈帽。秀春给我买了件线衬衣。传达室里，胜天盘上了大火炉，并安上了火墙通道。学校给了毯子门帘。总之，虽然气温冷到零下十四五度，却未受一点冻。

吃的一直是白馍，一口黑馍也没沾唇。引玲送来了鸡蛋百余个。胜天买猪、羊肉10多斤，鸡蛋70个，元宵40个，桔子20斤。各样糖果、糕点、花生米、葵花籽从未间断。秀春从路井带来瘦肉几斤，西玲带来饽饽、包子、肉辣子。两人又多次去引玲电务厂，总吃的饺子、油条、豆腐、大肉、鸡肉、鱼肉、鸡蛋等，又是茶又是酒，糖果、桔子不断。

我们不但看了戏和一般电影，还看了立体电影，电视就更多了。还骑车子和胜天、江晖、江涛游了司马祠，照了相。俊杰借来电务厂的照相机子，给我们在学校留了影。趁空闲，游玩了烈士陵园、马沟渠煤矿、故地姚庄及火车站、象山，还上了物资交流会。

我的工作任务很轻松。每天晚上赶7点到传达室打上自习铃，8点和8点10分打中间休息铃，9点10分打下自习铃，便睡觉带看门。早上6点30分打上自习铃，7点20打下自习铃。白天便再无其他任务，可以自由行动。玩玩"十二块"，看看小说，听听收音机，写写回忆录，逛逛马路。天正冷的时候，为了不使我受冻，晚上8点10分的铃打过后，胜天便让我回楼上休息或看电视，由他睡在传达室，打9点10分的下自习铃。第二天早上的自习铃打过后才上楼来吃早饭。百日以内他代替打铃的时候比我还多。我在传达室，除打铃、接电话外，就是搭炉子，听收音机，看书报，锻炼一下身体。

我共领了3个月工资130元，引玲、俊杰还给了些钱，胜天年终还给了50元，来回的车票还是胜天买的。秀春年终也给了20元，真是一般人所难得。我们上街吃饭，面条、饸饹、凉粉、馍糕、包子、汤圆随意买。享的这个福真是有生以来时间最长也最好的呀！和60年代自行车带炭、舍不得花2分钱的困难日子相比，真是天地之别啊！有这样的儿子、女儿、媳妇、女婿，我也就心满意足了。正是：

> 离家来韩百日长，代媳补缺为儿郎。
>
> 打铃看门是职责，肉油糕蛋作食粮，
>
> 电热褥子温又暖，十冬腊月不知凉。
>
> 心情舒畅游名胜，笔兴悠然写文章，
>
> 过此生活已知足，还望来日福更长。

（1948年9月，父亲在"合阳简师"上学。适逢胡宗南匪军进犯，学校转移至韩城姚庄。40多天里，父亲不断接受革命思想的熏陶。这次"住韩百日福"，也算旧地重游。几十年担任干部风风雨雨、忙忙碌碌、兢兢业业，也该清清静静、轻轻松松、快快乐乐享几天福了。）

划院基

（1985年6月3日）

解放初，全国各地先后实行土地改革，斗恶霸分田地，使穷苦农民翻了身，受压迫受剥削的劳苦大众扬眉吐气，真正实现了耕者有其田，大大调动了农民的生产积极性，解放了生产力，提高了农产品产量。

但在订成分、闹土改、划分敌我界限的过程中，人们思想上形成一种印象，凡是财东没好人，有钱人就是阶级敌人，越穷越好，越贫越好。贫雇农是依靠对象，革命的骨干力量。有些不穷的人也装起穷来，都到贫下中农里混。农村中流传着两句话："吃好些，穿烂些，少说闲话走慢些。""房盖低，地种少，吆个老牛慢慢搞。"1955年合作化高潮前，还批判了革命到头贪图个人享受的思想，什么"三十亩地一头牛，老婆孩子热炕头"。要继续革命，走农业集体化的道路，使农民共同富裕。1958年高举总路线、大跃进、人民公社三面红旗，干活不记工，吃饭不要钱。眼看共产主义就要实现，一切都要归公。什么私有制、私有财产，简直无人考虑了。

大房是富有的象征与铁证，成了人们的眼中钉。凡有大房的户，不是地主就是富农。即使不是敌人，也一定是富裕中农，起码是中农；但决不是依靠的对象。大房自己不拆不卖，一定会被集体占用。三年困难时期，人们你申请他要求，千方百计地把大房拆了，各村各巷的大房所剩无几。那时要求盖新房申请划院基的人很少，各村没有几户。1963年后的经济恢复时期，农村流传的四个心爱之物是"自留地，娃他娘，飞鸽车子生产羊"，这个思想也受到了批判。1966年开始的"文化大革命"破四旧，更把农村"破"得破旧不堪。

五十年代没有实行计划生育，人口严重失控。所生孩子到七十年代长大成人，要结婚成家，住房不足的矛盾越来越突出，申请划院基的户，一天天多起来了。1963年曾宣布所有的空院基一律归集体，私人不许卖。不久，这些院基划完了，麦场也划得不多了。有的生产队在耕地里做麦场，腾出的旧场面划院基。有的队没处划了，要大队解决。

经大小会议反复研究，大队决定在城北路边三、四队的城后地，规划一条新巷。因为按人均耕地面积，三、四队较多，且建社以来集体占地也很少调用。但这两个队的干部社员怕耕地越来越少，影响社员收入，所以坚决反对，极力阻挡，以至告到县民政局。民政局批示公社处理，公社一推再推，迟迟不作决定。六、七队社员十几户申请的批复下来了两年之久，也不能划。我身为大队长，仍解决不了没处划院子的问题。1981年，新录家弟兄4人都结了婚，生了娃，还挤在半个院子里居住，家庭纠纷无法调解。真急人！

见此情况，我产生了给自家划院基的想法。第一，五队只要上级有批复便能划下，不存在没处划的问题。第二，我的4个儿子已长大成人，都在20岁以上，已经具备了划院基的条件。第三，丰胜是现役军人，已经26岁，尚未找下对象。从优待军属的角度出发，应优先划给。第四，我现任大队长，接近公社，划院基便于了解情况。院基申请批准划好后，如果新录家仍无法划，就让盖在我的院子里。随后，我以丰胜的名义写了申请书，顺利通过了小队社员会和大队"两委会"。会上，大队支书侯王才第一个发言，赞成给丰胜划院基。但到公社却搁住了。据双喜说："管划院子的民政干事说'路一的人说永禄的院子不紧，他是想给他女划院子'。"看到申请书上茶碗大的"暂缓"两个字，我好生气，却毫无办法。

304

申请的人越多就越难划。有申请递了四五次的，有申请报了六七年的，但总是批不下来。于是找熟人、走后门、请吃喝、送礼物、白干活等不正之风出现了，且越演越烈。为了抵制这种歪风，我在划院子时干脆连主人家门也不进。尺丈一量，灰线一下，转身就走。没有批复、手续不完满的，一户也不划。

　　1982年春，六、七队有批复而无处划院子的社员天天寻找大队，将我的门槛真能踢断。我也无法，只话回不毕。社员又找生产队想办法，小队只好在各队的麦场内划了。8月10日，我和侯树卯给六队7户社员划了院子，其中包括新录西玲的。因为正是暑假，胜天、丰胜、万胜、争胜都在家，便帮忙给新录家拉土打墙。

　　新录家的院子划下了，咱自家的再要不要？院子越难划，越不敢不要。虽然4个儿子都是大学生，都是商品粮，但经济体制正在改革，要打破铁饭碗，砸烂大锅饭。即使大学毕了业，也不是就进了保险柜，随时都有回老家的可能，院子还是要申请的。特别是由小队到大队再到公社，这很不容易啊！还是继续申请，找公社的民政干事赵新年。

　　1982年11月19日傍晚，县粮食局政工组组长侯恒德找我，说是"划院基的职权有变动，民政局最近要把审批院基的职权移交给农牧局。20日要开会研究审批最后一批院基的申请书。我有个申请书，要大队盖个章子。然后我再去公社盖个章，好拿到县上去。让能赶上县里开会，以便研究通过。"　我说："恐怕不行。大队盖章一定要经过'两委会'讨论通过。"在他再三解释后，我才答应今晚立即开"两委会"。会议通过后，我让会计侯树卯盖上了公章。在给恒德的申请时，我郑重其事地请他也将丰胜的申请书捎到县上，让开会时也批准，他未推辞就答应了。时隔一星期，11月27日，院子果然批下来了。老赵见了我说："丰胜的申请我已拿上去了，怎么恒德又拿来了一份，就有几个丰胜？"我说："我怕丢失了，才另补了一份。现在批了吗？"他说："批了，缓几天再发。"12月27日，老赵把路一批了的5户给了我，有我家的，也有恒德家的。

民政局这次批的院基很多，不少是目前并不急需的。因向农牧局移交，就放松了控制，群众意见很大。所以县上决定这次院基批复未发的停发，已发的停划，已划的停盖。必须由公社组织人重新深入调查，征求群众意见，由公社发准划证才能划给。路井公社由雷喜奎负责。1983年元月30日，公社抽调的邓同志和罗五虎，来大队逐户丈量申请院子的家户现有院基的大小，以报公社审核。2月7日，从雷喜奎手中领到院基的准划证。3月5日叫来副大队长侯录全、大队会计侯树卯、生产队长侯同仓，在小东门外麦场里挨住侯赵云家东边，划了一所3分5厘大的院子，长32米，宽7.32米。才算了却了一桩大的心事。

1984年冬，我和老伴在韩城住了100天。我晚上打铃，给局一中看大门，工作倒也轻松，生活却也舒适。秀春来韩城说："公社复丈院基，说咱多划了，要罚款20元。因新录说情，才罚了10元便算了事。"我想，那是用米尺丈量准确的，怎会有多？后来秀春来韩城又说："村上说丰胜是双职工，双职工划了的院子要收回。我去找村支书侯纪轩，要他把丰胜的名字换成胜天的，纪轩说不行。"我说："双职工划了的院子要收回，这是

306

哪里的政策，有没有县上或省上的文件？如果有正式文件，咱就按政策办，决不弄虚作假，应收就收了吧！再说，怎样算是双职工？丰胜院子是1981年申请的，1982年冬批准的，1983年3月5日划下的。那时还没找下对象。1983年2月28日才和李萍订婚。12月19日才结了婚。如果划院子后才成为双职工的，都要收回，那恐怕要收的院子太多了。再说现在要将丰胜名下的改到胜天名下，明天胜天成了双职工，又要改到万胜、争胜的名下吗？所以不必改。1982年10月，公社派老徐来大队清理院基时，拿的县上的文件，明明写着双职工划的院子不要收回。现在再未见过变了的文件。"

1985年2月10日回家后，听有人谈论，说收院子的事只说了一阵并未实行，以后再也无人过问了。引玲、西玲和她妈却要我先把院基给胜天。因为老大年龄大，下的苦多，也需要的早，应该用好心买好心，他会对老人更孝顺的，会给弟兄们作出好样子的。在此情况下，征得万胜的同意，于1985年春节正月初二的晚上召开家庭会，决定将院子给胜天，将分给胜天的院基给万胜。并说明如果罚款，款由全家负担。如果收院基，收后由全家另行统一安排。只是这个决定事前未征求丰胜和李萍的意见。正是：

申请院子实在难，少说也得两三年。

不正之风怎制止，党纪国法应正严。

治家之道和为贵，思想教育放在前。

互相谅解多忍让，团结和睦乐无边。

又盖房子

（1985年6月5日）

1969年在东院盖了5间厦房，4个门窗。1976年又在老屋东边盖了5间厦房，也是4个门窗。另在东北头盖了一间灶房。至此兄弟4人10间厦房，每人两间半，也就将就着够住了。3间门房，我俩连住宿带做饭也满行了，不必再盖了。弟兄4个，除老大胜天的媳妇秀春和小孩侯亮系农村户口外，其余3人都是大学毕业生，都是国家职工商品粮户口，将来的对象可能不在农村找。盖下房子也是闲着，还得人操心看门户。

但是，1983年城外新院子已经划下，怎能不盖呢？莫说去冬有收回双职工院基的波动，即使不是双职工，划下的院子半年不盖，也要收回，所以必须盖。就这事全家反复讨论，意见仍不统一。争胜年龄小，坚持不盖。万胜虽不反对盖，但也不同意盖，说是收就让收了吧！胜天、秀春认为院基要要，不能让收了。在不盖就一定会被没收的情况下，那就缓盖吧！丰胜、李萍认为盖了是上策。引玲、西玲也同意盖。最后决定盖。

几时盖呢？立即盖，必须在忙前。因为春季农活少，匠工容易叫，而且雨水少，耽误的可能性小。再则昼长夜短干出活，进度快。而到了秋季，农活较多，匠工不容易叫，秋雨较多，误工便多。并且昼短夜长干不出活，进度慢。便决定春季盖，立即行动！

谁来盖？给谁盖？兄弟4人都在外，我还能动弹，只能由我主持盖。胜天说他也不能长期请假在家盖房，那弟兄3个更没有时间来回家盖房子。给谁盖？给胜天盖吗？院基归了胜天，房子当然就是胜天的。不行，房子的所有权成了他的，使用时还要得到他的同意。现实中例子很多，父母给儿子们盖下新房子想用就难了。《杏花村》戏上大强的娃结婚，要用二强的房子多难呀！房子给全家盖，由我管。将来谁待老人好，谁急需我再给谁。

盖啥房？怎样盖？许多人劝我，盖一次不容易，应摊点底一下就盖好。盖成两头流水，既好看又坚固又宽敞，还省胡基，不要出大力做高背墙。我起初准备这样盖，已准备了3间15根檩。但是材料费得多，光大担子、小担子、砖、瓦、椽、箔子就要多一半。两个儿子未结婚，资金不足，要量力而行，只能先在门口盖成3间高背厦子。

1985年春节后，便积极进行备料：3月6日从吴家坡买了40根杨木椽，送到家148元。3月7日，用德义手扶拖拉机去新民村拉了2000页瓦，共价52元。万胜、秀春都去掇瓦。3月8日又在路井街上买了三串箔子，价25元。随后又买了4根柱子，价150元。还买了600斤石灰，50个"滴水"，35个垫砖。把东边界墙挡的胡基全部用完。又去刘家村买了1560个胡基。3月9日我用土把房底子垫起铲平，准备盖房用。

3月13日，木匠赵师带着徒弟虎虎和宏昌，开始做木活。先将檩过齐。14日叫来方荣的"手扶"拉了10车土。又叫来路二的铡草机，铡了一小时秸，以便和泥用。15日叫来党锁、茂喜专门拉水，以供和泥使用。20日木工做成了房门和大门。21日泥工顺安和永学便上了手，做成山花墙的旗稍。我去街上割了19斤大肉，叫来民德做厨。22日立木上梁，胜天、俊杰都从韩城赶回来，寿民也从马村赶来帮忙。行门户祝贺的人很多，赶天黑不但做起了山花旗稍子，还安起了大门。23日顺锁和争刚也来做泥工活，寿昌、茂仁、顺喜、便勤、培礼都来帮忙，赶天黑不但安起了房里的门窗，还做成了背墙稍子。24日木匠开始灌椽。赵师一脚没踏好，竟由房上跌下来了，幸好没有受伤，真是万幸。下午进行抹掺，赶天黑抹掺完。25日又去忠德砖场拉了800块砖。26日和27日顺安铺了脚地又锁了砖台。为了怕淋雨便先干撒了瓦。则欣、荣昌、王苟都来帮忙。

4月21日，俊杰把在韩城做好的大门让薛师的汽车捎回来了。22日由赵师钉上柿卡安好。23日，顺锁和争刚来瓦房，顺兴、茂茂、寿昌、王苟、积录、新录等都来帮忙。一天时间便瓦成了。24日连雨铺成了门坡。盖房子的事全部胜利完工了！全家人都很高兴，算完成了几年来压在心头的一大任务！

这次盖房子和上两次不同，一切得重新购买。1969年盖房时是将老屋西边5间厦子拆了，盖在东院，未买一砖一瓦一根木料，更不用花钱拉土打胡基，只买箔子和出匠人工资。1976年盖房时，是拆了老屋东边5间厦子和东院两间门房，盖在老屋东边。只花钱买了3000砖、箔子及支付匠人工资。而这次全部木料、砖、瓦、胡基、土，都是掏现钱买的。光椽、檩、木料就花了现款300元，砖瓦不算原先炭换钱买的2000砖和2000瓦，还花现钱100元。胡基买了1000个，花了15元。拉了20手扶拖拉机土，花了20元。箔子、石灰、钉子、大门司卡等花了近50元，木工泥工工资150元，小工尚未花钱。光现金花了近700多元。如果将粮油、肉菜和原有砖瓦、草土及小工都计算在内，恐怕不下千元了。

这次盖的房子虽然只有3小间，共2.2丈宽，却明（跨度）长1.2丈，起架9.3尺，背墙高1.6丈。2门3窗，宽敞明亮，不亚于大房的地方大小。资金也没费多大难。胜天给了150元，丰胜、万胜也各给了50元。俊杰焊了大门，装了木板，至少也值100元。

只是身体不如上两次。虽然心劲很大，不到天明就睡不着了，但力不从心。特别在备料时，操劳过度，疲劳不堪。去枣园买椽，去郭家坡用架子车拉扶子，真够累的。房子竣工后，总爱让来的客人看上一看，心里更舒坦。真是：

人无远虑必近忧，未雨备伞余地留。

春暖花开防冬寒，通向未来无忧愁。

量力而行莫妄为，勤俭持家记心头。

兢兢业业安本分，各得其所乐悠悠。

（"陕西八大怪"里说：面条像腰带，锅盔像锅盖，辣子是道菜，碗盆难分开，帕帕头上戴，房子半边盖，唱戏吼起来。"高背厦子"就是里面的"房子半边盖"，它是陕西关中特有的一种房屋建筑模式。房子建好后，父亲给房门上写了副对联："清风徐来身清白，明月高照心明亮。"横额为"清明居"。）

超生外孙

（1985年6月29日）

二女西玲，1978年春节2月9日结了婚，1979年11月12日便添下个女孩，起名侯艳，聪明伶俐，两只大眼，惹人喜爱。1980年春，国家推行"一对夫妇只生一个孩子"的"一孩化"政策。计划生育工作一年比一年紧，一年比一年严。生第二胎的便是超生，不但要做绝育手术，而且要罚款几百元。侯艳便成了"宝贝女"，父、

"超生外孙"得了奖。西玲、新录、侯艳、侯蛟一家多高兴。

母、爷、婆都当作掌上明珠,百般娇惯。

由于人们的旧观念难以消除,思想上对"一孩化"难以接受,国家计划生育政策边推行边有人违犯。甚至一些国家职工、党员干部也常常违犯,农村更难认真执行。路一大队有的领导干部的妻子生下两个女儿,都说是作了绝育手术。但都在1985年春节前后,添下了第三胎,也都是男孩。人们眼睁睁看咋处理。

男尊女卑、重男轻女的传统观念,在人们思想上普遍留存。有女无男的夫妇总不甘心,一见有党员有干部敢于违犯,人们也就不怕违犯政策了。天塌下来有高个子;违犯了政策,干部党员在前边。1985年春节后,有个村干部大设宴席,既看娃又给母亲过三年,庆贺的人几十席,还有镇政府的干部,更是吃酒划拳。

西玲也于1985年5月9日生下一个男孩,真是喜从天降,随心如愿。父、母、爷、婆无不喜眉笑脸。人们见了我这个当外爷的也要恭贺一番。我内心虽然喜欢,但口头上还是"不以为然"。这是违犯政策的事,咱不能庆贺,更不能提倡。

5月11日,我和菊兰去看娃,吃了个便饭。18日新录在街上食堂酬客七八席,专门请我去赴宴,我没有去。我总想不开,镇政府的这些干部，对待这一"超生子"为什么要大张旗鼓地庆贺？是不是有意和党的"一孩化"政策唱对台戏。如果"一孩化"推行错了，不得民心，就该向上级反映，加以纠正，停止推行才对。不能阳奉阴违，更不能暗奉明违啊！

（1980年9月25日，中共中央发表了一封《关于控制我国人口增长问题致全体共产党员共青团员的公开信》。这封信要求所有党员和团员响应国务院的号召，提倡一对夫妇只生育一个孩子，希望在20世纪末将我国人口总数能够控制在12亿以内。《超生外孙》表明，"一孩化"政策在农村的推行，也遇到了一定的阻力。）

缺麦草变成烧麦秸

（1985年7月4日）

秸积是由麦草堆积而成，它的大小和多少是年成丰歉、农户贫富、生产队好坏的标志。秸积愈大愈多愈好。场内有大秸积的一定是财东家或富裕队。遇到灾荒年，牲口缺草比人缺粮更难解决。1960年低标准也是先死牲口后死人。牲口死亡近半，人仅死亡个别。1斤长麦草也卖到1角钱，一个秸积能卖几百元。

农民对麦草是十分珍惜的。割麦时要求槎低不过寸。秸积时一定要积好，不使雨水灌，用草绳压，用泥封顶，和爱惜粮食一样地爱惜麦草。除灶火搭底子、炕洞引火用一把外，一般都舍不得烧。哪家如果不慎失火，全巷全村人便都来救。1983年12月3日，路一大队8队小孩玩火，烧着了3个秸积，还专门打电话叫来县上的消防队救火。

但时隔两三年，情况大不同。今年夏收前，因去年的旧秸积占着场面，给夏收碾场造成很大困难。旧秸积不处理，新麦积也没处放，更无法用手扶拖拉机碾场，想卖也无人要。一手扶拖拉机尽量装，只要1元钱，还找不下买主，只好就地烧掉。从1985年5月6日到6月7日，路一、路二在场内烧着的秸积至少也有30多个。看着熊熊烈火、浓浓黑烟，真叫人心疼。但用麦场在即，又能有什么办法呢？幸亏我去年就有一点远见，用纪合的"手扶"把秸碾了，全部把秸给了他，作为碾秸的工资，积在他的场内，未占我的场。不然恐怕也要点火烧掉哩！

烧秸积，恐怕是我国历史上少有甚至没有的事。这是党的十一届三中全会以后农业大丰收的结果，是件大好事。农民不再为牲口没草吃、人们缺柴烧而发愁了。但白白烧掉总太可惜！今后可以多养牲口，变麦草为牛肉牛奶；也可利用这廉价的原料，办造纸厂。当前还是扩大麦场面，以便利碾打，储存更多的草，以防灾备荒，预防万一的不测。

（据有关资料介绍，麦秸可变废为宝：1、麦草碱法制浆；2、可提取微晶纤维素、低聚木糖等食品添加剂和木素炭。3、将秸秆和残茬覆盖土壤，可培肥蓄水保墒。4、青贮技术可将秸秆转化成营养丰富的饲草；5、气化技术可将秸秆转化成可燃气体；6、颗粒饲料加工技术可生产畜牧养殖所需的精饲料；7、食用菌栽培技术可栽培出各种美味的蘑菇。）

寿辰演电影

（1985年8月1日）

近几年来，由于实行了大包干责任制，粮棉大丰收，多种经营大发展，农民手里有了钱，演电影的逐渐多起来了。青年结婚演，老人生日演，老人去世演，三年烧纸演。

路一大队距路井粮站很近，七八个小伙子组织起搬运组给粮站装粮扛麻袋，每年确实也挣几百元。去年侯建民的父亲郭成生日，小伙们哄哄着演了一场电影。前几天7月22日，存祥大（方言，父亲）侯顺士生日也演了一场电影。7月30日，侯振武的父亲侯银涛68寿辰，又演了一场电影。群众估计，侯喜全的父亲侯庆来过生日时，也会演电影的。

演电影既能活跃文化生活又能扬名声显父母，表示儿女对老人孝敬之心，真也一举数得，人人满意。不过个别人平时让老人吃不好生闲气，倒不如将演电影花的钱，用在改善父母生活上实惠些。

打胡基

（1985年8月12日）

几天前整理烂东烂西，看见打胡基用的胡基模子和石杵子，便像宝贝一样地收拾起来了。从我开始，到胜天、丰胜，再到万胜、争胜，没少用这个胡基模子和石杵子打胡基。

关中人把制作胡基（土坯）的过程称之为"打胡基"。打胡基是一项很原始的传统手工艺，打胡基用的模子由截面为矩形的三根木条、一个档板和一个栓子组成。石杵子则由一块直径20多公分的扁圆形石块，和一根80多公分长的木条组成。木条一端连接扁圆形石块，一端连接一根40公分左右的横木。

打胡基时，把模子放在青石板上，填上湿黄黏土，用杵子夯实，制成四边棱角分明，长约30厘米，宽约18厘米，厚约6厘米的长方体土块，也就是胡基。胡基重量约十几斤，晒干后，即可用来砌墙、泥炉灶、盖房子……用途十分广泛，是过去黄土地上人们盖房子必不可少的材料。从前烧砖不容易，路一大队只有一个砖窑厂，私人不能用。由于砖价太贵，一般人家里盖房、砌墙都买不起砖，就用胡基来替代。加之胡基可以自己打，不用花钱买，另外，打胡基还不受时间限制，一有空就打几个，日积月累，数量也是很可观的。

打胡基既是一个力气活，也是一个技术活。通常，打胡基的一般工序为：一是准备好打胡基用的土。孩子们先用架子车把土从村外土场拉回来，堆放在自家门口的砖台前。如果土的湿度合适，就可以直接打胡基。如果土太湿，打的胡基太软，就扶不起来，那就要凉晒凉晒，一直到土的湿度合适为止。如果土太干，打的胡基粘不到一块，同样也扶不起来，那就要从井里挑些水把土洇上。只有土的湿度适宜，打的胡基才结实耐用。二是开始打胡基。先把胡基模子放在青石板上，先洒上草木灰，目的是防止黏土与石板及模子粘连。然后给模子里添满湿土，用铁锨把模子里的土使劲拍几下，人站在模子上用双脚把土踩瓷实。接着用石杵子把模子里的土夯实，打出4行3列共12个小坑。最后双手轻轻取出胡基，放到胡基摆子上。胡基摆子要整齐，可摆好几层，各层胡基要错位摆放，互相压茬，以求稳定。胡基之间要留大约1厘米的间隙，以利通风干燥。有顺口溜曰："三锨六脚十二个窝窝。"总结了打胡基的几个要点。即打一个胡基要用三锨土，用脚把模子里的土踩六下，把土踩实，再用双手提起石杵子夯出十二个窝窝。胡基晒干后，有相当硬度，还有很好的保温、隔音效果。缺点是被水浸泡后会变软。因此，农民建房垒墙时，一般在下边垒几层砖以防潮，上边垒几层砖以遮雨，俗称"穿靴子戴帽"。

大儿子胜天从12岁左右就开始学习打胡基，一天就可以打300多个胡基。后来三个弟弟丰胜、万胜和争胜也早早地就学会了打胡基，这在同龄人中是不多见的。

1969年春盖东院的5间新厦房，1976年春盖老屋东面的5间新厦房，用的胡基都是孩子们利用平时有空的时候打的。村里人看见他们兄弟4人经常打胡基，便开玩笑地说："好好干，打胡基，盖房子，盖了房子，娶媳妇。"

公社盖合作社那年，需要大量胡基，送到施工现场，一个胡基可以卖到1分2厘钱。孩子们就利用暑假时间，共打了12000个胡基，挣了120多元钱，全家人都非常高兴。

万胜、争胜上了大学后，还利用暑假回家打了很多胡基。1983年西玲家盖的5间厦房及1984年家里盖的城外新院子的高背厦房，用的全是他们打的胡基。

（斗转星移，沧桑巨变，胡基到现在，已悄然退出了历史舞台，就连打胡基用的主要工具也成了稀罕。但每每回忆起年轻时打胡基的岁月，仍忘不了那辛苦劳作带来的快乐。）

秦皇岛学习

（1985年9月8日）

秦皇岛位于河北省海滨，气候宜人，是个避暑胜地。今年暑假，那儿举办"中国古典文学讲座"，上级决定韩城矿务局一中去3名教师参加学习。学校领导让胜天参加，真算幸运。路过首都北京，也可参观游览，开阔眼界，增长见识。

丰胜今年在兰州大学进修，也有暑假，准备回家看望。我们原来准备去延安过暑假的计划也取消了。引玲7月20日来信说："胜天去秦皇岛学习的机会确实难得，借此机会，可以让秀春也跟上去一趟。"7月29日，胜天、秀春引着侯亮去汽车站等车。因大荔以南修公路，汽车不通。只好中午饭后1点钟，我骑着车子将他们送到醍醐坡下，让他们步行去车站搭上火车。我将另一个自行车绑在这个车子的衣架上骑着回来了。

8月13日下午，他们回来了，大家热热闹闹地谈论着路上的经过。去时到西安找到了争胜，已是晚上11点了，争胜将买到的火车票又退了。第二天早上，买票时正巧碰上有人退两张有座位的票。30日早上，他们乘上西安——北京的36次特快列车去了北京。在北京，游览了许多名胜：天安门、人民大会堂、人民英雄纪念碑、毛主席纪念堂，见到了毛主席的遗容。还有故宫、长城、十三陵、颐和园……北京的人很多，每日进出流量30多万。饭菜很贵，每斤西瓜2角5分，一碗面条8角5分，一瓶汽水也要好几角，喝大碗茶还要排队。到了秦皇岛，又去了好多地方：北戴河、山海关、孟姜女庙，看到了望夫石。

回来也很顺利。8月12日晚到了西安，13日9时上了回来的火车。在韦庄下车，等不下汽车，正好见了凡定，坐上拉瓜的汽车回来了。他们买了好多东西。有各种糕点糖果，给各个人都买了东西。我是一只电子手表，他妈是一双鞋，丰胜家一个门帘，李萍一个提包，万胜、争胜各一件袄，江晖、江涛、侯艳各一汗衫，侯蛟一个玩具人。真是：

应名秦皇岛学习，实去首都游胜地。

成年累月伏书案，这次宽心广见识。

二十年前徒步去，回首对比可稀奇。

文革学生受愚弄，今天教师多荣誉。

（"应名秦皇岛学习，实去首都游胜地"两句，一针见血地指出了现实生活中一些单位借考察学习之名、行游山玩水之实的弊端。这也是当前反腐倡廉的一项重要内容。）

三峡考察

（1985年9月9日）

大外孙王江晖，在《课堂内外》杂志举办的地理竞赛答题中，成绩名列前茅，荣幸地参加了全国组织的"中学生长江三峡考察团"。争胜因去韩城送彩电，7月22日同江晖到路井，7月24日一起去西安。江晖在西安游玩了几天，31日到省上报到。全省共6人，8

月1日下午，他们乘西安——成都的237次直快列车去了四川。

考察团全体人员在重庆集合，坐上了轮船畅游长江。观看了西陵峡、巫峡、瞿塘峡，到了湖北的宜昌，还参观了葛州坝工程，开阔了眼界，增长了见识，于8月14日晚回到了西安。8月15日下午，江晖和争胜一同回到了家。全家人团聚，非常高兴。杂志社给他们发了太阳帽、圆背包、铁水壶、纪念笔记本等。江晖还买了许多纪念章和香蕉。

江晖年仅14岁，便能去重庆考察长江三峡，真了不起。正是：

年轻有为志气高，长江三峡先游到。

需知学海无止境，谦虚好学勿骄傲。

（记得竞赛中有一道要求写一篇和地理知识有关的文章的试题。江晖拟的题目是：《从大雨过后马路上的黄泥看黄土高原的水土流失》，立意新颖，角度独特，以小见大，联系实际。也许，这是他能够取得优异成绩的原因。）

买彩电

（1985年9月12日）

政策对了头，生产大发展。农村实行了生产责任制，农民生活改善了；工人提高了工资，收入增加了。手表、收音机、自行车，是人人都有的东西了。大家向往的是电视机、洗衣机、电冰箱之类的高档商品。

韩城矿务局电务厂多数职工家里，大都有电视机，江晖、江涛经常爱去看。但看人家的总有许多不方便，想看这个放那个，想看那个放这个，想看时不放，放时顾不上看。引玲、俊杰经反复商议，决定也买一台。买黑白的，不如彩电好看，买彩电又怕钱不够。最后决定哪怕借点钱，也要买彩色的，以免买下了黑白的，过不多久，又过时了。

去冬便将钱给了小张，托他找熟人买一台彩色电视机。今年4月30日，俊杰来信，说电视机已经买回，是"北京牌"的，价1027元，放的效果还不错。但事隔不久，说买的彩电是人家用过的，只好退了，等以后有机会再买，叫人高兴了半截子。

今年夏收后，俊杰专程去西安买彩电。据说上期出厂的已全部卖完，要等下月生产出才能有。他只好将钱给了争胜，让争胜找金雨西联系。直到7月中旬，13日出厂，15日争胜便买到了。20日，争胜专门由西安将彩电送往韩城。这台电视是国产14寸"黄河牌"的，共价998元。全家非常高兴。

电视机，真方便，不用银幕不用片，

千里以外把戏演，坐在家里就能看。

科学技术大发展，黑白又把彩色换，

红红绿绿多鲜艳，老人娃娃都爱看。

（14寸"黄河牌"彩电是我们这个大家庭里的第一台彩电。那时农村彩电还很稀罕。姐姐和姐夫为了让父母看彩电，每逢暑假寒假，就会不远一二百里路把电视从韩城带回路井老家。而左邻右舍们听到家里有彩电，就会主动前来观看，父母总是不厌其烦，热情招呼。）

三台录音机

（1985年9月17日）

1984年春节，丰胜、李萍结婚探亲，全家大团圆。新录借来公社的录音机，又放秦腔，又放歌曲，还能录当时的音，真有意思。大家都很喜爱。丰胜回兰州后，便买了一台上海造的"红灯牌"收录两用机，价255元。这是我家第一台录音机。

1985年春节，争胜回家也提了一台"咏梅牌"录音机，价80元。便将大家春节时玩牌喝酒行令、元宵放花炮时的欢乐景象录了下来。重新一播放，真好，另有一番乐趣。

今年暑假，8月1日万胜回来，也买下一台"群燕牌"收录机，立体声，带耳机，价150元。将丰胜带回的录音带一放，是李萍讲哲学的声音。清脆流利的普通话，听声如见人，真好！万胜于8月15日晚录了江晖考察长江三峡回到家的热闹场面，又录了几段秦腔。因为是能收能录，所以可以边放边录，什么时候想听，什么时候便可以放开细细听，真方便。至此，全家已有3台录音机了，是过去做梦也没想到的啊！有了它，不但能听歌听戏听亲人的话，增加生活的乐趣，更重要的是能帮助孩子们学习外语。可以录一次，多次播放，反复学习。万胜、争胜暑假都表明了他们准备报考研究生的决心。我真高兴，举双手赞成。将来成为教授、工程师父亲的希望有了现实的可能性。正是：

收音录音两方便，边放边录不简单，

几时想听几时放，秦腔相声在跟前。

千里之外录了音，一放人声在跟前，

它是娱乐好工具，又是学习好伙伴。

（上世纪80年代，录音机走入寻常百姓家。一些身着花衣衫、下穿喇叭裤、手提录音机、放着摇滚乐的长发青年，成了城市街头一道亮丽的风景线。不过，这种前卫时髦的"新生事物"，只是招来了路人奇异的目光，人们的思想，还禁锢在传统观念的羁绊里。）

卖肥猪

（1985年9月18日）

喂一头肥猪真不容易，天天顿顿，刮风下雨都得喂。过去猪价毛重1斤4角4，百斤重能卖40来元。扣过猪娃价、饲料价便所剩无几，不够工夫钱。交售时得去好几次，还验不上、卖不了，真够难。万胜主张家里不喂猪，少下苦。但剩汤剩饭白白地倒掉，太可惜。特别是春节、暑假时，吃饭人口多，更是离不了猪。

去冬去韩城，只好于10月30日将猪送往西玲家，代养了5个月。今年4月6日才吆回来。今冬准备去兰州，计划国庆节前将猪卖了。正好9月17日收购站来了临潼县一个汽车买猪，上午便将猪吆去，过了196斤，毛重价1斤7角5，共卖147元，是养猪以来最大的一个，也是卖钱最多的一个。硬给了西玲20元的喂猪报酬，连饲料价都不够。真是：

剩汤剩饭能喂猪，养猪积肥要下苦，

上地卖钱两有利，下苦为了多收入。

（这是父母养的最后一头猪。过去农村家里养一两头猪，有三点用意：一是家里的残汤剩饭有了去处；二是猪粪是极好的肥料；三是猪长大后卖了可增加点收入。随着时间的推移，这种家庭式的养猪模式在农村已经不多见了。）

平整土地

（1985年12月13日）

为了防止水土流失，解放前农民就有担壤推地的做法。合作化后更重视了水土保持。只是那时凭的是人力，肩担手抬，确属笨重的体力劳动。好处是打破了地界，可以进行大面积综合治理。60年代才发展为滚珠承轴橡胶轮子的架子车，大大减轻了劳动强度。

70年代初，以大队为单位大搞农田基本建设，平整土地。1974年10月，路井公社成立了农建兵团，把23个大队的千余劳力划编为10个连队，大干了两冬两夏。从雷庄、范家洼、北党、杨家坡转战了大半个公社，平整了几千亩土地，修通了10条社队生产路，为旱地变水田打下了良好的基础，有效地控制了水土流失。

1984年，路井地区成为联合国援助的平整土地的"受援单位"，规划3年平整好全部土地。7月23日小队开了会，决定在南埝地开始平整，每人4方土。26日下午，烈日当空，我和胜天、万胜、争胜和江晖拉上架子车，拿着钯子、锹，人人短裤赤膊，在南埝地头西边大干开了，一个个汗流浃背，赶天黑拉完了所划下的全部土方，真是速战速决。

1985年春节前，队长侯同仓来谈："老崖北头有平整土地一点

父子平整土地。从左到右为丰胜、永禄、胜天、万胜

尾工，没人愿做，你趁寒假有劳力做了吧。可以补领到平时少做的土方。"我便答应了。2月19日下午，扣民去划工点，胜天、万胜、争胜拉上车车便去拉土方。正值大年三十日，天冷风大，地里全无一人，三兄弟干得满头大汗。刚过"破五"的正月初六上午，因为胜天昨日、争胜今早都走了，万胜和他妈就去老崖拉土方。这天顺喜大（方言，父亲）三周年，等客人散了，我也去帮忙。第二天风很大，万胜硬要去拉，新录也去，我便跟着去平土。由于出汗遇冷风，万胜感冒了。3月1日上午，万胜、他妈、新录和我4个人两个车车又去拉。3月2日上午，和万胜才将剩余的土方全部拉完了，共计44方。心里才轻松了。

夏收忙罢后，又开始了东岭和龙王庙的平整土地。7月13日下午，队长同仓、施工员侯永祥给我和高林到龙王庙地去划工点。在侯景山和侯兴才家的畔子上修个水渠，长160米，高30—40厘米。高林6口人在北头，我4口人在南头。14日早上去修渠，下午又修。15日早上刚修一会雨来了，骑车子到家雨却停了，便又去修。8月6日下午，我和丰胜、万胜3人拉上车车又去龙王庙，将修渠挖的坑用土填平，又算完成了一项平地工程任务。

1985年8月9日，北坡的平地工程也有我家任务。几天来等不着永祥划工点，队长叫在所余土方无人占处去做。8月10日早上和丰胜、万胜骑着车子拉上车车去北坡，挨着扣民的工点开始拉土。中午天太热一般不去，下午四五点便去，一鼓作气不休息，干到天黑才回来。11日早上、12日下午、13日早上，都去平地拉土方。14日早上拉了两个车车，胜天也去。胜天用借的照相机还照了两张相。14日下午和15日早上、下午，4个人干了3晌，全部胜利完工。计长20米，宽均3.5米，高均1.05米，实收72方。这是平地以来土方最多的一次，也是流汗最多、日照最多的一次。真是：

为了旱地变水田，先叫坡地变平川。

不怕烈日当头照，不怕北风刺骨寒。

大学毕业当教师，仍和农民一起干。

要叫农业大增产，要叫家乡换新颜。

今朝身上汗水淌，来日粮棉堆成山。

（联合国的援助让路井人记忆犹新。完成一定的土方，会补助一定数量的面粉和食用油。分发补助时，全队人依次排队，笑逐颜开。过去，农村人吃的都是充满杂质的深黄色的散装棉籽油，而现在领到手的却是无色透明又清又亮的桶装食用油，大家见了无不点头称奇。）

收绿豆

（1985年12月14日）

绿豆是一种秋杂粮，可以做粥为食，消暑解毒，作药，除膻味；能泡豆芽当菜吃，作小炒、凉菜俱佳。又能做糕点、粉条，每斤价值四五角。麦收后能早种早收，随熟随收，耐瘠薄，后槎能种麦。但产量较低，易于生虫，难过夏保管。

1983年夏收后，准备倒槎龙王庙地，便种了一亩半绿豆。因地肥秋雨多，苗全苗壮，长势非常好，荚角特别繁，蔓叶长而旺，高半米，长两米，是我未见过的好绿豆。8月26日就有成熟能摘的绿豆。30日后便天天正式摘绿豆了。绿豆稠得人无处下脚，且禾鼠吃得很厉害，皮皮落满铺严了地面，损失在一半以上。只好边拔边拉，连雨在家里摘。9月5日开始拔，12日全部拔完拉完，赶15日整个摘完。前后整整一月，实际总产110斤。

1984年准备在老崖地种花，又种了7分绿豆。因为地薄苗稠雨少，所以株形小，叶子黄，不拉蔓，荚角稀而少。8月17日开始摘绿豆，24日摘完，总共产下30多斤。

今年靳家灵的地，要在冬季平整，只得又种成秋。西边一亩多谷，没出苗；东边近3亩绿豆，稀稀拉拉，真能卧下牛（形容绿豆苗之稀少）。8月中旬下了大雨，绿豆由黄变绿，遮住了地皮。21日便有熟了的角角，开始摘下。9月1日，正式摘开绿豆，赶9月9日摘完了第一次。但小荚角花花又生出来了。20日摘完了第二次，绿荚角又繁花儿又多。到了9月27日，秋分已过，小麦已经下种，下决心拔掉。但角角繁得可爱，实在不忍心，又齐齐摘了一遍，赶10月4日摘完了第三次。10月6日才开始狠心拔掉，边拔边摘，蔓子放在地里，但绿角角仍有40%。下了八九天雨，10月21日才算全部结束，总产200斤，真够麻烦又辛苦啊！真是：

绿豆好吃收摘难，算来能值几个钱。

前前后后两个月，风风雨雨多麻烦。

再次划船

（1985年12月17日）

这次去兰州路过西安，11月1日清早便和争胜到西京医院第一门诊部眼科挂了号，早饭后便去看眼。经检查我和菊兰都是白内障。她的左眼上睑结膜有结石，经手术取出后便觉不磨了。后去北大街买了火车票，逛了百货楼，买了一双鞋便回来了。晚上玩起花牌。

11月2日早饭后，争胜引着我们，先看了金花饭店，是新盖的七层玻璃大楼，明光闪耀，景色映入镜内。走近墙壁，人如同照进穿衣镜一样清晰显亮。更有自动大门，人进门自开，人过门自闭，真是方便而奇异。后去西北纺织工业学院门口一转，这是争胜自去联系，准备调往的单位，在金花路南端的路东边。

随后便去兴庆公园。从后门入内，湖水清清溢满湖沿，游鱼甚多。争胜还空手于岸边在水中捕到一寸长的小鱼。湖水中大船、小船、游人甚多。争胜以8角钱买了张票，领了二桨，3人上船。争胜和我摇桨，船身徐徐离岸。远望一群儿童，约四五十人，乘一彩色大船，缓缓而游。我和争胜用力摇桨，划向大船。游近细看，红红绿绿，天真活泼，好似花朵。游至亭边，游过桥下，游过一周，足有1个小时，便离船登岸。又看了看水中的碰碰船、室内的碰碰车、小孩玩坐的电动火车、滑梯转盘、喷水池……尽兴而出。

在公园门口吃了碗面，便步行去看正在修建的环城公园，流水潺潺，城墙上下用砖补砌。后又步行至古文物博览馆，肃穆雄伟，

永禄、菊兰、争胜、碧兰在西安大雁塔

石碑林立，文物繁多，石马陶物，观之不尽，脚乏身倦而出。行走至南门口，又走入地道，可以不受来往车辆之扰，清静安全。后至街上各商店观看一番，便乘车回所。（描写既细腻生动，又简洁明快，颇有书卷气。）

　　想起了1980年冬，万胜来信说延安大学组织数学系的同学去西北大学实习电子计算机，由他带队。又听长锁说大队拖拉机给南庄人往西安运送一车红薯，便想趁此机会，去西安把争胜、万胜都看一下。16日下午坐上装满红薯的车连夜到了西安。卸下红薯，司机雷韩法把我送到西北建筑工程学院。早饭后和争胜去了西北大学，万胜尚未到，便去省检察院找见了樊万水，下午回到西北大学。7点钟等到了从延大来的万胜，喜笑颜开。

　　18日早饭后安排好工作，万胜和我去游大雁塔，又游兴庆公园。看见人家划船，两人也就花了6角钱租了一条船。那是有生以来第一次划船。虽然时间短，却趣味不小。因为不会使浆，几乎和人家的船碰了。19日吃完早饭，万胜让学生上电子计算机实习课，便和我去找机车，幸好遇见了侯国强的机车。万胜回西北大学，我坐车回家。至临潼见了侯明前，又坐上了他的汽车，晚上11点钟便到家了，算是又逛了一回西安。正是：

> 旱原缺水船少见，水中划船是稀罕。
>
> 今日三人湖中游，犹如蓬莱去成仙。
>
> 上次我和万胜来，到今屈指已五年，
>
> 辛勤劳累自应当，忙中也要稍偷闲。

（兴庆公园的前身是唐朝皇帝李隆基居住之地。1990年以前，是西安市的最大公园。父亲辛劳一生，既没有新婚前的花前月下，也少有逛公园的闲情逸致。整天为填饱肚子而辛劳奔波的农民，能不受饥挨饿已属万幸，哪敢奢望其它！"两次划船"的平湖秋水中，倒映的是改革开放农民生活的极大改善，荡漾的是这个大家庭的蒸蒸日上。）

温暖的住房

（1985年12月18日）

1985年11月4日，我们到达目的地丰胜的宿舍，军医学校家属楼6号楼的4楼251号房间。门口朝西，门外撑着两辆自行车，一辆是轻型"飞鸽"，一辆是加重"永久"。门北边是两家合用的厕所，门南边是英语教研室教员郭向东的家。门内北边是灶房，门内往东再进门是会客室，支着一张双人木板床。北墙上是玻璃窗，西边放一张三斗桌子，床南东边靠着一个圆餐桌，两个钢管折叠椅子，床南西边是进南面卧室的门。卧室正南是玻璃大窗，窗前支张双人钢丝床，床上放两床红缎被子，一张绿花毛毯。床

330

上铺得又棉又厚，一层棉网套，一层红毛毯，一层黄军被子，再是双人"雁塔牌"电热褥，上面蒙着大花太平洋单子。床前遮着绣花被罩。床北边支着个黑色大皮箱，箱上放着个圆台灯。皮箱北边便是写字台，上面放着台"红灯牌"录音机，机上放着带温度计的电动钟表。卧室北边是高低柜，柜上放着塑料花卉。卧室东边放着多人长沙发，南边放着四五盆花草。玻璃窗东边便是去南边阳台的门。太阳一出山，光线便照到阳台，射进窗户。屋内光线格外充足，十分明亮。阳台下面是有百亩多大的东西长形鱼池。多次见到几十人撑船撒网捕鱼。池中结冰后，滑冰的儿童、大人来来往往。向南一望，便是高耸入云的皋兰山。有时晚上山顶一长串电灯如红珍珠蜿蜒数公里，山下便是高楼林立。每天早晚7点15和中午12点15便有白色大气球从气象站的楼顶冉冉升起，徐徐飘向天空，测量气候的变化。每晚高楼中层层窗户电灯闪闪，犹如夜空繁星，此明彼暗，通宵不灭，十分好看。

自10月20日便通上暖气，至今快到冬至交九，室外已是零下10℃，池水冰冻半尺，但室内仍温暖如春，几盆花草仍绿嫩可爱，继续发芽生枝，茁壮成长。12月14日还发现一只苍蝇，室内温度仍在17℃以上。不但电热褥尚未使用，毛毯子也还未盖，看来今冬是不会受冻的。正是：

自古烧炕来取暖，室内被外却依然。

生起炉子脏又烟，煤气中毒更危险。

电热褥子虽然好，增高室温不明显。

最好还是通暖气，温暖如春又安全。

当然空调最理想，实现还当盼来年。

快乐的游园

（1985年12月21日）

半个多月，丰胜、李萍就领着我和他妈逛了儿童公园、白塔山、五泉山等好多地方。

11月17日是个星期天，4个人乘10路车去雁滩公园。园内正在兴建，湖水清静，无人游玩。我们便从滨河路往西漫步缓行，到了儿童公园。见许多人，有男有女，脚蹬一双有4个小铁轮子的鞋在水泥地板上滑来滑去，原来叫做滑旱冰。有人前后飞奔，有人左右摇晃还得人扶，不时有人跌倒，引得众人欢笑，确也好看。又见龙车在铁轨上转圈，丰胜便买了票让我俩坐上，也转了10来圈，挺好玩。又买了张坐飞象的票，他妈贵贱不敢坐，我便一人坐上。机器开动，徐徐转动，渐渐升高，离地五六米，真似腾云驾雾一般，别有一番乐趣。转了六七圈，缓缓落下。买票人争先恐后排队入场，更有儿童们打秋千、溜滑梯、上假山、赏喷泉、看飞机、照相片等，使人眼花缭乱。真是：儿童公园真快活，文娱活动项目多，龙车飞象跑得快，娃娃跳舞又唱歌。旱地滑冰更有趣，冲奔跌撞乐呵呵。为建四化劲更足，有劳有逸相结合。

21日，又去白塔山游玩。11点半，我和菊兰坐上班车，来到兰州军区后勤部，丰胜在兰州大学上了两节课后也赶到这里。3人搭4路汽车，到西关十字下车，李萍请了假已在此等候。4人一同往北走，来到黄河第一大桥"中山铁桥"前。桥由铁架搭成，人来车往，络绎不绝。桥下波浪滚滚向东奔流。走向桥北头便到白塔山公园。买票进园，只见长廊楼阁依山而建，石阶层叠。缓步而上，直登山顶。极目瞭望，心旷神悦。山顶有一高塔，共有8层，挺拔壮观。游人至此多摄影留念。丰胜已从学校保卫科借来了120黑白照相机，我们也在塔边殿前照了好多相。边走边看，慢慢下山，出园时已近下午4点。往东又来到1979年新建的黄河大桥前。大桥又长又宽，电灯电线杆立两边，一眼望去又平又直。走到南头，照了几张相。晚上19点在学校看电影《八百罗汉》。

23日，又去五泉山游玩。1982年春，我俩和侯亮、江涛来兰州。因江涛有病，丰胜和我引上侯亮先游了白塔山、黄河大桥及五泉山。后来江涛病不见好转，只好回老家去。丰胜买好火车票，时间尚早，5个人同去五泉山游玩，看了动物园的各种禽兽。

12点半，丰胜在兰州大学上完课回到军医学校。午饭后1点半，3人乘学校班车至解放军第一医院下车。往南行，跨过铁路便去五泉山，多处照了相。先看了铜佛的立像，佛前有人烧香，一老太太管护。再向上又看了一大铜佛的卧像，由一老汉管护，烧香人更多。有献钱的，更有20多岁的青年也叩头上香，老汉敲磬，使我心中暗暗好笑。后又直登最高处。天气晴朗，举目观望，全市景貌尽收眼底。向北能看到山下黄河向东流去，向东能望见火车站火车出站隆隆发声，西北上又能望见白塔山的小小塔影。照相休息后，缓步下山，顺长廊而下直到池边，龙壁小桥，风景优美。见藏民摸青石而求福，真够虔诚。又见藏民临时食宿之处，用羊皮吹火筒烧火煮饭，别有一番情趣。

（五泉山、白塔山公园是兰州的著名旅游景点。五泉山因有惠、甘露、掬月、摸子、蒙五眼泉水而得名。园内丘壑起伏，林木葱郁，环境清幽；庙宇建筑依山就势，廊阁相连，错落有致。白塔

333

山因山头有一座白塔寺而得名。寺平面呈长方形，白塔居中，塔身为八面七级，高约十七米，上有绿顶，下有圆基，通体洁白，挺拔秀丽。儿童公园始建于1982年，2007年改为市民广场。）

方便的煤气炉

（1985年12月25日）

今冬在兰州做饭很方便，半小时饭就熟了。原来丰胜用的是"百灵牌"自动打火煤气炉，是省政府机关工委发给工作人员的，也给李萍发了一个，价值100多元。它有两个火口，一个可煮饭，一个可炒菜，能同时发火，也可只用一个。用的是石油液化气，将气罐用胶管通到煤气炉，用时可将开关扭开，火焰自然燃烧，火力可大可小，不用时一关便灭。也没有怪气味，方便又干净，速度快省时间。

李萍结婚时她父亲给她陪嫁了一个青海铝制品厂出产的"海山牌"高压锅，更是让做饭既快又省燃料。从排气时算起，面条1—2分钟，大米饭3分钟，鸡肉牛肉用20分钟，羊肉15分钟，猪肉10分钟，便可煮熟。

1983年，万胜从上海买回鼓风机，比拉风箱轻松方便得多。这个更好了，比炉煤干净得多。真是：

炊事工具发展快，煤气炉灶好的太，

不用风箱费劲拉，不怕烟熏眼难开。

室内干净无怪味，省时节能人人爱。

（合阳地区农村烧火做饭，过去主要靠烧煤。后来种植棉花、

334

栽培果树的人多了起来，就烧棉花杆和果树枝，一直延续了几十年。不过棉花杆和果树枝烧起来烟熏火燎，既不卫生也不方便。父母第一次用上现代化的煤气炉，喜悦之情溢于言表。）

彩照真好

（1986年元月6日）

1985年的最后一天12月31日，我和丰胜、李萍同他妈4人，从儿童公园照了几张相后，前往省政府礼堂看电影，路过东方红广场。丰胜见时间尚早，提出照一张彩照。先看了几家私人照相摊前的所照样品，然后选好了背景，请一位年长的摄影师拍了照。

看完电影，下午5点钟丰胜取回了照片。果然已经洗出，前后短短3个小时，真够快。照片上4人并排而立，丰胜一身新军装，胸前挂着立功奖章，威武而魁伟。我穿着双黑亮的新皮鞋，一眼微闭，一眼明睁。她头戴蓝毛帽，愉快的心情面带微笑。李萍身穿红呢大衣，侧身凝视。身后广阔的柏油路人来车往，主席台上彩旗缤纷，新的楼房层叠半空，真是好看。两块钱可没白花。真是：

新年前夕拍彩照，心情舒畅面带笑，

天伦之乐在兰州，幸福生活乐陶陶。

（上世纪80年代中期，拍彩照还是一件很稀罕的事。我第一次拍彩照是在1981年。那年暑假，去西马村孩子他外爷家，刚好碰见一个亲戚从加拿大回来探亲，拿着一架彩色照相机。不用底片，瞬间成像。于是一家人坐在一起，拍了一张彩照，感到好新奇！）

三次被窃

（1986年元月21日）

1986年元月14日14点50分下完最后一盘棋，丰胜、李萍、小娟、小兰把我俩送进兰州火车站。16点10分开始上车，我一手提着行李，一手捏着车票，挤上了车。刚到座位上，发现上衣左上方衣兜中的党章和钱夹不见了。一想是我取票后未扣兜扣，挤着找座位时被人抽走的。内有2元7角钱、十几斤粮票、十来张邮票和用过的汽车票、火车票、电影票等。丰胜忙掏出10斤粮票、5元钱塞到我手里。16点20分列车开动了，我们挥手告别。

经过一下午和整整一夜的奔驰，我们半醒半睡地挨到了咸阳站，便取下行李背在身上等候在车门口。15日6点33分到了西安站，挤着下了车，走到解放路，搭上11路汽车，至第四军医大学门口下了车，背上行李往南直到西安热工研究所单身楼7幢3楼上，叫起了争胜，欢乐地闲谈起来。争胜取出了他报考研究生的准考证，我高高兴兴要掏出眼镜细看，左找右找却不见了眼镜，发现左下角衣兜里面被刀子割开了三寸长的破口。

吃罢早饭，争胜引着我们上街，要给我配上一副眼镜。车上人挤得满满的。在第四军医大学门口，争胜让我先挤上了车，但他和他妈却上不来了，我只好嚷着向下挤，被两个长头发青年挤着不能下来，是争胜拉了那青年一把，我才挣扎下来。等了一会，上了另一辆不太挤的车，到钟楼附近下车。挂号验光进商店，却发现右上

336

角衣兜内的茶叶和8角钱不见了，连李萍在兰州站给我的火车时刻表也不见了。不到一天一夜竟被小偷偷了3次。

11月16日8点乘西安到合阳的汽车与争胜告别，14点便到家了。18日上午去西明、东明看六姨、五姐，路过龙王庙地里，又发现电杆下1984年栽的桐树，剩下足有椽粗的8棵，也不见了。被贼用斧头从根部砍走，真气人：

新规新法定的多，有法不依奈若何。

欢欢乐乐去看娃，提心吊胆把车坐。

辛辛苦苦来栽树，未等成材却又没。

执法人员并不少，严肃认真有几个。

八次买胡基

（1986年3月19日）

胡基是农村建筑不可缺少的材料之一，和砖瓦同等重要，且成本低。只要能吃苦，一个劳力一天便可打300块。前多年我家孩子多，一到十三四岁便学着打胡基。平时和建房从不忧愁没胡基，门台上经常垒着六七百胡基。谁家借用一二百胡基，也并不计要来归还。六十年代，学大寨评工分时期，胜天从学校毕业回来，经常给生产队里打胡基，每天打二三百块，评工仍是一天五六分工。每个劳动日（10分工）价值三五角钱，每百胡基等于一二角钱。而卖到街上每百块胡基可值七八角钱。有时卖些胡基，人还说是资本主义自发思想在冒尖哩。

今年春天想把东院的烂大门重新安一下，但没有胡基。4个儿子都大学毕业几年了，工作忙得不可开交，哪还再有工夫打胡基。去年新院子盖房子的胡基就是从刘家村买下的。今年还得买，哪里有卖胡基的呢？跑了几条巷，问了好几户，不是没有就是自己急用。

1986年2月21日送报时走到第一生产队，看到侯援朝家门前有200多胡基，我便问他媳妇，胡基卖不卖？她说："卖哩，是盖房剩下的，家里还有几百。"我问："啥价？"她说："等援朝回来再定。"22日早上我便去她家，她说："人家1000胡基都卖十七八块钱。"我说："价钱我就不讨了，因我没劳力，你们给我送一下，十七、十八块钱都行！"她问："几时要？"我说："马上用，明天是正月十五，过了明天，十六一准送。"她说："对！"

23日上午饭时，援朝的媳妇来了，说是"援朝忙得顾不得送，人家送到要20元哩"！我说"20就20，我反正没劳力拉。"2月24日我从地里回来，老伴却给我说："援朝今上午来过，说他顾不上送胡基，因为给黄河上修渠，黄河上需要买几千胡基，价钱28元。咱的胡基不送了，要不要等你明天见话。"我一听不对劲，想变卦，我说："见什么话？明明是不想卖了，我明天再去，他能说我等不着你见话，以为不要了，所以胡基已卖了。那时该咋办呀？"最后决定让她拿上4元钱马上去给援朝，今天顾不上送以后送，反正胡基是要定了。

3月2日早上，我又去找援朝。我说："今天是星期日，你顾不上送了，我便和侯亮来拉。"他说："我确实忙得顾不上。"我说："只有200胡基，再忙也能挤时间送，你是想涨价！"他

338

说："那黄河上确实28元，我送的话，你的价应多给些。"我说："唉呀！我只要200胡基，你说18就18，你说20就20，我就给上你30元，这样总行了吧！来回跑路说话的时间，放在前几年我也打他200胡基。反正赶快送，匠人马上就要开工了。"第二天，援朝的父亲纪宗来了，说"援朝顾不上送胡基，我一准明早用驴拉车车送胡基"。3月4日，纪宗共送了4车车200胡基。真不容易，200胡基我和她及他家人来回跑了七八次，真是值金值银的胡基啊！

（200块胡基，让父母前前后后跑了8次之多。说对方不讲诚信，似乎有些小题大做。其实，它生动地反映了在商品经济大潮冲击下人们的一种趋利心态。）

真的等着了

（1986年3月26日）

3月24日早上，胜天要去韩城，我送他到路井汽车站。大家都在等车，有路二的一位老汉侯武彬的父亲。我问他往哪儿去，他说："不去哪儿。我昨天坐车将提包忘在车上没拿，我现在等那个汽车哩！"我说："噢！"心中暗想，那不是白等吗？车上的人那么多，看都看不住行李，无主的提包有多少都能丢完，哪还能隔了一天一夜又找到？

不一会，一辆渭南——合阳的客车缓缓停住了。老汉忙走向司机窗口问了两句，那位司机便从窗口递出了一个黄色大提包，老汉打开提包一看，忙从身上取出两块钱给司机，那司机说什么也不要。等车的人都用赞许的目光、微笑的面孔看望着那位品格高尚的司机。老汉从提包里拿出一个又红又大的石榴亮了亮说："这一个要一块半钱哩！"我说："世上真有好人哩！"社会风气大有根本好转的希望。

（1963年5月20日，父亲在笔记本上写了一篇《拉炭路上雷锋少》。23年后，我们欣喜地看到，雷锋仍然健康地活着，《学习雷锋好榜样》的歌声仍然飘荡在祖国的长城内外、大江南北。）

又改大门

（1986年3月28日）

过去庄稼户的大门都很窄，担草用草笼，担水用水桶，出粪用粪笼。最好的工具是土车可以出粪推土，大门也不显得不方便。合作化后有了架子车，大大减轻了人的劳动强度。拉土、拉粪、修地、运粮、拉红薯等都用架子车，比起大车来又快又轻又省力。但进家门的时候却多了一层手续，必须将车停在门口，再一笼一笼往家提，一袋一袋往回扛，一担一担往回担。真麻烦又费劲。改宽大门的人便一天天多起来了。

要改宽大门，却有经济条件的限制和迷信思想的阻碍。改一个大门，木料、匠工工资约需近百元。按每个劳动日三四角来计算，得一个好劳力大干一年。也有人认为，大门不能随便改，既要阴阳先生看地方，又要择日子看时辰，还要写个"安门大吉"的字样。所以到了80年代村里还有没改宽的窄大门。

我家于1978年8月22日改宽了大门。更坤、郭成做木工，天祥做泥活。我自己续宽了门坡。架子车一直就拉进了院里，拉土、分粮、拉红薯、出猪圈等方便多了。从家庭来说，也算是解放生产力的一项重大措施吧。

东院的大门早已破烂不堪，烂得程度全村已找不出第二个了。门外不但能望见门里的一切，每次闭门还必须抬起一寸才能闭合。门既不能关，又不能栓、钗和锁，只是个样子。若用力猛推，便可弄开，真不像有4个大学生毕业的挣钱人的家门。再不改，太有辱于"家格"了，也有辱于社会主义的优越性了，和蓬勃发展的大好经济形势太不相称了。

旧门很窄，是单扇，架子车根本进不去。门坡很陡，又是土的，天晴路干，担水进去也很困难。天阴下雨，更不好上，老人必然滑倒。逢年过节，土门墙上连副对联也贴不住。真到了非改不可的地步了。虽有此心，但资金不足，力不从心，因之一搁再搁，一缓再缓。

去年10月5日在集上以45元买回两扇门，宽窄能进架子车，高低却不到5尺。老伴一见不乐意，木匠赵师一看说太低不行，要改要接太费事，又不坚固不美观。我反复考虑，下决心卖了。今年春节前元月30日将门卖了44元，算了却了一件不愉快的事。

元月22日和赵师去习家庄买回8页榆木板，价70元。2月28日赵师来做门，赶3月4日以4天时间11个工将大门做成了。每扇宽63厘米，高190厘米。门边外宽140厘米，架子车"朗然"可过。

3月9日叫来了争刚、起才安大门。地平向下降了五六寸，比厦子的地平还低，这是不符合常规的。门外挑檐2尺，以遮风雨；门内做7尺房舍，可放架子车。门坡铺成砖的，再不愁下雨坡滑了。赶3月12日完工，共用胡基400个，砖1000个，瓦将近1000页。又贴上了早已写好的对联：坡平上下皆方便，门宽进退都容易；行动自如。

（一滴水可以映出太阳的光辉、蓝天的辽阔，一副大门可以看出社会的进步、历史的发展。改革开放以来，合阳农村改建大门的人越来越多。在老家路井后新庄，除我家之外，各家各户的大门，早已改为可以进出拖拉机、大卡车的油漆新式大门了。）

农田林网化

（1986年4月10日）

1984年春，公社号召农田林网化，响应的人很少。公社张俊海副主任3月9日在公社大队长会上说："只要栽通畛整行子，每棵树只交2角钱的押金，秋后树成活90%后押金退回。树归栽树人，树苗价由国家付。"我想，不摊成本只下点苦，功在国家利在自己，何乐而不为呢？经和地邻商议，侯忙锁、侯高林先同意后又不同意。顾虑有两条，一是嫌歇地，影响农作物产量；二是怕贼偷白下苦。只剩下靳家灵西邻家侯会民勉强同意。

于是向公社林业干事彭建林交了押金30元。3月12日用德义的"手扶"在东明刘虎才家拉回高3米左右的桐树200棵。14日早上和国荣在靳家灵地畔子上放线。下午和菊兰去栽树。15日又栽，西玲也来帮忙。16日又去龙王庙栽。共计靳家灵畔子89棵，渠南39棵，龙王庙24棵，新院子11棵。17日便发现被人偷了20棵，晚上还去看树。21日又发现19棵被偷，真叫人生气，但又无可奈何。会民说："我宣布不弄了。"后来，我便用绿纸写上了同样的打油诗，贴到每棵树上。诗云："育苗植树为成材，栽了又拔花不来，你若需要好树苗，永禄家里请取来。"打油诗贴上了，作用却不大，找公社也无人管。前后边栽边丢边补。200棵栽完了，截止4月底尚存80来棵。到秋后找彭建林要押金，却说："国家拨的款不够了，押金要补树价。"真是说话不算数，又失信誉了。

去冬，龙王庙地又有8棵树被人偷了，有什么办法啊！由于平地修渠占地，应占7公分，西畔应西移23公分。会民便提出要我把树全部挖掉以免歇地。我自己亲手栽的树好容易成活了，正在成长，我怎能忍心挖掉呢？

今春镇上决定全部实现农田林网化。树苗由村上统一买，小组组织农户统一栽，家家地畔都得栽。靳家灵东西畔子各12棵，老崖南北畔子各9棵。龙王庙东边38棵，西边42棵。真好！这下子，思想都通了。歇地都歇地，不歇谁一家。到处都是树，也不怕偷了。现已一月多了，还未丢失一棵。有树为地畔、为地界，纠纷也少了。这事我举双手赞同。

双喜临门

（1986年4月25日）

侯亮有时鼻子出血，说是贫血、血小板缺少，各处多次治疗仍未痊愈。去冬秀春去合阳县医院和计划生育办公室，经多次请求寻找，终于于12月15日领到了二胎准生证。

1986年4月8日早上5点30分，秀春在家里生下了个女孩子，真叫人高兴。盼个女孩就来个女孩，真顺心。4月12日，马村来了12位客人来看娃。家里做了碗豆腐，下了把挂面把客人待了。下午4点胜天从韩城才回来。13日晚上，在路井街上食堂筹办了3席酒菜，每席两瓶酒13个菜，把路井小学17位老师和几位医生请了一下，算把客酬了。能花80多元，胜天是乐意的。3月22日老伴叫来几个人打了一天擀馍，共有300多个，不到20天便吃完了。她婆心里也是乐呵呵的。

4月24日收到丰胜4月18日的来信说："李萍4月11日住进了甘肃省人民医院，于4月15日17点40分生下了个男孩，重7.4斤。我的课已上完了，五六月份没有课，我可以专心照顾李萍和孩子。"真是喜从天降，喜得人心里开了花。我连忙就给韩城、西安写信报喜。今天又给兰州邮寄小毛衣、小毛裤和斗篷等。他婆真是喜得合不拢嘴，和我商量着给娃起名字。引玲给女娃起名叫"晶"，我们给男娃起名叫"朗"，胜天给男娃起名叫"炜"。

正如他婆说的："真跟心真如意。如果让秀春生的是男的，李萍生的是女的，那就不很顺心了。又如果都是男的，秀春便不很顺心了。如果都是女的，李萍便更不顺心了。即使全

344

家人心里都不介意，但社会上亲戚邻里们就不十分羡慕了。"现在不但全家人顺心如意、欢喜非常，而且亲戚邻里也会赞不绝口。正是：

生男生女由自然，当今人力无法管。

胜天想要女儿娃，秀春真把女娃添。

丰胜盼个小子娃，李萍正好生个男。

顺心如意兴的太，双喜临门人人羡。

有志者事竟成

（1986年6月15日）

秀春是"文革"期间在大荔师范上的学，毕业后"社来社去"继续担任民办教师。但由于政治动乱，学习不能专心致志，学到的文化知识确实不多。为了提高教师质量，逐步将民办教师转为公办教师，国家近几年举行教师录用考试，将成绩合格的聘为公办。秀春也曾赴县学习过几次，也参加了一次考试，但因名额有限，未被录取。

为了让秀春在1985年的转正考试中取得好成绩，胜天于7月18日从韩城回来，多次鼓励、劝说。宁肯让她少干家务少劳动，也要她刻苦努力学习功课。三暑天，热得人无处钻，秀春一个人关在小房子里认真学习，用功钻研。满头大汗时，喝口水，搧扇子，乘点凉，清醒一下头脑继续学。特别在下午，钻在小房子里看书，比下地劳动还难受。因为地里有云有风，有草帽遮太阳，身上凉快得多。暑假后，学校收了假开了课，她不松劲，课余时间仍努力学习。果然工夫不负有心人。10月26日去大荔参加了考试，她的成绩是126.5分，录取线是120分，超过了6.5分。大家悬着的一颗心才放下了，高兴极了。

1986年5月21日早上，陈正德老师专门到家来说："秀春已被录取为地区合同制教师。今天在合阳县医院检查身体。" 我一下忙了，急忙去街上邮电局给胜天打电话，要秀春立即回合阳，但直到9点半，还没有挂通电话。恰巧这时胜天回家来了。为了怕电话叫不通，便干脆让胜天搭汽车亲自去韩城接秀春。10点钟电话挂通了，秀春急忙动身，去合阳医院。胜天到韩城时，秀春已走。胜天只好又赶往合阳。下午6点，胜天、秀春一起回到家。身体已检查过了，没问题！晚上填好了登记表，22日早上，秀春亲自把表送到了县教育局。

5月27日早上，镇中学李茂启老师来家说："县上来电话，凡是被录取的合同制教师，即使身体合格，但如果有违犯计划生育规定的现象，仍不能转正，所以秀春的转正还必须有村政府的证明。"我连忙去找会计侯树卯、支部书记侯纪轩，开好了证明，送到镇上李茂启老师处。李说："秀春生了二胎，是否违犯了计划生育政策，必须有准生证为凭。"我说："当然有，现在却在韩城。"只好又去打电话。从9点一直等到12点还没有打通，真急人。我十分无奈，只得忙去车站，搭上了下午2点40分的汽车去韩城，专门去取准生证。

赶晚上6点到了韩城，步行到电务厂，叫引玲给局一中打电话，要准生证。胜天便立刻把准生证送来了。第二天清早5点钟起床，俊杰用车子把我送到汽车站，我坐上6点去西安的汽车，8点到合阳县教育局，找到了康建全，让看了准生证，并登记了证件上的号码，才赶紧去了车站，坐上了原车回到家里。一件大事才算办到头了。

回想起来，真够难啊！如果晶晶的出生，真的没有准生证，那她妈的刻苦用功考出的好成绩，岂不白搭了吗？岂不误了一辈子的好前程吗？真是：

考试好比登高山，转正更比登山难。

既要学习成绩好，又要政策不违反。

立志为人作师表，刻苦学习不厌倦。

教坛培育栋梁材，校园为国作贡献。

（1975年4月23日，国务院批转了教育部《关于推广朝阳农学院经验和有关政策问题的请示报告》，要求各类院校可根据不同情况进行"社来社去"试点，这种试点到1976年就在全国展开了。"社来社去"最主要的特征是：学员入学时不转户口，只转临时的粮食关系，这便为学员毕业返回农村开辟了一条最顺畅的通道。）

转商品粮户口

（1986年6月15日）

人们都愿意把农村的户口转为城镇的商品粮户口。吃饭的口粮或面粉就能由国家按平价供应，不怕饿肚子。而且子女成年后，工作也好安排，能按月挣工资，收入有保证。就不用在农村晒太阳下大苦了。

胜天自1977年从事教育工作以来，刻苦努力，认真负责，多次被评为先进工作者。1983年12月3日，出席了陕西省优秀班主任代表大会。1984年暑假后，韩城矿务局又将他调往新建的重点高中矿务局第一中学任教。按政策的规定，他申报的将家属由农村户口转为城镇商品粮户口的申请是会批准的。但申请报上去一年半，仍无消息。只好于今年春，让他王哥俊杰托人找有关领导，去了解情况。5月21日早上，胜天从韩城回来说："领导上已经把上报的4个人转商品粮的申请批准了！现在就能转户口了，把你俩也转成商品粮户口吧。" 我说："莫忙，让我多想一想再决定。不过，你们3个人的户口就转了去，这个就不用再商量了。特别是侯晶要转成商品粮户口，咱先要报上户口，不报上户口便转不了。"

这天早上，我找到了会计侯树卯，开了个报户口的介绍信。22日早上，让新录把侯晶的户口报到镇上，并拿回介绍信，让村上登记在户口册上。晚上我们两口反复商量总认为："咱家现有6亩土地，咱还不算老，还能做些农活，56岁距70岁还有14年哩。现在的机械化程度一年比一年高，用人出大力的活路越来越少。农业上能收多少是多少，不像农业社时逼着要你干活。再说转了商品粮户口，便没有了土地，在城市又找不到合适的工作，没有了收入，反而增加了孩子们的负担。自己闲得没事干，每月还得花钱买口粮。况且城市居住地方较小，不如农村地方大，自由自在得多！"

第二天给胜天把不转的原因说了，决定只转秀春、侯亮、侯晶三个人的。随即到村上拿出农转非的登记表，让村上签署了同意迁转的意见并盖了公章，上午又到镇上签字盖章。23日，胜天便去了韩城。24下午，又拿上准迁证回来迁户口。25日，在村上和镇上办好了准迁证。26日上午去粮站。3口人不分大小，每人须卖半年口粮180斤。共卖了540斤小麦，贴了3元多钱的油价，才算把粮油关

348

侯胜天"韩城市居民粮油供应证"及其他票证

系转走了。随后胜天赶往车站去了韩城。当天就办妥了户口及粮油手续，真算顺利啊！每月供应晶晶5斤，侯亮18斤，秀春27斤，共50斤。卖了的粮就能够供11个月的口粮啊！

这事真算凑巧了。如果在去年就将农转非的户口批转了，那晶晶的准生证也就不可能领到，她也就不可能见世。如果今年的农转非户口还批不下来，那晶晶的户口就很难报上，最少必须有父、母一方的绝育证明。机遇不能当作本领啊！真正是：

三人转为商品粮，全家大小喜洋洋。

夫妻不再分两地，安心为国培栋梁。

只要后代幸福多，二老留家心舒畅。

忙时家中干点活，农闲还可游四方。

（计划经济时代，具有"商品粮户口"的人可以凭"购粮本"每月购买国家按计划供应的粮油，可以在父母退休之后"接班"，可以在参军、招工、考学等方面享受特殊照顾。那时的"商品粮户口"，是人们眼里的"香饽饽"、"金饭碗"。随着改革开放的深入，"商品粮户口"逐渐褪去了它华丽的光环。事实证明，父亲当年的决定是正确的。）

集中媳妇舍

（1986年6月16日）

春节前，邮局赵林哲送来了报纸和信件，其中有万胜的信。拆开一看，还有小丽写的两页信："亲爱的大、妈及全家人：你们好！……像这样和睦美满的家庭，人们都会羡慕的……我和万胜来往比较密切，他给我的印象是比较老实，也很诚恳，性格也比较好。两人相处得挺好，我们两人都有共同的兴趣爱好……祝家里人新年愉快，万事如意！小丽 元月30日"

看信后十分高兴。万胜的婚事总算有着落了。他虽是大学助教，但地处延安，条件较差，从1982年冬到现在前后谈过好几个对象。不是她不同意，便是他不情愿。今年已25周岁，还未谈妥一个。这回令人放心了，真是个大喜事啊！

万胜的对象谈成了，就要准备好媳妇舍。1969年在东院盖了5间厦房，1976年翻新了西院5间厦房，共10间。兄弟4人每人占用两间半：一间半可住人，一间放东西。按照原来的计划，西院胜天、丰胜占用，东院万胜、争胜占用。

春节时和万胜一商议，他却提出了异议。说他们经常不在家，每年最多寒假和暑假回来住两次。如果单独住在东院冷冷清清多寂寞，且来回又不方便，不如就住在西院这边第一个舍好。大家在一起热热闹闹，欢欢喜喜。我们说，第一个舍太小，长不过9尺，宽不到8尺，啥都放不下。万胜说："小不要紧，只要能住下两个人就行，能在一块就高兴。"

于是改变了原计划，决定在第一个舍做媳妇舍。3月6日打扫清

350

理了，13日由争刚和超才用水泥、白灰、沙子搪房子。4月10日开始油漆门窗和桌柜。5月9日又打扫，10日叫来丙才裱顶棚。13日我开始裱炕围子，16日裱成。19日买了两页新席铺上，29日买下个竹帘子搭上。板上放了两个箱子，脚地放了一个柜。至此媳妇舍算基本收拾停当。

将来争胜的媳妇舍便要在第四个房子里收拾了。这样4个媳妇集中在一个院里，真够热闹。春节、暑假如果真能大团聚，那种欣欣向荣、繁荣兴旺的景象该有多好啊！正是：

人生离合是常理，顺理安排总相宜。

平时服务奔四方，节日全家大团聚。

山南海北不怕远，天涯海角到一起。

嘻嘻哈哈话不完，欢欢乐乐多风趣。

（"媳妇舍"，就是农村给新媳妇准备的住房。80年代社会上流行一首《择婿诗》："一表人才，二老归天，三转一响，四十平方，五十工资，六亲不认，七尺男儿，八面玲珑，酒烟不沾，十分听话。" 而万胜"小不要紧，只要能住下两个人就行，能在一块就高兴"一句话，道出了我们兄弟四人、妯娌四人的共同心声。虽然老家大大小小有三个院子，但每次团聚，大家都住在老院子里。图的是快快乐乐，求的是高高兴兴。）

一场虚惊

（1986年6月24日）

1986年6月18日上午，信用站站长侯一鸣来到我家，说信用社捎来一个条子，叫他问一下，看是不是我在信用社贷了600元贷款买汽车用。我吃了一惊，说："没有，我从来就没贷过款，真是怪事。你看一下是何年何月贷的，有借据吗？盖的谁的章子，是谁签的字？我的字体你是认得的。"他下午看了来的条子，时间是1985年2月15日，名字是永录。我叫他去信用社查一下借据。

我想，我自1966年便改用"侯永学"的章子，从未用"永录"的名字经手经济手续。1985年2月10日我在韩城住了100天才回到路井，一冬天就没在家。2月15日那天，在南庄去西尚送女，哪能贷款。借据上没有我的章子，即使有也是假的。

但反复思索，世界上啥事不会有。近两年来"抽黄"受援工程，领补贴粮油表上，没有填写粮油款的数字便叫群众乱盖章子，不盖也不行。这里边漏洞很大，会出大问题。况且刻假章子的事也是会有的，越想心里越是不平静。老伴更是心不安稳，坐卧不宁。

6月23日下午我见了侯一鸣，问他去信用社看了借据没有。他说"去了，没事"。我问"那是谁的贷款？"他说"社里说已经扣还了，姓名信用社没给我说"，我的心也就放下了。我想，这是谁搞的鬼，其中一定有文章。算啦！没有咱的事了，咱就不再追问了。真乃是：

一场虚惊心不安，竟有贷款六百元。

勤俭节约过日月，困难再大不贷款。

一经查问是空事，与己无关心才安。

世间多少稀奇事，咱不知的万万千。

（确实是"一场虚惊"。但"领补贴粮油表上，没有填写粮油款的数字便叫群众乱盖章子，不盖也不行"的类似情况，却在农村中普

352

遍存在。农村实行村务公开，农民群众参与基层民主管理，农民群众实施基层民主监督，仍存在诸多不尽人意之处，任重而道远。）

卖粮难

（1986年6月29日病愈）

提起到粮站缴公购粮，让人头疼。缴粮的人山人海，拥挤、排队、挂号、验粮，白天黑夜不停点。加上农活忙，更是忙上加忙。上级又催得紧，弄得人心急如火。

1986年5月26日，和胜天去粮站给秀春、侯亮、侯晶3口转商品粮户口的粮油手续，将卖了粮的钱缴清了农业税，多拉的粮卖了来完成定购任务。一看购粮本上共192斤，再短90多斤便完成任务了，立即去家再拉了一口袋小麦卖了。但结账时一算，还欠192斤，这才怪了。一问才知，今年实行新计量法，斤指的公斤，所以还短一半。因为胜天忙着去韩城，已经11点了，得赶快去汽车站等车，所以不能再回家装粮了。

送走胜天，紧张的夏收陆续展开了，一直忙到6月13日，缴公购粮的人一天比一天多。21日，村上的高音喇叭又在催粮。我忙拉上3袋小麦去缴，但缴粮的车队已排到涝池边，有一里多路，只好拉回来。23日下午，又拉了3袋粮排队缴粮。挂了号，等到验粮人来，一看说："粮不干，要再晒。"我说："已晒了三四天了不会不干。只是有一袋是去年的陈粮。"他说："不管新麦陈麦，不干不行。"只好拉回去。24日下午又拉着那3袋粮去缴，验粮的只验上了一袋子，说是干了，但不净，要过溜筛。我想验上一袋就缴上一袋吧！但四五个溜筛都占满了筛粮的，等到黑也轮不着，只得又拉回去。25日清早起了大风，把麦拉到场里，好好地扬了一遍。拉往粮站，挂了1号，已经9点，停验吃饭，只好等着。身穿单衫，风大天凉。饭后一验还说湿，要晒，只好又拉回。又下起阵雨，连凉带气病倒了。队长晚上还来催。26日又下了雨，麦又晒不成，该咋办呀！无奈按老伴的意见"找熟人"。托人找下个看库门的民工，把原来的3袋麦27日拉上去缴，验的二等一次交了，去了我的心上的一块大石头。天呀！这其中的奥妙在哪里啊！

（"公购粮"即农业税。100多斤公购粮，竟缴了5次之多，最后还要托熟人，让人哭笑不得。2005年12月29日，十届全国人大常委会第十九次会议高票通过决定，自2006年1月1日起废止《农业税条例》，取消除烟叶以外的农业特产税，全部免征牧业税，中国延续了2600多年的"皇粮国税"走进了历史博物馆。）

计算机下棋

（1986年9月16日）

丰胜1985年3月至1986年2月，在兰州大学无线电物理计算机科学系软件专业进修了一年，学完了原教育部规定的计算机软件专业本科必修的全部专业课程。学习的成绩分别是：《集合论与图论》100分，《PASCAL语言》100分，《数理逻辑》99分，《编译原理》94分，《FORTRAN语言》89分，《数据结构》80分，《操作

玩起了计算机

系统》80分，《计算机原理》78分。其它7门课程，全属合格。兰州大学发了结业证书，并写明经考核合格，相当于大学本科学历。军医学校便将他由原数理教研室调往新设立的电子计算机室，并任临时负责人。

9月7日是星期天，丰胜把我同他妈领到计算机室参观了一遍。室内就有APPLE-Ⅱ新计算机16台，每台计算机前都有一个转椅。室内安装有空调，不冷又不热。计算机的显示器和电视机形状有些相似，在显示器的下面有主机箱和英文键盘。只要学会方法，操作并不难。它的功能很多，我也不知有多少种。丰胜还让我们坐在计算机前，教着让我们学着在计算机上压键，做各种游戏，如高射炮打飞机、开汽车、国王旅行、打啤酒等，都很有意思。最令人莫名其妙的是下象棋。只要你按动一下键盘上的键，走一步棋，对方也会在显示器上走一步棋。走动前，要走的棋子，便会忽闪忽闪亮几下，随即很快走动。你只要考虑成熟，按动键钮，棋子便会走动。而对方针对你的走法，会很快作出对策，走动相应的棋子。你一步，它一步，激烈战斗，直至将住将帅，屏幕上便会显出结果。

这天上午，我们玩了其他游戏后，最后我和丰胜还试着与计算机下了一盘棋。开头我们尚节节败退，后来由于丰胜使了一着"闭马车"，便转败为胜，白吃了对方的一车一马和几个卒，最后用了双车，将住了对方，取得了最后胜利！真够开心。真是：

电子科学发展快，啥都能把人替代。

下棋本属用脑事，它也竟然敢比赛。

你若疏忽不注意，它也会把你战败。

其中奥妙在哪里？怎能叫人不奇怪。

爹妈责任大

（1987年元月3日）

昨晚看了电视"百花园"中的系列小品，共5集，反映了"独生子女成长中父母影响之大"，十分有趣，且富教育意义。将其事例摘要如下：

（一）刻字。父子同逛公园，父在一树上刻了个"××到此一游"，并说："我曾去××地方，那里还有我刻下的字，我们再去的时候，一见该多有意思。"孩子问："什么地方都可以刻吗？"父道："可以"。孩子说："好！"有一天父母都去上班，回来见墙上、地上、门上、桌上、大立柜上……到处都刻着"明明到此一游"，气得大人大声斥责孩子，并要责打。而娃冲着父亲哭着说："你说哪里都可以刻么！"他父瞪眼无言。

（二）参战。孩子们在一起玩跳棋，明明赖了一步，阳阳不依，争执不下。阳阳推翻棋盘走了，明明大哭。其母闻声出面责问阳阳，阳阳母亲出面争吵。后来双方父亲、奶奶都出场大吵大闹，而明明和阳阳却又玩在了一起。唉！盟军何必参战呢？

（三）该打谁。明明晚上做作业，其父和朋友打麻将，噪音大作。明明喊父亲声可小点，噪声更大。明明再提，父亲叫去那个房间，娃到那个房间，母亲正看电视，叫去那边。娃又到原地，塞住两耳。娃有难题问父，父让问母。去问母，母让问父。娃茫然，打盹。考试后不及格，父母都训斥，同责问，互怨要打。

（四）笨蛋。父要子认钟，问一格是5分，5格是多少？子答 "2角5分"。父怨责"笨蛋"。考试成绩差，罚跪、责打。姨来见状，父说"笨蛋低能儿"。姨要引去测验智商，回来说："不笨，是132名中第一。"父问"为啥笨？"姨说："应像你培育君子兰一样培养孩子。"后不再打而启发教育，成绩优秀。姨说，原来并未测验。

（五）5分钱。明明因未得小红花奖而不吃饭，其父拿出5分钱给明明要他交与老师说是"拾的"。子照办，果得奖。后来1角、2角、水笔、电子计算器、收音机、宝石戒指、金项链，相继不见。原来明明都交与老师说是路上拾的，父母方瞠目结舌。

（父母是孩子的第一任老师。父母的一言一行、一举一动，直接影响着孩子的身心健康。）

西玲来兰州

（1987年3月29日）

截止今年春节，全家20口人，除两个婴儿外，都到过西安等大城市，唯独西玲没出过门，最远去过韩城。因此去信叫西玲今春也

西玲兰州留念。从左到右：前排侯炜、侯蛟，中间菊兰、永禄，后排李萍、丰胜、新录、西玲。

来兰州玩一玩。

西玲来信说："蛟蛟还太小，怕路上感冒，等大些了再去。"我又去信说："时不可失，机会难得，新录能请下假了，可一起来。"并给引玲、争胜去信让他们劝说一下。3月9日收到西玲的来信说："2月23日，收到信后，准备来兰州，但第二天队里要修龙王庙地的渠，做了6天，3月1日结束。正想走，又要上水了，要上40天水，只好等水浇了后再说。总之在清明前一定要来的。"3月10日，我立即给写信，叫她们不要浇地马上来。并写了详细的路程和地址。

3月18日10点半，我刚从楼下换面回来，走到公布栏前时，见前面一个妇女抱个孩子，后边一个男人背着沉重的行李，正在吃力地换手。仔细一看忙问："这是新录吗？"果然正是，喜出望外。忙接过大包袱，热情地交谈着引上楼来。她妈一见更是喜欢非常。小蛟蛟"爷、婆"叫得真乖！腾！腾！腾！走得真快。半年前在家时，走路还不稳当，变得真快啊！脸上一笑，真像侯艳。我便再换了一斤面，她妈点火下面，忙让他们先吃饭。一会儿，李萍、丰胜先后下班回来，大家欢聚一堂，十分热闹。

下午我正抱着炜炜在楼下玩。李萍坐着小车回来了。原来是在她娘家借来钢管折叠软床（叫活动床）。晚上李萍做下了十几个菜，有香肠、火腿、松肉、鸡蛋、花生豆等。大家边吃菜边喝酒，边看电视边闲谈！西玲说起家里的情况。黄河刚上水浇地，习家庄站却冲坏了，大水横流，又冲垮了五队的新场，淹了坑里的小麦。看来要正常浇地还得一段时间。蛟蛟又有病，正在打"B12"。接信后，17日早上6点动身。刚踏上公路，便过来一辆汽车，上了车赶12点到了西安。在陆军医院门口下车，按信上的路线，找到了争胜。忙去街上转了一会。傍晚同争胜到火车站，只买到一张275次车有座位的票。为了有座位，买了一张去西宁的票，但却不在一个车厢：一个是7车厢，一个是9车厢。车上非常拥挤，又调不下车厢。刚和一个好人说好，时间将到，厢门关闭，不能通行。急得争胜满头大汗，只得从窗口跳出去，从火车下钻过去。结果两个大人一个娃，只有一个座位。过道挤满了人，开水也过不来，穿来的棉衣，只好脱了。整整15个钟头，才于10点挨到了兰州。

咱大队去冬今春死了5个人。永申病故；海德患肺气肿而死；青川退休回家，因家庭矛盾服毒自尽；福海娘病死于院子里；志发骑车子跌入七分支，重伤身残，医治无效死亡。咱五队的吴欣、茂喜、义平、永祥等都结了婚。艳丽、雅能、便勤都结了婚。春丽也结了婚，招下马村的女婿。小队不设队长，由大队统一管理，五队、六队暂由民德兼任队长。

六队起甲家有电视，西玲们常去他们家看。因广播局没有货，所以这次来带了1000元，给了争胜，让买一台14寸的彩电。

第二天19日，丰胜、李萍上班，我和新录在家引娃，西玲和她妈14点坐学校的车去南关什字各商店转了转，扯下个缎被面子，给丰胜买了个蓝秋衣。

李萍借下个照相机。3月20日，我俩引娃，李萍上班，蛟蛟因病仍不敢出去。丰胜便和西玲、新录去游白塔山公园，又照了不少相。21日下午，还是我俩引两个娃，李萍请了假，同西玲、新录去五泉山公园、动物园游玩，仍坐军医学校班车赶18点半回来。22日，李萍外婆生日，由星期五挪到这天。李萍同丰胜去庆贺。侯炜因流清涕，由她婆在家引着玩。我和新录各骑一辆车子，西玲抱着蛟蛟，新录捎着西玲同去儿童公园游玩。15点，丰胜、李萍也来了。西玲家3口，骑大象、坐龙车，还照了好多相。23日，天阴风大，在家玩牌，下午新录捎着我去看飞机场，远看一片荒凉，没啥可看，便回来了。

24日，丰胜请了假，要全家去划船。但天冷风又大，还飘了几片雪。划船的那儿不上班卖票，只好作罢。同去盘旋路照了张彩照。每人吃了碗牛肉面，让丰胜捎上李萍和娃先回去，其余5人在兰州饭店前和东方红广场照了几张相，后坐班车回校。她妈叫李萍买星期五的火车票。李萍火车站的同事要住医院，只好提前买下星期四的票，系188次直快列车。

25日，天气晴和，丰胜又安排去划船，12点5人先去。丰胜家3口随后骑车子来了。1元5买了划船票，轮流划了1小时，并照了好几张相，便走到兰州军区政治部门口。丰胜骑车子先回校，我俩和新录抱着蛟蛟、炜炜，坐学校14点40的班车回来。李萍和西玲还搭车去西关什字买下3个被面子。

晚上便吃肉喝酒以作饯行。我还说了一席话，大意是：西玲来兰，我很高兴。丰胜、李萍热情周到的招待，我非常满意。我从来的认识是女比儿强。1981年分房子4个儿子均分，一人两间半，两女没有份。现在"继承法"公布了，我想家要另分，姊妹6人每人3间。大房3间两个女各一半。现有的地，未到调整期，大队不收，交了可原包给你，倒不如包给别人不用交。但别人包了，欠账难讨。最好还是地给西玲，收入全归她。她说做不过只是借口，实质是嫌落话说。暑假一讨论，决定将老崖、龙王庙的地都给西玲家。

26日早上，丰胜、李萍上班，我们收拾行李。11点我和西玲家3口又在学校内和门口照了几张相。丰胜、李萍又买回好多东西，硬给西玲装进提包。还给了蛟蛟10元钱，给新录一双黄胶鞋，一双新棉鞋。给新录大（父亲）拿两板兰州水烟，给争胜拿一瓶辣子，给晶晶买了件的确良舞裙和短裤。又给西玲一瓶名酒、一瓶小香槟、一块松肉、一包南瓜子、一盒果子、一包葡萄干、两瓶罐头，还装了许多包子，提包塞得满满的。而西玲来的时候拿的东西也不少！买下60个鸡蛋、3斤芝麻、5斤江米，给炜炜一身童装。秀春带了3斤红枣、2斤花生仁，给炜炜买一身毛衣、一双毛棉鞋、一双毛套袖。胜天带两瓶醋精，引玲带十几斤粉条，争胜带一瓶香油、一包饼干、两包小核桃。兄弟姐妹之间，真是情深意重啊！

13点钟，吃毕了包子饭，说了会闲话，14点10分开始出发。炜炜眼红流鼻涕，不能出门。他婆在家引着，我送至校门口。李萍、西玲和蛟蛟坐上10路汽车，丰胜和新录骑着车子带着行李去火车站，还照了几张相。14点30分，火车开动了。丰胜、李萍先后都回来了。丰胜说她二姐到车上还哭的不停。我回到楼上时，她妈也红着眼圈在流泪，我便说："天下没有不散的宴席，欢聚分别是正常现象么！"

总而言之，西玲、新录们来了一次兰州，经了一次大厂，逛了几个公园，照了好多相，开阔了眼界，确是半生中难得的机会呀！但是一想起西玲那消瘦的脸庞、疲乏的神态和蛟蛟瘦弱的身体，怎能不让人难过呢！那猪呀！鸡呀！繁杂的家务，紧张而忙乱的农活，成年累月，日夜操劳，怎能不瘦呢？新录在文化站的工作已经辞掉了，镇上将电影院承包给毛红兵。将来能给他安排个什么工作呢？怎能不让人发愁呢！真道是：

> 姊妹五人铁饭碗，唯独西玲在乡间。
>
> 自己家务忙不过，经常还把父母管。
>
> 半年没见多思念，远天远地来相看。
>
> 肚里多少知心话，千言万语说不完。
>
> 眨眼已是八九天，无奈只恨时间短。
>
> 家中农活紧相逼，相别岂不泪涟涟！

（我们6个兄弟姐妹，就西玲一人在农村。兰州之行，虽然让西玲开了眼界，见了世面，也满足了父母想让家人都来兰州转转的愿望。然而，"家中农活紧相逼，相别岂不泪涟涟"一句，真实地道出了父母内心的忧愁、凄凉与悲伤。）

电务厂停办

（1987年4月1日）

引玲在路井供销社由合同工转为正式职工后，便调往韩城矿务局电务厂。1973年初进厂在煤场往汽车上装煤、卸煤。1974年又开绞车，1975年看大门，1976年开水泵，直到1983年担任了财务科的出纳员。

1986年5月27日，合阳县教育局要将考取为合同制的教师报地区批准，其中一条规定是必须不违犯计划生育政策。秀春虽生了二胎，却有准生证，不算违纪，但县上要见准生证。准生证秀春却带往韩城，电话却急忙打不通，我赶忙搭14点的汽车往韩城去取。下了车先步行到电务厂引玲那里，给胜天打电话，叫把准生证送来。

这天正是电务厂宣布停办的一天，厂里乱哄哄的。有人说："电务厂是个赢利单位，因厂长不会巴结局里，不听局里话才停办的。"也有人说："有了黄河电厂，这个电厂太小，不必要了。且烟囱污染环境太严重，上级才叫停了。"工人们议论纷纷，最担心的还是各人的工作去向问题，将来能安排个什么样的工作呢？恐怕每月几十元的奖金是拿不上了。

俊杰原在后勤上管材料，1986年7月安排到局行政处总务科收水电费。引玲由于财务的移交迟迟不能彻底，所以一拖再拖，直到1986年底尚未结束。电务厂只留下杨、李正副厂长、杜会计和引玲4个人，每月仍在电务厂发工资。所以今年元月才有机会来兰州一趟。3月中旬，引玲任机关食堂的会计兼管发饭票，有了正式职务，工作步入了正轨。正是：

改革之际多变动，关停并转意料中，

兢兢业业多勤恳，要作齿轮锣丝钉。

哪里需要哪里去，不管担子重与轻，

要为四化多出力，幸福生活乐融融。

（电务厂停办的真正原因众说纷纭，莫衷一是。但它对周围环境的严重污染却是不争的事实。一天到晚，住在厂周围的居民的窗台上，总有一层厚厚的煤灰。每到冬天，电务厂的职工就会来到厂里那座高高的烟囱旁，收集一堆一堆落下的煤灰，搅一些黄土，和成"煤饼"，以供家里生火炉之用，足见污染之严重。）

第二台彩电

（1987年4月9日）

今年元月引玲来兰州时，谈起西玲见到路一大队买下电视的人很多，有社民、兆丰、玉兰、建民、存祥、振武、起甲、养民、升有等10来户，她也想买上一台。我们听了很高兴。便给西玲去信说应该买，要买就买成彩色的、名牌的，不要买黑白的，14寸大小就行了，室内不宜过大，18寸的也偏大。就叫争胜在西安买成"黄河牌"，那里有400元，再给汇上600元就行了。新录来信说，县广播局能买下，比较方便，也是批发价，就不要在西安买了。

万胜来信说，他王哥来延安时说起他二姐买彩电的事，他很高兴。延安能买到"黄河牌"的，可让小丽跑一下，买下了春节可以带回家。我立即去信说：县广播局能买下。延安路途遥远要倒车，就不必费心了。今年西玲来兰州，新录说广播局当时还没货，他们来时带了1000元，放在争胜那里，叫就在西安买吧。4月6日收到新录3月30日在家里的来信，说他们3月26日下午4点25分坐火车离兰州后，27日6点30分到西安，中午便逛了动物园。28日中午游了大雁塔，下午4点和争胜到唐城商店和西安无线电

364

一厂买电视，都没货。听说"黄河牌"彩电全部出口，国内根本没货。最后在解放商场买到"海燕牌"14寸的彩电一台，价格998元。当晚就在争胜房子试放，效果挺好。29日中午13点，坐汽车回路井。当晚未安室外天线，就用室内天线收看节目，不但能收到陕西台，而且图像清晰，真令人高兴极了。4个儿子尚没有，两个女儿先有了彩电。它是路一村的第一台私人彩电吧！它为全家增添了光辉，也为下苦的农民争了口气。真该自豪，真该骄傲！真是：

农村改革政策好，丰衣足食用不了，

争着来把电视买，下苦农民享受高。

今将"海燕"抱回家，满门增辉多自豪。

坐着热炕看彩电，幸福生活乐逍遥。

（身在农村的西玲，是这个大家庭第二个买彩电的人。80年代的中国，农村和城市之间的差距还不是很大。）

小丽的生日

（1987年4月26日）

4月24日，收到万胜4月17日从延安的来信，说4月14日是小丽的生日。因是婚后第一个生日，便炒了几个菜，小丽家来人欢聚了一次。小丽又去街上照了个相。她家人给买的衣服，他代表咱们家给小丽买了生日蛋糕，大家都很高兴。小丽属兔，正好是本命年。

看信后我觉得很新奇，在我家50多年来是尚未有过的事。过去只听说给当官的、有钱的老人祝贺50大寿、60大寿、70大寿……近多年有过给小孩过一周岁生日，而尚未见过给成年青壮年过生日的事。在电视上也看过有生日的镜头，总以为是编编而已。原来竟是事实，足见我的少见多怪了。

他妈听我念信后，眼泪竟夺眶而出，哭着给丰胜说："你大1966年3月3日以前，托人给你贺伯捎话说，今年不要给你婆过生日来。你贺伯很有意见。咱那是没啥吃，招待不起客人，借破'四旧'的风而想省点吃的。你外婆活了77岁，连一次生日也没过。"难过得再也说不下去了。丰胜诧异地问："那为啥不过呢？"他妈说："唉，穷得过不起呀！各方面条件的限制，难呀！吃不饱肚子，穿不暖衣服，哪有条件和心思过什么生日呀！不是一两句话能说清的呀！现在的生活真好呀！真是天天在过生日呀！"

过去的《党章》有规定，不许给党的领导人祝寿。60年代中期大破"四旧"之时，我也把"祝寿"当作"四旧"放在应破之列，当作资产阶级的生活方式予以摈弃。主要是经济条件不许可，正常的吃粮问题都解决不了，红白喜事、门户差事应付不了，哪还有什么条件给老人过生日呢？当然给小孩过岁，给青壮年过生日就更谈不上了。

古人有话"衣食足然后知礼仪"，这话不是没有道理的。缺吃少穿，谁还顾得上那些穷讲究呢？随着农村政策的好转，城市经济体制的改革，城乡人民生活的改善，各种礼行越来越多，是件大好事啊！正是：

衣食充足讲礼仪，生活改善过生日。

老母七十逢大寿，面条待客过不了。

岳母活了七十七，生日从未过一次。

改革开放逢盛世，结婚一年庆生日。

酒肉蛋糕添新服，全家庆贺笑嘻嘻。

（路井地区把小孩过生日叫"狗上墙"。小时候，兄弟姐妹几个谁哪一天"狗上墙"，谁就可以得到优待，吃上一碗干面条，就算把生日过了。那时和现在的小朋友过生日根本无法相提并论。社会在发展，历史在前进，过生日成了人们加深亲情、增进友情、提升感情的良好平台。而每年给父母过生日，也成为我们这个大家庭生活中的一项重要内容。）

该不该回家夏收

（1987年6月22日）

夏收快到了，家里有八九亩小麦，身在兰州，确实让人放心不下。回去吧，炜炜谁来引？雇个保姆来引，总不如自己人放心。不回去吧，西玲、新录怎能照看得过来？我和老伴翻来复去思考了几十遍，决心下不定。儿女们一个个都劝我们安心引娃。争胜来信说他代表全家要求父母亲夏收不要回去，他们保证高质量、高速度地胜利完成任务。万胜说他五六月份刚好带着毕业班在路井中学实习，可以助一臂之力。西玲在信上和兰州时亲口说："万一你们不放心了，可以让我大一个人回来就行了，千万不能让母亲丢下炜炜而硬回来。"

我和老伴心里很高兴，这说明全家人团结和睦，一心一意都为炜炜和整个大家庭的利益着想。但从实际出发，夏收不是平时，龙口夺食，技术性、时间性非常强，稍有疏忽，损失巨大。最后决定，两人都回去。但丰胜、李萍能理解吗？几时给他们提出呢？不能过迟，迟了使丰胜们措手不及，准备不周，安排不好。也不能过早，早了思想波动大。

5月3日傍晚，老伴给丰胜和李萍说："妈给你们说一件事，夏收我和你大都想回去。"丰胜心里一楞说："不是已说好了，要回去，让我大一个人回去。"老伴说："夏收人多，吃饭是个大问题，你嫂和西玲都顾不上。引娃的事，能不能雇个保姆？"丰胜说："保姆可能寻不下，雇下我和李萍也不放心。"老伴说："那李萍能不能把回家请假的时间用上，你也可以把探亲假提前用上，两人轮流引娃，暑假可以不回去。我们过了夏收就再来。等春节或明年暑假，大家再一起回家团聚。"丰胜听了再也没言传（方言，没说话）。

5日，我给李萍说："你给丰胜解释一下，要理解你妈的心情，她一定要回去就让她回去吧！以免我在家她不放心。"下午李萍给丰胜说了，丰胜算勉强同意了。

7日11点，找到一个保姆叫任永志。下午李萍给老伴买回一双新鞋，价4元。9日，小两口又给父母每人扯了一身衣料。李萍也托人买回了16日的火车票。

16日下午19点20分，和保姆共6个人坐上李萍叫来的机关工委袁师傅的小车，去了火车站。20点27分，火车开动了。他妈流着泪，与住了8个半月的兰州告别了。

17日上午到了西安争胜那里。争胜一见他妈惊异地问："妈！

夏收时孙辈们捡麦穗。从左到右：侯炜、侯亮、侯晶、侯蛟、侯艳。

你咋真的回来了，你怎忍心丢下炜炜！我西西姐千叮咛万叮咛，叫你夏收无论如何不能回去，家里有我们。"说着说着眼圈都红了。他妈一下子给楞住了，半晌说不出话，眼泪潺潺直流。我忙说："争胜，有话慢慢说，不要太动感情，你丰胜哥已雇下了保姆，炜炜会引好的，你丰胜哥是同意了的，是用小车把你妈送到车站的。"争胜说："唉！我二哥是在怎样的形势下同意的，你看看信。"我接过信，细细地看完了满满的7页信，多么诚恳，多么通情达理的信，是一句话一滴泪写成的啊！其中写道：

"我和你二嫂理解大和妈回家夏收的心情。让母亲留兰州，从孝敬老人方面说，我是为了母亲，怕母亲回家受苦。从私字来讲，我是为了炜炜。我怎能为了自己的儿子，让父母亲以至全家十几口人受苦、受感情的煎熬呢？这不就正好是：我的幸福是建立在别人的痛苦之上的吗？我们兄弟姐妹六人，个个自尊心很强，我不能因为自己有困难，让二姐干着两家地里的活，让江晖江涛放假后没地方去，让亮亮、晶晶见不到他们的爷爷、奶奶……从这些方面来考虑，还是让母亲回去为好。

母亲是不是在兰州停够了。母亲前两个月时曾说她夏收不回去，到暑假时同我们一起回去。是不是我和你二嫂在有些方面把父母亲没有照顾好，惹父母亲生气了，所以母亲一定要同父亲回去。我想，假设是这样，还不如让母亲回去，否则虽然在兰州能比家里吃得好些，但母亲精神不愉快，我心里也过意不去。全家人尤其是父母亲为我作出的牺牲已经够大了，我心里已是十分不安了。怎么能让父母亲继续为我做出牺牲呢？

另外，父母亲是不是试探我们愿不愿让他们带炜炜呢？我对父母亲引炜炜绝对是一百个放心，你二嫂是一千个放心……"

我又重新给他妈仔细念了一遍。好大一会，他妈泛出一句话："争胜，那你给我买车票，让我返回兰州去。"我笑着说："算啦！好我的'转得快'，谁也紧跟不上你。互相能理解就好。回来了，就把你亮亮、艳艳、晶晶、蛟蛟、'二江'看看吧！然后再去不迟。现在到兰州，就得把保姆赶走啦！再想起要回来，又要另找保姆啊！"

到韩城又谈起了不该回来之事，他妈又哭个不止。俊杰说："丰胜半年里，不光养活了两位老人的全部生活，还要接待咱家多少人的看访，割肉、买菜、照相、游园、回去时送礼物、买车票，就有上个金山，也能花光的。李萍真算个好媳妇哩！现在社会上太少有，就我那口子也办不到的！"又说："胜天、秀春还准备放了暑假，七月初就引上亮亮、晶晶去兰州看你们哩！"他妈吓了一跳说："真的吗！天呀！咋得了呢！还多亏我现在回来！"

19日下午1点，我们坐矿务局的车去局一中看胜天。胜天说："我原计划你们不回来，我们花钱找人割麦，自己人光拉运。现在回来了也好，我妈出门，一下子能停八九个月也不容易。过了暑假再去，以免又想念炜炜。"说着他妈又流出了泪，念叨着"炜炜很亲，现在也好喂了，啥都能吃，跑得很欢，见人熟，热沾皮，也好引了。我真舍不得丢下，但又有什么办法呢"？

20日9点20分我和老伴回到路井。经过20多天的紧张劳动，6月10日，整个夏收顺利结束，总产2100斤，亩产250斤。参加今年夏收的人有我和老伴、俊杰、引玲、胜天、秀春、新录、西玲、万胜、小丽、争胜、江晖、江涛等。

唉！直到现在，也不知道我和老伴回来夏收是对还是错！

买回照相机

（1987年6月26日）

中共中央十一届三中全会后，4个儿子都考上了大学，农村又实行了家庭联产承包责任制，生活一天天改善，文娱活动更加活跃，照相留影也一年比一年多。1983年万胜去上海师范学院进修，我便产生了买照相机的念头。由于经济条件不足，只买了烧火用的鼓风机，减轻了拉风匣的负担。

今春西玲家来兰州，说起新录不在镇上担任电影放映员的事，我又想起了买照相机。咱家人多，爱照相，太费钱，也不方便。不如让新录买上台相机，让新录学着照，除给咱家照了外，有闲时间还可给别人照，甚至开个照相馆，搞点收入。因为去年暑假吃了新录家2000斤西瓜，他一分钱也不要，买个照相机让他用着，以作补偿而已。

这次从兰州回来路过西安，给争胜说明原因，争胜同意了这个意见。便在夏收回家前于6月1日连雨在西安市和平照相器材商店，以202.35元买了一台苏州照相机厂出产的"虎丘牌"135照相机，还专门买了一本摄影入门书。6月4日带回家，我心里非常高兴。6月7日便用自己的照相机在靳家灵地里拍了割麦的现场实况，回来后又在电视机旁照了张我俩看信的结婚40周年留影。

6月10日下午，胜天和秀春一家4口去韩城找人办调转的事，去韩城时将底片带去。秀春16日下午回来时便将洗好的30多张相带回。只是太小了，人的眉眼看不清。要放大，一张得花三四角钱。似这样一次便要将36张照完，照的还很小，倒不如买成120机子，一次只照12张，而且相片也大4倍。当然那质量或许却不好。真可谓：

留影照相作纪念，亲切真实又好看，

过去照相价昂贵，要照一张难又难。

如今买下照相机，随时随地多方便，

苦乐悲欢都留念，回忆对比意绵绵。

（1974年，为了解决我国农村电影放映工作的落后局面，国务院下发了《关于认真做好农村电影发展工作的意见》的通知，各公社成立了电影放映队。80年代中期，由于电视的发展和普及，我国的城乡电影放映逐步走向低谷。1987年，路井公社电影放映队解散。有关部门没有切实执行中央有关文件精神，对电影从业人员进行妥善安置，担任了10多年电影放映员的新录不得不下岗务农。由于各种原因，父亲想让新录学习摄影、开个照相馆的设想最终没能实现。）

慈母逝世十周年

(1987年3月5日写，1987年7月20日改)

今年8月9日是母亲去世十周年纪念日，按阴历是6月25日，即阳历的7月20日，为了纪念不忘，拟祭文如下：

慈爱的母亲啊，您与我们永别已整整十年了，但我却时常想念着您啊！您的声音和容颜，常常在我的脑海中浮现。您那苍白的头发，消瘦的脸，没有了牙的口，弯了的腰，驼了的背，总像在我的眼前。您那"叭哒叭哒"的拉风匣声，"哐嘡哐嘡"的罗面声，"呜嗡呜嗡"的纺线声，"嗷唠嗷唠"的哄娃声仍响在我的耳边。解放前父亲去世时我才9岁，您哭地哭天，有多少灾难多少冤屈，数也数不清，说也说不完。中央军一进村您就提心吊胆；甲长们一敲门，您就心惊胆战。住在咱家的军队，勾结坏人，偷走了咱家的粮食，您无处申冤，哭哑了嗓子也无人管。因缴不起粮食，您被押进保公所的房间。为过年淘下的米，竟被保丁装完。正值紧张的麦口，差事便派到咱家的门前。兵差粮款多得没法说，永远交不完。地里的收入，不够交粮交款的一半。逼得无可奈何，只好把地当给人家，才可少缴粮款。灶火里烧不起炭，您将剌蓬臭蒿一把一把一捆一捆地天天来砍。做饭烧火时没有火柴，却用的火碡。打不着火，只好到邻家去把火点。成年累月买不起菜，经常是蔓青叶干辣子蘸盐。染不起布，十冬腊月，你用池泥染布把手冻烂。从我记事起，您的牙就落完，从来就吃不下一顿好饭。吃不成干馍，咬不下硬东西，米饭、面条都是囫囵往下咽。你生了10个娃，最后只剩下我姊妹三。您爱我这独苗儿男，把我爱得比你的命都值钱，不论您

373

自己吃多少苦受多少难，还硬挣着供我到县里把书念。

解放了，共产党来了咱才见了天。您是多么的高兴，多么的喜欢。孤儿寡母，也能一样地人前立站。您常说咱家像走到了沟边边，若不是解放一定要掉进了深渊。合作化时我当了干部，您叮咛我要好好干，不要沾大家的便宜，不要乱花集体的钱，要爱惜大家的血汗。我们六七个孩子，一个一个全凭您管，一把屎一把尿，您操了多少心，流了多少汗。在那吃糠咽菜的1960年，生活再困难，您也毫无怨言，糜面糊糊泡野菜，只好往肚子填。就这您还舍不得把万胜给到外边。每次推碓，您总是罗面，无论是冻破手指的严寒，还是汗流浃背的夏天。您见天烧火做饭，看门扫院，引娃纺线，永远不得闲。一辈子到头没出过门，没见过大世面。没坐过火车、电车，连汽车、摩托、手扶拖拉机也没挨过边。没到过大荔、渭南、韩城、西安，也没去过小小的合阳县。现在孙子们一个个长大成人都在外面把事干，而你却离开了人间。这该叫人多么难过，多么心酸！

您临终的时候，胜天还没有媳妇，您合不上眼，见不到重孙心总不干。丰胜当兵不能回家，您是多么的想念。可现在的今天，胜天不但已结婚9年，媳妇还生下一女一男，晶晶已能跑得很欢，亮亮已上学两年。胜天已有大学文凭，并在韩城矿务局第一中学当教导主任。咱西玲也已结婚9年，也生下一女一男，艳艳也上学两年，蛟蛟也已跑得很欢。丰胜在大学毕了业，还提了干，1983年冬结了婚，去年春媳妇又把小子娃添，现在不但能走还跑得很欢。万胜1982年延安大学毕业后留在延安，去年暑假结的婚，现在刚好一年。争胜1984年大学毕了业，分在西安。引玲的大儿江晖，去年就考上了高中重点，二儿江涛小学已满了5年。您三个孙子媳妇都在挣钱。咱家除了我俩外，都成了吃商品粮的人员，全年总共收入接近万元。虽住在四面八方，却都吃的白馍细面，逢星期还要把伙食改善。平时的糖果糕点从不间断，夏天的西瓜能吃几百近千斤，冬天的桔子、苹果总吃不完。逢年过节，更有酒肉鱼蛋。庆春节过暑假总要大团圆。照下几百张相，还有几十张彩色照片。全家人一个个带上手表，人人都把毛料衣服穿。我和菊兰两个也足蹬皮鞋身上呢子穿。自行车六七辆，走路真方便。出门时坐汽车搭火车家常便饭。六七个收音机已不太稀罕。有4台录音机，能收能放，听起来实在方便。新式家具4套，折叠椅、写字台、沙发俱全。引玲家1985年就买下彩电，丰胜家用的是煤气灶做饭。万胜家用上了洗衣机，还铺上了地毯。西玲家也买下了彩电，咱天天都能看。

这一切的一切，都是党的好政策的体现，多亏农村1982年实行了责任制大包干，粮食棉花大丰收，农业副业大增产。恢复了高考制度，4个娃都有机会去大学把书念。也是我们都把您在世的教诲常记在心间，兢兢业业，克勤克俭，辛勤劳动，刻苦钻研。您如果也活到了今天，该有多么的幸福，多么的美满。您如果有灵，知道了这些，也一定会含笑九泉。

秀春调韩任教

（1987年8月25日）

秀春的民办教师，干了10多年。1985年，她参加了公办教师录用考试。1986年，以126.5分的成绩正式录用为合同制公办教师。6月1日，胜天的家属农转非的申请得到上级的批准，秀春、侯亮和晶晶3人都转为商品粮户口了，秀春的工作也可以调动了。但韩城对秀春的工作一时无法安排，只好仍在路小任教，继续过着两地分居的生活。由于我们去了兰州引侯炜，只好每月8元钱雇了保姆照看晶晶，先是路二的张贤娃，后是侯小丽。

今年5月24日，秀春和白中坤去合阳县教委办理调转手续。6月10日，胜天和秀春去韩城市找教育局樊鸿新局长和他的亲家王成祖。16日回来说已答应下调令。23日贺荣才骑摩托车送来了商调函。27日秀春去韩城进行了试讲，29日便回来了。7月4日，胜天专程回来送正式调令，要秀春于7月25日前，去韩城市苏东乡姚庄学校正式报到。7月20日，秀春去韩城报到。23日胜天放了暑假，两人一起回来。8月16日，俊杰从长安给他们单位买葡萄回来路过路井，便把秀春的衣物、铺盖及用具，全部捎往了韩城。8月21日11点，胜天、秀春、亮亮、晶晶一家4口去场边公路上等汽车，我同争胜和他妈、西玲、新录、侯蛟一起来送。十多个人，有说有笑，吃西瓜、乘凉、等车，真够欢乐的。不多一会，车来了，他们急忙上车，奔赴韩城，结束了长期以来夫妻两地分居的生活，踏上了新的工作岗位。

7月18日，用自家的照相机，专门拍了一张留念照，作为秀春赴韩任教的纪念。真是一件大喜事呀！正是：

胜天结婚已十年，夫妻两地多为难。

秀春为转合同制，不避炎热苦钻研。

去年为转商品粮，托人求情把事办。

今赴韩城去任教，多年愿望得实现。

专心一意育英才，教育事业双肩担。

只要儿孙前程远，父母在家心喜欢。

多亏党的政策好，尊师重教有远见。

国富民强有保证，科学技术走在前。

（上世纪50—70年代，我国农村中小学教师非常缺乏，一些文化程度稍高的农村青年便走进学校，拿起教鞭，成为民办教师。有关资料显示，1977年，全国民办教师达491万人，占全国中小学教师总数的52%。到2000年，民办教师逐渐退出讲台。有意思的是，一个"民办教师"的名片，让我与妻过了10年牛郎织女的生活。）

中秋团圆节

（1987年10月11日）

10月4日13点，争胜突然从银川回来了，大家甚为诧异。争胜说："我们搞的试验却被南京环保所抢走了，所以只好回西安。车票已和小高约定，买6日晚上的。"丰胜总想让争胜留下多住两天，只好要求他妈作主。他妈便说："你二哥真心实意留你，只要不犯纪律，不影响工作，你就多住几天吧！咱们在一起过上个中秋节吧！"争胜只好答应了。下午去火车站，找见小高，让把火车票改成8日晚上的。

5日早上，几个人坐学校的车同去解放军第一医院，给他妈再次检查眼病，确诊是白内障。后去东方红广场看花展，还拍了张彩照。

10月7日是农历8月15日，中国传统的中秋团圆节。一般出门人，这天多要回家和亲人团聚。早饭后10点钟，丰胜让争胜同父母乘上10路公交车，自己骑上自行车，带着炜炜去省委叫李萍都到火车站，专门合拍了一张彩照。后回到商学院，饱餐了一顿牛肉面和凉皮子。丰胜又买下月饼、罐头、鹌鹑蛋等。他妈还蒸了农村的月饼馍，李萍又炖了鱼肉。晚上便欢欢乐乐吃了个团圆饭。一边下棋一边还看电视上的"中秋节相声晚会"。

这天晚上他妈特别高兴。因为自1976年以后，十来年中孩子们上学的上学，参军的参军，工作的工作，各奔前程。每年除春节和暑假时能相互见面外，其他时间很难相会。回想起1983年8月15日中秋节那天，家中就丢下孤零零的两位老人。正下着阴雨，只做了一碗豆腐，总还是吃不完，不觉潸然泪下，有一股凄悲之感，真是良辰节日倍思亲。丰胜、万胜、争胜均未成婚，胜天虽已结婚，却仍是分居两地任教，都是单身过节，格外想亲人了。而今天，胜天秀春、万胜小丽、引玲俊杰、西玲新录都在一起过节日了，只有争胜独自一人，却巧遇在兰州，同丰胜李萍侯炜和父母在一起欢度佳节，怎能不让人高兴欢乐啊！

10月8日晚上看完电视，11点钟丰胜和李萍骑车子把争胜送往火车站，12点火车开了，争胜去了西安。真是：

每逢佳节倍思亲，骨肉团圆享天伦。

母子千里共婵娟，同赏明月心连心，

（人有悲欢离合，月有阴晴圆缺。一次意外的"中秋团圆节"，让父母欣喜异常。当前，"空巢老人"已成为一个不容忽视的社会问题。2009年12月5日，中央文明办、民政部在全国组织开

永禄、菊兰和丰胜、李萍、侯炜在军医学校教学楼前

展的"百万'空巢老人'关爱志愿服务行动"在南京、贵阳、兰州正式拉开帷幕，给"空巢老人"凄冷的心灵天空送去了一丝温暖的春风。）

小丽去兰州

（1988年6月22日）

举家欢庆、合家团聚的春节结束了，4个儿子3个媳妇都要回到各自的工作岗位上，去干各自的工作。万胜回延安大学后，要带毕业班的同学去宜川中学实习两个月，而媳妇刘小丽在延安工商局工作，工资是按照收费数的多少来分成。淡季收的费少，按比例分到的工资很少，有时仅能够她自己的生活费用。而万胜一去宜川，她一个人住在学校总有些不方便，想同万胜一起去宜川也不妥当。正在犹豫不决的时候，丰胜和李萍却正在考虑侯炜该让谁引。春季农活一开，父母又忙开了，顾不得去兰州引娃，雇个保姆还没找到合适的人。便问小丽能不能去，小丽和万胜都同意。3月3日小丽便同她二哥丰胜一家3口去了兰州。

3月4日11点20到了兰州。小丽一直照看炜炜，和丰胜、李萍的关系十分融洽，学会了蒸馍、煎饺子、扯面等。原想等万胜5月底实习结束时再回延安。不料她们单位换了领导，她父母3月26日来了信，要她快回去，怕对她的工作有影响。丰胜急忙给炜炜检查身体，化验肝功，找寻托儿所。但嫌年龄小，未能入托。又只好打电报到渭南叫李萍三舅的女儿智绒来兰州引娃，4月8日到了兰州。小丽10日便坐188次火车走了，12日回到了延安。共停了40多天，给路井家里来了两次信，字迹、语句比以前大有进步。正是：

万胜实习去宜川，小丽独个不方便，

趁机兰州引侄儿，总共停了四十天。

学习文化学做饭，解去丰胜一段难，

兄弟妯娌关系好，知识增长眼界宽。

（虽在意锦上添花，更珍视雪中送炭。小丽去兰州照看侯炜，给丰胜、李萍解了燃眉之急，丰胜两口一直心存感激。小丽原在延安市工商局工作，1995年调入延安市城建局。2001年参加成人高考，就读于延安大学汉语言文学专业，获"优秀学员"称号。2004年7月，取得大专文凭。）

新录当电工

（1988年6月23日）

去冬新录在镇上搞颁发身份证的工作。身份证上要有本人最近的正面免冠相片，要求很严格，路井只有老杜一家能照得合格，这可是一大笔收入。老杜的儿子何庆给新录说，澄县有个建筑队，准备寻个电工，承办了西安土门的工程，每月工资120元。新录心里一喜，满口答应，西玲却有点犹豫不决。春节时和大家商议，兄弟们都觉得，不是国营固定工，福利安全无保证，远离家门，吃住都困难，不去为上。唯独俊杰认为去好。

2月20日正月初四晚上，我叫来西玲说："主意要你们定，别人都是闲话。如果新录对前几年没有去煤矿当井下工发悔，那这次就让去。出外和在家到底啥好，只有实践一下才能知道，一比较才能清楚。"2月22日，新录亲自去澄县见了领导，说叫做好准备，4月初等通知，便报到上工。

新录便将买下的"新红宝"西瓜种子卖了，将窑前留下的瓜地，3月31日点上了甜菜。直等到4月底还没见通知。据说是老杜照的相有一千多张不合格，这下损失不小，新录的当电工受到影响。甜菜大部分没出苗，种瓜已经迟了。只好于5月12日买秧子栽成了红薯。耽误了一料西瓜，又影响明年少收一料小麦。真有点说不出口的难受。

坏事在一定条件下会引出好的结果。镇上宣传种烤烟，要在各村放录像。后来又宣传法制，也要去各村放录像。加之颁发身份证的工作没有结束，不合格的照片要另照，照相的钱不好收，新录便要收钱。白天照相收款，晚上放录像。双重工作，便要发双工资。所以从5月份开始，新录每月工资便成了150元，比当电工还美，离家又近，食宿方便，何乐而不为呢？正是：

一心出外把钱挣，每天四元当电工，

哪料照相出废品，出外却成一场空。

没种西瓜损失大，一料小麦没收成。

坏事引来好结果，镇上工作忙不停。

白天照相把款收，晚放录像更热情，

比当电工更合算，食宿方便心安宁。

又一名讲师

（1988年7月3日）

去年12月28日收到万胜12月20日从延安大学的来信，说他已被学校正式聘任为讲师了，每月的基本工资由70元一下子提为97元了，他是目前延大讲师中最年轻的一个。上次评定职称时，数学系是将他作为预备名额报到学校的。因他是七八级的，工龄不够，学校没有批准。这学期从11月份开始，解决上次评定中的遗留问题。省上只给了11个名额，而学校够评选条件的有23个人，他仅比好几个人多一票而被评上，真算幸运！

回想起这个出生于1960年饿死人的年代的娃，因生活困难而几乎给了人的他，现在不但在大学里教书，而且竟评上了讲师，怎能叫人不高兴呢？既兴奋又伤怀，我俩不由自主地老泪纵横，热泪盈眶。不一会又破涕为笑了。他是全家的第一名讲师，也是全村第一名讲师了，令人多么自豪多么骄傲啊！真是：

命苦生在六零年，吃糠咽菜度难关。

推碾拽耧下大苦，又拾瓜皮捡蓝炭。

感谢党的政策好，考中大学没作难。

勤奋刻苦干工作，评上讲师登青天。

今年6月29日收到丰胜25日的来信，说："我校的评职称工作于6月10日结束，我报的讲师，学校评审委员会已通过，也没费多大劲，也没找人，也没送礼。因为按讲师条件，不管怎样讲，我都是够了。现在已上报军区后勤部，就看上面能否批。"

我俩看信后，异常高兴，满心欢喜，马上回信表示祝贺。全镇能有多少，我家就先有两个。不由人回想起六十年代，丰胜才5岁便嚷着叫他和大人一起推碾。从学校一回到家便不能闲，星期日或放假时便领着两个弟弟去村头巷尾到处拾蓝炭（煤渣）。参军后当打字员，边工作边自学，1978年考入了张掖师专。1980年毕业后，10月调到兰州军区军医学校。1984年由于编写了20多万字的《数学讲义》，学校给立了三等功，发了纪念章。1985年在兰州大学进修电子计算机，成绩优异，发了相当大学本科学历的结业证。1986年3月至1987年5月，经刻苦钻研努力，研制出《微机医学绘图系统》软件。1987年8月兰州军区科学技术委员会和甘肃省电子计算机办公室联合召开了鉴定会，通过了鉴定，获得了兰州军区优秀软件四等奖，《人民军队》报上发表了文章作了报道。1987年9月中旬，去西安参加了"全军医学统计专业组成立大会暨首届学术交流会"，并在会上作了发言。今年5月又去苏州参加了"全军医药信息学大会"。

根据以上种种情况，不管怎样讲，是够评为讲师的条件了。但在当前不正之风盛行的时候，预料不到的事不时都会发生。这次军医学校能顺利地把他评为讲师，也是不正之风在这儿尚不严重的表现，能实事求是地按政策原则办事。怎能不叫人说好呢！诚所谓：

二十年前拾煤渣，推碴拽糖苦挣扎，

只盼口中有饭吃，怎敢奢望有其他。

党的政策变化大，改革开放富大家，

勤奋努力搞科研，评为讲师人人夸。

戒骄戒躁向前进，同心同德建四化。

（1986年1月24日，中共中央、国务院转发中央职称改革领导小组《关于改革职称评定、实行专业技术职务聘任制度的报告》。报告指出，职称评定改革的中心是实行专业技术职务聘任制度，并相应地实行以职务工资为主要内容的结构工资制度。这是我国专业技术人员管理制度的一项重大改革。）

打瓜籽的纠葛

（1988年10月24日）

打瓜是一种省工省时少风险的高经济作物，它能迟种早收。菜籽收割后，5月20日前后可以下种，8月底或9月1前便可拔蔓，下槎种麦时，施肥整地都还顾得来。它不要压蔓打卡，一般不怕偷盗，不用搭瓜棚日夜看护。成熟后不怕熟透烂掉，而能缓缓地掏瓜籽。更不用急着找销路。瓜籽又能长期存放，不怕坏不怕卖不了。体积小，重量轻，搬运不费事。价值大，1斤籽10斤瓜。

因此，打瓜适合于咱体力弱劳力少的户经营，我每年总想多种些。今年靳家灵有一亩多菜籽地，收割后我要种打瓜，老伴却怕影响平整地，使小麦将来浇不好水。两人竟为点瓜平地争论不休，最后竟闹翻了脸。5月20日早上，将菜籽地平整16车土，便点起了打瓜。因天旱，迟迟不出苗，出苗后又不快长。直到7月7日才长下一尺来长的蔓子，还能锄草。全地只发现了拳头大一个瓜，整个还未开花。由于7月下旬雨多，8月2日瓜蔓遮严了地，非常旺，花也很繁，无处下脚。至8月9日，瓜才结繁了。但因大雨及阴天，8月17日蔓子全部干枯了，瓜仅有拳头大，都露在了地面。20日便开始摘瓜，29日便拔了蔓。共拉了15车车，总产瓜籽60斤。

打瓜减产了，价格却涨了。前年1斤卖9角钱。今年8月27日争胜寄回300元，叫给他买上150斤打瓜籽，以备结婚时送礼用。9月3日听世强妈说，巷里收打瓜籽，每斤价1元4，她卖了40来斤。9月4日，我赶紧叫老伴打听买瓜籽。上午买下景山妈59斤，同仓家80斤，每斤1元5。9月6日去送引玲，车站收购的布告上一等的是1元7。9月7日，我去靳庙妙家去买，说他有瓜籽，现在不卖，等以后涨了价再说。我到西靳巷，手扶车收购瓜籽，每斤就给1元8、1元9。听说以后还要涨到2元和2元5，也就买不成了。景山姨还说："你买了我姐几十斤瓜籽，每斤1元5，人家收的是2块钱，你应给我姐补价。"

唉！现在的物价一天一个样，谁给谁补呀！要了1元5给了1元5，1分没少。当时取瓜籽，当天付钱，1天也没拖，该怎样补法！1包火柴，原来2角钱，以后4角、6角、8角，涨到1元。尿素1袋原来21元，现在68元还买不到。烂套子1斤4分钱，现在5角钱。猪肉每斤8角钱，现在3元5。鸡蛋1元钱12个，现在1元钱3个。猪娃最贱时1元钱1个，现在1个70元到100元钱。简直没法说，谁补谁？

由于物价涨，瓜籽价也涨，每斤按2元算，60斤也值100多元，顶小麦300多斤产量的价值呢！所以种打瓜好的认识一致了。今年老崔上种的菜籽和小麦地，留下八九个宽行子，准备明年再点成打瓜。真是：

平地点瓜有分歧，二者不能居其一。

争争吵吵无结果，实践才能验真理。

点瓜空隙抓修地，平地点瓜不误事。

先旱后涝难由人，影响打瓜产量低。

亩产不足五十斤，价值百元挺可以。

物价一天一个样，影响邻里好关系。

看来物价难稳定，商品经济老规律。

（一篇《打瓜籽的纠葛》，真实地反映了中国1988年前后那股抢购风、涨价潮。一个小小的打瓜籽，成了国民经济是否正常运行的风向标。1988年10月24日，国务院作出了《关于加强物价管理严格控制物价上涨的决定》，天边出现了一丝曙光。）

争胜结婚

（1988年12月21日）

1984年争胜从大学毕了业，分配到西安热工研究所工作。那时正在为万胜的婚事奔忙。家里人说："争胜的婚事也该提到咱家的议事日程上来了。"争胜说："莫忙，你们不要管，五年内我保证把媳妇引回来就是了。"

话虽这么说，但当父母的，怎能不操心呢？在帮万胜找对象的同时，也留心给争胜物色对象。听丰胜说："争胜心中可能已有了数。和他的老同学孟淑贤有书信来往。是咱孟庄人，大学毕业后分配到四川自贡市工作。1985年春节争胜给邓世康老师拜年时曾会过面。不知因相隔太远还是别的原因，以后便中断了来往。"1986年7月，江晖从西安配眼镜回来说他四舅已有了对象，争胜还到那家吃过饭。后来争胜说他发现她有些看不起农村人，便分手了。1987年冬，西玲给争胜介绍下本村的一个，见了一面，便不再谈了。今年春节贺哥要南又给介绍下王翠萍，争胜却不同意。曹振刚又给介绍下一个在西安地矿局化验室工作的。争胜和红奇去见了一面，嫌长相不佳而未再谈。我真担心他的眼头太高了。

今年"五一"节前，争胜从西安回来，带回了喜讯，找下了对象叫邓碧兰，25岁，在秦岭电厂工作。父亲邓祖诚，任西安热工研究所情报室主任。母亲也在本所幼儿园工作。弟弟正在上学，老家在广西。并带回了碧兰的彩色近照和全家的彩照，征求家里人的意见。我和他妈当然满心欢喜，非常高兴，一点说的也没有。

这一下家里便忙起来了。把第四个小房作为媳妇舍，叫来郭郭裱顶棚。我开始油漆门、窗、箱、柜，裱炕围，买新席、竹帘……争胜6月30日来信说："我的婚事可能不会有什么变故，等我在所里的工作完全安排下来以后，就准备领结婚证。"7月11日，收到碧兰7月6日写的第一封来信："对将来的结婚费用，我们的计划是把结婚用品的购置放在我俩自身允许的经济范围内，不追求虚荣。"我俩听了这话非常高兴，多么通情达理，叫人放心。

7月份，我先后汇去800元，和以前存放在西安的330元，共计

争胜、碧兰新婚和父母在路井

1100多元。在各种物价猛涨的情况下真是不多。就这争胜9月下旬回来还给了他妈100元，说："是代碧兰给的。"碧兰是技工学校毕业，已就业7年了，有了固定收入。争胜这次结婚兄弟姐妹也都给了一些：引玲200元，胜天200元，丰胜200元，万胜200元，西玲也给了150元。

他因物价上涨，即速购买了些必用之物，赶月底便以1480元买了套三组合家具，2580元买了台"海燕牌"18寸彩电，495元买了台"新星牌"录音机，又以234元买了辆"五羊牌"26型自行车。又以2580元买了"长岭——阿里斯顿"牌185升的电冰箱。不算买的床和钢管椅等，仅为了买打瓜籽，便汇回300元。和旅游花费共近万元了。

争胜于9月23日下午6点，从西安回到了路井。说他是9月10日从贵州省清镇发电厂出差回来的。20日便和碧兰去领下了结婚证书，成为了正式夫妻！真是天大的喜事。

他们所环保室迁往南京，成立了南京电力环保研究所，邀请他们所来人听澳大利亚人讲课。借此良机，他便去听课。10月24日和碧兰同往南京。听完课后，一起游览了无锡、苏州、杭州、上海、宁波和普陀山，到山上还替他妈烧了香。11月19日回到了西安。在

388

他岳父母的大力帮助下，于11月21日举行了婚礼。由于住房的申请没有批准，新房只好设在岳父母的家里。所里又不许放炮，只在门上贴了个"囍"字。晚上请环保室、情报室、幼儿园的职工们来吃喜糖。既没有小车，也没有花轿，不用接送，真够简单。又由于碧兰的工作调动尚未解决，现在就只好住在岳父母家，够作难的。等春节时回到家里好和全家人团聚一起，热闹热闹。真是：

　　彩电冰箱家具置办到近似豪华，

　　花炮彩车盛宴省略去真够简单，

　　苏杭沪宁无锡同游玩眼界开阔，

　　志向情趣恩爱皆相投心意满足。

　　（清风入蜜月，喜气来洞房。飞涨的物价无形中加重了争胜、碧兰经济上的负担，但掩盖不了父母内心的喜悦。碧兰1980年考入西安电力技校热能动力专业，1982年至1990年在陕西秦岭发电厂工作，1990年至2009年在西安热工研究院后勤部工作，高级综合管理员，获得中国进出口质量认证中心颁发的ISO9001：2000内部质量审核员资格认证。）

埋死鸡

（1989年元月12日）

　　农户养几只鸡，公鸡啼鸣，母鸡下蛋，既可以掌握时间，调剂改善生活，又能啄食昆虫和残汤剩饭，有利清洁卫生，还给家庭环境增加活的色彩和乐趣，何乐而不为呢？

　　这两年冬天不在家，也就再没养鸡。西玲家1987年孵了一窝鸡娃，到冬天刚下蛋时便死了。1988年春又孵了一窝鸡娃，7月间给我家送来5只大鸡娃，不久死了一只。8月14日绒肖又给来2只白母鸡娃。鸡长得很快，赶10月初便会叫鸣了。12月22日冬至那天，白母鸡下了第一颗蛋，令人高兴。

11月间西玲家的鸡因鸡瘟，七八只鸡死的只剩下一个麻麻鸡了。原计划春节杀上两只鸡的计划落空了。我家的鸡11月间有一只患病，给喝了半片新诺明，便没事了。又有一次一只鸡拉稀屎，给喝了半片痢特灵也好了。这一次元月5日发现有病，便让鸡吃油和蒜，但当晚便死了一只，7日晚又死了一只，8日晚两只公鸡、一只麻麻鸡都死了。9日晚上最后一只白母鸡也死了，它共下了6个蛋，临死前一天还下了一个蛋。

死鸡如何处理？鸡瘟一来，巷头路边到处可见死鸡。疫病蔓延，死得更快。外地更有甚者，将死鸡病鸡卖给赚黑心钱的鸡贩子，做成烧鸡，卖给人们，使人中毒得病。真称得上变相的图财害命！什么社会主义道德，连一点人道主义都没有了。

我把死去的鸡，第一只埋在东院粪堆中，但春季拉粪时化不了怎么办？第二只埋在东院小杏树底下，但日后被猫狗等找到了又怎么办？整个晚上想来想去总是不放心。其余4只该怎么处理呢？第二天只好埋在坑坑地里的粪土堆内，任其腐化，以后当作肥料用。真是：

养鸡不防疫，赔本做生意。

半年六个月，喂了六只鸡。

下了六个蛋，吃粮六十一。

死鸡深埋地，能作几锨肥。

可惜又可叹，教训要记取。

填写身份证

（1989年元月23日）

改革开放以来，兴起了全民经商热。人们的流动性大大增加了，社会治安也随之出现了许多问题。光靠以往出外开证明条的办法，远远赶不上形势发展的需要。政府便决定实行身份证。这和解放前的身份证差不多，能够证明本人的身份，出外便可以不再开证明条或介绍信了。

镇上1987年冬便安排新录负责这一工作。经过调查登记、造册填表、印刷卡片等手续，又给每个持证人照一张一寸免冠正面照片。今年10月1日谈起填卡片之事，也付一定报酬，每张填4个人的情况，可得1角钱。我在家也不甚忙，便答应填写一部分卡片。胜天、江涛也趁假日在家帮着填写。10月8日江涛去了韩城，共填89份。我是每天能写30来份。至10月22日告一段落。12月10日又补填了各村遗漏的。至16日结束，两次共填一千多份。元月19日领到报酬102元，也算一笔副业收入吧！正是：

居民要有身份证，卡片填写要工整。

抽空写它千十份，百元收入到手中。

昔日写字千千万，何曾计较那事情。

如今多劳才多得，不混大锅磨洋工。

（1985年9月6日，全国人大常委会通过并公布了《中华人民共和国居民身份证条例》。自1989年9月15日起，全国首次实施居民身份证使用和查验制度。这是中国现行户口制度的一项重大改革，它把中国的户籍管理形式从单一的以户为单位的静态管理转变为一人一证、人户结合的动态管理，使户籍管理更加适应形势发展的需要。）

空前大团聚

（1989年2月25日）

今年的春节，是我家人数最多、最齐全的一次空前大团聚。从物资食品上也是最多最丰盛的一年，从欢庆的事件上也是最大最多的一年。既为争胜完婚酬了客，又为岳母确定了继承人，还为先母九十诞辰作了纪念，更使引玲全家在我家一起过了年，真是盛况空前。

万胜是元月24日下午和小丽第一个回家的。1988年11月29日收到万胜的信，说小丽有病，春节他们不回来。我和他妈以为他未收到我11月20日的信，不知今年春节的重要性才不回来。但等到12月13日收到他的信，仍说小丽身子不适，恐难适应老家气候，所以决定春节不回家了。他妈很难受，我立即给回了封长信，分析了他们不愿回来的种种原因和今年春节的重要性。12月31日收到来信，说他们见信后非常震惊，决定元月20前回家，消了我们一肚子气。便给回信说，听他王哥说小丽有孕，为了安全就不必回来了。他外婆十周年就推迟举行。元月5日收到万胜来信，说延安大学16日放假，共7周，他要提前回来。我便于元月16、17、18日连续去汽车站接了3天，但未接到。24日下午在学校开家长会未接却回来了，真叫人非常高兴，满心欢喜。他们是因大雪封路未能如期起程。22日从延安动身到西安争胜处停了一天，24日到家的。

29日秀春和江涛先回来，胜天也回来了。下午4点，胜天、万胜去车站接回争胜和碧兰。江涛和侯亮马上放起了花炮表示欢迎，家里一下子热闹起来了！

2月1日傍晚，丰胜、李萍引着炜炜也回来了。至此四个儿子四个媳妇回来齐了，真叫人高兴。但引玲家春节前能不能回来，却令人担心。她妈心中以往有个怪认识，说什么女婿和女儿不能在丈人家一起住宿，说什么"女婿上床，家破人亡"。这种说法不知有什么根据。自古招赘的事多的是，女婿迎亲，在丈人家成亲的事也不少。现在已八十年代了，咋还能有这种认识呢！近几年来我用事例反复说通了她妈。加之俊杰老家南庄子上从小就没父母，祖母和叔叔也相继去世。即便回家，也不很方便。每年春节只好在韩城不回来，正月初二才回来。去年到家后和争胜挤在第四个舍里，真够为难。在此情况下，她妈同意了我的观点，于夏收前便把东院第二个房子收拾了一下，以便她们居住。但引玲却仍有顾虑，怕以后万一出什么问题，会落闲话。元旦前俊杰回送菜时，我说一定要他们全家在春节前都回来。为了解除顾虑，又给胜天元旦时叮咛，教他到韩城后，亲自给他姐说清，要春节前一定回来。万胜回来后，25日我又让他赶紧给他姐写信，要她全家一定在春节前回到家。2月2日江晖回来了，光鸡蛋就带回一箱子，总值50元。2月3日下午引玲、俊杰回来了，又带回许多鱼呀菜呀！至此，6个小家庭、整个大家庭21口人，全部聚齐了，大家欢欢乐乐非常高兴。

为了抵制近年来社会上铺张浪费之风，晚上开家庭会决定：春节给娃娃压岁钱不准超过2元5角，严禁赌博。结婚仪式从简，执事全用自己人，不叫帮忙的，只请一位厨师。

除夕这天，孩子们放花炮贴对联。大门上是"四子结良缘新家庭开步起飞，六家放异彩众儿女初展宏图"，横额为"喜气盈门"。房门上是"逆世风待宾客淡茶两杯，顺人情酬邻里诚心一片"，横额是"喜事简办"。山花墙上贴了个大红"囍"字，两旁贴一幅对联是"结良缘赤诚相爱三千里，逢知音白头偕老一百年"，横额是"并肩前进"。争胜小房门上是"攀高峰争取胜利，任翱翔碧海蓝天"，横额是"比翼齐飞"。东院大门上是"评先进定职称儿和女互相争先，孝父母敬双亲婿与子共同向前，横额是"男女一样"。新院大门上是大队给军属送的对联。西玲家大门上是"得百分评三好仍要虚心学习，夺千斤争万元必须科学种田"，横额是"前程似锦"。晚上大家看电视"春节联欢晚会"，结束时已快2点。

2月6日便是大年正月初一，瑞雪遍地，真是预兆丰年。早上全家吃饺子，包着钱。万胜吃出4个，胜天2个，丰胜2个，争胜2个，江晖2个，江涛3个，侯亮1个。大家乐呵呵地笑着，预示着一年的幸福。上午饭由碧兰杀了个鸡，做的鸡、鱼、虾、香肠火腿等，喝的俊杰带回的西凤酒，大家划拳行令，新录、侯艳也参加，真够热闹。下午玩麻将。

2月7日正月初二，西玲家过来拜年。全家21口人在一起合拍了3张彩照，然后老两口分别和各个小家庭在各自的小房子门口也照了一张，同引玲家在东院门口照了一张，到西玲家在室内同她4口照了一张。又同4个媳妇、4媳2女、7个孙子合拍，各照一张，计3

张。另外由争胜自由安排。

2月8日正月初三，胜天、秀春去马村拜年，我一人去西尚拜年，未吃饭便赶回家来准备明天的待客。明天是正月初四，是家里传统的招待拜年客人的日子，今年也作为争胜结婚的待客日。先请来民德做厨，赶这天晚上9点做好一切。

2月9日正月初四，算争胜结婚的正式待客日，请来自家屋4位老人作陪客，有育亭叔、俊德叔、志农哥、顺锁哥，其他执事的全是自己人。礼房是胜天和他妈，看客是天欣和新录，端盘是丰胜和万胜，绞水是万胜和江晖，厨房是俊杰、引玲、西玲、李萍、秀春，热馍、烧茶是西玲、改变，放录音、引娃是小丽。

前来拜年贺婚礼的客人有：五姐、邓哥和五个外甥家斌、家民、宏斌、选斌、林胜等18个人。收到的礼物有被面子4件，床单2件，褥子面子8件，毛巾4件。巷院中行门户的近40户，40多元。用大肉20斤，做了20席，用了12席。晚上早早结束。红奇、卫泉、郭郭、义平们多玩了一阵。

初五早上谢了人，算完满结束了，了却了我们心中的一件大事。

由于电影队非常忙，最早也得等到初六晚上。所以便将老母的九十诞辰纪念日提前到初五日举行。这天上午12点全家出动，用架子车将蛟蛟、晶晶、炜炜拉上，21人都到北坡公坟内老母亲的坟前祭拜，每人焚化了一张冥纸以表心意。我宣读了祭文，又了却了我的一大心愿。1987年是母亲逝世十周年，曾想纪念一番，但因孩子们不能按时回来齐，只好于1987年7月20日，即阴历6月25日在主前烧了几张纸了事。那年于3月5日准备的祭文也没有念。这次我在原文的基础上结合现实改动了后半部分，于坟前念后烧掉以表心意。

母亲的生日是阴历3月3日，那时人又在各自的工作岗位上，很难聚集，便提前于初五举行。大门上的对联这天更换为"不请客不收礼先母诞辰纪念提前从俭，遵遗训遵教诲儿孙开创事业争先奋进"，横额是"九十诞辰。"去时和回来时都响了一串鞭炮，以便让众人知晓。

正月初六，菊兰收拾了几样果品和肉菜，提了瓶酒。早饭后万胜捎上他妈，争胜捎上我骑车子去西庄子上，请来了队长赵树娃、自家屋赵二丑、赵师娃、赵积仓等人，吸烟喝茶吃菜饮酒。席间说明准备让万胜和争胜改姓为赵，以作为他外婆的继承人。不是为了争财产和划院子，只是为了体现新政策，表明女的和男的一样。赵菊兰（小名银焕）和男子一样有继承权，和别人相同后继有人。也不必写什么文约，也不转户口，今晚演一场电影让乡邻们都知晓就是了！

酒后众人散去。大门贴上了对联"怀念亲情一瞬十年不忘恩，继承母志独女双孙仍姓赵"，横额为"永记不忘"。随后家里的两个儿子胜天、丰胜，四个媳妇秀春、李萍、小丽、碧兰，两个女儿引玲、西玲，两个女婿俊杰、新录，七个孙孙晖晖、涛涛、亮亮、艳艳、蛟蛟、晶晶、炜炜等17个人都来了。便和栋先、青青共23个人，排下长长的一队人，响了十几串花炮，浩浩荡荡去北边坟内赵妈的坟前烧了纸！全村的人都赶到门前看热闹。因为时间关系，未念我提前写好的祭文，只烧了我糊的大立柜和万胜糊的汽车。到第二天下午才在家中念了祭文，让全家人都知道他外婆一生中受的苦难，以及现在的幸福生活来之不易。

这天晚上万胜、新录去街上叫来电影队去西庄子上放映。放映前，先由村长赵安民讲了放电影的意义。是让人知道万胜、争胜改为姓赵，是赵妈的承业立嗣之人，特演一场电影，让大家光临欣赏。随后我便讲话说："乡亲们，新年好！给大家拜个年，祝大家新年快乐，万事如意！今年的4月23日是岳母逝世十周年，趁此春节提前于今天纪念。根据《婚姻法》的规定，子女可以随父亲姓，也可以随母亲姓，我有4个儿子，三儿万胜、四儿争胜愿意随他妈姓赵，作为他外婆的继承人。今晚公演这场电影，就是这个意思，供大家欣赏，让大家愉快！这个就是赵万胜，现在延安大学任讲师；这个就是赵争胜，现在能源部西安热工研究所工作。大家今后有机会去延安或西安的话，可以多作联系，村上有什么要帮忙的事他俩一定会尽力来办。因为已经是自家人了么！完了，谢谢！"随后争胜、万胜也简单地讲了几句话，让大家认识认识！庄子上的老人都说这件事办得好！是老人家行善一辈子积下的！胜天、丰胜也去观看了电影。

　　酝酿讨论了两年的事算圆满地完成了。原来1987年元月引玲来兰州时，11日晚上闲谈时说起她外婆引江晖、爱江晖一场。引玲说："悔当初没有把江晖给我外婆，现在能不能给？叫江晖改姓为赵。"　我说："当初不能给。咱有4个男娃，你外婆一个也不要，嫌人说是'蛮疙瘩'，受人欺负。生产队又是个烂队，给了后吃不尽的苦。加之她死之后，埋人时只话说不毕，尸体能发烂了。江晖给了也一样的有纠纷，所以最后只有入'五保'，才能免纠纷。她的棺木、老衣都有，分的口粮由你妈付款。把两间房子给队里，让队里把人一埋了事。现在却能行，江晖只作为你外婆的继承人重孙，改姓赵就对了。一不要迁转户口，二不用继承财产，什么纠纷都没有。只要俊杰、江晖都同意就行了。"她妈说:"不要给庄子上说吗?" 我说:"说不说都能行。要说,给栋仙招呼一下就行了。1989年是你外婆逝世10周年纪念日,那时,咱们烧个纸纪念一下。正式宣布,王江晖改为赵江晖就行了。"引玲说:"妈,那就这样定了吧!"她妈说:"能行,那你回去先把江晖、俊杰问一下,同意了再定。"

但她妈等了一年,未见回音。我俩想恐怕是俊杰不同意,那就让咱的儿子改姓赵吧!但让谁改呢?怎么问呢?商量后,先采用试探的方法,由我给丰胜说:"你姐说过让江晖姓赵之事,但至今未见回音,又不好直接再问你姐。春节回家时你可问一下你哥是否知道此事,看他如何对待?"1988年春节过后,丰胜临走时给我回答说:"我问过我哥,说他也听说过,未见回音,恐怕是我王哥不太同意。"我问:"你哥没说如何对待?"丰胜说:"我哥再没说啥。"后我俩商议,看来胜天、丰胜也没有想改姓的意思,那也难怪,已经结了婚生了子,不好办。那就问万胜吧!万胜不行,再问争胜。我便于4月4日给万胜写了封长信,说了他外婆的苦难身世,和对儿孙们的良苦用心及他妈的心愿。4月21日便收到了万胜的回信,是4月15日写的,信中说:"我愿意姓赵,我外婆去世十周年纪念会上向亲戚宣布我改姓赵,而且我死后墓碑上也刻上赵万胜。如果有了小孩,就让他(她)姓赵。若我改了并且如果有了小孩,小孩也姓赵,那我妈欣慰的心情不是一般性质的东西能代替得了的。所以,我很愿意跟上我妈姓赵作赵家的继承人。"恰巧这时引玲也在家,她看了万胜的信后说:"俊杰和江晖都同意江晖姓赵,只是俊杰怕改姓时要找人办手续,如果一处有不顺当,便会使我妈伤心生气流泪，因此便再没有提起。现在就让江晖改吧！上大学报名时一改就行了。就不要让万胜改，万胜已结了婚就了业，当了讲师，难改的多了。"4月27日收到俊杰4月25日的来信说："对于江晖去继承我外婆赵氏之门我没有意见，而且非常同意。和江晖商量后也同意，此事就这样定了。王江晖改为赵江晖，引玲也同样改姓赵。"4月28日争胜从西安回来，我们便谈起了改姓之事。我直接问争胜同意不同意姓赵，他说："姓什么都一样，我妈喜欢我姓赵我就姓赵。"9月23日争胜拿着婚证回来。我又说："要征求碧兰的意见，看她是否同意。"他说，碧兰会同意的，我让她给家里来信。

5月17日收到万胜5月11的信说："小丽很愉快地同意了我改姓，也同意从下一代起的后代都姓赵。"

10月15日收到碧兰10月8日的来信说："争胜上次从家回来，谈起以后孩子改姓的事，我认为不管姓什么都一样，既然爸爸妈妈有这个想法，那就算定了吧！"

一个女儿、两个儿子和女婿、媳妇都同意改姓，那就让大女引玲、三儿万胜、四儿争胜和引玲的大儿子江晖都跟她妈姓赵吧！六个孩子一人一半，公平合理再好不过了。后来又考虑到引玲有两个男孩，但俊杰的哥哥有五个女，却没有男孩，曾经提出要过俊杰的二儿江涛，俊杰却没有答应。如果咱让江晖一改姓，会使俊杰哥误会，以为咱们从中阻拦，才不许将江涛给他。所以还是不要江晖改为好，以免引起纠纷。再则考虑到形势的变化无穷，日后为避免三人歧视一人起见，还是让两人改了好。所以最后确定，由万胜和争胜改姓赵作为他外婆的继承人。俊杰为了报答他外婆的管娃之恩，演电影20元钱一定要他付，只好应允了。

春节盛况，真是前所未有。吃的东西真是吃不完。光剩的席、肉、鱼、香肠叫西玲家吃到正月十五也没吃完。只好将碗子、瘦肉、香肠又给韩城拿上，还将一尾大鱼坏了，苹果也坏了许多，白馍有的也长毛了。初六下午因江晖今年要考大学，初七补习班要开课，所以在庄子上烧纸回来连饭也没顾得吃，便急忙赶往汽车站去了韩城。初七上午引玲也去了韩城。初八争胜、碧兰去西明村看了他老姨。初九她妈引着两个儿子万胜、争胜和两个媳妇小丽、碧兰去庄子上庆贺栋仙的儿子强强结婚。初十上午胜天、秀春引上晶晶去了韩城。正月十二上午，争胜、碧兰也去了西安。正月十三日，乾子上姐的大女便叶来拜望。下午开了个家庭会，讨论了再给家里买一台彩电的事。十四日万胜、小丽引上江涛去韩城看望。正月十五日即2月20日，丰胜、李萍引上炜炜搭汽车去渭南回兰州去了。家庭又恢复了平静。2月21日侯亮、侯艳也上学了，一切转入了正常生活。2月23日万胜、小丽从韩城回来，说争胜、碧兰21日送一民来韩城机厂上学。又说每家300元，6家共筹集的1800元，让争胜带往西安买彩电。小丽今天走了。万胜3月初也就要走了。正是：

春节盛况真空前，二十一人大团圆，

彩电六台家家有，媳妇四个都娶全。

万胜争胜随母姓，她妈心愿得实现。

男女真正都一样，引玲全家回过年。

不忘老母养育恩，九十诞辰作纪念。

但愿改革更深化，明年更把喜事添。

（一个"孝"字，从遥远的五千年的历史烟波中款款走来，成为支撑中华民族这个大家庭世代繁衍、团结友爱的重要支柱。母亲希望子女改姓为"赵"，是为了让外婆赵门后继有人，乃"孝"的体现，心意可敬；万胜、争胜同意改姓为"赵"，是为了让母亲心灵得到慰籍，亦"孝"的延承，精神可嘉。争胜、碧兰的完婚，标志着兄弟姐妹六人全部完成了幸福小家庭的组建，各自揭开了人生新的一页。）

岳母逝世十周年祭文

今年农历四月二十三日是岳母逝世十周年纪念日。趁春节大团聚之际，提前于正月初六，即公历1989年2月11日举行纪念。老伴文化低，我以她的口气代为写了祭文如下：

亲爱的妈呀！你不在人世已经十年了，但我却时时刻刻想念着你，常常在梦中相见。每逢清明和十月一日，总要到你的坟前烧几张纸钱，痛哭一番，以表示我思念之情。你那稀疏的头发，消瘦的脸，辛勤的双手，总像在我的眼前；那呜呜的纺线声，默默的念佛声，仍像在我的耳边。你受尽了人间的苦，作尽了世间的难。你二十八岁生下了我，不到40天便失去了我父亲，守了寡。你多么的难受，多么的痛苦。流不完的眼泪，受不尽的熬煎。你哭天天不应，哭地地不言，只能把眼泪往肚里咽。那时的社会，就因我是个女娃，不许我顶门立户，不许我抱我父的牌位，好像我就不是娃。我曾憨厚而真诚地给你说："妈，我不是女子娃，我是小子娃。"你饱含着眼泪说："吆！你是小子娃。"你多么的难过。你被逼得走投无路。也想过改嫁，但真的嫁了人，自己便要当一辈子受人唾

骂的"窑婆子",我就要变成受人欺负的"带来子"。因此你下定决心,绝不另嫁,一定要把我养活大,你死也一定要死到庄子上。有些人天天咒日日骂,扬言要把咱房子的东西扔出去,要把咱赶出门外,还说什么你不走,就要把你捆绑在驴背上卖了也要叫你改嫁。你被逼得走投无路,曾在井边转了几回,真想跳井自尽,但你却丢不下我。没有了你,我一天也活不成。为了我,你要活下去。忍受了一般人忍受不了的痛苦。你只好把气往肚子里咽,气得你害了几场大病,胳膊烂了好多天,脖项烂了几个月。最后你便烧香念佛,求菩萨消灾免难。你说只有积德行善,才能为来世造福,才能赎前世作的孽。

我一遇伤风感冒,你便抱着我不离怀,整天整夜不合眼。你愿意替我害病,宁肯把你死了也不让把我伤着。有人天天咒的让把我快死掉。因为我真的死了,你也决不在世上活了。我成了你的一切,你爱我胜过爱你自己。为了我,你愿意牺牲自己的一切。你教我纺线,教我织布,叫我缝衣,教我绣花,教我做人处世。你常说:"娃娃勤,爱死人;娃娃懒,没人管。"你常说:"穷要志气,富要德,咱再穷也不要爱别人的东西。"你要我多做善事，不生恶念，"害人之心不可有，防人之心不可无"。你勤劳一生，乐于助人，经常帮邻里蒸馍剪窗花。你直到七十多岁，还参加生产队的劳动，锄草呀！拾花呀！从来闲不住。你不但给我把6个儿女引大，还给我把两个外孙也引大。你为了不让我受气不让孩子受难过，你不愿把孩子们给你"过继"。你说："受气受欺辱尽我一个人，不能叫孩子们再受罪，让人叫'蛮疙瘩'。"为了你死后不起纠纷，你才入了五保！你1979年来韩城引江涛的时候，说这年是我和玲儿大49岁的大门坎，只有把你死了才能把我两个替下。请下医生，你也不愿吃药，硬要用你的生命替我俩消灾免难！世间哪有这么无私的当家人呀！你离开我们整整10年了，怎能不让人思念！你死在了咱们的庄子上随了心愿，生产队把你埋了，没有发生任何纠纷，你在天之灵也会得到安慰。但是咱姓赵的没有继承人。因此孩子们一听我有此心，都愿意姓赵。你引江晖时间长，俊杰也想让江晖姓赵。最后经反复讨论决定让万胜和争胜两个娃姓赵。两人的媳妇刘小丽和邓碧兰都愿意将来有了孩子也让姓赵。解放后的政策是男女平等。我虽是个女的，却有和男人一样的权利。孩子们随父姓随母姓都一样，都能行，都是合法的。今天把这件事办完满了。村里人都说办的好，晚上还演了一场电影，让大家都知道。你在天之灵一定会非常高兴！

　　你离开我们已经10年了。咱家这10年的变化真大。引玲的大儿你最疼爱的江晖琏娃今年就要在高中毕业了，他决心今年一定要考上大学。江涛也已在中学上学。西玲生了一男一女两个娃，女儿侯艳已上了四年级，今年数学得了一百分，还被评为三好学生。胜天家也有了一男一女两个娃。侯亮也上了四年级，总分居全班第三名，学校选为学习模范。胜天在函授大学领到了毕业证书，局一中一级教师。丰胜1980年从张掖师专毕业今年升为讲师。万胜1982年延安大学毕业留校，1987年提升为讲师。争胜1984年从大学毕业在西安热工研究所工作，今年和碧兰结了婚。丰胜家1986年添下个小子娃叫炜炜。四个媳妇秀春、李萍、小丽、碧兰一个比一个好，村里人人称赞。咱家六个娃，家家都买下了彩电，不出门就能看戏看电影。咱家已有好多高档家具，一台电冰箱，一台洗衣机，一张席梦思床，九台收录机，五套组合家具，六七套沙发，四台电风扇，九辆自行车，两套煤气灶，三个石英钟……人人穿的毛的呢的绸的缎的，天天吃的白面大米时菜肉油，经常糖果糕点不断，出门坐汽车火车，争胜还坐过飞机，万胜、江晖还坐过轮船。大多数人都去过北京、上海、兰州、西安、南京、苏州、杭州等大城名市。全家每年的工资收入超过了万元。除我俩和西玲家是农村户口外，全都成了商品粮。这一切的幸福，你却没有享受过一天，使我们十分的遗憾。你如果能活到今天，那该是多么的高兴，多么的幸福啊！

这些幸福的得来，一方面是党的政策好转，一方面也是与你在世时对孩子们的教导有关。你的恩情你的教导我们要常记在心，永不忘记，永远怀念！

女儿：赵银焕

1989年元月8日写

1989年2月12日念

1989年2月27日誊抄

正是：

一生守寡五十年，受尽人间苦和难。

为使儿孙幸福多，宁肯独自受熬煎。

解放已经四十载，重男轻女难改变。

万胜争胜都姓赵，男女平等要体现。

不为钱财争家产，只为男女能平权。

如今宿愿得实现，在天之灵乐安然。

集资买彩电

（1989年3月6日）

1985年7月，引玲家以998元钱在西安由争胜买回了一台"黄河牌"14寸彩色电视机，这是全家的第一台彩电，人们高兴得不得了。1986年春节，俊杰为了让全家人都能看上彩电，专门于2月4日让胜天和江涛把电视机从韩城带回路井，看了10来天。巷里看的人很多，但都未看够。暑假7月5日引玲全家又将电视机从韩城带回来，看的人更多，挤满了院子。白天有太阳光看不清楚，我便在房门前搭起凉棚遮光。不但本巷人看，外巷的人也来看，真热闹啊！直到8月22日引玲们回韩城时才带走了。晚上还有不少人打问，今晚演放啥节目，想来看哩！

1987年3月西玲和新录去兰州，回来路过西安，买了一台"海燕牌"14寸彩电，价钱和引玲家的一样。这是路一村私人买的第一台彩电。这年夏收前，我们从兰州回来后，新录便把电视机送过来，让我们看，直到9月份我们去了兰州才搬到他家。1988年2月5日春节前，我们从兰州回路井，西玲又让新录把电视机送过来，简直和我的一样。他们要看时，得晚上抱着蛟蛟黑灯瞎火地由城外远远地到我家来看。即使下雨，也得泥水泥路地淋回去。天天如此，日复一日，月复一月，何年何月是个了啊！

　　1987年9月2日收到丰胜的来信，说他们在兰州以1550元买了一台"长风牌"18寸彩色电视机。这是全家最大的一台彩电了。9月22日，又收到胜天的来信，说他们在韩城以1038元也买了一台"海燕牌"14寸彩电，真叫人高兴。因此1988年春节大门上的对联便有"彩电四台天南海北映春晖"之句。

　　1988年暑假，江晖在家看了电视之后给他外婆说："婆！你总不能把我姨家的电视永远看下去呀！"是呀！这是个值得认真对待的问题啊！暑假后，我给韩城去信回答了这个问题：首先是西玲硬要把电视放在我家，给别人说这台电视是4个兄弟和我姐摊钱给父母买下的，以免害红眼病的人节外生枝。其次城外靠近路边，容易被盗。又因彩电少，看的人多，自己天天得招待观众，太累太麻烦，还得花电费。再则，形势和科学技术在不断地发展变化，等若干年后，经济条件更好了，咱买一台更好更先进的还给她家就是了。

　　1988年后半年，物价猛涨，钞票贬值，抢购风多次发生，存钱不如购物。群众都把存款取回来买成东西。特别是彩电价格，一涨再涨。7月30日，争胜来信说以2580元买了一台"海燕牌"18寸彩电。11月9日，万胜来信说，以1300多元买了一台"如意牌"14寸彩电。至此6个儿女，家家都有了彩电。所以1989年春节大门上便

有 "六家放异彩众儿女初展宏图" 的一联。

　　春节期间，俊杰又在兄弟们之间发起买彩电的讨论。除过引玲，胜天就是老大了。家家都有了彩电，总不能让父母长期看农村女家西玲的电视。大家集资买一台吧！钱如何摊是个难题。万胜家一人挣钱两口花，咋摊得起呢？争胜刚结了婚，花了成万元，一定负债很多，咋取得出呢？他初十便要走，时间仓促，未敢正式提出。2月18日下午开了个部分人参加的家庭会，讨论了买彩电之事。我认为，据一些报纸分析，四五年后"彩电热"便要降温，由紧俏变为滞销，因此以后再买。他妈说，如果不是西玲家的放在咱家不搬，咱就不买。大家说，彩电降价近期不可能，必须立即买，越快越好。引玲、胜天可能想买18寸的，将他们的14寸的卖一个。丰胜说，价钱难定，他们的又不怕卖不了，干脆买新的。最后议定，若买新的由6家均摊，新的给西玲。如果买旧的由5家均摊，西玲家的原归她。每户300元，无现款的可以互垫互借。

　　2月19日，江涛回韩城，万胜、小丽也去看他姐。西玲将准备买家具的钱拿了300元；丰胜有200元，家里给垫了100元；他妈将孩子们春节给的钱给万胜垫了300元：共带往韩城900元。他们23日回来说，争胜、碧兰21日到韩城也拿了300元。韩城街上14寸彩电价是1780元，据说西安是1600元。他姐他哥都各给了300元，共1800元，由争胜带往西安去买。27日收到丰胜到兰州后22日的信和汇来的100元。钱很快筹齐了。

　　3月1日，我从《农家信使报》上看到西安、兰州、广州等地彩电降价的消息，正准备给争胜写信，叫他缓买彩电。正写时，争胜和新录抬着彩电回来了。争胜说："西安买不到其他14寸的彩电。只有'长风牌'14寸的，和'黄河牌'一样好，价钱是1741元。传闻'五一'要发生抢购风，又说以后买彩电要交税，每台买的人要交700元。所以到西安后，赶紧就买。买好后立即就送回来了，以便早日观看。"

我说按原决定办事，新机子给西玲。西玲说新的就放到咱家大家看。但傍晚一调试，图像不清有雪花点，左边又有两道竖线。她妈说把旧的原给西玲家，以后要修，争胜取送也方便。我说对，那就定了吧！3月2日9点争胜要去街上买天线，但新录已经于清早买下了，说问过行家，说是由于干扰太多，而不是机子的问题，决心要将新机子安在他家。我们也只好答应。上午，争胜、万胜、新录冒雪安装调试，果然图像清晰，效果良好，大家都很满意。下午1点，争胜便去车站赴西安了。真是：

六家儿女彩电全，父母仍把女家看。

虽然西玲没意见，大家心里太不安。

每家拿出三百块，赶快买台新彩电。

前后不过十来天，争胜彩电送回还。'

全家人人都满意，老人心里更喜欢。

（孝，乃中华民族的传统美德。虽然我们兄弟姐妹六人为父母集资买了一台彩电，其中有人为此还举了债。但事后谈起此事，大家都感到，应该在各个小家庭买彩电之前就为父母买一台。后来"长风牌"14寸彩电显得有点小了。1995年，又为父母换了一台"长虹牌"21寸彩电。过了几年，还觉得有点小。2005年父亲去世之后，又为母亲买了一台"海尔牌"29寸彩电。）

党风监督员

（1989年3月10日）

元月30日晚，村上的高音喇叭上，树卯通知镇上开总结大会，有全体干部参加，并指明几个人必须参加，其中也有我。我既不是干部，又不是专业户，为什么要参加会？便去问树卯，他也不知道，说："通知上写的有你。"31日早上我只好去开会，看看到底是啥事。

会上宁百川书记作总结报告，镇上表彰了模范单位和个人，给好的种烟专业户发了奖金和一架喷雾气。最后由王阳振宣布，党内实行党风监督员制度，各村支部都设一名监督员。路一村就是我，会后发了聘任证书。这时我才明白了，原来封了我这么一个大官，权力真不小。但能发挥作用吗？我总没有足够的信心。

近几年，党风确实不正了，以权谋私、损公肥私、索贿受贿、贪污腐化、官僚主义等等现象，一天比一天严重。"十三大"上提出廉政要求，中央三令五申为政清廉，但效果不大。"官倒"们赚钱，一下子就是几万、几十万、几百万。靠农村党支部中的一个监督员能有多大作用啊！咱是心有余而力不足！真是：

党风不正是何因，严明法纪最根本。

虚设党风监督员，只能好听难治根。

（解决问题要抓住主要矛盾，要抓住矛盾的主要方面。实行

409

党风监督员制度，无疑是廉政建设的一项重要举措。但要从根本上铲除腐败的源头，则不是几个像父亲这样的党风监督员鞭长能及的了。）

用起了电扇

（1989年3月21日）

　　春节后，万胜从韩城回来说，他姐准备给家里买电扇。我3月3日去信叫坚决不要买，说咱家有凉房，夏天连扇子都用不上，还要电扇做什么。再则电扇开动后，人睡着了还会着凉害病的。倒不如扇子，人睡着了，手便停了不搧风的好。你们要买下，我便要卖掉的。

　　3月18日，侯亮转往姚庄上学，10点钟和他妈刚上车去了韩城，13点俊杰便扛着电风扇箱回来了，说是早上从韩城买下的，立即搭车送回来。我说："不是给你去信不许买吗？买下了我要卖的！"俊杰说："卖了再买，商店有的是东西。""太费钱，买扇子就能买一千，几辈子也使不完"。"不贵，218元，蝙蝠牌，有

410

灯光,也有快慢速,能定时间。睡前定好时间,睡着了,到时候不用人关,自动就停了,伤不了风,害不了病。现在不享受更待何时"?边说边安装起来。

我在桌子上接上电源,开关一摁,风扇便迅速转动起来。在快速档上只听风声呼呼,单衣服也能飘动,时间一长,人冷得支持不住。在中速档上,就觉得凉风飕飕,纸张几乎吹起。在慢速档上,觉得凉丝丝轻拂面庞。扭在时间上,开关慢慢退回原位,到原位便缓缓停息。左边开关一摁,灯光立即发亮。上边电钮一提,扇面便固定方向;向下一按,扇面边左右徐徐移动。妙极了,真科学。

回想起六十年代时,暑天正中午,双手握锄把,有汗也顾不得擦。手腕上的手巾,汗水能扭下一摊子;头顶上一苦,湿得风也吹不起来。带炭推上车子翻沟上坡,汗水从脊背往下淌,衫子裤衩全湿透了。树阴下也顾不得去乘凉,更没有时间去把扇子拿。现在还在春季,树木尚在发芽,就把电风扇准备停当,真不敢比,一个在天上,一个在地下。真是:

二十年前拼命干,只为老小能吃饭,

烈日当头不怕热,汗流浃背不用扇。

如今生活大改善,不为吃穿发熬煎。

儿女孝顺心舒畅,坐上沙发看彩电。

团聚自己拍彩照,凉房里面安电扇。

(久经干涸的大地,些许的甘霖会让它绿意盎然;饱经苦难的人,点滴的变化会让他惊喜万分。一台电扇,现在看来微不足道,但在1989年的合阳路井农村,却属于珍贵的奢侈品。而就是

411

这一个个"奢侈品"，组成了中国农村一步步从贫穷走向富裕的清晰脚印。）

贼比人歪

（1989年4月12日）

1988年7月31日晚，胜天从无锡旅游回来，到西安火车站下车时，已是8月1日凌晨了，要等天明还得几个小时。他便将行李寄放于车站，4点钟拿个提包，独自一人向争胜的住处西安热工研究所走去。街上静悄悄空无一人。行至将近五路口处，突然从暗中窜出两个歹徒，两把尖刀立即逼近他的身子，并低声喊："拿钱来！"他说："我没钱。"一歹徒边说边下手从他的衣袋中将钱掏去，共约六七十元。又喊再取钱。他说："真的没了。"又问："你干啥去？"他说："我看我弟弟去。""你弟弟在哪里？""在前边。""那你走吧！"他头也没敢回，直往前边走去。到了所里找见争胜，也未提起此事，嫌太丢人。但身无分文，只好说是钱花完了，向争胜借了40元钱。一直未给家里人说过。4月8日回来送我们去延安时，为了让我们提高警惕，才说了这事。

今年4月5日下午，西玲和绒肖去街上供销社买布，发现一个长发小伙，在柜台前转悠。营业员用手碰了绒肖一下，暗示那小伙摸你的衣包。幸好绒肖的钱拿在手中，未曾丢失。不一会，又去那头摸一老汉的衣兜。老汉高喊，那小伙上前就给了两个耳光，又狠狠踢了一脚，扬长而去。等老汉从地上爬起时，已是脸上流血。西玲

412

已吓得心跳肉战，说咱快走吧！看的人谁也不敢说什么。营业员李淑贤暗暗说，那是路二大寨巷的小伙子。

天啊！社会咋成了这个样子？我活了大半辈子，曾见过人打贼，却没见过贼打人。真是贼比人歪！解放前的贼是暗偷哩，现在是明刁（方言，抢，夺）哩。解放前土匪抢人是在没人处的山沟里，现在是在千人百众面前的大街上、汽车火车上。改革虽然发展了经济，改善了生活，是好事，但总不能叫人整天提心吊胆地过日子。我宁要穷安宁也不要富送命。治理整顿效果怎样，治安形势最重要。要晓得：

改革当然好，顿顿能吃饱。

行路不用腿，身上穿新袄。

但人心变坏，哄骗偷抢刁。

只要能有钱，心脸都不要。

长此搞下去，那却怎得了。

没麦场之难

（1989年7月1日）

去年没有光场，而是把城门口的空场收拾清理了一下，使用了一个夏收，也没觉得怎样。今年3月25日，早上又去打扫时，有人已经开始打扫。虽我也在南边打扫，但总觉不妥。因为有西玲家土坡前的场作退路，也就再未勉强，也就未光给自己分的场。因分的场较远，杂草丛生，难于收拾。

永禄、菊兰和大儿媳秀
春、二儿媳李萍在麦场里

　　老崔的菜籽马上成熟，眼看要收割了，放到西玲家场里太远，便去问王丑，借用他城门口的场。他答应了，但要求把场内的烂灰草收拾完。好！既可使场面大，又能做肥料，便于菜籽收割后5月26日开始收拾，拉运灰草于老崔菜籽地。5月30日油菜籽打晒结束，总产180斤。因是老品种，全部倒伏，亩产未超过200斤，而有的户亩产四五百斤。为了不占场，随后便把衣子拉走，倒在坑边，准备沤肥。

　　6月5日，开始收割坑内小麦，但拉放到哪里去？小芳家尚未收割，借她的场摊开。下午便用恒军的"手扶"碾了。6日早上连忙把衣子和麦秸拉回家里。上午将坑内麦割完，下午只好送往西玲家场里。西玲家麦场是和她哥积录家共用的，西北角已搭起了麦积。该堆放于何处？西玲说："哪里高放到哪里。"引玲、俊杰拉着麦车一看，西南角新录已搭起了麦积，便放在了墙的西边，这样会影响碾场的面积或次序的。

　　11日，靳家灵再剩3车车麦，该拉向何处？清早我去场内向金祥和他妈说："凡定的脱粒机在这儿，我有一亩多麦，想放在你家麦场里，脱毕后将麦秸马上打发走。"答应后我便将靳家灵和

414

老崖的麦共8车车拉往他场内。午饭后，下地前听天气预报，明天有雨。走到城门口，碰见存祥向家拉麻袋装的麦。我问："咋不晒啦？"他说："不敢晒了，我怕下雨。"我说："那下午你不用场了，让我碾一场麦。"他说："行！"我们立即赶忙把老崖所剩的2车车割完拉回。但是场南边却被侯天欣摊了麦，北边的底子还没有腾零干。多亏邻家侯金虎的场让我摊下。存祥的底子迟迟打发不开，咱又不好动，眼睁睁天阴了，雨要来了，真急人，最后还剩两车摊不完。硬难为长锁用四轮碾了30分钟（长锁要去地里拉他家的麦）。赶毕已经天黑了，俊杰、引玲连夜扬场，因怕人家明天用场。场扬毕时已下1点半了，慌忙中把五六十条滑子绳和一条件子绳放在场边丢失了。

12日早上天阴，我赶忙把场内衣子拉回。上午又将所剩的麦摊开，竟下起了雨。连雨叫正民的"手扶"碾了一次17分钟，没翻就起、就拥。拥毕了，雨也大了。下午雨小了，和引玲们把麦和衣子拉往新院巷道。在巷道内扬场，13日早上和上午才扬完，下午下起大雨。生麦总算碾完放心了。

19日天阴着，趁天气不好，人家不晒麦，能借下场碾秸。便借下小芳和会民的场，用架子车把堆在金祥家场的秸和自家未光的场内草丛中的秸一车一车拉过来摊开。路过要走侯高林的场里。人家正在晒，大有干扰。只好不怕讨嫌地拉吧！永祥的麦积压在我的秸上很难拉，只好一把一把掏吧！掏不出的算啦！不要了。麦已沤成了黑色，有啥办法！上午幸好叫来习俊民的四轮，碾了40分钟，立即起场。天又晴了，又怕人家用场，再乏也得赶紧起赶快扬。下午天又阴了，还怕下雨，又向纪合、顺兴借场碾秸，幸好未下雨，再乏再累也得把秸拉回，以免下了雨拉不成，占住人家的场。赶黑拉了5回。实在拉不完，把剩下的黄秸只好拉走堆放在场头荒草中。最后拉到家的一车秸，车辕一丢，再也没劲了，我老两口便都倒头躺在炕上去休息，长长地出了一口气。秸算碾完了。第二天早上才将秸扒好。

各户的秸都碾完了，有好天气都要晒麦。放在家里的麦，装在肥料袋中会发霉，倒在地上因太厚，未见太阳同样会出蛾。21日天阴，问下丙耀、武天的场，把房里的麦晾出去。太阳渐渐出来了，难得的好机会，干脆连新院的麦全部晾出来。装袋子太重，架子车箱铺上棉花包子，用架子车拉。2000多斤麦，出完后已13点多了。下午又是我俩从17点开始连扬带装，赶天黑22点钟才收拾完毕，她躺到炕上再也不想动弹了。

从14日开始，15、16日天气都很好，但没有场，只好在院内支槽子、门扇、凉席来晒麦。22日和23日在兴才家山间里晒了几袋，又在文天家场边晒了几袋。24日听天气预报是多云晴天。借下文天和丙坤家的场，又将麦全部晒出，出完后天一直阴着。上会回来天看来要下雨了，急忙又扬又装又拉，2000斤麦，我俩赶20点收拾完毕，又白白下了一天大苦。直到27日，村里人麦基本晒干了，我才借下文天家的场，美美晒了一天，有十多袋干了，便倒入砖仓。28日将所剩下的18袋晒于侯同仓场内。由于西玲、新录帮忙，早早结束了。夏收全部结束，6亩地总产2600斤，创最高纪录。真是：

夏收没场真作难，堆放碾晒不方便，

费事跑腿多下苦，怕晴怕雨怕人脸。

416

稍不注意损失大，根本不是几块钱。

深刻教训要记取，定要光个好场面。

（上世纪80年代，合阳地区农业机械化还没有普及，小麦成熟后，人们先用镰刀收割完毕，再用人畜拉运到麦场堆积成垛，然后要经过摊场、匀场、碾场、起场、扬场等工序，才能够颗粒归仓，因而麦场的作用显得格外重要。而今，夏收时联合收割机成了主力军，麦场在农村已经杳无踪影了。）

灶房塌了

（1989年7月6日）

1979年，"抽黄工程"高北渠指挥所的人员，住宿在我家东院内。为了吃饭方便，要在院内盖间灶房。范主任和我商议，用我现有的材料，由指挥所出工盖灶房。7月1日便清理地基。2日和3日我便给收拾木料、箔子和瓦等，不几天便盖成了一所一间半大的灶房。由于木料不结实，都是凑合成的，特别是大扶子，是用一根中间朽空了的老榆树枝做成的，只能暂搞几天，不能长期使用。墙全用胡基垒成，很不坚固。

1981年范主任调走了，指挥所便也相继搬迁了。灶房也就闲置起来了。我便放些忙活农具及闲杂物件。今年夏收前，我将架在扶子上的权把、扫帚取下，准备夏收。不料6月3日，从地里看了麦子成熟程度，确定收割日期，上午给引玲发信叫她7日回来后，走到巷里万寿哥给我说："昨晚你的灶房塌了。"我急忙去看，果然灶

417

房全塌了，一根椽也没剩，全成了瓦渣滩。檐墙也全倒了，撞坏了一个桐树，一切家具物件全压在了烂瓦烂椽烂土下。6月4日我急忙收拾烂椽烂瓦。由于6月5日便开始收割麦子，所以只好暂停。直到7月初，趁闲时才去彻底收拾清理。

看现场，主要由于大扶子受压力过大，从中间折断造成全面倒塌。一千几百页瓦损失了多一半。檐墙倒下的胡基没有一个能用的，其他农具物件也没有什么损失。多亏将农具取下顺墙靠着。再说也算不幸中的万幸。如果在我或别人取农具时突然塌下，那造成的后果可就不堪设想了，人不死也会残废的。但回头一想，如果当初另用一根结实的扶子，再过10年也不会塌。或者近几年有预见，在扶子下面做个隔墙也不会塌下。总之，是由于主观上的疏忽大意而造成不应有的损失。

人生何尝不是这样。做任何事情都要考虑长远，未雨绸缪，防患于未然。诚所谓：

未雨先备伞，防患阴雨天，

人若无远虑，损失在眼前。

羊死急修圈，下次保安全。

今后再修建，定要想长远。

（日常生活中，像"灶房塌了"这样的事林林总总。有些人熟视无睹，有些人漠然处之，有些人却能从这些"林林总总"中挖掘出深邃的思想，体味出新鲜的寓意，领会到别样的启迪，探讨出事物的本质。也许，父亲在向这些人靠拢。）

江晖考上了大学

（1989年9月23日）

7月26日下午，我正和江涛下棋时，侯天欣从路井街上国药店专门来报信说："引玲从韩城打来电话说，江晖的高考成绩总分为496分，超过了咱省录取分数线482分的14分。"真叫人高兴，江晖一下子从床上跳起来了，江涛和侯亮立刻在大门口放起了鞭炮，让村里人都知道我家出了大喜事。我马上就给在兰州的丰胜写信报喜。引玲原来说过，如果江晖考上大学，让他去兰州等地旅游。这一下江晖便能去兰州、西安等地游玩了。西玲和她妈赶忙给侯炜缝棉袄、棉裤，又忙着给江晖收拾行李，好让他去兰州时带上。25日收到丰胜的来信，表示欢迎江晖来兰州，并要求来时把侯艳也引上。我又给引玲写信，表明全家人的高兴劲儿。27日9点，我便把江晖和侯艳送往汽车站，乘汽车去了韩城。

7月29日，收到引玲26日下午的来信，说25日电视上公布高考分数线是48 2分。26日她便接到侯明德打的电话说江晖的分数是语文84，数学69，化学64，物理64，生物45，英语79，政治91，总分496。她非常激动，立即给胜天和天欣打了电话。

江晖们到韩城以后，30日便去了西安，到了争胜的热工研究所。碧兰也陪他们游览了兴庆公园、动物园、半坡遗址等地方，还给侯艳买了一条裙子。临行时，碧兰的父母给了江晖们两支笔，争胜给了江晖一个皮文件包和一些学习用具，并给他俩买了去兰州的火车票。8月3日晚上，送他们上了去兰州的列车。

江晖、侯艳8月4日到了兰州丰胜所在的军医学校，一下就停了半个多月。他们游览了五泉山、白塔山、儿童公园、南湖公园及小西湖公园、东方红广场等，照了许多相，把两卷胶卷都照完了，并冲洗扩印好。既在丰胜办公室玩了计算机游戏，又去省政府礼堂看了电影。李萍给侯艳买了一块手表，丰胜把学校奖给他的一支价值四五十元的金笔给了江晖，又给他俩每人买了一双球鞋，还让带回30元钱为父母买衣服。另外，给了江涛、侯亮、晶晶每人5元，以作买东西之用。直到21日晚上，江晖和侯艳才搭上火车离开兰州回西安了。在西安他们又停了两天，24日便搭车直接回了韩城。

暑假期间，胜天、秀春于8月2日回到家，谈起了江晖考上了大学真叫人非常高兴，喜得人泪花满眼。原来江晖的考上大学太不容易了，整整3年，日日夜夜吃住在局一中胜天那里。为他的能考上大学，胜天下了极大的决心，费尽心血无怨言。江晖的学习成绩几年来一直居于中上水平。这次居然考上了，真乃天大喜事，苦没白下，气没白生，心没白费，一切都好了。为下一代众弟妹带了好头，打响了第一炮。

28日早上，俊杰接到了邮局的电话叫他取信，他急忙跑去，真是的是录取通知书。马上和引玲一商量，全家4口立即搭汽车回路井来了。原来被陕西工学院机械系录取，是机械设计专业，校址在汉中市，9月11日至13日报到，9月14日开学。虽没有北京、上海、西安等大城市洋活，但气候温暖湿润、清静，少受大城市的精神污染，也少花钱，正是学习的好地方。

8月29日上午，引玲和父母亲及俊杰、江晖、江涛6个人骑3辆自行车一同去庄子上看了一回，又到江晖的姥姥坟前烧了几张

420

纸,让他姥姥在天之灵也知道,她辛辛苦苦引大的"琉娃"现在也考上了大学了,高兴高兴。当天下午,引玲一家4口又去路二大队南寨巷他老姑家看望了一回。第二天是8月30日,一家人便去了南庄子老家,看望他婆、他伯和邻居们。他伯还给了江晖50元钱的学费。

晚上引玲们回来后,西玲、新录也过来给了江晖200元,他外婆菊兰也给了100元和一条裤子。第二天8月31日,俊杰、引玲、江涛便去了韩城,让江晖在家多住几天。我把自己几年来收集的邮票,和他四舅争胜上大学时得到的奖品软皮笔记本也给了江晖。9月4日9点便把江晖送到汽车站去了韩城。

引玲在矿务局找了个出公差的机会,于9月9日送江晖去汉中上学,路经西安。10日晚两人乘火车坐了12个小时,于11日到了汉中市,有学校接新生的专车将他们接回学校。陕西工学院距汉中市约30来里,环境清静幽雅,四面环山,风景优美,气候宜人,真是一个学习的好地方。按照规定,学校不收学费,每月给每个学生补助12元的伙食费。两人办了入学手续,12日去街上转了一回,13日引玲便辞别江晖,去勉县钢铁厂讨账。回来后18点便搭火车回了西安,在热工研究所争胜那里过了个中秋节。17日便回到路井,谈了几天来的情况。19日11点,搭汽车去了韩城,完成了送江晖上大学的任务。

江晖的上大学,激动着全家每个人的心,人人喜悦,个个高兴。胜天把一台录音机和大提包给了他,另外给了100元,还借给他姐300元以作学费用。万胜远在延安来信还曾叫江晖到延安游玩。由于未去,尚觉遗憾。要求明年暑假一定去,并汇来30元学费，以表心意。

现在就看江晖了。远隔千里，不受父母及家人的约束，自由自在，究竟是刻苦学习，立志成才，还是得过且过，胡混文凭，这就全在自己了。全家人还是抱着极大的希望，希望他能实现自己报考研究生的心愿。真是：

人人都盼子孙好，都成有用好材料。

江晖首先带了头，开始打响第一炮。

考入陕西工学院，人人称赞又夸耀。

一百二百多赞助，东东西西真不少。

但愿江晖更努力，不负众望莫骄傲。

（江晖是这个大家庭孙辈里的第一个大学生，为下面的弟妹开启了好头，做出了表率，树立了榜样。大学毕业后，他先在西安高压电瓷厂任职，后调入ABB集团，现为科盟—合肥变压器组件有限公司技术部负责人。）

又丢井绳

（1989年9月24日）

去年初冬的一天早上，忽然发现巷东头的钢丝井绳不见了。有人以为谁绞水连桶一起掉在井中，但打捞一整，不见踪影，才认定是被贼偷了。猜测来怀疑去，反正井绳不见了。西头井的井绳尚在，但水不旺，绞不了三五担水便浑了，变成泥水。东头井水旺，只好把西头的井绳卸到东头。西头担水人嫌远，又把绳卸到西头。

422

就这样卸来卸去，真麻烦！

去年底，队长侯顺喜雇外村人把两头井淘了，随后买了一副新尼龙绳，安排谭万寿老汉每天晚上将绳卸回保存。3月24日他去北边看门，顺喜便叫我卸，我4月15日去延安时给队长辞了，他又安排顺兴卸，后来不知怎的又不卸了，顺喜也不当队长了，半年来队里一直没人管事。

井绳没人卸了也好，捎早起来绞水，井上有绳，不误事，不然还得叫门取绳，既打扰人家睡觉又麻烦。管卸绳的人也不好办，报酬只有5分钱，责任天天却很大。每天晚上人们地里忙了一天，喝了汤才正式担水，得等人家担毕了才能卸。卸得早了不合适，卸得迟了，黑天瞎火，绳被贼偷了咋办？不赔吧你负的啥责任，赔吧太冤枉。每天早上得早早起来，不然担水的老叫门取绳总不太好。下地锁门时先得把绳搭上，否则担水的取不出绳，是要挨骂的。10天8天可以，3月5月耐心点，但常年累月就坚持不下来了。有个紧急事，或伤风感冒，把事忘了，出了问题事情就不好办了。

半年来没人管也就那样一天天过去了，大家就习以为常了。但是今年9月19日早上尼龙绳又不见了。贼真没良心，你专靠偷井绳过日子吗？太不要脸了。但有什么办法，人们暂时只好把东头现用的钢丝绳又卸来卸去的用着，谁能想个好法子呀！真是：

解放以前掇轱辘，十日一轮防贼偷，

解放以后世事好，夜不闭户没人偷。

近年风气不能提，一年两次井绳丢，

何日再像初解放，安居乐业不怕偷。

住房商品化

（1989年10月1日）

我国解放几十年来，城市实行住房公有化制度。职工们一心一意工作，不必操心住房问题。但随着城市人口的急剧增长，住房愈来愈紧张。随着不正之风的产生，住房不公平的现象日益严重。为了彻底解决这一问题，近几年来，政府提出住房改革，实行住房商品化，逐步解决住房难的问题。

去年以来，韩城矿务局开始实行住房商品化。引玲在运销处财务科工作，俊杰在行政处总务科工作。他们原住的电务厂的楼房折价归职工购买。每平方米定价×元（原稿中没有每平方米定价的具体数字），由局里按他俩每月工资的20%进行补贴，共应补2200多元，拿出了5元6角5分的现金便补齐了房价，36平方米的三层楼顶房便归了自己。两人于1988年冬便领到了住房证，心中十分高兴。等于只花了不到6元钱便有了一套住房。

今年矿务局第一中学也实行住房改革，胜天也分到了一套三室一厅新盖的住房。虽在四楼顶高处，但却有63.14平方米大。7月18日领到了住房证和门上的钥匙，每平方米定价75元，因是顶层，减价5%，总价4500元。由矿务局按他前5年的工资20%进行补贴，共计1200元。现在交1000元，其余今后4年从工资中每月扣50元来交清房价。他们7月19日便开始搬家。只因秀春转为商品粮调在了姚庄，不属于矿务局系统，所以她不能享受20%的补贴，便要出1000元的现金。不管怎样，住到了一套宽敞的房子就很不错的了。以后侯亮长大结婚，也不愁没房子住。现在面积足顶农村的5间大厦房用，所以全家人非常高兴。真是：

　　住房改革商品化，解脱国家负担大。

　　人人出钱买房住，多余资金不乱花。

　　有权有势不多占，紧张之势便缓下。

　　家家关心又爱护，保护维修由自家。

　　这个办法真正好，职工个个笑哈哈。

　　（早在1978年，邓小平同志就提出了关于房改的问题。1979年，国家开始实行向居民全价售房的试点。1982年，开始实行补贴出售住房的试点。1986年2月，国务院住房制度改革领导小组成立，城镇住房制度改革取得重大突破。1988年2月，国务院批准印发了《关于在全国城镇分期分批推行住房制度改革的实施方案》，标志着住房制度改革进入了整体方案设计和全面试点阶段。）

1990年～1996年

　　1990年至1996年，在邓小平"南巡讲话"的鼓舞下，中国的改革开放有了新的突破。建设有中国特色社会主义理论的提出、建立社会主义市场经济体制的出台，为各行各业注入了新的活力。

　　1990年：11月，全国粮食工作会议在北京召开。国务院决定从1990年秋粮收购开始，将合同定购改为国家定购，交售国家定购粮作为农民应尽义务。会议强调要积极稳妥地推进粮食流通体制的改革。万胜、小丽的儿子侯云腾出生。争胜、碧兰的儿子侯照烁出生。争胜晋升为工程师。碧兰调入西安热工研究院。

　　1991年：1月，国务院发出《关于调整粮食购销政策有关问题的通知》，全国农业工作会议在北京召开。2月，中共中央、国务院作出《关于加强社会治安综合治理的决定》。5月，国务院决定调整粮油统销价格。6月，国务院发出《关于继续积极稳妥地进行城镇住房制度改革的通知》。侯永禄的先进事迹上了《合阳报》。西玲、新录建起家庭面粉加工厂。李萍取得大专文凭。

　　1992年：1月至2月，邓小平视察武昌、深圳、珠海、上海等地，发表著名的"南方谈话"。10月，中国共产党第十四次全国代表大会在北京召开，修改后的《党章》写入了建设有中国特色社会主义理论和党在社会主义初级阶段的基本路线。秀春调入矿务局机电总厂子校任教。

　　1993年：2月，中共中央、国务院印发《中国教育改革和发展纲要》，提出到本世纪末，我国要实现基本普及九年义务教育。11月，中共中央、国务院发布《关于当前农业和农村经济发展的若干政策措施》：为稳定土地承包关系，在原定的耕地承包期到期之后，再延长30年不变。11月，中共十四届三中全会审议并通过了《中共中央关于建立社会主义市场经济体制若干问题的决定》。胜天破格晋升为中学高级教师。丰胜破格晋升为副教授。江晖大学毕业，应聘到西安高压电瓷厂工作。

1994年：7月，《中华人民共和国劳动法》由八届全国人大常委会第八次会议通过。7月，国务院作出《关于深化城镇住房制度改革的决定》，明确城镇住房制度改革的基本内容，其中包括把住房实物福利分配的方式改变为以按劳分配为主的货币工资分配方式、建立住房公积金制度等。江涛考入陕西财经学院。

1995年：9月，中共十四届五中全会，审议并通过《中共中央关于制定国民经济和社会发展"九五"计划和2010年远景目标的建议》，提出2000年实现人均国民生产总值比1980年翻两番；基本消除贫困现象，人民生活达到小康水平；初步建立社会主义市场经济体制。2010年实现国民生产总值比2000年翻一番，使人民的小康生活更加富裕，形成比较完善的社会主义市场经济体制。小丽调到延安市河道管理处工作。江晖、魏小妹成婚。

1996年：3月，八届全国人大四次会议，通过了《关于国民经济和社会发展"九五"计划和2010年远景目标纲要及关于〈纲要〉报告的决议》。4月，国务院办公厅召开全国职工医疗保障制度改革扩大试点工作会议，会议提出了建立职工社会医疗保险制度的十项基本原则。胜天担任韩城矿务局一中副校长。小丽调到延安市城建局工作。

喜添双孙

（1990年4月12日）

1990年3月9日下午，接到了争胜从西安发来的电报，内容是"男孩7斤"，真叫人非常高兴，喜出望外。我和老伴立即在房门前响了一串花炮，真是高兴得不知该咋！

今年春节正月初四（元月30日）下午接到万胜从延安的喜信，小丽于元月18日深夜生下一个男孩，全家人高兴得拍手欢笑。江晖、江涛、亮亮们立刻响炮表示祝贺。晚上大家围在一起给娃起名字，起来起去起了好多，去信让万胜和小丽决定，看哪个好，最后采纳了他婆起的就叫"赵腾"。2月12日接到万胜的信说："娃是深夜1点40出生，近6斤重，奶很多吃不完。"这真是万福。只要奶够吃，大人少受许多麻烦，减轻许多花销。娃的生日实际是1990年元月19日，即阴历的1989年腊月二十三，属蛇相。在医院住了3天，便住到了小丽娘家，由小丽妈伺候，满月后搬回了延安大学。

我俩有6个儿女。引玲家有两个男孩，没有女，有点不完全顺心，但总比有两个女孩而没有男孩思想上好受得多，因此引玲于1978年下决心作了绝育手术。胜天家、西玲家都是一男一女，堪称活神仙。丰胜家生了个男孩，喜得人不得了。李萍要上班了，我俩便去兰州引娃。万胜家要临月了，恐怕生个女子，小丽的思想受影响。我便提前去信，说了男女都一样的道理，让她作好生女孩的思想准备。没料到却生了个男孩，真叫人高兴非常。

腾腾、烁烁在路井老家

　　5家都有了男孩，碧兰也快临月了，思想上的压力便大了。城市计划生育是硬性的，只许生一个。争胜春节时说碧兰年前作过B超检查，医生说："看不清。"通常的情况是：是男的医生便直接说是男的，是女的医生不便直言，便说看不清。这下子碧兰思想的压力更重了。真的生个女的，好像在全家中的地位唯有她低了。我给争胜当面说，又去信专门强调，女娃比男娃好。咱家缺的是女娃，一定要解除碧兰思想上的顾虑、心理上的负担。

　　"男孩7斤"的电报，真叫人喜出望外。6家子都有了男孩，谁也不比谁低。真是金钱也买不到的事啊！12日收到争胜9日发的快件挂号信："碧兰于3月8日晚上8点左右，在陆军医院生下重7.2斤的男孩，历时18小时。"我俩高兴的不知该咋。去年刚确定了万胜、争胜改姓赵，作为他外婆的继承人，今年便添下了两个小子娃。赵门真是人丁兴旺，前程似锦啊！如何让庄子上的人都知道？想来想去，暑假万胜提议来一次大团聚。我便从日历上查来查去，发现阴历七月初二为他外爷的逝世纪念日，到今年的阳历8月21日，正好60年了。那就响炮贴对联，全家23人去庄子上来个逝世60周年纪念。我连夜拟出了对联：出生刚满月父去世母女孤苦实可怜，逝世六十年女花甲儿孙满堂换笑颜；念念不忘。

第二天立即给韩城、兰州、延安写信报喜，并谈了我们的打算。26日收到争胜的信说："碧兰3月17日出院，在医院住了整整10天。因分娩时难产，拉伤坐骨神经，至今未恢复。碧兰奶很少，小孩靠吃鲜奶。小孩的姓名是'赵烁'。"又说："父母如果想早日见孙子的话，可在赵烁满月之后，4月中旬来西安。"

　　原来计划暑假团聚，路途又远，我们便未去延安。现在碧兰难产有病，娃又没奶，路也平近，不去不行。4月3日又收到争胜3月30日写的信说："大团聚的盛况，我觉得最好等明年暑假再举办。到那时小孩相对大了，适应能力强了。"我们便决定等棉花种上趁星期六于4月14日去西安看娃。9日突然收到争胜的电报"9～25日出差"，意思大概是4月25日前先不要来西安。因此，我们又改到4月28日再去西安看娃。

　　欣喜之余，静坐反思。我家6个儿女，有9个孙子孙女，其中7个男2个女。男的是女的两倍半，还觉得是大喜事。照此比例发展下去，若干年后，男的找对象将大成问题。我国人口太多，当前必须实行"一孩化"。但硬性推行"一孩化"，存在两个问题。一个是人都喜欢男的，男的找对象是正常的，找工作也比较容易。而女的招女婿就难得多了。凡找不下媳妇，迫不得已才当上门女婿。"一孩化"后，让独生子当上门女婿就更难了。女的找工作也困难，哪个单位都不欢迎。另一个是两个人要承担4个老人的赡养责任，负担确实成问题。现在科学技术很发达，受孕后出生前便知道是男是女，无形中便会使一些女孩未出生便没有了生命。即便出生了，仍会遇到各式各样明的暗的变相的遗弃女婴的情况。人口比例女性少于男性已成今后一段时期的必然趋势。要有效地控制人口的过快增长，咱一个平民老百姓是无能为力了，只能寄希望于党政领导了。只有从政治宣传上、法律行政上、经济措施上下功夫，才能收到成效。咱不过是杞人忧天罢了。编顺口溜如下：

　　人说多子是多福，我为多子受尽苦。

　　孩子多了负担重，一儿一女才是福。

　　自古男女不平等，有女无儿受欺负。

　　现在实行一孩化，男孩成了主心骨。

　　生男生女不由己，一个孩子定祸福。

　　六个儿女九个孙，只有两个小千金。

　　四家没有女子娃，家家都有男孙孙。

　　腾腾烁烁更不同，他是赵家接班人。

　　为争女人平等权，不许歧视无儿人。

　　要望子孙都成龙，从小教育要认真。

　　娇惯多出败家子，严训方有成才人。

怨停电

（1990年4月14日）

　　1990年3月18日晚，人们正等着看电视剧《京华烟云》的最后一集，突然停电了。大家说这电工也真是，迟不停，早不停，刚想知道最后的结局却停电了——看不成了。晚上乌黑，只好点上蜡烛照明。但等了几天还没来电，点蜡烛太贵，1支就得2角钱。那就过五十年代的日子，点煤油灯吧！煤油供销社几年都没卖了。买私人的吧，每斤8角8分，虽贵总比点蜡烛还划得来。但买的人太多，我去买时早已卖光了。那也好，手电一照，脱衣睡觉，迟起早睡，不要熬眼，才能歇美。

做饭时，"风葫芦"不转，怎么办？旧风匣还在，搭上拉"二股弦"吧！新分家的户，只买鼓风机，没有风匣，就更作难了。面粉机、榨油机、铡草机、豆浆机、粉料机、弹花机，是用电做动力的机器，都停工了。一天要少好多收入，怨气更大。村长侯树卯开会叫人也不能在大喇叭上喊了，只好亲自上门去通知。磁面的群众只好拉着粮食去邻村。去的人多，等的时间太长，又只好拉着粮食去面粉厂换面。面粉厂生意一下子红火了，职工们昼夜加班干。

有人问电工侯卫民："为啥还不来电？"他说："电管局嫌咱欠的电费多，不给咱供电。月月收电费，都欠着哩！火磁厂从来没交过电费。咱村线路多、维修少、损耗大，电费月月不够数。"侯文天说："卫卫不会管电，短下电费没处收。光知道给照明上加，2角4分加到3角，还短得多。人家侯凡定管电时月月余，不得够了，给动力户摔，谁不愿意停谁的电，交手时还余1000多元哩！"侯仲旭说："没办法，关系户太多，电炉子在他当面插着，他都不敢哼声。人家不光熬茶煮饭烧开水，冬天还热炕取暖呢！"二叔侯生水给侯卫民说："你早点辞了。你不敢惹歪人不顶啥。"卫民问："怕谁？"二叔说："有些人的电炉子，你敢取了？"卫民不言语。各人有各人的说法，虽不是"怨声载道"，也可算"怨言满村"。

4月4日开始整修线路，将我新院内的电线杆也挪出去栽在路边，院内安全不受干扰了。前年为了怕触电，把3棵5米高的椿树挖掉了。这下算给我办了个好事。10日半夜零点来电了。黑暗了20多天，重见光明，我兴奋得再也睡不着了，写随笔直写到4点钟。真是：

停电没煤油，只好消洋蜡，

做饭有风机，却要拉风匣。

机器不转动，粮往外村拉。

电视看不成，录音变哑吧。

人人都埋怨，不知谁挨骂，

一旦有了电，大家笑哈哈。

城门洞彻底拆掉

（1990年4月17日）

城墙和城门在历史上，特别是在军事安全上起过重要的作用。新中国成立后形势发生了翻天覆地的变化，城墙失去了它存在的价值，只会在生产上、交通上给人们带来越来越大的阻碍和不便。全路井城有东西南北4个大城门，1个小东门。解放后4个大城门相继拆除了，唯独小东门还在。"文化大革命"中，有人借破"四旧"之风想拆掉它，但封建迷信思想严重的人却说："那是咱巷的风脉，拆了不好，巷里会遭横事的。"由于对生产生活影响不大，所以也就没人带头干那脱离部分群众的事，权当个古迹遗留下来了。

随着时间的推移，路井城墙的土逐渐被填了城壕，打了墙，垫了牲畜圈，有90%多没有了。实行大包干责任制后，"手扶"、

"四轮"、汽车一天天多起来了,城门洞子小,大车进不去。不是撞这儿,便是碰那儿,实在太危险。去年夏收后阴雨连绵,垫牲口圈的干土没处找,城墙上的干土便成了大家眼中的宝物。你用锨铲一车车,他用镢挖两车车,巷里没有一个人阻拦。于是你争我抢,赶7月份便将城门洞子上的土弄光了,只剩下圆圆的砖洞洞,实在不雅观。这时,那些反对拆掉城门洞的老人大多已离世了,城门洞的末日不远了。

去冬村上规划院基,把五队苹果园给了六队、七队人划了院子。里边的树全部挖掉,成材树给群众作价处理。今年4月15日,代理队长侯文天带领谭兴寿老师、侯公社等人将城门洞拆开了,真是一件好事。正是:

城门洞子一拆掉,全巷人人都说好,

汽车四轮都能进,生产道路方便了。

一直拉到家门口,不要二次把手倒。

下雨不怕塌着人,行车不怕车撞了。

城里城外连一气,一直通向西韩道。

一眼望到干渠顶,眼界开阔风景好。

如果井上能安泵,人再不用把水绞。

造福后代益处多,家家欢喜人人笑。

（小东门的"城门洞"在路井城其它四个大城门洞拆掉之后,竟能独自巍然屹立数十年,足见传统观念与封建残余势力影响之深远。也许在后新庄,"城门洞"早已不是一个"圆圆的砖洞洞",而是一个象征,一个安于现状、不思进取、保守封闭的象征。）

浪北京

（1990年8月13日）

煤炭部在大连专门设有中国煤矿工人疗养院。今年暑假，矿务局给了局一中一个前往疗养的名额。胜天是连续9年高考语文全市第一名的模范，学校同意让他去疗养。胜天认为我俩年已60岁，身体一年不如一年，出外旅游的机会不多了，便和秀春商议，叫她和孩子们这次不要去，让我俩先去北京游玩一趟，等以后有机会同她和孩子们再去。胜天又和他姐引玲商议，引玲完全同意，并拿出150元作为路费。7月28日的13点多，胜天和秀春引着晶晶从韩城回到了路井。等他妈和侯亮从街上回来，把情况一说，他妈也欣然同意。

快速行动

因为地里的粪已拉完，棉花顶也打了，芽子也扳了，草也刚锄了，地里也没啥活可做了，正是个闲空。说去便去。怕路费不够，把西玲的卖瓜钱借了200元。7月29日早上6点吃饭，7点在公路边搭上了去西安的汽车。和胜天3个人，于13点到了西安热工研究所。让争胜立即买了20点35分去北京的火车票。30日16点，到了北京站，住宿在"客仙居"旅馆。31日游览了天安门广场，瞻仰了毛主席遗容。晚上住宿到天都宾馆。8月1日游了中山公园、劳动人民文化宫和故宫博物院、北海公园、景山公园等。8月2日先买了回去的火车票，再游了颐和园、香山公园及动物园。8月3日，游了成吉思汗行宫、十三陵水库，登上了八达岭长城。8月4日结清手续，带

上行李，先游了天坛，后游了大观园，15点来到北京火车站休息等车。19点30分，胜天和我们分手，在车站等23点去大连的列车。我俩坐上回西安的279次列车，告别了北京，赶8月5日15点50分便到了西安。争胜硬多留我们住了一天。7日坐上了发往韩城的541次汽车，于15点回到了路井老家。前后共计近10天时间。在北京只住了5天。住宿费每晚3个人得十八九元，白天的车费、饭钱、门票更不敢算。从西安到北京一来回的火车票一个人就得花90元，所以"北京虽好，也不是久站之地"。像人民大会堂、历史博物馆、军事博物馆、民族文化宫、成吉思汗行宫、十三陵水库等，只在外面看看照个相就行了，不必要花钱买门票进去细看。外面同样饱了眼福，谁也不能说咱没到过北京，没见过天安门。六十年代前，连做梦也没敢想过的事，现在变成了现实。

见了毛主席

俗话说"可遇不可求"，机会和幸运是不可强求的。23年前，胜天为了见到毛主席，1966年冬随着"文化大革命"的洪流，参加了红卫兵徒步串联的长征队，跨过千山万水，走到北京。好心人要他们免费坐汽车，他们也不坐，意志真坚强，硬是走了三十多天，终于到了北京，见到了天安门。但毛主席已接见过8次红卫兵了，周恩来总理劝他们"复课闹革命"。只是在广播里听到声音，连人面也未见到。多霉气啊！下了那么大的决心，历尽了千辛万苦，却仍见不到毛主席。那有什么办法呢？没有！当时他才14岁呀！

而我们这次旅游，第一天就到了天安门广场，正值毛主席纪念堂开放，免费让游人瞻仰。许多人维持秩序，要大家自动排成四行，不带任何行李（水壶、相机、伞、提包等），不要拥挤，缓缓而行。胜天1985年看过一次，这次他便在外面看行李。我俩随着排好队的人群一步半步徐徐缓行，分左右两队，步入正厅。毛主席仰卧于水晶棺内，魁梧的身躯，覆盖着一面党旗，面前有亮光，可以看清肉色的面容。辞世已13年了，仍和生前一样，令人肃然起敬。队伍走过了好远，我仍频频回头，好像永远看不够。是他领导人民建立了新中国，是他领导穷人翻身作主人，是他拯救了我们孤儿寡母，摆脱了被人欺压剥削的苦境。我怎能不感恩，怎能不怀念呢？我愿他永垂不朽！

珍宝馆风波

8月1日，我们从长安街路过新华门，门前升着一面国旗，有两名战士荷枪站岗。这就是中国政府的大门吧！里面住着中央领导同志。我真想照个相作个留念，但又怕不允许，便没照。3人一同到天安门广场，先游了中山公园，门票5分。再游了劳动人民文化宫，门票3分。然后去故宫，但门票竟是3元。我心里"咯噔"一下，咋那么贵。据说前几天还是5角，咋一下子就涨了6倍？不去吧！到了北京，不去故宫太冤枉。去吧！花钱太多。来一次不容易，咬咬牙进去吧！里面有午门、太和门（即金銮殿）及保和殿，以及许许多多的这样宫那样宫，看也看不完，数也数不清。走到养心殿，发现有珍宝馆，门票又是3元。胜天要我俩进去参观，我俩不愿进去。他硬要我们去，我们坚持不去。他说："你们不去我去！"我俩在外面等候。好大一会工夫，胜天过来却说："门票我已经买好了，来北京就是为看景的，你们真的再不去了，干脆明天回去！"我俩实在无奈，只好进去看了看。里面的金银玉宝很多，我俩是从未见过的，认也认不得。既不知道叫什么，又不知道能干什么用。我总认为，看一下就得花3元钱，太划不来。这些雄伟壮丽的古典建筑，金璧辉煌的奇珍异宝，都是封建帝王压榨剥削劳动人民的铁证，只能激起我的愤慨！

香山坐索道

8月2日3人游了颐和园后，便乘360路汽车到了香山。仰头一看，山高入云，有索道直通山顶。索道长1400米，坐一次单程是3元。每隔28米有一吊椅，我俩坐一个，胜天独坐一个。不到20分钟便到了香炉峰顶，看到了香山全景。远处山顶比云还高，云绕山腰，人在山顶，真是登云上天了啊！用自带的相机又拍了个照。

下山怎么办？再坐还得花9元。我提议："我和胜天走，她一人坐索道。"她坚决不同意，一定也要走。山陡路窄太危险，下山更比上山悬。但她不听，竟率先往下走，一台接着一台，足有四五千个台阶。有人步行上山，一个个汗流浃背。凉鞋垫脚，有人干脆把鞋一脱提在手上，光着脚片上山。我们走一会歇一歇，还是热得不行。我干脆脱去长裤，穿个短裤下山。一点来钟，终于下来了，真不简单！

登上了长城

8月3日早上胜天找到了个一日5游的旅游车。先是每人10元的票价，后来因车少客多涨到12元，我们3人也只得坐上。先到成吉思汗的行宫前照了个相，随后便去了八达岭。游人很多，十分拥挤，我们3人也随着人流登上了长城。一段一个烽火台，弯弯曲曲的城墙随山势而上，一眼望不到头。古人为了防御外来入侵，下了那么大的苦工夫，真令人不敢想象，多么宏伟啊！我们见到了古炮的原始原形，又看到了毛主席题词碑"不到长城非好汉"！

十三陵误车

车行到十三陵水库，清清的水已蓄进了库内。我们在大石坝上用带来的相机拍了照，又去新建的殿堂观看，但回到停车场时却不见了车。按规定的时间还有7分钟，真急人。这儿又没有去北京的班车。问一个司机师傅开的车，他说没座位。我说让我们站着，他却说不许站。后来见了某单位的旅游车，胜天先给了司机两袋苹果，并说了许多好话，才勉强地答应下。等人上齐了，胜天和我俩才挤在门子跟前，总算拉到了北京。到某单位的门口，胜天给了司机10元让买包烟吸。如果不是这个车，我们这天晚上还不知怎样度过呢！到底怎样才能回北京呢？真不敢想。

地铁真是好

在北京，我们每天都要坐地铁。只要你弄清要去的车站，不分远近，票价都是3角，先买票后上车，座位不多，站位却不少。每列要带好多节车厢，可拉千余人。每到一站广播上都提前报站，让旅客自动下车。出站时不知哪里来的风，十分凉快。有的还有坡形电梯，不用人走，便可上坡出站，方便极了。

同烁烁合影

8月4日晚上和胜天分手后，8月5日下午4点我们回到了西安，受到了碧兰全家人的再次热情款待。老伴把在解放路商店给每个孙子买的一件衣服让争胜看了，并把烁烁的给了碧兰。碧兰要我们多住几天，我们说了种种原因明天一定得回去。争胜只好推到6日早上买票。但到第二天早上催他买票时，他却说："你们停上一天怕咋，也把烁烁引上一天，难道连个相也不照，光说要回去吗？"是啊！说的合乎情理。我说那现在就照吧！"不行，只有日出和日落时光线最好。现在照日出已迟了，那就等日落时照吧！""算啦！停上一天吧！明天再回去。"我俩答应了。18点了，我说快照相去吧，但烁烁却刚睡着了，那只好等明天早上了。不一会，烁烁却醒来了。收拾好一切，到楼外边照相。她抱着娃照了一张，我抱着娃也照了一张。晚上闲谈、下棋，说起碧兰的调动。所里最近准备解决夫妻两地分居的问题，看来碧兰从秦岭电厂调来热工研究所的事有了希望。8月7日8点吃过早饭，争胜把我们送到车站，10点钟我们坐上发往韩城的541次汽车，赶15点便回到了路井。

好坏作对比

在旅行途中，遇到了不少好人，也见到了不怎么好的人。距亚运会仅仅50来天，由于"严打"，社会秩序较好，人心较安定，抢劫、盗窃现象大大减少，来回路上尚未发现。学雷锋活动的持续开展，使社会风气有所好转。8月2日，当我们坐上332路公共汽车时，我刚上车，站在那儿，有位穿黄色衣服的同学，约十三四岁，便离开座位，让我坐下。我十分感激，说声"谢谢"。并问他贵姓，他微微一笑，并不说姓名。真是做了好事不留姓名的雷锋式的好同学。8月4日，我们下了59路汽车去天坛，问路时却出现了另一种情况。先问一位摆小摊的老大娘，她说往西走，北边就是。走了一段，又问一个十三四岁的小青年，他却把手向东一指。我十分诧异，便再问了一位看报的中年人，他也说向西走，有路标，往北边可看见天坛的门。果然不错。天坛就在眼前。事实证明，小青年在撒谎，真缺乏教养，还不如说"不知晓"。8月2日游罢香山在去动物园的车上，售票员旁边有个空位，却铺着个毛巾，右边坐个外国人。我问售票员这儿有人吗？他说"有人"。我给老伴说："有人也罢，你先坐下，等人来了让给他。"售票员却说"不行"，老伴只好站在那儿。那个外国人看着很诧异，停了一会，打了个手势，意思是让我老伴坐在他的座位上，他竟走到前边站到他女人旁边去了。老伴还不敢坐，我说："你坐吧！那是让给你的。"她才勉强坐下，流露出感激的表情。我俩同时以尊敬的目光望了一下那个外国人，也以鄙视的眼光瞥了一下售票员："真把北京人的脸也丢了！"

总之，这次北京之行是满意的、顺利的。晚上下了两次雨，白天天气便凉快了，且有云遮太阳，不太热，拿的伞也用不上。虽然花了几百元，却经了大广，开了眼界，了却了心愿，值得！正是：

胜天疗养去大连，想带父母北京玩。

我俩欣然一同去，引玲资助百五元。

各处名胜都看遍，彩照拍了一大摊。

去到首都浪一次，满心欢喜乐无边。

（领上父母"浪北京"，完成了自己的一个凤愿。父亲站在金水桥前注视天安门城楼那种崇敬而满足的神情，让我觉得成就了一件伟大的事业。遗憾的是为父母拍摄的整整一个胶卷的36张照片，竟让照相馆曝光作废。"浪北京"没有一张留影。几年之后，争胜曾用父母的其它照片和天安门的图片进行电脑合成，制作了几张照片，以弥补"浪北京"之缺憾。）

胜天得奖"九联冠"

（1990年11月5日）

1990年11月3日，我收到孙子侯亮给家中的来信说："我爸最近得了三个奖：一个是韩城教育局10月10日发了一张奖状，因我爸1990年高考语文得了韩城市第一名。第二个是第五届全国中小学生作文竞赛组织委员会发的育才荣誉证书，是1990年4月，因他班的学生王丽的作文获得了三等奖。第三个是陕西省煤炭系统中学语文教学研讨会发的优秀论文一等奖，由陕西省煤炭普教研究室发的荣誉证，因我爸写的一篇论文《听.说.读.写.看——指导学生课外学习语文浅谈》被评为一等奖。研讨会是10月23日至26日在韩城矿务局第一中学召开的。"

我们见信后非常高兴，心情久久不能平静。胜天是"文革"中1968年从初中毕业回乡的，1972年煤矿招工时去韩城马沟渠煤矿当工人。先在土建队后调政工组，1976年冬调入韩城矿务局中学任教，先代美术后代语文。国家恢复高考后，丰胜、万胜都考入了大学，他不甘落后，1979年考入了陕西教育学院"高师函授"。1984年毕了业，边学习边教书。他每年总代高三毕业班的语文课，夜以继日地备课、刻讲义、批作文，孜孜不倦。年年高考后的语文成绩总是全韩城市五六所高中的第一名。今年已是连续九年荣获第一名了，真是名副其实的"九连冠"了，怎能叫人不自豪呢！我不由自主地逢人便想夸一夸。

这个"九连冠"的获得是极不容易的。他每年带的高三毕业班，并不是自己一手从高一带上来的，学生的语文程度参差不齐。在短短的一年里，他要摸清每个学生的具体情况，因材施教，对症下药。同时，光凭课本内容来教是很不够的。每年高考的语文试题不是一成不变的，而是年年有新招。他必须收集每年的高考试题，找出学生的薄弱环节，查漏补缺。他编写辅导材料，刻写训练习题，费的心血难以想象。没有坚强的毅力、持之以恒的精神，是根本办不到的。今年10月下旬，短短的一周之内获得了三项奖励，真不简单啊！正是：

初中程度代高三，全凭自学苦钻研。

五年代课学函授，大专文凭非等闲。

呕心沥血育英才，成绩年年在前面。

没有奋发图强志，哪能获得九连冠。

（有一副歌颂教师的对联，现抄来献给所有从事教育事业的同行们，并借以自勉：上联为："一支粉笔两袖清风，三尺讲台四季晴雨，加上五脏六腑七嘴八舌九思十想，教必有方滴滴汗水诚滋桃李芳天下。"下联为："十卷诗赋九章勾股，八索文思七纬地理，连同六艺五经四书三字两雅一心，诲人不倦点点心血勤育英才泽神州。"）

引玲转干上函授

（1990年11月9日）

1990年11月5日上午，侯艳上学校去路过来报："我姨妈回来了，现在我家。"老伴便要去看，我说："你太慢不如我骑车子快！"自行车一蹬3分钟便到了西玲家。姊妹俩正准备过来哩！原来引玲要以学员代表的身份去大荔参加中华会计函授学校表彰大会。会期一天，去早也无益，所以到村口让运销处的小车暂停便下了车，回家看看。在家里停了几个钟头，她下午另搭车去了大荔。开完会，7日早上又回到路井，8日下午搭车去了韩城。

引玲是1989年报考函授学校的，学习会计方面的知识，已经考过了4门课程。由于她领会能力强，刻苦用功，每次成绩都名列前茅。所以这次表彰会便由她参加，领导上并准备把她的先进材料往地区报。

引玲1963年从完小毕业，考上了初中。因家境贫寒，家里孩子多劳力少，便停学回家参加劳动，没有去上中学。那时她虚岁才14岁。她1970年结婚，1971年招工进了供销社，1972年转为正式工，1973年调往韩城矿务局电务厂。由于"社教"中许多财务人员受整，"文革"中当权派受冲击，所以她一直不愿当干部，不愿管财务，一直当工人，干着体力劳动的工作，直到1979年才担任图书管理员并兼管档案。1983年当了财务科的出纳员，1987年3月任机关食堂会计，7月调到运销处财务科任会计。

今年初，矿务局要将一批符合转干条件的"以工代干"人员转为正式干部。按条件，引玲早该转了。7月份，她终于转为正式干部

444

了，由工人的月后工资转为干部的月前工资。她和俊杰的基本工资每月都是129元，真叫人庆幸。难怪她们总劝我俩不要种地了。正是：

年轻只因家贫寒，考上中学未去念。

四十岁上志未减，自学会计函授班。

每次考试成绩好，大荔开会理当然。

今年七月转了干，奋发图强永向前。

（姐姐引玲的工作经历艰难曲折。开始在路井供销社当售货员，调到韩城矿务局电务厂后，在煤场卸过煤，在后勤开过绞车，在水房看过水泵，在政工管过档案……她只有小学文化程度，却凭着自己的聪明好学，勤奋努力，走自学成才的道路，成为运销处财务科会计，开辟了人生道路的新天地。）

换粮票之难

（1990年12月7日）

七十年代初我当大队干部时，经常开会，要向大会交粮票及伙食费。但粮票哪里来？必须把小麦卖给粮站，换回粮票。生产队每人只分二三百斤小麦，怎舍得换！便用红薯干去换。我提上一笼红薯干去粮站，却过不了验粮关。那时有个叫张银成的人验收，我去了三四次他总说不干。我说在锅内用火烤了还不行？他说更不行。真叫人没办法，后来借县粮食局侯恒德的面子，才换了几次。但到1984年冬，物价改革之前，风传粮食过了关，粮票和布证一样要作废了，便把现存的一点粮票，托新录找熟人买成面粉。真够折腾！

去年江晖考上了大学，惟恐按标准不够吃，总想给娃补贴点粮票，但粮票却不好换。那就把面粉捎给韩城，让他们把粮本上的粮省下换成粮票。但面粉也难到韩城，人搭车行李重带不动。幸好11月28日清早，俊杰给局里去大荔拉菜，回来路过给家里留了一架子车白菜、萝卜、葱。哪有这么好的机会！但俊杰没吸一根烟，没喝一口水，没停一分钟便走了，我却把捎面粉的事忘了个一干二净，真把人能气坏。

那该咋办？我专门去粮站询问出纳郭秀珍："换粮票都要些啥手续，我们想去兰州住一段时间，需要些粮票。"她说："不准换了，不能换！"我问："几时停了？"她说："夏收后就停了。"我问："为啥要停哩？"她说："不知道。"我问："几时能再换？"她说："说不上来。"我只好怏怏而回。同巷侯培礼夏收时曾给粮站帮忙算账，老伴想托他来换。他先见司秤的说："能换！"后来他去卖红薯干，我便跟着他让他再问。但他一问乔会计，却说现在没有粮票，等以后有了再说。我又垂头丧气地回来了。

12月1日早上，西玲拿着160多斤粮票来给她妈，真叫人喜出望外，便问咋样来的。她说是昨天新录找了镇上的一个熟人，给粮站主任写了一个条子，他拿上条子很顺利地用200斤小麦换下来了。这到底是什么政策？到底是停换不停换，是有还是没有？真是：

公章盖的比碗大，不如熟人一句话。

不正之风煞不住，后门洞开没办法。

几斤粮票事虽小，见微知著关系大。

倡廉整腐要抓紧，国泰民安没麻达。

（1955年8月25日，国务院全体会议第17次会议通过《市镇粮食定量供应凭证印制暂行办法》，粮票从此应运而生。此后，食用油票、豆腐票、布票等各种票证进入人们的生活，各种商品皆需凭票购买，中国进入长达近40年的"票证时代"。1992年4月，国家同时提高粮食的定购价格和销售价格，基本上实现了购销同价。在此基础上，各地陆续放开粮价、取消粮票。粮票完成了它的历史使命，悄然退出了历史舞台。）

碧兰调到所里了

（1990年12月31日）

1988年"五一"节，争胜回来说，找下了对象邓碧兰，只是工作在秦岭电厂，将来最大的问题是两地分居。我们说："只要你俩志趣相投，婚后慢慢设法往一起调。"结婚时没有房子，争胜住的单身楼，三四个人住在一个宿舍。怎么办？只好在丈人家结婚。多亏碧兰爸分的住房是三室一厅。她父母一个房子，弟弟一民一个房子，给她和争胜收拾了一个房子。1989年，他们所的环保室迁往南京，设立环保研究所，需要人员。如果他们同意去，那里可以解决住房问题，而且能给碧兰安排适当的工作。开始我们不太同意让争胜去南京，因为那里毕竟离家远。况且西安地方好，去兰州、延安时它便是个中转站。为了解决他们夫妻两地分居问题，只好同意让他们去。但碧兰妈只有一个女儿，却舍不得让娃远离身旁。

今春3月8日，碧兰生下烁烁后，本应是个大喜事，但困难就更

争胜、碧兰和烁烁一家

大了。将来两个人迁入西安就得缴6000元的入户费，吓得连娃的户口都不敢报。后来因反映的人多了，市政府取消了收费的规定，令人心里轻松些了。但娃的管护成了大问题。碧兰在电厂上班，谁引娃？老伴去了也没有住处，碧兰还要上夜班。让碧兰请长假专门引娃，但电厂任务紧，人手不多余，长期假不批准。把娃留在所里，娃长期不见他妈行吗？真难办！

经领导研究，同意碧兰调到热工研究所。11月15日晚，竹绒捎回了争胜的信，说所里已给电厂发了"商调函"。多么振奋人心的好消息啊！11月23日收到了争胜20日的来信说："碧兰于11月15日已从电厂返回，带回了'同意调出函'。所里人事科将双方单位的意见等材料上报陕西省劳动厅，等待批准。"12月14日又收到他12月8日的来信说："碧兰12月7日接到了调令，当天下午去电厂办理了调离手续。15日到热工研究所报到，分配到我所所属工厂配电室工作，负责新建的办公9层大楼的电梯运行和管理工作。工作非常轻松干净，用不着上夜班。我觉得很满意。"真的彻底解决了夫妻两地分居的问题，令人极为高兴，再不为此事作难了。

今天又收到争胜打印的来信说："12月初我晋升为工程师，基本工资由原来的86.5元，提高到119元，加上其它补助每月实发工资175元。"真是双喜临门啊!

回想起众兄弟的两地分居问题,他比起他哥胜天来要好得多。胜天197 8 年结婚,家在农村。直到1986年5月才经韩城市批准,将秀春和两个孩子的户口转为商品粮。到1987年7月才调往韩城市姚庄学校任教,两地分居生活了长达1 0 年。多么难呀! 真是:

九十年代头一年,三大喜事一连串。

碧兰三月生男孩,年底调动到西安。

争胜晋升工程师,每月工资百二元。

三人生活在一起,新的家庭庆团圆。

(1958年,中国颁布了第一部户籍制度《中华人民共和国户口登记条例》,确立了一套严格的户口管理制度。碧兰调到热工研究所,确实让人笑逐颜开。但在办理调动的过程中,除了要调出单位和调入单位同意外,还要将户口迁入西安市,要"上报陕西省劳动厅,等待批准",缴"入户费"。)

罚款促售棉

(1991年1月6日)

从五十年代实行棉花、棉布的统购统销政策以后,农民种的棉花除按标准每人留足1—2斤自用棉外,全部交售给国家。人们买布,凭按每人发的1—2丈布证去购买。八十年代初,便取消了布证,人们可以自由买布。这是棉花生产过了关、纺织业大发展带来的方便。后来农业区域规划,将棉花种植集中于宜棉区如大荔一带，合阳便没有植棉任务和售棉任务。加之几年来的西瓜收益多，虽然国家加征了瓜果税，提高了棉花收购价，但种西瓜的人仍然很多，种棉花的人却很少。

自1989年，村上便给各户分配了棉花种植面积，下发了交售任务，但能完成任务的户却不多。这样，镇上便定出了不完成任务要罚款的办法，村上则号召社员去棉站找大荔卖棉花的人顶任务。为了顶任务，便要给大荔卖棉花的人加钱。1990年每顶一斤任务给加一角钱。这样，本来是向南运的棉花，却拉向北边路井来卖，可以多得钱。所以路井地区便完成了本来完不成的任务，得到了上级的表扬和奖励。

我家现在只有我们两个人的地，也得种棉花。今年在渠南种了几分棉花。由于天旱，在"抽黄工程"上水时多次找管水的人想浇也没浇得成。加之在治虫时用洗衣粉尿素合剂，药度太浓，造成棉叶全部枯干，严重减产，总产皮棉17斤。9月2日便把棉花杆拔了。而村上分的任务是50斤。那咋办？只好用西玲卖的棉花给我顶了26斤任务。其余的怎么办？村长在广播喇叭上督促。最后托新录找熟人银虎，花了每斤5分钱以1元2角钱顶了24斤任务，总算完成了交售棉花的任务。虽然花了点钱，却不落个被罚户的名声。镇上定的办法是：凡欠售1斤罚款5角1分。那50斤就得罚25元。

这种单纯完成任务的观点，就一个地区来说，既完成了售棉任务，又促进了下年棉花种植面积的落实，是个好事。但就整个社会效益来说就不好了。国家实际收购的棉花总数并未增加，反而浪费了运输力量，使大荔人得利，合阳人受损。

过去每搞一项工作，宣传是开路先锋，思想工作领先。而这种办法不是先讲清道理让人心服口服，而是硬性罚款。不是启发觉悟，而是引起对立情绪，从而降低了党和政府在群众中的威信，实不可取。真是：

种棉任务随时变，分配任务少宣传。

任务不完硬罚款，难怪群众有意见。

弄虚作假顶任务，官僚主义却安然。

这种方法不改变，党的威信会丢完。

（"顶任务"实属一种计划经济条件下的怪现象，而"罚款"则是农村一些干部乃至个别政府部门屡试不爽的工作法宝。完不成售棉任务：罚；违反了计划生育：罚……没有钱？对不起！那就抬电视，拉牲畜……就连党的一些惠民政策，有时也被这些"歪嘴和尚"念得跑了调！）

也得了荣誉证

（1991年1月21日）

1984年卸任大队长后，我便主动要求给村上送报送信。一方面，可以为邻里乡亲继续服务，发挥点自己的余热；另一方面，也可以满足自己几十年来养成的看报嗜好，不要自己花钱先能自己看到新报。加之五六个孩子在外，每月六七封信能及时收到。由于五六年的经常看报，也常得到各方面的知识。1990年12月初，《渭南报》发起"农牧科技知识竞赛"，我因为闲暇无事便跃跃欲试。但因记性不好，看后辄过辄忘，怕白费劲。老伴从旁鼓励说："你又闲着无事，又不要摊啥底，（方言，要啥本钱）答不上也罢，又不会丢啥人，不答怕啥？"我13日开始答卷，赶有效期的最后一天15日，将答卷送往邮局。估计能答对一半，便不抱多大希望，只是碰碰运气罢了。得不了奖，也只摊了2角钱的邮票而已。

谁料元月17日，村长侯甲强给了我个三等奖的荣誉证书，又说他和侯德安因去镇上照着答案抄了一份，也得了个三等奖。真使我喜出望外，我可不是訾抄而是自谋的呀！正是：

六十岁上去考试，居然榜上有名字。

荣誉证书领到手，眉开眼笑喜心里。

心安理得三等奖，不是作假骗来的。

不为报酬不为利，送报看报劲更足。

（曾参加过各种五花八门的知识竞赛，党内的，党外的；政治的，经济的；文化的，科技的……绝大部分都是上级指定的任务。让人感到有趣的是，这些竞赛大多都是试题和答案一起发下来，像侯甲强等那样"照着答案抄了一份"，即可获奖。真真正正体现了中国的特色。而如父亲那样傻傻地"自谋"，却绝无仅有。）

改名字

（1991年1月25日）

我出生于1931年古历九月初四。父母不识字，可能是请识字的人给我起了个名字叫"永禄"，母亲经常叫我"永荣"，姨和姐们叫我"永娃"。在完小毕业后受孔孟思想的影响，觉得只有"仁"字最好，也想做个仁人，便想把名字改叫"裕仁"。便在一个笔记本上写上"裕仁"的名字，但却没有人知道，更无人称叫了。

1966年8月毛主席发动了"文化大革命"，要破"四旧"立"四新"。一些旧的名字，也属于旧思想的范畴。在公社党委于范家洼召开的党员会上，路井公社改名为要武公社。其下属各大队的名字也统统改了。路一大队改为要武一队，路二为要武二队，路三为要武三队，上东阳为东阳，乳阳为红阳，乾字为朝阳，杨家坡为光明，郭家坡为红旗，西王为五星，北党为红星，东庄为东升，西尚为跃进，范家洼为红卫，高原寨为红源，卓里为东风，雷庄为立新，郭庄为革命，西明为红新，南庄为克明，东明、前进和新民3个大队不变。

大家都改名字了。我觉得"永禄"这个名字不好，有"永远享受利禄"的思想，不符合全心全意为人民服务的大公无私精神。要斗私批修，破除旧思想，就先要改掉这个名字。那么叫什么名字好呢？列宁说青年的任务是"学习学习再学习"，俗话说"活到老学到老"，古话说"学无止境"——那便改叫"永学"。从此我在签名上便改为"永学"，还专门刻了个"侯永学"的章子。担任大队长财务审批条子上盖章子也用的"侯永学"。1984年送报送信，在挂号信、汇款单手续上签名也用这个名字。

这个名字好像是个无声的名字，周围的人都知道我叫"永禄"，而很少有人知道叫"永学"，特别是一些档案材料上仍未改变。1988年颁发居民身份证时，填写人也未问我，也填上了"永禄"。上面发来的通知上、聘书上、奖状上都一直是"永禄"。今年元旦前夕，丰胜汇回60元，写的是"永学"，我章子上也是"永学"，但拿的身份证上却是"永禄"。去邮局取款时，赵林哲问我："到底是叫'永学'还是'永禄'？"我说："都叫。"但仔细一想，这样迟早会出问题的。这次科技知识答卷上要填写身份证的编号和姓名，我怕出差错，便写上了"永禄"。因此获三等奖的荣誉证书上便是"永禄"。昨天去兽医站上领30元的奖金的名单上也是"永禄"，因此干脆改过来就叫"永禄"吧！名字不过是个符号罢了。只要本质好就对了。因为60年来，人人都知道"永禄"就是我！正是：

姓名本是人代号，起名原为人称叫。

本性和名求相符，意寓希望盼美好。

名实往往不相同，改来改去枉费劳。

改的新名人不叫，不如当初不改好。

（1966年8月18日，毛主席接见红卫兵。北京师范大学附属女子中学学生宋彬彬为伟大领袖戴上了红卫兵袖章。毛主席询问她的名字，宋彬彬回答后，毛主席说"要武嘛"。随后，宋彬彬将她的名字改为"宋要武"，她所在的北京师范大学附属女子中学也改名为红色要武中学。接着，宋彬彬以"宋要武"之名，在《光明日报》发表了《我为毛主席戴上红袖章》一文。于是，全国掀起了一股"文革"改名风。那时，姐姐侯引玲也改为"侯向红"。）

能算模范党员吗？

（1991年2月12日）

1991年元月30日，镇上召开1990年总结表彰大会，我也被宣布为模范党员，也发了一张奖状，心里非常高兴，回到家里老伴也喜

中共路井镇委员会发
给永禄的荣誉证书

形于色。2月9日村上又开总结表彰大会，又宣布我为优秀党员，也发了张奖状，并奖了个茶缸子。回来后，我便把奖状贴在房子正中间最显著的地方，以表自豪。

但晚上睡下以后，回想自己从1956年入党35年以来，干了些什么，对得起党吗？扪心自问，够个模范党员吗？这次能评上模范，是怎样评上的呢？村长侯树卯元月22日给我说："镇上要模范党员，顾不上开会，我便把你的名字报上了。"我忙说："这哪能行！我老了，在青年人中选吧！"他说："行啦！已经报上了。"元月29日，我送报时，顺便去妇女主任王小稻家，了解好媳妇赵巧叶的事迹。小稻说："镇上要模范党员时，我就提名你，写材料时我也没通知你，便把我知道的情况写的上报了。我说老汉天天忙忙碌碌，不辞劳苦，不避风雨，跑来跑去的！"我又说："跑来跑去对人身体好，模范应选青年人，教育意义大。"总之，实际情况是我这个模范党员并未通过党员大会正式评选，是不正当的不合手续的。当然，如果开会，领导提出初步名单，让大家选举也许能选上。但未经过这个程序，即使有一个人提出反对，进行质问，也是应该被否决掉的。当然上报后，镇上有责任审核批准。如有重大问题，领导就应提出不同意见。但不管怎样，全村群众和外村的党员就不清楚内情了，只知道永禄是个模范，领了张奖状。来的人见了墙上的奖状上有镇党委、镇政府、党支部、村委会的盖章，也就深信不疑了。谁还管它是评选的、包办的、混来的呢！

但自己想想，与模范党员的称号相称吗？自己问心有愧还是无愧呢？先从1984年至今7年来的送信送报来说，可以说是无愧的。全村8个组300多户，1200多人。每天的报刊、信件，平均一二十件。每天整理分户递送需要一小时至一晌时间。无论酷暑寒冬、刮风下雨、农忙农闲、节日假日、路平路难都能送到各户。群众能早一天见到信、看到报，自己心中就觉得舒坦。说是一点差错没有那也不尽然。如有的同姓名，未写清组名，有时会送错。有的父子、婆媳之间，单看信封姓名，偶尔也会造成误会矛盾。必须按实情递送给应收人的手中才好。自实行邮政编码以来，不时有退回的信件，较难投递，因信封上没有寄信人的姓名甚至组名。又因路一、路二同是路井城内人，寄信人搞不清，同名之间也会有错投的。但总的来讲，我是尽心尽力，要使件件有着落，才能放心。

那整天辛辛苦苦，没有什么报酬，为啥还干呢？原因有几个：一、自解放以来我当干部没离身。特别是狠抓阶级斗争那些年得罪过不少人和群众，成了油水关系。为了弥补过失，融合和群众的关系，用送报送信的机会多和群众见面，以淡化和忘却旧的积怨。二、趁此有生之年，多做点对人民有利无害、自己又力所能及的工作，也不枉入党时的誓言，为人民服务一辈子。三、自己一生有看报的嗜好，这样既不要自己花钱订报，又能及早看到各种新报，以满足个人的爱好。四、自己有四五个孩子在外工作，每月至少有六七封信来往。邮递员能及时将信直接送到我手中，避免丢失和延误。五、能促进自己坚持天天跑路锻炼身体活动血脉，增强体质以利健康长寿。再则建社前，我当团支书，闹土改，组织互助组，谁要过一分钱报酬？合作化后，当会计，去县上作会计辅导，当互学组长，为几十天开会积压的会计记账业务熬半夜干通宵，哪里还要过额外的工分和补助吗？那时正年轻力壮、家境贫寒，都不斤斤计较。而现在年老闲空多，家境好转，丰衣足食，还能计较那些小利益吗？从这点上我是问心无愧的。

但是比起七十年代，当大队主任、副支书时一尘不染、两袖清风、坚持政策原则、不怕惹人、不奉承领导、斗资本主义寸步不让，反而落下个"光先生"的称号；杨家坡大会受批判，1980年"三干会"上受罚款，20年来未得过一次奖状，也从无怨言来，就有点惭愧了。那时受的苦，比现在不知大多少倍。而现在干了这点微不足道的工作，反而获得如此的荣誉，真是问心有愧了：愧对自己不如以前的那种精神。既如此就应该：

珍惜荣誉更向前，发挥余热多贡献。

只要身体能动弹，生命不息不停点。

温暖祥和的春节

（1991年3月8日）

由于去年闰月，今年的2月15日才是春节。已经立春一星期了，所以使人感到温暖，觉得春来早。

侯亮2月5日下午第一个先回来，拿着他婆爱吃的一袋元宵和南糖。2月10日下午，胜天、秀春、晶晶、江晖、江涛们也回来了。他们拿着好多东西，秀春光挂面就拿回10把，胜天又去街上割了20斤大肉。争胜是2月12日连雪地回来的，端一锅醪糟、一盆鱼肉，还有老窖酒、香肠、虾片、木耳、糖果、冥票、枕巾等。还给我买了62元的一只手表，想的真周到。引玲、俊杰是2月13日回来的，拿的东西更多，鱼不说，汾酒、洋河共3瓶，寿糕1副，鸡蛋100多个，牛肉5斤，大米、江米、蛋糕、糖果、黑白糖、柿饼、虾片等难以记名。不但把父母的毛衣拆了打成新的，还给一人缝了一身料子新衣服。春节应用之物真是应有尽有，不用我操一点心。

2月13日下午，争胜和新录把电视的天线杆再往高的接了一节，把只能收陕西一个台，变成了能收三四个台了，正赶上收看春节文艺晚会。

春节前万胜寄回了50元，丰胜寄回了80元，引玲给了100元，胜天也给了100元，而争胜一下子就给了250元。孩子们的压岁钱也升了级。俊杰每人给了10元，其他人便跟着照办。他婆却每个孙子给了5元，唯有我是一毛不拔，谁都没给。

大年初一，全家围在一起吃饺子，里面也有几个包了钱。我们老俩口和争胜、江涛、侯晶一人吃出了一个钱，秀春、江晖、侯亮每人都吃出了两个，俊杰一个人就吃出3个钱来。大家欢笑不止。午饭时又是敬酒。他婆不喝酒，大家都给我敬酒了。每人一杯就是9杯，连晶晶也要给我敬酒，真是快乐快活！

我整天下棋，孩子们看望了几位老人后便玩起了麻将。下午，我去巷中转悠，看了各家大门口的对联。德欣家门上的对联是："不学王祥卧冰，要看安安送米"，让人深有感触。其他多是吉祥的文字，各户都能用，针对性不强。我家是自拟的。老屋大门上是："子敬二老畅游北京全家亲情深，媳生双孙调转西安满门福气浓。"东院是："上函授工转干嘉奖九连冠儿女齐向前，写论文著新书晋升工程师兄弟同奋战。"新院子大门上是村委会送给军属的，上联为"一颗赤心护赤县"，下联为"万里长空筑长城"。一派欢乐祥和的景象。

初二，西玲家4口过来，共15人，大家先吃大寿糕，切成15芽，每人一芽（即一块）。饮酒豁拳，十分高兴。初三借了5辆车子，兵分3路，去各处拜年。我1人去西尚村外家拜年，争胜同他妈和江晖去庄子上拜年，胜天家4口去西马村拜年。初四招待了老亲戚的客人，初五早上引玲、俊杰、争胜便分别去了韩城和西安，初七胜天家3口和江晖、江涛也去了韩城，就留下侯亮正月十四才走的。

邓哥年老体衰，我初六去乾子上看望了一回。五姐因忙，初四未来，初八我去东明看了一回。初九是六姨的生日，我和老伴引着侯亮同去西明贺寿。子光国胜、庄子上栋仙初七也来看望他姑菊兰。

镇上号召各村大搞春节文化娱乐活动，各村都有热闹。路一也拿出2000元，补助青年们买铜器。五队给买铜器的青年户补助30元，铙归私人保管使用，并花了几百元买了一个大鼓。为了筹款搞热闹，村上组织锣鼓队，到各户门前敲一通。我给了15元，新录给了10元，支书纪轩给了30元。也有给3元5元的，总共筹集了成千元。由一、二队耍灯笼，七、八队耍狮子，五队跑旱船。每队一根彩杆，还有几辆彩车。正月十三去镇上表演，真够热闹，是30年来的第一次。看的人拥拥挤挤，"三眼铳"震耳欲聋，花炮声、锣鼓声到处"咚咚"，一派欢乐情景。村长侯树卯让我拟了两副对联：锣鼓阵阵迎来清正廉明，炮声隆隆震走邪气歪风；龙腾狮舞众志成城初振路一雄风，船飞马奔群情激昂大展八五宏图。

（三眼铳：3管单兵手铳，创制于明嘉靖年间，广泛应用于明骑兵和神机营部队。由3支单铳绕柄平行箍合而成，成品字型，各有突起外缘，共用一个尾部。单铳口径15毫米，长度120~150cm，重量4.0~5.0kg，有效射程约30米。药锅是共享的，因此点燃后三根枪管中的弹药会同时射出。现在农村还在用三眼铳，不过是婚丧事时拿来放礼炮的。）

扫墓

（1991年4月4日）

4月2日早上，老伴自印了些冥票，擀了顿细面。上午用酒壶灌了点茶水，又拿了些争胜买的冥票，我骑着车子捎着她去上坟。先到庄子上岳母坟前移栽了一株迎春花于墓顶，烧了冥票，奠了茶水，老伴痛哭了一番，便去北坡。

到北坡找不见母亲的坟墓，因为埋的人太多，公坟里全是墓子。多亏去年上坟时用小块砖压的弃坟纸，才辨认出是争胜买的冥纸，否则便无从认出哪个是母亲的坟墓了。

我俩在坟前烧了冥票，奠了茶水，也栽了一株迎春花。明年迎春花活了就好，不成活认不出母亲的坟墓怎么办？老伴提出做一个木牌写上字，埋在坟前的土内，辨认时挖出木牌便对了。是个办法，用个砖刻上字也行。我想纪念祖先不一定用永久的实物，也可以用文字用语言用思想来纪念。我父亲1939年去世时，埋葬于王家灵地南头埝下。合作化后，特别是"文革"中，先祖的坟墓全都平为耕地。父亲埋葬的地方已开了土场，南边路二已盖了饲养室，坟墓现在已无法寻找了。

解放前，志农哥为了"发丁"，将祖父的坟墓从东岭地迁往王家灵地。1959年修西韩公路时又迁往堡子地。1961年分大队时耕作区调整，堡子地划归路二，路一便将北坡地划作公坟。祖父的坟墓再未迁移，更无法寻找了。视此情况，立碑认坟也无多大意义。自古到今沧海桑田，若死人坟墓都在，地上早已容不下了。现在提倡火葬，便不用坟墓占地了。周恩来总理将骨灰撒在祖国江河大地，人民仍然在心中念念不忘他的功绩啊！正是：

慈母恩情似海洋，教诲之言永不忘。

勤俭持家多艰苦，教育子女学善良。

立碑原为作纪念，无碑更要记心房。

自古名人有多少，几个尸骨留世上。

只要子孙能自强，有碑无碑都一样。

（清明节是我国的传统节日，也是最重要的祭祀节日。然而，在这祭祖和扫墓的日子，我们却因工作在外，不能代替年过花甲的父母为祖母外祖母祭奠。芳草萋萋，香烟袅袅，两个孤独的身影踯躅在乱坟丛冢间。此情此境，令人汗颜，催人自省。）

西瓜比屎贱

（1991年9月15日）

西瓜是一种省工省时、产量高、见效快的经济作物。4月里下种，7月里便可成熟，拔蔓后又能种一料好麦。近几年，种瓜的人确实挣了钱，点瓜的农户也一年比一年多。加之人们点瓜的技术不断提高，瓜大味甜产量高，收入显著增加。西玲家1990年种了几亩西瓜，到8月7日已卖完了，共收入960多元，真让人高兴。今年种瓜的人更多了，即使加征林果税也不怕。从来没种过瓜的人，也眼红了，跟着种开了，真有点挡也挡不住的架势。

瓜农们点的西瓜，前几年主要销售到西安等地，而近几年主要销售到外省了。去年，外地的客户来到路井，西瓜只要大，生的熟的一齐收，价钱是每斤一角五。但今年的情况大不相同。种瓜的瓜农太多，出产的西瓜太多，而前来买西瓜的客户太少，拉西瓜的汽车太少。来到路井镇一看，田里是西瓜，地头是西瓜，巷口是西瓜，院子是西瓜，到处都是西瓜，简直成了西瓜的海洋。后来听说，南方18个省遭到洪水灾害，运输紧张，销路受阻，大部分客户都来不了。县里收购站上的收购价格也一降再降，一压再压。7月份瓜价由每斤1角4分降到1角2分，再降到8分；8月份则由8分降到6分，降到5分4分。外地客户的质量要求又很严，什么"十不要"，还要什么证明：一般人还弄不到证明。

卖瓜难的情况不敢想，也想不到。往年拉瓜的汽车直接开到地头，甚至地里面的瓜堆边，净往车上装；今年汽车不来，种瓜的人把瓜拉到公路边，十天八天没人买也没人问。风吹太阳晒，西瓜一天比一天软，只好拉回家。没处放，屋里屋外，门里门外，院子里院子外，都堆得满满的了，人连下脚的地方都没有。瓜太多了！往县上的收购站送，就要雇四轮拖拉机。送的地点再近，每斤至少也得一分钱的运费。花钱雇车送到收购站，挑来拣去剩下的没处扔，还得拉回去。最后账一算，瓜卖下的钱还不够雇车送瓜的运费。五组侯德义拉了一汽车西瓜去西安卖，9分钱一斤，运费一扣每斤值4分钱。也有当天拉到西安卖不掉的，第二天汽车要加台班费，一车瓜不够运费钱。真叫人欲哭无泪，欲笑无声，一肚子气没处出。

8月份还有"四轮车"和汽车进村收瓜，不过秤，车尽满的装。装满一辆"四轮车"是30元；或者数麻袋，一麻袋1元钱。再过了几天，连一个收瓜的人也没有了。好多的瓜放得时间太长了，卖不掉变油芦了，软瘫了，只好扔进粪坑。烂瓜各巷倒得像粪堆，臭气冲天，蚊蝇"嗡嗡嗡"，真难闻！

西玲家也种了3亩多西瓜。为了看销路，新录专门去了一次韩城。引玲叫下矿务局的汽车从韩城拉了一车煤送到家里，然后装了一车西瓜去韩城。全部卖给瓜贩子，每斤卖了一角钱，总算卖了700元。剩下的西瓜在路井家里缓缓卖，每斤卖了不到一分钱。共总收入700元，总算还够投资的钱。正如一句顺口溜："前年辣子去年蒜，今年西瓜比屎贱。"真是：

资本主义盲目大，价值规律造麻达。

要想农民得富裕，商品生产要计划。

（叶圣陶有个短篇小说《多收了三五斗》，讲的是20世纪30年代旧中国农民丰收成灾的悲惨故事。60多年过去了，丰收成灾的悲剧再一次上演。虽然由于社会制度不同，二者不可相提并论，但不断探索市场经济的客观规律，乃是摆在广大农民面前的一项艰巨任务。）

提前上学

（1991年10月26日）

我有一个认识，总认为儿童要重视早期教育。但学校收学生都有个规定，不够7周岁的儿童学校不能收。我觉得这个规定不合理。因为儿童智力发展的快慢，一方面与遗传有关，另一方面与周围环境及教育有关。单纯看出生年龄并不科学。儿童的智力发育很快，能让他早上一天学就让他早上一天学，这样对开发智力很有帮助。早比迟好！

1985年秋，秀春在路小任教，侯亮未满7周岁，经学校同意以编外学生名义跟读。因其成绩优秀，以后成了正式学生。侯蛟出生于1985年5月9日，生性聪明，进幼儿园时就多报了一岁。但临放假时，公布的可以上小学一年级的名单上没有他，他便哭的不得了，要他妈去找老师让他也上学。我便去找路小校长王赵院。王校长答应将来可以按特殊情况处理。9月1日开学前，侯蛟爸新录去学校找了负责人侯志孝，又专门去岱堡村再找了王赵院校长，都答应让娃上学。9月1日开学后，侯蛟也去了，但3日傍晚放学时宣布的入学

2010年西玲和儿子侯蛟在西北工业大
学硕士研究生毕业庆典上

名单中还没有侯蛟的名字。老师并说凡未宣布名字的娃，明天就不要来了。侯蛟没听见宣布自己的名字，便又哭开了。4日新录又去找学校，答复是："不够年龄要上学的娃太多，就有80来个。实在太多了，没办法解决，只好一律不收。"

全家商议还是让娃先到韩城去上学，等以后再转回路井。下午2点，侯蛟乐呵呵地跟上他爸新录搭车去了韩城。幸好矿务局中学小学一年级开学迟几天，引玲去学校找老师，答应让娃暂时上一段学。引玲来信说蛟蛟很乖，让家里人放心吧！

秀春已在机修厂子校任教，侯晶上一年级没有作难。虽然她是1986年4月8日出生，按规定还差两年才能入学。但晶晶生性聪明，学习成绩还总在上游。

国庆节前，新录和路小联系好，同意让娃转回来。9月30日，胜天从韩城回来把侯蛟带回，新录便把娃转到路小上学了。其他想在路小上学的娃在路井买不到课本，蛟蛟却有他大舅在韩城买齐的6本书，把他在路井书店原来买的语文、数学课本让给了侯居中。真是：

童年智力发育快，提早教育莫懈怠。

只要学习能赶上，早上一年也应该。

侯亮侯艳早一年，考试成绩前面排。

侯蛟虽然费周折，提前上学心畅快。

侯晶更是聪明娃，早上两年也不赖。

侯亮对征联

（1991年10月28日）

今年暑假期间，《西北信息报》上发起了征联活动。万胜知道我爱编对联，便专门来信鼓励，我便跃跃欲试。报上给的上联是："神州造福万家，万家乐用神州。"而我苦思苦想，对为："客户争购一流，一流满足客户。"这时12岁的孙孙侯亮正好在家，便让侯亮也对个下联。侯亮稍加思索便说："爷！你看对成这行吗？'万家赞颂神州，神州感谢万家'。"我一听不错，用它的话对它的意，便说："好！试试吧！"

我便用侯亮的名字将所对的两副下联都写上，用信寄往西安市东五路65号副3号，邮政编码710005，广东省神州公司西安业务服务中心神州小姐收，只当一种娱乐而已，未抱多少希望。不料8月24日竟见了回音，是广东神州燃气具联合事业公司给侯亮的来信，说是对联得了鼓励奖，赠送一张购贺卡，凭卡能购热水器，优惠50元价款。哈哈！真可笑，我要热水器干啥？老伴叫我把卡片给胜天寄去，也对侯亮是个鼓励。胜天把卡片又寄给争胜。争胜说热水器500元未买，但这项活动可多参加，全当娱乐活动而已。正是：

2010年侯亮担任导演拍摄电影《囹探佳人》时的工作照

征联对对做广告，真正是个好办法。

作诗唱歌咱不会，全当谝闲说笑话。

（爷孙征联获奖，也算一段佳话。利用一切可能的机会，开发孩子的智力，培养孩子的兴趣，提高孩子的能力，是父亲教育子孙的方法之一。）

上了县报

（1991年10月29日）

1991年9月24日和老伴去路井街上上会，遇见了她姨的外孙魏正祥俩口，笑着说："我姑夫都送了7年报了。"我说："是呀！"他们说："怪不得报上登你哩！昨晚大家都在议论哩！"

到家后，我在《合阳报》上找来找去找不见。老伴说："你天天送报哩，人家都见了。你却不知道，还找不着。" 我急忙把9月23日的《合阳报》从头到尾齐齐细细地看了一遍。原来在"金水两岸"栏目内有则消息，标题是《侯永禄送报七年无差错》，内容是

"本报讯：路井镇路一村年过半百的送报员侯永禄老汉，自《合阳报》复刊至今7年来，手里经过的报刊达几万份，但从没出过差错。最近他被村上评为'模范党员'和'优秀投递员'。（侯小宁）"

我俩一看真的上了报，高兴得不得了。我忙把这一则消息剪下来贴在我的"报刊剪贴本"的第六册上，以作纪念。短短的50多个字，对我的评价有点过高了。这是本村8组共青团员侯小宁写的稿。我当干部30多年来，下的苦比这要多几十倍，也从未上过报。现在送报跑个腿，有什么了不起呢？有什么值得夸耀的呢？这是给我鼓励给我加油！我心里乐滋滋的。对照检查，说无一点差错吗？也不尽然，只是送错了马上改过纠正罢了。今后更要及时，更要准确。例如《陕西广播电视报》有时短缺。今年在邮局订的只有富邦、周祥两户，而每户都缺过两期，无法解决。我问邮局，邮局说没寄来。订户以为我丢失，但又不好追问。既影响了我的信誉，又影响了群众订报的积极性。

其实我不是单送报，还有送信，送信比送报更难更重要。报纸迟看一天影响不大，信件迟见一天会误大事。为等一封信，有人几次询问，心急火燎。有时由于地址不详，姓名生疏，同名同姓，往往会出差错。更有收信人亲收，必须亲手交给本人，否则会造成家庭矛盾，捅下大烂子！由于记性逐渐差了，送报送信要事先排好次序。村大巷多，要计划好路线。稍有疏忽大意，便要走回头路，跑冤枉腿。正是：

送报送信事不大，及时准确要计划。

路线次序安排好，坚持经常少麻达。

群众信任我高兴，喜得心里乐开花。

西玲家安起磨粉机

（1991年11月1日）

国庆节前，西玲和新录计划买一台磨粉机。因为冬春季农活闲了，也要搞点收入。缝纫机农村活不多，且技术也赶不上新潮时装。做生意没有那灵活的心眼，买机动车跑运输，不会揽活，也不安全，太担风险。他们新巷的人口越来越多，至今还没有一台磨面机。人们硙面都要拉着粮食去外巷外村，很不方便，急需有个硙面机。人人天天得吃饭，经常要硙面。只要服务态度好、硙面质量高，便不愁没活干。机子安在家里，有粮就硙面，没有硙面的便做家务活。既不误时又安全，不怕刮风下雨，不要出家门就能挣到钱。

我俩听了这个想法很赞成，10月8日从信用站取回存款500元，借给了他们。10月11日新录从合阳县买回来一台GF—17288型磨粉机。它可以自动上料，省工方便，减轻了人的劳动量。又买回了一台GBP—26A型粮食剥皮机，不用筛粮、拣粮、淘麦和晾麦了，既能剥麦皮、豆皮，又能碾米。磨的面粉既白又净，出粉率又高出一般磨面机的百分之三。10月18日新录又从大荔买回了两台马达，22日晚上我连夜给写好了广告，23日请电工接上了电，24日便试机磨面了。25日正式对外加工，每百斤粮的加工费为1元2角。

磨面机1850元，剥皮机722元，马达1011元，电表139元，电杆40元，电线70元，报户口157元，其他电器用具及花销260元，共计4250元左右。

10月25日以后，来碴面的人一天天多起来了。29日那天，碴了的粮食有1000多斤。有时少了每天也有三五百斤。如果平均每天能加工800斤的话，不到一年半的时间便可将投入的设备资金全部收回来。不过，磨面机的安装，确实使西玲和新录忙得不可开交。两个人既要忙家里，又要忙地里，不论农闲农忙，家里一时一刻都不能离人，总得有一个人招呼机子。而且，服务态度一定要好，因为来磨面的人都是回头客。正是：

要致富，靠勤劳，农业副业一齐搞。

家里安上磨粉机，增加收入服务好。

剥皮机，真正好，尘土杂质全吹掉。

不用筛，不用淘，剥皮碾米都很嘹。

磨粉机，更奇妙，风力自动来上料。

不累人，不弯腰，口袋张开面装好。

磨的面，质量好，又白又净出粉高。

（妹妹西玲家安起磨粉机，建起了家庭作坊式的面粉加工厂，走上了多种经营的致富之路。几年后，村上又有人买来了技术含量更加先进的磨面机。设备的陈旧使西玲家在激烈的市场竞争中逐渐处于下风。2000年8月，西玲和新录不得不忍痛割爱，卖掉了面粉加工设备。）

苏联解体了

（1991年12月31日）

据报谈，1991年12月25日，戈尔巴乔夫宣布辞去苏联总统职务，并把核按钮移交给俄罗斯联邦总统叶利钦。他是1985年3月当选为苏共中央总书记，1991年8月辞去苏共中央总书记的。

原来苏联各加盟共和国纷纷宣布独立。8月19日～21日，8人"紧急状态委员会"夺权失败，出现反共新浪潮。8月23日，叶利钦发令"停止俄罗斯共产党的活动"。24日戈尔巴乔夫辞去了总书记职务，并宣布苏共中央自行解散。9月上旬取消了人民代表大会。12月21日，11个加盟共和国共同签定成立独立国家联合体，正式宣布"苏维埃社会主义共和国联盟停止存在"，由俄罗斯代替前苏联在联合国安理会的位置。12月25日晚7时，戈尔巴乔夫发表辞职讲话后，苏联国旗从克里姆林宫屋顶降下，由俄罗斯的红蓝白三色国旗代替。

短短的半年时间里，听到了这些震惊人心的消息，使人难以相信。苏共执政70年，创建了世界上第一个社会主义大国，领导了世界上所有的社会主义国家。现在竟然解体了，真令人难以理解。中国有句古话："分久必合，合久必分。物极必反，由治到乱，由乱到治。"这是事物发展的必然规律，并不以人们的意志为转移。

第二次世界大战后，新中国成立，世界分为帝国主义和社会主义两大阵营。六十年代中苏分裂，八十年代世界进入多极化。近两年来，东欧社会主义国家纷纷改变体制，但经济反而不景气。唯有中国经过十多年的改革，经济稳步发展，人民生活普遍改善。我相信，不管世界风云如何变幻，国际局势如何动荡，历史的长河总在不断前进，任何逆流和倒退都只能是暂时的。人类总是在不断发展！正是：

不管名称怎样变，真理总要实践验。

人民生活要改善，生产必须要发展。

得民心者得天下，失却民心必生乱。

喜悦的热泪流不完

（1992年3月9日）

老伴这人性情有些奇怪，近几年过上了幸福生活，却经常爱流泪。人家是碰上了不顺心的事会哭鼻子流眼泪，而她正相反。六十年代吃不饱饭，一家八九口人，在食堂分回一饭盆馍糊也不流泪。三晌大干，晚上突击干活，挖水库，担土壕，累得浑身出汗，也不流泪。而现在顿顿吃白馍、鲜菜。全家人口兴旺，儿孙满堂，十来个人挣钱，根本不愁吃穿，她经常热泪盈眶、泣不成声。这到底为什么呢？看看今年春节前后的一些芝麻小事，便知底细。

1992年元月21日下午，万胜一家3口从延安回到了路井老家，赵腾刚过了两岁生日，就会亲切地叫"婆"叫"奶奶"，还会唱"世上只有妈妈好，有妈的孩子像块宝，没妈的孩子像根草"。唱的如耳中听，真切动人，老伴高兴得直流泪。小丽取出了她亲手给我俩打的毛背心，老伴的热泪更止不住了，忙说："小丽能行，学会打毛衣了，啥都能学会。天下无难事，只怕有心人。"

大年初一上午，全家吃毕了肉饺子，胜天领着丰胜、万胜、争胜挨家挨户给巷里60岁以上的老人拜年。秀春领着李萍、小丽、碧兰到邻家看望她二爷、二婆和前巷她伯她妈妈，还去新巷西玲家。

老伴高兴地对我说："好样的！当哥的能领上3个兄弟，当嫂的能引上3个妯娌一起去拜年，不容易，少有呀！难得呀！"说着说着又热泪盈眶了。

初二上午春节大团聚的会上，引玲发言动了感情，激动得泣不成声，说希望大家不要忘了大和妈，不要忘了婆和外婆为这个家的辛勤操劳，老伴竟哭起来了，说："娃娃都很乖，就因为乖，不由人就想起我妈和咱屋我妈受的苦，作的难，难过得就总想哭。"

初三早饭后，大家去西庄子，先到岳母坟前烧纸。我骑着车子先把她送到坟前，再去接别的娃。她竟又放声大哭起来，谁也不好去劝阻。

初五早饭后，俊杰要去韩城，为了怕兴师动众惊扰大家，便把包包一提匆匆出门。我紧喊慢喊，等不少人赶出门来时，他已走到半巷中了。她又流出了眼泪。丰胜、万胜还赶到汽车站送上了车，新录也赶忙去送。

初六争胜们要去西安，拿出100元给她妈，并说这是第一季度的。他妈说："你已给了200元。"争胜说："那是去年的！"他妈说："去年你已给了400元。"争胜说："那是前年的。"他妈说："胡说！我有钱，坚决不要。"争胜说："你现在不要，我便从邮局往回寄！"他妈说："不行，坚决不行！"说着说着就哭起来了，心里却念着说："我四儿对我太好了，新潮派！市场上新兴啥就给他妈买啥！玛瑙戒指、磁化杯、元气袋……"

正月十六，侯亮11点上了汽车去韩城上学。他恋恋不舍不愿去，车上很挤没座位，他婆难受得又流泪了。回到家里，蛟蛟说："我亮亮哥说他把六块钱放在抽屉里了，说等他走了再给我外婆说。"多懂事的孩子啊！他婆给他买车票的钱他硬是不要，他婆又哭起来了。

丰胜离家最远，回来一次真不容易。为了多停几天，让李萍写信给单位请假。见炜炜很乖要和他婆睡在一个炕上，他婆让把新缎子被盖上，炜炜不愿回兰州，要在老家把电视剧《封神榜》看完，他婆又哭了。如果近的话，就把娃留下，可惜路太远了。丰胜本来正月十九便要走的，因他妈感冒推迟一天，又因炜炜不愿去，再推迟一天。正月二十一日再不能迟了，学员要上课了，只好于9点50分搭上去渭南的汽车走了。他妈回家一看，他房子袄下面的简简馍和熟鸡蛋什么都没拿。他妈给拣好弹出的棉花装在袋子里，为他们装被子用，他硬是不拿，他妈难受得又泪流满面了。

江晖2月23日写的信2月28日便收到了。见了外孙的信又勾起了他婆一段心事：江晖已经是22岁的大人了，江涛长得和他哥一样高。两个娃回到家里没啥房子住，虽然东院第一个舍扫了一下，但顶棚没有裱，房子没桌子，炕上没褥子、没毡，冷冰冰的，住下太孤单，只好打游击。元月25日回来，便住到他二舅舍里。29日丰胜回来，便住到他大舅舍里。31日胜天回来，便住到他妈房里。2月5日又住到东院他妈舍里。2月9日争胜去西安，"二江"又住到他四舅舍里。半月时间搬了五次家，他婆怎能不难过呢？眼泪又流出来了。

万胜停的时间最长。3月4日去了西安，还准备去深圳看一下。到底去没去，至今还不知晓，他妈总放心不下，想着想着，眼圈又红起来了。真是流不完的热泪！正是：

一条儿女一条心，条条连着妈的心。

历尽千辛和万苦，毫无怨言和泪痕。

儿女个个长成人，争先恐后孝双亲。

他妈兴得流眼泪，喜悦的热泪流不尽。

（历经严冬的人方知春日的温暖，饱受饥寒的人乃懂幸福的珍贵。母亲出生一个多月外公便猝然离世。解放前，她和外婆孤儿寡母，相依为命，受尽欺凌。解放后，为了一家人的生存活命，她辛勤劳作，历尽贫寒。而今儿孙满堂，晚年幸福。两相对照，触景生情，则会"喜悦的热泪流不完"。）

第一台录像机

（1992年3月22日）

2月28日江晖来信，2月29日引玲来信，都说胜天买下了录像机。3月21日又收到了胜天的来信，说他"春节后托人买了一台夏普B78录像机，价2390元，说是批发价。开学以来，已让江涛利用课余时间看了7盒地理教学录像带，合计14个钟头，据他说效果不错"。我和老伴见信后非常高兴。

回想起我上学时买不起书、买不起笔和纸、缝不起制服的情景，幸福的泪花又涌出了眼角。今昔对比，天地之别呀！今日的幸福也来之不易啊！没有胜天的刻苦自学成才、函授大专毕业，能在高中任教当高级教师吗？看到了孙子们上学的优越条件，内心非常高兴；见到他们浪费糟蹋的纸张、笔墨、书籍等，又好心痛；见了他们的优异成绩和奖状，又增加了许多喜悦和快乐。真是思绪万千！

坐上沙发看电视，放啥看啥不由己。

胜天买回录像机，夏普一台两千四。

买上几盒录像带，看啥放啥随人意。

能娱乐来能学习，随有工夫随开机。

人人心里乐开花，全家老少笑嘻嘻。

（购买录像机，用于家庭电化教学，等于请来了一位知识渊博的"家庭教师"，在那时也算一种新潮的教学手段。记得一套《成语动画大全》，让孩子们看得着了迷。1997年全家大团聚，新录借来摄像机摄像，录像机就成了父母及一家人重温欢乐情景的最佳媒介。过了几年，市场上有了VCD教学光碟，又给家里买了台VCD。）

万胜深圳历险

（1992年3月30日）

万胜1978年考入延安大学，1982年毕业留校在数学系任教。1986年和小丽结婚，1987年冬评为讲师，事业上也算是一帆风顺。小丽先在工商局工作，后在延安地区城镇建设开发公司经销部任出纳员。1989年清理公司时这个单位被撤销了，小丽便暂时没有了工作。1990年元月生下赵腾后，虽说不要花钱雇保姆管孩子，但毕竟一个人工资有限，经济有些拮据。

收入少，钱就不能乱花，更不能和兄弟们比高低，因而也不愿多回家，总觉得不如人。小丽的就业急忙解决不了，所以"穷则思变"。听人说深圳工资高，收入多，便千方百计想去深圳找工作。他的同学冯梦庆，在深圳华强中学任教，给他介绍了深圳的情况，并给了自己去年11月份的工资清单，以作参考：18级，职务工资237元，年工13元，教龄5元，物补84元，奖金40元，独补5元，煤补25元，房补98元，水电30元，共发537元。应扣房租水电等169元，实发368元。万胜见此，便决心趁寒假之际先去实地看一回。

小丽妈设法开来了边防证，翻箱倒柜找到万胜的身份证一起寄来。全家人都不太同意，但谁也不好坚决阻拦。这个关乎整个前途命运的大事只能由他定了。

3月4日离家时，万胜说到西安和争胜再商议，同意的话，让小丽和娃先回延安，他去深圳。如果不同意，他们便一起回延大。我和他妈叮咛说："到延安后，立即来信。如去深圳，就叫争胜在西安先给家写信。"我们等到3月10日未见来信，以为未去深圳。等到13日还未见延安来信，心就慌了，天天盼时时等。3月17日才见到小丽从延安的来信，说万胜去了深圳。我们只好再等消息了。18日很快收到争胜的来信，说万胜已于14日早上回到了西安，15日去了延安。一颗悬着的心才落了地。

23日收到了万胜从延安的来信，详细谈了深圳之行的情况：

"3月4日到西安，和争胜商量，不管能否成功，还是去一趟好，全当旅游。西安买票没难，买了一箱苹果带上。3月5日16点半上了火车，一夜没敢合眼，6日晚上直到7日两点多还没敢睡。实在不行，便睡到4点半。刚醒来不久，就上来一群打劫者，约八九个人。三个小伙过来，把我往旁一拨，便去掏那个睡着了的人的钱包。我马上起来走开，才发现车厢大部分人睡着了。打劫者挨个去搜睡着的人的腰包。有个老汉的外衣口袋没钱，便用刀片划破外衣，又从里边去搜。一个妇女新买的高级旅游鞋也被穿走。前面车厢里小偷要拿行李架上的提包，有个人去阻拦，被三个小偷痛打得皮青脸肿。这些歹徒搜完钱打罢人之后，便从行驶的列车窗口跳了下去。醒的人也不敢动，列车员怕得连门也不敢开。

3月7日9点便到了深圳，找到了冯梦庆，便吃住在那儿。深圳摩天大楼比比皆是。豪华宽畅漂亮，无与伦比，物价也贵得惊人，是内地的两倍。但工作太难找。实验中学招聘一名数学教师，报名者500人以上。小学教师的条件也非常苛刻，也要大学学历，5年以上的教龄。跑的联系的学校从来客登记上发现，每个学校每天最少有七八个来联系工作的。深圳有好几千人整天在联系工作。有些人已经来一两年了，也没找到。自从到深圳的当天，直跑到11日晚上，情况照旧。每个学校都不缺教师。新办的几所学校，教师要公开招聘，但不单独面试考试。

看看希望渺茫，只好回来。12日早上乘上去广州的火车，11点到广州车站。站小人多，人山人海，乱七八糟，到处是骗人的，帮买车票的，介绍旅社的。没有食堂，只有卖盒饭的，又干又难吃，吃几口便扔了。最难的是买车票。人贴人的长队站下几百米长，插了几次队也没挤进去。最后挤进去再站了一个多小时，才进了售票室，但窗口已关，售票员吃饭去了。恰好碰见个退票的，才买下了车票，真算幸运。这时已14点了。在广场转游，差点被一辆卡车撞倒。幸得一小伙猛拉一把才免于祸，但这小伙要走10元钱的救命钱。

15点上火车。晚上一夜没合眼，有两三个鬼头鬼脑的寻摸着偷在后面座位上的一个中年人。中年人没打招呼将同座位的一个公开吸毒者的茶水倒出来喝了两口，那青年过来又骂又打，逼他再去打一缸开水（车上不供开水，白天只卖啤酒、饮料），中年人跑了一圈没打到，小伙硬要了10元了事。

12日早上见乘警从后面车厢抓了七八个晚上打劫的，我才松了一口气，便在座位上睡了一阵。谁料小偷又来了，多亏对面一个人叫醒才相安无事了。晚上即14日4点多，四五个打劫者从前面车厢走过，顺手拿走茶几上某旅客一包好烟，向后边车厢走去。半小时后又返回往前走去。不到10分钟乘警抓住其中一名，边打边问都偷了谁的，并问大家谁丢了钱，却没人敢吭声。气得乘警没办法押上走了。一会儿又有小偷来搜身，我正丢盹，被一女人喊叫声惊醒，小偷骂了一句便走了。真是遍地是贼，防不胜防。好不容易熬到6点半，才到了西安。很快到了争胜那里，睡了一天。3月15日冒雪坐了14个小时的汽车回到了延安。"

万胜来信最后说："深圳之行，收获不小。知道社会治安之坏，去深圳找工作之难，出门之不易，延安之安宁，也绝了我再去深圳的念头。安下心来好好工作，来回花费300来元，了解社会，见见世面，免栽跟头也是值得的。身陷打劫者之中，才知我妈所说：'穷安然'之道理，才倍感春节在家之幸福、亲情之伟大！"
正是：

小丽就业无门路，万胜整天心发愁。

听说深圳工资高，一心前往找出路。

谁料难过上青天，并无一处把人收。

来回路上盗贼多，明刁硬抢暗里偷。

路费花了三百元，险些车站把命丢。

提心吊胆赶回来，方知平安就是福。

安安稳稳留延安，设法自找谋生路。

（1980年5月16日，中共中央、国务院决定在广东省的深圳市、珠海市、汕头市和福建省的厦门市，各划出一定范围的区域试办经济特区。8月26日，中国第一个特区深圳成立。几十年过去了，一个人口和自然资源都极其匮乏的小小县城，竟创造出人类发展史上工业化、城市化和现代化的奇迹，崛起成为一个全球瞩目的现代化国际都市。）

首届丝绸之路节

（1992年9月11日）

1992年兰州市决定，9月10日在兰州举行"首届丝绸之路节"。各条街道整修一新，又新设了几个市场。各个单位都积极行动，要当好东道主，办好"丝路节"。粉饰门面，刷新标语，张灯结彩，一派节日景象。并于9月7日在东方红广场进行开幕式预演。

9月3日下午，我俩引着孙子小炜炜去街上观看"丝绸之路节"的准备情况。到了东方红广场，这儿与5年前大不相同：新添了几座10至20多层的高楼，主席台上的大幅标语和国徽换成了天仙女和"首届丝绸之路节开幕式"的金色大字。广场北边东侧往北的一条街变成了农副土特产街，直通滨河路。两端搭起牌楼，有金字对联悬挂两边："陇厚逢盛会，金城迎宾客。"广场南边东侧又有模拟嘉峪关造形的牌楼，一条街直通南头的兰州铁路局。

6日下午，我和老伴又去东岗路，一直往西步行至盘旋路方返回，见了两辆香港赠送的双层汽车。路过会宁路和东部批发市场，

480

永禄、菊兰和丰胜、
李萍、侯炜在兰州

挑买袜子、线裤后回校。晚上，李萍将她父亲在省政府领到的一张
"丝绸之路节"开幕式预演入场券给了我。7日早上7点吃了饭，李
萍给了我5元零花钱，拿上雨伞，穿上胶鞋，以防下雨。李萍用旅
行保温瓶装了一瓶热水，同我骑车子去东方红广场，路上还买了热
面包。将车子寄存于省委，步行送我至会场口。因一票只许进一
人，只能让我一人入场。

　　9点预演正式开始。一群和平鸽腾空而去，数百氢气球飘向云
霄，一架飞机头顶旋转。鼓乐声中，各种各样的模型彩车徐徐入场，
至主席台前进行了精彩的表演。有张骞出使西域的仪仗，昭君出塞的
随从车马，唐僧取经的拜佛情景，八仙过海的高跷舞蹈……神话故事
《西游记》、《封神榜》中的人物飘然凌空：孙悟空挥舞金箍棒，哪
吒足蹬风火轮，铁芯子又悬又险。还有披红挂彩的骆驼队、狮子群、
宫廷舞和各地区各民族形式各异的锣鼓队。真是五彩缤纷，使人目不
暇接，数也数不清，记也记不下。直到11点才结束。

　　9月10日，各条街对机动车辆进行管制，禁止通行。有的单位
停工放假，组织人员在某些路口观看文艺队。又逢教师节，学校
放假，李萍也未上班，全家5口围坐在电视机前，观看"丝绸之路
节"正式开幕的现场直播。

上午9点正式开幕。荧屏上鸽子、气球满天飞，东方红广场主席台出现于眼前。草坪组成的"开放友谊发展"6个大字苍劲有力。鼓乐齐鸣，歌声嘹亮。中央电视台两名播音员宣布文艺节目开始。比7日在现场看得更清楚，更好看。那天坐在东口北区，只能看到队形走过，而看不到主席台前的表演。演出队共分3个部分，并有字幕说明，使人一目了然。模型中有出土的大瓷鼓，有江泽民的题词，有隋炀帝出席27国会的场面，有张骞、班超出使西域，有文成公主的仪仗，有唐玄奘取经，有天津、常山、开封、临汾、延安、安塞、石家庄、兰州等各地的锣鼓，有西安的天女腾空、二龙出水，武山的狮舞等。看得人眼花缭乱。正是：

丝绸之路通西东，改革开放显神通。

金城经济大发展，节日盛会立奇功。

亲临现场观美景，欣慰父子情意浓。

（丝绸之路，是指公元前2世纪，由西汉张骞通使西域后开辟的以长安为起点，经甘肃、新疆到中亚、西亚，并联结地中海各国的陆上交通要道。因我国的丝绸制品主要经此西运而得以蜚声异域，故得此名。兰州"中国丝绸之路节"是一个融文化、经贸、旅游、工艺、民族风情于一体的具有中国特色的奇特节日，每年举行一次。）

欢看花灯会

（1992年9月18日）

兰州9月10日"丝绸之路节"开幕式后，自11日至20日于滨河路举行"十里花灯街"展览。16日晚上，爷婆子媳孙5人骑着3辆车子去看十里灯街的展览。

从滨河路往西直到白塔山下，灯火辉映，灿烂夺目。大家先到"平沙落雁"的喷水池边，只见喷出的水柱四五根，高八九米。池内又有8处彩灯映在水面，红红绿绿真好看。喷出的水柱，时白时黄时红时绿时蓝，五颜六色，变幻莫测，很多人都在此处拍照留念：拍一张就要3元钱。丰胜不嫌价大，也拍了个5人合影留念。

往西走便是黄河大桥，桥拱边全是彩灯所镶。桥头两旁耸立着9座高墩，全由灯光绣满。每个高墩顶端一个大字，合起来是"首届中国丝绸之路节"。桥中间有个大雁塔的模型，模型全被灯光映衬。平静的黄河水缓缓地流着，水面上漂浮着薄薄的雾气，像一层轻纱，披在了母亲河上。灯光透过雾气，映在河面上，闪闪烁烁，忽明忽暗，像到了童话般的世界。

再往前是儿童公园。两旁有六七米高的灯炮台，"咝咝"发响，灯群节节变幻而上，到了顶端"轰隆"一声，真像放炮。往西一直走到中山铁桥，更是灯彩辉煌。白塔山上的建筑物边缘都由灯光镶就，黑夜里更能映出白塔山的塔形。桥上的拱形铁栏，吊满了一串串的线灯，分段闪烁，一明一暗分外好看。在此处拍照的人更多，丰胜在这里又拍了一张。

观看的人来来往往：有步行的，也有骑车子的；有三三两两的，也有成群结队的；有扶老携幼的，还有用轮椅车推着老人观景的。人虽然很多，但有民警维护治安，却也秩序井然。因为没有汽车等机动车辆行驶，所以游人悠然自得，毫无急促或不安全之感。

道路上空10多里长，都是纵横交错的线灯，两旁树木上也是线灯串满，闪闪烁烁照得道路通明。真像毛主席诗词里所说的"火树银花不夜天"了！5个人回到家时，已是22点钟了。正是：

丝路节间看灯展，十里长街灯布满。

喷水池中波浪翻，五颜六色真好看。

黄河桥头灯塔高，火树银花电光闪。

屋檐好似金镶边，黑夜映见白塔山。

来往观众如潮涌，熙熙攘攘忘回返。

胜天著书

（1992年12月24日）

胜天自1987年下半年便开始编写《高中语文基本篇目同步训练》。1988年上半年完稿，至今已四易其稿，准备出版发行。丰胜多次去兰州大学出版社联系，责任编辑杨惠玲要求当地教育部门的认可证明。韩城矿务局教育处写了证明，摘要如下：

该书是中学语文教学的重点和高考语文命题的范围，既适用于教授新课，又适用于会考、高考前的综合复习，是作者长期教学经验的总结。它着眼于学生能力的训练，又注意了各种题型的设计。几年来，我局及韩城市各所高中通过油印均以它作为语文教学的必备资料，收到显著效果，深受广大师生欢迎。现能将它出版发行乃是大家盼望已久的事了。

作者近20年来一直从事高三毕业班的语文课教学，成绩显著，

永禄、菊兰和胜天、
秀春、侯亮、侯晶在韩城

连续11年语文科高考平均分数获韩城市第一名。曾被评为"韩城市教学能手"、"韩城矿务局劳动模范"、"陕西省优秀班主任"，并荣获第五届全国中学生作文竞赛优秀园丁奖。现任韩城市语文校际教研组组长、韩城市高三复课智囊团成员。他所撰写的论文《一项原则　两点忌讳　三个围绕　四种方法》曾获陕西省中学语文教学研究会优秀论文奖，《听、说、读、写、看》等多篇文章在《普教研究》、《渭南教育》等刊物上发表，《高中语文基本篇目同步训练》曾获陕西省渭南地区教学改革优秀成果奖。1992年12月7日盖章。

丰胜立即于12月19日上午送往兰州大学出版社，出版社表示同意出版。正是：

胜天教书二十年，著书立说写经验，

三年六册二十万，字字句句心血换。

不为名利不图钱，只为教育作贡献，

喜看桃李满天下，个个栋梁能撑天。

（《高中语文基本篇目同步训练》属合作出书。在以后的几年里，这种出版模式成为自己教研著述的主要平台。记得出版的书目

485

有：《高考作文思路与技巧点拨》、《材料作文解析与指导》、《高中语文测试指南》、《高考语文总复习综合训练》等。）

看线戏

（1993年3月6日）

线戏的表演方法主要就是提线。表演时，在戏台上搭一个高约1米多的长板台，板台前面用布帐围起，人站在布帐后的台板上，手提的木偶在帐前表演。提偶的线根据角色的不同，分别为五到十根不等。旦角线最多，除了头部、耳部、手部、腰部、脚部之外，还有腹部、肘部、膝部等关节处的加线，算下来有十五六根。线最长的有三四米，操作难度很大。木偶人通常高90公分，艺人巧妙地运用提线加说唱，使戏中人物栩栩如生。

小时候，曾上到一个戏台上，还拿着一个木偶人研究过一番。怕给人弄坏，又赶紧放下了。早先，合阳地界就流传着一句话，"不吃踅面不看线，不算到过合阳县"。母亲、赵妈、我和菊兰都很喜欢看。旧社会，有财东家过事，会请来戏社助势。唱线戏的艺人都是些穷苦农民，他们半农半艺，收入微薄。新中国成立后，县里有了线戏剧团，村里人就不用花钱也能看戏了。剧团响应党的号召，时常会送戏下乡。每当这时，乡亲们都扶老携幼，肩扛板凳涌向戏场，其乐融融。

今年从兰州回来路过西安，在争胜那里住了几天。听说兴庆公园里演线戏，争胜知道我和他妈喜欢，便一定要带我们去看。争胜说是咱合阳的，碧兰说不一定，西安卖红薯的都说是合阳红薯。2月29日，我和菊兰、争胜、碧兰、烁烁，上午9点便到了公园门口，上面的横幅写着"民间艺术节"的字样。争胜买了票，票价10元，四个人共40元，烁烁小不要票。公园好热闹，有线戏、秧歌、社火、腰鼓、杂技等民间艺术。走了不远，便到了戏台前，台幕上写着"合阳线戏"字样。戏台前已围了许多人，大多数都立着，前面有两排小凳子，也坐得快满了。过来一女娃子招呼我老两口坐下，台上一女娃子正介绍线戏的历史。大概说："合阳线戏，起于汉，兴于唐。1986年，法国电视台记者专程到合阳拍摄了影片，带去法国播放……"戏社演了《西厢记》、《周仁回府》、《打金枝》等折子戏，都是我喜欢看的。

（合阳线戏的唱腔是全国独一无二的，合阳人称之为"线腔"。"线腔"带有浓郁的地方音调，悲怆苍凉而不失激情，委婉细腻而不失刚烈，颇具秦人秦地的风采和特点。目前，线偶剧团在合阳处女泉景区搭了一个舞台，作为一个旅游项目向游客进行表演。）

为啥说假话

（1993年3月25日）

去年12月15日下午，我骑车子去接侯炜。到军医学校大门时，向东一看，见有一辆汽车过来，便下车子等候。汽车刚过，我便左脚踩脚踏，右腿一抡，骑上车子向前蹬去，准备到北边扭头向西。不料西边有一冒失小伙骑着自行车直向东冲来，我躲闪不及，一下被猛力冲倒，两辆车子同时摔倒路中间。我赶忙扶起车子，拍了拍身上的土，瞪了小伙一眼；那小伙也看了我一眼，便很快走了。我心里非常生气，觉得腿发痛，回头又一想："闹起事来，还不知是何结果，反而弄得满城风雨、议论纷纷，不如算了。"便强忍疼痛，挣扎着骑上车子，去到小学校门口。正好放学，炜炜也出来了。我让炜炜坐在前边，勉强跨上车子。路上人非常挤，骑不前去，只好左脚离开脚踏脚尖点地。这时彭余拖住车架要坐上来，我因腿疼没让上，硬骑上车子回来了。到楼下，一步一跛地把车子放到车子棚里。聪明的侯炜发现了便问道："爷爷！你那腿咋哩？"我说："我的腿有点痛。"再也没敢对任何人说。晚上看电视时，丰胜发现我揉膝盖，问我咋哩！我说："天气凉了，腿有点难过，揉揉就好了。"

晚上睡觉时，我才给老伴说了实情。她便怨我为啥不把小伙挡住，叫他花钱看病呢！我说："那样不好，会惹来很多围观的人，会把丰胜父亲被车子撞坏的话乱传开去。传到西安、韩城等地，兄弟们知道'父亲为接送炜炜而撞伤了腿'，那就更糟了。还是不让任何人知晓为好。"老伴同意了我的观点，只说是晚上上厕所时闪伤了。

第二天早上，腿痛得更厉害，也不敢挣着再骑车子了，就给侯炜说："天气冻，咱们不骑车子了，爷爷和你走上去吧。"我走得很慢，7点半去，至8点还没回来。丰胜等不着，觉得奇怪，从窗口看望，见我一步一跛慢慢地走着，便问我到底是咋么回事。我只好说："是昨天晚上去厕所一没小心，跌了一跤，撞伤了膝盖，很快就会强的。"11点我还挣着去校门口等炜炜。下午2点半，丰胜让他妈去送炜炜，我也硬跟着去。总认为要活动要锻炼，不能不动，以免淤血。晚上丰胜要看我的伤，挽起裤腿，既未破也未青，只是膝盖有些红肿。他劝我千万不要下床活动。我只好坐在床上，用手捻一捻，揉一揉，再抹上风湿油。腿不动便不痛，如果一抬脚一转腿便觉疼痛。17日和18日，我干脆卧床休息，不下来。

丰胜总还不相信我是去厕所时闪栽的。地方小，连倒人的地方也没有；即使闪跌了，也必然是头脸皮臂膀上撞伤。他详细询问了炜炜，证明我的腿15号下午就已跛，决不是晚上才闪伤的。这时我才如实说明了情况，并说不必让任何人知晓，以免影响不好。

19日晚，丰胜请来了军医学校外科教研室的敖德英大夫，专为我看腿伤。见膝盖有些红肿，捏了捏骨头，没有损伤，便让贴上膏药止痛消肿养几天。我便贴膏药，抹风湿油，并开始每天在室内转着练步。22日痛疼减轻，肿也消了。24日还跟上炜炜和他婆去邮电局送信。我走到桥头觉得乏困，坐下休息，等他俩回来一起回校。25日开始下楼散步。

1993年元旦到了，天气很冷。我的腿虽能行走，但仍不利索。年终李萍工作较忙，军医学校评定和晋升职称，丰胜更是忙上加忙，日夜加班。他搜集自己的论文，整理教研成果，没闲工夫接送炜炜。丰胜便让他妈到军医学校门口等炜炜。

这件意外的事故，既是意外的也可说是意料中的事。因为校门口道路窄小，来往车辆行人很多，难免发生事故。正因为如此，侯炜上学、放学、来回路上更令人放心不下，有大人接送总比较安全一些。至于交通事故，你不撞人人撞你，只能多加注意特别小心就是了。总不能怕出事，就永不出门走路了。即使躲在家里，也不能完全避免意外事故的发生。

到底该不该说假话，这要根据具体情况而定。我认为跌倒之后能自己站起来，挣着骑上车子，既未危及生命，又没造成残废，就应该隐瞒过去，以免扩大影响，引起不必要的闲话。反之，那就必须以实相告，以便及时治疗或抢救，以防耽误时机，贻误病情。真是：

> 门外马路车辆繁，侯炜上学不安全。
> 骑车送去又接回，来回四趟按时间。
> 前后接送百多天，老有所为心里甜。
> 你不撞人人撞你，摔倒幸好未致残。
> 团结和睦顾大局，亲戚邻里齐争羡。

想给丰胜说的话

（1993年4月1日）

元月29日的前几天，和丰胜闲谈，拉起了我已年过六十，不应该种地劳动，而应到每个子女家轮流居住，以享晚年清福。他同我的想法有好多不同的观点。说来说去，争论不休，谁都说服不了对方。为了避免矛盾，我想还是以文代言、以写代说为好。

人生在世，为了什么，认识各有不同。有的为生存，有的为享乐，有的为生儿育女。孙中山先生说："人生以服务为目的。"我认为，人生应该以有用于人类而存在，有益于社会而生存。无用于人类，无益于社会，便失去了存在的价值。共产主义也好，极乐世界也好，那只是人们希望的美好社会，何时才能实现，太渺茫了。

咱们家自争胜就业结婚以后，特别是有了腾腾、烁烁以后，我俩便算完成了对咱家子女抚养教育的义务和责任了，便可以无憾于家庭而辞世了。但人们普遍认为，这才开始进入坐享清福安度晚年的时候了。但什么是坐享清福，怎么来安度晚年？认识各有不同。有人认为应该做一个不闻不问、不说不动、只能吃喝拉撒的泥塑木雕的偶像一样的人最好。而我却认为应该成为一个老有所为、老有所乐、健康而长寿的人。不能成为一个无用的人，更不应成为一个增加别人负担，加重他人拖累的人。

怎样才能老有所为？就我的具体情况来看，在家可以送报送信，宣传些有益的方针政策、新闻知识等；同时不断改变自己的旧观念，以适应新形势发展的需要。及时收到孩子们的信件，并做一些力所能及的农活。如养鸡、种树及参加体育锻炼等，以使心理身体都健康。有条件时还可写写《回忆录》，或向报社投个稿子等。这些自有一番乐趣。

怎样才能老有所乐呢？首先是要与世无争，与人无争。不动怒，不生气，遇不顺心的事想得开。父子吵架不犯法，此话有理。老人和年轻人经历不同，存在"代沟"。要消除认识上的不同只有采用"换位思考"的方法。俗话说："将心比，都一理，常将别人比自己。"必要时心平气和地摆事实讲道理，以理服人，而不是以势压人地来辩明是非。这是"填平代沟"、增强团结、和睦相处的好方法。总比互不言语、闷闷不乐、愁眉不展，甚至你抽他裂而有利于身心健康吧!

咱家已经确定了百分之十的赡养生活费。1992年以来已经执行了,并且执行得很好。人人都把钱往兰州寄,总共寄来一千多元。从1992年元月至1993年元月,共给我们的生活费是引玲700元,胜天500元,丰胜456元,万胜435元,争胜600元,总计2691元。我们怎能不高兴呢?世上哪儿再有这么好的子女呢?如果再嫌这嫌那,那就太不知足了。

只要交了百分之十,便完成了子女们应尽的义务和责任了,这话也有理。正因为如此,我所说的今后我们要在哪个娃的地方居住,就必须双方愿意,不能勉强。因为这已成了百分之十以外的额外负担,而不属于规定范围以内的责任了。况且这比给几十元钱难度大得多:一天复一天,天天3顿饭,每天24小时,时时把心担。一时不留心,便会出危险。侍奉老人比抚育婴儿更难。小孩不顺心不听话了,可以出口骂,动手打,别人还夸奖教育严。而对老人就不同了,要谨慎小心。稍有失误,便会惹来麻烦。旁人议论,兄弟姊妹们埋怨。宁愿多出几十元钱,也不愿招惹这许多麻烦。如果侍奉者不是真心自愿,而是勉强应付,哪能心情舒畅、身心健康呢?不能!例如农业社时,让一个不愿意喂牲口的人去当饲养员,那牲口一定喂不好,即使不饿死也会乏瘦无力的。

我想,子女们交了百分之十的生活费,就完成了对父母的赡养义务。再要在子女们那里居住,受其侍奉,便成了额外负担,所以就不能白白地住,而应该实行有偿服务。就目前情况,暂定为每人每月50元的伙食费,以后再按物价的上涨幅度逐步增添。这样使管护的子女,虽在劳动上增加了强度,支出上增加了费用,心理上增添了责任，工作上增添了忙乱，但在经济上可以稍有点补偿，不致使其损失太大。现在学雷锋做好事，也说有偿服务是对的。按6个子女平均定期轮流，乍听起来，好像最公平合理了。其实不然。子女们远在天边，不在一起。不像农村都在一个村甚至一条巷，而是远隔数千里。交通紧张，秩序混乱，被偷、被劫、被撞的情况随时可能发生。且身体虚弱，经不起气候变化、路途折腾，不死也得患病。各人各处情况不同，居室、温度、气候变化、衣服穿戴、被褥铺盖、身体病变等，很难如期定时。况且各人的工作闲忙松紧、出差开会，更难如期定时轮流。各人心情和爱好不同，家庭琐事处理不当，有了突然变故，一天也过不下去。心理上的压抑比什么都难受。如果规定成固定时间，便不能按具体情况灵活处理了。连自己住房都没有分下的人，能有让我们长期居住的条件吗？这能算不尽孝心吗？

因此，我始终认为，轮流居住但不定期。有条件、真心欢迎我们居住的，我们去，想住多长时间就住多长时间。有条件而不欢迎我们的，我们便不去。条件不好，有心欢迎我们但我们却不愿意去的地方，我们就不去。即使去，几时想走就走，不受时间限制。这样来去自由，有利于身体健康。如果6个子女，没有一个欢迎我们居住的，我们就自理生活，自由自在。如不能自理，咱们街上有敬老院，每月交30元钱和50斤粮，便可养活到死。嫌敬老院名声不雅，还可专雇保姆伺候我俩。最后所有办法都办不到，便可实行安乐死。但我始终相信，6个子女即使不会争先恐后地欢迎我们来长期居住，但也不至于弄到6个娃中，没有一个人愿意侍奉我们的。我也不会像薛建荣的老婆临终时气愤地烧钞票，也不会像田中存父亲临终哀叹说："再不要盼望供儿子们上大学！"更不会像《文汇报》上登的那个90多岁的残疾老婆，被大儿子送进了碉堡里。

关于我种地的事，现在不是10年前为了糊口谋生而种地，只是为了锻炼身体和满足心情的乐趣而种地。同钓鱼、种花、养鸟一样，和上会、旅游、逛公园、划船、爬山一样。心情舒畅，有个奔头，有点事干，没有失落和空虚感，还可密切邻里关系。村里人前几年不理解，现在理解了。你们现在还不理解，日后慢慢便会理解的。我种地决不是有意为儿女们脸上摸黑。至于把地给西玲，一方面我没有了干活的地方，等于剥夺了我的劳动权利，我的心情不舒畅。等于断了我的退路，使我没有回旋的余地。另一方面地里收入不多，无利可图，西玲家反而会受损失。又说是我没地种，可以帮西玲家去干些农活。这也不行。一方面做庄稼没有成规，一人一个想法，一人一个做法。谁该听谁的话，谁该指挥谁？凡不合乎我的想法的活路，我不但不愿做，还想阻挡人家做，岂不制造一些不必要的矛盾。眼不见便能不管。再则，万一劳动时、行走时出了意外事故，更无法处理，追不清的责任，说不完的道理。如果我在我的地里干活，不论出了多么大的不测事故，均由我个人承担全部责任，与她毫无牵连。现在的种地可以说是全部机械化了，很少要人下苦，我只要耍耍嘴，指挥指挥而已。在外的儿女们，完全没有必要回来帮助夏收。在农村比我年龄老的人，仍然喂牲口，使牲口，干农活。我看了很羡慕他们，羡慕他们有健康的身体能劳动。我不劳动锻炼，心理上便承认老了，啥也做不了啦！这样不利于身心健康，会未老先衰的。正是：

从古人人少变老，自然法规逃不了。

一生多做有益事，老来无愧心情好。

老有所为常送报，养鸡务树量力搞。

六个子女都成人，一个更比一个好。

要使子女常孝顺，合理负担头一条。

想住哪里去哪里，爱停多少停多少。

无拘无束多舒畅，自由自在乐逍遥。

（《想给丰胜说的话》，实际上也是想给我们其他兄弟姐妹们说的话。实践证明，父亲的看法、想法大多是符合我们家的客观实际的。"十二五"时期，中国60岁以上老年人将由1.78亿增加到2.21亿，老年人口比重将由13.3%增加到16%，人口老龄化进程将加快。父亲提出的人在晚年"应该成为一个老有所为、老有所乐、健康而长寿的人"的观点，无疑对已经踏入老年或即将踏入老年的人们会有一定的启迪。）

还是住在家里好

（1993年4月18日）

老伴的腿痛病到现在已整整一年了，仍未彻底治好。去年4月11日晚引玲和俊杰用运销处的专车把我们接到韩城。13日便去矿务局医院拍了片子，14日进行封闭治疗，17日开始在矿务局机关卫生所进行理疗。5月底回家夏收，病情大大减轻。

6月20日我和老伴同丰胜一起去兰州，进行了十多天的理疗。7

月6日又拍了一个片子，骨刺未有发展。每天早上做一次早操后，在仙鹅湖边散步，又在操场跑两三圈约800米，并跟上大伙练香功。先练初级功，9月9日开始学练中级功，已能从学校到盘旋路走一来回。10月8日还去游五泉山、动物园，一直上到接近山顶的文昌宫，看来腿痛病全好了。

原计划8月20日回家，因腿未好彻底，丰胜不让回去。引玲来信也劝不要回去，西玲也说他们能忙过来，不必回来。害怕冬季天冷腿痛病又犯了，便决定春节前不回去了，安心在兰州住过年。但冬季天气渐渐冷了，腿总是怕冷。棉裤穿上，还要穿上绒裤尼龙裤，套上人造革，春节前还穿上了黑呢子裤子，捆绑了8片棉垫。稍不注意，便觉风冷腿凉。床上不但有电热毯、暖水袋，室内还有暖气片。整天盖上被子坐在床上，不敢下地。

春节前，西玲来信问我："大门上对联该写什么？"原先我没准备拟写对联，让他们自行处理，写不写都行。但既然来信询问，就应郑重其事地拟出内容。而丰胜却不同意，说我每年因写对联引起好多议论，不如不写。我却认为，对联是文艺宣传的一种传统好形式，特别是春联可以增添节日的喜庆气氛。大门上家家都贴对联，谁家不贴对联，会让人认为家事不顺心，无心庆贺春节。咱家锁着门没贴对联，好似成了"绝户"一样，不能不写。至于写好写坏，完全由人想的写，怎样算好就怎样写。于是不顾他的反对而拟出了大门的对联为"腿疼痛多亏儿女勤护理，家安宁全凭邻里常关照"，横额为"遇难呈祥"。丰胜却说："这样会引起家庭成员之间的矛盾。"我认为不会，坚持要写。

2月18日下午，争胜突然来了，让人喜出望外。原来他是昨天和叶主任等3人来兰州出差的。晚上闲谈时，我说正好咱们和争胜一起回，路上有个照应。

22日李萍买回了24日17点发的火车卧铺票，只有两张。23日李萍以47元买回"场效应治疗仪"，专为他妈在家自行作理疗用。12点，全家6人同去东方红广场合了影。争胜以3.5元给炜炜买了个风筝，了却了他婆因炜炜遗风筝的一件心事。晚上李萍专做烤鸭吃了。

24日早上，试用治疗仪作理疗，很是方便。饭后操场放风筝，后下棋，至15点半便动身。萧天庆主任、刘卫华还亲自来送行。丰胜把他的羊毛皮大衣给了我，让她妈路上好用。18点10分，144次列车开动，大家挥泪告别了相处长达8个月的亲人。争胜加付40元换了卧铺票，其中20元不能报销。

25日8点50分到了西安。争胜以10元钱叫了个出租车，把我们一直送到热工研究所的家属楼门口。一民、碧兰和她妈都在家，她爸去南京出差了。我们吃了3顿饭，顿顿都有鸡鱼肉；又饮了红绿黄色彩鲜艳的鸡尾酒。下午还在楼下照了相，并玩"走马灯"游戏机。

26日早上，争胜引上他妈去第四军医大学附属医院——西京医院看腿病，并拍了片子。下午去看眼，再配了一副眼镜。27日取回片子，确诊仍是骨质增生。上午几个人同去碧兰上班的地方，第一次坐上了电梯，一直上升到10层楼顶，并在楼顶上照了相。刚从楼顶下来，正巧碰见胜天引着晶晶来了。7个人重新坐上电梯，再次上到楼顶照相留念。

原来北京召开教学研讨会，矿务局一中去了两人。胜天有机会引上晶晶去了一次北京。2月19日去，26日回来。在北京，以50元给他妈买了个按摩器。晚上胜天和晶晶住在招待所。28日早饭后，争胜送他哥和晶晶去火车站回了韩城。下午我们5人去金花路贸易市场，吃大米凉皮和肉加馍麻辣粉丝等。3月1日早饭后，争胜又同我俩去第四军医大学取化验的结果，仍是骨质增生。开药仍不外乎"壮骨关节丸"、"追风透骨丸"等，并取回了配好的眼镜。很好，能看清报上的小字。10点让争胜去买回合阳的汽车票，我俩回所，收拾行李。11点吃了饭，搭28路车到火车站。争胜把160元的游戏机让我拿上，又把他的灰色羽绒衣给了我。13点上了汽车，告别了西安。

出了西安，售票员每人要收4角钱的过桥费。为什么不在票价内一起收呢？这钱归了谁，天晓得！车到大荔加油后，却不走了，嫌车上的旅客不多了。司机让售票员联系，有没有去合阳或韩城的车。把剩下的十六七个旅客赶下车，让上另一辆人已坐满并且没有座位的客车，谁不下车都不行，反正这个车是不走了。我俩大包小包的，老伴腿又疼，只怕人撞着。只好等人下完后才一步步慢慢下了车。上车更难，不敢往上挤；人挤满了，才慢慢上去，座位上早已挤满了人。我急得满头大汗，束手无策，好在售票员让了个座位让我坐下。

下午6点半，终于到了路井，我俩长长地松了一口气。在路一村东新巷口公路旁下了汽车，走到西玲家。西玲、新录正在碾面。他俩自2月25日收到信后，便立即打扫庭院、舍、炕，收拾铺盖，烧炕，担水，忙个不停。在西玲家吃了饭，天快黑时回到家里。

3月4日，开始用李萍买的治疗仪进行理疗。看来骨质增生是个长期慢性病，想根治是很难的。只有经常注意保暖，尽量不要使腿和脚受凉受冻，才是最好的办法。不能劳累过度，致使脚腿疲惫不堪。但又要经常走动,有些力所能及的活动。例如:早操呀、香功呀、慢跑呀、上会呀等,使肢体活动,骨内生热,关节运动,血液流通,自生热量,身体健康。不宜静坐不动,更不能让凉风、冷气、渗水、冷冰、暴雨来侵袭,湿雾、冷霜、寒气、冰冻来干扰。这样才能减轻病情。回顾一年来的治疗过程,还是住在家里比较好,不受条件限制,不受时间约束,方便自由,少有干扰:

一、起居时间。老家自由随心,不定时很随便。有精神时可以半夜睡捎早起,没精神时可以天未黑就睡,半早上才起床。而在外边时间性强,就得定时起居。起床、吃饭、睡觉都得准时。有时到饭时却不饥,有时饥了却未到点。口味也不会都一样,吃稀、吃稠、吃软、吃硬、吃粗、吃细、吃荤、吃素都不会人人一致,往往一勉强就会生病。

二、气候变化,衣服的添减、耐热、耐冷的程度不同。在家热了就脱就减,冷了就穿就加。衣服单、夹、棉、毛、皮、大小、长短、宽窄、薄厚,在家可以随时添减、更换,在外总也带不全。借穿的衣服总不会完全合身的。要穿合身的,还是老家的齐全。再则床不如炕。床凭暖气和电热褥,暖气一来热烘烘,暖气一停凉嗖嗖!四边不挨墙,不挡风,一转身,盖的东西掉到了地下。炕可以随时用柴烧,多少热冷能由人掌握,三边有墙能挡风,适宜于老人住。

三、人少事少意见少。老俩口没高没低,没大没小,不怕争吵。而人一多,事多意见多,一句话难中多人意,一句话难免有差错。说者无心,听者有意,任何人总难考虑得百分之百地全面正确,容易产生误会。

四、在家生活能自理,总觉自己对家庭还有用,对社会还有益，活得有滋有味，有奔头。而在外则有人伺候，觉得啥活不用自己干，自己静坐着享受，成了无用之人，成了家庭和社会的累赘，真正是坐着等死，活着也没有什么必要和意义。

五、老人是风中的灯，随时有熄灭的可能。住在谁家，便要担风险，负责任。有个一差二错三长两短，便会落话说，担"不是"，甚至受埋怨。不如在家自由自在，无拘无束，不怕落话说，不要担风险，心情舒畅，有利于身体健康。我觉得在家能活10年，而在外恐怕也活不到3年的。

因此在西安遇到胜天，他要我们去韩城，我们没有去。俊杰3月7日从西安办货回来，要我们去韩城，我们也没去，只把给引玲3月1日来信的回信给了他。3月1日引玲接到胜天的电话，立即给西安打电话，想让父母来韩，可碧兰妈接电话说："已经回了路井。"使她非常失望。正是：

老年骨质增生病，十有八九患终生。

吃药理疗离不了，保温按摩多活动。

静坐不是好办法，只能加重腿痛疼。

在家活动多锻炼，心情舒畅腿不痛。

（这篇笔记，前半部分详细记录了母亲在韩城、兰州、西安等地治疗"骨质增生"的经过，后半部分则用对比的方法分析了"住在外边"和"住在家里"的优劣。90年代初，父母年过花甲，兄弟姐妹们都希望他们多在外边住些日子，而父母总觉得"还是住在家里好"。两代人观念上的碰撞，摩擦出家庭生活中绚丽的火花.）

现金抵交公购粮

（1993年7月8日）

解放初的1953年实行粮食统购统销，打击取缔了粮食上的投机倒把、囤积居奇，不许私人开粟店（即粮店），要求农民把所有的余粮卖给国家粮站。全国人民的吃粮全由国家统一供应，凭粮票进行购买。加入农业社后，生产队给社员按人按劳分口粮。

改革开放以来，1982年实行了家庭联产承包责任制，把土地按人口分给各农户自主经营，粮食产量大幅度提高。1992年党的"十四"大召开，提出大搞社会主义市场经济，放开物价，取消了粮票，允许个人经销粮食。夏收前的小麦价每斤卖4角钱。

今年是个丰收年，大麦、油菜、小麦亩产普遍六七百斤，个别更有亩产千斤的农户，所以国家粮站不愁收购不到粮食。近几年为了鼓励农民多种粮食，国家在农民缴售购粮时以优惠价供应一部分平价化肥、柴油。今年则把供应平价改为加价优惠，不再供化肥、柴油等实物，而让农民按市场价自行购买。

农民的现金收入，除个别兼搞副业者外，全靠出售农产品。不卖粮食便没有了现金收入，没有了现金收入便无法购买化肥、农药等生产资料和生活日用品。国家在农民卖粮时从价款中便将农业税扣除再付给现金。6月初粮站公布了今年的小麦收购价格，中级（二、三级）为每斤三角二至三角七。并宣传农业税可以缴付现金。

西玲家有面粉机，能收入点现金，把小麦加工成面粉，每斤可卖近五角钱，便决定缴现金完成农业税。但到粮站缴售时，却说已停止了缴现金，要缴可去镇政府缴。西玲忙叫新录去镇政府代我家缴了41元的农业税和36元的镇筹款。

为什么又要停止缴现金抵公购粮呢？听说有人只缴农业税不缴镇筹款，镇上便收不到钱，没啥花。有人在卖粮时只卖够农业税，其余先不卖，整得镇上着了忙。村政府在广播上多次催，十分被动。真是：

夏粮丰收人欢喜，农民卖粮更积极。

粮站压价三角二，没有一斤三角七。

街上麸皮三角钱，麦价好像是麸皮。

坑害农民是何理，全把农民当傻子！

（在老家经常听乡邻们说这样一句话："党和国家的政策不错，就是让下面的和尚把经给念歪了！"开始"农业税可以缴付现金"，这是国家的政策；后来"有人只缴农业税不缴镇筹款，镇上便收不到钱，没啥花"，为了"镇筹款"粮站便"停止交现金抵公购粮"，这是下面和尚念的经。）

七月拔棉花杆

（1993年7月12日）

棉花和粮食一样，是国民生计的重要物资。解放后对棉花也实行统购统销。购买棉布必须凭布证买。改革开放后棉花棉布生

502

产过了关，才取消了布证，人们才按需要自由购买，不限制数量。实行家庭联产承包责任制以后，棉花仍有指令性任务，农户既要种植够面积，又要缴售够斤数。1991年凡完不成定购皮棉任务的，少缴售1斤皮棉，便要罚款5角。农民有人确实怕完不成缴售任务，只好到棉花收购站门口等大荔一带，有卖棉花的，每斤给人家几角钱，便可以把卖了的斤数顶作自己的任务：比起罚款可以少花些钱。

去年，虽有分配的种植面积，却未强调必须缴售的斤数任务，群众便按任务种够了面积。幸喜雨水及时，加上"抽黄"又放了一次水，长势很好。但棉铃虫危害非常严重，于是家家买农药，天天治棉虫。也不知是虫太多，还是药效低，最后还是棉花大大减产，亩产皮棉仅仅一二十斤。人下的苦莫算账，卖了棉花的钱抵不上治虫买农药的钱多！农民们一个个唉声叹气，怨天尤人。生的虫太多，买的药治不了虫，也弄不清是假药或失效药，还是虫和药不对口。白生气，白下苦！

今年原先未定任务，自由种植，没种棉花的户很多。今春却又号召多种棉花，又提出了种棉花的面积任务。我原计划种坑内8分，西玲提出嫌太多，便改种于渠南，只种了3分。由于雨水及时，棉花长势很好。但到了6月份，棉铃虫又大量发生，且来势凶猛。麦收后新录每天背上喷雾器打一次药，却不顶用。棉铃虫不但危害棉花，而且危害苹果、西瓜、黄豆等。有不少人记取去年的教训"人下苦，花钱买药治不倒虫"，干脆不摊底（方言，不花力气，不花本钱）防治了，狠狠心把已长到二尺多高的棉花连根拔掉。满树的花和蕾，看起来真心疼！侯治中把一亩棉花拔了，侯凡

503

定把苹果地的二亩棉花也拔了。有人为了保险，先将秋种上，等秋苗出土后便把棉花拔掉。老伴天天去捉虫，有时一天三晌捉，干得人腰酸腿痛。但棉铃虫仍然猖獗，也想拔掉，却下不定决心。真是：

凶恶可憎棉铃虫，危害棉花不留情。

辛辛苦苦干一年，到头却是一场空。

气愤满腔无处泄，连根拔掉真心痛。

咱家该拔不该拔，决心一时拿不定。

（棉铃虫猖獗，买的农药"却不顶用"、"治不了虫"，棉农们只好忍痛将"满树的花和蕾"的棉花"连根拔掉"，半年辛苦付水东流。"不顶用"的是什么样的农药？是假农药。制假售假，已成为人们深恶痛绝的社会问题。这种见利忘义、丧尽天良的行为，必须受到应有的惩罚。）

江晖找工作

（1993年7月13日）

江晖今年大学毕业，但形势对工作分配不甚有利，他只好准备留在汉中的陕西飞机制造公司。但汉中交通很不方便，总想进西安，但要进西安很不容易。江晖元月底到西安他四舅争胜那里，碧兰从报纸上发现"2月1日至3日西安人事局召开'93年大中专毕业生分配就业洽谈会'"。争胜和江晖立即找到会场，经多方了解，得知西安卷闸厂需要人，便相互协商，签订了协议书，并让陕西工

引玲和江晖、小妹
在高压电瓷厂附近的
"丝绸之路"雕像前

学院主管毕业分配的负责人签了"同意"。

2月7日江晖去汉中路过西安，和争胜又到卷闸厂看了一下。这是个非国营的集体企业，没有住房保证，但效益还算不错。便打算等户口落到西安后，再看情况往别的单位调。只要进了西安，往后的事情就好办了。

江晖在学校找下个对象叫魏小妹，陕西商南县人。姊妹4人，没有弟兄。父母在县上工作。为了不造成夫妻两地分居，两人总想进同一个单位。3月份，学校召开了毕业生工作会议，宣布毕业分配要参照学习成绩，陕南陕北想进关中的要交钱，关中要进西安的也要交钱。学习成绩好的交钱少，学习成绩差的交钱多。小妹的学习成绩是班级第一名，只交500元，江晖稍多一点。4月初两人回到韩城，叫他妈引玲亲自去学校办理有关手续。

4月5日，引玲向处里要了个公差，借了1000元的差旅费，赶7日到了陕西工学院。9日找到了有关部门的老师。得知西安有两处要人的地方，一个是机械车床厂，一个是高压电瓷厂，都可以同时进两个人。引玲于11日回到西安，与西电公司高压电瓷厂联系，让他们发出了调函。并将调函作了复印，正件寄给江晖，复印件寄给了有关部门的老师。经交谈，进西安的钱由厂里来出看来有希望。在此期间，引玲因患贫血，住进北关一个医院进行检查，作了B超，并向处里再借了600元。28日，引玲赶天黑回到路井。把给她妈买下电热腊袋和三瘩热宝以及争胜给他妈买下的骨刺康透热垫，给了她妈。29日14点搭汽车去了韩城。

江晖6月30日从汉中陕西工学院毕了业，7月2日和魏小妹到了西安，两人不但领到了毕业证，而且领到了学士学位证书，真叫人高兴！他和小妹在学校还身着学士服装合了一个影，看起来更显得新奇特别。两人到西安后，先把3500元交给了电瓷厂，厂里让他们7月13日前来报到。虽然花了一些钱，但两人同时都进西安，又在一个厂里工作，给今后的工作和生活创造了许多有利条件，也是值得的！况且碧兰问清电瓷厂，厂里决定报销一半费用，即1750元。

改革开放大搞活，毕业分配找工作。

处处都要钱开路，未挣先花没奈何。

父母为儿苦奔波，为创幸福好生活。

两人同进电瓷厂，心想事成多快乐！

（90年代初，随着教育、劳动人事制度改革的不断深化，国家逐渐取消了多年来以"包分配"的方法来安排大中专毕业生就业的政策，而是在人才市场上推行"双向选择、自主择业、自谋出路"的办法。这篇笔记，就是当时那种情景的再现。江晖参加工作后，努力钻研业务，攻克技术难关，现为ABB集团科盟[合肥]变压器组件有限公司技术部负责人。）

名不副实的首届瓜果交易会

（1993年8月5日）

农历六月十三日是路井地区的古会。解放前每年都有会，唱戏迎神庆丰收。十一日便赛马，十三日有八号锣鼓，日出前便去禹皇庙迎神。四外八村的人都来路井街赶集上会拜神看戏，非常热闹。解放后，庙会组织自行解散，只是十三日有个集会，亲戚们连探亲访友带赶集上会，没有了迎神敬神那一套。"文化大革命"后连集会也不怎么热闹。逢一逢七的会，也由星期天逢集所代替。改革开放以来，恢复了逢一逢七的会，因有西韩公路，交通比较方便，逢会市场繁荣，买卖兴旺，上会人很多。为了繁荣经济，政府多次组织交流会，但总不理想，来的人尚没有平常逢一逢七上会的人多。

今年路井西瓜丰收，镇政府下了决心，决定从农历六月初三至六月十三，即公历7月21日至31日举办一次瓜果交易会，会期10天。镇上成立了专门组织机构，筹集几万元资金，专门请来了渭南剧团的秦腔戏，免费公演；安排了各村的锣鼓、花杆、高跷来大会热闹助兴，每天两个村。但天不凑巧，第一天便下起了雨，21日和22日的会便不能起来。24日我俩去上会，人很少，摆摊设点的还没有一、七会上人多。有南庄、韩家城的锣鼓、高跷、花杆。"三眼铳"震天响，锣鼓敲得很热闹，花杆摇得冒天高：只是看的人太少。我便再也没去。25日梁家民来上会，顺便给我送来两个西瓜。26日五姐从仙梅家过来看望。28日贺哥从街上木材公司德义处来。

因为演戏不卖票，而且是秦腔，老婆老汉和娃娃们看戏的真不少。27日晚，老伴和侯亮看了个《生死牌》。29日晚，我俩去看

507

《春江月》。折子丑角戏《教学》演出时，雷鸣电闪，滴起了雨，赶快回来。有的人未远走，雨停后又看到底。30日晚我俩又去看《破宁国》，看的人很多。学校已放暑假，小学生们也不怕第二天起床迟到了，误了上课，便用架子车拉上爷爷奶奶去看戏，过秦腔戏的瘾！有人为了占好地方，太阳还老高，便坐上车车进剧场。真的为老人们办了好事：既不要儿女们花钱、买票，也不怕因看戏惹起了争吵。在有生之年，这样看戏的机会，恐怕是不会多的。

瓜农们却心急如火，哪有心思上会、看戏。家家的瓜都已成熟，就是卖不了。瓜果交易会上不见一家卖西瓜的摊点，而公路两旁的西瓜却堆成了山，真是名不副实。醴醐、南蔡开始收购西瓜。要买1千吨，就能来1万吨。托熟人找后门，没有票仍然卖不了。即便有了票能卖了，先得交什么过路费过秤费。后来干脆不收购了，急得人团团转。村里村外、屋里屋外，全让西瓜堆满了。风吹日晒雨淋，西瓜坏得不停点，引起夫妻争吵，互相埋怨。交易会后8月1日听说韦庄收瓜，瓜农们急了，连夜雇车送瓜。新录叫来振民的"四轮"装了一车好大瓜，共3000斤，每斤4分钱。交了车费及饭钱19元，扣过运费能剩五六十元。有好些户，种3亩多瓜，卖后能落五六十元。真气死人！真是：

今年西瓜大丰产，村里村外堆成山。

瓜果大会卖不了，瓜民急得干瞪眼。

西瓜价钱比屎贱，卖五百就坏一千。

亩产真能达万斤，收入仅能几十元。

老人娃娃兴了运，秦腔光看不花钱。

（"瓜果交易会"不去交易瓜果，却请来了"秦腔戏，免费公

508

演"，"安排了各村的锣鼓、花杆、高跷来大会热闹助兴"，到头来瓜农们"心急如火"、"西瓜坏得不停点"。实可谓舍本求末，画饼充饥、水中捞月。笔记中，一些政府官员喜好形式主义、专做表面文章的虚夸作风可见一斑。）

挂上石英钟

（1993年8月13日）

7月17日，侯亮暑假补习功课后从韩城回来了，带着100多元买的电子游戏机，又带着一个石英钟。石英钟是韩城矿务局机修厂给上半年学雷锋活动中评出的先进人物发的奖品，秀春是教育部门唯一的受奖者。7月1日领到奖品，她非常高兴。韩城已有个石英钟，这个该放在哪里？小家庭商量讨论，侯亮提出"给我婆"，一致通过。这次回家亮亮便带回来了。我格外地高兴，因为思想上就从未料到，今生也会用上石英钟。

几个儿子居住城市，家里挂个石英钟是必不可少的。咱们农村老汉老婆的泥土屋里，哪里挂呀！很不相称吧！但已经有了，总不能放在柜里，所以当时就挂在了卧室墙上的正中央。果然比桌上放的"马蹄牌"电动钟表美观大方，方便实用。老人磕睡少，不等天明就醒来，总想知道现在几点钟了。电灯一拉看不清桌上的钟表到底几点了，只好戴上眼镜看看手表，总觉不方便。现在电灯一开，抬头一望，不要出被窝，便看清是几点了，真方便！

兰州丰胜也有两个石英钟。结婚时买下一个，另一个是奖品，只好放在箱子里。朋友们结婚想送礼，又不敢送，怕人忌讳说是"送终"。可叹！愚蠢的人们。电视《辘轳、女人和井》中的大嫂，受了银锁媳妇的捉弄，人们也真的中毒了！一个石英钟50多块钱，大嫂真心赠铜锁，巧英是个啬皮，怕人家把她亮了丑而使鬼花招，让大嫂上当受骗另花钱。

咱是从来不迷信的，什么"送钟不送终"、"八八八发发发"的那一套，全是骗人的鬼话！只感到改革开放、发展经济的好处，人们一天天富裕起来，生活得更幸福了！

回想六十年代，莫说石英钟，手表、马蹄钟表啥都使不起。根本无法准确记时间，白天看太阳，晚上看月亮，没有月亮看星星。天阴晚上听鸡叫，白天凭感觉，蒸馍凭点根香。怎能准确呢？老母在世时，孩子们早上上学，就靠他婆来叫。夏天犹可，冬天最难。有时叫迟了要迟到，受批评遭训斥被惩罚。有时叫早了，学校门不开，手脚冻得发疼，身上打颤。实在受不了，有时钻水道而入。因为鸡叫往往并不准确，有的鸡半夜里就叫，有的鸡天明才叫。阴天干活，没法子看太阳，有时便按干活的多少来定时间。由于计时不准确，做饭蒸馍往往蒸下生馍，只好另蒸。有时烧火时间长，不是烧干锅，便是烧着了箅子，真难办！

1979年为了让争胜准时去学校，下狠心买了个15元的闹钟。可天天要按时上发条，后来坏了。侯亮上学时，买了个用电池带动的"马蹄牌"闹钟。现在又挂上了石英钟。真是：

三十年前无钟表，时间不准瞎胡闹。

手表闹钟都有了，还觉不便字偏小。

如今挂上石英钟，大字醒目乐陶陶！

510

（真得感谢父母亲不迷信，无禁忌。否则"送钟"将会酿成一场"送终"的家庭风波。巴金《家》里的瑞珏产期到了，为了避开高老太爷的灵柩，免得有血光之灾，被迫去城外简陋潮湿的房屋生产，最后难产而死：陈规陋俗封建迷信害死人。）

三次隔界墙

（1993年8月24日）

1969年，在东院盖起了5间厦房，开始和西邻家谭万寿合伙隔界墙。因为没有钱，只能隔土界墙。8月18日开始，24日结束，共打了11堵土墙，有2米多高，整个院子总算严窝了。

1985年春天在新院子盖高背厦子时，没有胡基，便把和中兴作界墙的胡基搬来用了。房子盖成了，两家没有界墙，鸡呀猪呀乱跑，双方都有隔界墙的愿望。1986年元宵节前，2月26日泥水匠开始动工，28日便隔成了一个砖界墙。高40层，长18米，7个墩子，共用砖5000块。为了节省钱，每家各出了1000块旧砖，又拉了3000块新砖。每千块38元，计114元。运费及匠人工资50元，共计164元。每家各出82元。算账时，我说："为了好算账，我整给100元。"一件大事就算到头了，比打土界墙好得多。但墙上用了些旧砖，有点美中不足。当时还写了一首诗："砖隔界墙真合算，干净结实又美观。栽树拉车都能行，摆桌设宴更宽展。"

今年7月29日晚，我和老伴去街上看"路井首届瓜果交易会"请来的渭南剧团演的秦腔戏，因雨未看成，便回来了。一进门，侯亮、侯蛟睡在房里床上，不敢动，旁边放根木杠，说他们听见"轰隆"一阵响，好像房子塌了，又不敢出去看。我们到院子一看，原来是和二叔家的土界墙倒了南头一堵。未刮风下雨，也没地震更没人掀，咋会倒呢？原来是用胡基垒的墙十几年了，老鼠经常打洞，根部朽的碱的太厉害了。倒就倒了，幸好没有塌着人。第二天清早，我便用箔子临时遮挡住，以免鸡乱跑。

我和二叔侯俊德商量，干脆将院墙都放倒，寻匠人做包工，重新做成砖的。两家既不管饭也不供匠人，多花点钱但不费人。8月8日，二叔从街上叫来两车砖，共4815个，每千块砖59元，砖价共284元。13日，叫来上东阳一"手扶"拉白石灰550公斤，每公斤7分，价37元。匠工包给侯顺安，工资150元，有平治来帮忙。

从买到砖的当天，便开始扳胡基拉土，断断续续一直到8月16日才转完土。16日下午挑好墙根，共长16米，计68砖长。墙根用"三七砖"铺2层，再用"二四砖"做7层，另用"三七砖"做5个墩子。上边用"一二砖"做30层，其中爬一层砖，南头一段高出4层以遮住"侍头子"。共用砖4100个，做了4天时间，20日结束。当天二叔割肉买菜打豆腐，引玲和他妈做饭。午饭一顿，烧汤一顿，算是把匠人谢了。两个匠人，江娃、春丽供匠。

总花销500元，两家各出250元。其中烟、茶、肉、菜仅23元。从墙倒到竣工只用了3个星期，算是很快的了。进门一看，崭新的院墙整齐而美观。为了不让儿子们花钱，老伴说写信暂时不要提说做砖院墙的事，以免引起误会以为是要钱哩！想得怪周到的。正是：

百年之久陈土墙，风吹日晒老鼠狂。

豁里豁落常修补，上上下下全是伤。

512

多亏倒塌在晚上，幸好未曾把人伤。

总共花了五百块，同心协力建新墙。

破烂庭院焕一新，坚固美观又大方。

（上世纪80年代前，合阳农村邻居间隔界墙，或用土墙隔开，或用"土胡基"砌成。到了90年代，人们的生活富裕了，隔界墙全部"砖墩石卧"。而现在，解放初期农村人憧憬的"楼上楼下，电灯电话"式的共产主义生活早已成为现实。父亲的"三次隔界墙"，让我们看到了农民生活的三次上台阶。）

搬出窑洞住进楼

（1993年10月8日）

9月12日收到万胜9月6日从延安大学的来信，说："前两天我们正式搬进了单元楼。楼盖得还不错，设施都可以。两室一厅，客厅较大，厨房和厕所有一米多高用瓷砖砌成，纱窗纱门铁窗框，比较安全。我们是7号楼1单元102房间，在学校后边家属区，楼外表是白色。一楼除了客厅稍暗、平时担心下水管道溢以外，再没有其他毛病。并有暖气，也不潮湿。工作了十几年，住了十几年窑洞，现在才住进楼房了。"

见信后令人非常高兴。万胜1978年考入延安大学，1982年毕业留校，10多年来一直住在黑呼呼的窑洞里，烧炕、做饭烟熏火燎；上厕所要到另外的地方去，真不方便。

1986年万胜同刘小丽结婚，仍住在窑洞里。1989年春万胜叫我们

第一次来延安时，就是让我们住在他平时住的那个窑洞里，而他和小丽只好住在白老师的一个窑洞里，并作为灶房。黑咕隆咚做饭，搭炉烟熏火燎，呛得人直流眼泪。饭做熟后，要将饭送到200米远住的那里，或将我们叫过来一起吃，总是很不方便。有时饭冷了，吃得他妈生病拉肚子。距离厕所又远，而且是好多人共用一个厕所，晚上更加不便。前后住了十七八天，把万胜和小丽整得忙忙乱乱。1990年4月，腾腾出生快100天了，我俩专程去看孙子。万胜们已住进延安大学六层窑洞区的第二层第六个窑洞，共占了一个半窑。这个窑里摆着沙发和桌子，又支个床，既做客厅又做卧室。里边那个半窑，盘个小炕，我俩住在那里，灶房也在那里。虽然安着换气扇，但仍是烟熏火燎黑呼呼的，也没有厕所。去公共厕所就得先上坡后下坡，很不方便。就这相比之下还算好些的。六层窑洞，第一层是会议室、幼儿园、医务室、库房等。万胜于1987年冬晋升为讲师职称了，所以才能住上第二层。那第三层到第六层的条件就更差了。上下不方便，用水更困难，要到几十米以外去提水，等提到上边窑里那是够累的了。所以和以前相比，万胜觉得挺满意的。正是：

延安条件原有限，沟套沟来山连山。

主席当年在延安，住了窑洞十三年。

如今开放十多年，能住楼房不简单。

火车直通宝塔山，延安面貌大改观。

只要政治不腐败，延安精神代代传。

山区经济大发展，幸福生活到眼前。

（延安大学窑洞群建于1975年，有6排共计200多孔窑洞，是延安大学的标志性建筑，曾入选吉尼斯世界纪录，为世界上最大的窑洞群建筑。多年来风雨侵蚀，潮湿破败。2005年，教育部投资1000万元进行翻修。新窑洞群保持原有风貌，采用陕北传统建窑工艺，水、暖、电、通信等设施齐全，气势磅礴，雄伟壮观，与父母当年住过的不可同日而语。）

上当受骗了

（1993年12月13日）

11月22日下午，邮递员王萍送来一封信，信皮上写着"路一村五组侯永禄先生收"。我打开一看，是个"中奖通知"。原信全文如下：

侯永禄先生：

在众多的来稿中，恭喜你有幸被评为有奖征联大赛的特等奖获得者，我们向你致以亲切的问候和崇高的敬意。您对本次大赛的热心和对我厂的关怀，令我们感激。经村委会研究决定，你将成为我厂开业典礼的特邀嘉宾。届时将由您亲手将下联挂于厂门，并在我厂参观十天。请您在接到通知后，从邮局汇款五十五元整（含附加税），我们收到汇款后即寄给您特制领奖卡，请您持这张特别卡和您的证件来我厂领取一万元奖

中奖通知

金，路费予以报销。汇款寄：陕西省永寿县甘井乡延村兑奖处樊浩飞，邮编：713404。款到即寄领奖卡，并在《信使报》公布获奖名单。再一次向您祝贺，并表示感谢！

甘井乡延村村委会兑奖处

延村食品加工厂有奖征联大赛办公室

一九九三年十月三十日（盖公章）

我看后非常激动，那副下联真的中奖了，而且是特等奖啊！8月13日的《农家信使报》上，刊登了陕西永寿县甘井乡延村村委会有奖征联启事。其上联为："创业难，守业更难，难难难知难不怕难，须知世上无难事。"要求赶11月1日前，寄来应征的下联。我便寻思对，于9月25日寄去，下联为："发起快，发展更快，快快快能快就要快，方晓天下有快人。"国庆节时，我将此事还给胜天和争胜向说过。他俩随口答应，也未十分重视，我也淡淡地忘却了。这下有了回音，并且是一万元奖金呀！我几十年也挣不下这么多钱呀！我把中奖通知看了再看，明明写的侯永禄先生。会不会有假？为什么要汇去55元呢？不会是假吧！报上登过，而且有村上的公章哩！只是为了上个人收入税而要55元吧！上边写的"含附加税"，那就先汇去吧！但既是特等奖，应只有我一人，为什么信是打印的，而不是抄写的呢？大

516

概是为了规格好看吧！和老伴商议，她也拿不定主意，便连夜去西玲家商议。西玲说："一副对联就给一万元，太多了，是骗人钱哩！"我说："不多，电视上演的祝枝山给财东家写了一副对联，一个字就要一千两金子。有人用对对联来选女婿、招亲的事都有哩！"西玲说："一个人骗上55，100人就是5500，1000人就是55000。"说来说去拿不定主意。决定明天立即给胜天和争胜写信，征求他们的意见，他们说给就给，说不给就不给。23日捎早，我便把两封信写好了，并将中奖全文抄录了去，寄给了胜天和争胜！

老伴总认为，一万元太多。谁总没傻了，花那么多钱写对子。我还翻开我的对联笔记说：王安石赴京赶考，路上有一家员外就是用对联来招亲。出的上联是："走马灯，灯走马，灯熄马停步。"他对不上。到了京城，主考也出了个上联让考生对。上联是："飞虎旗，旗飞虎，旗卷虎藏身。"王安石一想，便用员外的上联作对，对上了主考的上联。主考看了大喜，点了他为状元。回来路上，又用主考的上联对了员外的上联。员外大喜，招他为婿。他既金榜提名，又洞房花烛。双喜临门，值钱何止万元！

老伴也乐开了花。真的得上一万元的奖金，该怎么花呀！我说："尊师重教最要紧，咱四个儿子都成了大学生，都在路井中学上过学。不是学习好，咱能享受上现在的福吗？谭老师给路小捐了一千元，合阳雷锋老师给路中捐了一万元，咱也给路中捐一万元吧！让咱路井的学生个个成为栋梁之材吧！"老伴说："不好，谭老师是谭老师，退休后学校月月给他退休金。他是五队人，吃喝住都在五队，没给队里钱，巷里人有意见，说：'谭老师办的煤球厂，天天用的井里水，井绳烂了也不管，却把钱给学校哩。'咱们老了，娃娃都在外边，常常用的村里巷里人，我看给上咱们巷里五队一千元，将来安自来水时或修渠浇地时好用。再把其他的钱，给儿女和孙孙们。因为咱老了，还是要靠儿孙们来养活咱。咱有六个儿女，六个媳妇和女婿，每人五百元，就是六千元。还有九个家孙和外孙，一个外孙媳妇，每人二百就是两千，再有两千给咱留下作零花！"我听罢连声说："好好好！就按你的意见办吧！"

28日晚，收到胜天的回信，说："不管怎么说，是一次机会。因而，应根据其要求寄去55元，宁可信其有，不可信其无。说到最坏处，即使是骗局，只当拿钱买个教训罢了，没有什么可后悔的！请速汇55元，莫要迟疑。"

我见了信，一下子有了主意，像吃了定心丸一样，决定马上汇去55元。老伴问："不等争胜的信吗？"我说："不等了，即使来信也会和胜天的意见一样。不过他们要我亲自去他厂，这个不行。冷冬寒天，加之社会治安秩序不好，车匪路霸图财害命，咱还是不去为好。让他给咱把奖金汇回来吧！"老伴说："那你和俊杰、胜天或争胜一起去吧！"我说："不！汇款时，我再给他写一封信，探探虚实。"我便连夜写了一封信，全文是：

尊敬的延村顺发食品有限公司总裁樊浩飞先生：

收到贵厂有奖征联大赛办公室的中奖通知后，令我万分激动，你们能以万元巨资奖励对下联的人，足见你们的雄才大略和能干出一番大事业的魄力，令人非常钦佩！

今将五十五元汇来，请查收。见通知中谈，开业典礼要我亲手将下联挂于厂门，我极为高兴。只是因为我已63岁，行动困难，很难亲临贵厂。非常抱歉！我是个共产党员，得奖后，准备把部分奖金捐赠给集体，以扩大影响，并提高贵公司的知名度。请你在万忙中抽空复函，谈谈你的意见。

　　致以

　　崇高的敬礼

侯永禄

1993年11月29日

　　我想，如果是假，这信便石沉大海，永无回音。如果是真，便会回信，要咱派人代理，或把奖金汇来。老伴点头称是，并说："咱先要保密，不要让人知道中了奖。"我便早早去邮局汇款。赵林哲问："你买啥就汇这么多钱？"我说："多维葡萄糖。"

　　下午又收到胜天一封来信，说怕昨天的信丢失，再写一封。应速汇款，莫要迟疑，理由有三：第一、编的对联功底深厚，对仗工整，构思巧妙，获特等奖在情理之中，当之无愧。第二、征联之事来源于《信使报》，中奖通知有公章，想来没有什么虚假之处。第三、即便是一场骗局，花上55元也值得。这是一次机会，千载难逢的机会，万万不可错过。

　　还收到引玲一封挂号信，要我们马上汇去55元，不要因小失大。不要一个人去领奖，可打电话叫他们，电话号码是韩城区：09238，矿务局2012，办公室是21274。

　　我俩见信后，更是高兴得不得了，连夜便写了回信。信中还提出真的得了奖，奖金的处理办法。我又在炕墙贴的地图上寻找永寿县的地址，因图已破烂，电灯下很难找到，打着手电才找到，看来和合阳距西安的远近差不多。老伴说，你干脆给咱买上张新地图。于是，12月2日我去镇上开果林发展大会时，顺便去新华书店，以4元钱专门买

519

了本《中国交通图册》。翻开陕西省那一页一看，永寿距西安比合阳近一半，又通公路，经济一定发达，食品厂一定很大。

12月3日晚上，胜天突然回到家里。原来韩城市组织30多名教师赴黑池中学参观学习，会后他从合阳搭车回家看望。又提起征联中奖之事。看了原中奖通知，提出疑点很多。特等奖只有一个，不该用四通打字机打，即使打也应把个别特殊处突出另填写。如不突出岂不是特等奖的人很多吗？姓名为什么会突出用毛笔另写呢？因为没有同一姓名的。延村有多大？能办多大的食品厂？就要10天时间来参观？厂子有多大的资本，一副对联就能奖一万元？

俊杰这天去南边拉菜，晚上回来路过放了些菜便要走，胜天见有顺车挤上车也去了韩城。他们走后，我越想越不对劲，感觉到是上当受骗了，一夜未能睡安稳。这个樊浩飞一定是个骗子，公章可能是偷盖村委会的。发通知的日子是10月30日，却是毛笔填写的。既是村委会研究决定的，为什么不统一印成一个日期呢？

12月5日，邮局把报刚送来，老婆便寻找《农家信使报》，一下子发现了"重要启事"：

本报8月13日刊登陕西省永寿县甘井乡延村村委会有奖征联启事，纯系广告，不属本报联办。现有不少读者接到该村的获奖通知单，并要汇款五十五元至一百元，对此本报已函请当地政府，调查核实。凡接到获奖通知单的作者，切勿冒然汇款，以防上当受骗。编者。

我仔细一看，坏了，果然是一大骗局。真气人！咱真傻！当老实人，做老实事，相信报纸是党的喉舌。不行了！九十年代还用的五十年代的脑子。思想太落后了！怎么办？能有挽回的办法吗？马上给引玲打个电话，让她问一下永寿甘井的邮局，可否把汇款退回来！我一想恐怕不行，既丢人又花钱，不如给引玲写个信，叫她打电话，虽慢3天，但尽尽心而已。于是6日早上，给引玲写了封信。

7日收到了争胜和丰胜的来信。争胜因去成都开会，11月30日才回来，12月2日便带信，他分析："中奖之事，欺骗性成分较多。原因有四：一、既是一万元奖金获得者，又可报销路费，也不会在乎55元的特别领奖卡。二、通知没有提到开业日期。三、一个还未开业的村办小厂，不会花几万元去征集一个厂联。四、中奖通知中出现过两次'收到款后，即寄领奖卡'，说明他确实需要55元款。"说得很中肯。争胜并提出弄清此事的办法："一、永寿县离西安不远，我可以亲自去一趟。二、父亲可以直接给延村村委会写信（而不是兑奖处）推托说：'年岁较大，不便远行，其他人代替前去是否可以。'用以打听虚实。在他们没有亲手写信之前不要寄钱去。还可采取以下办法：一、写信推托说：'手头暂无现款，领奖卡和路费先让食品厂垫上，等领奖后将一部分奖金捐献给厂里。'二、写信推托说'请村委会告诉你开业日期，到时候可将钱带去当面领奖，免得领奖卡在邮寄途中丢失'。三、可将中奖通知复印一份，寄给乡政府或村委会。"办法也很可行，只可惜迟了一步！

丰胜因路远，信也去得迟。11月26日去的信，12月2日才收到。当天就给家里回了信，7日才收到。他说："中奖之事，值得深思。有些疑点：如果真是中了头奖，给中奖者直接寄去领奖卡就行了，何需中奖者再寄去55元。这钱是干什么用的？为何还需款到即寄领奖卡？这是骗钱的一种手法。如果父母愿意也可寄去55元，对我们家来说也算不了啥。但是领奖的话，父亲绝对不能一人去，危险性太大。我查了地图，永寿在西安西北方向，距西安二至三百里路。要领奖，必须有争胜和江晖陪着去才行。如果父母亲不愿寄钱也可以。可去信询问一下缘由，并问万一本人不能来领奖，别人是否可代替。同时父亲也可给《信使报》去信，了解一下情况。"说得多么的情真意切，切实可行，真令人动情呀！

12月12日，收到引玲的来信说："收到父亲的来信后，我给永寿县甘井邮局打了电话，邮局的人说，钱收到了，没有给延村，这钱他们要给读者返回去。所以请父母不要生气，全当丢了55元钱，无所谓的。"老伴听信后说："这是玲娃给咱宽心哩！"我说："是呀！邮局真的能把款给咱寄返回来吗？令人也不敢相信了，只好望梅止渴了！"正是：

农家信使作宣传，永寿延村征厂联。

咱就趁闲把联对，快字对了他的难。

十一月里见通知，中奖能得一万元。

领奖要凭特制卡，五十五元先汇款。

谁料竟是大骗局，信使报上才发言。

切莫冒然把款汇，防止上当又受骗。

气得人，团团转，白白扔掉六十元。

樊浩飞，不良善，骗人不怕骂祖先。

千刀杀，万刀砍，心头之恨解不完。

当今社会风气坏，政府总该管一管！

（吃一堑长一智。这篇笔记详细介绍了"征联"上当受骗的经过，对善良的人们很有借鉴意义。一直都相信"报纸是党的喉舌"这句奉若神明的话。谁能想到，一些骗子竟然利用"党的喉舌"进行经济诈骗。看来骗子没有做不到的，只有我们想不到的。）

多次镶牙

从我十来岁记事起，母亲的牙齿经常疼痛，说是虫牙，有时用浪汤籽薰治也不顶用。疼得没法，只好拔掉。临解放时，不但没了门牙，连老牙也剩不了几个。连馍也难咬，吃饭只能是小米稀饭、糢糊泡馍，吃饭面也只好囫囵向下咽。菜要煮成烂泥哑点味。果子不能吃，只有熟透了的柿子能尝尝，西瓜能吃点。天天如此，顿顿如此，多难受呀！解放前也有镶牙的，但只有有钱人才能镶得起，穷人只能听天由命，连想也不敢想。解放后由于孩子多，整天干活，能有饭吃糊住口就不错了！母亲直到1977年去世还是一个牙也没镶。

我30多岁，每到冬天便经常要戴口罩，不是戴在口上，而是遮在下巴上。因为有一个下门牙，见冷就冻，稍不注意就引起感冒。40多岁这个牙已活落，且变成黑褐色。1982年3月来兰州，丰胜请军医学校医务室陈安忠医生给我将牙拔掉。因急着回老家，未能镶成。12月7日在路井街上，才让私人摊子上的人给我镶上。原说一个牙一元钱，但一个不能镶，和旁边的两个算3个得花3元钱，这得我在生产队干一星期的活，才能分这些钱呀！狠很心镶了吧！结果，镶了要强得多，吃饭吃菜吃瓜果，方便得多了。

1987年夏天在兰州，右边镶的那个牙也活动了，后来两个牙全掉了。1988年元月11日下午，丰胜和我去解放军第一医院，给我下边门牙镶了两颗活动牙。只因没固定，总觉不牢实。3月间，在路井街上见到一个西王村的个体镶牙的，以4元5角钱镶了两颗固定的门牙。但不到半年，所焊的牙龈逐渐落碎片，最后两个牙便都活落

523

了。只好去找该人，他便重新焊好。不到半年，又活落了，又再去焊。1990年3月3日，第3次让他重新焊好。上两次焊时没要钱，这次焊时自己总觉得过意不去，硬给了5角钱，以便以后人家乐意为咱受麻烦。后来听人说："路井街西头路南有个镶牙馆，镶的牙很牢实。"便于12月22日到西街另行镶了两颗固定的下门牙，花了10元钱。至今已整3年了，仍没有松动一点，心里非常高兴。逢人便宣传这家镶的牙确实牢实。

今年暑假上门牙又痛得不得了，有时吃西瓜连瓢子也不能咬。只好用刀削成小块，往口里填。12月20日上午到西街镶牙馆去，花了12元钱镶了个大门牙，一下子说话不漏气了，能吃饭能咬东西，也能嗑瓜子了。真是：

没牙难，难吃饭，母亲一生受可怜。

我今镶牙好像难，其实一比真喜欢。

（1972年，父亲骑车子去合阳煤矿带炭遇险，也伤着了牙齿。给父亲早点镶上牙，是我们姊妹6人的共同心愿。但有时因工作忙事情多家务杂，没有及时给父亲补牙，现在回想起来，深感内疚。）

送回洗衣机

（1994年元月13日）

元月7日上午，引玲和她们煤炭运销公司的3位同事及司机王师傅坐小车去秦岭电厂联系销煤价格，路过家里放下不少东西。有高级甜薄脆饼干2盒，生脉饮口服液、复方阿胶浆各一盒，牛奶粉两包。还有给父母缝的有绸里子的中山服和料子裤、几斤黑米和香米。连饭也没吃，便匆匆忙忙地走了。

10日傍晚，引玲坐着王师傅的小车回来了，其他人仍在西安办事。她在高压电瓷厂江晖那儿停了一天，热工研究所争胜那儿停了一天，便急急忙忙回来了。把争胜提前给的春节款200元和存款利息100元给了她妈，又用车捎回来一台"双欧牌"洗衣机和一个电热火锅。原来争胜搬家时把他们的"小鸭牌"全自动洗衣机留给碧兰妈家，给自己另买了一台同牌号的新洗衣机。碧兰妈家的这台"双欧牌"用不上了，便给我们送回来。

洗衣机放在哪里好呢？房里烟熏土迷放不成，第一、四个舍太小放不下，第三个舍光线暗，只好放在第二个舍里。元月12日，将两个瓮挪到门房里，把引玲的立柜橱挪往第三个舍里，才算放好了。原先以为农村没有自来水，用洗衣机太麻烦。井里绞水倒入机内，用后污水还得排出，还不如用水盆在井边洗，方便得多。但听说镇上1993年已在乳阳村开掘深井，水已打出来了。据说今年底便可安上自来水。那时用起洗衣机就方便多了，正是：

改革开放发展快，自动洗衣人人爱，

城市用的自来水，洗衣机卖得特别快。

农村井里把水绞，洗衣机很少有人买。

听说乳阳打深井，全镇用水自流来。

争胜提前做准备，以免急了难安排。

顺车捎回洗衣机，他妈心里乐开怀。

只盼水能早上来，人人拍手齐称快。

（1994年，洗衣机在农村还是个"稀罕物"。这台"洗衣机"

捎回家，前来观看的左邻右舍还真不少。2008年下半年，由财政部、商务部发起的"农村家电下乡活动"正式拉开序幕，农村的洗衣机逐渐多了起来。现在路井地区的自来水虽然已经通了，但下水通道依然没有解决，洗衣机的使用仍然受到一定的限制。）

双"破格" 双"登报"

（1994年4月13日）

胜天担任语文教师以来，刻苦钻研业务，教学成果显著。1985年8月，被上级任命为韩城矿务局一中教导主任。至1993年，他所任语文课高考成绩已连续12年荣获韩城市第一名。曾被评为"陕西省优秀班主任"、"省煤炭系统自学成才积极分子"、"省煤炭系统优秀教师"、"韩城市优秀教师"、"韩城矿务局劳动模范"。他编写的《高中语文基本篇目同步训练》，获得渭南地区教学改革优秀教学成果奖。

去年评定教师职称时，局领导一再鼓励胜天破格申报中学高级教师职称。3月30日，赴陕西省煤炭厅进行答辩，22个评委全票通过，胜天成为陕西省煤炭系统唯一的一名破格中学高级教师。7月份，省煤炭厅将高级教师职称的批复发到了韩城矿务局，7月底发到了矿务局一中。9月9日的《韩城矿工报》上，登载了一篇题为《路在他的脚下延伸——记局一中教师侯胜天》的文章，专门介绍了胜天的先进事迹。文章开头写道：

"最近，矿区传送着一条新闻，只有初中文化程度的局一中语文教师、陕西省优秀班主任侯胜天，被破格晋升为高级教师，成为全省煤炭系统中唯一获此殊荣的人。成绩来之不易，他走过了一条漫长坎坷的自学之路……"

国庆时，侯亮从韩城带回来了那份《韩城矿工报》，我翻来覆去看了好多遍，和老伴高兴得睡不着。晚上在笔记本上写下了一首诗：

初中毕业回农村，广阔天地炼红心。中学教书二十载，自学成才领文凭。

教导主任带语文，成绩优异胜过人。高级教师刚评定，桃李芬芳为人民。

昨天下午，邮电局王萍来送报，其中有兰州丰胜来的一封信。我立即拆开观看，信中说："部队上工资改革已结束，我每月可增加150元，补的工资也已发了。我申报的副教授已经批了，命令也已宣布。任职时间从去年12月算起。3月3日的《兰州晚报》登了我晋升副教授的消息，今随信寄来复印件一张。"王萍称赞说："你这些娃都是你教育得好！"我说："不！是他们的机遇好，是他们努力的结果！"现将《兰州晚报》登的《三尺讲台做奉献，教学科研成果丰——侯丰胜破格晋升副教授》一文抄录如下：

本报讯（通讯员张永法）解放军兰州医学高等专科学校计算机教研室年轻讲师侯丰胜，由于教学科研工作成绩突出，最近被破格晋升为副教授。

侯丰胜1980年毕业于张掖师专，10多年来从事教学工作，他先后圆满完成了2600多课时的授课任务。与此同时，他积极参加教改和科研工作，相继发表专业论文40多篇，取得军队院校级优秀教学成果奖5项，军队科技进步奖6项，兰州军区优秀软件奖3项。编写出版专著一部，编写教材3部。在教学科研上取得丰硕成果。

信看毕后，老伴含着泪花高兴地说："去年他哥胜天'破了格'、'登了报'，现在丰胜又'破了格'、'登了报'。真让人高兴啊！丰胜有心劲，学习起来连吃饭都忘了。" 我说："是的，钻研起来半夜半夜不睡觉，将来会大有作为的！"。真是：

丰胜参军十九年，历尽艰辛与苦难。起初当的打字员，张掖师专学两年。

军医学校当教员，兰大进修随心愿。计算机室苦钻研，多项成果走在前。

破格晋升副教授，苦没白下心喜欢。兄弟携手不自满，共为国家多贡献。

金水沟大桥通车

（1994年5月18日）

今天早上9点，村长侯树卯来家通知说："金水沟大桥今天举行正式通车典礼，村上雇来汽车，请老干部们前往参观。你在家等候，10点钟车来。" 我高兴地说："那好！如果车不去的话，我真会骑上自行车，也要去看热闹！"我给老伴说了，她也很高兴。赵腾听了也想去。我说："去的全是老人，小娃不能去，沟太深，跌下去可不得了！"他才不要去了。我忙拿了两个罐头瓶子，泡了茶水，装进黑提包等车。10点车果然来了，志农和树卯的儿子建伟已在车上。我立即上了车，叫俊德叔，他却不去。录全、兴才也因病不能去。车到根全和王才门前，都上了车。最后到支书侯纪轩家门前，他和女儿侯芳、副村长雷青全都上了车。到公路口，松茂的儿子王中飞也上了车，与司机共11个人。

车上了公路飞速前进。不大一会儿，就到了南寨站以东。新建大桥的西端有交警站岗，让车走原路翻沟，绕至新桥东端。大家都下了车，看的人非常多，拥拥挤挤。

只见彩门旁边立一石碑，上写"捐资建桥，功在千秋"。有106个单位，120名个人，共捐资44610元。人民保险公司渭南支公司捐资最多，1万元。我在合阳简师上学时的校长李齐夷也捐了款。捐了3元的也留名石碑上。彩门上有两副对联：一为"欲睹合阳腾飞貌，且看神州第一桥"；一为"金水金桥金光道，利国利民利合阳"。据《交通报》载：桥于4月1日试通车，总投资2550万元，长602米，宽12米，高85.5米，居全国简支桥梁之冠。

我们坐在高埝下阴凉处等候开会剪彩。13点，炮声猝起，典礼开始，人山人海，挤不到跟前，足有2万多人。只见警车十多辆，摩托四五十辆，小车百余辆，彩车十几辆，锣鼓声震天响！从西南端开向北端。车辆过后，我们沿桥边徐徐前行，至西端彩门边等车。彩门上亦有两副对联：一为"金桥凌空万邦宾朋赞奇观，高路入云八方客商夸胜景"；一为"金水金桥金光道，利国利民利合阳"。

从彩门边等来小车后，大家都上车，直往合阳县城驶去。从城东的解放路，绕了东大街，转向南街，顺原路回了路井。在侯林喜的露路餐厅里吃了一顿饭，有炒肉丝、鸭掌等几个菜以及面、馍等，约花八九十元。正是：

金水沟，百丈深，提起翻沟愁死人。

半生翻过百十次，累得浑身汗水淋。

如今天堑变通途，一马平川喜不尽。

中华高桥数第一，功垂千秋利当今。

（一桥飞架南北，天堑变通途。金水沟位于合阳县南，深百余米，沟大谷巨，坡陡路险，108国道蜿蜒其间，一上一下达四五公里，是阻碍南北交通的咽喉之地。近年来，又在原大桥不远处建成了西禹高速金水沟大桥，极大地方便了人们的通行和经济的交流。）

镰刀 收割机 联合收割机

（1994年6月20日）

自古到今收割麦子都用镰刀。夏收前，每家先要到街上买些镰刀，拿回家在磨石上磨快。有个秦腔小剧目《十二把镰刀》说的就是夏收前小两口磨镰刀的事。由于磨镰刀，金水沟里出的磨石也出了名。不过割麦却不是一件容易的事，一天下来，累得人腰酸背疼。

以前夏收我家都是用镰刀，人把苦下扎了！路井1989年夏收便有了小麦收割机。1990年夏收，实想用它来割麦，但因靳家灵北头熟得早南头熟得迟，便只好用镰来割。当时丰胜、李萍都回来参加夏收，人手多，也不发愁。剩下老崖不足2亩麦，也急忙熟不到一块，叫收割机人家嫌亩数少，花不过账，不愿来，也只好全部由人割了。

1991年怎么办？一定要用收割机。提前和凡定约好由他的机子割。又是北熟南绿，东邻家凡定家也是北熟南绿。怎么办？干脆在我南头开条路，先收北头，后收南头。收割机真快，一过去就是9行麦，仨来回便收完了。整整齐齐、平平地铺了一行子。由于麦槎高，下边透气好，干得快，份子也好收。拉运时装乱麦打捆子都能行。再不要人弯着腰一镰一镰割了，真把人从劳累中解放了。只说收倒，光拉运就不怕了。

6月6日收了北头2亩，我和老伴用小车车拉了5回，西玲和新录用大车车拉了4回，便拉完了。7日上午引玲、俊杰从韩城回来了，下午用"四轮"把生麦和秸都碾了，连夜扬出了。8日晒了一天，晚上便是风雷阵雨。9日胜天也回来了，傍晚叫凡定的收割机收完靳家灵所剩的一亩多麦。10日早上预报有雷阵雨，因人手多，想抢在雨前，边拉边摊。刚碾了10分钟，阵雨突来，赶紧就起场。7个人全淋成水鸡，也把场没起完，只好回家。

11日新录叫来乾子村的收割机收了老崖2亩麦。下午连拉带碾，赶晚上11点便起毕扬出了。12日将老崖的麦拉完，赶11点起毕扬出，下午连秸都碾出了。紧张的夏收便基本结束了，就剩下晒麦入库了。实干不过三五天时间。真快！没要人用镰割麦，人人说好，轻松得多。总产小麦2300斤，比起总的农户还算上游的水平。20日全部晒干入仓。21日交清了公购粮320斤。有诗为证：

农业实现机械化，农民心里乐开花。

农活唯有夏收紧，龙口夺食苦下扎。

夏收只有割麦苦，腰酸腿痛胳膊乏。

割麦用上收割机，农民个个笑哈哈。

碌碡四轮拉上跑，不用慢牛转扎扎。

人力真能把天胜，提起夏收不害怕。

收割机虽好，但拉、运、碾、打还得用人力。今年4月11日，下了场好春雨，此后直到夏收再也未落好雨，所以天旱小麦成熟早些。5月27日早上，将坑里南边的油菜籽收了。能抱一份子，晒的能打两把秕线，连种子都贴赔上了，只好喂了鸡。

麦熟得早，29日金虎家便泼场碾麦了，31日西玲家也开始收割。6月3日，由于3家合用一个场地方太小，新录叫来农机站的联合收割机。侯喜民领导，本巷侯喜欣驾驶，下午便把靳家灵的2亩小麦收割完，每亩给了25元工钱。收的槎稍高一点，和收割机不相上下。边收割边脱粒。由于风大，秆秆麦衣吹走了，只用袋子盛麦颗子就行了。一个人坐在机子上张口袋，另一个人提口袋绑口袋，最后用架子车拉回净颗麦。既不要拉麦秆装车卸车，又不用摊场、碾场、翻场、起场、扬场，更不用碾秸担麦衣，省人省工省场面。只是有的人将麦秸、麦衣、麦槎用火一烧了之。那太危险。我想只要不种秋，就不用管，下了雨既能保墒又能遮阳光抗旱，等雨后翻犁或旋耕多省事。

西玲们只割了些水浇不到而先熟的零片片，其它都是用联合收割机收的。4日引玲回来帮忙，12日才走了。和西玲家总产4000多斤，给我送来800多斤，另外交了286斤公购粮。为了准备过冬，我从场内拉了3车60捆秸和2车麦衣共10大包。15日夏收结束。正是：

联合收割真省工，少出力气人轻松。

不用装车和拉送，不要碾场摊起拥。

净颗粮食往回拉，晒干以后就食用。

秆杆还田能保墒，来年产量往上增。

　　（过去夏收，由于是人拿镰刀割麦，牛拉碌碡碾场，因而前前后后需要一个多月。学校要放忙假，在外工作的人要请假回家参加"龙口夺食"。联合收割机等大型农业机械的使用，极大地解放了生产力，也极大地缩短了夏收的时间。从镰刀到收割机，再到联合收割机，改革开放以来农村的巨大变化可见一斑。）

江涛上了大学

（1994年9月25日）

　　9月4日上午，胜天和秀春坐学校去渭南审验的汽车到渭南看曹艳萍的录取情况，路过家里，说江涛已被陕西财经学院正式录取，全家人非常高兴。我们家里又多了一名大学生了。

　　7日江涛回来了，说："9月1日知道了消息，5日接到通知书，12日报到，11日去西安。"他婆便忙了，下午去弹花，和西玲赶忙缝了个大褥子，以便上学时铺用。8日早饭后，俊杰坐李录娃去西安的顺车回来了。下午2点多引玲办理了户口和团组织关系也搭车回来。大家一起说说笑笑，真热闹。谈论起江涛近几年来的学习成绩，真是突飞猛进。

　　江涛自幼生性聪明，捏泥娃，捏汽车，捏啥像啥。和我下起棋来赢的次数比输的次数多得多。今年高考喜从天降，被陕西财经学院会计专业录取，他高兴极了。9月9日，江涛跟着他爸和他妈先到南庄老家看望他伯和村邻们。又去城内南寨巷看望了他老姑。10日，引玲和

江涛考上大学，在母校韩城矿务局一中合影留念

西玲分别到街上买回了酒、肉、香肠、罐头、啤酒等，设宴庆贺。11日10点，引玲、江涛搭上汽车去陕西财经学院报到。

为了资助江涛上大学，他婆给了200元，胜天给了100元，又借给500元，西玲给了300元，丰胜、万胜和江晖也都各给了200元。12日争胜、引玲、江晖都去帮江涛报到，分头排队，办理各种手续。争胜也要给钱，引玲不但不要，并说："娃娃年纪小，身上带钱不安全。我带的1000元就放在你这儿。以后他用的时候，你再按实际情况，该花时给他些，不能让他乱花！"江涛的住处，在陕西财经学院原来的校门口，新租赁的宿舍楼内。距争胜居住的仁厚庄，需坐1小时多的汽车。9月14日安排好一切，引玲便离开西安回到路井，烁烁也跟着回到老家。15日引玲一人连雨去了韩城。正是：

幼小读书苦钻研，评上三好不自满。

本科陕西财经院，九月报到进西安。

全家高兴喜开颜，四面八方齐支援。

雄鹰翱翔双翅展，不达硕士心不甘。

（宝剑锋从磨砺出，梅花香自苦寒来。江涛考上大学，是他勤奋努力、刻苦钻研的结果。江涛大学毕业后，一直在中国新时

534

代国际工程公司财务管理部任职。正如他外爷所希望的那样，工作期间，经过几年的艰苦学习，江涛取得了西安交通大学会计专业硕士学位。）

三十碗羊肉票

（1994年10月16日）

今年的国庆节正值建国45周年，政府决定大庆，省政府决定各机关单位放假4天。

9月30日，争胜、碧兰从西安回路井来了，赶11点便到了家里，拿着月饼、毛栗、乐百氏等好多东西，还有一本相册。下午侯亮也从韩城回来了，并捎着引玲的50元钱，说让不要给他婆，只给他四叔，给他婆买成国庆礼品，以免爷、婆又把钱存起来舍不得花。

争胜却把钱仍给了他妈，照样买了好多酒肉之类的食品。10月3日早饭时，争胜和我、亮亮、烁烁到街上"马记羊肉馆"去吃羊肉泡馍。每碗价2元，两个烧饼6角。吃毕以后他又给我买了30张羊肉泡馍票和60个烧饼票，花了近80元。我说："花得太多，太浪费了。"争胜却说："物价只管涨，人民币只管贬值，越存越不值钱，越存越完了，那时后悔也来不及了。有钱就得赶快花！"是的，这话说得很有道理，符合事实。去年我们从兰州刚回来时，每斤清油2元，现在是5元，涨了一倍多；每斤猪肉2元2，现在4至5元，涨了一倍；肉夹馍是6角，现在1元2，又翻了一番。真的钱越存越不值钱，越存越完了。

但一生俭省惯了，乱花一分钱也舍不得，总觉得是浪费。这个习惯很难改变。一分钱难倒英雄汉，没有钱的难作得太多了，刻骨铭心，实实在在忘不了呀！六十年代，因为没钱，把大队应分的猪肉给了别的社员。为了省每百斤粮4角钱的碏面钱，全家人十多年推碏子。因为补车子要5角钱，花了的话连进矿带炭的钱也没了，只好翻沟架岭把车子推回来。

他婆为了按娃们的想法办，便把50元钱给了西玲，让新录买了两箱苹果。一箱是"富士"，一箱是"秦冠"，好让大家都享受。真是：

钱要舍得花，不花就会瞎。

会挣也会花，才能没麻达。

（"羊肉泡馍"是陕西的风味美馔。那时候，路井街上的"马记羊肉馆"遐迩闻名。母亲和外婆一样，一生吃斋念佛不动荤。父亲喜欢吃羊肉，但平时节俭惯了，给了钱也舍不得花。无奈之下，兄弟姐妹们就采用"强迫"的方式，直接到饭馆给他买上一些羊肉泡馍票放在家里，并告诉父亲，票是不能退的。这样，父亲不吃也不行了！）

捐款修建教学楼

（1994年10月30日）

路井中心小学自建校以来，就是整个路井城内所有群众的子女上学的地方。从1958年大跃进时期，到1963年公社化后调整大队规模，虽然把路井城内分为路一和路二两个大队，但路井中心小学仍

路井中心小学教学楼前的捐
款纪念碑

是一个整体，校管会仍由路一和路二两个大队的人员组合而成。

由于人口不断增加，学生一年比一年多，学校教室及老师办公地点严重不足。再加上现有的教室和宿舍大多是多年前的陈房旧屋，急需修缮。经两个村的领导多次研究，取得上级主管部门的支持，决定给路井小学重新盖一栋教学楼。资金从三个方面来筹措，上级拨一些，两村摊一些，群众捐一些。于是决定于1994年10月29日上午在路井小学召开路一村和路二村的村民大会，进行募捐。

这天早上，路一村村长侯树卯专门来到我家，说明了情况，便提出："你在大会上讲个话，带头捐献些吧！"我爽快地说："能行，没问题！"并转过身来问老伴："对吗？给捐上多少？"菊兰高兴地说："能行！盖学校，大好事，咱捐上200元吧！"我笑着说："200就200，兴学助教的大事，咱决不能落在人后边！"树卯村长高高兴兴地走了。

29日早饭后，我便去了路井小学。路一、路二的干部和群众陆陆续续地来齐了，会议便正式开始。村长侯树卯首先讲了修建教学楼的紧迫性和重要性，并希望到会的未到会的群众积极捐款，他提出："凡捐款助学的人，不论钱数多少，都要张榜公布，让广大群众知晓。凡捐款百元以上的都要披红戴花，让人人敬佩而学习。"

接着，我便在会上发言，说："捐款兴学，筹资建校，是件大好事，特别是我们路一、路二，关系子子孙孙后代的长远大事。我小时候就在这个学校上过学、读过书。我的6个孩子也都在这个学校上过学、读过书。我现在为建设好咱们的路井中心小学捐助现款200元。"全会场的人发出了热烈的掌声，经久不息。随后还有人报30、50的，最后未统计出捐款总数，也未公布出来，便散了会。会后，我把200元的现款交给了马天佑老师，只打了个私人条子，说正式手续等以后再补。

（两鬓白发映桃李，一片冰心在玉壶。近20年过去了，父亲当年参与捐款修建的路井中心小学教学楼，依然雄伟壮观。书声朗朗，清风习习，鸟语啾啾。教学楼前，矗立着一块2米多高的黑色石碑，上面镌刻着当年为教学楼捐款的人员名单及捐款数目：父亲的姓名醒目地排在众人前列。）

现在还纺线

（1995年元月11日）

自古以来，我国农民世世代代就是男耕女织，流传了几千年。八十年代改革开放以来，纺线织布的女人慢慢少起来了。进入九十年代，农村的女孩也和男孩一样，从幼儿园到小学校，认字呀，读书呀，极少有人教她们学纺线。上辈的纺线车也就无人用了。即使有人纺线，也都是五六十岁的老太婆们。由于科学技术的进步，生产力的迅速发展，人们不再使用那原始的落后的纺花车纺线了。街

菊兰纺线

上卖的棉线，每斤才五六元钱。给人摘一天苹果，管吃管住管喝还挣五六元钱的工钱。谁还花得来再下苦纺线呢！

老伴已六十多岁了，身边没有小孩要管护，全家就我们两个人。除过洗衣服做饭，再干些什么活呢？人总不能吃了睡，睡了吃吧！身体必须活动活动，才能健康长寿，不然就会疾病缠身！想来想去，儿子媳妇们都在单位工作，吃穿用都能自己干，用不上咱帮什么忙。又想到，虽然穿的戴的能买，但买来的衣服还得用袱子裹，裹袱子用有伸缩性的散布，比用无伸缩性的密布要好。各个小家庭的灶房都得用抹布，抹布也是散布比密布的好。所以她就下了决心开始纺线，准备织散布，好给各个小家庭做袱子和抹布。

暑假前，她便把所有的棉线子全部织成了抹布。共有两机子，做了4个袱子和60个抹布，用完了所有的线子。随后把这些袱子和抹布全部散给了四个儿媳、两个女儿和尚未结婚的外孙媳妇。暑假过后，万胜和赵腾回延安了，她又开始收拾起织袱子和抹布的事来。她先把一生织花布所剩下的各色各样的线搜集起来，根据多少进行调整搭配，全部结成鲜艳而协调的机子，以便织成花袱子。没料想国庆时害了一场大病尿道炎，吊了3天针，输了6瓶液，打了10天青霉素。她不等针打完，10月7日就挪好机子结开了布，8日匀了布，赶13日仅仅四五天时间，就织完了一机子8丈多长的抹布布，真不简单。她织起布，心劲很大，能连续五六个小时不下机子，越织越有精神。速度和质量不减当年，现在的青年妇女是远远赶不上的。随后，又用被罩缝了3个软门帘，搭在3个小房子门上。

线子用完了，怎么办？再买棉线子来织吧！线子太细也不结实，倒不如自己纺的好。老伴便从11月份开始用纺线车纺线了。白天除了做饭、洗衣和做其他家务活外，一有工夫就坐在纺车怀里纺开了线。我每次一进门，便听见那"喔喔"的纺线声，像演奏着和谐的乐曲一样，让人有一种舒心的感觉。每天晚上，她一边用右手绞着纺线车，左手捏着"眼子"在抽线，一边用眼睛瞅着北边窗台下的电视。一圈又一圈，一根又一根，"线对子"不断变大了：真是纺线电视两不误，自有一番乐趣！电视要演到晚上的23点以后，她也看到23点以后，甚至要到零点以后才停了纺车，关了电视，这时我却早已入了梦乡。直到1994年12月31日才把所有弹好的棉絮纺完。共纺下一百六七十个"对子"，足有10斤重，可以织两三机子抹布，能做180多条抹布，足够全家24个人使用三五年。由于手不闲，心有劲，身体还很精神，什么伤风感冒的小伤小病也不来打扰。真是：

心有奔头干劲添，日夜不停纺线线。

不计价值大与小，亲手纺线留纪念。

精神焕发身体好，无忧无虑病不缠。

（外婆是母亲女红的启蒙者与传授者。母亲小时候，外婆就手把手地教她纺线、织布、缝衣、纳鞋、刺绣、剪纸、捏花馍……后来，母亲又手把手地传授给姐姐引玲和妹妹西玲。祖孙三代人，都是村子里擅长女红、心灵手巧的"女能人"。遗憾的是，到了侯艳、侯晶她们这一代，则早早地考了大学，上了研究生，走进了城市，这些宝贵的传统技艺就此画上了凄凉的句号：我们是值得欣慰呢，还是深感悲哀？）

开荒

（1995年元月12日）

1984年农村实行了家庭联产承包责任制。村上按人口给我家分责任田时，短欠6分耕地，迟迟不予划分。1986年5月经组长侯王丑多次寻找，才得到新任村长、原任队长侯同仓的点头，指划到城东北角变电房边的大坑内。这个坑是废弃多年的烂窑场和土场，杂草丛生，炭渣烂砖瓦无数。那有何法？只得接受，全当下苦开荒罢了！王丑8日说了，我9日早便去大坑里平整土地。下午又同老伴去点种豇豆，共29行约1200多窝。由于9月初去兰州引炜炜，也再没管坑里的地，让它荒着吧！

1987年夏收从兰州回来，我若有工夫，便去坑里翻地，把杂草和风化后的脏土翻入地下，把生土翻上来，以便日晒风化，增加肥力。先后翻了十多天，才算把6分承包的责任田翻完了。翻这6分地，确实不容易，因为它高低不平，砖块、炭渣、石片、树根，啥烂东西都有。树根是挖不完的，尤其那简茅根是斩不断的，农民称它是"万年赃"，年年会蔓延出来的。10月初总算把小麦种上了，我才长长地嘘了一口气。

但这个坑是个一二亩面积大的荒草地。种上6分，其余未开荒的比这大得多，是小学生们星期天、寒假，特别是暑假玩乐的好场所。家长们叫孩子去放羊，有羊没羊的学生，上学不上学的孩子，都聚集在这里。天晴太阳毒，好多不成形样的杨树、椿树、柳树成了孩子们的乐园。"知了"在树上叫个不停，孩子们一听到叫声，便很快地爬上树去捉。抓到老的可以喂鸡，抓住小的拿回家油勺一炒自己吃，怪香的。有羊的孩子把羊拴在荒草地里，让羊吃荒草。荒草干了不好吃，孩子们上到树上摘树叶折树枝来喂羊，有的羊等不及了便啃树皮。这样一来，我所开的6分地总不得安宁。翻好的地，踏成场面一样的硬；种的庄稼，践踏得不成景（方言，不成样子）。那有什么法子？见到了嚷上两句，见不到埋怨几句也就毕了。我心想，现在已不是六十年代那么困难，这坑里收多少是多少，并不靠它来生活！

1994年3月中旬，东院和新院里自然长出来不少椿树苗。拔掉吧，太可惜；卖吧，不值钱也没人要。心想：坑里这6分地，翻呀锄呀多费事，种呀收呀多麻烦，又打不下多少粮食。干脆栽成树，能长多大是多大。于是从1993年3月初开始，截止3月30日，共栽椿树4行，每行10株，共40株。盼它快快长大成材。

由于土地进行大调整，老崖自留地全部收归生产队，另行承包。我没有了自留地，便于10月24日给组长侯文天说："坑里那点地，猪呀羊呀没法挡，干脆让我把那点烂荒地全开垦了吧，以免猪、羊、牲口乱糟蹋。"文天爽快地答应了。我回来高兴地给老伴说："队长文天说能行！"老伴却说："你那是闲得没事干咧！那地荒了十多年都没人开，而你却要开。"我说："人家都忙着种地、做生意，划不来开荒地。我却和人家不一样。不算那些花得着与花不着的账。我一天闲着没事，帮西玲、新录做庄稼，一人一个主意，一人一个做法，该按谁的主意做？按咱的主意做，结果是错的该咋办？不如各管各。他想咋做他咋做，成败没有咱的责任！我开荒地能由我，想咋做就咋做，瞎了无怨言。确实是闲得没事干，才开荒种地哩！这点荒地离村很近，荒在那里太可惜！外村人见了会笑话咱村的人太懒，影响村荣村誉。再则，靠近咱的责任田，小孩和鸡呀、羊呀、猪呀，没法阻挡。咱责任田里的庄稼永远都长不好，哪能有收入？荒地开垦了，全变成了耕地，阻挡起来也就理直气壮了。我种点粮棉作物，万一有个灾荒也能贴补一点。真的水浇不到，就栽些树，长大后也会有用处的！"老伴说："你现在下苦开荒没人阻挡，将来开垦成好地，有了收入，有人就眼红了。会向你要的。"我说："那就好！那才能证明我做对了，做了件对社会对人民对村上、组上有益的事。谁要就给谁。咱现在已是64岁的人了，总不能永远种下去。现在咱种那地又不是1960年不得吃不得喝而为养家糊口的。和城市的老人们养花、养鸟、钓鱼一样，和他们练气功打太极拳、跳迪斯科、长跑等一样，只是为了锻炼身体而已。比有的人玩麻将、赌钱强得多！"

老伴点头同意了。我便于11月10日上午背着锨开始去开荒了。大片的简芽，根锁着根。一丛一丛的杨树根和杨树枝挡着了锨，便用镢锄砍；锄头脱了，砍不到树根上，只好又用锨先卷去根边的土，用斧头砍断连着的根。树枝划破了手背，抹上点红药水继续砍。12月14日，组上开群众大会让大家自报承包机动地，组长文天说："咱老崖南头埝下路北边有一段地，看谁承包，五年不要一分钱的承包费。"竟无一人来承包。而北坡公坟边的地以每亩10元包给双喜。文天并说："坑内北边的荒地我放话叫二哥永禄开垦。老汉已一锨一锨地把简茅翻了，一锨一锨地把树根挖了。谁能有那种精神！路边埝下的地不要钱还没人做！"

我每天一有空，便去坑里开荒翻地。挖完了树根，把树根树枝靠在了坑边的埝下，可以阻挡猪呀羊呀以及小孩下坑去损害庄稼。进坑去没有路，粪土不得下去，庄稼不能上来咋办？就得修坡。先在西南角修个小坡，人能就近下去上来。然后在西北角再修个大坡，好让车车也能拉上拉下。我便用小车把东北角高处的土一车一车地拉往西北角垫坡。拉呀拉，垫呀垫，直到1995年元月，地实在冻得挖不开了才停下来。过往的行人各有评论。有人说："这老汉有苦有决心，硬把烂荒坑开成了能种的地了！"也有人说："这老家伙傻，划不来下那么大的苦，种成庄稼能打几斤粮？不够苦工钱！"我心里却很高兴，觉得好像完成了一项大工程、盖成一座楼房一样，心里乐滋滋的。一顿饭由吃一个馍变成能吃一个半到两个馍，睡起觉来也香甜实在了！正是：

城角坑内荒草地，十多年来无收益。

来来往往过路人，人人都觉太可惜。

我今决心开垦它，当年愚公今出世。

劳动锻炼身体好，全当养花和钓鱼。

拉车流汗心舒畅，背锨扛锄有乐趣。

清早空气多新鲜，阳光晒出好身体。

收多收少不计较，眼前自有新天地。

（父亲晚年，每天忙碌着三件事：一是肩上扛着锨锄到"坑坑地"里春耕秋收，二是身上挎着背包为村民义务送报送信，三是手里拿着钢笔写日记、记随笔、撰家史回忆往事。"坑坑地"在父亲的汗水浸润下，逐渐成为稳产高产的丰产田，也成为他寄情田亩、享受自然、安得其乐的桃花源。）

新凤凰自行车

（1995年3月6日）

1957年高级农业社分社后，社员们都争先恐后地买自行车，小毛驴换成了"洋马"，下地开会赶集走亲戚都骑上了自行车。花100多元不吃草料，又快又好看。衣架上能带东西又能捎人，真方便。我也花了135元买个"白山牌"车子，赴公社、合阳、韩城开会，方便快速得多了，再不用背铺盖行李步行下苦了。女人菊兰也急得学着骑，不多时也不用人管能上能下敢在平路上骑了。但由于我经常开会，车子没有闲空放在家里，她便没有学骑的机会。加之天天响响给农业社干活，更没工夫学骑。即使逢年过节去亲戚，也是既拿行李又抱娃，她往车架上一坐，我急急忙忙带上走，更没工夫让她练，所以她一直不会骑。60年代隔三间五要去澄县煤矿去带炭，更没有她骑的机会。

"白山"车子把苦下扎了，一下骑了20年。实在烂得不行了，才于1976年卖掉了。但没有车子总不行，1978年以150元买了辆"红旗"自行车，一下子又骑了十几年。1992年春，孩子们都考上了大学参加了工作，挣了工资，不断地给我生活费。钱是够花的，便于夏收前以237元又买了一辆"飞鸽牌"自行车。旧"红旗"车子的横梁和杈子都是坏后焊接的，也已骑了14年了，想70元卖了，但无人买，最多只给65元。算啦！每年春节孩子们回来走亲戚还得借别人的车子，六七十元也做不了个啥，倒不如放下自己骑。

1994年春节，争胜用"飞鸽"车子捎上他妈去医院看病，发现车子偏高，上下不方便，便提出："我大（爸）年龄一年比一年老了，高梁车子骑上不方便，容易出危险，干脆另买一辆24型没梁的小车子多方便。"1992年我们在兰州，李萍买的无梁自行车，老伴试着学了一晌便会骑了。我就想买一辆，但丰胜怕出危险不同意他妈骑车子，老伴也不让买，所以没买成。这次争胜提出后他妈同意了，我却不同意。我说要买就给你妈买。老伴说："我不要，给你买。"说来说去确定不下，反正买下再说。本街上买不到，西安买下路太远，回来不太容易。还是在韩城买，既有货，又较近，回来方便，就在韩城买吧！

但还没等我们决定，争胜已经给他姐说了。今年元月18日下午，俊杰突然骑一辆新"凤凰牌"无梁24型车子进门了，我们非常惊喜。原来他去西安给处里拉货有顺车，把在韩城买好的车子捎了回来，共价378元。给他钱他无论如何都不要，后来我只好作为引玲交的生活费写在账上了事。

元月24日，江涛、侯亮、晶晶都回来了。25日上午我便教蛟蛟、晶晶在城外场里学着骑车子。两个孩子心劲很大，一人5圈轮流着学，不几天便学会了，不用大人管，能自己上自己下。2月8日骑着车子照了相，大人小孩都很开心。只是轮子小，速度慢，我骑上不习惯。等今后有了机会我总想让老伴也学会骑车子。正是：

自行车子赛洋马，开会带炭全凭它。

老伴年轻无暇骑，如今想骑力不加。

红旗飞鸽同凤凰，三辆车子放在家。

老伴何日能骑它，我的心情乐哈哈。

（父亲一生，共有4辆自行车与他为伴。20多岁的时候，他跨上"白山"，在那激情燃烧的岁月里奋勇攀登；40多岁的时候，他蹬着"红旗"，在改革开放的大潮中乘风破浪；60多岁的时候，他骑着"飞鸽"，在祖国一日千里的凯歌声中流连忘返；将要70岁的时候，他乘着"凤凰"，度过了"老有所为、老有所乐"的幸福晚年。）

赵腾赵烁原姓侯

（1995年5月13日）

老伴赵菊兰，出生40天，父亲便离开了人世，母亲28岁便守了寡。在封建社会，女子不能成家立嗣、传宗接代。解放前虽然推翻了封建王朝，但封建思想并未肃清。母亲把女儿的命看得比自己的命都重要，立誓不嫁，嫌把她变成"带来子"，受人歧视，遭人欺负。决心生为赵家人，死为赵家鬼，忍气吞声，受苦受罪，千方百计都要把娃抓养成人。

我和老伴6个娃，有4个男的，拖累很大，本应给上老人一个，改姓为赵，以作赵家的继承人，但她老人家却不同意。理由很简单：一个是她所在赤城西庄生产队是个烂队，产量低，收入少，娃娃去了会受苦受穷的；二是娃娃一过去便会被人低眼下看，叫成"蛮疙瘩"。所以在1960年困难时期，准备把万胜给人时，也没有

2008年,兆腾、照烁分别考上了西北工业大学和北京电影学院。左图为侯蛟与兆腾,右图为碧兰和照烁。

商量把娃给他外婆。

老人为了在她咽气后埋葬时避免别人寻衅闹事,于1976年8月要求入了"五保"。棺木、寿衣自己已做好,口粮钱由女儿承担。队里一安葬,便将她的两间厦房归为生产队所有。1979年,老人逝世后,便是这样做的。

我俩在兰州引侯炜时,引玲专程来看望。1987年元月11日晚闲谈时,引玲说:"我外婆把江晖引大,爱江晖一场,悔当初没有把江晖给我外婆,现在能不能给?" 我说:"当初不能,有许多原因,现在却能行,只让江晖改姓为赵就行了。一不要转户口,二不要继承财产,什么纠纷都没有。只要俊杰同意就可以了。"她妈说:"不要给庄子上说吗?" 我说:"说不说都能行。要说,给栋仙招呼一下。1989年是你外婆逝世10周年。那时,咱们烧个纸纪念一下,正式宣布王江晖为赵江晖。"引玲说:"妈,那就这样定了吧!"她妈说:"能行,你回去先把江晖、俊杰问一下,同意了再定。"

但等了一年,未见回音。我俩想恐怕是俊杰不同意,那就让咱的儿子改姓赵吧!胜天、丰胜已结婚生子,不好问。那就问万胜吧!万胜不行,再问争胜。我于1988年4月4日给万胜写了封长信。

548

万胜4月15日写了回信："我愿意姓赵，我外婆去世十周年纪念会上向亲戚宣布我改姓赵，而且我死后墓碑上也刻上赵万胜。如果有了小孩，就让他（她）姓赵。"

1988年4月28日争胜从西安回来，我们谈起了改姓之事。我直接问争胜同意不同意姓赵，他说："姓什么都一样，我妈喜欢我姓赵我就姓赵。"小丽、碧兰后来也都表示同意。所以1989年春节便在西庄子上演了场电影，当众宣布了万胜、争胜都改姓为赵了。

1994年春节后，万胜把赵腾送回家让他婆来照管。一天早上，赵腾在他爸万胜面前给他婆说："我现在叫赵腾，以后叫侯赵腾。"万胜随口批评道："胡拌啥哩！"他婆只能暗暗流泪说："唉！惜惶！只怪当初我妈在世，娃娃们很小的时候，没有把咱的娃给上我妈一个，现在迟了，不顶啥了。看人家二叔生水和二婶，从小把占云给了他姨妈，他谁再能扭转？"我也默默无语，难以答对，只能陪着流泪。后来独自反复思索，总想不出个妥善的解决办法。想在春节时大家坐到一起，把这事商量商量，说明白。但春节忙忙乱乱，加之侯李前去世，我管了礼房，也无暇议论这事了。

3月25日，引玲从西安出差回来拿着烁烁画的水彩画，上面写着侯照烁的名字。西玲一看问她姐，名字咋写的侯照烁？引玲含糊其词地说："照烁赵烁一个音。"引玲走后，晚上我和老伴就谈论起这事来。我说："情况已经是这样了，咱该怎样对待这件事？"老婆说："你看咋办？"我说："看来当初改姓赵只是为了让他妈心里高兴而已，并不是真心要改。现在看来娃娃们对咱都很好，给的东西吃不完、用不了，给的钱花不完，咱就心满意足了。每年回来都要去他婆他外婆坟前烧纸纪念，这就很好。还要怎样好的娃哩！孙子们一天比一天大了，马上要上学报名了，报名时人家一定会问你爸姓侯你怎么却姓赵呢？他们必然要从头解释，回忆起苦难的往事，引起心里一些不必要的烦恼。为了咱们的幸福，为了孩子们不作难，干脆咱主动些，让娃娃们说咱通情达礼不顽固，从现在起，赵腾、赵烁原姓侯吧！"老伴流着泪说："行，就这样办吧！"3月27日，我先给碧兰写了封信，让她用电话给在兰州出差的争胜说一下。争胜4月8日来信说："昨天详细阅读了家里给碧兰的来信。关于腾腾和烁烁姓什么的问题，作为我本人而言，姓什么都无所谓，我只注重效果。但出于对父母的孝敬，让父母有幸福愉快的晚年，有什么要求我们将尽最大的努力予以支持。同时为了不给腾腾和烁烁他们以后的生活带来人为的不必要的麻烦，我和我万胜哥商议后，采用了折衷的办法。就是在合阳都叫照烁兆腾，在西安和延安叫侯照烁侯兆腾。这实际上是我的小主意，曾经和我哥我丰胜哥商议过，同时也得到我姐的默认。父母亲今天能理解我们的苦衷，是我们再高兴不过的事。我们以后也用不着表里不一了。相信这举动会得到全家绝大多数人的赞成，父母亲在我们眼中的形象会变得更伟大！"老伴见信后笑着说："还是我四儿会说话！"

姓名原是人的符号，用来称你张王李赵。

只要生活幸福美好，哪管你是姓侯姓赵。

（"改姓"最终以没有完全满足父母的意愿而拉上帷幕。争胜、万胜两个弟弟为了照顾父母的情绪，采取了折中的方式，给孩子取名"侯照烁"、"侯兆腾"。"照、兆"与"赵"谐音，里面亦含有纪念外婆的深情厚意，不失为一种富有智慧的美好选择。）

"五一"前的春游

（1995年5月27日）

4月28日，争胜、碧兰引烁烁回路井来。说他们研究所给每个职工发了30元作为春游的旅费，便趁此机会回家看望。我便提议："合阳去年修成的金水沟大桥你们都没去过，趁此假日咱们可以看一下。"大家都同意。

29日早饭后，我俩和争胜家3口，又叫了西玲和侯蛟，在巷东头公路搭上了北去的汽车。为了多游转，我到南寨站便叫下了车，不料距桥还有千米之遥，走到桥前人都乏了。到桥上爬在桥旁栏杆往下看，100多米深。汽车通过桥上时震得人和栏杆"哗哗"颤动，大家心跳肉颤，吓得不敢久留，在桥头照了几张相后便搭车回转。

车行至"黑七路"吴庄去孟庄路口，我提出下车，步行去"十分支"渠上看斜拉线渡槽。半月前，学校趁春游之期，让小学生自行去"十分支"渠上去观摩斜拉线渡槽。我曾引上侯艳、侯蛟、侯康、侯新哲几个小孩去过。渡槽无墩，几十米长，悬于空中，有个看头。

不料路离那儿很远，急忙走不到。侯蛟跑得快，我紧赶慢赶也赶不上。老伴腿疼便落在了后边，其余人也只好慢慢陪着走，走一段歇一歇。老伴觉得太远，提出干脆返回路口搭车回家。西玲却说："我大已走了，咱不去他恼了要耍脾气的。"大家只好挣扎着往前赶。

到了渡槽前，只见渡槽两端高高耸立着4根水泥杆，杆上各系胳膊粗10条黑色斜拉钢索，紧紧拴住长长的四五十米水泥渡槽。宽约2米，可以行人和骑自行车。两端洞口各写4个大字。东端是"长桥卧波"，西端为"未云何龙"。渡槽距沟底好几十米深，看起来真令人头晕目眩。这样没有支墩可以省工省料，只是太玄乎，很少见，令人赞叹！

大家已精疲力竭，便照了几张相坐下休息。我提出大家慢慢走到北坡的公坟处休息，让我和侯蛟回家去推车子来接大家。侯蛟便头里跑，叫新录、侯艳各骑一辆自行车，我和侯蛟各骑一辆，才把大家接到家。碧兰穿着高跟鞋，上坡下埝踏土块，最累了，但仍坚持到底，真坚强！真是：

五一节前去春游，大桥跨过金水沟。

徒步十里看渡槽，意志坚强喜心头。

（外出旅游似乎是城里人的专利。父亲主动提出去"春游"，虽然时间短、路途近，但无疑是一种观念的更新、思想的转变。如果有那么一天，八亿农民也可以随着旅游团观赏名胜古迹，游览名山大川，甚至开始自驾游、出国游，那该是一幅多么动人的图画！）

盛况空前的婚礼

（1995年5月27日）

江晖和小妹3月9日领了结婚证。引玲于4月下旬去了西安，和争胜以2100元给他们买了一台21寸的"黄河牌"大彩电，又买了个书柜和带箱子的双人床以及席梦思床垫等。并以每月120元的租金租赁了近郊一所住房，距电瓷厂尚有4站路的远近，不很

婚庆典礼结束后引玲、俊杰一家和侯亮在家看婚庆录像

方便。

5月初，小妹的父母来到西安，江晖便给韩城打了电话。俊杰、引玲5月13日赶往西安。双方父母见结婚条件已经成熟，同意立即举行婚礼。14日在西安花了630元设了两席厚宴以作庆贺，并商定于5月19日在韩城举行婚礼。

16日早，我俩搭汽车随俊杰、引玲赴韩。江晖、小妹同她父母也坐火车赶下午2点半到韩。俊杰在职工食堂以300元摆席设宴接风洗尘。17日下午，我同老伴去黄河大街为江晖买了条一丈六尺的披红。18日，胜天和我俩坐运销处的皇冠小汽车回了局一中。

19日，以局一中胜天家为娘家，请来专人为新娘新郎进行化妆美容。胜天家4口和我俩及小妹的父母都以娘家人的身份，坐上小汽车，前往矿务局民兴里8号楼。

婚礼请来摄影师进行全程录像，从美容开始至响炮上车一路的风景。特别是到了矿务局机关院内，行至8号楼前，俊杰和引玲被那些相好的同事们装扮得五马六道，成了真正的"丑八怪"，使人笑得直不起腰来。花炮声接连不断，真正是震耳欲聋！6辆汽车缓缓停于院内。随后，在职工食堂的大厅内举行了隆重的婚礼。来宾约300余人，每席10人，30桌席，坐得满满的，还有好多人占不到席位。

婚礼由运销处唐处长主持。在进行到新郎新娘介绍恋爱经过时，江晖说："我和小妹是同年同月同日考入陕西工学院，又同年同月同日毕了业，并同年同月同日进入西安高压电瓷厂工作！"引得全场人喜笑不止。

晚上引玲们还在电视上放了白天的全部录像。这次婚礼确实是这个大家庭有史以来规模最大最隆重的一次。真可谓盛况空前。真是：

宾客三百多，新婚多美满。

小车五六辆，花炮声不断。

新被十来床，高档大彩电。

摄影又录像，盛况真空前！

（婚礼是历史的一面镜子。五十年代一张床，六十年代一包糖，七十年代红宝书，八十年代三转一响，九十年代星级宾馆讲排场，二十一世纪特色婚宴个性张扬。江晖幽默风趣的9个"同"字，为新郎新娘的同心同德做出了最富有诗意的注脚。小妹工作积极，好学上进，曾多次出国培训，现为ABB集团合肥ABB变压器有限公司组件产品部电容套管技术负责人。）

骗子服刑

（1995年7月21日）

前多日从《法制日报》上看到一篇题为《征联奇骗》的文章，仔细一阅，原来是1993年永寿县樊浩飞征联骗钱的前前后后。樊因家贫，上高二时便辍学回家。他从报上看到各种发财的方法以及揭露骗钱的报道，便想出了用征联骗钱的办法，不料被群众识破。1993年11月16日他收到一位中奖者的第一笔20元汇款后，下旬在家听到门前有位陌生人嚷着要找他，便吓跑了，到西安一家饭馆去打工。1994年元月9日（即农历的鸡年腊月三十日）回家过春节，刚进门便被公安人员抓获，于1994年11月被永寿县法院判刑5年。

《农家信使报》发征联广告，得了300元的收入，但损失却是无法估量的。公安局派人在邮电局截留外地群众汇款2万多元，受骗群众涉及19个省区123个县市。

我汇去的55元，幸好被退了回来。但身遭愚弄、人格受辱，令人无法忍受。接到中奖通知后，有不少人识破了骗局。西玲首先不相信一副对联竟能奖1万元。丰胜、争胜也劝不要忙着先汇钱。尤其是西乡县的李胜章提出了几个疑点：（一）特等奖只有一名，手写一封信即可，何必打印？（二）既得一万元巨奖，何必又要55元？（三）食品厂实力不凡，却用2角钱邮寄平信，难道不怕丢失吗？而我只往好处想，便被美梦冲昏了头脑。

以樊浩飞的格式拟了一副对联："你想钱他也想钱，钱钱钱，小钱换大钱哪有拱手送钱人；中奖空不中也空，空空空，是空不知空其实中奖是空名。"正是：

真有意思，今后警惕。

莫贪小利，免有大失。

清明扫墓祭祖

（1996年4月6日）

1996年4月3日上午，村长侯树卯在喇叭上通知："凡侯家二分后代中，明天清明节前往岱堡塔前侯家陵扫墓祭祖的人，可和路二负责人侯丙西联系。"我听见后引发了春游兴趣，便去邻家二叔侯俊德处征询意见，他也同意前往。

4日清早，我取出相机，去新录家让他安放胶卷。因无电不能硒面，他也愿去。但至10点，车尚未安排好。路二侯建国老汉最热心，专来我家，说他去年召集4人曾去过一次。今年若没车，他孙子有手扶拖拉机，可开上去！11点新录来叫，俊德怕"手扶"不安全，不愿去。我和新录同去路二丙西家，已来了二三十人。老人有侯慎斋、侯振山、侯张虎、侯永全、侯振兴等。路一仅有侯德祥和我俩3个人。侯化民开着大卡车，拉着大鼓来了。人们都上了车，敲开了锣鼓。一会儿侯望吉的出租车也来了，建国让我们四五位老人坐上出租车。

这天阴历2月17日，路井街逢会。汽车打着3面红旗，敲着锣鼓先到了东街。12点正式出发，从108国道直奔分水岭。绕道东马村，来到乳罗山东峰的岱堡塔前。

据说，侯家陵就在岱堡塔前，现在已不见踪影。唐代在这儿建有罗山寺，规模宏大，50年代被拆除。原先和尚的寺院，现已划为小生产队的农户，只有一座建于晚唐的方形空心砖塔——罗山寺塔，当地人叫岱堡塔。塔原为9层，现存7层半。塔高30米，内原有木梯可登，现为陕西省重点文物保护单位。塔的左右两侧各有一座

永禄和新录在罗山寺塔下

土塔，三塔并立，形如笔架。

下车后，遇见渠西城等学校的百余学生春游，为解放战争岱堡塔战役中牺牲的烈士们扫墓。建国、丙西会见了已还俗的和尚，并赠送了啤酒、点心等礼物。随后全体人员去塔西堎下一麦田中间，用铁锨先折起一个小土堆，作为坟墓。敲锣鼓一阵，响花炮十来串，后焚化纸钱进行祭奠，我也烧了几十张10亿元的冥币。侯永全宣读了他写的祭文，新录照了几张相。大家又去塔东的烈士碑前瞻仰纪念，新录为我和化民各照了一张相，化民为我和新录合了个影。后来，又为几位老人以及还了俗的和尚高炎炽照相留念。正是：

春光明媚好时光，踏青春游身健康。

欣逢清明祭先祖，悼念烈士同敬仰。

为了后代幸福多，先祖辛勤福泽长。

烈士献身功千古，为了人民得解放。

后人须知创业难，艰苦奋斗永不忘。

今人继承先烈志，脱贫致富奔小康。

（1948年，胡宗南企图封锁西北野战军于黄龙山区，遂利用乳罗山顶罗山寺塔和两边的黄土塔作为防御体系。西北野战军司令员兼政治委员彭德怀与王震亲临合阳，发起冬季战役，指挥了澄合战役，于乳罗山歼灭胡宗南部第144师大部，乘胜收复了澄、合、韩三城，巩固与扩大了黄龙新区。）

震动极大的免职

（1996年4月24日）

1996年4月9日，建昌结婚之时，我在礼房帮忙。突然张耀来通知去村委会开党员会，说有要紧会必须参加。我忙和总管侯俊德（党员）商议，他说："新客人的小车就到，我离不开。你去开会，礼房我安排个人帮忙。"

我到村委会后，等来了十几个党员和人民代表，便宣布开会。镇政府来了钟书记、马主席和联防办的几个人。由钟书记宣读了镇党委的批书："根据侯英凯的工作情况和身体情况，经党委会研究决定，免去其支部书记职务，由侯树卯临时代理。"并让大家推荐新支部成员的初步名单。

第二天上午，树卯又来通知我开党员会。因志农正谈家里之事而未去。会后树卯又来，说："会上大家选出我和你同民德3人为代表，去镇上询问免去支部书记的原因。"并带着要求不应免职的书面请求。下午3人同去镇上，未见领导，放下材料只好回来。

4月11日，我在坑内种棉花，听见街上响炮，敲锣鼓。传闻十多个人给镇领导送"庆功匾"，赞扬镇领导的"一身正气"

精神。

4月12日，有好几个人先后来要我也参加给英凯送"庆功匾"。我婉言谢绝，不与介入。下午听见鸣炮，锣鼓声更响，七八十人去镇上后，便返回给英凯家送匾8个。

4月13日上午，树卯叫我去镇上要答复，受到钟书记的批评，说："路一支部不抓学习，对党员群众教育差，造成群众闹事两次。"给了一本《党章》和《宪法》，让好好学习。至于免职的事，不久会给一个满意的答复的。

4月14日，路井街逢会。又有少数人敲锣打鼓去镇上。镇政府大门紧闭，无人管理。15日上午，钟书记、马主席亲自到我家进行家访，并有一李同志相随。下午我送报时，遇见镇上纪检书记等好多人在各巷各组，深入党员家中个别走访。

4月22日晚上，广播通知："各组组长和全体党员，在村委会开会。"到会十来个党员和村组干部。由镇党委钟书记代表镇党委宣布了路一村党支部委员会名单：支书侯中义，支委侯树卯、郭建成。村委会村长侯树卯，副村长靳普，委员侯广顺、侯秋玲、韩章永5人。免职风波才告一段落。真是：

新旧交替是常理，何必仓促又紧急，

引发群众比势力，震动全县又何益。

凡事三思而后行，稳步前进信心足。

改革开放奔小康，各条大路通富裕。

（这是一件轰动路井镇的一个不大不小的"群体性事件"。能否妥善处理群体性事件，是评价各级党委、政府和领导干部执政能力的一个重要指标。权为民所用、利为民所谋、情为民所系不仅要贯彻在口头上，更要落实在行动上。也许，广东省乌坎事件的妥善处理会给我们带来一些有益的启示。）

十佳少年

（1996年7月15日）

7月1日收到胜天的来信，说："侯晶被韩城矿务局少工委、共青团韩城矿务局委员会授予'十佳少年'的光荣称号，发了荣誉证书，奖了台袖珍型单放机。"真令人高兴。

韩城矿务局教育系统共有10多所全日制小学，"六一"前夕共评出10名"十佳少年"。机厂小学经过师生推荐、评议，最后评上了侯晶。5月29日，矿务局召开了表彰颁奖大会，她领到了荣誉证书和约值120元的单放机。

晶晶上学早，今年才11岁，已是5年级学生了，暑假后便要升入6年级了。她聪明伶俐，勤奋好学，尊敬老师，团结同学，担任学校少先队大队长，曾多次被学校评为"三好学生"、优秀班干部，在老师和同学中享有很高威信。三年级时，她写的作文《我最喜欢的小动物》就刊登在《韩城矿工报》上，后来又担任韩城市《文友报》的小通讯员，并在报上发表了好几篇文章。这学期，她在校园里捡到20元钱，主动交给了班主任老师。

本来矿务局还要组织"十佳少年"去北京旅游，但每人要自拿费用800元，太费钱，只好不去了。因为她父母都是教师，全靠几百元的月工资生活啊！另外，1993年2月，胜天去北京参加高三复

侯晶在北京电影学院2011届研究生毕业典礼上

课教学研讨会，曾领上晶晶去过一次北京。住在中国人民大学，前后八九天，游览了天安门广场、故宫、天坛、颐和园、圆明园等名胜古迹。真是：

晶晶聪明年龄小，品行优秀学习好。

"六一"前夕得了奖，荣誉证书已领到。

奖了一台单放机，爷婆兴得不得了。

再接再励不松劲，努力学习步步高。

（路井有句俗话："从小看大。"是说从一个人小时候的表现就可以推测出他长大以后的情况。侯晶2003年9月考入西安科技大学管理学院，2008年9月考入北京电影学院管理系，攻读管理学硕士学位研究生，并担任校研究生会主席。2011年6月研究生毕业，现于中国电影股份有限公司电视剧分公司制片部任职。）

1997年～2005年

    1997年到2005年，香港、澳门回归祖国，改革开放取得了举世瞩目的伟大成就，人民的生活水平不断提高，中国的综合国力不断增强，神州大地一片欣欣向荣。

    1997年：2月19日，邓小平在北京病逝，享年93岁。7月，中英两国政府香港政权交接仪式在香港隆重召开。9月，中国共产党第十五次全国代表大会在北京举行。春节全家大团聚，庆祝侯永禄、赵菊兰50年金婚之喜。

    1998年：5月，国务院发出《关于进一步深化粮食流通体制改革的决定》。6月，中共中央、国务院发出《关于切实做好国有企业下岗职工基本生活保障和再就业工作的通知》。夏季，我国长江、嫩江、松花江相继发生特大洪水，全国军民投入抗洪抢险救灾斗争。争胜取得高级工程师任职资格。江涛大学毕业，应聘到机械部第七设计研究院工作。侯亮考入西安交通大学人文学院科技英语专业。侯艳考入陕西煤炭工业学院计算机与财务管理专业。

    1999年：3月，新华社全文播发《中国共产党农村基层组织工作条例》。9月，国务院发布《城市居民最低生活保障条例》。10月1日，庆祝中华人民共和国成立五十周年大会在天安门广场举行，江泽民检阅部队并发表讲话。12月，中葡两国政府澳门政权交接仪式隆重举行。侯永禄家庭"胜玲基金会"成立。万胜晋升为副教授，担任延安大学代数教研室主任。

2000年：1月，中央农村工作会议在北京召开；国务院西部地区开发会议在北京召开。2月，江泽民在广东考察期间提出"三个代表"的重要思想。3月，中共中央、国务院发出《关于进行农村税费改革试点工作的通知》。胜天担任韩城矿务局一中校长。王涵艺出生。

2001年：1月，中央农村工作会议在北京召开。2月，全国农村税费改革试点工作会议在安徽召开。7月，北京申办2008年奥运成功。小丽参加成人高考进入延安大学汉语言文学专业学习。记者肖扬来路井对侯永禄进行了两天采访。王涵盈出生。

2002年：1月，中央农村工作会议在北京召开。7月，中共中央印发《党政领导干部选拔任用工作条例》。11月，中国共产党第十六次全国代表大会在京举行。侯亮大学毕业，应聘到中国科学院网络研究中心工作。

2003年：4月，全国开展非典型性肺炎的防治工作。10月，中共十六届三中全会审议通过了《中共中央关于完善社会主义市场经济体制若干问题的决定》。12月，中共中央、国务院出台《关于促进农民增加收入若干政策的意见》。侯蛟考取西北工业大学教育试验学院通讯工程专业本硕连读。侯晶考取西安科技大学管理学院工商管理专业。

2004年：2月，中共中央、国务院颁布《关于进一步加强和改进未成年人思想道德建设的若干意见》。4月，中共中央组织部颁布《党政领导干部公开选拔和竞争上岗考试大纲》。9月，中共中央十六届四中全会审议通过了《中共中央关于加强党的执政能力建设的决定》。暑假全家大团圆。小丽取得汉语言文学专业大专文凭。小妹考上西安交通大学在职硕士研究生。侯亮考取北京电影学院研究生，他的长篇小说《未婚状态》、《毕业一年》出版。侯艳、袁学斌举行婚礼。

2005年：4月，十届全国人大常委会第十五次会议通过《中华人民共和国公务员法》。12月，中央农村工作会议在北京召开，讨论了《中共中央、国务院关于推进社会主义新农村建设的若干意见(讨论稿)》。十届全国人大常委会第十九次会议决定，自2006年1月1日起废止《中华人民共和国农业税条例》。3月，侯永禄因病去世，享年75岁。争胜担任西安热工研究院技术监督研究所主任工程师。侯炜考取西北政法大学经济学专业。

自来水来了

（1997年元月15日）

1994年冬，镇上从乳阳村打了一眼深井，向各村筹款，计划赶1995年春节时安通自来水管道，使各个农户都用上自来水。我听了非常高兴，立即向村上交了60元的现款。但等了整整一年，自来水仍未见来。听说是办事人员买的地下水管道是塑料的，而不是水泥的，不耐压力。一见放水便破裂跑水，无法使用，自来水很难自来。

1995年8月1日，一场暴雨，引发了大洪水，涌进巷道。一二尺高的浪头，横冲直撞，一下子冲垮了东头的好水井。井台倒塌，辘轳和砂石井口都埋入井内。巷里人畜用水，立即发生了困难。有人从东靳巷、前新庄担水，有人以每大桶5角钱从清全家或街上拉水。家里的用水就全靠新录花钱用大桶子拉了。

1996年元月，组长侯文天请来外地人淘巷东头的井。从元旦开始，淘了6天6夜。虽未见底，但已超过了1967年淘到的地方，给了1700元的工钱，和其它费用总共花了3838元，完成了一大公益工程。元月10日人们开始绞水，水质清澈甜润，人人说好。真是：

暴雨成灾井冲垮，人畜用水出麻达。修井花了三千八，修好水井人人夸。

井里好水用不完，天旱停电都不怕。三十年前淘的井，这次挖得更往下。

8月14日早，我作为改氟领导小组的一个成员，和村长树卯去镇上参加改氟会。不久，安装自来水的工程开始了。11月10日，我开始挖老屋门前的输水管道，地实土硬很难挖。晚上用水渗，稍

永禄、菊兰在路井用上自来水

早又挖。新录前来帮忙，老伴坐不住也来铲土。赶12日将老屋、东院、新院3个门口的主管道挖成，又开始挖进户管道。23日开始给老屋和新院子安装水表和水龙头，27日安装完毕。买管道、水表、水龙头等共付现款179元，和预交的60元总共花了近240元。

昨天下午开始试水，有两处阀门漏水，忙去8组请来王技师，连雪地修理好。我和她在门房里试放了两桶水。清亮的水，不要人绞，不用人担，水龙头一扭真的"哗哗哗"地流出来了，真令人高兴极了！特别是老伴，出生在西庄子上，井比路井的深10多丈，绞水得两个人用"双下索"：一个人绞把，一个人摘绳。她出生40天，父亲便去世了。母女二人的吃水真不容易，用水比用油更珍惜！现在好了，我俩都是66岁以上的人了，刚到用水困难的年龄，自来水就来了，真是好极了：

人逢盛世福气大，不用绞水把苦下。

龙头一扭哗哗哗，天旱雨涝都不怕。

（路井地区饮水含氟量过高，极大地危害了群众的身体健康。当地人牙齿产生釉质发育障碍，牙面呈黄褐色，称之为"斑釉牙"。"自来水来了"，标志着改氟工作的圆满完成，深受广大群众的欢迎。现在，那口千百年来养育了一代代后新庄人的

"好水井"已被填平，"辘轳、女人和井"的故事已成为历史的背影。）

金婚之春

（1997年2月27日）

我和老伴是1947年农历5月16日结婚的，到今年已整整50年了。50年前正是解放战争时期，两家仅有4口人，她和她妈，我和我妈，孤苦伶仃，受人歧视。她和她妈整天纺线织布，靠着换花织布卖布过日子；我和母亲靠着父亲在世打铁做庄稼存下的粮食和铁货度光景。上不起合阳中学，上了简易师范。1948年本应随军南下解放全中国，但家中两位老人，唯有我一个男子，只好安心在农村。

经过反霸土改互助组合作化运动，生活稍有好转。但由于子女多，造成家庭负担重。公社化、大跃进带来了低标准，生活一直贫穷艰苦。80年代后，孩子们一天天长大，国家进入了改革开放新时代，农村实行了家庭联产承包责任制。4个儿子先后取得了大学文凭，大女儿参加了工作。90年代生活一天天改善，我也不再担任农村干部，过起了幸福生活。老伴搞家务，我看报送报做零活，生活自由自在。韩城、西安、延安、兰州都住过，北京也去旅游过。不但坐过汽车火车，还坐过飞机。

去年大儿子胜天在矿务局一中担任了副校长。鉴于5年来全家人未能全部会齐，他倡议在香港回归祖国之年的1997年春节，全家也来个大团聚，得到全家所有成员的响应。

元月27日，丰胜穿着军装，和李萍引着炜炜，首先从兰州回到

老家。2月1日晚8点，万胜和小丽引着腾腾从延安回来了。4日13点，胜天、秀春、亮亮、晶晶一家4口和江涛坐着学校的车从韩城回来了。15点，争胜、碧兰引着烁烁从西安也回来了。5日下午，引玲、俊杰从韩城回来了。拿着好多东西，光猪肉就30斤。同胜天带的30斤、丰胜买的26斤，近90斤。忙坏了4个媳妇两个女，又是煮肉装丸子，又是炸茶果包饺子。

5日上午，村支书侯中义、村长侯树卯带着几十人的锣鼓队，为军属送春联送年画。我和老伴赶忙迎接，丰胜忙散烟，万胜忙看茶，胜天、争胜一人一个相机忙拍照。真热闹！

除夕胜天忙着写春联。我给大门上拟的是："忆往昔淘井担水苦不尽，喜今日好水自来乐无边；人人高兴。"房门上是："金婚之春廿四人欢欢乐乐聚一堂，银发染鬓五十年风风雨雨度半生。"江涛个子高，贴对联不用站在凳子上。晚上全家围坐在一起，看电视上的春节文艺联欢晚会，直到下1点，连村上演的电影也未去看。孩子们响起了花炮，震耳欲聋。

初一早上吃罢饺子，便开始拜年。永全还送来5份告侯氏同族书。午饭时大家品尝了胜天拿回的茅台酒。初二上午开始照相，下午我带领4个儿子、两个女婿、7个孙子去北坡公坟为老母烧纸，纪念她逝世20周年。晚上看1992年我和老伴在韩城的录像、江晖小妹结婚的录像以及晶晶1996年"六一"表演节目的录像，并讨论了正月初五金婚纪念日等有关事宜。初三日，先去庄子上岳母坟前烧纸，后老伴领着孩子们去庄子上拜年，我去西尚外家拜年。初四晚上9点，江晖、小妹从商南回到路井。至此全家24人齐全了。

初五是欢庆我和老伴金婚之喜的纪念日。一大早孩子们就开始美化院子。树与树之间拉起了彩条，系上了五颜六色的小气球，录音机里放起了秦腔……一片欢乐的景象。

吃过早饭，女儿媳妇们给我和老伴换上了新衣服，每人胸前佩戴了一朵大红花。儿孙们把我和老伴簇拥到房门前，一家人开始照相。先给我俩照了个"金婚纪念照"，又照了个24人的全家福。接着是每个小家庭和我俩、6个儿女和我俩、4个媳妇和我俩、10个孙子辈和我俩的合影照。随后自由组合。欢声笑语中，只听见几个相机"咔咔"地响个不停。

30元买了盘录像带，新录借来了俊民的摄像机，按照胜天们设计的次序镜头进行摄像：有各个小家庭春节归来的镜头，有全家人围坐在一起吃饭、饮酒、给我俩祝酒的镜头，有女儿媳妇们包饺子、蒸花馍、下面条的镜头，有大伙玩麻将、下军棋、唱歌吼秦腔的镜头，有妯娌门一起伴着流行歌曲翩翩起舞的镜头，还有孙子们摔跤、燃炮、放气球的镜头……真是欢天喜地乐无尽！

喜气洋洋中，24个人开了一个联欢会。首先我作了发言：

大家好！今年的春节我特别的高兴。因为我们这个大家庭24个成员分别在六七个地方工作，天南地北相隔数千里，要在同一个时间集合在一起是很不容易的。所以要特别珍惜这一大团聚的机会。

在过去的一年里，每个人在不同的岗位上都做出了很大的成绩。俊杰去北京出了一次差，引玲去兰州开了一次会，她还和江涛去甘南游览了拉卜楞寺，受到藏族同胞的热情接待，并给她敬献了哈达。江晖在电瓷厂努力工作，当上了先进工作者，小妹还光荣地入了党。

胜天在矿务局一中当上了副校长。晶晶评上了全矿务局的"十佳少年"，得了荣誉证书，奖了一台袖珍单放机，她和侯亮都评上了"三好"。秀春为了国庆在家团聚有充足的时间，在韩城便把鸡呀肉呀菜呀饺子呀准备好带回路井来。

新录常替我担水拉水，西玲干了家里干地里，日夜忙得不停点。在百忙中给我们蒸馍，让侯艳上学校时给我们捎来。侯蛟数学竞赛夺得了全镇第一名，还赴县参加竞赛。

丰胜无论假日或星期天专心搞科研，在省和国家级的报刊上发表论文40多篇，学校为他上报了三等功，却把家务活全推给了李萍去做。李萍为了团聚，带病请假回家。侯炜"六一"被学校评为"三好学生"，书法竞赛又得了奖。

万胜在搞好教学工作的同时，趁假期办了补习班，增加些收入，为国家多培养些人才。小丽调到了城建局，工作积极。腾腾上了一年级，数学考了100分。

争胜经常出差搞科研，一切家务全推给了碧兰一个人承担。多次搬家，把人折腾扎了。烁烁小小年纪，象棋竞赛得了奖，还领到了荣誉证书。

你妈的腿疼病强了就织抹布，一年就织了5机子，各家用上都很稀罕。

我对今年的大团聚格外高兴。24人齐全了。可以说是24人阖家乐。我俩结婚已经50年了。50年前的5月16日结的婚，50年的风风雨雨，达到了现在的欢欢喜喜，怎能不高兴呢！我祝愿大家新年快乐，全家和睦，永远幸福！

1997年2月11日

老伴也讲了话。讲着讲着就高兴得眼泪止不住地流。随后按照年龄大小，每个人都发了言。决心在新的一年里，取得新的成绩，迈出新的步伐，为这个大家庭做出新的贡献！

发言结束后，一家人又在一起唱歌，跳舞，下棋，猜谜语，打麻将……

正月初七，胜天一家4口回了韩城。随后几天，几个小家庭也陆陆续续地走了。2月23日，万胜一家3口最后离开路井去了延安，家中又恢复了往日的平静。正是：

金婚之春大团圆，二十四人都齐全。

风风雨雨五十载，酸甜苦辣皆尝遍。

为了幸福万年长，互助友爱亲无间。

勤劳节俭传家宝，团结和睦亿万年。

（1997年的春节大团聚，给全家人留下了深刻的印象。为父母欢庆"金婚之喜"，让双亲布满皱纹的脸上绽开了幸福的笑容。第一次用上了摄像机，记录下那难忘的美好时刻。每当荧屏上出现当年那欢乐的情景，就会触动我们内心最柔软的东西："人有悲欢离合，月有阴晴圆缺，此事古难全。但愿人长久，千里共婵娟。"）

邓小平逝世

（1997年3月1日）

2月20日清早，刚起床，就听丰胜说："哎呀，不对了，恐怕是邓小平去世了。咱路井粮站的广播上哀乐声音低沉，一定是哪一位中央领导去世了。"赶忙打开收音机，仔细一听，果然是邓小平治丧委员会的公告。收音机里还说，决定2月25日举行一万人的追悼会，不举行遗体告别仪式。亲属于2月15日给中央的信说：一、追悼会在火化后举行，骨灰盒上盖党旗。二、不搞遗体告别仪式。三、家中不设灵堂。四、捐献角膜，解剖遗体供医学研究。五、不留骨灰，骨灰撒入大海。

中共中央、国务院、全国人大、全国政协、中央军委还发出了《告全党全国人民书》，对邓小平的一生给予极高的评价：邓小平是全党全军全国各族人民公认的享有崇高威望的卓越领导人，是伟大的马克思主义者，伟大的无产阶级革命家、政治家、军事家、外交家，久经考验的共产主义战士，中国社会主义改革开放和现代化建设的总设计师，建设有中国特色社会主义理论的创立者。

邓小平确实是一个了不起的人。他一生三起三落，经历过许多大风大浪的考验。我们家是中农成分，没有邓小平，几个孩子就进不了大学校园，就过不上现在的好日子。没有他的改革开放，就没有农民的不愁吃不愁穿，就没有中国今天的繁荣富强。可惜的是，离香港回归再剩几个月了，他却离开了人世。记得他说过，多想到香港的土地上走一走！看来，人老病死这一规律是任何人都改变不

572

了的！正是

元宵伟人逝，全国人哭泣。

特色将实现，香港归统一。

享寿九十三，伟名存永世。

骨灰撒大海，功绩与天齐。

（吃水不忘挖井人。1984年国庆大阅兵，来自北京大学的几个年轻人经过天安门时自发地打出了"小平，您好"的标语。这永远不会让历史忘记的4个字，成了中国人心里的底片，每当心灵的潮水涌起时都会自动冲洗。而今，一代伟人离我们远去了，一个深情的声音仍然在回响："我是中国人民的儿子，我深情地爱着我的祖国和人民。"）

闹元宵

（1997年3月17日）

今年农历正月，前巷七队八队群众自发地起来"搞热闹"。18日，"四轮车"拉上锣鼓各巷敲着来筹款。周祥们来我家，我给了10元钱以助兴。19日，文天、存祥送来红纸要我给彩船上写三副对联。我立即动笔就写：

乘风破浪争上游，飘洋过海求发展；呼呼呼！

扭秧歌家家欢喜，跑彩船处处热闹；哈哈哈！

锣鼓喧天庆丰收，欢声遍地迎佳节；咚咚咚！

19日，8辆"四轮"打"社火"。万胜家、西玲家和老伴都去

看热闹，我在家看门。20日即正月十五元宵节那天，"社火"正式
转巷上街。两根冒天的花杆领着头，20多个男女青年抬上路，6个
"三眼铳"开路，10多辆摩托车领头，3辆小卧车指挥，几十个人
拍铜铙敲锣鼓。几个假面"大头人"和几十个妇女、几十个学生，
又扭秧歌又舞花环。3只彩船8辆彩车，里面装扮着戏剧中的人物，
旁边还有狮子和龙灯。彩车上贴有侯武成拟的并亲手写的三副对
联：一为"人欢马叫牛劲鼓足奔小康为的是红红火火，龙舞狮吼虎
威大震闹社火就图个高高兴兴"；一为"当官者不吹牛皮须替群众
办正事，为民者多鼓牛劲要为改革作动力"；一为"独立自主国运
昌世代不忘毛泽东，改革开放气象新永远怀念邓小平"。

看热闹的人拥拥挤挤，晚上又敲锣打鼓，灯火通明，"社火"
游巷。在东靳巷落场，又舞狮子又耍龙灯又跑旱船。我也干脆锁上大
门，引上腾腾，全家都去看。真是多年以来所没有的热闹劲。正是：

九六全年大丰收，群众心情乐悠悠。

正月十五闹元宵，多年以来很少有。

（丰年庆新春，盛世闹元宵。只有在安居乐业、丰衣足食、
心情舒畅的前提下，农民们才会这样自发地起来"搞热闹"。父

亲和侯武成写的6幅对联，珠联璧合，相互映衬，表现了广大农民对欣逢盛世的喜悦，对改革开放的拥护，对政府官员的期待，对美好前景的向往。）

我的遗嘱

（1997年4月2日）

一、丧葬从俭，争取火化，骨灰撒于农田。火葬若费钱也可土葬，棺木简朴，或小床一张。

二、可开追悼会，不叫乐户、不唱戏、不演电影。

三、成立并健全"胜玲基金会"。财产资金不平分，主要用于扶助家庭成员的生活困难，可借给也可赠给。

四、我亲手写的家史、日记、笔记、摘抄以及报纸剪贴等，不要轻易烧毁丢弃。可由专人保存（包括来往信件及账簿）。

五、衣物农具家具，可按实际需要分给个人自行处理。

六、老伴的生活自由自主，不可勉强。

侯永禄

（这份遗嘱是在父亲去世半年之后整理他的笔记时才看到的。除遗嘱的前两条外，其他各条都严格按照父亲的遗嘱办事。父亲一生勤劳节俭，对自己的后事也安排得简单朴素。安葬父亲，虽然违背了父亲遗嘱里面的前两条，但让这个大家庭的每一个成员得到了心灵上的安慰。）

引玲、俊杰和孙子王涵艺、孙
女王涵盈在一起

心良善遇难呈祥

（1997年12月15日）

　　1994年元月17日，韩城矿务局行政处总务科派俊杰去绥德拉粉条，李来成开着大卡车。天阴沉沉地飘着雪花，且越来越大，竟有二三寸厚。两人赶18点到了延安大学，见了万胜。18日赶到绥德县的义会镇，20日装上粉条往回赶。

　　到了晚上，将近子长县城，至一加油站前。不料设一路障，来成急向左打方向盘。此时迎面高速驶来一辆大卡车，说时迟那时快，"咚"的一声，两车猛烈相撞，粉条倒落一地。对方车头撞扁，司机挤在方向盘后拉不出来。幸好交警赶到，大家救出司机。对方4人都受伤，这边受了点轻伤，唯独俊杰一点伤也没有。真是万幸！第二天，处里另派一辆汽车前来，并让专人协商处理事故。暂压2万元放行。俊杰、来成拉着粉条，于元月23日回到了韩城。回想起来仍让人心跳肉颤！正是：

　　俊杰任职总务科，拉送食品出外多。

　　夏天拉桃拉瓜果，冬天拉菜拉萝卜。

　　行车安全是第一，车速过高多出错。

血的教训牢牢记，礼让三先是高着。

阴雨雪雾多注意，平平安安幸福多。

今年12月11日，引玲骑着前天科里新买的小型"永久牌"自行车，办完了给秦岭电厂汇去买煤发票的特快专递，准备去卖车子的原商店里配个遮裙罩。她从烈士陵园东边下大坡时，车闸突然掉了。自行车猛冲直下，撞倒了一位倒垃圾的老汉。车倒人翻，摔得引玲头脑昏迷，不醒人事。多亏巡警数人，急忙送往友谊医院进行抢救。

医务人员从引玲身上找寻出特快专递的存根，弄清了她所在单位的名称和地址，忙给运销处打了电话。陈玉兰通过小兰找到了俊杰，俊杰急忙赶到医院。决定先不去合阳作CT，而在医院拍了4张片子：正面头骨、侧面头骨和两胸肋图。幸好都无损伤，这才放心了。立即进行输液、打吊针。引玲的神志才逐渐清醒过来。

引玲在半昏迷状态中，觉得自己性命难保，心里想："自己如果成了个半身瘫痪或痴呆症，俊杰便再不能娶，真不如死零干好！"又想到自行车撞倒的老汉的病情，嘱托单位去看访，叮咛俊杰去慰问。听说那老汉已回家去了，这才放了心。真正是：

自己遇难想他人，竟有这么美好心。

世人若能都这样，幸福祥和乐欢欣。

寄棉衣隋珠弹雀

（1998年1月25日）

1997年春节大团圆，万胜、小丽领着腾腾回到路井老家。老伴

菊兰和万胜一家在延安

看到腾腾穿的棉裤吊开了线缝，就记在了心上。春节过后，她赶忙抽时间给娃接连缝了两身棉衣。暑假万胜回家探亲，她叫万胜把两件棉衣都带往延安，以便腾腾冬天穿上一身，春节时再穿上一身。但万胜却只拿了一身，并说这一身放在家里，等春节回来时好穿。

今年11月18日，我们来到韩城引玲处过冬，12月10日，秀春来矿务局她姐这儿，提出要我们春节就在韩城过，我们答应了。她妈便叫引玲给延安万胜那儿打电话，告诉了这个消息。万胜得知后，说他春节也就不回路井了。她妈又想起了腾腾的那件棉衣，忙叫引玲给路井西玲打电话，让她把那身棉衣赶快寄往延安，以便腾腾春节穿。

万胜元月11日来信说："这次腾腾的棉袄是我西玲姐用特快专递的形式寄来的。不知两件棉袄是否能值半百元，仅寄棉衣的邮费我西玲姐就花了50多元。接到包裹时没有太多的欣喜与愉悦，更多的是沉重与心疼，为我西玲姐因寄棉袄花了50多元深感不安……"
真是：

一条儿女一条心，孙儿冷暖牵婆心。

一针一线缝棉衣，针针线线值千金。

特快专递寄延安，千里鹅毛是亲恩。

尽心竭力不服老，誓使代代都胜人。

578

（"隋珠弹雀"这一成语形容得不偿失。两件亲手缝制的小孩棉衣，蕴含着母亲对孙儿的关心与挚爱；花50元钱用特快专递寄寒衣，体现了西玲对父母交代事情的格外重视；万胜来信的字里行间，则包含着对亲人无私付出的心疼与钦佩。）

为观世音盖庙开光

（1998年3月20日）

3月16日下午，老伴的侄儿赵栋仙骑车子来叫他大姑去看线腔戏，说："我七婆给观音老母把庙盖成了。明天是农历二月十九观音时节，由我领头，请来大荔许庄的线腔戏来开光唱戏。你看戏去吧！我用车子把你带上，去咱庄子上吧！"她高兴地说："好！今天我就不去了，明天我和党锁妈一定早早来。"仙娃便去前新庄叫他姑去了。

17日早饭后，她和党锁妈步行去了西庄子上。见到村子的东南角一畛地远近的场边盖起了一间庙，庙内有一用纸糊的神像，烧香磕头的人也不少：有年老的也有年轻的，有上香钱的还有蒸花馍上贡的。12点便开戏了，唱的是《吕后专权》，看的人很多，有二三十年未见过面的老女们，相见后格外亲热，有说不完的话。栋仙她七婆非常高兴地对老伴说："你妈我三嫂的大功成了，经常就能给老母在跟前磕头烧香了，再不用远远地翻沟架岭去到禹皇庙烧香拜佛了。"栋仙还给她和金焕一人买了一个油云吃，以免耽误了看戏的时间。戏完后吃了顿饭已4点了。饭后她要回来，栋先要她晚上看了戏明天再回去，她没答应，栋先便把她又用车子送回来。她在路上把给神的10元香钱让先娃捎上，了却了对神的一片心愿！

18日早饭后，两人正说着为观音盖庙开光的事，韩城矿务局第一中学校长王永利等六七个人去蓝田，路过捎来了花生等和胜天的信，说："韩城矿务局开了表彰大会，他被评为局劳动模范，奖了1000元，请客花了300元。"胜天这是第二次当劳模了，第一次是在1983年。真令人高兴！只是当了劳模，竟然也要筹客，真有点莫名其妙！正是：

十年动乱破四旧，人心慌慌神鬼愁。

拨乱反正奔四化，宗教信仰可自由。

经济发展人心畅，幸福生活乐悠悠。

（"禹皇庙"位于路井镇西北处，距西庄子近30里地，是方圆几十里地的善男信女顶礼膜拜的地方。外婆一生吃斋念佛，信奉观音。在世时经常和"七婆""翻沟架岭"去那儿烧香拜佛。）

拓宽巷道真方便

（1998年5月6日）

路井城1931年开了个小东门，大大方便了后新庄人们的出城干活，出外交往。解放后，城墙却成了交通的障碍。年复一年，垫圈用干土，城墙土又近又方便。合作化后，城墙便不存在了，四面八方都能进能出。四五个城门洞子连一个也没有了，汽车也能开进来了，真够方便。但有的巷由于巷道窄小，连汽车也调不开头。这种

拓宽后的巷道，右边为侯永禄家

情况后新庄的巷道最为典型。在此情况下，后新庄大部分人都住在北边，路南边只住了三四户人家，以免更加拥挤。

1976年，侯顺兴因兄弟分家，用自己的一部分院基兑换下前巷8队人的一段空院基。这个空院基正好在我家老院子对面。顺兴院子有了，但院子却没有地方开门洞。要开门洞，就要占用我家路南的地方。10月份，顺兴请来贫协主席侯林海、中人侯俊德、侯同仓三人说服动员我，请以巷邻之情谊给他让出一条出门之路。7日，由侯培礼代笔立写合同为证。

顺兴开门走路之后，既拴牲口又拴猪羊，还有几个大粪堆，家门前一片狼藉。我多次栽树，都让牲口啃了，20多年来没有一棵长大成材的，干着急没办法。后来村委会给顺兴划下了新院基，1995年他盖起了新院屋，但儿子住进了新屋，他和女人却没有离开旧屋。

今年春，村委会重新修建电房，整修电路，后新庄的巷道向南拓宽了3米，全巷人都很高兴，这汽车也能调开头了。社会是前进的，群众是欢迎的！真是：

社会发展永向前，快步紧跟莫迟延。

稍有迟疑不努力，会被历史抛后边！

（家门前二分之一的地方，让乡邻一用就是二三十年。想那合肥三孝口西南侧"龚万巷"的动人传说，想那龚大司马"千里来信只为墙，让他三尺又何妨？万里长城今还在，不见当年秦始皇"的千古佳句，父亲肯定早已耳熟能详，熟读成诵了。）

奇怪的送报数

（1998年7月24日）

我自1984年开始送报以来，至今已十几年了。去年上半年仅《合阳报》就80多份。但个人出钱订的很少，完不成上级分配的订报任务，只好由村上出钱，替贫困户、模范户和党员订报。7月22日送报人范丙乾说："《合阳报》全停了，只留5份。"追问原因却说："因村上欠订报款未清。"多亏靳积胜寻镇上，才把个人出钱的××份报要了回来，继续送。

今年镇上的订报任务是100份，村上一出钱代订，订报的人更少了。怎么办？村长树卯说："党员每人一份，剩下的50份压住放下不送了，以免都怕花钱想等村上订。"但7月20日范丙乾又说："镇上决定100份《合阳报》停止了，因村上订报款未交清，只给4份。另有民政局给侯超凡订的1份和信用社给民德订的1份。"那党员和群众的不给就能行吗？

还有更奇怪的是：从3月份起，据说郭家坡有一个人专门送给村上400份《农家信使报》，也未收现款。树卯全给了我，要我按各队户数多少分送给8个队长。但多数队长把报纸放在家里，不给群众送。树卯无奈，只好找了些离休老干部，1队侯景宗，2队侯积胜，3、4队侯全喜，新巷侯新录，5队侯文天，6队侯一鸣，7、8队侯济康等，让他们发送给各户。但8个队最多300多户，剩下的这成百份报纸怎能白白地浪费掉！况且这400多份报纸难道是空中送来的吗？终究看它水怎落石怎出来！

奇怪事儿真不少，一年只看半年报。

五十多份无人看，下半年却难见报。

订报发报为了啥，目的只有天知道。

（奇怪吗？非也！为完成上级分配的订报任务，发通知、开大会、定奖惩、扣经费……这种规定报种、核定数量、限定时间、强行推销的做法在不少地方已成为常态。"终究看它水怎落石怎出来！"也只是一个年近古稀的理想主义者的一相情愿而已！）

真有假钞票

（1998年8月15日）

今天上午去信用站取回一笔存款，拿回家老伴一看说："这一张50元是假的。你看这张比别的厚，又窄又短。"我不信，并说，街上逢会买卖东西有假钞，信用站哪会有假。我便把钱拿到银行去存，但孙营业员一点现款说："有一张是假的！"我傻了眼，并说："是刚从信用站取的。"孙说："信用站倒贩假钞！"我忙去信用站找有关人员。他用验钞机一验，果然是假，便给我换了。哎呀！该咋办呀！多亏去转存于银行，如果放在家里作零花，卖户不要时我该咋办！即使要了，那也把人家坑了，我于心何忍。真是：

人老不中用，办事常碰钉。

小心加谨慎，怪事才少生。

（假钞泛滥就会扰乱社会经济秩序，有损我国法定货币人民币的地位与尊严，甚至造成通货膨胀，物价上涨。这儿的"信用站"并不是我们平时所说的"农村信用合作社"，而是下属的"村信用站"。）

真的等着了

（1998年8月21日）

1981年冬，侯亮才两岁多的时候，他妈秀春在路小任教，我和老伴在家引娃。每每在等他妈回来的时候，我编些顺口溜及儿歌来教给他念念唱唱，练练娃的口才，自有一番乐趣。其中有一段《等等我》，在说了3个叔叔在外的情况后，最后两句为"四叔四叔等等我，我也要来上大学"。现在，真的等着了，这一美好的愿望果然实现了：今年高考，侯亮以总分723分的优秀成绩，被西安交通大学人文科学学院英语（科技）专业录取。全家人非常高兴，乡邻们也很羡慕。

侯亮从小学习一贯刻苦用功，每次考试总是名列前茅，曾多次被评为"三好学生"、优秀班团干部。特别是进入高中后，成绩总在全年级名列前茅。他写的文章多次刊登在《韩城矿工报》和《文友报》上，并担任《文友报》的通讯员。上学期渭南地区

1998年9月侯亮入学，于西安交通大学校门口

统考中，他取得韩城市第9名的好成绩。这学期又被评为渭南地区"三好学生"，受到表彰和奖励。这正如古人所说："书山有路勤为径，学海无涯苦作舟"、"梅花香自苦寒来，宝剑锋从磨砺出。"真是：

十多年前有心愿，总想大学把书念。

美好愿望得实现，全家人人心喜欢。

（1998年，侯亮考入西安交通大学。2004年考入北京电影学院攻读硕士研究生，2007年毕业，现任导演和编剧。在他的努力下，父亲的"农村三部曲"《农民日记》、《农民家书》、《农民笔记》得以问世。）

被狗咬了以后

（1998年9月5日）

7月31日上午，我将准备送的报纸放进车子包包内，骑上车子去公路边，送引玲和侯艳去韩城。文天家的花狼狗却跑出来咬我，把我左小腿咬了一口。我也没嚷嚷，又没踢打，狗也再未咬。它走到侯蛟和侯亮跟前，我叫两个娃不要跑也不要打。那狗嗅了嗅两个娃的腿，便慢慢地走开了。

这时胜天和引玲们都忙了，要我立即去医院。我一看，左边小腿肚上有点红牙印，尚未流血，稍有点痛。我说："不要去，没事。"但他们说："不行！一定得去打针，狂犬症不得了，潜伏期很长，来了病还很难治愈。"胜天硬用车子把我捎上去医院挂号就诊，医生开了处方，要分期打5次狂犬疫苗，当天先打1针。回来后引玲、侯艳才搭车去了韩城。胜天白白花了16元药费，并说先后要打够5次才行。8月2日胜天又带我去医院打针。

8月6日，新录和我又一人骑一个车子去医院打针。13日上午老伴又和我去医院打第4针。31日打最后一针，我便独自一个人去了。先找院长侯钦林开了处方，便去取药。管药的人说："狂犬疫苗完了，等明天进药回来再打。"9月1日上午我去医院一问，却说没进下药，并说："你可以去寺前镇找一下看有没有。"我回家后一想：寺前镇距家十几里路，如果再没有岂不是白跑一趟，又是最后一针，伤早已好了，何必白跑路，枉花钱呢？决定不买药也不打针了！

9月2日上午万胜却不声不响地从寺前镇把药买回来了，要我同他去医院打针，并把药给了我，我顺手装进衣兜里。但到医院打针时，从衣兜里取药时一摸却不见了药。仔细一想，药是装在领褂里，来时怕热随手脱掉了领褂。万胜二话没说，车子一蹬，赶忙回家去取，不多一会，便取来了。打完了最后一针，全家人这才放心了。5次共花了80多元。药费咋办？按理应狗的主人侯文天出。算啦！全家没一个人同意向主人要。真是：

586

家和睦逢凶化吉，邻友好遇难呈祥。

贫有志前程远大，富宏德喜气洋洋！

（"全家没一个人同意向主人要"，这是全家人的共识。俗话说："远亲不如近邻。"几个子女在外面工作打拼，两位老人在家里颐养天年，少不得有些事情要麻烦左邻右舍。谦恭礼让、宽仁厚德、和睦乡里、清廉家风是庄稼人心中的无价之宝。）

侯艳考上了，真好！

（1998年11月4日）

侯艳自幼聪明好学，在校成绩优异。这两年在合阳路井中学上学，她大舅胜天在韩城矿务局一中担任教学副校长。经商量，侯艳于去年暑假转往局一中高三年级学习。经过一年来的刻苦努力，她的学习成绩大幅度提高。今年高考，全家人对她报有极大的希望，侯艳也充满了必胜的信心。

暑假中，高考录取工作开始了，侯亮以723分的成绩首先被全国重点院校西安交通大学人文学院录取，而侯艳的录取通知书左等右等就是迟迟不到。随着时间的推移，全家人认为录取的希望越来越渺茫，把西玲气得哭了几次。胜天们要让再补习一年。暑假开学后，侯艳就在局一中她大舅那里边补习边等录取通知书。11月1日，西玲前来报喜，说引玲打来电话："侯艳已被陕西煤炭工业学院录取，让近日即去报到。"大家非常高兴！

上午11点，胜天乘学校吕海忠师傅开的工具车，同引玲、秀

新录和侯艳、侯蛟在陕西煤炭工业学校

春、侯艳来到家里，叫上西玲，立即去了西安，拿着入学通知书去学校报到。

到校后，办妥了一切手续，下午进行了体检，交了3800元的学费，侯艳便在计算机与财务管理专业学习，大家欣喜异常！工夫不负有心人，侯艳终于跳出了"农门"，成了商品粮户口。西玲终于和别人一样了，可以实实在在放心了。

晚上7点，胜天、引玲、秀春、西玲们坐原车回来了。大家谈了紧紧张张的报到过程，于8点去了韩城。吕师傅开着车跑来跑去真辛苦，难以报答，便把家里养的那只大公鸡送给了他。真是：

高考通知迟来到，全家人人心里慌。

一中学习一年整，煤院录取喜洋洋。

西玲不再流眼泪，今后和人才一样。

（侯艳考上大学，意义非同寻常。它预示着西玲的下一代将跳出"农门"，脱离祖祖辈辈面朝黄土背朝天的农耕生活。因而父亲才"漫卷诗书喜欲狂"，发出了"侯艳考上了，真好"的赞叹。侯艳2000年7月大学毕业，进入西安达尔曼实业股份有限公司工作，任会计。现就职于陕西省军区军人服务社。）

一流住室与八次搬家

（1999年2月26日）

1998年，争胜取得高级工程师任职资格。10月，又拿到了所里分给他的住房的钥匙：22号楼4单元6楼1号，建筑面积82平方米。真是双喜临门！随后请匠工装修，今年元旦搬进了新居。2月23日，我们送侯亮去西安交通大学上学，便住在了争胜的新屋里。

房子在6楼西南角，安的是金属安全防盗门。门内端往北放一全自动"小鸭牌"洗衣机，室内东南角是一悬空的储藏室。东边卧室中间支一双人床，东南角桌上放一台电脑，东北角放一大立柜，西北角为木板门，西南角放一书桌，墙壁上安一空调。西边墙中间挂一黄色石英钟。顶棚中间安一电扇，两边各安一个5头吊灯。西南角桌上放一18寸海燕电视。

这间卧室西边又有一卧室。门内西北角支一双人床，床南边靠墙放一排红牛皮沙发。西南角下边为暖气，上边为书柜。南面是活动推拉门，门外南边是装了玻璃的阳台。室内东边放个大理石桌，桌上放一"长虹牌"29寸大彩电。南边放个小木柜，上面放个"新科牌"影碟机（即VCD机）。墙上安一黑色石英钟，顶棚中间也安一电风扇，两边都安着个吊灯。西边墙上安一双头红色壁灯。

卧室北边，又有一小卧室，烁烁一个人住在里面，支一张床。顶棚上有一个三头吊灯，墙上安一红色双头壁灯和一个黄色石英钟。西北角墙上安一空调。东墙下搭一书桌，桌北边窗台下安着暖气。室内西南角是壁柜，室门西边是衣柜。

这一卧室东边是客厅。中间放一大饭桌，饭桌边放5个活动转椅和一沙发及几个小凳。西北角为酒柜，北面阳台为灶房，灶房内窗台有一磁化快速电热储水瓶，可以随时有热水喝。东北角放一冰箱，上面放一微波炉。客厅东边为厕所，有刷牙洗脸池。南边为梳妆台，北边为便池，再北边为可以加温的盆浴水龙头，真干净方便。地上全铺的是茉莉色抛光瓷砖。不算这些家具、设备的添置，仅装修时匠工的工资一项便花了现金6000元。

这个一流的住室经过了十四五年的努力，真是来之不易啊！争胜1984年西北建筑工程学院毕业，分配在水电部西安热工研究所，5个人合住在10号楼3单元3楼2号房间。1985年7月搬家，3个人合住在单身楼3楼5号房间。1988年结婚后，所里分不到住房，只好住在碧兰娘家。1993年，所里给他分下仁厚庄10号楼2单元2楼1号房间，距热工所一两站路。1995年10月，又搬回所内老18单元4楼2号房间。1996年，所里要拆旧换新，9月间搬进办公楼420号房间，嘈杂而难熬。1997年元月，又搬进16号楼2单元4楼2号房间里。今年分房，这才真正分到了较满意的住房。

十四五年的时间，竟搬了8次家。每搬一次家，前后要折腾几个月，弄得人心情烦躁，身体疲劳，不得安宁。但因形势所迫，条件限制，不搬又不行，只好搬了又搬。但愿一次比一次的住房更方便、更舒适！正是：

参加工作十四年，竟然八次把家搬。

三番五次太折腾，好事也会惹人烦。

590

这次才算遂了愿，九九元旦心喜欢。

但愿好屋住长久，安宁幸福乐万年。

（8次搬家，真够折腾人，不过总是向好的方面发展。也许，这正体现了中国城镇住房改革的艰难历程和美好前景。现在，父亲的在天之灵是否知道，2008年上半年，争胜已经有了第9次搬家。现在的住房，面积更宽敞，家具更齐全，设施更先进。）

侯蛟夺第一

（1999年2月28日）

今天收到西玲、新录从路井寄来韩城的信说："侯蛟的期末考试成绩为：政治86，语文89，数学108，物理96，英语87，历史100，地理82，生物61，总分709，居全班第一名，又被评为'三好学生'。"侯蛟是初中二年级的学生，按年龄比一般同学早上一年，也即是比同级的同学小1岁，但在年龄小1岁的情况下成绩却获得全班第一名，真不简单！人说从小就看大，这话说的真不差。少年勤奋多努力，名列前茅人夸。

记得1997年侯蛟13岁，在路井小学六年级上学。全县举行小学数学竞赛，他荣获了二等奖，居全路井镇的第一名。《合阳报》的通讯员侯小宁专门去路井小学给拍了一张照片，登在《合阳报》上。合阳县教育局教学教研室还给发了一张奖状。那年4月，他又去合阳参加全国97年小学数学奥林匹克竞赛，荣获了二等奖。5月24日，由中国数学学会普及工作委员会发给了获奖证书，全家人人

永禄、菊兰和侯蛟在送给
老师的大玻璃匾前合影

高兴。当时我和他外婆商议，每次发给他奖金20元，以资鼓励。又买了一个大玻璃匾，上书"春雨润苗"4个大字，送给任课老师。正是：

求学全在自用心，老师只是指路人。

考试衡量快与慢，竞赛鼓舞上进心。

奖金只为把油加，开足马力向前进。

学习从来无止境，毫不自满步青云。

（侯蛟是身为农村人的西玲、新录的骄傲，也是这个大家庭的骄傲。2003年9月，侯蛟以优异成绩进入西北工业大学教育试验学院通讯工程专业本硕连读学习，2010年4月硕士研究生毕业，现在中国电子科技集团公司第29所任职。）

胜玲基金会

（1999年9月16日）

我和老伴马上就要70岁了。俗话说"人到七十古来稀"。两人常常交谈，怎样让这个大家庭更具有凝聚力，怎样长久地保持团结和睦，蒸蒸日上。思来想去，猛然想到能否成立一个基金会。这个大家庭主要由胜天、丰胜、万胜、争胜和引玲、西玲这4个儿子同两个姑娘组成和发展而来，干脆叫"胜玲基金会"。以后的财产就不分割，全归基金会所有。按照各个成员的实际情况可以资助，以走向真正的共同富裕。老伴听了，非常赞同。

1999年暑假又是一个空前大团聚。8月7日，全家25个人回来全了。下午，一家人坐在一起照了个"全家福"。晚上躺在床上，心中暗想："今年是1999年，意味着最长久。明天是8月8日，人们以谐音称为发、发、发。咱干脆把明天定为'胜玲基金会'的成立之日，该多好啊！"我赶忙叫醒老伴，说想在明天8点开个大会，宣布"胜玲基金会"正式成立。老伴一听十分高兴，连声说好。我便翻身起床，立即起草发言稿，真的是精神来了没磕睡。

8月8日上午，召开了个全家25人参加的大会。我先在大会上讲了话。全文为：

亲爱的全体成员们：

今天是1999年8月8日，是咱们家有史以来人数最多的一次大团聚。总共成员25人。

多年以来，村邻们都羡慕咱们家有4个大学生，而现在却有10个大学生了。怎能不让人非常地高兴呢？多年来子女们对我俩奉献的生活费是按工资收入的百分之十给的。实践证明是绰绰有余的。所以决定今后只给百分之五的现款。其余百分之五存于各人自己手中，以备用。

今年"五一"，争胜设计的装修咱家大房的计划现在已经顺利完成了。请来咱巷强国承包，有马文艺、侯郭俊及侯正欣、侯武斌参加。按图施工，用了半个月时间，花了2700多元胜利完工，使咱们家焕然一新，真值得庆贺！

暑假期间，胜天又给你婆重新刻制了墓碑，以作纪念。由俊杰、丰胜、万胜又盖起了个新柴舍，西玲和众媳妇浑身流汗，烧火做饭，为今年的大团聚立下了汗马功劳。最后祝愿咱们全家团结和睦，兴旺发达！

一九九九年八月八日

接着我宣布"胜玲基金会"正式成立。主席由老伴担任，副主席由我担任。随后，全家人从大到小，男男女女、老老少少都发了言。他妈说毕，引玲、胜天、西玲、丰胜、万胜、争胜6个儿女，俊杰、新录、秀春、李萍、小丽、碧兰6个女婿媳妇，以及5个孙子孙女、4个外孙子外孙女、2个外孙媳妇都发了言。决心为这个大家庭做出全心全意的贡献，使它蒸蒸日上，兴旺发达！全家沉浸在欢乐兴奋的气氛之中。

9月2日，我又给胜天去信，专门商量了"胜玲基金会"的人员组成以及操作运行思路。终于完成了一件大事。

（"胜玲基金会"是父亲生前一个独特新颖、极富生命力的美好创意，是维系这个大家庭走向团结和睦、蒸蒸日上的金色纽带。2005年3月父亲去世后，遵照他生前的遗愿，"胜玲基金会"在母亲的亲自主持下，在各个小家庭的大力支持下，正不断地走向完善和成熟，并发挥着越来越大的作用。）

菊兰、永禄在路井老家用煤气灶做饭

安上了煤气灶

（2000年元月6日）

12月30日上午，正在看万胜的来信。信中说，他已晋升为副教授，并担任延安大学计算机学院代数教研室主任。我和老伴高兴得不得了。正说着话，争胜背着个大提包回来了。他是10点从西安搭汽车回老家的，坐的"沃而沃"汽车。

31日早上去街上吃羊肉，回来路过燃气店，争胜见有卖液化气灶，便花了570元买了套双保险煤气灶。店家叫来出租车，立即送到家，放在大房的东南角，离自来水管很近。添水做饭方便，距炕炉子案板碗碟柜都很近，炒菜热水都很快。只用了几分钟，便水开菜热饭熟了。随后，他又要给家里安电话。我一口回绝，并说："千万别给咱家里安电话。安上电话，我便不得安宁。巷院中在外的人，若打来电话，要我去叫他家的人来接电话，我该不该去叫？不去吧，得罪了人；去吧，若是天黑或下雪、下雨、路滑，跌上一跤，出个烂子该咋办？年轻人不怕，我和你妈都70岁了，一步踏不稳，便出烂子！"争胜说："有谁打哩？咱巷很少有人在外，即使有人打也极少……" 我说："即使要安，也应该等到咱们国家加入了世界贸易组织以后，那时侯价钱会大大便宜的。"正是：

争胜元旦回家看，炉子做饭脏又慢。

干脆买个煤气灶，干净卫生又简便。

两罐煤气放柜内，用完一罐换一罐。

做饭也成现代化，他妈兴得不停点。

（"萧瑟秋风今又是，换了人间"。煤气灶的安装，大大改善了母亲烧火做饭的环境。离开了泥抹砖砌的锅灶台，离开了烟熏火燎的灶火前，迈开了农村厨房现代化的第一步。）

脑动脉硬化

（2000年3月7日）

春节后，六姨的生日将到。我于农历正月初八（2月12日）下午拿了一瓶桔子罐头、一包点心和四瓶"白内停"眼药，骑上车子去西明看望。不料到了门口，大门却锁着。正巧麦莲用车车拉着他妈（即"六姨"），从西尚村回来了，但仍没有钥匙，只好坐在门口等着。边说闲话边等钥匙，足有两个钟头。我觉得身上发冷，便说了一会话，放下礼品回家了。不料拉起肚子，又有些感冒，便赶紧喝了氟派酸。

13日上午，梁宏斌来拜年，说了好长时间的闲话，午饭后回去了。下午我却发起了高烧。14日上午，老伴也感冒、咳嗽，便叫俊杰到街上请来了医生侯民才。而民才来家之前，我却睡在第二个舍里不让看病。傍晚6点，体温继续上升。西玲硬用体温计测量，竟高达39℃。我这才答应请金虎来看病，仍是39℃。便让金虎打了庆大霉素等6样药品，一小时后体温才逐渐降低。

15日是金虎的女儿梨花结婚的日子。本来我要去送女，但有病实在去不了，便由引玲代理。下午我去厕所时身体摇摇晃晃，西玲看见了要请医生，我不让去。她便熬了些生姜汤让我喝。我的手却发抖，她要去问医生侯钦林手发抖的原因，我却不让去。

傍晚，全家人都劝我快去西安看病，并喝了金虎包的1包药。16日清早叫来金虎，给我打了5支葡萄糖。西玲和新录忙去街上医院问院长侯钦林我的病症情况。钦林说，据所谈情况可能是脑动脉梗塞。西玲们回来说了情况，全家人赶忙吃了早饭，便叫引玲去街上给韩城胜天和西安争胜打电话，说："大的病经钦林说是脑动脉梗塞，你们赶快作好一切准备，要到西安去看病。"

我吃饭时，双手颤抖，饭难进口。海岗将报纸送来，我便要立即去送报。大家忙劝阻，并叫西玲立即再去叫钦林。钦林来了说："不能单独行动，不能送报。如果硬要去送，不等出巷，便会跌倒。"这时胜天从韩城打来电话，说车已安排好上了路。经紧急商议决定，留俊杰在路井看门，引玲、胜天、秀春、晶晶和老伴6个人，和我一起坐局一中的车前往西安。李来成开车，17点半到了西安热工研究院争胜处。

忙去西京医院，花300多元挂急诊，作CT。诊断为"震颤麻皮脑缺血"。王大夫（女）开处方：安坦片、坐旋多巴片、复方单参片、清温冲剂止咳药等，晚9点服药。江晖、江涛都来看望。晚上胜天、秀春、晶晶、来成都住热工院招待所，引玲和她妈陪我住争胜处。手颤说梦话,发高烧38.4度。17日早饭时,手颤减轻。上午胜天去西京医院和附属医院取药,秀春领晶晶去西京医院看病。下午胜天回了韩城。晚上我昏迷说胡话不停,手在空中绕,有幻觉,说胡话:"我住在老崖碑碑内新院子和埝边村外窑洞中……"发高烧,咳嗽不停。18日早饭后又去西京医院内科拍片,为动脉硬化,大夫开咳嗽药。回到所内,胡话不停,通夜不宁,有时甚至从床上站起来了,说什么"大风刮来,赶忙抗灾救灾"!

19日上午,又去西京医院神经内科请冯教授诊断。教授已年老发白,病历上的记录为:手颤6天,近半年来记忆力明显进行性衰退,Bp130/80,眼底动脉细,换室与日常不自主动作。甲状腺区无杂音手颤R,头作了CT,侧脑室前角的头CT,首例低,宜带门诊观察。开药:都可喜1片,蒲参益智胶囊消拴通10克。冯动云。

西京医院放射线科CT检查报告单上的记录为:侯永禄,颅脑CT扫描。2000年2月16日。片席1体位层厚1010。平扫双侧,侧脑室前角弯可见。脑颅骨结构完整。

老伴忙同争胜商议,又在电话上和韩城胜天商议,叫兰州丰胜、延安万胜都来西安。而我在电话上说起话来语无伦次,词不达意。争胜忙给韩城胜天、兰州丰胜、延安万胜打了电话,要他们速来西安。我晚上做梦住在城外碑碑内、窑洞里、新院子里等,胡说梦话,彻夜不休。20日早上7点多,丰胜、李萍、侯炜从兰州搭火车来到西安;8点,万胜从延安来到西安;12点,西玲、胜天也来到西安。

下午,胜天、丰胜、万胜、西玲、江晖、侯亮、侯炜、侯照烁等都去八仙庵求神保平安。信起神灵保佑,真可笑!(父亲是无神

598

论者。自己身为共产党员，国家干部，领上家人为父亲祈祷，实属无奈之举）争胜、引玲和我及江涛等，又去中医医院看病。后回争胜处照相，照了好多相。有16个人的合影。晚上一觉睡了7个多小时，睡前还录了音。

21日早上4点，丰胜、李萍去火车站接来了李萍的父亲，并和我相见。两亲家十分亲热，说了好多话。李萍他爸虽是老干部，但却平易近人，丝毫没有一点官架子，我非常敬重。和他谈话时，情绪十分激动。据丰胜说，我高兴得一口气用了3个成语。8点，丰胜、李萍和她爸3人都坐汽车去华阴县看她姑了。下午4点，丰胜、李萍搭汽车返回。

这天下午，大家不但一起闲聊，还一起照了相。并提出，父亲已经是70岁的老人了，不宜跑腿送报了。在大家的劝说下，我决定今后不再给村上送报了，大家拍手叫好。为了防止我的犟脾气害了大事，并决定在重大问题争论不休难以定局的情况下，先按老伴的意见执行，然后再研究改变。

因为人多，住宿拥挤，引玲、李萍、碧兰、侯炜等人20日、21日两天晚上都是搭汽车到矿务局运销处驻西安办事处去住宿，捎早便来热工研究院。22日早上送胜天、西玲、万胜们回了韩城、路井、延安。这天，丰胜的好友赵永平去西北油漆厂出差来到西安，还专程到热工研究院来看望我，真看重友情。来时带来香蕉等好多东西。

23日，侯艳从路井到陕西煤炭工业学院来上学。引玲同丰胜、李萍、炜炜和侯艳一同到江晖、江涛的两处去看望了一遍。26日，侯艳去学校，引玲和丰胜、争胜又去西京医院挂号给我看病。冯教授检查诊断后给开了几味药，有：消栓通、都可喜包心片、蒲参益智胶囊等。随后医生叮咛我今后不能生气，不能单独行动，不能摔跤，要多动脑写作，少体力劳动。

27日晚上，碧兰的父母亲还专门来看我。28日争胜、碧兰才去上班，烁烁也去上学了。引玲和她妈捏起了煮角。引玲便和运销处联系车，幸好运销处杜处长回韩城，便让我们3人坐上，真好！11点半开车，赶下午1点半很快回到了路井。杜处长连口水都没喝，便去了韩城。俊杰已烧热了炕，一觉睡到天明。并给胜天打电话，要学校来车接我们。29日12点，李来成开着局一中的车来了，赶14点到了矿务局家属区内，住在了引玲家西南角又暖和又明亮的房子内，安安宁宁地养起病来了。

引玲、俊杰日日夜夜天天顿顿地照顾，舒适的住宿铺盖，可口的饮食饭菜，愉快的电视戏曲，欢乐无尽的心情。正是：

有病必须尽早看，不能拖延误时间。

花钱受痛事尚小，病重生命出危险。

年老体弱是定律，不管情愿不情愿。

经常锻炼不可少，量力而行莫蛮干。

平平安安活到老，免得全家把心担。

（父母的身体康健，就是子女最大的幸福。医院那惨白的墙壁，特殊的气味，奇异的设备，昂贵的药品，众多的病人，让兄弟姐妹们更加懂得了生命的脆弱、健康的重要，更加懂得了亲情的珍贵、子女的责任。）

天天过生日

（2000年10月4日）

中国自古有给老人过生日的习俗。母亲在世时，每年农历三月初三，亲友们便来为母亲祝寿。60年代低标准困难时期，我家人多劳力少，吃粮困难，确实过不起。1966年趁"文革"破"四旧"之风，我曾通知亲戚为母亲免过一次生日，回想起来仍感内疚。改革开放后，1990年曾将全家23名成员的出生时间，由丰胜打印成表，发给各个小家庭，以助记忆，避免记错。近几年来，经济发展，生活改善，人们想着法儿花钱，找个借口会餐，真是幸福！

我的生日是农历九月初四，公历的10月上旬。老伴的生日是农历五月二十六，公历的7月上旬。为了不耽误孩子们的工作，10多年前就规定给我俩过生日不确定专门日期，灵活变通。老伴大约在夏收后、暑假初。我大约在国庆前后。谁有工夫谁回家探望一下，也就是了。争胜每年"五一"、"国庆"、"春节"趁单位放假，一般回家看望一下。万胜在延大任教，每年暑假、寒假常回来探望。丰胜在兰州，距离数千里，只能几年回来一次，每逢"五一"、"国庆"、"春节"便汇款到家，以表心意。胜天较近，韩城不远，寒假暑假星期天，一有机会便回家探望。俊杰经常出差，引玲经常坐顺车回家看望。这样也好，既不因平时无人回家而感到孤单，也不因一时人多乱哄哄而劳神心烦。

今年"十一"是农历九月初四，国家的生日和我的生日恰好在同一天。政府决定把双休日和国庆假连在一起，国庆成了7天假。人们有了更多的休闲时间同家人团聚，走亲访友，观光旅游。国庆这天，西玲、新录、侯蛟清早便过来。9点，引玲、俊杰、胜天、秀春、晶晶坐一中校李来成开的车回路井来了。来成听说我过生日，还拿来了大荔特产"带把肘子"。11点，侯艳从西安达尔曼公司回来了。12点，争胜、碧兰、烁烁从西安热工研究院回来了。俊杰和侯艳一人买回一个生日蛋糕，侯亮给我俩各买衬衣一身。胜天拿回高级月饼三盒。一个是细刻的鱼跃龙门，一个是精雕的骏马奔腾，一个是月圆花好。中午，全家共14人在一起吃了一顿热闹饭。儿孙们一会儿敬酒祝寿，一会儿夹菜添饭，还唱起了《祝你生日快乐》。争胜还照了个全家相。我乐呵呵地说："咱们现在的生活，真是天天在过生日呀！"

　　胜天今年担任韩城矿务局一中校长，工作比较忙，他们一家赶天黑便回了韩城。回想起60年代的光景，现在真的是天天在过生日哩！争胜说："我小时过岁时，我妈给我优惠一碗干面，这便是为我过生日了！"回味起来，真不由得人要热泪盈眶了！真是：

　　改革开放喜事多，人们心情多快乐。

　　生产发展产量高，市场繁荣物品多。

　　生活改善吃喝好，衣着新颖人快活。

　　儿女为我过生日，糖茶酒肉与瓜果。

　　平时经常不间断，天天像把生日过。

　　心情舒畅疾病少，思想开朗幸福多。

　　（"祝你生日快乐，祝你生日快乐……"每年父母生日的那一天，西玲、新录都会很庄重地为父母过生日。有时生日刚过，在韩城的我和姐姐、在西安的争胜，又会专门回家为父母过生日。往往一个生日过了两次，甚至三次四次。颠覆的是形式，看重的是亲情，依偎的是父母，追求的是幸福。）

国庆观看处女泉

（2000年10月24日）

今年为了刺激消费，国家从10月1日至7日放假7天，是建国以来最长的一次。争胜家3口也都回来了，还照了不少相，有13个在家里的人的合影。2日还在坑内地、靳家灵苹果地照了相，又给邻家金虎、扣民的孙子也照了相。

10月4日争胜花80元钱雇来学斌的汽车，和我俩共5人去洽川旅游。车到东王的洽川停下，5人下车步行来到漠水泉边。碧兰和烁烁下到泉水池内去游泳，人也沉不下去，水也不冻不凉。我和老伴只在水边洗了个手和脸。争胜还给我们照了相。据说"处女泉"之名来源于当地一种古老的民俗。姑娘在结婚之前都要由母亲或姐姐陪同，在蓝天白云下，躲在绿色的屏帐中洗去满身的尘土和疲劳，去迎接人生道路上的幸福时刻。

随后我们便往东走去看黄河。一眼望不到头，全是七八尺高的芦苇。走呀走，总走不到黄河水跟前。路上专门有拉游客的牲口车和机动车，只好搭车去看。下车后便照了几张相，又搭车返回。一路上来来往往的游客确也不少。回到停车处，学斌已等候多时。

我们便上车，路过坊镇，吃了碗页面，驱车到合阳。在合中校门口照了个相，便上车回来，到家时已8点半。正是：

今年国庆假期长，趁机旅游去东王。

603

处女泉边洗个澡，也算节日经大广。

来来往往人不断，太平盛世乐洋洋。

（处女泉位于合阳县洽川风景名胜区，又名东鲤漠、伏鱼泉。《诗经》中"关关雎鸠，在河之洲，窈窕淑女，君子好逑"的千古绝唱就出自洽川，被认为是中国的"诗源"。著名作家贾平凹1999年10月曾到此一游，赋诗一首："万亩芦苇风掀起，处女泉里水凝脂。华清只供帝王去，哪及群民乐此游！"）

谁说媳妇不如女

（2001年3月14日）

过去有句俗语："将谷碾成米，媳妇不如女。"好像媳妇是娶来外姓之人，总不如自己的女儿是亲生骨肉，对父母一定孝顺得多。我的4个儿媳都在外工作。经过多年的生活实践，尤其是去年的脑缺血和老伴的胆结石重病的治疗养护过程，证明这句话并不完全正确。

老伴去冬在西安动手术取出7块胆结石。住院时，四儿媳妇碧兰陪住医院，昼夜不离，端屎倒尿，从无一句怨言。出院后，扶回楼上。自去年11月底至今年元旦后40多天，上顿下顿，饭热菜香，天天如此，毫不怠慢。让我俩打心眼里高兴。

今年元月4日，我们来到兰州。天未明，二儿媳李萍和丰胜便安排好汽车，在火车站接我们到军医学校。家里早已支好了床，铺上暖呼呼两床被子。每天3顿热呼呼的饭、香喷喷的菜，

妯娌四人：曹秀春、李萍、刘小丽、邓碧兰

经常鸡呀鱼呀的，各种肉食总吃不完。还为她妈和我洗衣服，洗床单，洗窗帘、门帘等。又给我买了衬衣，给她妈剪了头发。2月20日，李萍引我俩去兰州医学院第一附属医院再次作B超，得知手术做得很好，一切都没麻达，这才放心了。回校时，李萍又陪她妈在街上慢步转游，并买了碗豌豆汤让她妈喝了，关心照顾得无微不至。

大儿媳秀春每次从韩城回路井，都要买菜呀肉呀油呀辣子豆腐呀！冬天还到街上给我买上几十张羊肉票，留在家里让我慢慢吃。每次出去旅游，都要给我和老伴买些纪念品。我和老伴几次到延安，三儿媳小丽不怕麻烦，天天做着变样饭，生怕我们吃不饱吃不好。1992年，她在延安专门买下毛线，利用工作之余给我俩一针一针织起了毛衣。春节全家大团圆带回了家，让我们穿在身上。四个儿媳妇，真是比亲女还好啊！

（"谁说媳妇不如女"，不是对女儿的否定，而是对媳妇的勉励。姐姐引玲、妹妹西玲对父母的孝敬，为4个儿媳妇做出了表率。二三十口人的大家庭的和睦相处、兴旺发达、繁荣昌盛，离不开妯娌4人对公公婆婆的孝敬，对丈夫子女的关爱，对兄弟姐妹的体贴。）

记者来采访

（2001年7月22日）

2001年5月31日，正在西安交通大学上大三的孙子侯亮打来电话，说他明天和肖杨记者来路井采访我。我和老伴听了感到既突然又高兴。原来前段时间，侯亮应陕西电视台"时代先锋"栏目的邀请去电视台作节目，遇见了肖杨记者。两人闲谈之中，侯亮说起了他爷他婆两人旧社会受的惜惶和坎坷经历，以及他爷爷怎样60多年来如一日坚持写日记，怎样利用农闲工余，根据自己的亲身经历，写下了一部长达60多万字的家史。肖记者听了很感兴趣，便想来路井亲自采访采访。

6月1日早上，我和老伴早早起来，把院子里里外外、前前后后打扫了一遍。10点多，侯亮便和肖杨记者来了。肖记者二十五六岁的样子，中等偏高的个子，戴一副眼镜。我连忙端茶递烟。侯亮给他爷他婆介绍说："这是记者肖扬同志，专门来采访你们的.。"我连忙握手致谢。

肖记者与我作了长时间的交谈。我说了自己的经历：自幼丧父、母子相依、简师上学、喜结良缘……然后，肖记者齐齐地翻阅了我写的日记、家史、随笔、账本、来往信件、剪贴报刊以及保存的照片等。这些东西摞在一起，足足有一人多高。肖记者拿出随身携带的照相机，对这些资料、实物以及我家的院子、巷道等拍了照片。还和老两口合影留念。

晚上，肖记者又和老两口交谈。他建议我从现在开始，对过去写的一些文字资料进行整理，在适当的时间可以出版。他诙谐幽默地笑着说，我们不能让一部伟大的作品明珠暗投了。他认为，文字整理工作可以先从家史开始，然后是书信、随笔、日记、账本，一步一步来。必要的时候，他可以帮帮忙。当晚，便安排侯亮和肖记者在第二个舍里休息。

6月2日上午吃饭，西玲到街上饭馆端了一大碗路井有名的"辣子豆腐"，招待肖记者。肖记者、侯亮又和我说了说出版《农民家史》的一些想法。下午3点，他们两人便和我与老伴告别，坐车返回西安。

肖杨记者和侯亮走后，老两口既欣喜又惊讶，简直不敢相信肖扬记者的话。当晚，两人激动得一晚上没有睡好觉。老伴对我说："没想到你整天写呀写，还真有用处。你这一下可就出名了。"我说："咱也不要把事情想得太乐观。不过我相信这一点，无论你做什么事情，只要你坚持下去，就一定能做出成绩来。"老两口最后决定，不管书出不出，都要把过去写的一些东西好好整理一下。另外，我老觉得，自从去年春节得病到西安以来，总感到忘性特别大，记忆力衰退得很厉害。如果再不抓紧整理，恐怕就没有多少时间了。

昨天7月21日，我和老伴到路井街上去上会，侯亮却从西安搭汽车回路井来了。因见大门锁着，只好先到西玲家，吃了饭后，才回到老家见了我们，说起了闲话，并把记者肖杨照的几张相片，拿出来让我们看。

（记者来我家采访父亲，是破天荒的事。肖杨记者建议父亲整理他写的家史、书信、笔记、日记、账本等，以便以后陆续出版，给了父亲莫大的惊喜和启发鼓励。从这天起，父亲满怀喜悦的心情，集中精力开始整理。但遗憾的是，肖记者后来留学德国，父亲的这些文字资料没能在他手里问世。）

农村用上采暖炉

（2001年11月16日）

四五个孩子，先后都用上了暖气，冬天不受冻。每年我俩便于11月初去韩城、兰州、西安等地过冬，但总觉得不习惯城市生活。今年11月11日，胜天请来韩城的师傅们，让秀春领着，开专车来路井老家安装采暖炉，又顺便在车箱里捎了些块煤。

到家后，新录和三位师傅先在门房炕洞边挖好一个长80公分、宽60公分、深30公分的坑，将"天昊牌"采暖炉放进去。接着安装上暖气片，其中门房主前一个，炕边一个。15点，采暖炉全部安装完毕。随后，秀春领着司机王文彪以及三位师傅，开着汽车，我和新录、侯蛟坐上，到"黎明餐厅"去吃饭。饭后，除我和新录外，秀春们6人去了韩城。

这种采暖炉构造原理和城市的水暖一样。我和老伴泥平了地面，打扫了卫生。当晚，便用新买的蜂窝煤生起了采暖炉，算是一次成功。它的炉膛较大，可放5块蜂窝煤。既能饭熟水开，又能炕热屋内暖和，并且快速干净安全省时间，真是一举几得，方便实用。

用蜂窝煤生炉子，西玲的经验和教训不少，她妈却少走了很多弯路。要使采暖炉正常发挥作用，和炕炉子一样，有好多窍门在里面：

一、炉子是煤饼蜂窝煤都能用，而采暖炉只能用蜂窝煤，别的都不行。

二、煤饼用起来烟很大，蜂窝煤烟很少；煤饼脏得多，蜂窝煤比较干净。

三、煤饼点火用柴草都能点着，而蜂窝煤必须用火烧红，才能引着。

四、人们对煤饼搭炉子已经习惯，而对蜂窝煤却很生疏。

五、煤饼添火时间不严格，三五个小时都可以，而蜂窝煤要求严格，不能超过2个小时。

六、煤饼谁都能抹，花钱少，而蜂窝煤必须用现钱买。

七、看来煤饼是暂时的，蜂窝煤是发展方向。

采暖炉，真正好，小家冬季离不了。

街上买来蜂窝煤，花的成本比较小。

一天一夜十来个，炕热屋暖温度高。

烟不熏，火不燎，不用费劲把柴烧。

干净卫生真方便，生火封炉有诀窍。

不出房门饭做熟，能下饺子和面条。

咱家暖炉哪里来，胜天入冬就安好。

农村要享城市福，全家老少乐陶陶。

（"天昊牌"采暖炉有两个炉膛，室内温度低了，可两个炉膛同时生火。父母亲一生艰苦惯了，为了节约蜂窝煤，只在一个炉膛生火，这样室内温度一般只能保持在摄氏16度左右。古人说："由俭入奢易，由奢入俭难。"看来也不尽然：让父亲"由俭入奢"亦难矣！）

献灶神与过破五

（2002年2月17日）

从小自记事起，就知道春节前有个献灶神的节日。有句俗话说："腊月二十三，桌子板凳往回捎。"说明春节将到，要放寒假了。除在这天将旧灶神揭下，还献上了饽饽。一边烧掉旧画身，口中念道："上天只说好，莫说瞎，抛洒米面耍麻达。"直到除夕这天傍晚，便贴上新的对联，是：上天言好事，回宫降吉祥。横额为：一家之主。

解放之后，特别是"文革"以来，这种现象一下少了，卖灶神的也少得多了。但今年农历腊月二十三，傍晚还有个别响花炮的声音。韩城如此，别处也难免吧！

按农历（即阴历）来计算，今天是正月初五，也就是春节活动基本结束了，农事活动开始进入正常程序，农民们拉土送粪除草锄地逐步开始了。不但植物开始生长，动物也开始活动了，一派生机勃勃的景象。各行各业也都开始干开了各自的工作。老师们、同学们也都到了学校了，进行补课或复习功课，好使子女们学生们多学一些知识。特别是毕业班的学生，以便迎接高考，为升学和参加工作创造优越的条件。

一年之计在于春，一日之计在于晨，一生之计在幼年。

路井辣子豆腐

（2002年3月16日）

村里有了红白喜事，经常让我主管礼房，因而对辣子豆腐有些了解。

辣子豆腐，是一道菜。顾名思义，这菜，既有辣子，又有豆腐。

它的制作一般包括煮豆腐、烫辣子、炒臊子三个部分。煮豆腐是将豆腐切成块状，放在加了调料的开水锅里煮，直至豆腐浮于水面就可以了。烫辣子是先将加入大油的清油烧热，掌握好油温，再将辣面子倒入锅里搅匀，随即倒入少量醋和酱油。炒臊子是将葱花、粉条、肥肠段、肥肉片、白菜、红萝卜、油炸豆腐、肉丸子、海带等放上调料，一起用大油爆炒，再加入少量肉汤，放上各种调料。

吃的时候，先用漏勺将煮好的热豆腐从锅里捞到碗里，添上带汤的热臊子，臊子约占总量的四分之一左右，再淋上烫好的辣子油，辣子色艳，臊子味浓，豆腐软和，入口留香，让人胃口大开。辣子豆腐成了村里人过事待客绝对的经典主菜。

路井人对辣子豆腐的喜爱程度超出一般人的想象，平常人家过一次红白喜事，就要吃掉三五百斤豆腐，多的要七八百斤，还有上千斤的。

一般只要请来帮忙的厨子一到，最要紧的事就是做辣子豆腐，因为辣子豆腐是过事先一天下午必备的饭菜。前来帮忙的人，来了就要咥（陕西方言：吃的意思）一碗，端上一碗刚做好的辣子豆腐，白里透红，香溢浓浓，吃了再去帮忙干活，心里头暖哄哄的。

辣子豆腐不光要为来的客人吃，还要给同巷的，甚至整个村子的每家每户都要送，一般都是过事前就送，这已经成为不成文的规定，好似发出通知一样，邀请乡亲们都来帮忙。

其实，送辣子豆腐还能起到一种调和邻里关系的作用，以前有闹别扭的乡亲，通过送一碗辣子豆腐，达到主动请求谅解的作用。村里有些老人知道谁家要过事，中午饭肯定不做，专门等着主家送的辣子豆腐。主家过事，也就成了全巷全村人都参与的事，其乐融融。

村里人常说：辣子豆腐吃好了，事就过成了。但在文革期间，因为要破四旧立四新，这种给各家各户送辣子豆腐的风俗也中断了好多年。其实，前多少年，农村人只是逢年过节或婚丧嫁娶才舍得吃辣子豆腐，平时根本舍不得。

这几年，和老伴也随儿女去城里住过一些日子，各地方都有各地方的风味小吃，如韩城的羊肉糊卜、羊肉饸饹、臊子馄饨，兰州的牛肉拉面、手抓羊肉、高担酿皮，延安的红烧肘子、洋芋叉叉、荞面饸饹，西安的羊肉泡馍、肉夹馍、凉皮等，都各有特色，让人大饱口福。但在外面住的时间长了，时常就会想起路井的辣子豆腐，想念自己的老窝！

（现在儿女们从外地回到家乡路井，几乎每次都要到街上去买一碗辣子豆腐，端回家吃，过过嘴瘾。用老陕的话说，辣子豆腐那真是"嘹咋咧"[好极啦]！其实路井的风味小吃还有很多，比如楚面、油泼扯面、甜盘子、捻捻[麻食]，一时半会也说不完。然而，唯有辣子豆腐，让人时常想念朴实可爱的乡亲，想起浓浓的乡情！）

七十二岁织床单

（2002年9月12日）

老伴命苦，出世35天，就离开了父亲。在母亲的泪水和哭声中，一夜又一夜，一天又一天地活下来。她如果是个男孩，那就大不一样了，就是赵家的继承人。正因为不是男孩，在旧社会、在解

菊兰织布

放前是没有继承权的，是一直受人歧视的。多亏毛主席共产党，领导穷人闹革命，解放了全中国，实行了男女平等。她在母亲的教导下学会了纺线织布，维持生活，也度过了上世纪六十年代的困难时期。改革开放后，生活水平逐年提高。人民生活一年比一年好，真的是丰衣足食了。

老伴今年已是72岁的老太婆了，但人老志不老，干起活来总不让年轻人。见人家用毛线织床单，觉得既结实又好看，也想织一机子花毛床单。从去年冬天开始，她就开始拐线子，绞线子。今年3月3日，又在路井街上买了不少毛线和"蓬地纱"，到3月22日便结了一机子花毛床单。随后，和我把织布机抬到第二个房子里，赶4月11日便织成了11丈花毛床单，既结实又美观。这下老伴更有心劲了。她有6个儿女，便决心给全家每个小家庭都织一床花花床单。现在，经过7个多月日日夜夜的结呀拐呀缠呀织呀缝呀，共做成了40多丈的五颜六色的毛床单，谁见了谁都称赞，谁都羡慕。真是：

　　年过七十不服老，花毛床单织得好。

　　一家一床要实现，全家人人心中笑。

　　七十二岁心劲大，要织床单给娃娃。

　　儿女孙孙都能用，谁人见了谁人夸。

（床单虽小，但情深意厚，它凝聚着母亲对儿孙们的暖暖爱意，浓浓亲情。现在，母亲织成的这些花床单，成了送给每个小家庭的珍贵礼品。社会上，用原始的织布机人工织成的布料已不多见，更不用说是72岁的老母亲一丝一缕织成的花床单！）

考试分数越好，学费缴的越少

（2002年国庆节前夕）

今年的升学考试出现了和往年不同的新点子，即成绩越好，考试分数越高，缴的学费越少。分数越低，成绩越差，那缴的学费便越多。

咱侯炜报的兰州一中，录取分数线为610.5分，若少于分数线10分，便要多缴15000元；若少于分数线20分，便要多缴22000元；若少于分数钱25分，便要多缴30000元。侯炜的分数是语文98.5，数学98.5，英语114分，物理117分，化学115分，政治106分，总分为649分。兰州一中的录取分数线为610.5分，侯炜的总分超过38.5分，连一分钱学费也不用多缴，真让人非常高兴！随心编段顺口溜，快乐快乐：

侯炜学习真自觉，升学考试分数多。

样样超过分数线，顺利升学多快乐。

有人短分用钱补，三万两万不嫌多。

爷婆兴得不得了，睡梦也是乐呵呵！

（很难用"合理"与"不合理"来评判这种做法。这是否可以

614

理解为"知识就是金钱"呢？改革的大潮汹涌澎湃，一切都在"摸着石头过河"。）

哪里过春节比较好

（2003年元月12日）

我和老伴今年已叫（方言，虚岁）73岁了，生活还能自理。4个儿子，都已结婚生子成家立业。两个女儿，不但出嫁有了子女，而且大女生儿有孙了。巷邻们人人羡慕，都说："永禄命真好！有钱都花不了。"真是这样。年龄大了耳目昏花，买东西只怕数钱点票子出差错，让人哄了。往往托熟人代买，因而成了"有钱花不了"。春节即将来临，该在哪里过年呢？

在老家路井过吧，不行！有4个儿子，4个媳妇，4个孙子，1个孙女，3个外孙，1个外孙女，还有1个外重孙和1个外重孙女。真是四世同堂享福洋洋了。在哪里相聚会呀？哪里有这么大、这么多的地方呢？有地方，谁来收拾打扫呀！两个70多岁的老人干得了那么多的活路吗？二三十人的吃饭喝水穿衣住宿，两个老人干得了吗？春节期间，亲戚朋友互相看访，怎样地迎接招待呀！那就4个儿子和媳妇一家一年轮流管理吧。该在谁家开头？各有各的单位，各有各的制度。谁有不按单位制度办的胆量啊！太难了。

（父母晚年，渐渐不大适应在农村老家度过寒冷的冬天。经商议，每年冬天来临，在外工作的兄弟姐妹把父母接到韩城、西安、延安或者兰州。到了春暖花开时节，再送回路井老家。这样，春节就只能在外地过了。父亲去世后，母亲住在外面的时间则越来越多。）

笔耕不辍 摄于2004年10月

爱看录像

(2003年1月13日)

1997年全家大团聚时新录借来摄像机,在老家路井录像。那是这个大家庭录像时人数最多规模最大时间最长的一次。还有一年在韩城的和2001年在兰州的,又有2002年8月在路井和西庄子上摄的像,是万胜自己花钱买的摄像机,真实生动录下来的。正是:

录像好,录像嘹,男男女女都说好。

老老少少全夸嘹,想看几次放几次。

愿演多少是多少。

(这是父亲生前写的最后一篇笔记。原稿中父亲因手指发抖,字迹歪歪斜斜;有些时间已记不起来,只好空着;诗歌也只写了半截。晚年的父亲经常沉浸在对往事的回忆中:录像里,有父母在路井、在韩城、在西安、在延安、在兰州的旧影昔容;荧屏上,有全家大团聚、共享天伦之乐的笑语欢声。花开花落,云卷云舒,多少烟雨在梦中……)

后　记

2000年春节刚过，父亲感冒高烧不退，急忙送往西安。西京医院诊断为脑动脉硬化。经治疗虽有好转，但记忆力大不如从前。回家后又继续为村民义务送信送报，也去"坑坑地"干一些农活，并坚持写日记，做随笔，记账目，撰家史，存家书，剪贴报刊……

2001年6月1日，在父亲的长孙侯亮的陪同下，陕西电视台记者来到路井，对父亲进行了为期两天的采访，不禁为父亲60年如一日的笔耕精神和数百万的文字资料所叹服。他建议父亲做一些出版前的准备工作。父亲深受鼓舞，更加珍惜时间，但手指出现震颤，直接影响写作。2003年元月13日写完《爱看录像》后，震颤越发严重，拿笔不稳，无法完成数百字的文章写作。8月份，侯蛟、侯晶分别考上了西北工业大学的"本硕连读"和西安科技大学。父亲欣喜异常，但已无力将这一喜事记在笔记本里。随后，章回体"家史"的写作也在157回中停了下来，只能写写日记，记记账目，剪贴一些报刊。

2004年，侯亮考上了北京电影学院硕士研究生。他多次奔波，终于联系到一个出版公司，愿意出版《农民家史》，并预付了2400元的定金。9月4日，侯亮回到路井，亲手将2400元交给了他爷爷。父亲笑逐颜开。可惜的是，这家出版公司领导班子换届，没有履行已签订的出版合同。到了年底，父亲手指哆嗦得已经拿不起笔了。

12月21日，他颤巍巍地记下了最后一笔账目："吃饭买菜，15.5元。"24日，他歪歪扭扭地写下了生前最后一篇词不达意的日记："早上羊肉，永禄新录各吃羊肉，上午胜天韩城老家电话……"

2005年3月，因肺部感染，父亲的生命快要走到尽头。弥留之际，他微弱地说："我亲手写的家史、日记、笔记、账本、摘抄以及往来信件、报刊剪贴等，千万不要轻易烧毁丢弃。可由专人保存……"为了不留下遗憾，我们找了一本厚厚的书，套上一张打印着"农民家史"四个大字的封面，送到父亲手里，趴在他的耳边流着眼泪说："大，您看，您的《农民家史》出版了！"几滴浑浊的泪水在父亲眼角渗出。13日5时3分，在老家门房的土炕上，父亲静静地躺在他平时写字用的炕桌旁，走完了人生的最后一程……

愿父亲的在天之灵安息！

引玲　胜天　西玲　丰胜　万胜　争胜

2012年3月18日